HEYNE <

## DAS BUCH

In *Proxima* schilderte Stephen Baxter die Kolonialisierung des Alpha-Centauri-Systems durch die Menschen im Jahr 2160 und die Revolutionierung der Raumfahrt durch die Entdeckung außerirdischen Artefakte auf dem Planeten Per Ardua. Plötzlich ist es den Menschen möglich, mit Lichtgeschwindigkeit zu reisen, das Universum ist grenzenlos geworden, und selbst der abgelegenste Planet ist nur noch einen Schritt entfernt. In *Ultima*, der genialen Fortsetzung von *Proxima*, erzählt Stephen Baxter nun die Abenteuer der Menschheit in diesem ebenso wunderbaren wie schrecklichen Universum weiter: Der Kampf zwischen den Vereinten Nationen und China um die Vorherrschaft in unserem Sonnensystem ist eskaliert, die Zerstörung des Sonnensystems ist die Folge. General Lex McGregor gelingt es, mit einer kleinen Gruppe Überlebender auf dem Raumschiff *Tatania* zu fliehen, nur um sich urplötzlich in einer fremden Realität wiederzufinden – einer Realität, in der das Römische Reich nie untergegangen ist. Dort erwarten sie alte Freunde und neue Feinde – und die Erkenntnis, dass die Menschheit nur eine kleine Schachfigur in einem gewaltigen Plan ist, der sich vom Beginn der Zeit bis an ihr Ende erstreckt …

## DER AUTOR

Stephen Baxter, 1957 in Liverpool geboren, studierte Mathematik und Astronomie, bevor er sich ganz dem Schreiben widmete. Er zählt zu den international bedeutendsten Autoren wissenschaftlich orientierter Literatur. Etliche seiner Romane wurden mehrfach preisgekrönt und zu internationalen Bestsellern. Stephen Baxter lebt und arbeitet im englischen Buckinghamshire. Zuletzt sind bei Heyne seine Romane *Die letzte Arche*, *Evolution*, *Proxima* und *Das Ende der Menschheit* erschienen.

Mehr über Stephen Baxter und seine Romane erfahren Sie auf:

**diezukunft.de**

STEPHEN BAXTER

# ultima

Roman

Aus dem Englischen von
Peter Robert

WILHELM HEYNE VERLAG
MÜNCHEN

Titel der englischen Originalausgabe:
ULTIMA
Deutsche Übersetzung von Peter Robert



*Für meine Familie*

MIX
Papier aus verantwortungsvollen Quellen
FSC® C014496

Verlagsgruppe Random House FSC® N001967

3. Auflage

Deutsche Erstausgabe 10/2015
Redaktion: Ralf Dürr

Printed in Germany
Umschlaggestaltung: Nele Schütz Design, München,
unter Verwendung von thinkstock/Hemera/Natalia Raskevskaya
Satz: Schaber Datentechnik, Austria
Druck und Bindung: GGP Media GmbH, Pößneck

ISBN 978-3-453-31639-3

www.diezukunft.de

*In den Herzen von hundert Milliarden Welten –*
*Über eine Billion sterbender Wirklichkeiten in einem tödlichen*
*Multiversum hinweg –*
*In der chthonischen Stille –*

Herrschte Befriedigung.

Das Netzwerk des Geistes dehnte sich weiter aus, von den älteren Sternen, den ausgebrannten Welten, hin zu den jungen, hinaus über die gesamte Galaxis. Es stieß auch tief in die Zeit vor, veränderte das Geschick unzähliger Billionen von Leben.

Aber die Zeit war knapp und wurde immer knapper.

Im Traum von der Endzeit lag ein Hauch von Dringlichkeit.

# Erster Teil

# 1

## A.D. 2227; A.U.C. (AB URBE CONDITA, NACH GRÜNDUNG DER STADT) 2980

»Gefahr, Yuri Eden! Gefahr!«

»KolE? Was ist los? Schon wieder ein Prox-Flare? Wir müssen in den Schutzraum.«

»Ruhig, Yuri Eden. Du bist nicht mehr auf Per Ardua.«

»*Beth.* Beth und Mardina. Wo …«

»Deine Tochter und ihre Mutter sind weit weg.«

»Weit weg? … Sind sie in Sicherheit?«

»Das kann ich dir nicht sagen, Yuri Eden. Wir müssen aber weiterhin davon ausgehen.«

»Warum hast du mir dann ›Gefahr‹ ins Ohr gebrüllt?«

»Weil ich dich nicht anders wecken konnte, Yuri Eden. Die Medikamente, die der *medicus* dir verschrieben hat, wirken zwar eher nach dem Zufallsprinzip, sind dafür aber erfreulich stark.«

»Du hast also gelogen, stimmt's? Seit wann sind autonome Kolonisierungseinheiten aufs Lügen programmiert?«

»Ich fürchte, ich habe die Parameter meiner ursprünglichen Programmierung weit hinter mir gelassen, Yuri Eden.«

»Weißt du, ich komme mir vor, als würde ich einen dunklen Korridor entlangtaumeln. Und ich öffne eine Tür nach der anderen und versuche, aus allem schlau zu werden. Aber wenn ich schlafe, bin ich in Sicherheit …«

»Lass dir Zeit, Yuri Eden.«

»*Medicus.* Dieses Wort ... Ich bin immer noch auf diesem verdammten römischen Kahn, stimmt's?«

»Wir sind nach wie vor Gäste an Bord der *Malleus Jesu*, ja.«

»Und – au!«

»Der *medicus* würde dir davon abraten, dich aufzusetzen, Yuri Eden.«

»Wenn ich schlafe, vergesse ich es. Dieses Dreckszeug, das in mir wächst. Ich vergesse das alles.«

»Es ist immer noch da. Aber ich auch, mein Freund. Ich auch. Ich bin hier bei dir.«

»Ja, das sehe ich. Also, warum, zum Teufel, *hast* du mich geweckt?«

»Du hast mich darum gebeten. Nun ja, um genau zu sein, du hast mich gebeten, dein Testament aufzuzeichnen und zu beglaubigen. Das kann ich für dich tun. Aber du hast viele Stunden geschlafen, Yuri Eden. Ich dachte, ich sollte dich lieber wecken, bevor ...«

»Bevor es so weit ist, dass ich gar nicht mehr aufwache, was?«

»Es war Stef Kalinskis Vorschlag.«

»Ha! Was auch sonst. Wie geht's ihr eigentlich?«

»Als ich das letzte Mal mit ihr kommuniziert habe, war sie gerade dabei, gestandene Legionäre unter den Tisch zu trinken. Nur um den Geschmack dieser widerwärtigen römischen Fischsoße loszuwerden. Das ist ein fast wörtliches Zitat.«

»Sie wird uns alle überleben. Sie – und ihre unglaubliche Zwillingsschwester wahrscheinlich auch.«

»Hoffentlich werde ich das eines Tages erfahren. Wir müssen uns beeilen, Yuri Eden ...«

»Bevor ich wieder in Ohnmacht falle. Ist schon okay, alter Freund. Also ... mein Letzter Wille. Welche juristische Form müsste er haben, um im römischen System anerkannt zu werden? Was immer, zum Teufel, das sein mag, zweitausend Jahre nach dem angeblichen Zusammenbruch des Imperiums. Es ist ja ohnehin nicht so, als hätte ich irgendwem viel zu hinterlassen. Nur die Sachen, mit denen wir durch diese letzte Luke gegangen sind.«

»Wozu auch ich gehöre.«

»Wozu auch du gehörst, Kumpel. Ist schon komisch, dich als Besitztum zu betrachten, aber so ist es wohl.«

»Ich bin nur eine KI, Yuri Eden. Und in dieser … anderen Realität kann man sogar Menschen besitzen, jedenfalls manche. Auch einige in diesem interstellaren Raumschiff. Also bin ich hier keine so große Ausnahme, wie man meinen sollte. Wir können solche Dinge nicht ändern.«

»Vielleicht nicht. Aber meine Anweisungen sind eindeutig. Wenn Stef mich überlebt, geht mein Anteil an dir – in den Augen der Römer – an sie. Wenn sie mich nicht überlebt, gehst du an Beth auf der Erde, falls es dir durch irgendein Wunder gelingt, sie zu finden.«

»Quintus Fabius hat mir versprochen, dass er mit Unterstützung der *collegia* der Legion dafür sorgen wird, Yuri Eden.«

»Also, fangen wir an. Ich bin im Jahr 2067 geboren, nach der alten Zeitrechnung. Das heißt, ich bin jetzt hundertsechzig Jahre alt. Gelebt habe ich aber nur …«

»Zweiundsechzig Jahre, Yuri. Der Name, den deine Eltern dir gegeben haben …«

»Ist ohne Belang. Ich bin in Nordbritannien geboren. Meine Eltern gehörten beide zur Heldengeneration, die sich alle Mühe gegeben hat, die Welt vor den Folgen der Klimaschocks in den vorhergehenden Jahrzehnten zu retten. Nun, sie hatten Erfolg. Und bevor die Ankläger an sie herankamen, ließen sie mich im Alter von neunzehn Jahren einfrieren. Zum Glück haben sie nicht mehr erlebt, wie ich ein Jahrhundert später auf dem Mars wiederbelebt wurde.«

»Aber dein Name …«

»Irgendein Witzbold hat mich ›Yuri‹ genannt, als sie mich aus dem Kryo-Tank zogen.«

»Also schön. Und nach einem Jahr auf dem Mars …«

»… bin ich in eine IRF-Aushebung geraten, mit ein wenig Nachhilfe seitens der Friedenshüter in Eden. Die traurig waren, mich gehen zu sehen.«

»Du bist sarkastisch.«

»Ja, mach das kenntlich. Ich bin dann an Bord des IRF-Schiffes *Ad Astra* aufgewacht. Ein interstellares Jumboschiff mit Kernel-Antrieb voller schanghaiter Loser wie mir. Wieder einmal habe ich mich beliebt gemacht …

Also verbrachte ich … wie viele Jahre? vierundzwanzig? … auf Per Ardua, einem Planeten von Proxima Centauri. Mit Mardina Jones, unserem Baby, Beth, und mit dir, KolE. Wir versuchten mit allen Mitteln, am Leben zu bleiben. Fanden andere, weitere ›Kolonisten‹, die ebenso ausgesetzt worden waren wie wir, und schlugen uns zur Markzone durch, zum substellaren Punkt. Dort entdeckten wir …«

»Eine Luke.«

»Ein Schritt hindurch, einfach so, und wir waren wieder auf dem Planeten Merkur, über vier Lichtjahre hinweg. Und wieder hat sich alles verändert, für die Menschheit, für mich. Mardina und Beth habe ich mit nach Hause genommen, und dort sind sie geblieben …«

»Aber du konntest nicht bei ihnen bleiben.«

»Ich hatte nur die Wahl, nach Ardua zurückzukehren oder ins Gefängnis zu gehen. Also kehrte ich zurück nach Ardua, mit Stef Kalinski an meiner Seite. Die übrigens ihre eigenen Probleme mit alldem hat.«

»Wirst du müde, Yuri Eden?«

»Mach nicht so ein Getue, KolE. Ich kann es nicht leiden, wenn du das machst. Zurück zur Geschichte. Auf Ardua begannen die Vereinten Nationen rigoros durchzugreifen, genau wie im Sonnensystem, weil sich ein Krieg zusammenbraute. Ein Krieg um die Kernel-Minen auf dem Merkur, ausgetragen mit Kernel-getriebenen Schiffen ...«

»Yuri Eden?«

»Ich bin noch da, KolE.«

»Weißt du noch, wie wir zum antistellaren Punkt gefahren sind? Zum dunkelsten, kältesten Ort auf Per Ardua, im tiefsten Schatten von Proxima. Wo wir neben anderen Rätseln eine weitere Luke vorfanden.«

»Ja, die Luke. Wir gingen hindurch, Stef und ich, und du mit uns. Und wir fanden uns unter dem Licht eines anderen Sterns wieder. Dann kam ein Mann auf uns zu, ein Mann mit Umhang und Helm ...«

*Quid estis?*

»Ja. Erinnerst du dich, Yuri Eden?«

*Quid agitis in hac provincia?* ...

# 2

## A.D. 2222; A.U.C. 2975

Die Eindringlinge am Standort der Luke wurden zuerst von scharfäugigen arabischen Navigatoren an Bord der *Malleus Jesu* gesichtet. In ihren stillen Kammern an Bord des interstellaren Raumfahrzeugs, das hoch über dieser Welt kreiste, musterten die Araber, die hier am Bestimmungsort des Schiffes sowohl als Beobachter wie auch als Kartografen fungierten, das Gebiet um die Luke herum routinemäßig durch ihre Fernschauer. Die gerade erst fertiggestellte Luke war schließlich das Missionsziel Nummer eins, und sie verdiente Überwachung und Schutz.

Und nun war Zenturio Quintus Fabius persönlich in der Luft, um sich die Sache näher anzusehen.

Der Ledersack des Luft-*cetus* knarrte und knackte, als sich das große Fahrzeug im leichten Wind bewegte. Quintus stand neben der Steuerstellung, einer Reihe von Hebeln, die von einem *remex* bedient wurden, einem rangniedrigen Besatzungsmitglied, das Movena unterstellt war, der *trierarcha*, der Kommandantin des Schiffes selbst. Wie Movena war dieser *remex* ein Brikanti und ebenso arrogant und mürrisch wie Movena und ihre ganze Sippschaft. Dennoch stand seine Kompetenz außer Frage. Während er über seine Hebel strich, verschoben sich riesige Schaufeln in der Luft um die Flanke des *cetus* herum, und das Fahrzeug änderte sanft seine Richtung und hielt auf die offene Luke auf der zernarbten Ebene zu. Letztere war entstanden, als Quintus' Ingenieure den heißen Atem der Kernels auf dieser Welt entfesselt und das Wunder der Luke *erschaffen* hatten.

Die Brücke des *cetus* war ein Durcheinander von Hebeln, Instrumenten und abgeschabten Holztischen, auf denen Haufen von Landkarten und Itinerarien lagen, Abbildungen dieser Welt, von Hand gezeichnet seit der Ankunft der Expedition vor drei Jahren. Die Luft war vom charakteristischen Geruch der Brikanti erfüllt, des Volkes aus dem unzivilisierten Norden; es roch nach dem Met, den sie tranken, dem gegerbten Schweineleder, das sie trugen, und dem scharfen Aroma des walhallischen Tabaks, den sie bei der Arbeit so gern kauten.

Aber diese Alltäglichkeiten endeten am Fenster, jenseits dessen sich vor Quintus' Augen eine fremde Welt ausbreitete. Auch nach diesen drei Jahren – und obwohl er inzwischen einen so großen Teil von ihr zu Fuß erkundet und ihr Antlitz mit dem Bau von Straßen, Magazinen, der dauerhaften Kolonie und natürlich der Luke so deutlich verändert hatte – fand Quintus diese Welt noch immer erstaunlich.

Die Luke selbst war auf einem höher gelegenen Stück Land mit Blick auf eine Ebene angelegt worden, auf der sich die einheimische Vegetation ausbreitete, niedriges Buschwerk in Violett und Weiß mit vereinzelten orangefarbenen Kegeln dazwischen. Die griechischen Philosophen an Bord versicherten Quintus, dass es sich bei den Kegeln um Gemeinschaften von Geschöpfen handelte, die größtenteils so klein waren, dass man sie nicht sehen konnte – Städte der Unsichtbaren, jeder Hügel ein Rom der Bakterien. Weiter weg stieg das Land an, erhob sich hin zu hoch aufragenden Bergen mit einem Kordon von Gebirgsausläufern davor. Und diese Berge und Hügel, allesamt massive Pfropfen aus Vulkangestein, waren *geformt* worden; im unveränderlichen perlmuttfarbenen Licht der Hauptsonne Romulus warfen ihre Terrassen, Mauern und mächtigen Zinnen scharfe Schatten. Diese Berge waren von Wesen, die einst hier gelebt und ihre Welt umgestaltet hatten, in Festungen verwandelt worden, bevor die Wesen selbst verschwunden waren – bestimmt hatten sie sich in Stücke gesprengt, hatte Quintus einige notorische Trübsalbläser unter den Legionären in den Lagern schlussfolgern hören. Und doch hatten diese Bergbildner offensichtlich etwas mit dem primitivsten Legionär aus der ärmsten Provinz des Imperiums gemein: Sie hatten Luken gebaut.

Nun, Quintus hatte sein Schiff hierhergebracht, die Ingenieure, Legionäre und Sklaven hatten ihre eigene Luke gebaut, und dafür würde man ihre Namen in Erinnerung behalten. Die uralte Nummer der Legion, zu der diese Zenturie gehörte, war in den Fuß des steinernen Jesu-Kreuzes gemeißelt, das als einziges menschliches Monument eine Luke begleiten durfte. Dies war nun ein für alle Mal Quintus' Luke. Und diese Welt, die vierte der Familie um diesen Sternzwilling namens Romulus herum, würde, sobald die dauerhafte *colonia* offiziell vom *vicarius* eingeweiht worden war, zur neuesten Provinz des Römischen Reiches werden, das sich jetzt bis zu den Sternen erstreckte.

*Das* war es, was er erreicht hatte, er, Quintus Fabius; das war der von ihm akzeptierte Gegenwert für dreizehn Lebensjahre fern der Heimat und, dank der Mysterien des Reisens mit annähernder Lichtgeschwindigkeit, eine Trennung von noch viel mehr Jahren von den daheim gebliebenen Angehörigen und Freunden. Es war ein Preis, den er gern bezahlte; ein Schiff wie die *Malleus Jesu* auf einer solchen Lukenbau-Mission zu befehligen war der bisherige Höhepunkt seiner Laufbahn – und würde es wohl auch bleiben, rief er sich mit einer Anwandlung von Groll ins Gedächtnis, denn Offiziere aus den Provinzen stiegen im Militär des Reiches nur selten wesentlich höher auf, sofern sie nicht gewieft genug für Intrigen und Attentate waren. Dennoch war die Luke nicht *für* Fabius, seine Mannschaft oder irgendeinen anderen Menschen da; die Luke war ein Ding an sich, ihr Daseinszweck so undefinierbar wie der eines Tempels für einen vergessenen Gott.

Und als er nun aus einem verwaschenen Himmel nach unten spähte, wurde die Vollkommenheit der Luke und ihrer Umgebung von den Eindringlingen ruiniert. Während der *cetus* schwerfällig auf den Standort der Luke zuhielt, spürte Quintus, wie die Wut in ihm emporbrodelte, und er ballte die Hand mehrfach zu einer schweren Faust und spürte, wie die Muskeln in seinem Arm arbeiteten.

»Es sind zwei«, sagte Gnaeus Junius. Gnaeus war Quintus' *optio*, sein Stellvertreter. Gnaeus blickte durch einen exakt gearbeiteten griechischen Fernschauer – Leder und Glas in einem hölzernen Rohr – zur Luke hinunter.

»Gib her.« Quintus riss Gnaeus das Instrument aus den Händen und hielt es sich vors Auge. Wie üblich sah er zuerst nur Dunkelheit.

»Du darfst das Auge nicht so fest zukneifen, Herr.«

»Ich bin wütend. Wenn ich wütend bin, kneife ich die Augen zu.«

»Ja, Herr. Du knirschst auch mit den Zähnen.«

»Nein, das stimmt nicht.«

»Nein, Herr.«

Gnaeus Junius – schlank, dunkel und elegant, mit stets fleckenlos sauberer Tunika – war ein Ritter, ein Mitglied eines der ältesten Adelsstände Roms. Trotz seiner Jugend war Gnaeus sympathisch und fehlerlos tüchtig und hatte nichts von jener Arroganz und jenem Anspruchsdenken an den Tag gelegt, die so vielen seiner Klasse anhafteten. Quintus hatte festgestellt, dass er äußerst zuverlässig war. Aber nichts von alledem bewahrte Quintus vor einem verbitterten Groll darüber, dass es diesem Jungen bestimmt war, im Militär und darüber hinaus viel höher aufzusteigen, als es ihm selbst jemals vergönnt sein würde – dass er nur durch die Versetzung in den Ruhestand dem Schicksal entgehen konnte, diesem eleganten Jungen eines Tages unterstellt zu sein.

Jetzt rief ihm Gnaeus gelassen das vorliegende Problem ins Gedächtnis. »Also, was die Eindringlinge betrifft, Herr – es sind zwei.«

Quintus betrachtete die Fremden durch den Fernschauer. »Ein Mann und eine Frau. Ziemlich alt. In den Fünfzigern, oder noch älter? Dann dürften sie älter sein als all unsere Veteranen und deren Gemahlinnen. Außer vielleicht Titus Valerius von der siebten Kohorte, von dem ich genau weiß, dass er sich ein Jahrzehnt jünger gemacht hat. Manche Männer wollen einfach nicht in den Ruhestand gehen.«

»Ja, Herr.«

»Nun, selbst Titus wird jetzt nichts anderes übrig bleiben. Die *colonia* – das ist jetzt seine Aufgabe, trotz des ganzen Gemeckers.« Den ganzen Vormittag über hatte sich Quintus mit den Beschwerden der Kolonisten herumgeschlagen, der Veteranen, die auf dieser Welt bleiben würden; das hatte ihm die Laune verdorben, schon vor dieser Sache mit den Eindringlingen. *In diesem fremden Dreck will einfach nichts wachsen, Zenturio … Du kannst mich nicht auf demselben Planeten wie Caius Flavius zurücklassen, Zenturio, er hat seit dem Walhalla-Superior-Feldzug ein Auge auf meine Frau geworfen, und jetzt wirft er meiner Tochter anzügliche Blicke zu! … Ich schwöre, Zenturio, ich schwöre …*

»Also, das sind keine von unseren Veteranen da unten, Herr, und auch keine ihrer Angehörigen«, sagte Gnaeus taktvoll. »Und sie gehören auch nicht zu den *remiges.*«

Er hatte recht. Acht subjektive Jahre nach dem Abflug von Terra, einschließlich der fünf Jahre in der Enge des Schiffes, war Quintus sicher, dass er jedes Besatzungsmitglied und jeden Passagier erkennen würde, selbst den niedrigsten Sklaven. Die gesamte Mannschaft an Bord der *Malleus Jesu* bestand aus ein paar Hundert Personen, die Sklaven nicht mitgerechnet. Den Kern bildeten die achtzig Mann von Quintus' Zenturie und eine gleiche Anzahl von Besatzungsmitgliedern, die *remiges* – ein archaischer Begriff, der von einem Wort für »Ruderer« abgeleitet war –, größtenteils Brikanti mit eigener Hierarchie und eigenen Offizieren unter der mürrischen Movena, samt *deren* Angehörigen. Aber die Eindringlinge dort unten erkannte er nicht.

»Sie sehen aus wie Brikanti, das muss man ihnen lassen«, murmelte er. »Diese seltsame Kleidung. Jacken und Hosen statt Tuniken und Umhänge. Komische Farben, was? Außerdem tragen sie Rucksäcke. Und was ist dieses helle Glitzerzeug auf ihren Schultern? Sieht fast wie schmelzender Raureif aus … Unmöglich, klar. Auf dieser Welt gibt es keinen Raureif, jedenfalls nicht auf der Tagseite.«

»Und keine Spur von Waffen«, ergänzte Gnaeus pragmatisch.

Quintus grunzte. »Ich würde sie lieber ausziehen und ihre Rucksäcke leeren, bevor ich da so sicher wäre. Zumindest sind sie keine Xin.«

Gnaeus schürzte die Lippen. »Ich würde keine vorschnellen Schlüsse ziehen, Herr. Das Xin-Reich ist größer als unseres und umfasst viele Ethnien. Auch wenn sie keine Xin sind, könnten sie Provinzbewohner, Späher oder gar Söldner sein.«

Quintus seufzte. »Terras tripolare Politik reicht sogar bis hierher zu uns, hm, *optio*? Wir, die Brikanti und die Xin.«

»Nun, die Brikanti sind unsere Verbündeten, Herr. Und wir befinden uns gegenwärtig nicht im Krieg mit den Xin.«

»Du meinst, so war es, als wir von zu Hause losgeflogen sind.«

»Richtig, Herr.«

Das Fahrzeug ging jetzt tiefer. Ketten rasselten, als Bodenanker von einem Unterdeck abgeworfen wurden. Quintus schnappte sich seinen Umhang von der Stuhllehne, über die er ihn geworfen hatte, band ihn sich um den Hals, vergewisserte sich, dass sein Schwert und die *ballista* an seinem Gürtel hingen, und setzte seinen Helm mit dem Federbusch auf.

Gnaeus runzelte die Stirn. »Willst du sie selbst befragen, Herr?«

»Ja, bei Christi Tränen.«

»Ich glaube, man nähert sich diesen Leuten am besten mit einer gewissen Offenheit. Wenn ich das sagen darf.«

»Hmm. Wenn sie Brikanti oder Xin sind, muss ich die korrekten diplomatischen Verfahrensweisen beachten, bevor ich ihre Ärsche ins Schiffsgefängnis verfrachte, meinst du das?«

»Diese Leute haben wir nicht hierhergebracht, Herr. Ich meine, mit der *Malleus Jesu*. Also können sie nur auf eine einzige Weise hergekommen sein …«

Irgendwie hatte sich diese elementare Beobachtung nicht in Quintus' Bewusstsein verankert. »Du meinst, wenn sie nicht über Hunderte von Meilen von einer der hiesigen Luken hierhergelaufen sind, können sie nur durch *diese* Luke gekommen sein. Die wir selbst konstruiert haben …«

»… und die sich offenbar mit dem größeren Lukennetz verbunden hat, so wie es sein soll. Aber wir wissen nicht, wohin diese Verbindung führt. Vielleicht zu einem Ort, der noch exotischer ist als die Städte des fernen Xin.«

Trotz seiner Wut sah Quintus ein, dass diese Schlussfolgerung einleuchtend war. »Wir wissen also nicht, woher sie kommen, wie sie hierhergekommen sind oder was sie tun können. Folglich wissen wir nicht, welche Gefahr sie für uns, für das Schiff oder unsere Mission darstellen könnten. Sogar für das Imperium.«

»Nein, Herr.«

»Nun, je eher wir es herausfinden, umso besser. Bringen wir's hinter uns. Beschaff mir Rückendeckung, *optio*.« Entschlossen marschierte er zur Treppe zum Unterdeck.

Er hörte, wie der *optio* hinter ihm Befehle bellte und in aller Eile einen Geleitschutztrupp aus diensthabenden Legionären zusammenstellte.

Es war eine Erleichterung für Quintus, als er am Fuß der Leiter den Boden erreichte, dass er den engen Luftwal verlassen und auf die Eindringlinge zuschreiten konnte. Er steckte seine ganze Energie in die schlichte Handlung des Gehens. Seine Frustrationen durch Bewegung zu verarbeiten, durch körperliche Tätigkeit: Das machte er so, seit er ein frisch rekrutierter Jungbulle in der Legio XC Victrix gewesen war, außerstande, die Schatten von Privileg, Begünstigung und Nepotismus zu bekämpfen, die seine Laufbahn im Militär von Anfang an beeinträchtigt hatten. Gehen war in Ordnung, aber jemanden k. o. schlagen zu können wäre noch besser.

Es sah jedoch eher nicht so aus, als würde sich ihm heute die Gelegenheit dazu bieten. Die beiden älteren Eindringlinge standen einfach neben dem Luken-Konstrukt und blickten ihm entgegen. Sie wirkten ziemlich überrascht – kein Wunder, dachte er, wenn man gerade durch eine Luke mit ihren Mysterien gegangen war –, hatten aber offenbar keine Angst, und es schüchterte sie anscheinend auch nicht ein, dass ein bis an die Zähne bewaffneter Zenturio des römischen Heeres auf sie zukam, als hätte er einen Kernel im Hintern.

Einer von ihnen, der Mann, rief sogar etwas. Die Wörter hörten sich für Quintus auf unbestimmte Weise vertraut an, der Akzent klang seltsam und gestelzt.

Zeit für ein Kasernenhofgebrüll, entschied Quintus.

# 3

Das Gefährt über ihnen sah aus wie ein riesiges Luftschiff. Es bewegte sich zügig und lautlos. Am Rumpf trug es ein Symbol, gekreuzte Äxte mit einem Christenkreuz im Hintergrund, darüber eine Aufschrift:

S P Q R

Von einer eleganten Gondel wurden Anker herabgelassen. Als das Fahrzeug in der Luft zum Stehen gekommen war, entrollte sich eine Strickleiter, die bis zum Boden reichte. Unter Yuri Edens und Stef Kalinskis erstaunten Blicken öffnete sich eine Luke, und ein Mann kletterte die Leiter herunter.

Kaum hatte er den Boden erreicht, stapfte er auch schon auf sie zu. Er trug einen Helm mit Federschmuck und einen scharlachroten Umhang über einer Tunika aus Bärenfell, wie es schien. Die Unterschenkel über den Schnürstiefeln waren nackt. An einer Hüfte trug er ein Schwert, an der anderen eine auffällige Handfeuerwaffe in einem Holster.

»Wer, zum Teufel, sind Sie?«, rief Yuri.

Der Mann kam mit festen Schritten näher. »*Fortasse accipio oratio stridens vestri. Sum Quintus Fabius, centurio navis stellae* Malleus Jesu. *Quid estis, quid agitis in hac provincia? Et quid est mixti lingua vestri? Germanicus est? Non dubito quin vos ex Germaniae Exteriorae. Cognovi de genus vestri prius. Bene? Quam respondebitis mihi?*«

Immer wieder eine neue Tür, dachte Yuri. »Überlass das mir.« Er breitete die Hände aus und ging auf den zornigen Fremden zu.

»Ich glaube, ich verstehe eure gutturale Sprache. Ich bin Quintus Fabius, Zenturio des Sternenschiffs *Malleus Jesu*. Wer seid ihr, und was macht ihr in dieser Provinz? Und was für ein Kauderwelsch sprecht ihr da? Germanisch, nicht wahr? Zweifellos kommt ihr aus dem äußeren Germanien. Ich hatte schon mit solchen wie euch zu tun. Nun? Was habt ihr dazu zu sagen?«

Der Bursche sprach ein paar Worte zu seiner Begleiterin und trat vor. Er wirkte unerschrocken. Immerhin breitete er jedoch die Hände aus, bemerkte Quintus, um zu zeigen, dass er unbewaffnet war.

Gnaeus Junius schloss keuchend zu Quintus auf. Als Quintus sich umschaute, sah er, dass ein kleiner Trupp von Legionären dem *optio* gefolgt war, so wie es den Vorschriften entsprach. »Du bist außer Atem, Gnaeus. Verdopple die Dauer deiner täglichen Ertüchtigungsphase für den Rest des Monats.«

»Danke, Herr. Glaubst du wirklich, dass sie aus dem äußeren Germanien kommen? Nun ja, du müsstest es wohl wissen.«

»Wieso das denn, Gnaeus Junius? Von Geburt an spreche ich ein reineres Latein als du! Aber mein Vater stammte aus Germania Inferior und meine Mutter aus Belgica, und das bedeutet für Leute wie dich, ich könnte ebenso gut *transrhenus* sein, nicht wahr?«

»Natürlich nicht, Herr.«

»Wir sind nicht alle Mondanbeter und Bärenficker, weißt du.«

»Ich bin erleichtert, das zu hören, Herr.«

»Und meine Vorfahren haben gekämpft wie die Löwen. Roms Legionen mussten uns bis zur Küste des Mare Suevicum treiben, bevor wir unterworfen wurden.«

»Worauf du schon früher hingewiesen hast, Herr.«

»Also versuch nicht, mir zu schmeicheln, Gnaeus Junius.«

»Herr ...«

»Du bist nämlich sehr schlecht darin ...«

»*Herr*. Der Eindringling macht da etwas mit seinem Rucksack.«

Quintus sah, dass der Mann sich von seiner Begleiterin abgewandt hatte und diese gerade den Rucksack auf seinem Rücken öffnete. Quintus und Gnaeus zogen sofort ihre *ballistae*, ihre Handfeuerwaffen. Quintus hörte, wie der Anführer des Trupps hinter ihm mit leiser Stimme barsche Befehle gab.

Als der Fremde die Reaktion der Römer sah, breitete er seine leeren Handflächen erneut weit aus und rief wieder etwas.

»Wir sollten uns auf sie stürzen«, meinte Quintus.

»Gib ihnen noch einen Moment, Herr«, sagte Gnaeus. »Sie sprechen wieder. Diese Sprache klingt wirklich ziemlich germanisch. Aber weißt du, ich könnte schwören, dass ich eine *dritte* Stimme höre, weder die des Mannes noch die der Frau.«

Quintus schaute sich wachsam um. Die beiden Fremden waren allein. »Dein Gehör ist entweder besser als meins, *optio*, oder schlechter.«

»Als käme sie aus dem Rucksack des Mannes ...«

»Ein Bauchredner? Aber wir sind hier weit von jedem Jahrmarkt entfernt. Ich finde solche Tricks nicht amüsant.«

Die Frau schloss nun den Rucksack. Offenbar hatte sie das Gesuchte gefunden. Sie hielt zwei kompakte Klümpchen aus einer glatten, weißen Substanz in der Hand, die wie kleine Marmorkiesel aussahen.

»Was immer das sein mag«, sagte Gnaeus leise, »es ist auf jeden Fall zu klein für eine Waffe.«

»Wer zieht jetzt voreilige Schlüsse?«

Die Frau reichte ihrem Begleiter eines der Klümpchen. Beide hatten ein wachsames Auge auf die Römer und bemühten sich offenkundig, dafür zu sorgen, dass Quintus' Männer alles sehen konnten, was sie taten. Behutsam drückten sie sich jeweils ein Klümpchen ins Ohr.

Und als der Mann wieder sprach, stellte Quintus zu seiner Überraschung fest, dass er seine Worte verstehen konnte.

»Ist die Übersetzung korrekt? Könnt ihr mich verstehen?«

»Er spricht Lateinisch«, hauchte Gnaeus. »Ein ziemlich gestelztes, förmliches Latein.«

»Wenn sie die ganze Zeit schon Lateinisch sprechen konnten«, knurrte Quintus, »weshalb haben sie uns dann auf Germanisch angeredet?«

»Vielleicht konnten sie es nicht«, versuchte Gnaeus zu erklären. »Vielleicht sprechen diese Klümpchen in ihren Ohren für sie. Mir ist nämlich so, als hörte ich da eine Spur Germanisch hinter den lauteren lateinischen Wörtern … Womöglich ist es auch der kleine Kerl im Rucksack auf dem Rücken des Mannes, der Lateinisch kann.«

»Und der für die anderen beiden den Bauchredner gibt, oder wie? Deine Fantasie geht mit dir durch, *optio*.«

»Das ist eine seltsame Situation, Herr. Vielleicht brauchen wir da Fantasie.«

»Wenden wir uns wieder der Realität zu.« Quintus steckte seine Waffe in die Schlaufe an seinem Gürtel und trat vor, die zu Fäusten geballten Hände in die Hüften gestemmt. »Worin besteht eure Mission?«

Die Fremden wechselten Blicke. »Wir haben keine Mission. Wir sind ...« – und hier stockte der Sprecher, als suchte er nach einem präzisen Begriff – »... wir sind Kundschafter.« Die beiden nahmen die weißen Kügelchen aus den Ohren und unterhielten sich kurz in ihrer eigenen Sprache.

»Kundschafter? Für welche Armee? Seid ihr Brikanti, Xin oder Römer? An welchen Kaiser entrichtet ihr eure Steuern?«

»Die Brikanti haben keinen Kaiser, Herr«, sagte Gnaeus leise.

»Halt den Mund.«

Jetzt ergriff die Frau das Wort. »Unserem Sprecher fehlt das richtige Wort. Wir sind ...« – ein weiteres Zögern – »... Philosophen. Wir sind durch die ... die Tür gekommen ...«

»Die Luke«, sagte Gnaeus.

»Ja, also schön, die Luke. Wir sind hergekommen, um zu entdecken, was hier ist, auf dieser Welt. Nicht als Teil einer militärischen Streitmacht.«

»Sie sagen, sie sind Forschungsreisende, Herr.«

Quintus grunzte. »Dann lügen sie. Römer erforschen nichts, ebenso wenig wie Alexander es getan hat – nicht zu irgendeinem abstrakten Zweck. Römer entdecken, vermessen, erobern.«

»Aber das sind keine Römer, Herr.«

»Welchem Kaiser dient ihr?«, wiederholte Quintus.

Die Fremden wechselten einen Blick. »Wir dienen keinem Kaiser. Unsere Provinz ist unerobert.« Erneut schauten sie bei der Übersetzung unsicher drein.

Quintus lachte spöttisch. »Nichts auf Terra ist ›unerobert‹, außer den Eiswüsten des Südens. Überall flattern Fahnen – irgendjemandes Fahnen zumindest, und mehr als eine, falls dort gerade ein Krieg stattfindet.«

Die Frau versuchte es erneut. »Wir kennen keinen der Namen, die du erwähnt hast. Keinen der Staaten.«

»Dann könnt ihr nicht von Terra kommen«, sagte Gnaeus.

Die Frau sah ihn offen an. »Nicht von eurem Terra.«

Gnaeus machte große Augen.

Quintus war verblüfft und frustriert. »Was soll das heißen? Vielleicht ist euer Land erobert worden und verschwunden, wie das Königreich der Juden. Vielleicht wurde euer Volk versklavt.«

»Nein«, sagte die Frau mit fester Stimme. »Wir sind keine Sklaven.« Sie schien einen Moment lang zu lauschen. »Na schön, KolE. Ich werde es hervorheben. Wir sind frei geboren.«

»Mit wem sprichst du da?«, fragte Gnaeus. »Wer ist … Colles? Collius?«

»Wir sind frei geboren«, wiederholte die Frau. »Fremde für euch, Fremde an diesem Ort, aber dennoch frei geboren. Wir bitten um euren Schutz.«

»Schutz?« Quintus klopfte sich auf den Brustharnisch. »Für wen haltet ihr mich, für einen *vicarius*, einen Bibelgelehrten? Ihr habt also keine Nationen. Ihr habt keine Besitzer. Habt ihr Namen? Du?« Er tippte die Frau mit einem Finger an.

»Ich heiße Stephanie Karen Kalinski.«

»Und du?«

Der Mann grinste beinahe unverschämt. »Yuri Eden.«

Quintus warf Gnaeus einen Blick zu. »Was hältst du davon? ›Stephanie‹ klingt griechisch – durchaus respektabel. Aber ›Yu-ri‹ – skythisch? Hunnisch?«

»Ihre Namen sind ebenso exotisch wie ihre Erscheinung, Herr«, sagte Gnaeus leise.

»Also, mir reicht es jetzt. Wir haben noch eine Menge zu tun, bevor die *Malleus Jesu* diesen trostlosen Planeten verlassen kann – zum Beispiel müssen wir bei den Veteranen für Ordnung sorgen und ihre *colonia* auf Vordermann bringen. Ich habe keine Zeit für philosophische Rätsel. Entwaffne sie, nimm sie als Sklaven – finde eine Verwendung für sie, falls sie überhaupt zu irgendetwas zu gebrauchen sind. Und wenn nichts mit ihnen anzufangen ist, finde einen Weg, sie ohne größeren Aufwand zu beseitigen.«

Gnaeus sah unglücklich aus, aber er nickte. »Ja, Herr.«

Die Frau trat abrupt vor. »Quintus Fabius. Du machst einen Fehler, wenn du uns wegschickst. Wir können euch nützlich sein.«

Er lachte. »Wie denn? Für eine Konkubine bist du zu alt, für eine Kämpferin zu schlaff und zu weich – kannst du vielleicht kochen?«

Sie tippte sich an den Kopf. »Wir besitzen Wissen. Wissen, über das ihr nicht verfügt.«

»Da könnte sie recht haben, Herr«, sagte Gnaeus hastig. »Wir wissen immer noch nichts über diese Leute oder darüber, wie sie hierhergekommen sind. Die Griechen haben ein Sprichwort: ›Wissen ist die mächtigste Waffe.‹«

Quintus grunzte verächtlich. »Eine Phrase, die sich garantiert irgendein glatzköpfiger Philosoph ausgedacht hat, als römische Legionäre zum ersten Mal mit gezücktem Schwert in seine Heimatstadt marschiert sind.«

»Er hat recht«, sagte die Frau. »Es wäre unverantwortlich von dir, uns für nutzlos zu erklären, solange du nicht sicher bist, dass …«

»Unverantwortlich?«, brüllte Quintus. »Willst du dich erdreisten, mir zu sagen, wie ich meine Pflichten zu erfüllen habe, Frau?«

Aber Kalinski gab nicht nach. »Wir könnten zum Beispiel Kenntnisse über einen gemeinsamen Feind besitzen, die für euch interessant wären.« Sie überlegte. »Einen Feind Roms, stärker und listiger als die Xin und die …«

»… die Brikanti«, soufflierte Gnaeus.

»Von welchem Feind sprichst du?«, fragte Quintus.

Sie deutete auf die Anlage hinter ihr. »Ich spreche von denen, die möchten, dass diese Luken gebaut werden, um den Weg zu den Sternen zu überbrücken. Und die zu diesem Zweck die Geschicke mächtigerer Reiche als eures Roms manipulieren …«

Doch nun schien der Mann, Yuri Eden, von irgendetwas abgelenkt zu werden. Scheinbar ohne auf das Gespräch zu achten, trat er einen Schritt vor.

Die Legionäre reagierten. Sie zogen ihre Waffen und scharten sich um ihren Befehlshaber. Auch Quintus machte Anstalten, seine *ballista* zu ziehen.

Doch Gnaeus legte ihm eine Hand auf den Arm, um ihn zurückzuhalten, und zeigte zum Himmel. »Es ist der Sonnenaufgang, Herr. Er verwirrt ihn.«

Remus stieg empor, der zweite Stern dieses Doppelsystems, heller als Luna oder Venus, heller als jeder Stern am Himmel Terras. Überall verdoppelten sich die Schatten. Romulus behielt seinen Platz am Himmel dieser Welt stets bei, aber Remus wanderte, er folgte einem komplizierten sichtbaren Weg, den selbst die arabischen Mathematiker des Schiffes nur mit Mühe hatten nachvollziehen können.

Und von dem vor Anker liegenden *cetus* kam ein Läufer herbeigeeilt. »Zenturio! Wir haben eine Meldung über einen Aufstand in der *colonia* bekommen. Die Männer sind im Getreidespeicher und drohen, die *principia* niederzubrennen …«

»Was, schon wieder?« Quintus hob den Kopf zum Himmel und stieß ein weiteres Gebrüll aus. »Vater Jesu Christi, warum ärgerst du mich so? Komm mit, *optio.*« Steifbeinig marschierte er zum *cetus* zurück.

Yuri Eden schaute verzückt zu, wie die zweite Sonne aufging.

# 4

Mangels klarerer Anweisungen, so schien es, fuchtelten die Soldaten, die ihren Befehlshaber zu Yuri und Stef begleitet hatten, mit ihren Kurzschwertern herum und befahlen den beiden Reisenden, Quintus zum Luftschiff zu folgen. »Und macht ja keine Dummheiten, verstanden?«

Stef half Yuri, den Rucksack aufzusetzen, während sie den Männern folgten und ihren schroffen Worten lauschten. »Sie sprechen also alle Lateinisch«, sagte sie leise.

»Oder jedenfalls eine Sprache, die in gerader Linie vom klassischen Latein abstammt«, erwiderte die KolE. Die auf ihr Verarbeitungszentrum reduzierten Überreste der autonomen Kolonisierungseinheit steckten in Yuris Rucksack, und sie flüsterte ihnen mittels der Stöpsel, die sie ihnen gegeben hatte, ins Ohr, während sie den Römern zugleich Übersetzungen ihrer Worte übermittelte.

»Aber selbst ich«, sagte Stef, »höre da einen ganzen Haufen von Akzenten heraus.«

»Rom war immer schon ein Schmelztiegel vieler Völker«, erklärte die KolE. »Ein erzwungener Zusammenschluss. In der Spätphase stiegen Provinzler – die früher als Barbaren betrachtet worden waren – im Imperium in Führungspositionen auf. Stilicho zum Beispiel, der beste militärische Führer des Spätreichs in Westeuropa.«

»Ich bewundere deine historischen Kenntnisse, KolE«, sagte

Stef leise. »Wie auch alles, was du sonst noch so kannst und weißt.«

»Ich wurde darauf programmiert, als Tutor für die Kinder von Yuris Kolonie auf Per Ardua zu fungieren. Deshalb verfüge ich über umfangreiches Wissen.«

Yuri grinste. »Ich glaube, sie zieht dich auf.«

»Nun, ich bin gern zu Diensten, auch wenn mir nun doch ein anderes Schicksal bestimmt war …«

»Was offenbar auch für das Schicksal Roms gilt«, sagte Stef. »Die Caesaren sind nicht zu den Sternen gereist. Sie hatten nicht einmal Luftschiffe, soviel ich weiß. Vielleicht ist die Geschichte in deinen Speichern überholt, KolE. Ich frage mich, ob diese Römer je etwas von Stilicho gehört haben.«

»Du hast natürlich recht. Das sind nicht *unsere* Römer. Wir können uns von unseren Kenntnissen unserer eigenen Geschichte leiten lassen, dürfen aber nie aus den Augen verlieren, dass die Dinge hier anders sind.«

»Hier, auf der anderen Seite der Luke«, sagte Yuri.

»Das Wort der Römer für das Konstrukt ist allerdings eher so etwas wie *Portal*«, sagte die KolE. »Ich habe mich entschieden, es mit dem bekannteren Begriff zu übersetzen …«

Stef schüttelte den Kopf. »Wir sprechen hier über eine völlig neue Geschichte, als wäre das normal. Verlieren wir alle den Verstand? Als würde das jeden Tag passieren.«

»Zumindest versuchen wir mit der Lage zurechtzukommen, Stef Kalinski«, sagte die KolE leise.

Yuri grinste erneut. »Außerdem, ist dir das nicht schon einmal passiert, Stef, auf dem Merkur? Es ist aber … schwierig. Meint ihr, wenn wir durch die Luke zurückgingen – sofern diese Gorillas mit ihren schicken Klamotten es zuließen –, kämen wir wieder an unserem Ausgangspunkt heraus? Ich meine, auf

Per Ardua, und die einzigen Römer wären die in den Geschichtsbüchern, wo sie hingehören?«

»Irgendwie bezweifle ich es, Yuri Eden«, sagte die KolE. »Nachdem wir nun einmal durch diese Tür gegangen sind …«

»… können wir nicht mehr zurück. Wenn es hier Römer gibt, gibt es sie überall, stimmt's?«

»Wir müssen das Beste daraus machen, Yuri Eden. Schließlich hat uns niemand gezwungen, durch die Luke zu gehen.«

Yuri sah abgehärmt und müde aus, dachte Stef – vielleicht war er krank. Sie alle hatten an diesem langen Tag eine Menge durchgemacht – obwohl noch keine Stunde vergangen war, wie sie mit einem Blick auf ihre Uhr schockiert feststellte, seit sie sich mitten auf der eisigen dunklen Seite von Per Ardua, einem Planeten von Proxima Centauri, von Liu Tao verabschiedet hatten. Es stand außer Frage, dass sie einen unglaublich weiten Weg von Proxima, selbst schon vier Lichtjahre von der Erde entfernt, bis hierher zurückgelegt hatten. Einen Weg, der nicht nur eine Distanz, nicht nur Lichtjahre überspannte. Was war dies für ein Ort?

Sie erreichten das Luftschiff.

Stef wurde von einer Legionärshand nicht allzu sanft zu einer Strickleiter geschoben. Ungelenk stieg sie hinauf, Yuri folgte ihr.

Die beiden – drei mit der KolE – wurden in einen geräumigen, aber fensterlosen, von einer primitiven Leuchtstofflampe erhellten Laderaum im unteren Bereich der Gondel gestoßen. Sie konnten nicht hinausschauen. Sitze gab es auch nicht; sie mussten sich auf den Boden setzen, mit dem Rücken an der Holzwand. Die Soldaten saßen auf ihren Umhängen um sie herum, unterhielten sich leise und sahen Stef abwägend an. Sie erwiderte die Blicke mit finsterer Miene.

Das Schiff, das die Römer *cetus* nannten, stieg zügig in die Höhe. Irgendwo ertönte ein zischendes Gebrüll.

»Die Wände sind aus Holz«, bemerkte Yuri. »Der Boden auch. Ich sehe Stroh und Blutflecken, und alles riecht hier nach Schafen.«

»Und nach Ziegen«, ergänzte Stef. »Obwohl das die Legionäre sein könnten. Dies muss ein Patrouillenfahrzeug für den bodennahen Raum sein. Gibt es irgendwo ein Raumschiff im Orbit? Da stellt sich die Frage, was für eine Technologie sie da oben wohl haben, wenn sie hier unten nichts Besseres zuwege bringen.«

»Falls sie Kernels haben«, sagte die KolE, »könnten für andere Zwecke – zum Beispiel für die Lebenserhaltung – ziemlich primitive Basistechnologien genügen. *Kernels* – die sie übrigens *Vulkane* nennen, nach dem Schmiedegott. Ich habe das entsprechend übersetzt.«

Die Legionäre beobachteten sie misstrauisch, während sie sich unterhielten, und Stef dachte voller Unbehagen, wie unheimlich es für diese Leute – gelangweilte, schwer bewaffnete Soldaten – sein mochte, wenn sie und Yuri einer Stimme lauschten, ja, ihr sogar zu antworten schienen, die sie nicht hören konnten. Es war beinahe eine Erleichterung, als einer von ihnen grunzte: »Nicht reden.«

Stef zuckte die Achseln. Aber sie sah, dass Yuris Augen ohnehin geschlossen waren. Er hatte die Arme über dem Rucksack auf seinem Schoß verschränkt, und sein Kopf schaukelte hin und her.

Es dauerte nicht lange, bis das Luftschiff nach unten sank. Während Ankerketten rasselten, sprachen die Legionäre kurz miteinander. Dann standen sie auf, öffneten die Tür zu dem kurzen Gang, der zu diesem Laderaum führte, und schoben die Reisenden zurück zu der Luke, durch die sie an Bord des Fahrzeugs geklettert waren. Dort mussten sie warten, bis Quintus Fabius und ein paar seiner Offiziere die Leiter zum Erdboden hinuntergestiegen waren.

Stef bückte sich, sodass sie zur Luke hinausschauen konnte. Auf dem violett gestreiften Boden sah sie ein eingefriedetes, annähernd rechteckiges Gelände mit Wällen aus Grassoden und orangefarbenem Holz, wie es schien; die zentralen Gebäude bestanden aus Holz und Stroh. Vorsichtig zog sie eine Tafel aus ihrer Jackentasche. »Hey, KolE, das solltest du dir vielleicht mal anschauen.« Sie hielt die Tafel hoch, damit die KolE mit ihrer Hilfe sehen konnte.

»Erstaunlich, erstaunlich! Ein klassisches Marschlager einer römischen Legion. Jahrtausende in die Zukunft und zu einem anderen Stern versetzt …«

Sie wurden die Leiter hinuntergeschubst.

Auf dem Boden übergab der Anführer des kleinen Soldatentrupps sie wieder an Quintus Fabius und dessen Gefolge. Quintus schenkte ihnen keinerlei Beachtung, aber Gnaeus Junius, sein Stellvertreter – der *optio*, wie Stef gelernt hatte –, machte eine undeutliche Handbewegung. »Oh, bleibt einfach da drüben stehen und haltet euch aus dem ganzen Ärger heraus.«

Und Ärger gab es, wie Stef sehen konnte. An den Rand geschoben und unbeachtet, versuchte sie, aus dem Gezänk der Römer schlau zu werden.

Zenturio Quintus stritt sich mit einer Gruppe von Legionären herum, die zumeist in dem Stil gekleidet waren, den Stef mittlerweile als charakteristisch für diese Post-Römer erachtete – also weitgehend genauso wie römische Soldaten in allen Geschichtsbüchern und Rekonstruktionen, die sie gesehen hatte, auch wenn sie im Allgemeinen farbloser, schmutziger und stärker von Kämpfen gezeichnet waren. Sie trugen allesamt schwere Gürtel mit Schlaufen für Waffen und riesigen, reich verzierten Schließen. Die Gürtel waren das auffälligste Merkmal ihrer Tracht, fand sie, protzig, fast schon barbarisch. Quintus beherrschte die Szenerie in seinem scharlachroten Umhang und seinem Helm mit dem spektakulären Federschmuck.

Einige trugen jedoch auch andere Trachten. Eine robust wirkende Frau, klein, stämmig, mit roten Haaren, stand furchtlos ganz in der Nähe des Zenturios. Sie trug eine Art Wollponcho mit Tunika, Hose und Stiefeln; auf ihren Schulterstreifen schienen militärische Insignien zu prangen, die allerdings keinerlei Ähnlichkeit mit den römischen aufwiesen. Trotzdem stand sie neben Quintus Fabius, als gebührte ihr dieser Platz. Neben ihr waren weitere Männer und Frauen in ganz ähnlicher Kleidung, außerdem ein für Stefs Augen mediterran wirkender älterer Mann mit dunklem Teint in so etwas wie einer gekürzten Toga.

Stef hörte das Gackern von Hühnern, das Blöken von Schafen, die Stimmen von Frauen und Kindern wie auch die schrofferen Töne der Männer, und sie roch das Feuer von Kochstellen. Jetzt, da sie auf dem Boden war, kam ihr das Kastell weniger wie eine militärische Einrichtung vor als vielmehr wie eine kleine, wenn auch befestigte Stadt. Aber sie nahm einen noch stärkeren Brandgeruch wahr, den von Stroh und irgendeinem Holz. Ein brennendes Gebäude?

Während sich die Streiterei dahinzog, ging eine Reihe von Frauen, tief gebeugt unter Tragejochen mit Wassereimern, völlig unbeachtet und mit gesenktem Blick an den Soldatengrüppchen vorbei. Stef starrte sie an. Konnten das *Sklavinnen* sein?

Yuri schüttelte den Kopf. »Was für ein Tag. Wir kommen von so weit her, von einem anderen Stern, und jetzt schenkt uns niemand auch nur die geringste Beachtung.«

Stef hob die Schultern. »So sind die Menschen nun mal. Alle haben ihre eigenen Sorgen, schätze ich.«

»Ja«, sagte die KolE. »Wir müssen diese Sorgen zu unserem Vorteil ausnutzen.«

»KolE«, sagte Stef, »dieser Bote hat Quintus mitgeteilt, es gebe Ärger in der *colonia*. Ist das hier eine Kolonie?«

Die KolE flüsterte ihr ins Ohr: »Bei den Römern war es üblich, in einer neu besetzten Provinz Kolonien altgedienter Soldaten einzurichten. Eine einfache Methode, imperiale Disziplin durchzusetzen, ein Beispiel römischer Kultur für gerade erst unterworfene Barbaren, eine militärische Reserve, eine bewohnte Befestigungsanlage. Vielleicht wird so etwas hier gerade aufgebaut. Wahrscheinlich werden viele dieser Legionäre mitsamt ihrer Familien nicht wieder nach Hause zurückkehren, wenn die *Malleus Jesu* diese Welt verlässt. Allem Anschein nach murren sie deshalb.«

»Eine Befestigungsanlage wogegen?« Stef dachte zurück. »Wir haben hier ein paar gewaltige Ruinen gesehen, aber keinerlei Anzeichen einer noch vorhandenen Zivilisation. Nicht einmal tierisches Leben, mal abgesehen von diesen gackernden Hühnern. Wogegen wollen diese Legionäre denn Krieg führen – gegen einen Schlammhügel?«

Yuri grinste müde. »Das ist eine fremde Welt, Stef. Ich vermute mal, es kommt auf den Schlammhügel an.«

»Und außerdem«, sagte die KolE, »wenn diese Römer hierhergelangen können, dann können es ihre Rivalen vielleicht auch.«

»Sie sprechen von den Xin«, sagte Stef leise. »Was meint ihr, sind das Chinesen?«

»Der Name ›China‹ leitet sich vom Namen der ersten Dynastie ab, die das Land vereinigt hat. ›Xin‹ könnte eine korrumpierte Form davon sein.«

»Und die Brikanti, wer immer die sein mögen.«

»Ich bin eine Brikanti.« Die Frau mit dem Poncho, die bei Quintus gestanden hatte, kam zu ihnen herüber. »Wer immer *ihr* sein mögt.« Man hörte zugleich mit der Übersetzung, dass sie Lateinisch sprach, aber mit einem starken Akzent. »Mir war zu Ohren gekommen, dass Quintus bei seiner brandneuen Luke Fremde entdeckt hat.«

»Gerüchte verbreiten sich hier schnell«, sagte Stef.

Die Frau lachte. »Natürlich, in einem Römerlager.« Sie beugte sich näher, um Stef zu mustern. Ihr kurz geschnittenes Haar war von einem tiefen, stolzen Rot; sie sah aus, als wäre sie vielleicht vierzig Jahre alt – ein Vierteljahrhundert jünger als Stef, aber ihr wettergegerbtes Gesicht erschwerte es, ihr Alter genau zu bestimmen. Ihre Augen waren eisblau. »Ihr kleidet euch seltsam«, sagte sie. »Ihr *riecht* seltsam. Ich bin schon gespannt auf eure Lügen, woher ihr kommt.«

Stef grinste. »Du würdest mir wahrscheinlich nicht glauben, auch wenn ich dir die Wahrheit sagen würde.«

»Ha! Das mag für diesen starrköpfigen Zenturio gelten. Wir Brikanti sind nicht so verbohrt. Eins ist sicher – ihr seid nicht als blinde Passagiere an Bord der *Malleus Jesu* auf diese Welt gekommen.«

»Woher weißt du das?«

»Es ist mein Schiff. Diese Mission ist eine gemeinsame Unternehmung von Rom und Eboraki – aber wenn ihr die Brikanti nicht kennt, werdet ihr auch nicht wissen, dass Eboraki unsere Hauptstadt ist. In der Umlaufbahn um die Sonne haben wir unsere eigenen Flotten, die Römer wie auch die Brikanti, aber bei Sternenflügen arbeiten wir zusammen. Quintus Fabius hat das Kommando über die Mission und seine römischen Rüpel, aber ich, Movena, habe das Kommando über das Schiff und dessen Besatzung. Der römische Begriff für meine Funktion ist *trierarcha*. Das Schiff selbst ist natürlich auch brikantisch.«

»Ich … glaube, ich verstehe.«

Der ältere Mann mit der Toga kam herüber, während sie sprach. »Es ist erstaunlich, Movena. Sie spricht leise, und ihre Sprache klingt für einen Fremden wie mich genauso wie deine, vielleicht vermischt mit Germanisch. Und doch wiederholt dieses … Ding in ihrem Ohr ihre Worte auf Lateinisch. Aber was passiert, wenn wir es herausnehmen? Darf ich?« Er hob die Hand zu Stefs Kopf.

Ihr war nicht ganz wohl dabei, aber sie hatte kaum eine Wahl. Sie schaute zu Yuri hinüber, der die Achseln zuckte, und ließ sich von dem Mann die Hörkapsel herausnehmen.

Movena grinste entspannt. »Mach dir nichts draus. Michael ist der *medicus*, unser Schiffsarzt. Ein Grieche, wie alle wirklich guten Doktoren. Und wie alle Griechen ungeheuer neugierig, wenn es um Belanglosigkeiten geht. Ich rede jetzt in meiner Muttersprache. Versteht ihr mich?«

Stef hörte das nur undeutlich aus Yuris Hörkapsel; Movenas echte Worte, die wie Dänisch mit einem leichten Singsang klangen, übertönten es.

»Sag etwas in deiner eigenen Sprache«, bat Michael.

Stef grinste. »Wenn du diese Hörkapsel kaputt machst, breche ich dir den Arm.«

»Ja! Erstaunlich.« Er gab die Hörkapsel zurück, und Stef steckte sie sich rasch wieder ins Ohr.

Und dann hustete Yuri plötzlich. Stef sah, dass er sich auf die niedrige Mauer eines Befestigungswalls stützte, und verspürte einen Anflug von Besorgnis.

Michael trat vor. »Bitte lass mich nachsehen, ob ich dir helfen kann …«

Movena wandte sich an Stef. »Ist dein Begleiter krank?«

»Nicht dass ich wüsste.«

»Der Grieche ist ein ausgezeichneter Arzt – viel zu gut für diese Römer. Er wird helfen, wenn Hilfe möglich ist.« Als der Doktor auf Yuri zutrat, zog Movena Stef beiseite. »Jetzt hör mir zu.«

»Ja?«

»Auf dieser Mission führe ich nicht nur das Kommando über das Schiff. Ich bin auch die Obfrau. Quintus Fabius hat sich damit einverstanden erklärt.«

»Die Obfrau?«

Movena seufzte. »Kennst du dich mit Soldaten aus?«

»Ich war selber Soldatin.«

Movena zog die Augenbrauen hoch. »Na schön. Dann wirst du wissen, wie Soldaten sich benehmen – wie sie sich immer benommen haben. Die Männer jedenfalls. Im römischen System ist das Heer alles, verstehst du; ihre Marine ist im Grunde nur ein Zweig des Heeres. Bei uns dagegen ist es umgekehrt. Deshalb greifen unsere Systeme so gut ineinander, wenn wir Römer und Brikanti uns nicht gerade streiten.

Aber man muss sich darüber im Klaren sein, dass diese Römer in erster Linie Soldaten sind und sich auch als solche betrachten. Die meisten dieser Legionäre, vor allem die älteren, haben im Krieg gedient, auf konventionellen militärischen Missionen – die meisten werden wahrscheinlich bei den letzten walhallischen Feldzügen gegen mein eigenes Volk auf dem nördlichen Kontinent dabei gewesen sein, in einem Krieg, der mit dem letzten unzureichenden Versuch eines Friedensvertrags ›beendet‹ wurde, mittlerweile aber vermutlich wieder aufgeflammt ist. Und im Süden gehen die hässlicheren Kriege der Römer gegen die Xin weiter … In solchen Kriegen sind Frauen Beute. Oder Ziele, sodass ihre Körper zum Schlachtfeld werden, nachdem die Männer gefallen sind. Verstehst du? Also, *das hier* ist kein Eroberungskrieg; hier gibt es keine Feinde zu besiegen, weder menschliche noch andere. Es gibt nichts zu vergewaltigen und zu töten. Und natürlich durften die Männer ihre Frauen und Geliebten, ja sogar ihre Kinder mitnehmen. So wird das gehandhabt - wenn man nämlich eine Schiffsladung römischer Soldaten ohne Frauen auf eine jahrelange Mission schicken würde, hätten sie sich gegenseitig erst um den Verstand gefickt und dann wegen der Gunst des hübschesten Standartenträgers umgebracht, noch bevor sie an Augustus vorbei wären.«

»Augustus?«

Sie runzelte die Stirn. »Der siebte Planet der Sonne … Woher kommt ihr denn nun? Aber weißt du, selbst wenn Begleiterinnen verfügbar sind, bleiben Männer Männer und Soldaten Soldaten – und Frauen sind Ziele, die Sklavinnen, die zölibatären Dienerinnen des *vicarius* Christi, ja sogar die Frauen und Töchter ihrer Kameraden. Du, meine Liebe, bist weder alt noch hässlich genug, als dass du in Sicherheit wärst.«

»Danke.«

»Deshalb beschützen wir einander. Wie gesagt, ich bin die Obfrau. Wenn du derartige Probleme hast, komm zu mir.«

»Ich kann schon auf mich aufpassen.«

»Gut. Tu das, und komm zu mir, wenn es dir nicht gelingt. Ist das klar?«

»Ja. Danke.«

»Schön. Dann sollten wir unsere Aufmerksamkeit jetzt wieder diesen kleinen Jungen und ihrem Gezänk zuwenden …«

Quintus Fabius' Stimme schnitt dröhnend durch die Streitereien. »Titus Valerius, du alter Schurke! Endlich zeigst du dein wahres Gesicht. Ich hätte wissen müssen, dass du hinter diesem ganzen Aufruhr steckst.«

Stef sah durch die Menge hindurch, wie einer der Legionäre offenbar gegen seinen Willen in die vorderste Reihe einer Meute unzufriedener Männer geschoben wurde. Er war stämmig, mit kurz geschorenen, grau melierten Haaren auf dem unbedeckten Schädel – und ein Arm endete in einem Stumpf, sah Stef, der von einem hölzernen Zylinder umschlossen wurde. »Lass es nicht an mir aus, Zenturio. Ich war nicht derjenige, der die *principia* angezündet hat. Im Gegenteil, ich habe die Eimerkette organisiert, die …«

»Pah! Verschon mich damit, du Teufel. Du warst schon ein Unruhestifter, als du noch unter dem Befehl meines Vaters standest, und unter meinem bist du noch immer einer.«

Titus seufzte schwer. »Nun ja, wenn ich es mir leisten könnte, in den Ruhestand zu treten, hätte ich das schon vor langer Zeit getan, das weißt du, Herr, und ich würde mit meiner Tochter Clodia nach Hause fliegen, um ihr eine anständige Ausbildung und ein ruhiges Leben zu ermöglichen, fern von den Raufbolden, die du befehligst.«

»Ha!« Quintus machte eine Handbewegung zu dem Kastell. »*Das* hier ist dein Ruhestand, du Dummkopf. Eine Stadt, in der du das Kommando führen kannst. Eine Welt, die du erobern kannst! Also, ich ernenne dich zum Vorsitzenden des Senats, wenn du willst.«

»Hübsche Titel sind nichts für mich, Herr. Und diese Welt ist es auch nicht.«

»Die *Malleus* fliegt in weniger als einem Monat ab, und du wirst nicht an Bord sein. Und wenn ihr eure Zwistigkeiten bis dahin nicht gelöst habt …«

»Aber das ist unmöglich, Herr! Das haben wir dir zu erklären versucht. Deshalb mussten wir die *principia* anzünden, damit du uns zuhörst!«

»Ich dachte, du hättest gesagt, du wärst es nicht gewesen …«

Titus packte seinen Befehlshaber mit seiner einen Hand am Arm. »Hör mir zu, Herr. *Unsere Feldfrüchte werden hier nicht wachsen.* Der Weizen, die Gerste, sogar die Walhalla-Kartoffeln gehen ein, und *die* wachsen überall. Der Boden ist zu trocken! Oder es stimmt etwas nicht damit, es fehlt etwas … Du kennst mich, Herr. Ich bin kein Bauer.«

»Ja, und ein besonders guter Soldat bist du auch nicht.«

»Ganz gleich, was wir tun, und wir rühren unsere Exkremente nun schon monatelang in dieses Erdreich, nichts klappt. Also, das erinnert mich an einen Feldzug, bei dem wir einmal …«

»Erspar mir deine Anekdoten. Drück auf dem Scheißhaus mehr auf die Tube, Mann!«

»Es ist nicht nur der Boden, Herr.« Titus schaute zum Himmel hinauf, zu der emporsteigenden zweiten Sonne dieser Welt. »Manche sagen, Remus, dieser Mistkerl, wird größer.«

»Größer?«

»Diese Welt, *diese* Sonne bewegt sich auf ihn zu. Was dann, Herr? Hier ist es jetzt schon heiß genug. Wenn wir von zwei Sonnen verbrannt werden sollen …«

»Unsinn!«, verkündete Quintus barsch.

Die Reaktion bestand in zornigen Zwischenrufen. Er bot der Menge tapfer die Stirn, aber auf beiden Seiten hatten Männer die Hände an den Griffen ihrer Schwerter.

»Haben die Männer recht?«, wandte sich Stef mit leiser Stimme an Movena.

»Was die zweite Sonne betrifft, schon. Diese Welt umkreist den großen hässlichen Stern, den du da oben siehst – er heißt

Romulus; Römer nennen Doppelsterne immer Romulus und Remus. Aber Romulus und Remus kreisen um ein eigenes, gemeinsames Zentrum – sie tänzeln aufeinander zu und wieder voneinander weg wie balzende Vögel, oder wie die beiden hellen Sterne des Zentaurenhufs, des Terra am nächsten gelegenen Systems. In ein paar Jahren wird es auf dieser Welt deutlich heißer sein als jetzt, weil die zweite Sonne immer näher herankommt – und ein paar Jahrzehnte später weicht sie wieder zurück, und dann wird es viel kälter werden.«

Stef fragte sich, ob dieser elende Planet dazu verurteilt war, auf seiner Umlaufbahn die habitable Zone seines Sterns zu verlassen, wenn der Zwilling zu nah herankam – oder sich zu weit entfernte. »Hat das jemand modelliert? Ich meine, hat jemand berechnet, wie stark sich das Klima verändern wird?«

»Ich bezweifle es. Und selbst wenn, es würde nichts an den Befehlen für diese Männer und ihre Familien ändern, ganz gleich, wie düster die Voraussagen wären. Aus Sicht der imperialen Strategen, die gemütlich in ihren Landgütern am Stadtrand von Groß-Rom sitzen, sind Welten nicht weiter kompliziert, musst du wissen. Sie sind bewohnbar oder nicht. Wenn nicht, ignoriert man sie vielleicht. Wenn doch, müssen sie bewohnt werden – bewohnt und bewirtschaftet –, und man errichtet dort solche *coloniae* wie diese. So wie die Römer jedes Land in ihrer Reichweite eingenommen und als Provinz eingegliedert haben – alle außer Pritanike natürlich; dank der Weisheit von Königin Kartimandia sind wir Brikanti ihrem Netz entronnen. Pech für die Kolonisten, wenn diese Welt aus irgendeinem nicht sofort ersichtlichen Grund letztlich doch nicht bewohnbar ist. Aber zumindest werden die Xin sie nicht kriegen. Verstehst du? Obwohl ich zugeben muss, dass es misslich wäre, wenn hier nicht einmal die Feldfrüchte wüchsen …«

»Ich kann Mutterboden herstellen.«

Die Stimme der KolE kam laut und deutlich aus Yuris Rucksack. Yuri, der sich widerstrebend von dem griechischen Arzt untersuchen ließ, machte bei der plötzlichen direkten Kommunikation ein erschrockenes Gesicht.

Die brikantische Schiffskommandantin war ebenfalls überrascht. Dann marschierte sie ohne zu zögern zu Yuri hinüber, drehte ihn herum, damit sie an seinen Rucksack herankam, öffnete diesen und betrachtete die Komponenten im Innern. »Was für ein Trick ist das?«

»Kein Tick, *trierarcha*. Ich bin eine Maschine. Eine autonome Kolonisierungseinheit. Meine Aufgabe ist es, Menschen bei der Eroberung fremder Welten zu unterstützen. Insbesondere kann ich Mutterboden herstellen.«

»Wenn das stimmt …«

»Mutterboden ist ein Komplex aus vielfach mikroskopisch kleinen Organismen und diversen Arten von Nährstoffen. Wenn auf dieser Welt einer davon fehlt, finde ich es heraus, und mit der geeigneten Ausrüstung kann ich die Synthese von Ergänzungsstoffen, die Züchtung von Organismen in die Wege leiten. Ich kann Mutterboden herstellen, *trierarcha*.«

»Und dein Preis?«

»Sicherheit für mich und meine Gefährten.«

Movena dachte darüber nach. »Weißt du, ich glaube dir, auch wenn es unmöglich zu sein scheint – aber schließlich seid ihr beiden, ihr *drei* ohnehin schon wandelnde Unmöglichkeiten, nicht wahr? Wenn Quintus Fabius es ebenfalls glaubt – und wenn er, wie ich vermute, Titus Valerius besticht, indem er ihm und seiner Tochter einen Flug weg von dieser Staubschüssel anbietet –, dann lässt sich die Situation vielleicht retten. Und alles, was du willst, ist Sicherheit?«

Yuri wurde von einem Hustenanfall geschüttelt. Der Arzt wirkte besorgt; er half ihm, sich hinzusetzen.

»Sicherheit«, sagte die KolE aus dem Rucksack, der immer noch auf Yuris Rücken saß, »und ärztliche Hilfe für meinen Freund.«

Movena grinste. »Was für ein Vergnügen es mir sein wird, den arroganten Römern die Nachricht von diesem Wunder zu überbringen. Lasst mich mit Quintus reden.«

# 5

## A.D. 2213; A.U.C. 2966

Zu dem Zeitpunkt, als der Nagel auf dem Merkur einschlug, war das IRF-Raumschiff *Tatania* schon seit drei Tagen unterwegs. Das Schiff hatte das Erde-Mond-System auf geradem Wege verlassen, weg von der Sonne, und war mehr als dreimal so weit von dieser entfernt wie die Erde, als Beth Eden-Jones eine fragmentarische Nachricht von ihrer Mutter empfing.

*»Es tut mir leid, dass ich dich General Lex übergeben musste, selbst wenn er mir wirklich einen Gefallen schuldet. Ganz gleich, wohin es dich verschlägt, ich komme dich suchen. Vergiss nicht, dass ich immer …«*

Und dann, unmittelbar danach, der Blitz, blendend hell, aus dem Herzen des Sonnensystems. Die Brücke wurde von Licht durchflutet.

Beth sah, wie sie reagierten. Lex McGregor in seinem Kapitänssessel drückte den ohnehin schon geraden Rücken noch mehr durch. Penny Kalinski ergriff Jiang Youweis Hände. Erdschein, das unheimliche virtuelle Ich, schien einzufrieren. Offenbar wussten sie alle, was geschehen war, und kannten die Bedeutung des Blitzes.

Alle außer Beth.

»Was ist?«, fauchte sie. »Was war das? Was ist passiert?«

Erdschein wandte ihr sein seltsames künstliches Gesicht zu. Selbst nach all ihren Jahren im Sonnensystem hatte Beth sich noch immer nicht ganz daran gewöhnt, ihre Welt mit Pseudo-Menschen wie ihm zu teilen.

»Sie haben den Wolf des Krieges von der Leine gelassen. Wir, die Menschheit, hatten ihn mit Verträgen, mit Worten gefesselt. Das ist vorbei. Und nun *das da.*«

»*Sie* sind …«

»Die Lukenbauer. Wer sonst?«

»Und du, du bist kein Mensch. Du sagst *wir*. Dazu hast du kein Recht.«

Die Projektion sah sie traurig an. »Ich war einmal ein Mensch. Mein Name war Robert Braemann.«

Und sie starrte ihn an, bis ins Mark schockiert von dem Namen.

Lex McGregor drehte sich zu Penny um. »Das waren also die explodierenden Kernels. Stimmt's, Kalinski?«

»Ich glaube schon.«

»Was müssen wir tun? Wir sind so weit von dem Blitz entfernt, dass er uns keinen unmittelbaren Schaden zufügen kann, glaube ich. Gesegnet sei die Abnahme der Intensität mit dem Quadrat des Abstands. Was kommt als Nächstes?«

Penny schien zu überlegen. »Wahrscheinlich ein Teilchensturm. Wie hochenergetische kosmische Strahlung. Konzentrierte kleine Energiepakete, aber langsamer als das Licht. Sie werden in ein paar Stunden hier sein. Schwer abzuschätzen.«

»Okay. Vielleicht sollte ich den Antrieb für eine Weile abschalten und das Schiff drehen, sodass die Schutzschilde gegen die interstellare Materie zwischen uns und dem Merkur sind?«

»Das wäre vielleicht eine gute Idee.«

Beth verstand nichts von alledem. »Und was ist mit der Erde? Was ist aus der Erde geworden?«

Penny erwiderte ihren Blick. »Das Leben wird sich letztendlich erholen. Aber im Moment …«

McGregor begann mit der Prozedur, den Hauptantrieb abzuschalten und das Schiff zu drehen. Seine Stimme war ruhig und kompetent, während er mit seiner Crew die Checklisten abarbeitete.

Beth stellte sich ein verbranntes Land vor, einen schwarzen, leblosen Ozean.

Wie sich herausstellte, lag sie damit völlig falsch.

Nachdem der Antrieb abgeschaltet und die Beschleunigungsschwerkraft auf null gesunken war, gönnten sich die Besatzung und die Passagiere des IRF-Kernel-Schiffs *Tatania* eine Pause – von ihrer Lage, voneinander. Beth löste ihr Gurtgeschirr, schwebte von ihrer Liege weg und arbeitete sich unbeholfen zur Toilette vor. Dort schloss sie sich ein, saß einfach nur mit geschlossenen Augen da und versuchte ihre Atmung unter Kontrolle zu bekommen. Versuchte, nicht nachzudenken.

Aber dann hörte sie die anderen reden und vernahm das Knistern von Funkbotschaften. Stimmen, die für Beths Ohren eine Mischung aus Schwedisch und Walisisch sprachen. Dreißig Minuten nach der Abschaltung des Kernel-Antriebs und der Auflösung des von ihm erzeugten Schirms aus hochenergetischen Teilchen und Kurzwellenstrahlung empfingen die weitgespannten Antennen der *Tatania* die ersten Signale aus dem inneren System.

Die Passagiere und Besatzungsmitglieder versammelten sich erneut auf der Brücke der *Tatania*. Sie lauschten den bruchstückhaften Stimmen und sahen sich verständnislos an. In diesem ersten Moment der Stille, seit die *Tatania* sich vom Erdmond aus in den Weltraum katapultiert hatte, ließ Beth den Blick über die Gruppe schweifen.

Sie selbst: Beth Eden-Jones, sechsunddreißig Jahre alt, auf einem Planeten von Proxima Centauri geboren, aber zur Erde mitgenommen von einer Mutter, die jetzt vermutlich auf dem Merkur verbrannt war – jedoch erst, nachdem sie Beth gezwungen hatte, diese neue Reise ins fremdartige Unbekannte anzutreten.

General Lex McGregor von der IRF: ein Mann wie eine Statue, in den Siebzigern, Kommandant dieses Schiffs der Raumflotte, auf professionelle Weise besorgt, aber nicht beunruhigt wirkend. Selbst seine Stimme war beruhigend, zumindest für Beth. McGregor war Brite wie Beths Vater, Yuri Eden, war jedoch in Angleterre aufgewachsen, den eng in eine europäische Föderation eingebundenen südlichen Grafschaften Englands, während Yuri in einem unabhängigen Nordbritannien zur Welt gekommen war, und für Beths Ohren hatte McGregors Akzent infolgedessen einen leicht französischen Tonfall.

Penny Kalinski: eine Physikerin und Bekannte von Beths Mutter, eine Frau, die schon auf die siebzig zuging und verwirrt dreinschaute – nein, dachte Beth, sie hatte Angst auf einer tieferen Ebene, als ob all diese seltsamen Geschehnisse irgendwie gegen sie persönlich gerichtet wären.

Jiang Youwei: ein vierzigjähriger Chinese, der eine weit zurückreichende Beziehung zu Penny hatte und im Krieg zwischen den Vereinten Nationen und den Chinesen, der im ganzen Sonnensystem ausgebrochen zu sein schien, auf der falschen Seite gelandet war.

Die beiden jungen Mitglieder der Brückencrew der *Tataria*: rangniedrige IRF-Offiziere, ein Mann und eine Frau, beide offenbar gleichermaßen durcheinander. Doch solange McGregor

Kapitän dieses Jumboschiffes war, dachte Beth, brauchten sie weder nachzudenken noch sich Sorgen zu machen, ungeachtet des Weltenbrands, vor dem sie geflohen waren, und der überaus seltsamen Laute, die nun aus den Kommunikationssystemen drangen. McGregor würde schon auf sie aufpassen. Das war zumindest ihre tröstliche Illusion.

Und, am unheimlichsten von allen, Erdschein: eine künstliche Intelligenz mit dem projizierten Körper eines elegant gekleideten Vierzigjährigen und aufmerksamer, gelassener Miene – eine Erscheinung, die eine verlogene Simulation war, wie Beth wusste, ein Geist aus Licht. Die größte Realitätsnähe erlangte Erdschein als hässlicher Klumpen Technik, der irgendwo an Bord dieses Raumfahrzeugs verstaut war, ein Speicher jener Erinnerungen und rieselnden Gedanken, aus denen seine künstliche Persönlichkeit bestand. Er war ein Geschöpf, das zusammen mit zwei in Höhlen voller Hochtechnologie tief unter der Erde eingeschlossenen »Brüdern« jahrzehntelang echte Macht über die gesamte Menschheit ausgeübt hatte.

Und er hatte ihr seinen richtigen Namen genannt, oder einen davon: Robert Braemann. Er hatte gewusst, dass Beth begreifen würde, was dieser Name für sie bedeutete.

Ihr ganzes Leben lang, und insbesondere seit sie gegen ihren Willen zur Erde gebracht worden war, hatte sie mit der Vergangenheit ihrer Eltern nichts zu tun haben wollen: mit der verworrenen alten Erdgesellschaft, aus der man sie ausgeschlossen hatte, bevor sie in die Leere von Per Ardua gekommen waren, jenes Planeten von Proxima Centauri, auf dem Beth geboren war, ihre Heimat. In dieser Hinsicht hatte sich nichts geändert. Sie sah, dass Erdschein noch immer auf eine Reaktion von ihr wartete. Sie wandte sich bewusst von ihm ab.

McGregor schwang mit seinem Kommandosessel herum und musterte sie alle mit so etwas wie professionellem Mitgefühl. »Ich weiß, das ist schwierig«, begann er. »Erst vor ein paar Tagen sind wir vor einem offenbar katastrophalen Krieg im inneren Sonnensystem geflohen. Wir fürchteten – nun, wir fürchteten die Zerstörung von allem, der Raumkolonien, ja sogar der Erde selbst. Wir hatten kein bestimmtes Ziel im Kopf. Meine Mission, meine und die meiner Besatzung, bestand in erster Linie darin, Sie zu retten, Sir«, und er nickte Erdschein zu. »Das war mein wichtigster Auftrag, erteilt vom Sicherheitsrat der Vereinten Nationen und meinen Vorgesetzten in der IRF, in der Hoffnung, Sie könnten ein späteres Wiederaufbauprogramm leiten.«

»Und wir anderen«, sagte Penny Kalinski trocken, »wurden in Erdscheins Kielwasser hierhergespült.«

McGregor wandte sich Beth zu. Er sah immer noch gut aus, fand Beth, trotz seines Alters, und er besaß ein Charisma, dem man sich nur schwer entziehen konnte. »So sieht die Sache aus«, sagte er. »Sie, Miss Jones, sind natürlich hier, weil – nun, weil ich Ihrer Mutter einen Gefallen schuldete. Alte Geschichte. Aber ganz egal, welches Schicksal uns zusammengeführt hat, jetzt sind wir hier, in dieser Situation. Was nun die Frage betrifft, wie diese Situation aussieht …« Er warf seinen Untergebenen einen Blick zu.

Die junge Frau reagierte auf die Aufforderung, indem sie eine Tafel hob. Sie war vielleicht fünfundzwanzig Jahre alt, schätzte Beth, und stämmig, mit ziemlich eckigem Gesicht; ihre blonden Haare waren zu kleinen, festen Zöpfen geflochten. Auf einem aufgenähten Schild an ihrem Overall stand IRF LT MARIE GOLVIN neben dem IRF-Logo. Beth bemerkte geistesabwesend, dass sie neben dem Schild ein kleines Kruzifix angesteckt hatte.

Golvin tippte auf ihre Tafel und fasste rasch zusammen. »Wir haben drei Tage lang mit einem g beschleunigt, Sir. Mittlerweile haben wir den Antrieb abgeschaltet, fliegen aber noch immer mit unserer Endgeschwindigkeit von knapp einem Prozent der Lichtgeschwindigkeit.« Sie sah die Passagiere kurz der Reihe nach an und fragte sich offenkundig, inwieweit sie die Situation erfassen konnten. »Wir sind aus der Mondumlaufbahn gestartet und schnurstracks von der Sonne weggeflogen. Momentan sind wir drei astronomische Einheiten von der Sonne entfernt – das heißt, wir befinden uns tief im Asteroidengürtel. Und wir entfernen uns noch immer von ihr.«

»Aber jetzt schauen wir zurück«, sagte Erdschein. »Jetzt, wo die vom Antrieb erzeugte Abgaswolke uns nicht mehr gegen alle optischen und akustischen Signale abschirmt. Und anstelle von Nachrichten von einer zerstörten Erde empfangen wir ...«

»Botschaften, richtig«, sagte Golvin. »Aber Botschaften, die wir nicht verstehen.«

Sie tippte auf ihre Tafel, und Sprachfragmente erfüllten die Luft, verzerrt, durchsetzt von statischem Rauschen, Geisterstimmen, die sprachen und verklangen.

»Also, zunächst einmal«, sagte Golvin, »das sind alles Funkbotschaften mit einer Technik wie im zwanzigsten Jahrhundert, keine Übermittlungsmethoden per Laser und anderen gebündelten Strahlen, wie die IRF und die Weltraumagenturen unserer Konkurrenten sie heutzutage benutzen. Tatsächlich haben wir sie nicht mit dem Kommunikationssystem der *Tatania* empfangen, sondern mit einer Hilfsantenne für Radioastronomie und Navigation. Die Botschaften scheinen nicht für unsere Ohren bestimmt zu sein – wir fangen sie nur zufällig auf.«

Jiang meldete sich zu Wort. »Vielleicht stammen sie von verstreuten Gemeinschaften auf der Erde und im Weltraum, die sich auf die Schnelle nur dieser Technik bedienen können. Um Hilfe anzufordern, Informationen zu erbitten …«

»Ich glaube nicht, Sir«, sagte Golvin höflich. »Dagegen spricht schon ihre Verteilung. Wir empfangen diese Botschaften aus jedem Bereich der Ekliptikebene – das heißt, von überall her, aus dem ganzen Sonnensystem. Von Himmelskörpern, auf denen wir keine Kolonien haben – weder die UN noch die Chinesen –, wie zum Beispiel von den Jupiter- und Saturnmonden und einigen der kleineren Asteroiden.«

»Dann also Überlebende«, meinte Jiang. »In Schiffen. Die genauso auf der Flucht sind wie wir.«

Golvin schüttelte mit einem Anflug von Ungeduld den Kopf. »Dazu hat die Zeit nicht gereicht, Sir. Niemand kann viel weiter oder viel schneller geflohen sein als wir. Und außerdem ist da die Frage der Sprachen.«

Beth lauschte erneut den Stimmen aus der Tafel, männlichen und weiblichen Stimmen, deren Sprachen manchmal auf fast schon quälende Weise vertraut klangen, aber dann doch unverständlich blieben …

»In einigen Punkten kann ich helfen«, sagte Erdschein. »Meine eigenen Systeme sind mit denen des Schiffes verbunden; ich verfüge über ein deutlich umfangreicheres Programmpaket zur Sprachanalyse und Übersetzung als das Schiff selbst.«

McGregor grunzte, als fühlte er sich veranlasst, sein Schiff zu verteidigen. »Niemand hat damit gerechnet, dass die *Tatania* ein solches Programmpaket brauchen würde, Sir.«

»Offenbar hat sich die Lage geändert«, erwiderte Erdschein gelassen. »Bei diesen Botschaften scheint es drei Hauptcluster zu geben – drei Sprachen oder Sprachgruppen. Die erste und häufigste klingt wie eine Mixtur skandinavischer Sprachen, Schwedisch und Dänisch, vermischt mit alten keltischen Sprachen – Gälisch, Bretonisch, Walisisch. Die Grammatik muss noch eingehender analysiert werden; das Vokabular ist im Großen und Ganzen ziemlich unkompliziert.« Er warf Jiang einen Blick zu. »Die zweite Gruppe erkennen Sie vielleicht.«

Jiang lauschte angestrengt, mit gerunzelter Stirn. »Es klingt wie Han-Chinesisch«, sagte er. »Aber stark verfremdet. Vielleicht ein regionaler Dialekt?«

»Wir hören das aus dem gesamten Sonnensystem«, sagte Golvin. »Falls es sich um einen Dialekt handelt, ist er irgendwie zum vorherrschenden geworden.«

»Und die dritte Gruppe?«, fragte Penny.

»Die ist eigentlich am leichtesten zu identifizieren«, sagte Golvin ruhig. »Lateinisch.«

Es gab eine kurze Pause, ein schockiertes Schweigen.

McGregor nickte. »Ich sollte vielleicht hinzufügen, dass unsere Versuche, mit IRF-Kommandozentren auf konventionelle Weise Kontakt aufzunehmen, bisher unbeantwortet geblieben sind. Und natürlich haben wir auf keines dieser Funk-Fragmente reagiert. Die Frage ist jetzt, was wir wegen all dem unternehmen sollen.«

Penny zuckte die Achseln. »Ich glaube nicht, dass wir viele Wahlmöglichkeiten haben. Dieses Schiff kann nicht zu den Sternen fliehen, nehme ich an.«

McGregor lächelte. »Das hier ist – oder war – ein Prüfstand für neue Kernel-Technologien, um die Generation jener Schiffe zu ersetzen, die Ihre Eltern, Beth, nach Proxima Centauri gebracht haben. Aber es ist nicht für einen mehrjährigen Interstellarflug ausgerüstet, nein. Tatsächlich haben wir nicht einmal genug Vorräte für einen längeren Aufenthalt im Weltraum an Bord; unsere Flucht vom Mond wurde bekanntlich ziemlich überstürzt arrangiert.«

»Wir müssen bald irgendwo landen«, sagte Beth

»So sieht es aus.«

»Aber wo?«

»Nun, das müssen wir nicht sofort entscheiden. Vergessen Sie nicht, dass wir uns noch immer mit hoher Geschwindigkeit aus dem Sonnensystem entfernen. Wir haben drei Tage gebraucht, um mit voller Kraft auf diese Geschwindigkeit zu beschleunigen; es wird weitere drei Tage dauern, uns so weit abzubremsen, dass wir zum Stehen kommen. Erst dann können wir den Rückflug ins innere System antreten.«

Golvin nickte. »Und dann liegt noch eine mehrtägige Reise zu dem gewählten Zielort vor uns. Wir werden jede Menge Zeit haben, die Funkbotschaften zu studieren, vielleicht sogar die Welten mit dem Teleskop zu beobachten. Vielleicht«, sagte sie fröhlich, »haben wir bis dahin auch wieder Kontakt mit der IRF oder den Vereinten Nationen aufgenommen.«

»Das bezweifle ich sehr«, sagte Penny trocken.

»Ja«, sagte Erdschein, der sie beobachtete. »Sie verstehen es, nicht wahr, Penny Kalinski? Sie glauben zu wissen, was mit uns passiert ist. *Weil es Ihnen schon einmal passiert ist.*«

McGregor starrte ihn stirnrunzelnd an; offenbar wusste er nicht genau, was Erdschein meinte. »Wir sollten nicht spekulieren. Hören Sie, ich habe hier das Kommando. Aber die Situation ist … ungewöhnlich. Lieber würde ich in gegenseitigem Einvernehmen weitermachen. Ich werde Befehl geben, das Bremsmanöver einzuleiten. Habe ich dafür Ihre Zustimmung? Wenn wir zum Stehen gekommen sind, prüfen wir unsere Lage noch einmal und treffen die Entscheidungen über unsere nächsten Schritte auf Grundlage der Informationen, die uns bis dahin vorliegen.«

»Guter Plan«, sagte Penny. »Sofern bis dahin nicht jemand anders diese Entscheidungen für uns getroffen hat. Überlegt doch mal. Wir befinden uns in einem massiven Schiff mit hochenergetischem Antrieb und sind im Begriff, in ein Sonnensystem zurückzukehren, in dem … nun, in dem man uns vielleicht nicht erkennt. Wir werden sehr deutlich sichtbar sein.«

»Das lässt sich nicht abstreiten. Aber wir haben keine Wahl. Alle einverstanden? Dann darf ich Sie bitten, sich auf die Bremsphase vorzubereiten. Begeben Sie sich zu Ihren Liegen, und zurren Sie alle ungesichert herumliegenden Sachen fest …«

# 6

Die *trierarcha* des brikantischen Schiffes *Ukelwyda* war ihrer Besatzung wie auch ihren Angehörigen und Vertrauten nur unter ihrem Vornamen bekannt: Kerys.

Es war Brauch bei den Brikanti, besonders bei den in Pritanike geborenen, die komplexen Nachnamenskonstruktionen ihrer erbittertsten Rivalen, der Römer, die ihre Herkunft allesamt durch diverse Senatoren-Clans bis zu den etruskischen Vorvätern zurückzuverfolgen schienen, ebenso zu meiden wie die Traditionen der ältesten Verbündeten der Brikanti, der Skanden mit ihren komplizierten Namensgebungskonventionen des Sohn-oder-Tochter-von-diesem-und-jenem. Zum Beispiel den Zungenbrecher-Nachnamen von Ari Guthfrithson, dem *druidh*, der jetzt vor Kerys stand, sich in der Kabine der Kommandantin ziemlich unwohl fühlte und sie mit wachsender Verärgerung ansah.

»Ich habe das Gefühl, dass du mir nicht zuhörst, *trierarcha*.«

Kerys gestattete sich ein Grinsen. »Ja, da hast du recht, *druidh* Ari, und ich entschuldige mich. Aber wir waren einfach so beschäftigt mit der Schürferei auf dieser letzten Träne, bevor wir zur nächsten und übernächsten aufgebrochen sind, gemäß dem Plan, den irgendein Idiot in Dumnona mit leerem Pergament und noch leererem Hirn und ohne die geringste Erfahrung, wie das Leben hier draußen in den Weiten von Ymirs Schädel wirklich ist, aufgestellt hat … Und da kommst du mit dieser unbegreiflichen Nachricht von … wovon? Einem Schiff draußen im Nichts?«

»Einem Schiff, das nicht dort sein sollte, *trierarcha*.«

»Siehst du, was ich meine? Unbegreiflich. Möchtest du etwas trinken? Ich habe jede Menge vom Üblichen auf Lager.« Sie meinte brikantischen Met und skandisches Bier.

Ari zog eine Augenbraue hoch. »Mir ist übrigens nicht zu Ohren gekommen, dass du hier drin Wein aus Italien versteckst.«

»Hmpf.« Kerys griff nach der besagten Flasche, die in einem Fach ihres Schreibtischs lag. Es war eine römische Keramikflasche, geformt wie eine Miniatur-Amphore, mit zwei dazu passenden Bechern, in die sie den rubinroten Wein goss – vorsichtig, da der Schub des Schiffes nicht ganz ein g betrug. »Für jemanden, der noch so grün hinter den Ohren ist, hast du einen ziemlich erlesenen Geschmack.«

»Ich bin neunundzwanzig Jahre alt, *trierarcha*«, verteidigte er sich, während er an seinem Wein nippte.

»Fast zehn Jahre jünger als ich, bei Thors linker Arschbacke.«

»Nun, ich bin ein *druidh*, Kerys.«

Das Wort ging auf ein altes brikantisches Wort für »Eiche« zurück, wie Kerys wusste, und bedeutete »großes Wissen«. Ari war einer der Universalgelehrten, die alle brikantischen Schiffe an Bord hatten, sofern der Platz ausreichte – also nachdem die Spezialisten für Schiffstechnik oder Navigation im tiefen Ozean des Vakuums, den die Brikanti als »Ymirs Schädel« bezeichneten, oder für andere lebenswichtige Funktionen untergebracht waren. Man hatte Ari ihrem Schiff zugeteilt, um das Unbekannte zu erforschen, das Neue zu studieren und zu kategorisieren. Schließlich war jedes der Bruchstücke aus Eis, Stein und Metall, aus denen der riesige Gürtel kleiner Welten namens

»Ymirs Tränen« bestand – Rohstoffquellen, die die *Ukelwydd* inspizieren sollte –, ein eigenes neues Land; man wusste nie, was man vorfinden würde.

»Auf die *druidh* also«, sagte Kerys und hob ihren Becher. »Und dann sollten wir uns wieder an die Arbeit machen, bevor wir zu betrunken sind, um uns zu konzentrieren. Was ist nun mit diesem Schiff, das du gefunden hast?«

»Nicht ich habe es gefunden, *trierarcha*. Deine Astronomen haben mithilfe ihrer Fernschauer unsere Position bestimmt und einen Himmel voller Ymir-Tränen kartografiert, wie sie es Tag und Nacht tun ...«

»Behaupten sie jedenfalls in ihren Dienstbüchern.«

»*Sie* haben dieses Ding gesichtet. Einen Lichtpunkt im Himmel, der sich ständig bewegt. Du musst wissen, *trierarcha*, wenn man das Lichtspektrum eines solchen Objekts aufspaltet, kann man etwas über sein Wesen und seine Flugbahn erfahren.«

»Ich bin vielleicht kein *druidh*, aber so viel weiß ich auch.«

»Verzeihung. Nun, die Astronomen hatten gedacht, es wäre nur eine weitere, bisher noch nicht verzeichnete Träne. Oder vielleicht ein Haarstern, der aus dem größeren Nichts herankommt.«

»Aber in Wirklichkeit ...«, soufflierte Kerys.

»In Wirklichkeit befindet sich dieses Objekt jenseits des Hauptgürtels von Ymirs Tränen. Es entfernt sich fast auf geradem Wege von unserer Position – oder auch von der Sonne. Seine scheinbare Bewegung durch unser Blickfeld ist sehr gering, aber es entfernt sich rasch. Darüber hinaus bremst das Objekt jetzt sogar ab. Man kann das an den sich verändernden Schattenbändern im aufgefalteten Licht erkennen ...«

»Ja, *druidh*, danke.«

»Ich bitte erneut um Verzeihung.«

»Es bremst ab. Ist das ein Schiff?«

»Ja, *trierarcha*. Es wird dich nicht überraschen, dass es dem aufgespaltenen Licht zufolge einen Kernel-Antrieb besitzt, wie die Schiffe aller Reiche. Aber die Konfiguration kennen wir aus keinem der Reiche, weder aus unserem noch aus dem der Römer oder der Xin.«

»Hast du es angerufen?«

»Ja – oder vielmehr, unsere Funker haben es auf meinen Vorschlag hin getan.«

»Hm. Vielleicht hätte man mich vor einem solchen Schritt unterrichten sollen.«

Ari Guthfrithson seufzte und schenkte ihnen beiden noch etwas römischen Wein ein. »Hättest du der Sache Beachtung geschenkt, *trierarcha*? Du hast dich zu Recht auf die Operationen auf dieser Träne und auf unseren Flug zur nächsten konzentriert. Der Anruf war Routine. Man hielt es für das Beste, dich nicht zu stören, bis …«

»Schon gut«, sagte sie mürrisch. »Ich nehme an, wir haben keine Antwort auf unseren Anruf erhalten.«

»Nein. Wir haben sogar gehört, wie der Einzelgänger von anderen Schiffen der Römer wie auch der Xin angerufen wurde; und auch da haben wir keine Antwort empfangen.«

Kerys runzelte die Stirn. »Aber wenn es weder ein Schiff der Brikanti noch der Römer oder der Xin ist, was dann? Ein Pirat?«

»Wenn ja, dann offenbar ein ziemlich eindrucksvoller. So ist die Lage, *trierarcha*. Nach seinem Bremsmanöver zu schließen, wird dieser Einzelgänger binnen drei Tagen zum Stehen kommen. Außerdem wissen wir zufällig, dass die *Ukelwydd* das nächste brikantische Schiff ist. Wir haben die Chance, das Objekt als Erste abzufangen.«

Kerys musterte den *druidh*. »Du willst mir also sagen, dass sich der Moment für eine Entscheidung nähert.«

»An dem du dem Flotten-Hauptquartier in Dumnona Meldung machen musst, *trierarcha*. Wenn wir unsere Mission hier aufgeben und den Einzelgänger abfangen wollen …«

»Wann kommt er zum Stehen?«

»In drei Tagen. Zu diesem Zeitpunkt …« Ari schnappte sich ein Blatt Pergament und skizzierte rasch Positionen. »Ymir, der Gott, der den Kosmos schuf, tat einen einzigen Schritt von der Sonne zu dem Ort, wo er Midgard schuf«, sagte er, ein auswendig gelernter Satz, der allen Studenten der interplanetarischen Navigation auf der Hochschule in Dumnona beigebracht wurde – und es amüsierte Kerys, dass er das alte brikantische Wort für die Welt benutzte statt das römische »Terra«, das schon längst Eingang in die Alltagssprache seines Volkes gefunden hatte. »Hier sind wir ungefähr drei Ymir-Schritte von der Sonne entfernt. Der Einzelgänger ist *hier*, mehr als einen halben Schritt weiter draußen, aber auf einem anderen Radius als wir. Unseren Berechnungen zufolge wird er, wenn er weiterhin so abbremst wie jetzt – wofür wir natürlich keine Gewähr haben –, in ungefähr drei Tagen *hier* zum Stehen kommen, weiter draußen auf diesem Radius, ungefähr fünf Schritte von der Sonne.«

»Hm.« Kerys überspannte die Entfernung zwischen der *Ukelwydd* und dem Einzelgänger mit ihrer Hand. »Wenn du das einigermaßen genau gezeichnet hast, sind wir etwa zwei Ymir-Schritte von der Endposition des Einzelgängers entfernt. Und wir haben drei Tage, um dorthin zu gelangen? Könnten wir das schaffen?«

»Die Ingenieure sagen, es ginge mit einer Beschleunigungslast von zwei g auf der ganzen Strecke – anderthalb Tage hinaus, anderthalb Tage für das Bremsmanöver.«

»Die Besatzung wird begeistert sein.«

»Sie werden die Herausforderung genießen«, sagte Ari trocken.

»Vielleicht. Du berätst mich gut, Ari …«

Kerys war klar, dass ihre Vorgesetzten ihr befehlen würden, diesen Einzelgänger nach Möglichkeit abzufangen, als Erste dort zu sein und damit die Xin und die Römer zu schlagen.

Die Brikanti waren die schwächste der drei Großmächte der Erde. Ihre spärliche Bevölkerung verteilte sich über ihr unbedeutendes Reich, ein riesiges Terrain größtenteils unfruchtbaren Landes: die Nordküsten der eurasischen Landmasse, die skandischen Länder, Pritanike und Iveriu, und die nördlichen Regionen von Walhalla Superior, obwohl diese fortwährend von den römischen Legionen bedroht wurden, deren Straßen und Marschlager die großen Ebenen im Süden jenes riesigen Kontinents kreuz und quer durchzogen. Seit den zwei Jahrtausende zurückliegenden Tagen, als Königin Kartimandia die Römer unter Claudius mit List und Tücke dazu gebracht hatte, in Germanien statt in Pritanike einzufallen, hatten die Brikanti und ihre Verbündeten nicht auf brutale Gewalt gesetzt, um zu überleben, nicht auf große Zahlen und riesige Heere, sondern auf List, auf Fähigkeiten und Wissen. Und die Chance, neues Wissen zu erwerben, durfte man niemals ungenutzt verstreichen lassen. Nur deshalb war die *Ukelwydd* überhaupt hier draußen und suchte inmitten von Ymirs Tränen nach Schätzen.

Das Einzelgängerschiff stellte eine Gelegenheit dar – eine unbekannte Gelegenheit, aber dennoch eine Gelegenheit. Es würde Kerys' Pflicht sein, diese Gelegenheit zu ergreifen, da war sie sicher.

Sie begann ihre Karten von Ymirs Tränen aufzurollen. »Also, Ari, wenn ich mit Dumnona sprechen muss, werde ich einen provisorischen Missionsplan brauchen. Ich glaube nicht, dass man uns gestatten wird, die Sache zu ignorieren.«

Ari stand auf. »Ich habe mir erlaubt, diesen Prozess schon einmal in die Wege zu leiten, *trierarcha*.«

»Du kennst mich zu gut. Dann macht weiter, und ich gehe zu den Kommunikatoren.«

# 7

Fünf astronomische Einheiten von der Sonne entfernt kam die *Tatania* schließlich zum Stillstand. Bewegungslos hing sie in der Leere.

Sie befanden sich auf Höhe der Umlaufbahn des Jupiter, erfuhr Beth, eines riesigen, aufgeblähten Planeten mit einem Gefolge von Monden wie ein eigenes, winziges Sonnensystem, eine Welt, die jeden Planeten im Proxima-System in den Schatten gestellt hätte – selbst die am ewigen Taghimmel von Per Ardua hell leuchtende Perle. Aber dieses Monster unter den Planeten befand sich gerade auf der anderen Seite des Himmels, so weit entfernt, dass es nicht zu sehen war, und das Schiff hing in einem leeren, von Sternen gesprenkelten Raum, in dem selbst die mächtige hiesige Sonne nur ein Feuerfleck war, eine Quelle scharfer, gradliniger Schatten. Wenn Jupiter nur näher gewesen wäre, dachte Beth, hätte sie sich vielleicht nicht so verlassen, so isoliert gefühlt.

Aber sie waren nicht allein. Das fremde Schiff hatte hier bereits auf sie gewartet, noch während die Geschwindigkeit der *Tatania* relativ zur Sonne nach der dreitägigen Brennphase des Kernel-Antriebs auf null sank.

Die *Tatania* war mehrmals angerufen worden, auf Funkfrequenzen, wie sie schon Marconi hätte benutzen können, und es war Erdschein endlich gelungen, eine grobe Übersetzung zu erstellen. Das fremde Schiff trug den Namen *Ukelwydd*, eine Bezeichnung, die dem walisischen Wort für »Mistel« ähnelte. Es gehörte zu einer Flotte, die von einem Ort namens Dumnona aus befehligt wurde, der, wie Erdschein vermutete, in Britannien auf der Erde lag. Diese Flotte war ein militärischer Arm eines Staates oder Staatenbundes, der »Brikanti« oder so ähnlich hieß. Da die *Tatania* nicht als Fahrzeug der Brikanti, der Lateinisch-Sprecher oder der »Xin« erkannt wurde und auf keinen Anruf reagierte, würde sie als Pirat betrachtet und entsprechend behandelt werden.

Die *Ukelwydd* war offensichtlich ein Schiff mit Kernel-Antrieb wie die *Tatania*, und ihr Rumpf hatte ebenfalls die Form eines Zylinders, die plausibelste Konstruktionsform angesichts der hohen Schubkräfte des Kernel-Antriebs – und McGregor zufolge war sie mit mehreren g hierhergerast, um die *Tatania* einzuholen. Schon auf den ersten Blick fand Penny, dass die *Ukelwydd* wie ein Kriegsschiff aussah, mit massiver Hülle, schwer gepanzerten Kernel-Antriebsaggregaten am unteren Ende und von Feuerstößen zernarbten Stellen in der Isolierschicht, die den Rumpf umhüllte.

Stunden nach der ersten Begegnung kamen noch immer Anrufe von dem brikantischen Schiff, und die Besatzung der *Tatania* antwortete immer noch nicht.

Alle an Bord der unterbesetzten *Tatania*, die Passagiere, Lex McGregor, seine Offiziere – und das drei Mann starke Techniker-Team, das Beth bis jetzt noch gar nicht zu Gesicht bekommen hatte – erhielten wegen dieser außergewöhnlichen Begegnung Anweisung, auf die Brücke zu kommen. Zehn Personen, dachte Beth, wenn man Erdschein mitrechnete, zehn Überlebende von der Erde und vom Mond, zehn Überlebende des Krieges zwischen den Chinesen und den Vereinten Nationen.

Zehn Überlebende einer ganzen Geschichte, die hier abhandengekommen zu sein schien, nach dem Schiff zu urteilen, das da draußen auf sie wartete.

»Lex«, sagte Penny trocken, »erklär uns noch mal, weshalb wir hier bloß so herumsitzen.«

Er seufzte. »Die *Tatania* wirkt robust, aber sie ist kein Kriegsschiff, Penny, anders als dieser Raubvogel da draußen. Du hast seine Manöver gesehen, als er näher herankam – er ist wie eine verdammte Spitfire auf uns herabgestoßen. Wir dagegen sind ein schwerfälliges Jumboschiff, eine Schute zum Transport von Müll und Passagieren. Wir haben nichts, womit wir kämpfen könnten ...«

»Außer ein paar Handfeuerwaffen«, sagte ein junger Techniker säuerlich.

»Ja, danke, Kapur. Wir können bloß bluffen. Zumindest können wir einen Eindruck von Stärke erwecken, indem wir nicht gleich springen, wenn man es uns befiehlt. Glaub mir – bei vielen Konfrontationen kommt es in erster Linie auf die Haltung an. Also, ich weiß noch, als ich an der IRF-Akademie vier Jahre hintereinander Box-Champion war, konnte ich einen Kampf schon durch die Art gewinnen, wie ich meinen Gegner beim Wiegen ansah ...«

Penny runzelte die Stirn. »Vielleicht sollten wir beim Thema bleiben? Auch wenn deine Anekdoten immer faszinierend sind, Lex.«

Erdschein wandte sich ihr zu. Sein Gesicht war leer und auf unheimliche Weise ausdruckslos, fand Penny. »Aber was *ist* das Thema, Colonel Kalinski? Früher oder später müssen wir uns alle der Realität dessen stellen, was hier geschehen ist. Und Sie, gerade Sie sollten uns dabei vorangehen. Denn *Ihnen ist es schon früher widerfahren*, nicht wahr?«

Auch vorher hatte er schon solche geheimnisvollen Andeutungen gemacht, erkannte Beth, aber nicht so offen. Nun ruhten die Blicke aller Anwesenden auf der Brücke auf Penny.

Sie sah Erdschein finster an. »Das ist meine Sache. Meine Privatangelegenheit.«

»Nicht, seit Sie und Ihre unmögliche Schwester mich vor all diesen Jahren in Paris besucht haben. Und wir die Gräber Ihrer Eltern aufgesucht haben – erinnern Sie sich? Ja, natürlich. Dort, auf dem Grabstein Ihrer Mutter, war der Beweis, dass Ihre Schwester – nein, *Sie* waren die unmögliche, nicht wahr? Man kommt so leicht durcheinander. Aber seit damals, verstehen Sie, seit jenem seltsamen Tag vor Jahrzehnten, bin ich in Ihr Geheimnis einbezogen, in Ihrer beider eigentümlich verdrehter Leben ...«

»Was uns allen ja ungeheuer viel gebracht hat.«

»Zumindest hat es uns einen Hinweis auf das Wesen der Transfiguration gegeben, die wir jetzt erlebt haben – von einem vom Krieg zerrissenen Sonnensystem zu *diesem*, dieser neuen Landschaft, in der uns ein Kriegervogel-Raumschiff namens *Ukelwydd* in einer Mischung aus Norwegisch und Gälisch anruft ...«

Lex McGregor schüttelte den Kopf. »Da wir gerade von einem fremden Kriegsschiff bedroht werden, Erdschein – wovon, zum Teufel, reden Sie?«

»Wir leben in seltsamen Zeiten, Captain. In Zeiten, in denen das Gewebe der Realität manchmal in Auflösung gerät und sich dann neu strukturiert, aber *mit Fehlern*. Dieses Kriegsschiff gehört nicht in unsere Realität – so wie wir nicht hierhergehören und wie Stef Kalinski, vormals ein Einzelkind, nicht in eine Wirklichkeit gehörte, in der es eine Zwillingsschwester namens Penny gab. Für Stef Kalinski hat sich alles an jenem Tag verändert, an dem die Merkur-Luke zum ersten

Mal geöffnet wurde. Durch die gewaltigen Schläge des Krieges zwischen den Vereinten Nationen und China hat sich nun vielleicht auch für uns andere alles geändert …«

Licht blitzte von einem Dutzend Bildschirme überall auf dem Deck.

»Raketenbeschuss!«

Es war der Techniker Kapur, der gerufen hatte. Er zeigte auf den nächsten Monitor. Beth sah Lichter, die sich schnell bewegten, ein unglaublich helles Gleißen.

Golvin musste das Blickfeld der Bildschirme erweitern, um ein aussagekräftiges Bild zu bekommen. Das brikantische Schiff hing noch immer im Raum. Aber von Geschützstellungen in seinem ramponierten Rumpf aus waren Feuerfunken losgesaust, die nun ins All hinaussegelten – und deren Kurven zusehends auf dem Blickwinkel des Bildschirms konvergierten, der *Tatania*.

»Ich schätze, sie haben die Geduld verloren«, sagte Penny.

»Zu den Liegen!«, brüllte McGregor, während er sich zu seiner eigenen Position begab. »Anschnallen! Golvin, ihre Flugbahnen …«

»Die Vögel steuern das untere Drittel des Rumpfes an. Ich sehe Kernel-Strahlung, Captain. Die Raketen haben Kernel-Köpfe und einen Kernel-Antrieb.«

Penny und Jiang zogen sich gegenseitig durch die Luft zu nebeneinander stehenden Liegen weit hinter den Steuerpositionen. Hastig schnallten sie sich an und hielten sich dann bei der Hand.

Jiang stöhnte. »Nach allem, was wir durchgemacht haben …«

»Wir sind noch nicht tot, Jiang Youwei.«

Beth, die für sich allein auf ihrer Liege lag, sehnte sich danach, näher bei ihnen zu sein, näher bei irgendjemandem, dessen Hand sie halten konnte.

McGregor schaute sich kurz um. »Alle an ihrem Platz? Gut. Diese Vögel sind gleich da. Achtung … jetzt!«

Als die Raketen einschlugen, fühlte es sich an, als würde das ganze Schiff wie ein Gong erdröhnen.

Das Getöse verklang rasch wieder und wich einem Alarmsirenenchor der Brückeninstrumente, und auf Kontrolltafeln leuchteten grelle Warnungen vor katastrophalen Ausfällen auf. Die Besatzungsmitglieder arbeiteten schnell; sie checkten ihre Anzeigen und riefen einander komplexe technische Daten zu. Die *Tatania* taumelte, so viel schnappte Beth auf, in den Nachwirkungen einer offenbar spektakulären Explosion. Sie konnte die langsame Rotation spüren, als der Rumpf des Schiffes sich immer wieder überschlug.

»Die Druckschotts halten«, rief Kapur.

Golvin checkte die Statusmeldungen. »Das war ein gezielter Angriff, Captain. Die Einschläge liegen ringförmig um den Rumpf, und die Explosionen waren gerichtet, glaube ich. Sie haben unser unteres Drittel abgeschnitten.«

»Also haben sie den Kernel-Antrieb abgetrennt«, knurrte McGregor.

»Diese Brikanti, wer immer sie sein mögen, setzen Kernel-Technologie routinemäßig als Kriegswaffe ein«, sagte Penny. »So weit sind nicht einmal wir gegangen, jedenfalls nicht bis zum Nagel, dem letzten Verzweiflungsschlag. Um *unseren* Kernel-Krieg auszutragen, mussten wir improvisieren … Was für Leute sind das?«

»Vielleicht findest du's bald heraus«, sagte McGregor grimmig. »Ein Trupp schneidet sich gerade durch die äußere Schleusentür. Sie müssen an Bord gekommen sein, bevor sie diese Stinger abgeschossen haben. Oh, stecken Sie Ihre Spielzeugpistole weg, Kapur. Widerstand wird nur dazu führen, dass wir umso schneller getötet werden.«

»Wir gehören nicht hierher«, sagte Penny. »Erdschein hat recht. Ebenso wenig, wie ich nach der Merkur-Luke in Stefs Realität gehört habe. Mein Gott, Lex, im Vergleich zu diesen Typen wirkst du geradezu wie ein UN-Diplomat ...«

Jetzt begannen überall auf der Brücke die Lichter zu verlöschen, sah Beth. Selbst die Bildschirme wurden dunkel; Anzeigen gaben den Geist auf. Die Brückencrew hämmerte auf ihre Touchpads, Tastaturen und Tafeln ein und brüllte Anweisungen in Mikrofone, aber ohne Erfolg.

»Alles schaltet sich ab«, sagte Golvin. »Wir verlieren alles.«

»Sind das die Brikanti?«, wollte McGregor wissen.

Jiang nickte. »Sie verständigen sich auf primitive Weise, per Funk. Ich wäre überrascht, wenn sie sich in unsere hoch entwickelten Informationssysteme hacken könnten, um so etwas zu tun.«

Beth drehte sich zu Erdschein um. Während der Rest der Brücke abgeschaltet wurde – selbst die Hauptbeleuchtung flackerte jetzt –, schien er auf seltsame Weise von innen heraus zu leuchten wie Jesus bei der Verklärung. Ein goldenes Licht.

»Du«, sagte sie. »Es sind nicht die Brikanti – das gehört nicht zu ihrem Angriff. *Du bist das,* Erdschein.«

»Was, zum Teufel, machst du mit meinem Schiff, du altes Ungeheuer?«, fuhr McGregor ihn an.

Erdschein erhob sich von seiner Liege. Sein virtueller Körper ging durch das Gurtgeschirr. »Ich rette euch alle. General, unser einziger Pluspunkt in dieser Realität ist das Wissen, das wir von ... von dort mitbringen, woher wir gekommen sind. Dieses Wissen habe ich in mich aufgenommen, um es sicher zu bewahren. Selbst die physischen Systeme des Schiffes werden jetzt zerstört, wo sie keine Daten mehr enthalten. Die Brikanti haben ein nutzloses Wrack gekapert. Ich werde das in mir gespeicherte Wissen als Verhandlungsmasse einsetzen, damit man uns am Leben lässt.«

»Und wer, zum Teufel, hat dir das Kommando übertragen?«, brüllte McGregor.

»Ich selbst, gerade eben. Und jetzt, denke ich …«

Die Tür glitt auf.

Mehrere Gestalten in klobigen Druckanzügen, die aus Leder mit stählernen Rippen zu bestehen schienen, schwebten ohne Umschweife in die Brücke. Jede trug ein stilisiertes Gewehr mit aufgepflanztem Bajonett. Ihre Sichtscheiben waren alle offen, und sie ließen den Blick über eine Umgebung schweifen, die ihnen offensichtlich völlig unbekannt war. Auf ein leises Wort einer zentralen Gestalt hin schwärmten sie rasch in die Brücke aus, sodass einer von ihnen über jedem Besatzungsmitglied oder Passagier stand.

Beth sah sich einem kleinen, untersetzten, kräftig gebauten Mann gegenüber; sie musste die Hand heben, um ihre Augen vor dem Licht einer an seiner Waffe befestigten Taschenlampe zu beschirmen, mit der er ihr ins Gesicht leuchtete.

»Niemand leistet Widerstand«, sagte McGregor leise. »Wir sind jetzt in ihren Händen.«

Die Anführerin des Invasionstrupps senkte ihr Gewehr – sie hatte ein blasses Gesicht und war vielleicht um die vierzig – und begab sich geradewegs zu Lex McGregor, dem augenfälligen Befehlshaber. Sie sprach leise, aber mit fester Stimme, und Beth hörte eine Simultanübersetzung aus einem Lautsprecher an einer Konsole.

»Mein Name ist Kerys. Ich befehlige das Schiff *Ukelwydd* …«

»Ich weiß, wer du bist.« Erdschein trat auf sie zu.

Die Krieger versuchten, ihm den Weg zu versperren, und bedrohten ihn mit ihren Waffen, aber die goldene Gestalt ging einfach durch sie hindurch. Ein paar Männer ergriffen die Flucht, offenbar von diesem unheimlichen Vorgang in Panik versetzt.

Die Kommandantin blieb jedoch stehen, wo sie war.

»*Trierarcha* Kerys, mein Name ist Erdschein. Wir müssen miteinander reden.«

# 8

## A.D. 2222; A.U.C. 2975

Erst einen Monat nach Stefs und Yuris Lukenpassage war die *Malleus Jesu* bereit, vom Doppelsternsystem Romulus und Remus zur Erde zu fliegen – oder nach Terra, wie die Römer und Brikanti sie nannten. Der Aufbau der dauerhaften *colonia* ging rasch voran, noch während Raumfähren zum Sternenschiff in der Umlaufbahn hinaufschossen und Personal, Ausrüstung und Vorräte für die Rückreise abtransportierten. Stef stellte verwirrt fest, dass auch die Raumfähren von kleinen Kernel-Clustern angetrieben wurden – von »Vulkanen«, wie die Römer die energiereichen wurmlochähnlichen Anomalien nannten –, sogar in der Atmosphäre eines bewohnten Planeten wie diesem. Kein solches Fahrzeug war jemals auch nur in die Nähe der Oberfläche der Erde, *ihrer* Erde, gelassen worden, jedenfalls nicht vor dem letzten Krieg von 2213.

Eines frühen Morgens, sechs Tage vor dem Abflug, trat eine Brikanti auf Stef Kalinski zu, die sich als Eilidh vorstellte. Die hochgewachsene, schlanke Frau war ganz ähnlich wie *trierarcha* Movena gekleidet: Wollponcho mit Kapuze, Hose und Stiefel. Doch im Gegensatz zu Movena trug Eilidh einen schweren Gürtel wie die Römer, mit einer auffälligen Messingschließe und Waffenschlaufen, die allerdings leer waren.

Stef hatte es sich zur Gewohnheit gemacht, ihre Freizeit mit ihrer Tafel am Standort der Luke zu verbringen, wo sie vergeblich versuchte, etwas mehr über die Physik des rätselhaften

Konstrukts herauszufinden. Eilidh fragte sie nun, ob sie zu einer letzten Luftreise mit dem *cetus* über die Umgebung der *colonia* mitkommen wolle.

Stef schätzte Eilidh auf etwa fünfzig, ein wenig älter als Movena, aber erheblich jünger als Stef selbst. »Mit diesem Gürtel hätte ich dich für eine Römerin gehalten.«

»Die *trierarcha*, Movena, bleibt unabhängig vom römischen Militärkommando. Ich dagegen bin offiziell eine Tribunin, die dem Zenturio unterstellt ist. Ich bin so etwas wie ein Verbindungsoffizier zwischen den beiden Kommandostrukturen. Kompliziert, ich weiß, aber es scheint zu funktionieren ... Was den Rundflug betrifft, wir wollen unsere Karten von diesem Ort fertigstellen. Und wir haben Fotografen und Maler dabei, um Bilder der von den Eingeborenen hinterlassenen Strukturen einzufangen. Wir möchten mit einigen Aufzeichnungen vom gegenwärtigen Zustand dieser Welt abreisen, bevor die Kinder der römischen Soldaten sich wie die Kaninchen vermehren und die Festungsberge demontieren, um Baumaterial für ihre Militärstraßen zu gewinnen. Ich selbst bin Offizierin, diene der *trierarcha* jedoch als *druidh*, als Gelehrte, daher mein eigenes Interesse. Ich habe einen Teil der Ausbildung absolviert ... Kommst du mit?«

»Ich bin zu allen Schandtaten bereit.«

Eilidh verzog das Gesicht. »Ein drastischer Ausdruck, und seltsam römisch. Das war Movenas Idee; deine Reaktion wäre für uns hochinteressant. Wir werden eine Weile unterwegs sein. Nimm mit, was du brauchst. Wir fliegen in einer Stunde los.«

Und so stand Stef nun, während Trompetenstöße die römische *colonia* zur ersten Wache eines neuen Tages aus ihrem Schlummer weckten, im immer gleichen Licht von Romulus neben

Eilidh vor dem großen Panoramafenster eines der beiden *cetus*-Luftschiffe der Expedition und sah zu, wie der Boden unter ihnen wegfiel. Stef hielt Ausschau nach dem kleinen Kasernenblock, in dem Yuri schlief, mit der KolE an seiner Seite. Fern von der KolE würden die Kapseln in ihren Ohren, selbst intelligente kleine Geräte, Stef bei den Übersetzungen helfen.

Eilidh zeigte nach Westen, wo Berge die Landschaft prägten. Der Himmel war klar, und Romulus warf ein perlmuttfarbenes Licht, das scharfe, unveränderliche Schatten über die Bergkette legte. »Die meisten interessanten Strukturen sind in den Bergen zu finden. Deshalb fliegen wir dorthin. Diese Expedition ist nur ein letzter Erkundungsflug. Das arabische Navigationsteam mit seinen Fernschauern hat von der Umlaufbahn aus einen großen Teil des Planeten kartografiert. Und wir haben ihn mit unseren beiden *cetus*-Fahrzeugen zweimal umrundet, das eine Mal am Äquator vom Substellar- zum Antistellarpunkt, das andere Mal von Pol zu Pol. Die Rückseite ist natürlich von Eis überzogen, wie die Schattenseiten aller solcher Welten, die sich eng an ihre Sonnen schmiegen. Aber die Luft bleibt atembar, und es gibt Leben und eine gewisse Struktur.« Sie lächelte. »Ich habe schöne Stunden mit Zenturio Quintus Fabius und seinen Leuten verbracht, in denen wir diese Karten studiert, die Routen von noch zu bauenden Straßen abgesteckt und die Standorte von Häfen und Transportknotenpunkten festgelegt haben, die an Konfluenzen und Flussmündungen errichtet werden sollen. Wir haben die Provinzen skizziert, die eines Tages in diesen stillen Landschaften entstehen werden. Es hat sogar Kriegsspiele gegeben, Militärübungen, bei denen Quintus und seine Jungs sich ausgemalt haben, wie man neuen Hannibals entgegentreten könnte, die durch diese skulptural geformten Berge marschieren.«

»Du bist eine Brikanti«, sagte Stef vorsichtig. »Soweit ich es verstanden habe, ist Brikanti ein eigenständiger Staat. Unabhängig von den Römern und ihrem Imperium.«

Eilidh sah sie von der Seite her an. »Du weißt wirklich nichts über uns. Ja, Brikanti ist ein unabhängiger Staat. Das Kerngebiet ist Pritanike, eine Insel, die vom europäischen Festland und damit von den alten Besitzungen der Römer getrennt ist.«

»Eine Insel, die die Römer Britannia genannt haben?«, wagte Stef sich vor.

»Sie nennen sie immer noch so, in ihrer Arroganz. In unserer Geschichte haben wir mit Rom meistenteils durchaus friedlich Handel getrieben. Die Römer sind die besseren Soldaten, wir die besseren Seeleute. Wir setzen auf die Kenntnisse unserer skandischen Verwandten, die schon immer fähige Schiffsbauer waren, bis zurück zu den Tagen der Langschiffe mit ihren Holzrümpfen und Wollsegeln. Als die Skanden anfangs aus ihren nördlichen Festungen hervorbrachen – ihnen war das Land ausgegangen, weil sie es auf zu viele Söhne aufteilen mussten –, waren sie Piraten und Räuber, und die Brikanti und Römer zeigten seltene Einigkeit und schlugen sie zurück. Doch am Ende schlossen die Brikanti Bündnisse mit den Skanden. Zu jener Zeit hatten wir weitsichtige Anführer – anders als der heutige Haufen –, die imstande waren, das Potenzial dieser neuen Nation von Kriegern und Händlern zu erkennen. Es gab so etwas wie eine Revolution des Herzens. Dank der Schiffe der Skanden und ihrer expansiven Geisteshaltung verwandelten sich die Brikanti von einem ziemlich defensiven Verbündeten des Imperiums zu einem Volk, das seine eigenen globalen Ambitionen entwickelte.

Jetzt erstreckt sich unser nördliches Reich über die Weiten Europas wie auch Asiens, wo wir eine lange Grenze mit den

Xin haben. Wir sind eine der drei Großmächte, könnte man vielleicht sagen, die Europa, Asien und Afrika beherrschen. Und wir führen Krieg um die Beute der walhallischen Kontinente im Westen, zum großen Kummer der dortigen Eingeborenen.« Sie klopfte auf ihren schweren Soldatengürtel. »Aber als Kampfplatz ist Walhalla nützlich für die Entwicklung militärischer Fähigkeiten.«

»Und ihr arbeitet mit den Römern zusammen«, sagte Stef.

»Ja. Gegenwärtig herrscht offiziell Frieden zwischen uns; wir stehen uns näher als jeder von uns den Xin … In anderen Zeiten ändert sich das Muster, obwohl die zugrunde liegenden Beziehungen bestehen bleiben.«

»Eure Kultur unterscheidet sich auch noch in anderer Hinsicht von jener der Römer«, sagte Stef. »Frauen sind stärker.«

Eilidh grinste. »Nun ja, auch bei den Römern gibt es starke Frauen, aber sie sind Mächte hinter dem Thron – die Gemahlinnen, Mütter und Schwestern von Kaisern und Generälen. In unserer Kultur reicht die Geschichte starker Frauen bis zu Kartimandia zurück, die uns vor den Römern gerettet hat.« Sie sah Stef an. »Kennt ihr diese Geschichte? Sie ist zweitausend Jahre alt; jedes brikantische Kind könnte sie erzählen.«

Stef zuckte die Achseln.

»Also, Julius Caesar hatte bereits den Fuß auf unsere Insel gesetzt und den Traum von der Eroberung in die hohlen Köpfe der Römer gepflanzt. Fünfzig Jahre später erfuhr Kartimandia, Königin eines Reiches im Norden, dass es nun so weit war, dass die Legionen sich in Portus Itius an der gallischen Küste zur Invasion versammelten. Sie reiste daraufhin persönlich nach Rom und überzeugte Kaiser Claudius davon, dass er viel größeren Ruhm ernten könnte, wenn er seine Legionen nach Norden schickte, nach Germania *transrhenus* hinein, das selbst sein ruhmreicher Vorgänger Augustus nicht zu erobern vermocht hatte; es würde den Römern leichter fallen, kontinentale Provinzen zu befrieden. Außerdem versprach sie, eine Verbündete Roms zu werden, sodass die Invasion überflüssig wäre. Angeblich machte sie ihre Sache sehr gut, zur großen Überraschung vieler Römer. Doch trotz der damaligen Vorurteile der Römer – und trotz Caesars Äußerungen über uns – waren wir keine haarigen Wilden, und Kartimandia war klug und gewieft.

So kam es, dass das äußere Germanien den Tritt des Legionärsstiefels spürte, während die Felder von Pritanike verschont blieben. Kartimandia machte sich mithilfe der Römer daran, ihre Macht im gesamten Süd-Pritanike zu festigen, und ihre Nachfolger wurden zu wertvollen Verbündeten Roms, indem sie Getreide, Wolle und Leder exportierten und damit die Versorgung der kontinentalen Streitkräfte des Imperiums sicherstellten. Die Brikanti haben Kartimandias Leistungen nie vergessen. Und seitdem haben brikantische Frauen stets Machtpositionen errungen.«

Stef und Yuri hatten mit der KolE insgeheim über einige dieser Dinge gesprochen, während sie Mutmaßungen über die Abweichungen dieser Geschichte von ihrer eigenen anstellten. Der Historie im Gedächtnisspeicher der KolE zufolge hatte zum Zeitpunkt der Invasion Britanniens in der Tat eine Frau, die römische Historiker als Cartimandua kannten, ein Königreich im Norden Britanniens regiert, das von den Römern »Brigantia« genannt worden war. Zugleich hatte Rom – nach dem katastrophalen Verlust dreier Legionen im Teutoburger Wald eine Generation zuvor – auf die Eroberung Nord-Germaniens verzichtet. Nicht so hier. Aber selbst wenn sie herausfanden, welche historischen Abweichungen nun genau zu diesem seltsamen neuen Ergebnis geführt hatten, dachte Stef, blieb doch die tiefer gehende Frage nach dem *Warum*. Warum diese Geschichte – warum die Veränderung jetzt? Und wie hatten sie und ihre Gefährten diese Wandlung der Geschicke der Menschheit überlebt?

Eilidh, die offenkundig hochintelligent war, beobachtete sie. »Vieles davon ist euch unbekannt, nicht wahr? Irgendwann müssen wir unsere Unterschiede einmal vollständig ausloten. Dennoch, wer immer du bist, woher du auch kommst, ich blicke in deine Seele. Ich habe dich an der Luke beobachtet und das Staunen in deinen Augen gesehen.«

Stef hob die Schultern. »Schuldig im Sinne der Anklage. In meiner … Heimat war ich eine Philosophin, wie die Römer sagen würden. Ich habe mich mit den Kernels und später mit den Luken beschäftigt, weil ich verstehen wollte, wie das alles funktionierte.« Das war ihr Ziel gewesen, seit sie mit elf Jahren neben ihrem Vater auf dem Merkur gestanden und zugesehen hatte, wie sich ein bemanntes Schiff mit Kernel-Antrieb einem Lichtspeer gleich in den Himmel gebohrt hatte. »Woher bekommen die Kernels ihre Energie? Wie funktionieren die Luken? Wozu sind sie da? *Warum sind sie hier?* Wieso sind meine Gefährten und ich aus diesem Ding gekommen? Und ich finde es, offen gesagt, faszinierend, was ihr hier gemacht habt. Auf dieser Welt habt ihr alles übertroffen, was wir bei uns jemals erreicht haben. *Ihr habt eine Luke gebaut …*«

Eilidh grinste. »Ja, das haben wir, nicht wahr?«

Eilidh ließ den *cetus* über dem Standort des Luken-Konstrukts innehalten; die Lukenanlage schimmerte matt im Zentrum, das Land um diesen Mittelpunkt herum war großflächig zertrümmert und zerschmolzen, und ein lockerer Kordon aus gelangweilt wirkenden Legionären, die sich mit Astragalspielen die Zeit vertrieben, hatte Aufstellung genommen.

Eilidh und Stef tranken Xin-Tee. Kaffee war nicht zu bekommen, eines der Wunder der Globalisierung, das sich offensichtlich nicht in diese Zeitlinie übertragen hatte. Yuri hatte scherzhaft vorgeschlagen, ins Geschäft einzusteigen und das Zeug anzubauen, sobald sie zur Erde zurückkamen. Aber Yuris Gesundheitszustand verschlechterte sich; es ging beständig bergab mit ihm, seit sie aus der Luke herausgekommen waren ...

Stef versuchte sich darauf zu konzentrieren, was Eilidh ihr erzählte.

»Eine Luke zu erschaffen ist so, als würde man Wildschweine paaren: vom Prinzip her einfach, aber dennoch gefährlich, vor allem, wenn man nicht rechtzeitig aus dem Weg geht ... Man nimmt Kernels. Man arrangiert sie in einer sphärischen Anordnung, die Münder allesamt nach innen gerichtet, auf einen einzigen Punkt im Raum. Und in diesem Zentrum platziert man einen weiteren Kernel, dessen Mund fest geschlossen ist. Du weißt, dass Kernels mit Ätherfeldern gelenkt werden können?«

Womit sie elektromagnetische Felder meinte, wie Stef herausgefunden hatte. »Natürlich. Auch wir haben die ersten Kernels auf dem Merkur entdeckt. Man kann sie positionieren, ihre Münder sogar öffnen oder schließen, um ihren Energie-Output zu kontrollieren.«

Eilidh runzelte die Stirn. »Einige eurer Begriffe kenne ich nicht, aber im Wesentlichen meinen wir offenkundig dasselbe. Also, wenn man genügend Kernels mit ausreichender Präzision fixiert, gibt es einen nach innen gerichteten Energiestoß. Man kann das nur aus der Entfernung beobachten, und es hat viele Menschenleben gekostet, diese Entfernung genau zu bestimmen.

Die Konfiguration hält nur für einen Zeitsplitter, bevor das Ganze auseinanderfliegt. Das Land und die Luft in der gesamten Umgebung werden von den ausströmenden Hitze- und Stoßwellen zertrümmert und verflüssigt – nun, man sieht das Ergebnis hier. Aber wenn man es richtig anstellt und nach den glühenden Gasen, dem Regen flüssigen Gesteins und der aufgewühlten Luft wieder hingehen und nachschauen kann, findet man eine brandneue, ordentliche Lukenanlage vor, so wie diese hier.«

Stef legte die Stirn in Falten. »Ich bin nicht sicher, ob ich das verstehe. Ihr müsst die Luke nicht konstruieren?«

»Ebenso wenig, wie wir ein Küken ›konstruieren‹ müssen, das aus dem Ei schlüpft. Unsere *druidh* vermuten, dass der Form jedes Kernels eine Luke innewohnt. Man muss das Ei nur zerbrechen, um das Küken zu befreien, muss ein Kernel aus dem Gelege durch den Schock der Kernel-eigenen Energie nur dazu bringen, diese neue Form anzunehmen. Habt ihr das nicht herausgefunden?«

»Meine Kultur war vorsichtiger als eure. Ängstlicher vielleicht. Niemals hätten wir die Genehmigung für ein solches Experiment erhalten.« Wie immer man auch dazu stehen mochte, dachte sie, das Leben unserer Techniker lag uns zu sehr am Herzen, als dass wir es für so etwas aufs Spiel gesetzt hätten. Selbst wenn es uns in den Sinn gekommen wäre. »Wie seid ihr auf die Idee gekommen? Eine derart spezielle Anordnung werdet ihr wohl kaum durch Versuch und Irrtum entdeckt haben.«

Eilidh lächelte. »Haben wir auch nicht. Jemand anders hat sie für uns entdeckt.« Jetzt stieg der *cetus* in die Höhe und wandte den Bug der gezackten Reihe von Bergen am dunstigen Horizont zu. »Wir haben die Kernels zuerst auf dem Merkur gefunden – so wie ihr, ja? Damals waren wir bereits zu anderen Planeten aufgebrochen – nun, das liegt auf der Hand. Wir hatten große Schiffe, die vom Lebensfeuer der Xin und starken flüssigen Elixieren angetrieben wurden … Ich fürchte, unser gemeinsames Vokabular ist noch nicht umfangreich genug.«

Schießpulver und chemische Treibstoffe. »Ich verstehe schon.«

»Solche Substanzen hatte man im Verlauf jahrhundertelanger Kriege entdeckt und entwickelt. Wir waren bereits zu Luna und zum Mars geflogen, obwohl in jenen Tagen viele starben, und unsere ersten Versuche, *coloniae* auf diesen Himmelskörpern zu gründen, endeten oftmals katastrophal …«

Stef schwirrte der Kopf. Hätte die technologische Entwicklung ohne den Untergang des Römischen Reiches im Westen, ohne das dunkle Zeitalter so viel schneller vonstattengehen können? Sie stellte sich eine mittelalterliche Welt mit primitiven, schwerfällig in den Weltraum emporsteigenden Raketenschiffen vor, in der Kulturen ohne profunde Kenntnisse der relevanten Wissenschaft langsam ihre Lektionen über das Vakuum des Alls, über Strahlung und Schwerelosigkeit lernten – und zwar auf die harte Tour, unter großen Verlusten von Menschenleben. Die Vorstellung faszinierte sie. Faszinierte und entsetzte sie zugleich.

»Dann kam der Merkur«, sagte Eilidh. »Es gab einen Krieg um Besitzrechte, der härter geführt wurde als üblich. Wir alle wollten den Merkur und seine Bodenschätze haben, um die Energie der Sonne einzufangen, verstehst du. Er wurde als strategische Position im Hinblick auf künftige Vorstöße betrachtet. Und wie strategisch, stellte sich erst heraus, als eine Xin-Truppe auf ein Kernel-Feld stieß.«

»Ah.«

»Nach dem üblichen Blutzoll wurden die Kernels gezähmt, man nutzte ihre Energien für den Antrieb unserer Schiffe, und sie wurden als Kriegswaffen eingesetzt.«

Dieser schlichte Halbsatz schockierte Stef, trotz allem, was sie in ihrer eigenen heimatlichen Zeitlinie erlebt hatte. »Bestimmt nicht auf der Erde selbst.«

Eilidh erwiderte nur ihren Blick. »Aber wir sprechen von den Luken. Die erste Luke wurde auf dem Merkur entdeckt, in dem Kernel-Feld.«

»Wie bei uns«, sagte Stef.

Eilidh zog die Augenbrauen hoch. »Auch auf einem anderen Merkur? Wir haben wirklich viel zu besprechen. Natürlich hat man die Luke geöffnet und *hindurchzugehen* versucht … Keiner von denen, die hineingegangen sind, widerstrebende Sklaven, kühne Soldaten, neugierige Philosophen, ist je zurückgekommen.«

»Vielleicht befinden sie sich noch im Transit.«

»Im Transit?«

»*Unsere* Merkur-Luke ist mit einer auf Per Ardua verbunden. Ähm, das ist eine Welt von Proxima Centauri. Und das ist …«

»Der nächste Stern, im Zentaurenhuf. Bei uns hat er denselben Namen bekommen. *Proxima.*« Sie lächelte ein wenig missmutig. »Also gibt es in eurem Land auch Römer.«

»Es gab sie. Lange Geschichte. Das Licht braucht nur vier Jahre vom Merkur bis nach Proxima, weißt du. Also kann man binnen acht Jahren dort hingehen und zurückkehren.«

Eilidh runzelte die Stirn, während sie aus alldem schlau zu werden versuchte. Stef hatte keine Ahnung, wie viele derartige elementare physikalische Kenntnisse sie miteinander gemein hatten.

»Der Punkt ist«, sagte Stef, »dass *eure* Luke auf eurem Merkur vielleicht mit einem anderen Ziel verbunden war. Einem viel weiter entfernten Ziel.« Es gab keinen Grund, weshalb es nicht so sein sollte, wurde ihr klar. Sie wussten so wenig, trotz der Jahrzehnte, die seit Stefs erstem Kontakt mit all diesen seltsamen Dingen vergangen waren. »Kann sein, dass eure Reisenden gesund und wohlbehalten angekommen sind, aber einfach noch nicht die Zeit hatten, wieder nach Hause zurückzukehren. Vielleicht sind sie noch unterwegs, ohne etwas von alldem zu wissen.«

»Möglich. Seltsamerweise gibt es eine entsprechende Soldatenlegende. Vielleicht war das Ziel der Reisenden nicht Proxima, der nächste Stern, sondern Ultima, der *fernste* Stern.«

Stef runzelte die Stirn. Was konnte das bedeuten? Der fernste Stern in einem sich ausdehnenden Universum voller Galaxien und Galaxienhaufen …

»Wir sind zwar nicht durch die Luken nach Proxima und zu ihren Welten gegangen, aber mit Schiffen dorthin gereist – mit Schiffen wie der *Malleus Jesu*, die hoch über uns im Orbit kreist. Als wir dort hinkamen, auf den dritten Planeten, vom Stern aus gesehen …«

Per Ardua.

»… fanden wir ein Kernel-Feld, ganz ähnlich wie das auf dem Merkur – mittlerweile hatten wir gelernt, wie man nach solchen Dingen sucht –, wir entdeckten eine Luke, und *wir fanden Anweisungen*, wie man eine neue konstruiert. So, wie ich es beschrieben habe.«

»Anweisungen. Welcher Art?«

»Mysteriöser Art. Geheimnisvolle grafische Darstellungen. Aber sie genügten uns, um den Rest herauszufinden, nach …«

»… einem weiteren Blutzoll.« Stef erinnerte sich an die Erbauer, die Eingeborenen von Per Ardua – *ihrem* Per Ardua. Sie hatte wenig von ihnen gesehen, aber sie wusste, dass Yuri sich von seinen frühen, ziemlich einsamen Jahren auf dem Planeten her voller Zuneigung an sie erinnerte. »Diese grafischen Anweisungen – gab es irgendeinen Hinweis auf die Einheimischen, die sie erschaffen hatten?«

»Nein, keinen. Das hat man mir jedenfalls gesagt. Keine Spur, bis auf diese seltsamen Diagramme, und selbst die steckten im Innern einer Luke.« Sie musterte Stef. »Es war ein anderes Stück, das nicht passte, ein anderes Fragment einer verlorenen Geschichte. Wie du und deine Gefährten. Was denkst du?«

So etwas wie ihre eigene unerwartete Schwester in der Luke auf dem Merkur, dachte Stef. Die allererste kleine Änderung der Realität. Sie zuckte die Achseln. »Ich weiß nicht, was ich denken soll.«

»Tja, versuch's weiter. Und jetzt … schau nach unten.«

Der *cetus* segelte gerade ruhig über Berge hinweg.

Die Sonne dieser Welt stand nicht hoch – auf der Erde hätte es ein früher Nachmittag in gemäßigten Breiten sein können –, und Schatten sammelten sich in den Tälern zwischen den Gipfeln. Die zweite Sonne hing ebenfalls am Himmel und warf einen schwächeren Doppelschatten. Eis überzog die höheren Gipfel, und Flüsse strömten wie Stahlbänder durch die Täler. Und außer dem Schatten, den der *cetus* selbst warf, sah Stef nichts, was sich dort unten bewegte, keine Menschen, keine Tiere, nicht einmal eine Rauchfahne.

Doch wohin sie auch schaute, überall erblickte sie künstlich Geschaffenes. Jeder Berg schien in die regelmäßige Form einer Pyramide oder eines Tetraeders gebracht worden zu sein. Die Täler sahen aus, als hätte man auch sie geformt und begradigt. Gewaltige Steinbrücken verbanden einige Gipfel. Viele Berghänge waren terrassiert, sodass es aussah, als stiegen riesige Treppen ihre Flanken empor, während an anderen mächtige vertikale Strukturen angebracht waren, fast wie die Strebebögen mittelalterlicher Kathedralen oder tief eingeschnittene Rinnen und Kanäle.

Eilidh beobachtete sie. »Sag mir, was du siehst.«

»Es ist wie eine Simulation.«

»Eine was?«

»Verzeihung. Wie ein Modell. Ein Modell einer Bergkette in natürlicher Größe. Es sieht nicht real aus.«

»Und doch ist es real. Dieser Planet ist von Bergketten überzogen; er ist oder war zumindest sehr aktiv. Und all die Bergketten sind von unsichtbaren Händen geformt und umgeformt worden, so wie du es hier siehst. Alle, soweit wir sie besucht und erforscht haben. Es gibt vieles, was man vom Boden aus nicht sehen kann. Wir haben uns in einen Berg hineingegraben und andere mit dem Echolot erkundet. Die Berge sind ausgehöhlt; riesige, stehen gebliebene Steinsäulen verstärken das Innere. Man hat sie in ungeheure Granitfestungen verwandelt, diesen Eindruck erwecken sie jedenfalls. Für die Militäringenieure der Römer mit ihrer Vorliebe für Befestigungsanlagen ist das hier ein Elysium, wie du dir vorstellen kannst.«

»Wir haben es in dem Moment bemerkt, als wir aus der Luke gekommen sind«, sagte Stef erstaunt. »Ich hätte mir nicht träumen lassen, dass die *ganze Welt* so aussehen könnte. Aber … wer hat all das erbaut? Und wo sind die Erbauer jetzt?«

»Das ist das Rätsel. Diese gewaltigen Bergfestungen sind alle sehr gut erhalten, bis auf einige Spuren von Erosion und Steinschlag – natürliche Einstürze. Nichts deutet darauf hin, dass sie jemals bewohnt waren, geschweige denn dass man um sie gekämpft hätte. Außerdem haben wir nirgends auf dem gesamten Planeten eine Spur von Leben gefunden, das komplexer wäre als diese orangefarbenen Schornsteine aus Mikroben, die man auf den Ebenen findet. Hier hat sich nichts *bewegt*, ehe die Legionäre eingetroffen sind, und die bewegen sich auch nicht viel. Ha! Ich habe sogar eine Theorie, aber das nur nebenbei. Als *druidh* habe ich vielleicht meine Grenzen, aber ich habe genauso viel von dieser Welt gesehen wie alle anderen.«

»Und wie lautet deine Theorie?«

»Die andere Seite, die dunkle Seite, ist … beschädigt. Ich habe riesige Krater gesehen, deren Ränder über das Eis hinausragen. Und es gibt eine sehr seltsame Bergkette, die praktisch von Norden nach Süden verläuft, am Rand eines der dortigen Kontinente entlang, auch wenn er unter dem Eis begraben ist.«

»Wie die Anden.«

»Die was?«

»Eine Gebirgskette in … äh … Walhalla Inferior nennt ihr es, glaube ich.«

»So wie da … ja. Also, diese Berge waren verändert, aber nicht zu Festungen umgebaut worden. Überall entlang der Westwände dieser Berge haben wir Spuren gewaltiger Anlagen gesehen, die Kanonenrohren ähnelten. Meine Gefährten, besonders die Römer, hielten sie für Waffen, aber in meinen Augen sahen sie nicht wie besonders wirkungsvolle Waffen aus. Der einzige Zweck, den ich mir vorstellen könnte …«

»Ja?«

»Vielleicht waren es keine Waffen, sondern *Triebwerke*. Raketentriebwerke, vermutlich mit Kernels bestückt, die gemeinsam gezündet werden und überall an dieser riesigen Naht entlang des Planetenbauchs brennen sollten …«

»Mein Gott. Du meinst, sie haben versucht, den Planeten in Drehung zu versetzen?«

»Möglich wäre es. Vielleicht gab es ein großes Projekt, diese Welt gastfreundlicher zu gestalten. Die Annäherungen an die zweite Sonne machen das Leben hier schwierig, weißt du. Für die einheimischen Lebensformen ebenso wie für die römischen Kolonisten.«

Die KolE hatte herausgefunden, dass dies ein Doppelsternsystem mit zwei roten Zwergen als Partnern war – kleinen, knauserigen Sternen wie Proxima, so klein und lichtschwach, dass sie von der Erde aus noch nicht einmal entdeckt worden waren. Die KolE hatte gesagt, das erdnächste solche System müsse mindestens sieben, acht, neun Lichtjahre von ihr entfernt sein.

»Natürlich«, sagte Eilidh, »besteht der größte Teil des Lebens auf dieser Welt wie auf jeder anderen belebten Welt aus Mikroben, die in den tiefen Gesteinsschichten hausen, Meilen unter der Oberfläche, und sich von Sickerwasser, Wärme und Mineralien ernähren. Wir haben sie hier bei Probebohrungen für den Untertagebergbau gefunden – wie man sie immer findet, auf jeder Welt. *Denen* ist es egal, ob eine oder zwei oder noch mehr Sonnen am Himmel stehen. Solange der Planet selbst bestehen bleibt, bleiben auch sie bestehen.«

»Das große Rotationsprojekt hat wohl nicht stattgefunden.«

»Anscheinend hat es einen Krieg gegeben, um es zu verhindern. Offenbar war nicht jeder derselben Meinung wie die visionären Ingenieure hinter dem Plan. Die riesigen Bergtriebwerke wurden angegriffen – wir haben die Schäden gesehen.«

»Wenn sich alles so abgespielt hat, was ist dann aus den Einheimischen geworden?«

»Da kann ich nur raten. Vielleicht waren sie entsetzt über die Schäden, die sie mit ihrem Kernel-Krieg angerichtet hatten. Der Bau ihrer Zufluchtsorte im Gebirge mag ein letzter lichter Moment vor dem Wahnsinn gewesen sein – womöglich war es aber auch andersherum.«

»Aber trotz alledem sind sie verschwunden.«

»Vielleicht hat es so etwas wie eine Seuche gegeben oder …« Sie musterte Stef. »*Ihr* habt höher entwickelte Maschinen als wir, wie Collius beweist. Möglicherweise wurden andere Waffen eingesetzt, um alle höheren Lebensformen auszuradieren, bevor sie diese Welt gänzlich zerstören konnten.«

»Sodass die Mikroben in der Tiefe noch einmal von vorn anfangen konnten, nehme ich an.«

Eilidh seufzte. »Ja, und zurück blieb eine Welt wie der nutzlose Prunkbau eines toten Kaisers.«

Es war eine weitere planetarische Tragödie, erkannte Stef, verursacht von der Verfügbarkeit der Kernels. »Ich glaube, ich beneide diese Mikroben in der Tiefe, weißt du. Sie ruhen in ihren düsteren Kammern, tief unter all dem Durcheinander an der Oberfläche. Für sie muss das Leben so einfach und sicher sein.«

Eilidh grunzte. »Aber nicht für solche wie uns.«

»Also«, sagte Stef im Versuch, es zu verstehen, »ihr dringt in Jumboschiffen mit Kernel-Antrieb in den interstellaren Raum vor. Wir sind bis nach Proxima gelangt.«

Eilidh runzelte die Stirn – es bereitete ihr unverkennbar einige Mühe, ihr zu folgen –, aber dann nickte sie.

»Ihr geht auf Forschungsreisen«, fuhr Stef fort, »vielleicht ist Erkundung ein besseres Wort, und auf jeder bewohnbaren Welt errichtet ihr Kolonien, *coloniae*, um den anderen zuvorzukommen.«

»Das ist der Sinn der Sache.«

»Aber wenn ihr eine Welt findet, die mit Kernels besät ist, erschafft ihr eine Luke. Ist das richtig?«

»Das ist meine zweite derartige Expedition. Sie beginnt damit, dass der *vicarius* den besäten Boden segnet …«

»Ihr erschafft die Luke – vermutlich verbindet sie sich mit einem höherdimensionalen Netzwerk –, aber dann verzichtet ihr darauf, sie zu benutzen.«

»Nun ja, die Merkur-Luke hat nirgendwohin geführt, soweit wir wissen. Was immer die Luken wirklich sind, wohin sie auch führen mögen, sie sind nicht für uns gedacht.«

»Warum baut ihr sie dann?«

In Eilidhs Lächeln lag ein Anflug von Zynismus. »Vielleicht seid ihr keine so spirituellen Menschen wie wir, Stef Kalinski. Eines, was uns Brikanti mit den Römern vereint, ist die Anbetung Jesus, des Kreuzes, an dem er gestorben ist, und des Hammers, den er gegen seine Feinde geschwungen hat … Für uns sind die Kernels ein großes Geschenk. Schau nur, wie weit wir es gebracht haben: Wir haben unsere eigene Welt von Grund auf verändert, wir sind zu den Sternen gereist …«

»Ihr zerschmettert eure Feinde.«

»Ganz recht. Manche betrachten die Kernels als ein Geschenk Gottes, des Vaters von Jesu – obwohl sich auch ältere Aberglauben erhalten haben; einige der römischen Landbewohner sprechen noch immer von alten Göttern wie Vulkan, und einige Skanden glauben, ein Kernel sei ein Tor zur Ragnarök. Zum Dank für dieses Geschenk tun wir, was offenkundig von uns gewünscht wird: Wir sorgen dafür, dass Kernel-Felder zu Luken erblühen. Wozu die Luken da sind? Vielleicht wird eine spätere Generation diese Frage beantworten können. Bis dahin reisen wir, wir ernten die Kernels, wir bauen die Luken. Denn dies scheint der große Plan zu sein, das ist es, was von uns verlangt wird.«

»Vielleicht so, wie meine eigenen Vorfahren einst Kathedralen gebaut haben. Ein dummer Legionär mag sich damit begnügen, hirnlos Befehle zu befolgen, ohne weiter nachzufragen. Aber *du* kannst damit doch nicht zufrieden sein.«

»Ich bin eine Brikanti. Mein Schiff ist mein wahrer Lebensinhalt. Und außerdem kann ich sehr wenig tun, um die Flugbahn meiner Gesellschaft zu verändern. Könntest du es? Aber wo wir gerade davon sprechen, Flugbahnen zu ändern …«

Das große Schiff drehte sich in der Luft, und Stef sah seinen Schatten über die Bergskulpturen unter ihnen hinwegziehen.

Eilidh seufzte. »Unser Abenteuer ist schon vorbei. Es gibt viel zu tun, wir müssen einen fünf Jahre dauernden Sternenflug planen. Ich hoffe, du hattest einen interessanten Tag. Noch etwas Tee, meine Freundin? Soll ich eine neue Kanne aufsetzen lassen?«

Aber Stef zog sich bereits in ihre eigenen Gedanken zurück. Ihr alternder Verstand war einfach zu langsam, wenn es darum ging, neue Probleme zu registrieren. Offenbar gab es die Luke auf dieser Welt erst ein oder zwei Jahre – seit diese Brikanti und Römer hergekommen waren und sie gebaut hatten. Aber sie und Yuri waren schon lange zuvor in die Luke auf Per Ardua gestiegen – vor sieben, acht oder neun Jahren –, sie hatten einen Raumzeit-Tunnel an einem Ende betreten, *Jahre bevor das andere Ende überhaupt existiert hatte* … Wo also waren sie die ganze Zeit gewesen?

Sie begann, unkontrolliert zu zittern. Eilidh legte ihr eine Decke um die schmalen Schultern.

# 9

Bei ihrer Rückkehr zur *colonia* erfuhr Stef, dass Yuri in das kleine Lazarett der Legionäre gebracht worden war. Besorgt eilte sie dorthin.

Als sie zum Lazarett kam, wurde sie in eine Art Operationssaal geschickt. Sie hatte diesen Raum zuvor schon gesehen; er wirkte für sie eher wie eine Metzgerei, mit furchterregenden chirurgischen Instrumenten an der Wand. Aber man erklärte ihr, der Hygiene werde hier durchaus Genüge getan; Michael und seine von Griechen ausgebildeten medizinischen Hilfskräfte sowie ihre arabischen Berater wüssten genug über Antisepsis und das Infektionsrisiko, um den Raum einigermaßen sauber zu halten.

Hier fand sie Yuri, der zusammengesunken in einem Stuhl hing. Die KolE – oder vielmehr ihre Zentraleinheit, ein barockes Gewirr aus Metall und Keramik – lag auf einem Tisch. Titus Valerius stand in der Nähe, der große, altgediente Soldat, der Quintus Fabius an dem Tag, als sie aus der Luke gekommen waren, mit seiner kleinen Rebellion so viel Ärger bereitet hatte.

Und in der Mitte des Raumes stand, ängstlich und unbehaglich dreinschauend, ein dunkler, junger Asiate, schlank, vielleicht dreizehn oder vierzehn Jahre alt – aber so mager, dass Stef es nicht mit Sicherheit sagen konnte. Er trug eine schmuddelige Tunika, aber keine Schuhe; seine Füße waren schmutzig.

*Medicus* Michael hing in der Nähe des Jungen herum. Er wirkte abgelenkt und fasziniert.

Stef ging zu Yuri hinüber und nickte dabei Titus zu. Der große Mann säuberte sich die Nägel seiner gesunden Hand mit der Spitze eines imposanten Schwertes, eines *gladius*, den er in die andere Armbeuge gestützt hatte. Er erwiderte Stefs Nicken, und sein Blick strich über ihren bejahrten Körper, so wie der aller Legionäre. Aber sie fühlte sich in Titus' Gegenwart so sicher wie in der aller anderen Römer; sie hatte seine junge Tochter Clodia kennengelernt, die er nach dem Tod ihrer Mutter als kleines Kind zu dieser Weltraummission mitgenommen hatte.

Yuri blickte auf; er war sehr blass, aber er lächelte. »Schöner Ausflug?«

»Aufschlussreich. Alles in Ordnung mit dir? Was ist hier los?«

»Es geht ausnahmsweise einmal nicht um mich. Tatsächlich kommst du gerade rechtzeitig.« Er deutete auf den Jungen. »Das ist etwas Neues. Stell dich noch mal vor, mein Sohn.«

In ordentlichem Lateinisch sagte der Junge mit schwankender Stimme: »Mein Name ist Chu Yuen. Ich bin vierzehn Jahre alt und stamme aus einer Familie von Gelehrten und Händlern in Shanghai. Mein Vater diente als Soldat bei der Vierundzwanzigsten Division der kaiserlichen Armee des Lichts. Er war in Walhalla Inferior stationiert. Er hat seine Familie dorthin gebracht, darunter auch mich, seinen ältesten Sohn …«

Yuri zwinkerte Stef zu. »Walhalla Inferior – Südamerika. Seit Jahrhunderten gibt es dort Spannungen zwischen Chinesen und Römern. Die Chinesen sind von Westen gekommen und halten im Wesentlichen die Küstenebene und die Anden, während die Römer von Osten durch Amazonia gekommen und von ihren Besitztümern in Mesoamerika nach Süden vorgestoßen sind.«

»Und die Eingeborenen sind dabei ins Kreuzfeuer geraten.«

»Zumindest wurden sie nicht durch Seuchen ausgelöscht wie in unserer Geschichte«, sagte die KolE trocken. »Die Wikinger – die ›skandischen‹ Verbündeten der Brikanti – waren schon seit Jahrhunderten nach Nord- und Südamerika gefahren, sodass sich eine gewisse Immunität herausbilden konnte. Aber die Kriegsfronten verschieben sich hin und her.«

»Unsere Festung wurde überrannt«, sagte Chu jetzt. »Mein Vater ist dabei ums Leben gekommen. Meine Mutter ist geflohen. Ich wurde von den ruhmreichen Soldaten Roms gefangen genommen und versklavt.«

Das ließ Stef innehalten. »Er ist ein Sklave?«

Yuri zuckte die Achseln. »Seine Eltern haben ihn darauf vorbereitet, Gelehrter oder Schreiber zu werden, denke ich. Aber die Römer haben ihn erwischt, und so ist er als Sklave auf diesem Kahn gelandet.«

Stef starrte diesen Jungen an, der in einer Kategorie gefangen war, von der sie nicht geglaubt hätte, dass sie jemals etwas mit ihr zu tun haben würde. Es war ihr nahezu unmöglich gewesen, sich irgendwie in den Alltag der *colonia* einzufinden, denn die Sklaven waren überall, wenn auch unsichtbar für ein Römerauge. Und es war nicht nur die Unterjochung menschlicher Wesen, die ihr zu schaffen machte, sondern das Ausmaß der täglichen, fast beiläufigen Brutalität. Selbst für geringe Vergehen gab es blutbefleckte Pfähle und Peitschen mit Bleispitzen. Sie hatte die Römer für ihre Bildung, ihre Ordnung, ihre Technik, ihren Respekt vor dem Gesetz immer bewundert. Jetzt stellte sie fest, dass sie sich diese Seite ihrer Zivilisation nie so richtig vor Augen geführt hatte.

»Und was macht er hier?«

Michael strahlte. »Er ist ein Geschenk, auf Anweisung von Zenturio Quintus Fabius. Der Zenturio war begeistert von Collius' Arbeit in der *colonia*, von seinen Ratschlägen zur Herstellung von Mutterboden, zum Anbau von Feldfrüchten und zur Bewässerung.«

Stef hatte den Eindruck, als würde die auf dem Tisch liegende KolE zwinkern. »Ich bin jetzt Collius, das Orakel.«

»Halt die Klappe«, sagte Yuri milde.

»Ja, Yuri Eden.«

»Also hat ihr der Zenturio in Kenntnis ihres reduzierten Zustands freundlicherweise die Beine dieses Jungen hier geschenkt.«

Stef runzelte die Stirn. »Ich verstehe nicht.«

»Lasst es mich erklären«, sagte Michael hastig. »Ich habe deinen Rucksack angepasst, Yuri Eden.« Er zog ihn unter einer Bank hervor. Der Rucksack sah noch weitgehend genauso aus wie zuvor, nur dass die Riemen gekürzt worden waren. Michael brachte ihn dem Jungen, der ihn sich umlegte. »Die KolE selbst bleibt im Rucksack. Und dann wird euer sprechendes, alles sehendes Glas …«

Yuris Tafel steckte in einem Lederbeutel, den Michael nun Chu um den Hals hängte und mit Riemen auf seiner Brust fixierte.

»Ich glaub's einfach nicht«, sagte Stef. »Dieser Junge soll dein Packesel sein, KolE?«

»Wir haben geübt«, sagte die KolE. »Chu. Geh vorwärts. Rechtsum. Linksum.«

Der Junge marschierte durch den Operationssaal, so willenlos und gehorsam wie eine Marionette, mit gesenktem Kopf. Der Gang eines Sklaven.

»Das ist obszön«, sagte Stef.

Michael hob die Hände. »Nun, Yuri hat mich gewarnt, dass du vielleicht so reagieren würdest …«

»Es hätte erheblich schlimmer kommen können, Stef«, sagte Yuri. »Was meinst du wohl, warum Michael hier überhaupt dabei ist?«

»Sag's mir.«

»Weil der Zenturio anfangs die Idee hatte, Chu den Rucksack und die Tafel auf die Haut *nähen* zu lassen, damit sie nicht gestohlen werden könnten.«

Titus Valerius hob zögernd eine Hand. »Darf ich etwas sagen? Ich gehöre ebenfalls zum Plan des Zenturios. Ich werde den Jungen überallhin begleiten, um die Sicherheit des Orakels zu gewährleisten.«

Stef grinste säuerlich. »Ich kenne das militärische Denken. Eine nette, bequeme Aufgabe, um dich nach dieser Sache mit dem Getreidespeicher zu vereinnahmen, Titus?«

Titus hob schwerfällig die Schultern. »Ich befolge Befehle.«

»Tja, es ist trotzdem obszön«, sagte Stef.

»Möchtest du Chu lieber dorthin zurückschicken, woher er gekommen ist?«, fragte Yuri milde.

Daraufhin drehte Chu den Kopf. Er schaute erschrocken drein.

»Ich werde mich um diesen Jungen kümmern«, verkündete die KolE mit fester Stimme. »Ich werde dafür sorgen, dass seinen Bedürfnissen ebenso Rechnung getragen wird, wie er meinen dient. Wir können nicht alle Sklaven in diesem römischen Imperium befreien, Stef Kalinski. Aber ich kann diesen einen retten, diesen Jungen.«

Stef fügte sich ins Unvermeidliche. »Na schön. Alle anderen Möglichkeiten sind wohl noch schlimmer …«

Sie versuchte, Yuri und der KolE etwas von dem zu erzählen, was sie an diesem Tag erfahren hatte.

»Diese Leute, diese Römer, schicken also Schiffe zu den Sternen und bauen Luken, ohne auch nur andeutungsweise zu wissen, warum. Es ist ein reines Ritual, ein Mechanismus, so wie Ameisen ein Nest bauen.«

»Vielleicht ist das eine gute Analogie, Stef Kalinski«, sagte die KolE. »Das Nest als Ganzes profitiert von den Handlungen der Einzelwesen. Genauso muss das Luken-Netz irgendwie profitieren.«

Michael hatte ihrem Gespräch aufmerksam zugehört. »Vielleicht passt es auch zum Charakter der Römer«, brachte er vor. »Zumindest zu dem dieser Soldaten. Sie sind es gewohnt, einem größeren Ganzen zu dienen, ohne Fragen zu stellen – ich meine, dem Imperium, dem Heer. Ich, ein Grieche, kann das erkennen.«

»Das gefällt mir nicht«, sagte Titus Valerius.

»Ach nein?«

»Nein! Legionäre sind keine Ameisen. Wir wissen genau, warum wir kämpfen. Für unsere Kameraden.«

Michael seufzte. »So wie Ameisen dem Beispiel ihrer Nachbar-Ameisen folgen, sodass wundersamerweise die Struktur des Haufens zum Vorschein kommt. Genau das, was ich meine.«

Titus knurrte verblüfft.

Stef runzelte die Stirn. »Hast du gewusst, Yuri, dass Kernels hier im Krieg eingesetzt worden sind? Auf der Erde selbst. Jahrhundertelang, denke ich.«

»Irgendwie überrascht mich das nicht«, sagte Yuri schwach. »Fällt dir irgendetwas ein, worin diese neue Menschheit besser ist als die alte?«

»Nur eins«, sagte die KolE. »Sie ist besser im Lukenbauen.«

# 10

## A.D. 2213; A.U.C. 2966

Der Mond war anders. Das fiel Beth Eden-Jones als Erstes auf, während die noch immer abbremsende *Ukelwydd* mit hell leuchtendem Kernel-Antrieb auf die Erde zusegelte.

Ein navigatorischer Zufall, durch den Erde und Mond in einer Flucht waren, führte das hereinkommende Schiff nah an den Trabanten heran, so nah, dass die Kernel-Energien einen Lichtschein auf die Oberfläche warfen. Auf der dunklen Seite brannten vereinzelte Lichter, und Kuppeln reflektierten das Feuer des Schiffes wie Quecksilbertropfen. Doch als sich die Tagseite öffnete und der Mond hinter dem zur Erde fliegenden Schiff zurückwich, sah sogar Beth, die das Sonnensystem erst kennengelernt hatte, als sie im Alter von zwanzig Jahren durch eine Luke von Per Ardua zum Merkur gegangen war, die ungeheuren Verunstaltungen des uralten Terrains. Das glatte Grau der *maria*, der Meere, war von riesigen, gradlinigen Gruben zerfressen und zernarbt, und die gesamte Oberfläche wurde von Strahlen aus hell leuchtenden, scharf konturierten neuen Kratern überlagert. Die *maria*-Landformen waren offenkundig künstlich, das Ergebnis des jahrhundertelangen Abbaus von Bodenschätzen auf dieser Version des Mondes. Es dauerte eine Weile, bis Beth begriff, dass die neuen Krater, die hellen Strahlen, ebenfalls von Menschenhand geschaffene Merkmale waren: keine Industrie-, sondern Kriegsnarben.

Nachdem das Schiff den Mond passiert hatte, wandte es sich der Erde zu, einem Lichtpunkt am Himmel. Und auch hier sah Beth sofort die Unterschiede gegenüber der Welt, an die sie sich erinnerte, selbst aus dieser Entfernung. So glitzerte beispielsweise kein Eis an beiden Polen. Und in Zentralamerika, Zentralafrika und Australien waren breite Streifen der Erdoberfläche frei von Leben, als wäre das Grün vergangen und hätte die felsigen Knochen der Welt bloßgelegt.

Die *Ukelwydd* ging mit dem Wrack der *Tatania* im Schlepptau und der zehn Mann starken Besatzung des Jumboschiffes an Bord in eine Umlaufbahn mit hoher Inklination um die Erde oder Terra, wie die Brikanti ihre Heimatwelt nannten. Die Crew des IRF-Schiffes musste einen ganzen Tag lang in ihren kargen Quartieren bleiben, während die Brikanti ihre Ankunftsprozeduren absolvierten.

Nach dieser kurzen Gefangenschaft lud Ari Guthfrithson, der führende *druidh* des Schiffes, Beth ein, sich mit ihm zusammen den Planeten anzusehen, denn bald würde der orbitale Überflug das Schiff über Britannien und Nordeuropa hinwegführen, die Heimat der Brikanti und ihrer Verbündeten, zu denen auch Aris Volk gehörte.

Beth freute sich, Ari zu sehen. Sie hatte das Gefühl, dass sie diesem ruhigen Gelehrten in den Tagen auf diesem Schiff ziemlich nahegekommen war. Er war ein wenig jünger als sie und sah nicht gerade umwerfend aus, wirkte aber wie alle Mitglieder der brikantischen Besatzung ungewöhnlich gepflegt, mit einer ordentlichen Frisur und wohlgeformten Koteletten – sie hatte gesehen, wie er eine Art Reiseset benutzt hatte, Schere, eine Nagelfeile. Sie fühlte sich zu ihm hingezogen, dachte sie, wenn auch nur in Maßen.

Und heute war die Stimmung an Bord gut. Die Besatzung der *Ukelwydd* machte einen entspannten Eindruck, als sie vom Flugmodus zu den weniger komplexen Orbitaloperationen überging.

»Außerdem«, sagte Lex McGregor, als er sich zu Beth und Ari an einem großen Panoramafenster gesellte, »freuen sie sich vielleicht schon darauf, uns loszuwerden. Ich kenne das Militär. Je eher sie ein Problem nach oben weiterreichen können, desto glücklicher werden sie sein.«

Aris Stimme, von Erdscheins System per Ohrstöpsel leise für Beth übersetzt, war ruhig. »Tatsächlich sind es die Schiffsbesatzungen nicht gewöhnt, direkten Umgang mit anderen Menschen zu haben. Bei Weltraumkonflikten kommt es kaum je zu einer persönlichen Begegnung mit dem Feind; die Besiegten überleben nur selten, sodass man Gefangene machen kann. Und euer Erdschein, dessen Natur uns unverständlich ist, stellt natürlich ein unabsehbares Dilemma für uns dar.«

»Tja, das tut mir leid«, sagte McGregor trocken. »Aber nur seinetwegen sind wir alle überhaupt hier. Der Flug der armen alten *Tatania* diente in erster Linie dem Zweck, Erdschein vor den Folgen unseres eigenen kommenden Krieges zu retten.« Flüchtig schaute er auf die Welt hinunter, über die das Schiff lautlos hinwegtrieb. »Obwohl ich nicht weiß, ob man es wirklich als ›Rettung‹ bezeichnen kann, wenn wir Erdschein eurem Staat ausliefern – ich glaube, ich bin froh, dass ich das niemals meinen Vorgesetzten gegenüber rechtfertigen muss, wo immer *die* sein mögen … Verzeihung, ich rede bloß so vor mich hin.«

Ari nickte. »Über euer Schicksal ist höheren Orts noch nicht entschieden worden.«

McGregor runzelte die Stirn. »Ich verstehe nicht. Das ist ein brikantisches Schiff. Ich weiß nichts über eure Regierung, euer

Reich – was auch immer –, aber wir stehen doch sicher unter eurem Schutz.«

»Ich fürchte, es ist komplizierter.« Ari machte eine Handbewegung. »Schaut euch um.«

Und als Beth den Blick von der hellen Oberfläche des Planeten abwandte, sah sie eine Reihe unverwandt leuchtender Sterne vor dem dunklen Hintergrund des Alls.

Lex McGregor stieß einen Pfiff aus. »Wow. Weltraumhabitate. Ich sehe Torusse, Zylinder, Plattformen – Spiegel, Antennen …« Er ballte eine Hand zur Faust. »Man hat uns ja kaum einmal in die Nähe eines Fensters gelassen. Diesen ganzen Schrott habe ich vorher gar nicht bemerkt.«

»Schrott?« Ari lächelte. »Wie ich höre, ist der Weltraum dort, wo ihr herkommt, weitaus weniger bevölkert. Es fällt uns schwer, das zu verstehen. Mit Kernel-Schiffen kann man doch mühelos gewaltige Ladungen in die Umlaufbahn befördern oder Material von Quellen wie Luna oder Ymirs Tränen herbeischaffen.«

»Aber Ari, sie – ähm, *wir* – sind weitaus vorsichtiger im Umgang mit Kernels als ihr. Auf der Erde sind Kernel-Antriebe nicht erlaubt. Auch nicht in ihrer näheren Umgebung. Erst wieder auf der Rückseite des Mondes, wo Penny Kalinski und ihre Schwester früher einmal gearbeitet haben. Als der letzte Krieg begann, galt das natürlich alles nicht mehr.«

»Aber ich weise darauf hin, dass die Konstrukte, die ihr im Raum um uns herum seht, für die verschiedenen Streitmächte stehen, die sich für euch interessieren.«

»Du meinst die Römer und die Xin?«, sagte Beth.

»Ja.« Ari musterte sie mit offener, neugieriger Miene. »Ich weiß immer noch wenig über eure Geschichte. Die Andeutungen, die ich gehört habe, sind faszinierend – die Unterschiede zu der unseren. Vorläufig müsst ihr Folgendes verstehen. Nach dem, was ich aufgeschnappt habe, war eure Geschichte noch weitaus komplizierter als unsere. Fragmentierter. Der bestimmende Faktor in unserer Welt, und jetzt auch auf den Welten außerhalb von Terra, war im Wesentlichen der Aufstieg zweier mächtiger Reiche, Rom und Xin. Obwohl auch andere politische Systeme gekommen und gegangen sind, haben diese beiden großen Machtpole zweitausend Jahre lang um die Kontrolle über die riesigen Landmassen Asiens und Europas gewetteifert. Und während der letzten tausend Jahre oder mehr haben sie auch um die Territorien der übrigen Welt gekämpft. Die einzige bedeutsame Ausnahme war meine eigene Föderation, die Brikanti. Angefangen mit einem Pritanike, das von Rom unabhängig geblieben ist, haben es die Brikanti geschafft, sich so etwas wie ein eigenes Reich zu bewahren.«

Er betrachtete ihre Gesichter. »Es hat schreckliche Kriege gegeben, auf dieser Welt wie auch anderswo. Die ramponierte Oberfläche von Luna erinnert daran. Es heißt, als der Krieg dort oben seinen Höhepunkt erreicht hatte und das Antlitz des Trabanten am Himmel brannte, regneten Trümmer – Gesteinsbrocken von den gewaltigen lunaren Detonationen – auf Terra herab. Dieser zufällige Steinhagel ließ sich nicht von absichtlichen Angriffen unterscheiden, und auf Terra brach eine neue Welle von Kriegen aus. Trotz alledem waren Krieg und Rivalität auch ein Motor des Fortschritts. Sicher, meine Kultur ist in vieler Hinsicht technisch weniger weit entwickelt als eure – aber nicht in jeder.

Nun, wir überleben, und das arme Terra, fast so ramponiert und zernarbt wie Luna, hat als Wohnstätte der Menschheit überlebt. Und zwar weil wir, die konkurrierenden Mächte von Terra, Wege gefunden haben, wenn schon nicht zu kooperieren, so doch wenigstens unsere Konflikte zu bewältigen – sie in Form von zorniger Diplomatie zu sublimieren.«

McGregor horchte auf. »Soll das heißen, dass wir jetzt Gegenstand dieser ›zornigen Diplomatie‹ sind?«

Ari seufzte. »Die ganze Welt hat gesehen, wie die *Ukelwydd* mit dem Wrack eines Schiffes unbekannter Herkunft angeflogen kam. Unsere Besatzung ist, wie nicht anders zu erwarten, von Spionen der Xin und der Römer durchsetzt. Ihr repräsentiert Reichtum oder vielleicht auch Gefahr von unbekanntem Ausmaß. Wir Brikanti haben euch zuerst entdeckt, wir haben die Initiative ergriffen und euch geborgen, aber das heißt nicht, dass Xin und Rom froh darüber wären, wenn wir euch für uns behielten. Infolgedessen beobachten sie dieses Schiff und euch jetzt mit Argusaugen. Und so wie sie uns beobachten, so beobachten sie auch einander.«

McGregor grunzte. »Und alle sind bis an die Zähne bewaffnet.«

»So ist es. Dass ein gebürtiger Xin unter euch ist – so würden wir Jiang Youwei jedenfalls einstufen –, macht die Situation noch viel komplizierter; *alle* Seiten sind der Auffassung, dass sie berechtigte Ansprüche haben. Irgendwann wird die *trierarcha* als befehlshabende Autorität vor Ort entscheiden müssen, ob es das Risiko wert ist, den Versuch zu unternehmen, euch ins brikantische Territorium auf dem Erdboden zu schaffen, oder ob es besser ist, euch Rom oder Xin zu übergeben – oder sogar, ob man euch mit eurer *Tatania* aussetzen und die beiden um euch kämpfen lassen soll. Denn wir Brikanti sind eine kleine und bewegliche Macht, versteht ihr; wir streben nach Sicherheit, indem wir verhindern, dass die beiden tollpatschigen Riesen unserer Welt auf uns herumtrampeln …«

Jetzt gesellte sich Penny Kalinski zu ihnen, die durch die Tür am hinteren Ende der Kabine hereinkam. Sie trug ein bequem geschnittenes brikantisches Kostüm aus Tunika und Hose, in dem sie sich wohlzufühlen schien, und schwebte in der Schwerelosigkeit mühelos dahin. Sie hatte eine Tafel dabei und trank etwas aus einem abgedeckten Keramikbecher. »Verdünnter Met«, sagte sie zu Beth. »Gar nicht übel.«

Beth musste lächeln. »Sie sehen aus, als würden Sie hierhergehören, Penny.«

»Tja, was kann man anderes tun, als das Beste daraus zu machen? Ich bezweifle, dass wir in absehbarer Zeit nach Hause kommen. Selbst wenn es noch ein ›Zuhause‹ in irgendeiner sinnvollen Bedeutung des Wortes gibt. Also, was ist los? Ich habe gehört, wir würden gleich über Britannien hinwegfliegen; das wollte ich mir ansehen.«

Lex McGregor stutzte, zu dem Panorama der Welt dort unten gewandt, und runzelte die Stirn. »Wirklich? *Das* ist Britannien? Was zum Teufel …?«

Beth, der die Erde nicht von Geburt an vertraut war, hatte nur verhältnismäßig vage Vorstellungen, was sie zu sehen bekommen würde, als sie nun auf Britannien/Pritanike hinunterschaute. Sie sah eine Art Archipel, verstreute Inseln vor der Küste eines größeren Kontinents im Osten. Ein gräuliches städtisches Wirrwarr überlagerte das Grünbraun der Landschaft an der Ostküste der größeren Inseln, die dem Kontinent am nächsten lagen; sie sah das Glitzern von Glas und Metall, schnurgerade Straßen. Und im bergigen Inneren einer Insel weit im Norden entdeckte sie gewaltige rechteckige Gruben, die den Eindruck erweckten, als könnten sie den Minenfeldern der lunaren *maria* Konkurrenz machen.

»Ich bin in England geboren«, sagte Lex grimmig. »In den südlichen Grafschaften, Angleterre. Ich habe mein Heimatland oft vom Weltraum aus gesehen. Aber *das da* erkenne ich nicht. Da fehlt ja die Hälfte.«

Penny berührte ihn an der Schulter. »Die Geschichte hat hier einen anderen Verlauf genommen, Lex. Anscheinend ist das Weströmische Reich nie untergegangen. Hier hat die Industrialisierung Jahrhunderte früher eingesetzt als bei uns – mit den zu erwartenden Folgen.«

»Treibhausgase. Entwaldung. Anstieg des Meeresspiegels?«

»Genau. Es wird alles erheblich weiter und auch früher vonstattengegangen sein als in unserer Zeitlinie. Bei uns gab es die große Krise der Klimaschocks im einundzwanzigsten Jahrhundert, die mit dem Brecheisen durchgeführten Reparaturarbeiten der Heldengeneration. Vielleicht haben die Menschen hier, wo die Entwicklung langsamer verlaufen ist, alles weniger verstanden – sich vielleicht auch weniger daraus gemacht – und sich einfach daran angepasst. Ich glaube, wir können damit rechnen, dass die Küstenlinien auf der ganzen Welt verändert sind – dass Tiefland verloren gegangen ist, wie in Süd- und Ostengland hier.«

McGregor kniff die Augen zusammen. »Diese große Stadtlandschaft in Nordengland sieht aus, als läge York in ihrem Zentrum.«

»Das ist Eboraki«, sagte Ari. »Hauptstadt des unabhängigen Pritanike seit der Zeit Königin Kartimandias, die Rom getrotzt hat. Es war immer eine Stadt des Krieges. Später, in der Anfangsphase des Kontakts zwischen meinen eigenen Vorfahren und den Brikanti, wurde Eboraki einige Jahre von uns gehalten. Es war eine skandische Stadt, keine brikantische.«

Penny grinste. »Aber das ist alles lange her. Vergeben und vergessen?«

»Zumindest hassen wir Brikanti und Skanden einander nicht so sehr, wie wir die Römer und die Xin hassen. Jetzt ist Eboraki die Hauptstadt eines Weltreichs – obwohl es bei uns keinen Kaiser gibt.«

Lex nickte. »Diese Siedlung da auf den Hochlandresten südlich der Themse, jenseits der Isle of Dogs. Das könnte eine Version von London sein.«

»Das ist Lund«, erwiderte Ari. »Das augenfälligste Tor nach Europa und zu den römischen Provinzen. Vor dem Kontakt mit den Römern war die Stadt eine kleine, unbedeutende Gemeinde; sie hatte keinen besonderen Zweck. Nach Kartimandia wurde sie zu einem Zentrum des Handels mit dem Imperium und kam einer Römerstadt in Pritanike am nächsten. Aber sie stand immer im Schatten von Eboraki.«

McGregor zeigte auf etwas. »Und was, zum Teufel, habt ihr mit Schottland gemacht?«

Ari legte die Stirn in Falten. »Bei uns heißt es Kaledon. Ein Schauplatz gewaltiger technischer Leistungen.«

»Sieht aus, als hättet ihr Berge zerstört«, sagte McGregor. »Manche Gebiete scheinen *eingeschmolzen* worden zu sein.«

»Einige sind es auch«, sagte Ari. »Ein Raumschiff mit Kernel-Antrieb, das landet oder startet, erzeugt ziemlich viel Hitze.«

»Mein Gott«, sagte Penny. »Sie haben die Kernel-Technologie wirklich auf die Erdoberfläche heruntergeholt. All diese Wärmeenergie, die in den Boden, in die Luft eingespeist wurde. Es ist ein Wunder, dass sie keinen katastrophalen Treibhauseffekt ausgelöst und den ganzen verdammten Planeten in eine Venus verwandelt haben.«

»Vielleicht hatten sie Glück«, meinte Lex. »Sie sind damit davongekommen. Gerade so eben. Vielleicht gibt es andere Zeitlinien, in denen genau das geschehen ist. Ergibt das einen Sinn, Kalinski? Wenn es zwei Zeitlinien gibt, warum dann nicht viele?«

»Oder eine unendliche Anzahl.« Sie grinste schief. »Der Gedanke ist mir auch schon gekommen. Du denkst wie ein Wissenschaftler, Lex.«

»Ich höre sofort wieder damit auf.«

Ari verfolgte diesen Wortwechsel aufmerksam.

Jetzt blieb die Inselgruppe im Nordwesten zurück, und das Schiff segelte über den nahe gelegenen Kontinent hinweg – Gallien für die Römer und die Brikanti, Frankreich für die Leute von der *Tatania*. Dort, wo das Land vom Anstieg des Meeresspiegels verschont geblieben war, strotzte es von wuchernden Städten. Doch am Lauf eines breiten Flusses machte Beth ein ordentliches kreisrundes Landschaftsmerkmal aus, von dem eine Reihe von Strahlen ausgingen, einen teilweise von Grün überwachsenen Mondkrater. Sie zeigte darauf. »Was ist das?«

»Früher war es einmal eine große Stadt der römischen Provinz«, sagte Ari. »Vor einigen Hundert Jahren wurde sie in einem Krieg zerstört. Eine Xin-Rakete hat die örtlichen Abwehrvorrichtungen überwunden.«

Penny schnaubte missbilligend. »Die Rakete – hatte sie eine Kernel-Spitze? Ja, nicht wahr? Also stimmt es. Ihr benutzt Kernels nicht nur als Energiequelle auf der Erde. Ihr setzt sie tatsächlich in Waffen ein, um eure primitiven Kriege auszutragen.«

Ari Guthfrithson runzelte die Stirn. »Soll ich mich für meine ganze Geschichte entschuldigen? Und ist *eure* Geschichte so lobenswert?«

»Darum geht es hier nicht, Penny«, sagte McGregor leise. »Vergiss deine Ansichten. Wir müssen so viel wie möglich über diese Welt in Erfahrung bringen, solange wir die Gelegenheit dazu haben.«

Penny nickte. »Du hast natürlich recht. Es sieht ja so aus, als säßen wir hier fest.« Sie dachte darüber nach. »Die *Ukelwydd* fliegt in einem Orbit mit hoher Inklination um die Erde – um Terra herum. Das heißt, die Umlaufbahn steht in einem bestimmten Winkel zum Äquator …«

»Das ist natürlich beabsichtigt«, erklärte Ari, »damit sie uns über Pritanike und die Landeplätze von Kaledon hinwegführt.«

»Aber das bedeutet, dass wir zahlreiche Breitengrade passieren. Und da der Planet sich unter uns dreht, werden wir mit der Zeit auch etliche Längengrade zu sehen bekommen. Gebt mir ein paar Stunden mit einer Tafel, und ich fange so viel ein, wie es nur geht. Dann können wir mithilfe einiger sachkundiger Vermutungen vielleicht herausfinden, was auf dieser Welt geschehen ist …«

# 11

Zwölf Stunden später rief Penny ihre Gefährten wie auch Ari wieder in den Beobachtungsraum. Sie hatte einen Weg gefunden, Tafelbilder auf eine freie Wand zu projizieren, und eine Auswahl ihrer Aufnahmen von der sich drehenden Welt unter ihnen vorbereitet.

Sie zeigte ihnen dicht besiedelte Landschaften, die Großstädte leuchtende Knoten in einem umfassenderen Netz von Straßen und ausgedehnten Ballungsräumen. »Willkommen auf Terra«, sagte sie lapidar. »Das ist Europa. Einige der ältesten römischen Provinzen. Abgesehen von gelegentlichen Invasionen aus Asien ist dieser ganze Landstrich von der Ostseeküste im Norden bis zum Mittelmeerraum im Süden mehr als zweitausend Jahre lang beständig urbanisiert worden, mit dem Ergebnis, das ihr dort seht. Viele der dichteren Knoten decken sich mit Großstädten, die wir aus unserer eigenen Zeitlinie kennen und die entweder Nachfolgestädte römischer Siedlungen sind – wie etwa Paris – oder an Orten, bis zu denen die Römer in unserer Zeitlinie nicht vorgedrungen sind, der geografischen Logik ihres Standorts folgend. Hamburg, Berlin. Weiter nördlich ist das Land anders beschaffen – die dänische Halbinsel, Skandinavien. Genauso stark urbanisiert, aber eine andere Geografie.«

»Das Kerngebiet meines Volkes«, sagte Ari. »Vielleicht hast du Bilder von dem Kanal, der die Halbinsel vom Festland trennt.

Eine uralte Konstruktion, die man erheblich verbreitert hat, als Kernels verfügbar waren.«

Penny machte große Augen. »Soll das heißen, ihr benutzt Kernels auch, um Landschaften zu formen? Auf der *Erde*?«

»Das ist Terra, Penny«, sagte McGregor ruhig. »Nicht die Erde. Ich denke, das ist ihre Sache.«

Penny zeigte ihnen nun Bilder von einer trostlosen Küste, einem wütenden grauen Meer; Hafen- und Industriestädte waren trotzige Schandflecken in der graubraunen Landschaft. »Das ist Nordasien«, sagte sie. »In unserer Realität die russische Eismeerküste. Hier hat es nie ein Russland gegeben, glaube ich. Aber es gibt auch keine Anzeichen von borealen Wäldern in diesen Breiten. Selbst das Meer sieht steril aus – niemand fischt dort draußen –, und im Übrigen ist auch keine Spur von arktischem Eis zu finden, obwohl wir noch nicht ganz bis zum Pol schauen konnten.«

Ari zuckte die Achseln. »Das ist ein totes Land. Es war immer schon tot. Nur gut für die Gewinnung von Mineralien und von Methan für Treibstoff.«

Penny tippte auf ihren Bildschirm. »Ich schwenke jetzt nach Süden. Die wichtigsten römischen Territorien scheinen ungefähr bis zum Ural zu reichen. Dagegen erstreckt sich das Xin-Imperium, vermutlich ein Nachfolger der frühen chinesischen Staaten, die wir kennen, vom Norden Zentralchinas über die Mongolei und Ostsibirien nordwärts bis zur Beringstraße. In Zentralasien jedoch …«

Weitere Krater. Eine verlassene, leblose Landschaft.

Beth stieß einen Laut des Erstaunens aus. »Was ist dort passiert?«

Ari seufzte. »Die Steppenregionen boten schon immer Anlass zur Sorge. Eine Brutstätte wilder nomadischer Hirten und Krieger, die immer dann, wenn sich das Wetter dramatisch verschlechtert hat, aus ihrem Kernland hervorgebrochen sind, um die Städte im Westen und Osten heimzusuchen. Xin und Rom haben sich schließlich darauf geeinigt, diese wertlosen Ebenen als eine Art gemeinsames Protektorat zu verwalten. Dieses Arrangement hat jahrhundertelang recht gut funktioniert. Jedenfalls meistens.«

McGregors Grinsen war kalt. »Meistens?«

»Überall, wo zwei Großreiche direkt aufeinanderprallen, wird es Krieg geben. Und wenn Waffen wie die Kernels verfügbar sind – nun ja. Ihr seht, was dabei herauskommt.«

Penny nickte. »Das ist das Heimatland der Xin. Auch hier scheint es eine historische Kontinuität mit jenen Städten und Nationen zu geben, die wir aus dem frühen ersten Jahrtausend kennen …«

Einige der Bilder waren bei Nacht aufgenommen worden. Der halbe Kontinent leuchtete, ein Netzwerk aus Licht, in das juwelenartige Städte eingebettet waren – und doch sah Beth hier und dort die charakteristischen kreisrunden Löcher aus Dunkelheit, bei denen es sich um Hinterlassenschaften von Kernel-Schlägen handeln musste.

Ari beobachtete Beth ebenso aufmerksam, wie er die Bilder verfolgte. »Deine Reaktion unterscheidet sich von jener der anderen. Du scheinst … bestürzt zu sein.«

»Das ist *ein* Wort dafür. Ich bin auf einer leeren Welt aufgewachsen.«

»Aha. Und im Vergleich dazu all das hier, Milliarden von Menschen, in gewaltigen Siedlungen zusammengepfercht …«

»Wie bekommt ihr da noch Luft? Wie bewahrt ihr euch eure Würde?«

»Du meinst, wie *du* hier leben wirst.« Er lächelte. »Von allen Personen an Bord der *Tatania* bist du, Beth Eden-Jones, bei

Weitem die faszinierendste für mich. Die komplizierteste. Wenn das Schicksal es erlaubt, werde ich dir hoffentlich helfen können, einen Platz hier auf dieser *dritten* Welt zu finden, die du Heimat zu nennen lernen musst …«

»Wie Ari uns erklärt hat«, sagte Penny jetzt, »ist der Rest der Welt eine Art Spielplatz für die drei Supermächte Eurasiens. Hier ist Australien.«

Beth sah staubige, blutrote Ebenen wie in einem Fantasiebild vom Mars, übersät von den kreisrunden Narben von Explosionen, den rechteckigen Wunden gewaltiger Minen.

»Die Xin betreiben dort Bergbau«, erklärte Ari.

»Meine Mutter kam aus Australien«, sagte Beth. »Ich war dort einmal zu Besuch. Was ist aus den Ureinwohnern geworden?«

Ari sah sie neugierig an. »Was für Ureinwohner?«

»Afrika«, verkündete Penny, die ein Bild nach dem anderen aufrief. »Im Süden umfangreiche Bergbau- und Landwirtschaftsaktivitäten der Xin, wie es scheint. Im Norden die Sahara – aber seht sie euch an …«

Die Wüste war von einem Gitternetz gewaltiger, schnurgerader Kanäle durchzogen.

Ari grinste. »Eines der wichtigsten Projekte der Römer. Und es gelingt ihnen allmählich, die Wüste zum Blühen zu bringen, wie ihr seht. Aber wenn sie ihre Kolonien in den kommenden Jahren immer weiter nach Süden ausdehnen …«

»… und die Xin sich von ihrem Ackerland im Süden nach Norden vorarbeiten«, sagte McGregor, »dann besteht die Gefahr, dass sie in der Mitte aufeinanderprallen. Und dass noch einmal dasselbe wie in Zentralasien passiert.«

»Das wollen wir nicht hoffen«, sagte Ari inbrünstig. »Aber ja, diejenigen von uns *druidh*, die sich der Aufgabe widmen,

Projektionen der Zukunft zu erstellen, halten das für eine Möglichkeit.«

»Das ist Südamerika«, sagte Penny.

»Oder Walhalla Inferior«, verbesserte Ari milde. »Jahrhundertelang ein Schlachtfeld zwischen den Xin und den Römern.«

Beth sah landwirtschaftlich genutzte Flächen und Bergbaugebiete, durchschnitten von gewaltigen Flusssystemen und zernarbt von Wüstenstreifen. »Was ist mit Amazonien?«

»Man würde nie auf die Idee kommen, dass es dort jemals Regenwald gab«, höhnte Penny. »Und auch diesmal werden wir wahrscheinlich nicht erfahren, was aus den indigenen Populationen geworden ist.«

In Nordamerika zeigten im Dunkel der Nacht aufgenommene Bilder ein Feuerband, das sich Beths Ansicht nach ungefähr an der kanadischen Grenze zu den Vereinigten Staaten entlangzog.

Penny nickte. »Der Kontinent ist relativ unerschlossen. Dort, wo St. Louis sein müsste, ist irgendeine Großstadt, eine weitere in Massachusetts. Abgesehen davon gibt es Kleinstädte und Militärlager. Die Stelle des Zentrums von Seattle – da bin ich aufgewachsen, deshalb habe ich nachgesehen – nimmt beispielsweise so etwas wie eine römische Legionärsfestung ein. Das ist der einzige Ort auf der Erdoberfläche, wo es so aussieht, als würde dort noch Krieg geführt.«

»Diesen Kampfplatz kenne ich gut – ich habe dort gedient«, sagte Ari. »Wir Skanden haben dieses Land vor mehr als tausend Jahren als Erste erreicht, gefolgt von den Brikanti – und nicht lange danach sind auch die Römer gekommen, zum Teil mit skandischen Schiffen. Jetzt ist im Norden brikantisches Land. Früher erstreckten sich dort dichte Wälder, aus denen wir das Holz für unsere hochseetüchtigen Schiffe geschlagen haben. Unsere Hauptstadt in der Nähe der Ostküste heißt Leifsholm. Die Landwirtschaftsflächen im Süden, ein großer Brotkorb, sind von den Römern erschlossen worden. Ihre eigene Provinzhauptstadt heißt Messalia und liegt am Lauf eines mächtigen Flusses. Wir treffen uns auf Höhe der Binnenseen. Hier gibt es keine Großstädte. In gewissem Sinn ist das eine Frage der Tradition, der Geschichte. Städte errichtet man in den alten Ländern, in Europa und Asien, ob man nun Xin, Römer oder Brikanti ist. Der Rest der Welt ist dazu da, ausgebeutet zu werden.«

»Dieses Grenzland sieht aus wie eine Kriegszone«, meinte Penny.

»Es ist auch eine«, sagte Ari. »Die Römer lassen ihre Legionen gern nach Norden marschieren. Wir setzen uns mit Festungen und Gegenangriffen zur Wehr.«

»Ich dachte, ihr würdet kooperieren. Ihr führt doch zum Beispiel gemeinsame interstellare Missionen durch.«

Ari zuckte die Achseln. »Wir kooperieren, wenn wir zu den Sternen fliegen, während wir auf Terra – in Walhalla – Krieg führen. Es ist eine Art Spiel. Tödlich natürlich, aber ein Spiel. Die Römer verschaffen ihren Legionen Marscherfahrung und ihren Generälen Triumphe. Wir genießen es im Gegenzug, ihnen ein Bein zu stellen. Es ist nicht logisch, aber wann war die Politik von Imperien jemals rational? Irgendwie müssen wir unsere unterschiedlichen Identitäten bewahren, Penny Kalinski. Schließlich haben die Römer früher einmal erwogen, in Pritanike einzufallen. So etwas vergibt man nicht.«

Penny schüttelte den Kopf. »Ein Kontinent als riesiges militärisches Trainingsgelände.«

»Aber wozu wäre ein solch unfruchtbarer Kontinent sonst gut?«

»Ihr würdet euch wundern«, erwiderte Penny inbrünstig.

McGregor runzelte die Stirn. »Also ein unaufhörlicher Dreiseitenkrieg, der sich jetzt ins Sonnensystem ausgebreitet hat.«

»So geht das schon seit Jahrhunderten«, sagte Ari. »Offenbar ist es unsere Art …«

»Na, verrätst du hier gerade unsere strategischen Geheimnisse, *druidh*?«

Beth drehte sich um und sah *trierarcha* Kerys, die Schiffskommandantin, durch die rückwärtige Tür in die Kabine kommen, gefolgt von Erdschein, der wie ein Mensch aus Fleisch und Blut aussah – eine eindrucksvolle virtuelle Projektion jener Einheit, in der die alte Kern-KI gespeichert war.

Ari stand halbwegs stramm. »Das war nicht meine Absicht, *trierarcha*. Ich glaube, ich habe ebenso viel über die Heimat von Beth Eden-Jones und ihren Begleitern erfahren, wie ich über unsere preisgegeben habe.«

Lex McGregor grinste. »Und ich wette, das stimmt, du gerissener kleiner Halunke.«

Kerys ging zum Fenster, die Hände hinter dem Rücken verschränkt, und schaute über die leuchtende Erdoberfläche hinweg in den Weltraum. »Nun, unsere Rivalen sammeln sich in der Nähe. Sie warten auf eine Entscheidung darüber, wie wir euch, die Besatzung der *Tatania*, loswerden wollen. Und meine Vorgesetzten in Dumnona haben diese Entscheidung selbstredend mir übertragen.«

»Mir bricht das Herz«, sagte Lex McGregor in ruhigem Ton.

Kerys zog eine Augenbraue hoch. »Eine nette Art, mit einer Offizierin zu reden, die dich an den Eiern hat.«

McGregor lachte bellend.

»Was soll ich beispielsweise mit dir machen, General Lex McGregor? Sieh dich an, alt und grau, deine besten Jahre nur noch eine ferne Erinnerung. Wofür könntest du zu gebrauchen sein? Vielleicht liefere ich dich den Römern aus; du könntest sie einen Moment lang zum Lachen bringen, wenn sie dich mit ein, zwei Gladiatoren in die Arena schicken.«

McGregor grinste furchtlos. »Das sollen sie mal *versuchen*. Ich hätte gedacht, mein Wert läge klar auf der Hand. Ich komme aus einer völlig anderen militärischen Tradition, einem völlig anderen Raumfahrtsystem.« Er tippte sich an sein grauhaariges Haupt. »Und diese ganze Erfahrung könnte euch jetzt zur Verfügung stehen. Aber«, sagte er streng, »damit sind ein paar Bedingungen verbunden. Ich möchte meine Crew bei mir haben, Golvin, Kapur, die anderen – alle fünf. Ohne sie könnte ich meine Aufgaben nicht erfüllen und würde es auch gar nicht erst versuchen. Im Gegenteil – lieferst du auch nur einen von ihnen an die Römer oder die Xin aus, werde ich ihm folgen.«

»Deine Loyalität ist lobenswert«, sagte Kerys, darauf bedacht, keine Miene zu verziehen. »Du, Penelope Kalinski – dein Wert liegt, offen gesagt, sogar für mich auf der Hand. Die philosophischen und mathematischen Kenntnisse, über die du gebietest, die Technologien, mit denen du hantierst – wenn du deine restlichen Jahre damit verbrächtest, brikantischen Studenten auch nur einen Bruchteil dessen beizubringen, was du weißt, könntest du von unermesslichem Wert sein.«

Penny nickte. Sie war gefasst, fand Beth, unbeeindruckt, als hätte sie sich das alles schon selbst überlegt. »Ich kann mir schlechtere Arten vorstellen, mein Leben zu verbringen«, sagte Penny, »aber ich bräuchte natürlich Jiang an meiner Seite.«

»Darüber ließe sich reden«, sagte Kerys neutral. »Was dich betrifft, Beth Eden-Jones …«

Sie musterte Beth eingehend, und Beth ertappte sich dabei, wie sie die Tätowierung berührte, die sich über ihr Gesicht ausbreitete, ein Überbleibsel ihrer Kindheit auf Per Ardua: ein Mal, das die Brikanti als Anzeichen von Wildheit zu betrachten schienen.

»Ich verbürge mich für sie«, sagte Ari schnell, um dem Urteil zuvorzukommen, das Kerys gleich fällen würde, wie auch immer es aussehen mochte. »Sie ist in vieler Hinsicht die Interessanteste von allen, *trierarcha*. Sie ist auf dem Planeten eines anderen Sterns geboren und aufgewachsen! Verwurzelt in einem System des einheimischen Lebens, von dem wir nichts wissen – bekanntlich haben unsere Schiffe kein solches Leben auf irgendeinem Planeten des Sterns Proxima gefunden. Mit Anfang zwanzig wurde sie nach Terra gebracht, und als Außenstehende ist sie wahrscheinlich eine bessere Zeugin dieser Kultur als alle anderen. Auch da kann ich nicht sagen, was genau ich von ihr erfahren würde, wenn ich die Zeit dazu hätte, aber …«

»Schon gut, *druidh*«, sagte Kerys und hob eine Hand. »Ich habe verstanden.«

»Womit nur noch ich übrig bleibe«, sagte Erdschein mit samtiger Stimme.

»In der Tat. Und du stellst die allergrößte Herausforderung dar. Die Maschinerie, die dich erhält, übersteigt unser Begriffsvermögen bei Weitem – ich könnte nicht erkennen, ob sie eine Gefahr für mein Land darstellen würde.«

»Aber auch nicht, welches Potenzial sie vielleicht besäße«, erwiderte Erdschein, »falls ihr imstande wärt, von ihr zu lernen.«

»Ganz recht. Aber was ist mit *dir*?« Kerys ging um ihn herum und inspizierte ihn; sie fuhr mit einer Hand durch seinen Arm, sodass sich Pixel in der Luft verstreuten, und Beth sah, wie Erdschein bei dieser Verletzung seiner Konsistenzprotokolle zurückzuckte. »Was bist du? Kein Mensch. Bist du mehr als eine Marionette? Ist da ein Bewusstsein drin?«

»Man hat mir vorgeworfen, geisteskrank zu sein«, sagte er und lächelte kalt. »Kann man ohne Bewusstsein geisteskrank sein? Und ich möchte dich daran erinnern, was ich in meinem künstlichen Bewusstsein, meinem geräumigen Gedächtnis gespeichert habe – die technischen Geheimnisse der *Tatania*. Das Wrack, das ihr gekapert habt, ist nur ein Haufen Schrott. Und ich besitze sämtliche mitgebrachten Unterlagen über unsere Realität und alles, was wir dort erreicht haben.«

Kerys runzelte die Stirn, aber Beth sah, dass sie fasziniert war. »Zum Beispiel?«

»Ich will es dir zeigen. Bitte zieht nicht eure Waffen …« Er wölbte die Hände und hob sie in die Luft.

Ein Bild nahm vor ihm Gestalt an, eine Kugel von etwa einem halben Meter Durchmesser. Die Oberfläche bestand größtenteils aus grauweißem Eis, das im Licht einer unsichtbaren Sonne glänzte; unter gekrümmten Glasdeckeln breitete sich jedoch in großen Flecken das Blau und Grün des Lebens aus.

Ari schnappte nach Luft. »Das ist schön.«

»Es ist eine Welt. Ein Asteroid, eine Träne Ymirs, in euren Worten. Die größte von allen – ihr habt ihr bestimmt einen Namen gegeben; wir nennen sie Ceres.«

»Für uns ist das Höd«, sagte Ari. »Nach dem blinden Halbbruder von Baldr, dem Lieblingskind der alten Götter.«

»Diese großen Hallen haben wir dort errichtet. Und Ceres wurde zum Dreh- und Angelpunkt für die Ausbeutung der Asteroiden. Hier ist eine weitere Welt.«

Er schnippte mit den Fingern, und der eisige Asteroid wurde von einer vertrauteren Welt ersetzt, einer orangeroten Kugel mit von Schluchten und Kratern zernarbter Oberfläche und Eiskappen wie Sahnehäubchen an beiden Polen.

»Der Mars«, sagte Kerys.

»Ja – so heißt er auch bei uns. Schaut euch an, was wir *dort* gebaut haben.« Er nahm die Hände auseinander. Das Planetenbild explodierte, wurde dunstig und schwach, aber das Zentrum vor Erdscheins Brust zoomte auf eine weitläufige Stadt mit einem Turm im Herzen – einem nadelähnlichen Konstrukt, dessen Höhe erst sichtbar wurde, als der Maßstab es erlaubte, einzelne Menschen in Druckanzügen am Fuß des Turms auszumachen.

»Das ist die chinesische Hauptstadt, in einer Region, die wir Terra Cimmeria genannt haben. Ich weiß, wie all dies erbaut wurde, sogar der große Turm. Ich kann euch helfen, die erforderlichen Kenntnisse zu erlangen. Und ich habe noch mehr. Noch einmal, erschreckt nicht …«

Auf seinen nach oben gedrehten Händen trabte eine Reihe von Tieren dahin, Elefanten, Bisons, Löwen, Pferde, jedes dreidimensionale Bild maßstabsgerecht im Vergleich zu einer menschlichen Gestalt dargestellt.

Die Brikanti machten große Augen.

Erdschein lächelte. »Vor allem *dafür* wurden meine Brüder und ich vor einigen Hundert Jahren geschaffen. Um die Diversität der Lebewesen zu bewahren. Die Naturzerstörung war bei uns noch nicht so weit fortgeschritten wie hier, trotz jahrhundertelanger eifriger Bemühungen«, sagte er ohne jegliche Verbitterung. »Ihr kennt diese Tiere nur von fossilen Überresten her, von Knochen, die ihr im Boden findet. Für euch sind die Elefanten, Affen und Wale so fern wie die Dinosaurier. Ich speichere genetische Daten – das heißt, die Informationen, die erforderlich sind, um diese Tiere zurückzuholen, sie neu zu erschaffen. Ich kann euch eure Vergangenheit zurückgeben.«

Die Tiere schmolzen dahin; er ließ die Hände sinken.

»Außerdem habe ich Bücher«, sagte Erdschein. »Und Kunstwerke. Bedenke das. Zwei Jahrtausende einer anderen Tradition.« Er tippte sich an den Schädel. »Alles hier drin gespeichert …«

Kerys schnitt ihm das Wort ab. »Die Schlüsse, die man daraus ziehen muss, liegen auf der Hand. Was immer wir von dir halten, wir können nicht zulassen, dass du in die Hände unserer Rivalen fällst. Willkommen an Bord«, sagte sie schlicht.

Erdschein neigte den Kopf, als hätte er keine andere Reaktion erwartet.

Seltsamerweise schien Ari Guthfrithson, der *druidh*, skeptischer zu sein, wie Beth bemerkte; sie hätte angenommen, dass der Gelehrte in ihm für Erdscheins Vortrag empfänglich gewesen wäre.

»Da das nun entschieden ist, gibt es einiges zu tun«, sagte Kerys energisch. Sie warf erneut einen Blick aus dem Fenster. »Ich brauche Dumnona nicht von meiner Entscheidung zu unterrichten; ich muss sie nur in die Tat umsetzen. Und es ist auch nicht nötig, all denen dort draußen irgendetwas davon zu sagen. Ari, du übernimmst hier das Kommando; ich möchte, dass all diese Leute in einer Stunde zur Landung auf ihren Liegen festgeschnallt sind.«

»Ja, *trierarcha*.« Doch während Kerys aus der Kabine stolzierte, starrte Ari Erdschein weiterhin an.

Die Projektion lächelte aalglatt. »Willst du noch etwas, *druidh*? Schließlich ist die Entscheidung gefallen.«

»Ja. Aber mir fällt auf, dass du bei deiner ganzen verblüffenden Präsentation der Wunder, die du uns anbietest, kein einziges Mal darauf zu sprechen gekommen bist, was du dafür haben willst.«

Erdschein breitete die Hände aus. »Eure *trierarcha* hat mir die Fortdauer meiner Existenz garantiert. Genügt das nicht?«

»In deinem Fall nicht, nein. Ich glaube nicht.«

Und Beth, die Erdschein musterte und die vorsichtigen Reaktionen von Penny Kalinski und sogar Lex McGregor bemerkte, hatte den starken Verdacht, dass er recht hatte. Dass hier viel mehr vorging, als Erdschein bisher preisgab.

Doch dann ertönten die durchdringenden Fanfarenstöße eines Signalhorns, und sie eilten zu ihren Beschleunigungsliegen. Sie hatten keine Zeit mehr für Diskussionen.

# 12

A.D. 2222; A.U.C. 2975

Schon vom Boden des namenlosen Planeten von Romulus aus hatte Stef Kalinski die *Malleus Jesu*, Sternenschiff der *Classis Sol* des römischen Imperiums, am verwaschenen Himmel kreisen sehen, einen Lichtsplitter. Aber erst bei der endgültigen Evakuierung des Planeten, als sie, Yuri, die KolE sowie Titus Valerius und seine Tochter mit einer der letzten Fähren in den Raum flogen, bekam sie das Schiff zum ersten Mal richtig zu Gesicht.

Die *Malleus Jesu* war ein dicker Zylinder aus Metall und einem keramikähnlichen Material, mit einer Kuppel am einen Ende und einer ebenen Fläche am anderen. Es hatte den Anschein, als würde sie von riesigen Nieten zusammengehalten. In den Flanken des gewaltigen Rumpfes waren durch Lamellenjalousien geschützte Fenster zu sehen. Das ganze Fahrzeug drehte sich langsam um seine Achse, vermutlich um die Wärmezufuhr von der Sonne gleichmäßig zu verteilen. Die Außenflächen waren mit riesigen Figuren im triumphalen römischen Stil verziert: heroische Soldaten, die über besiegte Völker hinwegschritten oder von einer Welt zur anderen marschierten. Selbst der Rand der Kuppel an der Spitze war kunstvoll dekoriert, obwohl die Kuppel selbst wie eine primitive Aufschichtung von Felsgestein wirkte.

Titus Valerius war eine massive Präsenz auf dem Sitz neben ihr; er roch nach Schweiß, abgestandenem Wein und Stroh.

Titus zeigte auf das untere Ende des Schiffes. »Kernels – eine ganze Batterie. Um das Schiff anzutreiben, ja?«

»Ich kenne die Theorie«, bemerkte Stef knapp.

»Die Hälfte der Strecke mit Volldampf fliegen, umdrehen, während der anderen Hälfte abbremsen und bei der Erde anhalten.« Er zeigte auf die Kuppel. »Schild gegen den Weltraumstaub. Gestein von der Welt da unten. Draufgeschaufelt von Sklaven in Rüstung.«

Womit er, wie Stef inzwischen wusste, so etwas wie einen primitiven Druckanzug meinte.

Yuri – blass, aber aufmerksam – spähte hinaus. »Sieht aus wie die Trajanssäule mit dem Pantheon obendrauf.«

Stef rümpfte die Nase. »Für mich hat es eher was Phallisches. Der *Penis Jesu.*«

»Ach, komm schon. Das ist einfach toll. Ein kaiserlich-römisches Sternenschiff! ... Ich frage mich, wie, zum Teufel, sie dieses Ding steuern.«

»Der Antrieb ist nicht immer an«, sagte Titus.

Stef erkannte, dass eine genauere Übersetzung seiner Worte vielleicht so hätte lauten können: *Die Vulkane erbrechen nicht immer Feuer.*

»Einmal im Monat schalten sie ihn ab und drehen das Schiff.« Mit seiner gesunden Hand stellte er es pantomimisch dar, als würde er eine Kanone ausrichten. »Die Geometer visieren die Sterne an. Dann schwenken sie das Schiff, um dafür zu sorgen, dass wir auf dem richtigen Kurs sind, und starten den Antrieb wieder. Es ist, als würde man auf dem Marsch eine Straße anlegen. Man baut eine Strecke, und am Ende des Tages visieren die Geometer das Ziel an, um sicherzustellen, dass man auf geradem Wege dorthin unterwegs ist, und am nächsten Tag bricht man wieder auf. Funktioniert traumhaft gut. Also, ich weiß noch, wie wir bei einem Feldzug einmal …«

»Koppelnavigation«, sagte die KolE. »Man visiert die Sterne an und richtet das Schiff einfach auf das Ziel aus. Sie haben hier keine Computer, Yuri Eden, nichts Komplexeres als einen Abakus. Und sie haben Astrolabien, Planisphären, Planetenmodelle, Sextanten und sehr genaue Uhren – alles mechanisch und erstaunlich hoch entwickelt. Aber dieses Sternenschiff wird mithilfe von Räderwerken gesteuert! Wie auch immer, wenn einem die brutale Energie der Kernels zur Verfügung steht, braucht man keine Raffinesse, keine Feinregulierung. Man muss nur zielen und feuern.«

Titus zeigte erneut auf das Raumschiff. »Sieben Decks. Jedes fünfundfünfzig Meter hoch.« Er zählte sie vom unteren Ende des Schiffes nach oben auf. »Kernels und Lagerräume, Bauernhof, Sklavenpferch, Kaserne, Lager, Stadt, Landhäuser der Offiziere. Dazu ein Badehaus in der Kuppel für die Offiziere.«

Stef runzelte die Stirn, während sie sich das ausrechnete. »Dann dürfte der Zylinder also rund vierhundert Meter lang sein. Und nach den Proportionen zu urteilen, einen Durchmesser von ungefähr hundert Metern haben. Was für ein Monster. Man hat uns sehr wenig über diesen Flug erzählt, Titus.«

Er grunzte. »Ja, so sind sie, die Offiziere. Sagen dir nicht das Geringste darüber, was du tun sollst, treten dir aber gleichzeitig in den Arsch, weil du's nicht richtig gemacht hast …«

»Zum Beispiel, wie lange wird der Flug dauern?«, fragte sie geduldig.

»Das ist leicht«, sagte er. »Vier Jahre, dreihundertsechsunddreißig Tage. Genauso lange wie auf dem Herflug.«

»Halleluja«, sagte die KolE sarkastisch. »Endlich mal eine genaue Zahl. Und wird während der gesamten Reise volle Gravitation herrschen?« Schweigen. »Das heißt, fühlt ihr euch genauso schwer wie auf Terra, wenn der Antrieb arbeitet?«

Der Legionär versuchte zu verstehen, was sie meinte. »Ja«, sagte er schließlich. »Die Offiziere wollen nicht, dass man verweichlicht und herumhüpft wie auf Luna oder dem Mars. Während des Fluges ist das Training härter als auf dem Boden.«

»Glaube ich gern«, sagte Stef. »Ich kenne das Militär. Wenn man in so einer großen Blechdose eingesperrt ist, sorgen die Vorgesetzten dafür, dass die niedrigen Dienstgrade so viel zu tun haben wie möglich, damit sie keinen Unfrieden stiften.«

»Mit den Zahlen, die der Legionär uns gegeben hat«, sagte die KolE, »kann ich endlich abschätzen, wie weit wir von zu Hause entfernt sind …«

Wenn der Antrieb kontinuierlich mit einer Beschleunigung von etwa einem irdischen g arbeitete, würde sich die Geschwindigkeit des Schiffes nach ungefähr einem Jahr der Lichtgeschwindigkeit annähern.

»Natürlich werden wir die Lichtgeschwindigkeit nicht überschreiten, aber wir geraten in die Zeitdilatation. Vom Standpunkt eines Beobachters auf der Erde aus wird die Zeit auf dem Schiff viel langsamer vergehen …«

»Ich habe zwei Doktortitel in Physik«, fauchte Stef. »Ich weiß über die relativistische Zeitdilatation Bescheid.«

»Also, ich habe zwei Doktortitel weniger«, sagte Yuri müde. »Fass es für mich kurz zusammen, KolE.«

»Wenn die Reise für uns subjektiv vier Jahre und dreihundertsechsunddreißig Tage dauert, dann werden auf der Erde elf Jahre und einundneunzig Tage verstrichen sein – kleine Korrekturen wegen der Abschaltungsphasen nicht mitgerechnet. Und das Doppelsternsystem von Romulus und Remus muss rund neun Lichtjahre von der Erde entfernt sein. Titus hier wird vielleicht zehn Jahre seines Lebens mit dem Flug zum Bestimmungsort und zurück verbracht haben, dazu weitere drei Jahre auf dem Boden – eine dreizehnjährige Mission. Aber wenn er nach Hause zurückkehrt, werden auf der Erde ungefähr fünfundzwanzig Jahre vergangen sein.«

Titus zuckte die Achseln. »Dazu verpflichtet man sich. Hab meine Tochter dabei, auf dem Schiff. Keine anderen Angehörigen, um die ich mir Sorgen machen müsste. Und daheim werden die *collegia* der Legion dafür sorgen, dass wir gut behandelt werden, was unseren Sold, die Pensionen und so weiter betrifft.«

»Vielleicht braucht es ein ernstes, ruhiges und uraltes Imperium«, meinte die KolE, »um Operationen solchen Ausmaßes durchführen zu können.«

»Wir Römer kriegen das hin«, sagte Titus schlicht. »Gleich sind wir bei der *Malleus*. Vergewissert euch, dass ihr angeschnallt seid.«

Die Fähre dockte an einem Port am langsam rotierenden Rumpf des Sternenschiffs an. Stef sah, dass hier große »V«-Symbole auf der Hülle prangten; folglich landeten sie wohl auf dem fünften Deck, das Titus als »Lager« bezeichnet hatte.

Sie wusste, dass eine IRF-Crew kein Andockmanöver an einem rotierenden Gebilde versucht hätte, außer an der Achse. Die Besatzung dieser Fähre dagegen brachte sie mit erschreckender Lässigkeit an das Schiff heran; sie stießen auf die langsam rotierende *Malleus* hinab, bis sie geradewegs in ein System von Netzen trieben, das sie geschickt abfing und zum Rumpf hinunterzog, wo Andockklammern geräuschvoll gegen die Unterseite des Fahrzeugs klapperten. Sobald das Andockmanöver abgeschlossen war, hörte sie Jubelrufe und Schulterklopfen hinter geschlossenen Türen. Sie hatte keinen der Piloten kennengelernt, hatte sie aber auf dem Boden gesehen. Es waren junge Brikanti, großspurige, adrette Männer und Frauen, die es genossen, den nervösen, abergläubischen römischen Bodenbewohnern ihre Fähigkeiten zu demonstrieren. Während sie ihre Gurte löste, sprach Stef ein stummes Dankgebet, dass diese riskante Zurschaustellung von Superkompetenz zu Ende war.

Einer nach dem anderen wurden sie durch eine Luke an der Unterseite der Fähre hinausgeführt und durch dicke Schichten von Hüllenmetall und Isoliermaterial in den Rumpf der *Malleus Jesu* hinuntergeleitet. Sie waren natürlich schwerelos, bis auf einen ganz leichten Zentrifugalzug zur Wand des rotierenden Schiffes.

Sobald sie sich im Innern des Rumpfes befand, musste Stef sich neu orientieren und ihr Gefühl für oben und unten umstellen, während sie zugleich von einem Sperrfeuer sensorischer Eindrücke bombardiert wurde – strahlend helle Lichter, Gerüche von Tieren und Menschen, ein Durcheinander von Strukturen, Haufen von Vorräten und Ausrüstungsgegenständen, und Menschen, die überall durch die Luft schwebten. Das Schiff stand im Grunde aufrecht. Die Hülle, durch die sie es betreten hatte, war kein Boden und auch keine Decke mehr, sondern eine senkrechte Wand. Und sie hatte einen freien Blick durchs Innere des zylindrischen Rumpfes; »Boden« und »Decke« waren gewaltige Platten unter und über ihr, die das fünfte Deck, diese tortenförmige Sektion des Schiffes, abteilten – obwohl die Platten von Löchern durchsetzt waren, durch die Rohre, Leitungen und in der Mitte eine Art Rutschstange mit daran hängenden Ketten führten, die dieses Deck mit dem Rest des Schiffes verbanden. Außerdem waren überall auf dem Deck Stahlsäulen als strukturelle Stützen zwischen Boden und

Decke verschraubt, vermutlich um den Schub des Kernel-Triebwerks besser abzufangen. Allein schon dieses Deck war ein riesiger, höhlenartiger Raum, knapp sechzig Meter hoch und hundert im Durchmesser breit, erhellt von großen, primitiven Leuchtstoffröhren und vom Sonnenlicht, das durch die Fenster hereinfiel. Die hohen Säulen, die vom Boden bis zur Decke reichten, verliehen ihm für Stefs Empfinden die Anmutung einer Kathedrale.

Und auf der Bodenplatte, genau in der Mitte des kreisrunden Decks, erhob sich, ja, ein Lager, genau wie Titus gesagt hatte, eine fast originalgetreue Kopie der *colonia* unten auf dem Planeten, ein Rechteck mit abgerundeten Ecken, wie eine Spielkarte. Als Stef von ihrer erhöhten Position an dieser Luke aus den Blick über das Deck unter ihr schweifen ließ, erkannte sie die kreuzweise Anordnung der Hauptstraßen; es gab ein hübsches, holzvertäfeltes Gebäude, bei dem es sich vielleicht um die *principia* handelte, daneben eine kleine Kapelle und dahinter eine freie Fläche, vielleicht ein Exerzierplatz oder ein Trainingsbereich. Sie sah sogar eine Reihe von Getreidespeichern, aber keine Kasernenblocks oder dergleichen. All diese Bauwerke wirkten durchaus konventionell, mit holzvertäfelten Wänden und roten Schindeldächern. Die Mauern der *principia*, des Hauptquartiers, schienen sogar verputzt zu sein. Doch als Stef genauer hinschaute, stellte sie fest, dass die Gebäude auf Rahmen aus starken Stahlträgern ruhten, die fest an die Bodenplatten genietet waren.

Ihr war der surreale Anblick römischer Legionäre vergönnt, die über dem »Lager« durch die Luft paddelten oder sich an straff gespannten Seilen durch das höhlenartige Deck zogen und dabei große Mengen in Netze verpackter Vorräte mitführten, Nahrung, Kleidung, sogar Waffen.

Ein römisches Lager im interstellaren Raum! Aber schließlich wusste sie, dass diese Mischung von Antike und Moderne typisch für diese seltsamen Spätrömer war.

In Gesprächen mit Eilidh, Movena, Michael und anderen hatte sie etwas über die vom ihr bekannten Verlauf abweichende Geschichte des Imperiums erfahren – eine Geschichte, die eine römische Legion zu einem fernen Stern gebracht hatte. Nach Kartimandias Zeit war Germanien schließlich bis zur Ostseeküste erobert worden. Der spätere Kaiser Vespasian hatte den römischen Adler am Weichselufer aufgepflanzt. Dank der anschließenden Zivilisierung der germanischen Stämme hatte es keine Barbarenhorden gegeben, die im späten vierten Jahrhundert den Rhein hätten überqueren können wie in Stefs Welt, jenes Ereignis, durch welches das Westreich letztlich destabilisiert worden war. Rom hatte weiterhin geherrscht. Am Ende war das Imperium auf der eurasischen Landmasse jedoch an seine natürlichen Grenzen gestoßen, eingekeilt von den Xin im Osten, den Brikanti im Norden und den Wüsten Nordafrikas im Süden. Von da an hatte Rom jahrhundertelang nach innen geschaut. Die Entwicklung stagnierte, die Bürger ächzten unter einer hohen Steuerlast, und die Elite des Reichs war egoman, unnahbar und allzu mächtig – und sie saß keineswegs fest im Sattel, sondern sah sich unablässigen Palastrevolten ausgesetzt.

Das alles hatte sich im zwölften Jahrhundert nach Christus geändert. Zu diesem Zeitpunkt waren die Brikanti dank ihrer abenteuerlustigen skandischen Partner schon seit zweihundert Jahren in Amerika und hatten auf der Suche nach den Ländern unterhalb des Äquators die Küste Afrikas erkundet. Mit einiger Verspätung folgten die Römer ihnen in diese neue Welt – und die Jahrhunderte der Stagnation waren vorbei. In einem neuen Zeitalter der Expansion und Eroberung besannen sich die Römer auf ihre Vorfahren, strenge, hagere Männer, so ihre Vorstellung, die ihre Felder bestellten und in den Krieg zogen. Es war, als wäre das Imperium gereinigt worden. Obwohl die modernen Römer Christen blieben, hatten sie traditionelle gesellschaftliche und militärische Strukturen – wie die Legionen – wiederbelebt. Selbst alte Konventionen der familiären Namensgebung waren ausgegraben worden, und weit zurückreichende Stammbäume wurden eifrig erforscht. Deshalb war ein Planet eines fernen Sterns von Einheiten der neunzigsten Legion namens Victrix kolonisiert worden, im Andenken an einen großen Sieg über die Brikanti südlich der Großen Seen. In späteren Jahrhunderten hatte die Notwendigkeit, im Innern von Druckkörpern – in Raumschiffen und Oberflächenhabitaten – auf den Einsatz von Explosivwaffen zu verzichten, sogar zu einer Wiederbelebung der traditionellen Nahkampfwaffen geführt, Wurfspeer, Schwert und Messer, *pilum*, *gladius* und *pugio*.

Aber Stef war sicher, dass kein Römer der »alten« Geschichte, die sie kannte, jemals so etwas zu Gesicht bekommen hatte wie das, was sie nun auf der anderen Seite dieses fünften Decks sah, wo sich ein Trupp von Legionären unter Aufsicht eines schwebenden Tribuns abmühte, die sich windende Hülle eines *cetus*-Luftschiffs zusammenzufalten, aus dem man die Luft abgelassen hatte.

Titus versammelte die Neuankömmlinge um sich. Er trug die KolE in ihrem Rucksack; Stef bemerkte, dass er so behutsam mit ihr umging wie mit einem Baby. »Kommt mit. Dieses Deck ist Soldaten vorbehalten. Ihr seid in der zivilen Stadt, eins weiter oben.« Mit dem Rucksack um den Hals ergriff er ein Seil und zog sich mit einer Hand vom Andockport zur Decke hinauf.

Stef und Yuri sahen sich kurz an, zuckten die Achseln und folgten ihm. Stef ließ Yuri vor, weil sie nicht wusste, wie stark er sich heute fühlte, aber er schien sich ziemlich frei zu bewegen. Vielleicht würde ihm die Schwerelosigkeit für eine Weile guttun. Während sie nach oben stieg, rief sie Titus nach: »Warum trägst du die KolE? Was ist mit Chu?«

»Er wird direkt zum dritten Deck gebracht.«

Sie erinnerte sich. Der Sklavenpferch über dem Bauernhof, unter der Kaserne.

»Sklaven sind dumme Kreaturen, erst recht ohne Schwerkraft. Sie schlagen sinnlos um sich und kotzen alles voll. Am besten lässt man sie die ganze Zeit angeschnallt. Ihr werdet Chu erst wiedersehen, wenn wir unterwegs sind und an Bord alles seinen geregelten Gang geht.«

Sie war nicht in der Lage, ihm zu widersprechen.

Mühelos passierten sie eine offene Luke zum sechsten Deck – offen, aber Stef bemerkte einen schweren Eisendeckel an Scharnieren über der Luke. Sie stellte sich vor, wie ganze Decks dieses Schiffes im Katastrophenfall abgeriegelt werden mussten, vielleicht bei einer Leckage – oder sogar im Fall einer Rebellion unzufriedener Soldaten oder der Sklaven in ihren Unterkünften im Schiffsbauch.

Während sie an weiteren Seilen entlang nach oben schwebten, stellte Stef ohne große Überraschung fest, dass sich auf diesem Deck, das Titus kurz als »Stadt« bezeichnet hatte, tatsächlich eine kleine Stadt römischen Typs befand, oder zumindest ein Teil davon, wie ein durch Mauern abgeschotteter Vorort. Beim mühelosen Aufstieg über die Schindeldächer erhaschte sie einen Blick auf ein Gittermuster von Straßen mit einem freien Platz in der Mitte, vielleicht einem Forum, umgeben von mehrstöckigen Säulengängen und mit einem kleinen Triumphbogen an einer Seite. An einem Abschnitt der Rumpfwand waren Sitzreihen trichterförmig über einem offenen Raum arrangiert, eine Art Freilufttheater. Und entlang der Rumpfwand verlief eine Laufstrecke, vermutlich für Wettrennen oder andere Sportarten. In der Luft wimmelte es überall von Menschen; Männer, Frauen und Kinder schwebten über den Gebäuden und tauchten in belebte Straßen hinab. In diesem umschlossenen Raum herrschte ein enormer Geräuschpegel; der Schall wurde von einem weiteren Trenndach über ihnen reflektiert, ein Stimmenlärm wie der einer Zuschauermenge bei einem Sportereignis.

Die schiere Lebendigkeit und Komplexität des Ganzen überwältigte Stef, und sie merkte, wie wenig sie auf dem Planeten von dieser mobilen Gemeinschaft mitbekommen hatte, die sich jetzt wieder in diese Blechdose im Raum zwängte, um die fünfjährige Heimreise anzutreten. Aber noch stärker als auf dem militärischen Lagerdeck unten stieg ihr der saure Gestank der Raumkrankheitskotze in die Nase, und in den allgemeinen Lärm mischte sich das Geschrei kleiner Kinder. Alle Kinder unter drei mussten auf dem Planeten geboren sein, erkannte sie; die Schiffsumgebung musste sie völlig verwirren.

Mühelos und geschickt führte Titus sie durch ein Gewirr von Führungsseilen abwärts zu einem Viertel, einen Block vom Forum entfernt – eine eindrucksvolle Leistung angesichts der Tatsache, dass ihm nur eine Hand zur Verfügung stand. »Dort unten hat man euch ein Haus zugewiesen. Keine schlechte Gegend, es gibt da ein anständiges Lebensmittelgeschäft und eine Taverne. Ihr werdet euch bei einem Ratsherrn anmelden müssen, der euch aufsuchen wird, und der *optio* wird nach euch schauen, bevor das Triebwerk gezündet wird … Irgendwelche Fragen?«

»Warum deckt ihr die Dächer mit Schindeln?«, wollte Yuri wissen. »Wir sind doch in einem Raumschiff.«

Titus zuckte die Achseln. »Manchmal ›regnet‹ es hier drin. Man muss die Luft vom Staub reinigen. Und außerdem ist es Tradition, Schindeln auf dem Dach zu haben. Wir Römer leben nicht wie Tiere, wisst ihr.«

Stef sah sich staunend um. »Ich komme gar nicht darüber hinweg, wie groß hier alles ist. Wie viele Menschen sind an Bord, Titus, weißt du das?«

»Nun, der Kern sind wir, eine Zenturie der Legio XC. So um die achtzig Mann. Aber dann sind da die Offiziere, die Administratoren und die Hilfskräfte, unsere Frauen und Familien, außerdem die Händler, Köche und Handwerker, die Ärzte und Schullehrer und so weiter. Oh, und die Besatzung des Schiffes, größtenteils Brikanti oder Araber. Was habe ich vergessen?«

»Die Sklaven?«

»Ach ja, die Sklaven«, sagte Titus. »So viele wie Soldaten und andere Bürger. Ich würde sagen, fünf-, sechshundert warme Körper auf dem Schiff.«

»Das sind eine Menge Leute.«

»Tja, so ist das nun mal bei den Römern. Viel kleiner geht's nicht.«

»Ganz recht«, sagte die KolE. »Und deshalb muss das Schiff so groß sein. Wir wissen, Stef Kalinski, dass diese Leute nichts von filigraner Technik verstehen. Kleine geschlossene Lebenserhaltungssysteme lägen jenseits ihrer Fähigkeiten. Also bauen sie groß! Sie nehmen gewaltige Mengen von Luft und Wasser mit – du hast gesagt, es gebe ein ganzes Deck, das der Landwirtschaft vorbehalten ist, Titus?«

»Ja. Und oben auf dem Landhäuser-Deck gibt's auch eine Menge Grünzeug.«

»Sie bauen so groß, dass diese Ökologie trotz der primitiven Technik ziemlich gut abgepuffert ist und auch Blüten und Zusammenbrüche verkraftet. Auf seine Weise ist das alles logisch.«

Yuri gluckste. »Also, wann werden die Kernels gezündet, Titus?«

Der große Mann grinste. »In sechs Stunden. Ihr solltet liegen, wenn das Signal ertönt. Und glaubt mir, ihr solltet im Innern des Hauses sein. Hier ist es nicht wie im Lager. Keine Disziplin. Niemand hört auf die Warnungen. Der Himmel wird voller Babys und ihrer Kacke hängen. Von diesem Regen wollt ihr *nicht* erwischt werden, wenn er fällt. So, eure Residenz ist genau unter uns. Ich lasse euch erst mal ankommen …«

Stef fand, dass sie wie Engel in die Straße hinabsanken, in der sie die nächsten fünf Jahre leben würden.

Sechs Stunden später, auf die Minute pünktlich und begleitet von Trompetenfanfaren, zündeten die Kernel-Batterien am unteren Ende des Schiffes. Stef stellte sich vor, wie die rätselhaften Wurmlöcher reihenweise aufgestoßen wurden, um ihre Energien freizusetzen, Ströme von hochenergetischer Strahlung und Hochgeschwindigkeits-Teilchen, Schub-Quäntchen, die das riesige, plumpe Konstrukt der *Malleus Jesu* immer heftiger vorwärts stießen.

Als die Beschleunigung wuchs, hörte Stef, die mit Yuri und der KolE auf weichen Liegen in dem ihnen zugewiesenen kleinen Haus lag – umgeben von verputzten Wänden mit primitiv aufgemalten Fresken –, das Knacken, Knallen und Scheppern, mit dem das riesige Gebilde die Belastung aufnahm; eine Schindel fiel klappernd von einem Dach. Sie glaubte, dass die Struktur des Schiffes im Prinzip intakt war: Es bestand aus gutem skandischen Stahl, hatte Eilidh ihr versichert, nicht aus dem üblichen römischen Schrott. Dennoch, nach drei Jahren in der Mikroschwerkraft – drei Jahren der Vernachlässigung, da jedermann auf der Oberfläche des Planeten zu tun gehabt hatte – würde es einzelne Schwachstellen geben, Risse in Rohren, defekte Kabel. Jetzt hörte man Rufe und ferne Alarmsignale, und sie sah vor ihrem geistigen Auge, wie Notfallteams sich um diverse lokale Katastrophen kümmerten. Sie hörte sogar einen rauschenden Zusammenbruch, wie eine brechende Meereswelle; vielleicht war irgendein kleines Gebäude eingestürzt.

Dann waren da die Menschen. Als sie und Yuri im Halbdunkel dalagen – während des Startvorgangs durften keine Öllampen angezündet werden, das war Vorschrift – und sich die Schwerkraft aufbaute und Stef in ihre Liege presste, hörte sie überall auf diesem Deck mit seiner Modelleisenbahn-Spielzeugstadt Schreie und Stöhnen, das Gegacker gestresster Hühner, das Bellen verwirrter Hunde und das Weinen von Kindern.

Fünf Jahre würde das nun so gehen, dachte Stef. Sie schloss die Augen und versuchte sich zu entspannen, während die Beschleunigung sie niederdrückte.

# 13

Eine Woche nach der Zündung des Triebwerks brach Stef sich einen Zahn ab.

In dieser völlig exotischen Umgebung, dem Sternenschiff einer römischen Legion, war es der denkbar profanste Unfall, verursacht von einem Biss in eine Scheibe groben römischen Brotes. Mittlerweile wusste sie über die Tumore Bescheid, die Yuris Körper durchsetzten; die KolE konnte sie entdecken, ohne die medizinische Garnitur in dem physischen Körper, den sie auf Per Ardua zurückgelassen hatte, jedoch nicht behandeln. Yuri hatte Stef nichts davon sagen wollen; sie hatte es von Michael erfahren, dem freundlichen Arzt. Verglichen mit Yuris Problemen war ihr Zahn gar nichts.

Trotzdem tat er ihr *weh*.

Über eine ihrer Tafeln gab die KolE, die den Zahn untersuchte, ein mitfühlendes Schnalzen von sich, und Stef fragte sich zerstreut, wann sich die Landwirtschaftsmaschine diese sprachliche Marotte angewöhnt hatte. »Ein bedauerliches Missgeschick«, sagte sie. »Für eine Frau deines Alters sind deine Zähne sehr gesund.«

»Danke.«

»Aber vor einem ungemahlenen Korn in einem Brotlaib gibt es nun einmal keinen Schutz. Und in Ermangelung meines alten Körpers, meiner Manipulatorarme kann ich leider nichts für dich tun. Früher hätte ich dir den abgebrochenen Zahn ziehen oder dir sogar eine Krone oder ein Implantat drucken können. Aber jetzt, wo ich körperlos bin …«

»Und was soll ich nun machen? Einen Faden an einen Türknauf binden?«

»Du musst die Römer um Hilfe bitten.«

»*Die Römer?* Ich soll zu den alten Römern gehen, um mir die Zähne richten zu lassen?«

»Es sind ja nicht die *alten* Römer«, hob Yuri sanft hervor. »Und du gehst nicht zu einem Römer, sondern zu einem Griechen – Michael. Geh zu Titus Valerius und lass dich von ihm zu Michael bringen. Ich kann dir aus Erfahrung sagen, dass er zwar vielleicht nicht allzu viel weiß, dafür aber zuhört. Also, ich wette, Legionäre verlieren ständig Zähne.«

»Das beruhigt mich kein bisschen.«

Trotzdem hatte sie keine bessere Idee. Sie wartete ein paar Tage, in denen sie sich durch ihren Vorrat an IRF-Schmerztabletten fraß, den sie in ihren Rucksäcken durch die Luke mitgenommen hatten. Wider alle Vernunft hatte sie das Gefühl, sie würde sich erheblich besser fühlen, wenn sie nur eine anständige warme Dusche bekäme. Aber in weiten Teilen des Schiffes gab es kein fließendes Wasser, außer in den Badehäusern. Jeden Morgen und Abend wusch man sich aus einer Schüssel, die man bei einem gemeinschaftlichen Reservoir füllte und in seinen Raum trug.

Schließlich befolgte sie den Vorschlag der KolE und bat den *medicus* um Hilfe.

Michael erwiderte ihr Grinsen. »Ich werde Material aus der Offiziersklinik brauchen. Mir ist jeder Vorwand recht, um zu den Landhäusern hinaufzugehen. Komm morgen zu mir.«

Am nächsten Tag führte Titus Valerius Stef durch das rudimentäre Städtchen zur »Aszension«, wie die Besatzung den zentralen, auf jedem Deck offenen Schacht nannte, der in der Schiffsachse verlief. Die dicke Rutschstange verlief durch die gesamte Länge des Schiffes, und eine Reihe von Plattformen und Kabinen stiegen regelmäßig an ihr entlang auf und ab, gezogen von Flaschenzügen.

Es gab viele Löcher in den Decks, hatte Stef festgestellt. Oft stieß man auf Löcher im Boden, die zur Sicherheit abgesperrt waren. Meist hatte man sie jedoch – offensichtlich aus Sicherheitsgründen – gegeneinander versetzt, sodass die Löcher im Boden nicht zu denen in der Decke passten. Die Aszension hingegen war der einzige für alle Decks zugängliche Schacht. Für Stef hatte dieser großartige Weg eine gewisse verbindende ästhetische Anmutung, ein gewaltiger Schacht, der den Metallhimmel über einem und den Boden unter einem durchdrang und das Schiff vom Offiziersland in der Krone bis zu den Ingenieuren und ihren Kernel-Batterien an der Basis des Schiffes umspannte. Aber die Soldatin in ihr erkannte auch den Wert einer Schnellstraße, über die ein Legionärstrupp binnen Minuten oder sogar noch schneller direkt zu jedem Teil des Schiffes gelangen konnte. Die Römer hatten ihr Imperium immer auf Straßen begründet, und wie es schien, galt das auch jetzt noch.

Titus Valerius nickte den gelangweilt dreinschauenden Legionären zu, die das System bemannten, und begleitete Stef von Deck sechs, der Stadt, nach oben zu Deck sieben, dem Deck der Landhäuser.

Sie saßen in einer fahrstuhlähnlichen Kabine aus Stahl, und es war, als würden sie in einen Park emporfahren. Stefs erster Eindruck war der von Grün, dem Grün von Gras, Bäumen und Büschen, und von feuchter, angenehm warmer Luft. Sie sah nur wenige Menschen – eine Gruppe in Togen gewandeter Männer mit Schriftrollen in den Händen, die an den Wassern eines

Sees, eines rechteckigen, von schlanken, nackten Statuen umgebenen Beckens, ein ernsthaftes Gespräch führten. Es hätte eine Szene aus einer Zeit vor zweitausend Jahren sein können, vielleicht die Senatoren, die den Mordanschlag auf Caesar planten. Doch über den Köpfen der Disputanten erhob sich ein vernietetes und himmelblau gestrichenes Metallgewölbe. Das Licht, das sich warm und wie echtes Sonnenlicht anfühlte, stammte von Leuchtstofflaternen, die von der Decke hingen. Und ein Muster kaum wahrnehmbarer kleiner Wellen, das Resultat winziger Unregelmäßigkeiten des Kernel-Antriebs, der dieses hübsche Stück Parkland durch den interstellaren Raum schob, kräuselte die von einzelnen Seerosen bedeckte Oberfläche des Teichs. Unwillkürlich fragte sie sich, wie sie dieses Wasserbecken abdeckten, wenn der Antrieb abgeschaltet wurde und die Schwerkraft verschwand.

Titus Valerius führte sie am See entlang. Der Weg bestand aus Steinblöcken, die in das kurz geschnittene Gras eingesetzt waren. Titus war ein Muskelpaket, das in dieser eher effeminierten Szenerie deplatziert wirkte. »Wir sind mit dem Doktor im Quartier des *optio*, Gnaeus Junius, verabredet. Es ist nicht das imposanteste hier oben, glaub mir. Angeblich haben sie dieses ganze Deck einem Landgut des Kaisers Hadrian in Italien nachempfunden. Obwohl *das* wahrscheinlich erheblich größer war als hundert Schritte im Durchmesser.«

»Das glaube ich gern.«

»Platzverschwendung, wenn man mich fragt.«

»So sind Offiziere nun mal.« Aber sie erinnerte sich an die Spekulation der KolE über die Lebenserhaltungssysteme in diesem Riesenpott von einem Raumschiff. »Weißt du, Titus, dieser Park könnte nicht nur ein Luxus für die Offiziere sein, sondern auch ein Bestandteil der Schiffskonstruktion. Wahrscheinlich ist dieses ganze Grünzeug hier oben für das Schiff insgesamt von Nutzen ...«

»Pst.« Er war erstarrt.

Aus einer Baumgruppe lugte ein schmales Gesicht zu ihnen heraus. Offenbar irgendein Rotwild. Das Tier blickte Titus ein, zwei Sekunden lang in die Augen. Dann drehte es sich um und sprang in den Schatten der Bäume, und Stef erhaschte einen Blick von einem schlanken Körper, einem weißen Schwanz.

»Sie lassen uns nicht jagen, weißt du«, knurrte Titus, während sie weitergingen.

Stef lachte. »Es kann nicht mehr als eine Handvoll Tiere hier oben geben. Und es wäre wirklich nicht fair, Titus; in diesem Metallkasten könnten sie nicht weit weglaufen.«

»Stimmt. Ein gut geschossener Pfeil könnte von einer Wand bis zur anderen fliegen. Aber trotzdem, der Jäger in mir sehnt sich danach, es zu verfolgen, einarmig hin oder her.«

Sie klopfte ihm auf die Schulter. »In ein paar Jahren bist du wieder zu Hause, Titus Valerius, dann kannst du jagen, so viel du willst.«

»Und dich nehme ich mit«, versprach er. »So, da wären wir – das zweite Zuhause des Ritters und der ihm unterstellten Offiziere.«

Gnaeus' »Quartier«, nah an der gekrümmten Schiffswand, erwies sich als eine kompakte Ansammlung von Gebäuden mit einem gepflasterten rechteckigen Innenhof, umgeben von einem sorgfältig gepflegten Gartensaum. Titus ging entschlossen durch das weit geöffnete Tor, und Stef folgte ihm. Ein Springbrunnen mit einer Steinschale plätscherte im Zentrum des Hofes vor sich hin. Die ordentlichen, einstöckigen Gebäude hatten weiß getünchte Putzwände und rote Schindeldächer. Dampf wehte aus den Fenstern eines klotzigen Gebäudes in der Ecke. Die einzige Konzession an die Raumfahrtumgebung, die Stef ausmachen konnte, bestand aus ein paar Stahlbändern, die das Mauerwerk bei fehlender Schubschwerkraft an Ort und Stelle hielten.

Titus sah, dass Stef den aufsteigenden Dampf neugierig betrachtete. »Ein Badehaus. Habt ihr dort Dampfbäder, wo ihr herkommt?« Er zeigte nach oben. »Die gesamte Kuppel da oben in der Nase des Schiffes ist ein einziges großes Badehaus. *Ich* bin noch nie dort oben gewesen, das kann ich dir sagen. Angeblich gibt's da oben ganze Kohorten von Huren, männliche und weibliche, deren Gebrauch ausschließlich den Offizieren vorbehalten ist, Huren, die den Rest des Schiffes nie auch nur zu sehen bekommen, geschweige denn den Zielplaneten. Die Jungs verbringen unterwegs viel Zeit mit Spekulationen darüber.«

»Kann ich mir vorstellen.«

»Aber die höchsten Offiziere, wie der *optio*, haben auch ihre eigenen privaten Bäder. Die Kernels produzieren mehr als genug Wärme für die Hypokausten, und es gibt jede Menge Sklaven für die dazugehörigen Dienstleistungen, also warum nicht? ...« Er runzelte die Stirn. »Apropos Sklaven, mittlerweile hätte uns einer der Haushaltssklaven des *optio* empfangen müssen, oder zumindest einer der Wachposten.«

»Ich wollte dich schon nach den Sklaven fragen. Wir haben Chu Yuen seit dem Aufbruch von Romulus noch nicht gesehen.«

»Ja, es gibt ein Problem da unten im Pferch.« Er rieb sich die Nase mit dem hölzernen Armstumpf. »Vielleicht sollte ich dem *optio* vorschlagen, hier oben ein paar Männer zu postieren. Wir rechnen zwar nicht mit Ärger, aber man weiß nie – man darf nicht zulassen, dass irgendwelche Leute einfach so hereinspazieren wie wir gerade.«

»Das habe ich gehört.« Gnaeus Junius kam in einer weiten Toga von einem der Gebäude herbei, gefolgt von Michael, der eine schlichtere Tunika und einen leichten Umhang trug und einen Tornister an der Hüfte hatte. Durch die offene Tür hinter den beiden Männern sah Stef Lampenlicht, einen niedrigen, mit verstreuten Schriftrollen bedeckten Tisch, ein Fresko an den gemusterten Wänden – ein Mosaik auf dem Fußboden?

Titus stand stramm. »Verzeihung, Herr. Ich wollte nicht unverschämt sein.«

»Aber woher denn. Das ist ein guter Rat, Wachen zu postieren. Leite das in die Wege, wenn du zur Kaserne zurückkehrst, ja? Und sprich mit den anderen Offizieren über ähnliche Vorkehrungen, zumindest bis die Sklaven wieder da sind.« Er lächelte Stef an. »Schön, dich wiederzusehen, Colonel Kalinski. Wie gefällt dir die Reise?«

»Ich finde das alles faszinierend. Aber ich habe einen Zahn, der sich davonmachen will.«

Titus grinste. »Sie hat ihn sich an einem Stück Brot abgebrochen. In welchem Heer du auch einmal gedient haben magst, auf dem Marsch mit einer römischen Legion würdest du keinen Monat überstehen. Bei allem Respekt.«

»Das gilt wahrscheinlich für die meisten von uns.« Michael holte geschickt einen kleinen Spiegel an einer Sonde aus dem Tornister an seiner Hüfte, bat Stef, den Mund aufzumachen, und nahm eine rasche Untersuchung vor. »Kein Anzeichen einer Infektion oder einer anderen Verletzung. Allerdings muss der Zahn wohl leider heraus.«

Stef zuckte zusammen. »Ich habe befürchtet, dass du das sagen würdest. Im Aushalten von Schmerzen bin ich nicht sehr gut.«

»Keine Sorge. Ich habe Arzneien, insbesondere eine Paste aus gewissen Pflanzen, die es nur in Walhalla Inferior gibt. Du wirst überhaupt nichts merken.«

»Das kann ich bestätigen«, sagte Titus mit einem Grinsen. »Sie geben mir dieses Zeug, wenn ich mein Armstumpf schmerzt. Also, ich weiß noch, wie ich auf einem Feldzug einmal …«

»Ach, sei still, Legionär«, sagte der *optio*, »du bist hier nicht in der Kaserne.«

»Verzeihung, Herr. Stef hat sich nach dem Jungen erkundigt, Chu Yuen, der als Träger für, äh, Collius eingeteilt worden war.«

Gnaeus nickte ernst. »Es gibt leider ein Problem im Sklavenpferch. Keiner der Sklaven ist seit dem Start herausgelassen worden.« Er lächelte. »Was erhebliches Murren bei denjenigen ausgelöst hat, die ihre kleinen Annehmlichkeiten vermissen.«

Bei Gesprächen über die Sklaven krümmte sich Stef immer innerlich. Dennoch fühlte sie sich gezwungen, noch einmal nachzuhaken; wie die KolE gesagt hatte, war Chu zumindest ein Sklave, den sie vielleicht beschützen konnten. »Wäre es nicht möglich, eine Ausnahme für den Jungen zu machen? Er war überaus nützlich.«

Gnaeus warf dem Arzt einen Blick zu. »Nun, Michael, du musst sowieso demnächst für eine weitere Untersuchung zum Pferch hinunter. Warum suchst du den Jungen nicht auf und siehst nach, ob man ihn herauslassen kann? Nimm Colonel Kalinski mit.«

Michael schien nicht gerade begeistert von dem Gedanken zu sein, einen solchen Abstecher zu den unteren Decks zu machen, dachte Stef, aber er nickte durchaus freundlich. »Gut. Und vielleicht könntest du Titus hier für unseren Schutz erübrigen.«

Titus schaute sogar noch finsterer drein, aber er nickte grimmig. »Ich gehe mit, *optio*. Nach dreißig Jahren in der Legio XC habe ich mir wahrscheinlich alles eingefangen, was ich mir nur einfangen kann, und trotzdem überlebt.«

»Das ist die richtige Einstellung«, lobte Michael. »Der Junge stammt ja von Xin ab – möglicherweise ist er von den Seuchen verschont geblieben, die im Rest der Herde dort unten umgehen.«

*Seuchen?*

»Aber eins nach dem anderen«, sagte der Arzt lächelnd und fasste Stef am Arm. »Wenn du uns einen Raum zur Verfügung stellen würdest, *optio*, erledigen wir die Sache mit diesem Zahn gleich hier.«

Gnaeus ging voran, und Stef folgte ihm widerstrebend, während Titus ihr grinsend nachblickte.

# 14

Nach der schnellen, schmerzlosen Behandlung riet ihr der Arzt, drei Stunden in einem dunklen, stillen Zimmer zu warten, bis die Nachwirkungen des Mittels, das er ihr ins Zahnfleisch gerieben hatte, abgeklungen waren.

Als sie herauskam, wartete Titus auf sie, zusammen mit Michael. Titus grinste. »Wie geht es dir?«

»Du hattest recht. Der *medicus* hier musste mich von der Decke kratzen.« Tatsächlich war ihr noch immer ein bisschen schwummerig, aber sie hatte nicht die Absicht, es Titus gegenüber zuzugeben.

»Na, dann mach dich darauf gefasst, dass dir wieder alles vor den Augen tanzen wird, wenn wir die Aszension nehmen.« Der Legionär führte sie durch die Parklandschaft zur Rutschstange. Sie blieben unter einem komplexen Sammelsurium von Ankern für die Seile der diversen Körbe stehen, die an der Stange auf und ab fuhren. Ein paar Legionäre standen in lässiger Haltung neben der Konstruktion. »Da Michael bei uns ist, haben wir die Erlaubnis, bis ganz nach unten zum Pferch zu fahren. Es ist eine ziemliche Reise, das kann ich dir sagen. Du wirst dich wie Jesu persönlich in der Endzeit fühlen, wenn er mit Augustus und Vespasian zur Linken und Rechten nach Rom herniederkommt, um die letzte sternenumspannende Herrschaft der Caesaren zu begründen.«

»Glaubst du daran?«

»Daran glauben alle Soldaten«, sagte Michael, ohne mit der Wimper zu zucken. »Jesu, der Kriegergott, nahm Rom unter seine Fittiche, indem er Constantius I. zu einem berühmten Sieg führte. Wie die meisten Griechen habe ich eine philosophischere Sichtweise – mich interessiert mehr, was Jesu gesagt hat, als was er getan hat. Was die Brikanti betrifft, so sind sie ebenfalls Christen, aber sie halten sich an das Bild von Jesu, dem Verbündeten der Fischer, statt an das des heiligen Kriegers, der Jerusalem mit dem Schwert von der Verderbtheit gereinigt hat.«

»Aber das steht alles in der Bibel«, erklärte Titus lebhaft. »Das kannst du nicht leugnen, *medicus*.«

»Oh, das würde mir nicht im Traum einfallen.«

»Ich muss die Bibel lesen«, sagte Stef. »Eure Bibel, meine ich.«

Michael sah sie nachdenklich an. »Soll das bedeuten, dass in eurer etwas anderes stehen könnte? Hm. Noch so ein interessantes Thema, über das wir irgendwann einmal sprechen müssen.«

Der Aszensions-Korb, den sie diesmal nahmen, war ein offener, stabiler Metallkäfig. Titus zeigte ihnen Sitze – gepolsterte Liegen –, Handläufe und sogar eine kleine Bar, die mit schmalen Wasser-, Sirup- und Weinflaschen ausgestattet war. »Nicht dass die Fahrt sehr lange dauern würde, aber Offiziere reisen immer gern stilvoll.« Er schaute nach oben und winkte. »Alles klar, Jungs? Lasst uns runter.«

Mit einem Klappern und Ächzen begannen sich die Rollen zu drehen, und die Plattform sackte ruckartig ab und sank sofort unter die Ebene des Fußbodens. Stef war immer noch schwindlig von Michaels walhallischem Trank; sie hielt sich an einem Handlauf fest.

»Da oben ist eine Maschine, die mit Dampf betrieben wird, mit Kernel-Wärme«, erklärte Titus. »Normalerweise werden die Flaschenzüge mit Muskelkraft bedient – Sklavengruppen und Strafkommandos der Heeresverbände. Ehrliche Arbeit und gute Disziplin für Übeltäter. Aber heute fahren wir nicht mit römischer Muskelkraft, sondern mit heißer Luft ...«

Der Boden, selbst eine dicke Platte voller Technik, durchlöchert von Rohren und Kabeln, stieg über Stefs Kopf empor. Eine Plakette, die deutlich mit »VII« oben und »VI« unten beschriftet war, zeigte ihr, zwischen welchen Decks sie hindurchfuhr. Unter ihr öffnete sich jetzt die ausgedehnte urbane Landschaft der Stadt, in der sie und Yuri ihr eigenes kleines Haus hatten. Herdrauch stieg von einigen Gebäuden auf, Rauchfahnen, die zu großen, an den Wänden angebrachten Sauglüftern wehten. Sie wusste, dass es nach der Schiffszeit immer noch Vormittag war; die großen Leuchtstofflampen waren nach einer achtstündigen, nur von Notleuchten erhellten »Nacht« noch nicht zu ihrer vollen mittäglichen Leuchtkraft aufgedreht worden. Jetzt fiel ihr auf, dass nur wenige Menschen zu sehen waren; die beschauliche kleine Gemeinschaft wirkte seltsam unterbevölkert. Aber dieser Stadt fehlten ihre Sklaven, die vielleicht ebenso viele Köpfe zählten wie die Bürger und deren Kinder selbst.

Während ihr Käfig abwärts fuhr, bellten Hunde, und barfüßige Kinder kamen herbeigerannt, um die Gruppe vorbeifahren zu sehen. Stef lächelte den Kindern zu und widerstand der Versuchung zu winken.

Es ging weiter abwärts von VI nach V, und nachdem Stef und ihre Begleiter durch eine römische Stadt gefahren waren, sanken sie nun zum römischen Militärlager hinab. Dort ging es zu wie in einem Bienenstock; Stef sah Kohorten auf einer umlaufenden Bahn am äußeren Rand des Decks marschieren, schwer beladen mit Rucksäcken, während andere eine Art Befestigungsanlage aus Grassoden und Erdreich errichteten – die Grassoden und das Erdreich waren zu diesem Zweck vom Boden heraufgebracht worden, vermutete Stef.

»Wir trainieren hart«, sagte Titus, während er sich anerkennend umsah. »Obwohl wir in der Leere hängen, vergessen wir nicht, wie man mit Ausrüstung marschiert. Wir vergessen nicht, wie man am Ende eines Marschtags binnen weniger Stunden ein Lager errichtet. Wir vergessen nicht, wie man Befehle erteilt, wie man führt.«

»Oder wie man sich beklagt«, sagte Michael trocken.

»Danke, *medicus.*«

Von V nach IV, zur »Kaserne«. Hier standen ordentliche Reihen von Hütten, Unterkünfte für die Legionärs-Zenturie und die diversen Hilfstruppen, aus denen die militärische Streitmacht des Schiffes bestand. Titus zeigte auf eine Gruppe von Hütten, die wie nachträglich hinzugefügt wirkten; dort waren die *remiges* einquartiert, wenn sie dienstfrei hatten, die Mitglieder der Schiffsbesatzung, allesamt Brikanti. Abseits der auf Anhieb erkennbaren militärischen Einrichtungen gab es Häuserblocks, die sich um Plätze und Höfe scharten. Hier sah Stef Frauen arbeiten und herumlaufen; eine Kinderschar hatte sich zu einer Unterrichtsstunde im Freien zusammengedrängt. Das erinnerte sie daran, dass diese Soldaten ihre Familien auf diesen interstellaren Marsch mitgenommen hatten, ihre Frauen und Mätressen, ihre ehelichen und unehelichen Kinder.

An dem Loch im Boden, durch das es tiefer hinabgehen würde, waren Legionäre postiert. Diesmal war der Durchlass jedoch durch eine Abdeckung aus Holz und Glas verschlossen.

Michael wühlte in seinem Tornister und reichte Titus und Stef einen Mundschutz aus Leinen, der mit irgendeinem Alkohol getränkt war. »Vielleicht solltet ihr den lieber tragen, wenn wir hinunterfahren.«

Stef band sich besorgt den Mundschutz um.

Der Korb wurde langsamer, als er sich dem Boden des Decks näherte. Titus sprach leise mit den dort stationierten Wachposten, und sie lachten über einen Witz, den Stef nicht hörte. Dann zogen die Wachen die großen Deckel über dem Durchlass im Boden weg, und der Korb sank weiter in die Tiefe.

Von IV nach III. Der Sklavenpferch.

Als Erstes nahm Stef den Gestank wahr, den Gestank von Exkrementen und Erbrochenem, von Blut und verwesendem Fleisch – einen Gestank von einer Intensität, wie sie ihn seit den ersten Schwerelosigkeits-Notfallübungen in ihrer Anfangszeit als junge IRF-Rekrutin nicht mehr erlebt hatte.

Dann machte sie Details des Decks sechzig Meter unter ihr aus. Die gesamte, in blendend weißes Licht getauchte Bodenfläche war von einer stattlichen Anzahl kleiner Kabinen bedeckt, ordentlicher rechteckiger Zellen, die Block um Block an die Schiffswände zu beiden Seiten lappten. Darüber zog sich ein Spinnennetz aus Stegen mit Geländern durch den Raum, ein von kantigen Gerüsttürmen gestützter und an der Rumpfwand befestigter Aufbau aus Stahl. Soldaten patrouillierten auf den Stegen oder waren auf Türmen postiert, auf denen starke Lampen und schwere Waffen angebracht waren. Sämtliche Soldaten trugen einen Mundschutz. Stef sah, dass sie keine der Schießpulver-Handfeuerwaffen bei sich hatten, die sie *ballistae* nannten; stattdessen waren sie mit Schwertern, Messern und leichten Armbrüsten bewaffnet. Selbst bei den großen, auf den Türmen montierten Geschützen handelte es sich um Armbrüste. Keine hochenergetischen Waffen in einem Druckkörper; es war eine gute Regel, an die sich die IRF stets zu halten versucht hatte.

Das Ganze sah beinahe ordentlich aus, industriell, wie eine Kreuzung zwischen einem riesigen Schlafsaal und einem Bienenstock, dachte sie. Bis sie genauer hinschaute, was sich in den Zellen befand.

Was zunächst wie Würmer oder vielleicht Maden ausgesehen hatte, waren Menschen, alle mit schlichten gräulichen Tuniken bekleidet, jeweils in großer Zahl in eine Zelle gepfercht. Sie glaubte, Kojen zu erkennen – oder vielleicht wäre Borde ein besseres Wort. Menschen waren übereinandergestapelt wie Waren in einem Laden. Eine Gruppe trottete durch einen Gang, der sich zwischen den Zellen hindurchschlängelte, und zog dabei eine Art Karren hinter sich her – einen Karren, der mit Körpern beladen war, sah sie, als sie nach unten blickte, lose von einer Plane bedeckten Körpern, deren magere Arme und Beine über die Ränder herabhingen.

Titus schien sich zu einer Erklärung genötigt zu fühlen. »Wegen der noch immer virulenten Seuche darf natürlich keiner der Sklaven über diese Ebene hinauf. Deshalb sind die Sicherheitsvorkehrungen lästiger als sonst.«

»›Lästiger‹?«

»Wir werden euren kleinen Sklaven schon finden. Es gibt bestimmt Unterlagen darüber, in welcher Zelle er steckt.« Der Korb wurde langsamer, und Titus zeigte auf etwas. »Wie du siehst, führt dieser Schacht weiter hinunter zu den tieferen Decks, aber wir halten an den Stegen und bewegen uns von dort aus seitwärts.«

Stef biss sich eine Sekunde lang auf die Zunge. *Das ist nicht deine Welt, Stef. Halt dich raus … Zum Teufel damit.* Sie drehte sich zu Michael um. Ihre Selbstbeherrschung verflog. »Du willst doch Arzt sein. Gibt es in eurer Welt den hippokratischen Eid? Wie kannst du das stillschweigend dulden, wie kannst du dabei mitmachen?«

Michael sah sie komisch an. »Das fragst du mich? Wir Griechen finden, dass die Römer viel zu milde mit ihren Sklaven umgehen.«

»Zu milde?«

»In großen Teilen des Imperiums haben Sklaven die Möglichkeit, ihre Freiheit zu gewinnen. Aber für uns sind die Sklaven unverbesserliche Barbaren. Einmal ein Sklave, immer ein Sklave.«

»*Aber du bist Arzt* … Egal. Meine eigenen Leute haben wohl auch nicht gerade eine blütenreine Weste. Ihr sagt, hier unten wütet eine Seuche?«

»Ja. Es ist …« Michaels Worte wurden vom Ohrstöpsel der KolE nicht übersetzt.

Sie holte ihre Tafel aus der Tasche ihrer Tunika. »KolE, bist du da?«

»Immer, Stef.«

Natürlich hörte die KolE zu; sonst wäre das, was sie sagte, nicht übersetzt worden. »Hast du chemische Sensoren in diesem Ding? Kannst du von hier oben aus erkennen, was das für eine Seuche ist?«

Michael und Titus machten beide große Augen, als sie die Tafel in die Höhe hielt und den Bildschirm zur Bienenwabe des Decks hinabrichtete.

Nach einer Pause meldete sich die KolE zu Wort. »Eine Art Cholera, glaube ich. Eindeutig endemisch im Schiff. Die geeigneten Impfstoffe sind in dieser Kultur vermutlich unbekannt. Die Krankheit muss ausbrechen, wenn Wasserfiltersysteme versagen – möglicherweise kennen die Römer den Mechanismus nicht einmal und wissen nicht, warum Filterung etwas bewirkt –, und die Todesrate unter den Bedingungen dort unten, die du mir zeigst …«

»Bin ich in Gefahr?«

»Nein, Stef Kalinski. Dank der Impfprogramme der IRF, die du im Lauf der Jahre absolviert hast, bist du umfassend geschützt.«

»Und Yuri ist sicherlich ebenfalls behandelt worden.«

»Ja, von den IRF-Ärzten, bevor er auf Per Ardua ausgesetzt wurde.«

Sie überlegte rasch. »Könntest du einen Impfstoff herstellen? Zum Beispiel, indem du mit Proben unseres Blutes anfängst …«

Die KolE zögerte. »Unmöglich ist es nicht. Mithilfe des *medicus* vielleicht, und wenn wir die vorhandene Ausrüstung benutzen, um ein Kultivierungslabor einzurichten … Es würde vielleicht eine Weile dauern, aber es ließe sich machen.«

»Rechtzeitig genug, um viele Leben zu retten?«

»Ja, Stef Kalinski.«

Titus legte seine große Hand über die Tafel und zwang Stef sanft, sie zu senken. »Du sprichst durch dein Sprechglas mit eurem Orakel«, sagte er angespannt. »Es beunruhigt mich, dass meine Vorgesetzten offenbar bereit sind, euch und eure Wunder ohne weitere Erklärung zu akzeptieren. *Ich* würde das nicht erlauben, wenn ich der Zenturio wäre …«

»Aber der bist du nicht, Titus Valerius«, erwiderte Michael.

»Nein, bin ich nicht. Aber ich glaube, ich habe verstanden, was du mit dem Orakel ausgeheckt hast.«

»›Ausgeheckt‹ scheint mir nicht ganz das richtige Wort zu sein …«

»Du hast vor, die Seuche abzuschwächen, um das Leben von Sklaven zu retten, die sonst sterben würden.«

»So ist es. Was ist falsch daran?«

Titus redete sich in Rage. »Es wird das Budget des Schiffes sprengen, sodass wir alle verhungern, lange bevor wir die Umlaufbahnen von Constantius, Vespasian und Augustus kreuzen, das ist falsch daran!«

Stef runzelte die Stirn. »Ich verstehe nicht.«

»Ja, das befürchte ich auch, Stef«, sagte Michael ruhig. »Du bist es nicht gewohnt, wie ein Sklavenhalter zu denken. Ich hatte zum Beispiel viel mit den Brikanti zu tun, die Sklaven weit weniger sparsam einsetzen – meistens als Handelsgut fürs Imperium. Aber du bist eine Sternenreisende. Du musst doch wissen, dass ein Schiff wie dieses nur ein begrenztes Kontingent an Konsumgütern, Wasser, Nahrung und Luft hat.«

»Natürlich.«

»Dann muss dir auch klar sein, dass die Sklavenarbeit an Bord für den Zenturio – und insbesondere für den *optio*, den für solche Dinge Zuständigen – nur einer von vielen Faktoren in einem Plan ist. Im ersten Jahr haben wir soundso viele Sklaven, die soundso viel Nahrung verzehren und soundso viel Arbeit erledigen – und von denen soundso viele aus verschiedenen Gründen sterben werden. Im zweiten Jahr haben wir dann eine geringere Anzahl von Sklaven, abzüglich der Todesfälle und zuzüglich der Geburten, natürlich, aber von denen werden die meisten ausgesetzt. Und diese geringere Anzahl ist so im Plan vorgesehen, ebenso wie die Nahrung, die sie verzehrt, die Arbeit, die sie erledigt, die weiteren Todesfälle im Verlauf des Jahres …«

»Und so geht es weiter«, sagte Stef.

»So geht es weiter«, bestätigte Titus grimmig. »Und solange am Ende der Reise noch ein einziger Sklave übrig ist, um dem Zenturio den Hintern abzuwischen, wird er das auch tun.«

»Wir *rechnen* mit Krankheiten, verstehst du«, sagte Michael. »Wir beziehen sie in die Kalkulationen ein. Und falls es dir und Collius, dem Orakel, durch irgendein Wunder gelänge, diese Todesfälle zu verhindern ...«

»Wie gesagt«, meinte Titus. »Wir würden alle an den Hüllenplatten nagen, bevor wir halbwegs zu Hause wären. Also, ich weiß noch, wie wir auf einem Feldzug einmal ...«

»Ganz so schlimm wird es nicht werden«, fiel ihm Michael ins Wort. »Du übertreibst, Titus. Man würde die überzähligen Exemplare ausmerzen und den Bestand auf die eine oder andere Weise regulieren. Aber das hätte eine enorm destabilisierende Wirkung, und die Kommandohierarchie wäre nicht erfreut.«

»Und die Alternative besteht darin«, sagte Stef langsam, »sie alle sterben zu lassen. Da unten in diesem Loch.«

»Wir haben keine Wahl«, sagte die KolE leise aus der Tafel.

»Nein«, knurrte Stef. »Nein! Ich habe keine Ahnung, weshalb, zum Teufel, ich in diese Welt versetzt worden bin, aber bestimmt nicht, um tatenlos zuzusehen, wie Hunderte von Männern, Frauen und Kindern einen vermeidbaren Tod sterben.« Verzweifelt wandte sie sich an Michael. »Wie wär's, wenn wir ein Abkommen träfen?«

Titus schnaubte.

Aber Michael runzelte offenbar fasziniert die Stirn. »Was für ein Abkommen?«

»Das Schiff könnte all diese Menschen nicht ernähren, wenn sie am Leben blieben. Also schön. Lasst sie am Leben, und wir werden Wege finden, sie zu ernähren. Die KolE, Collius, ist ein ziemlich einfallsreiches Orakel. Das habt ihr schon gesehen. Unten in der *colonia* hat sie euch gezeigt, wie man Mutterboden herstellt, stimmt's, Titus?«

»Das ist wahr. Was schlägst du vor?«

»Ich möchte, dass sich die KolE die Systeme dieses Schiffes ansieht. Zusammen mit dir, Michael, und den *remiges*.«

Die KolE blinkte hektisch. »Stef Kalinski, ich würde davon abraten …«

Sie begrub die Tafel in ihrer Tunika, damit die KolE nicht mehr zu hören war. »Wir werden einen Weg finden, ein *Upgrade* vorzunehmen. Lässt sich das übersetzen? Wir werden die landwirtschaftliche Produktion steigern. Mein Gott, so schwer kann das ja nicht sein. Da unten herrschen wahrscheinlich mittelalterliche Zustände. Wir werden die Wasserfilterung und Wasserrückgewinnung verbessern – euch zeigen, wie man die Luft effizienter reinigen kann.«

Michael runzelte unsicher die Stirn. »Du meinst, ihr könntet es der *Malleus* ermöglichen, eine größere Besatzung zu ernähren. Auf diese Weise möchtest du erreichen, dass wir die Sklaven verschonen.«

»So ist es.«

Er schüttelte den Kopf. »Römer sind skeptisch, was Innovationen betrifft, Stef.«

»Na ja, ganz so skeptisch können sie nicht sein, sonst hätten sie ihr Geld nicht in brikantische Sternenschiffe wie dieses gesteckt, nicht wahr? Und euer Zenturio scheint mir durchaus Fantasie zu haben.« Da nahm sie es nicht ganz so genau mit der Wahrheit, aber Quintus war zumindest nicht schreiend weggerannt, als zwei Fremde und ein Roboter aus einer alternativen Geschichte durch seine brandneue Luke gekommen waren. »Angenommen, die *Malleus Jesu* hätte bei ihrer Rückkehr nicht nur die Romulus-Mission abgeschlossen, sondern wäre auch ein neues, besseres Schiff – ein Prototyp für eine neue Welle künftiger Sternenschiffe? Was, wenn er seinen eigenen Vorgesetzten *so etwas* präsentieren könnte? Mag sein, dass Römer keine Innovationen mögen. Aber wie steht's mit unübersehbaren Chancen?«

Titus und Michael sahen erst sie und dann einander an.

»Wir müssen darüber sprechen«, sagte Michael. »Zuallererst mit dem *optio*.«

»Das meine ich auch«, sagte Titus.

Michael drohte ihr mit einem Finger. »Und unternimm ja nichts, bevor du nicht die ausdrückliche Genehmigung des Zenturios hast – und die der *trierarcha* auch. Sonst droht uns allen der weite Sprung der Brikanti.«

Was bedeutete, wie Stef bereits mitbekommen hatte, aus einer Luftschleuse geworfen zu werden.

Titus schnaubte unwirsch. »Aber zuerst tun wir, wozu wir hergekommen sind, und finden euren kleinen Sklaven, Stef Kalinski. Falls er noch am Leben ist.« Er sah sie spöttisch an. »Und was dann? Kommst du mit mir in den Pferch hinunter und siehst diesen sterbenden Maden ins Auge, die du unbedingt retten willst?«

Sie konnte ihm nicht ins Gesicht schauen.

# Zweiter Teil

# 15

## A.D. 2215; A.U.C. 2968

Als Ari Guthfrithson in ihr Klassenzimmer kam, versuchte Penny Kalinski gerade, den Nachkömmlingen alter Britannier und Wikinger etwas über die Zufallsabhängigkeit der Geschichte beizubringen.

Sie schaute auf ihre Notizen auf dem Pult vor ihr hinab und fluchte im Stillen darüber, dass sie in dieser computerlosen Welt ihr handschriftliches Gekritzel lesen musste, fluchte über die Unzulänglichkeit ihrer uralten Lesebrille, der es nicht gelang, das allmähliche Nachlassen ihres Sehvermögens auszugleichen. Zwei Jahre nach ihrer Ankunft hier, im Alter von einundsiebzig Jahren, gab es noch immer so manches, woran sie sich nicht gewöhnen konnte. Und sie versuchte, sich von dem *druidh* nicht aus dem Konzept bringen zu lassen.

Ari setzte sich jedoch auf einen Platz ganz hinten in der Klasse, neben Marie Golvin, ehemals Mitglied der Brückencrew des IRF-Schiffes *Tatania* und jetzt Lehrerin hier an Pennys Akademie. Marie war jemand aus Pennys Vergangenheit, eine stets beruhigende Präsenz.

»Also, die Mongolen.« Penny warf einen Blick auf ihre Notizen. »Wir befinden uns im späten zwanzigsten Jahrhundert.« Dem dreizehnten in Pennys Geschichte. Die Brikanti benutzten wie die Römer den alten julianischen Kalender, wobei sie über die Jahrhunderte hinweg primitive Schaltjahr-Korrekturen vorgenommen hatten – und wie die Römer zählten die

Brikanti ihre Jahre seit der Gründung Roms. Es hatte die Neuankömmlinge einige Anstrengung gekostet, die Daten ihres eigenen gregorianischen Kalenders mit den hiesigen abzugleichen. »Unter ihren raubgierigen, aber visionären Khanen brechen die Mongolen aus der Steppe hervor und fallen in die östlichen Provinzen des Imperiums ein, wobei sie eine Spur der Verwüstung durch Pannonia, Noricum und sogar Raetia ziehen. Sie belagern und zerstören eine Stadt nach der anderen. Sie *rotten die Römer aus*. Und wer weiß? Wenn man sie nicht aufhalten kann, greifen sie vielleicht Italien an und erreichen sogar Rom selbst. Das Vermächtnis einer jahrhundertealten Zivilisation wäre verloren, die Statuen würden zertrümmert, die Bücher verbrannt, die Kirchen geplündert. Vielleicht könnten Rom und das Imperium nie wieder auferstehen, selbst wenn es eines Tages gelänge, die Mongolenhorde zu vertreiben.

Und im Osten steht es nicht besser. Eine gleichermaßen wilde Horde unter ebenso genialen Generälen stößt in den weichen Bauch des Herrschaftsgebiets der Xin vor. Sie suchen kein Territorium, das sind keine Imperiengründer wie die Caesaren; sie suchen nur Beute, nur Land, um ihre Pferde zu weiden, und Frauen und Mädchen, um ihnen Kinder zu gebären.«

Ihre Schüler waren nicht älter als zwölf Jahre, und bei diesem letzten Detail machten sie große Augen. Aber Brikanti war keine zimperliche Kultur. Und es hatte Penny, eine Frau, auch nicht besonders viel Anstrengung gekostet, diese Akademie umsichtig zu leiten; verglichen mit vielen anderen Kulturen – selbst mit weniger barbarischen als jener der Mongolen – besaßen Frauen hier Freiheit und Macht.

»Am Scheitelpunkt des einundzwanzigsten Jahrhunderts gab es dann einen Moment, an dem die Zukunft der Zivilisation selbst, ihre ureigentliche *Idee*, in Gefahr geriet. Die europäischen Ebenen mochten jetzt nur noch von den Pferden einfältiger Hirten bewohnt sein, die in den Trümmern zerstörter Städte grasten …«

Noch während sie sprach und sich auf jedes noch nicht vertraute brikantische Wort konzentrierte, war sie sich der großartigen Umgebung bewusst.

Ihre zwei Dutzend Schüler, allesamt Kinder reicher Kaufleute aus Eboraki, die sich das von ihr in Rechnung gestellte Schulgeld leisten konnten, saßen in ordentlichen Reihen unter dem hoch aufragenden kegelförmigen Dach dieses Schulhauses. Obwohl es brandneu und mit Aris Hilfe für ihre Akademie in Auftrag gegeben worden war – die sie Sankt Jonbar geweiht hatte, einer mächtigen Gestalt in ihrer eigenen verlorenen Version des Christentums, wie sie Ari gegenüber behauptete –, wirkte es tatsächlich sehr alt. Es war ein Rundhaus, wie ein Relikt der europäischen Eisenzeit ihrer eigenen Geschichte. Aber die langen Stämme des Tragwerks, die sich über ihr zu einem stabilen Kegel vereinten, waren aus Kanada, in dieser Geschichte eine Provinz der Brikanti-Föderation, über den Atlantik gebracht worden – ein teurer Import, aber viele Jahrhunderte lang hatten in Pritanike keine Bäume so hoch wachsen dürfen, bevor man sie gefällt hatte. Die Stämme standen auf einem Betonfundament, und vom höchsten Punkt des Daches hingen strahlend helle Leuchtstoffröhren herab: Für Penny war es eine seltsame Mischung aus alten und modernen Techniken.

In dieser Umgebung hatte sie zwei Jahre nach ihrer Ankunft an Bord der *Ukelwydd* ihre Akademie gegründet, deren Hauptzweck darin bestand, Mathematik und Naturwissenschaften zu unterrichten – vor allem ihr eigenes Fachgebiet, Physik, in dem sie allem hier Bekannten weit voraus war. Aber sie hatte Ari gegenüber darauf bestanden, auch Themen wie dieses zu behandeln, bei denen es um weiterreichende kulturelle Aspekte ging. Sie sagte, ihr Ziel sei es, ihre eigenen Kenntnisse über diesen neuen Geschichtsverlauf zu vermehren. Ari hatte es ihr abgekauft; er war selbst umfassend gebildet.

Allerdings nahm Ari wahrscheinlich an, dass sie noch eine zusätzliche, verborgene Agenda hatte. Schließlich gehörte er nach zwei Jahren immer noch zu jenen nach wie vor wenigen Brikanti, die wussten, dass sie aus einer anderen Geschichtslinie kam – und zu jenen noch wenigeren, dachte sie, die tatsächlich an die Realität des Ganzen glaubten. Doch er hatte ihr trotz seines Argwohns erlaubt, diese Nebenprojekte durchzuführen. Penny fragte sich, ob Beth Eden-Jones dabei die Finger im Spiel gehabt hatte – vielleicht in Form von ein wenig Bettgeflüster. Und Beth trug immerhin Aris Baby im Bauch …

Und hier saß er nun mit einem schmalen Lächeln auf den Lippen hinten in ihrer Klasse wie ein Schulrat, während sie diesen Kindern einen Vortrag über die Möglichkeit des Kontrafaktischen hielt. Nun, sein Argwohn war berechtigt. Natürlich hatte sie eine Agenda. Natürlich dachte sie langfristig. Sankt Jonbar, in der Tat!

Sie konzentrierte sich auf ihre Schüler, auf die Mongolen.

»Also stand alles auf Messers Schneide. Die gesamte Geschichte hätte verändert werden können. Aber das geschah nicht. Weiß jemand …«

Es gab ein paar laute Rufe, aber ein Wald von Händen reckte sich höflicher in die Höhe, wie sie es ihnen geduldig beigebracht hatte. Dies war immerhin eine Kriegerkultur, sie hatten echte Wikinger unter ihren Vorfahren; anfangs hatte Marie gesagt, sie habe Glück, dass die Schüler nicht versuchten, ihre Aufmerksamkeit auf sich zu lenken, indem sie ihr Äxte an den Kopf warfen.

Sie suchte sich aufs Geratewohl eine Schülerin aus. »Ja, Freydis?«

Das Mädchen stand auf. »Der große römische Kaiser Constantius XL schickte einen Gesandten zur Xin-Kaiserin und überredete sie, ihre Streitkräfte zu vereinigen und die Mongolen anzugreifen.« Sie setzte sich ebenso abrupt.

»Ja. Das stimmt im Wesentlichen. Nur dass es eigentlich andersherum war ...« Dieses Stück Staatskunst, ein Bündnis von bitteren Rivalen, das die Geschichte verändert und wahrscheinlich zwei Imperien gerettet hatte, war von genialen Strategen am Hof der Xin in die Wege geleitet worden. Aber die römischen Historiker, allesamt Propagandisten, hatten es von diesem Moment an Constantius zugeschrieben. Und die Brikanti, die trotz all ihrer erklärten Rivalität mit Rom in mancher Hinsicht großen Respekt vor dem mächtigen Imperium hatten, das einst so nah daran gewesen war, sie zu vernichten, hatten zugelassen, dass ihr eigenes Geschichtsbild von solchen Lügen getrübt wurde.

»Aber der Punkt ist: Weil die beiden Regenten imstande waren, ihr Misstrauen und ihre jeweils eigenen Ambitionen zurückzustellen, wurden die Mongolen besiegt. Sonst wäre alles anders gekommen. Ich möchte, dass ihr das von dieser heutigen Lektion mit nach Hause nehmt ... Ja, Freydis.«

Das Mädchen stand erneut auf. »Vielleicht ist das so wie damals, als Königin Kartimandia Caesar dazu gebracht hat, Germanien anzugreifen und nicht Pritanike. Wenn sie das *nicht* getan hätte ...«

Ihr Gesicht leuchtete vor Erregung über diese Erkenntnis, über die Entdeckung einer neuen Idee, einer ganz neuen Denkweise. Penny war keine geborene Lehrerin, und mit ihren einundsiebzig Jahren stellte die tägliche Routine im Klassenzimmer eine Plackerei für sie dar. Aber in solchen Momenten, wenn in einer jungen Fantasie ein Funke entfacht wurde, konnte sie verstehen, weshalb Menschen den Lehrerberuf ergriffen.

Aber Freydis' Beitrag war bei ihren Klassenkameraden nicht gut angekommen; es gab Gelächter und Pfiffe. »Ja, Freydis, und du würdest jetzt Lateinisch sprechen!«

»Genau wie du«, blaffte Freydis zurück.

»Na schön, na schön.« Penny stand auf und hob die Hände. »Das reicht fürs Erste. Zeit für die Mittagspause …«

Im Klassenzimmer brach ein wildes Durcheinander aus, als die Schüler sich ihre Sachen schnappten und von ihren Bänken aufsprangen. Marie Golvin brüllte mit exerzierplatzgestählten Lungen: »In einer Stunde seid ihr wieder hier – zur relativistischen Navigation!«

Ari Guthfrithson ließ die Kinderflut mit stiller Würde an sich vorbeiströmen. Als der Raum endlich leer war, kam er auf Penny zu und klatschte in die Hände. »Geschickt gemacht. Und alles in korrektem Brikantisch vorgetragen, wenn auch stockend und mit einem exotischen Akzent. Ich frage mich aber nach wie vor, *warum* du ihre Gehirne mit solchen Ideen bombardierst, weißt du, mit der Fragilität der Geschichte. Das war schließlich nicht der erklärte Zweck der Akademie.«

Bevor Penny antworten musste, gesellte sich Marie Golvin zu ihnen, die im ganzen Raum Schriftrollen und Papierfetzen eingesammelt hatte. »Isst du mit uns zu Mittag, *druidh*? Auch wenn es nicht gerade berauschend sein wird, fürchte ich.«

»Es wäre mir eine Ehre. Und übrigens, das war eine hübsche Ablenkung, Lieutenant Golvin.« Er hatte eine Weile gebraucht, um sich den Begriff für Golvins IRF-Rang einzuprägen. »Also, gehen wir?«

# 16

Die St.-Jonbar-Akademie war am Rand von Eboraki eingerichtet worden, abseits des alten, überfüllten Stadtkerns, in einer Vorortsiedlung, wie Penny es vielleicht genannt hätte. Die Mensa, in der sie essen würden, war in einem Nebengebäude untergebracht, einen kurzen Fußmarsch in Richtung Stadt vom Campus entfernt.

Das Hauptgebäude der Schule gehörte zu einer Ansammlung neuer Bauten, allesamt Rundhäuser, die auch eine Turnhalle, eine Bibliothek, ein Kunstzentrum, eine kleine Klinik, eine Werkstatt für Töpferei, Metallarbeit und andere Handwerksbereiche sowie eine christliche Kapelle beherbergten. Die Gebäude standen in ordentlichen Reihen, die wie in der Stadt selbst nicht von Norden nach Süden, sondern auf einer Achse von Nordosten nach Südwesten verliefen, der brikantischen Tradition gemäß in Richtung von Sonnenaufgang und Sonnenuntergang zum Zeitpunkt der Sonnenwende. Es gab einen grasbewachsenen Sportplatz und eine Art Exerzierplatz, wo einige der Schüler, Kadetten in den bewaffneten Streitkräften der Brikanti, das Marschieren üben und Scheinkämpfe mit dem Schwert und sogar mit Schreckschuss-Feuerwaffen austragen konnten. Doch all dies war in einem der um die Stadt herum verstreuten Eichenhaine untergebracht, denn der Baum galt als Symbol der uralten *druidh*-Weisheit.

Beraten von Ari und anderen Einheimischen, hatten Penny und Marie diesen Komplex gemeinsam entworfen. Alles war mit dem Geld finanziert worden, das Ari bei Marine-Fonds für unvorhergesehene Ausgaben lockergemacht hatte – das Militärakademie-Ambiente war ein Teil des Preises gewesen, den sie dafür hatten zahlen müssen. Für Penny sah der Komplex selbst jetzt wie ein Museumsdorf aus, wie die Rekonstruktion einer Siedlung aus der Eisenzeit und nicht wie eine brandneue, lebendige Einrichtung für junge Menschen.

Natürlich würden jene wenigen Schülerinnen und Schüler, die ihr Studium fortsetzten, um richtige *druidh* zu werden, am Ende ihrer Ausbildung nicht mehr so jung sein. So hatte Ari zum Beispiel ein paar Jahre Allgemeinbildung genossen, wozu Geschichte, Geografie und Philosophie gehörten, gefolgt von *zwanzig* Jahren eines Fachstudiums in Jura, Politik, Mathematik und Astronomie. Heutzutage war dies eine des Lesens und Schreibens kundige Kultur, aber Ari hatte Penny erzählt, dass man die alte, aus der Zeit vor der Alphabetisierung stammende Tradition des Gedächtnistrainings, des Auswendiglernens langer Passagen, noch immer zur Entwicklung der geistigen Fähigkeiten einsetzte. Mathematik war hier besonders stark ausgeprägt. Penny selbst hatte Klassen kleiner Kinder beaufsichtigt, die die Konturen von Mistelsamen durch sorgfältig mit Zirkeln und Stiften gezeichnete Kreisbögen zu reproduzieren lernten. Angesichts solcher Anfänge konnte man leicht verstehen, wie es kam, dass die Brikanti zu derart hervorragenden Astronomen und interstellaren Navigatoren heranwuchsen – von der Geometrie eines Mistelsamens zur Flugbahn eines Sternenschiffes.

Die Hauptstadt Eboraki war offensichtlich eine ältere Gemeinschaft als die von den Römern errichteten Städte in Gallien und Germanien, und die älteren Traditionen keltischer Architektur und Stadtplanung waren erhalten geblieben, statt wie in Pennys Zeitlinie von später entstandenen römischen Siedlungen ausgelöscht zu werden. Ein Gittermuster von Kies- und Schotterstraßen trennte Lehmflechtwerkhäuser mit Reetdächern, und alles war von einer monumentalen Mauer umgeben, jenseits derer sich Friedhöfe und Scheiterhaufen befanden. Auf dem höher gelegenen Gelände in der Stadtmitte – in Pennys Welt beherrscht von einer Kathedrale, die sich am Standort einer zerstörten *principia* erhoben hatte, des Hauptquartiers einer römischen Legion – konnte man die Überreste einer zweitausend Jahre alten Festung ausmachen, aber hier war es eine von den Brikanti errichtete Bastion gewesen, ein Relikt jener Zeit, als man Invasionen vom Kontinent gefürchtet und erlebt hatte. Fakt war, dass *dieses* Britannien nie durch ein römisches Schwert von seiner Vergangenheit getrennt worden war.

Während sich Penny zusammen mit ihren Schülern in diese neue Geschichte vertiefte, ging ihr allmählich auf, wie sehr die Brikanti und ihre Verwandten auf dem Kontinent, die Penny als die Kelten kannte, unter den Römern gelitten hatten. Einst hatten sich die keltischen Stämme überall in Europa ausgebreitet, von Britannien bis zur Donau, aber die imperiale Expansion der Römer hatte sie zurückgetrieben. Obwohl sich Britannien in dieser Geschichte die Unabhängigkeit von Rom bewahrt hatte, waren die Kelten anderswo vernichtet worden. Bei seinem Einmarsch in Gallien, einem blühenden, wohlhabenden und gebildeten Land mit einer Bevölkerung von acht Millionen Menschen, hatte Caesar eine Million Einwohner niedergemetzelt und eine weitere Million versklavt. Ein Detail, an das sich brikantische Historiker besonders gut erinnerten, war, dass Caesar Rebellen die Hände abgehackt hatte, sodass sie ihre Ernte nicht einbringen konnten. Diese Geschichte war in Pennys Zeitlinie nicht so gut bekannt. Hier hatte man sie nie vergessen.

Und Brikanti hatte seine eigenen Traditionen entwickelt. Dies war kein Imperium; es war eine Föderation von Völkern und so etwas wie eine Demokratie mit sowohl von den britischen wie auch von den skandinavischen Vorfahren ererbten Traditionen. Diese alte Festung auf dem Hügel war jetzt der Sitz des Althing, einer Versammlung mit Vertretern von Brikanti-Siedlungen in aller Welt, und das mächtigste Individuum war kein Erbkaiser, sondern ein gewählter *logsogumadr*, ein Gesetzessprecher.

Andererseits hatte diese Welt nun schon einen viele Jahrhunderte währenden Industrialisierungsprozess hinter sich, der ohne schlechtes Gewissen und ohne Ausgleich vonstattengegangen war. Deshalb hing selbst an einem strahlenden Mittsommertag wie diesem eine Dunstglocke über der Stadt. Außer in den sorgsam gepflegten Eichenhainen überlebten keine Bäume in Eboraki. In dieser Hauptstadt kleideten sich die Menschen in leuchtenden Farben; sie trugen bestickte Umhänge über bunt gestreiften Tuniken und Beinkleidern, geschmückt mit Perlen aus blauem Glas oder Bernstein, und Halsringe aus Stahl oder Silber. Aber sie legten gewohnheitsmäßig Mundschutz und Schutzbrille an, um den Dreck von ihren Augen und Lungen fernzuhalten, und die Lebenserwartung in einer Kultur, die Raumschiffe zu den Planeten schicken konnte, war schockierend gering. Natürlich vermochte sich hier niemand vorzustellen, dass es auch anders sein könnte. Wenn Penny am wenigsten zu tun hatte, wenn sie in der Stadt herumschlenderte und die Kinder ansah, die in ihren schmutzigen Mundschutz husteten, vermisste sie die Welt, die sie hinter sich gelassen hatte, am schmerzlichsten.

Und dennoch: Im Lauf der Monate hatte es ihr eine schwer zu beschreibende Freude bereitet, zur Zeit der Sonnenwende im Sommer und Winter, wenn die tief stehende Morgen- oder Abendsonne über der Stadt hing und sie mit Licht erfüllte, durch diese Straßen zu wandeln.

Die Speisen in der kleinen Mensa wurden von Schülern im Rahmen ihrer Ausbildung zubereitet, unter Aufsicht einiger Stadtbewohner. Die an groben Holztischen servierte Kost war traditionell brikantisch, mit viel Fleisch, reich an Butter und Gemüsesoßen und mit Scheiben grobkörnigen Brotes als Beilage – obwohl auch römisches Essen erhältlich war, Käse und Oliven. Reis und Kartoffeln waren selbst in der brikantischen Hauptstadt teure ausländische Luxuswaren. Die gesamte *Tatania*-Crew hatte unter dieser Ernährung gelitten, hauptsächlich wegen des Mangels an Ballaststoffen. Aber Penny hatte gelernt, dass sich manche Dinge nicht ändern ließen, wie zum Beispiel die brikantische Gewohnheit, selbst ganz kleinen Kindern zu den Mahlzeiten verdünnten Met oder verdünntes Bier aufzutischen. Oder die Gewohnheit, die Speisen mit dem Messer zu essen, das man am Gürtel trug.

Trotzdem, das mit viel Fett geschmorte Rindfleisch war zart und wohlschmeckend, und sie aßen eine Weile, ohne miteinander zu reden.

Schließlich griff Ari den abgerissenen Gesprächsfaden wieder auf. »Ihr braucht euch nicht für meinen Besuch zu bedanken. Erstens ist es meine Aufgabe; man erwartet von mir, dass ich dem Finanzierungsgremium der Marine, das die Mittel für all dies zur Verfügung gestellt hat, Bericht erstatte. Zweitens ist es ein Vergnügen, zu sehen, wie ihr vorankommt. Manchmal fühle ich mich, als würde ich euch, die Leute von der *Tatania*, alle miteinander verbinden.«

»Wir sind ziemlich weit verstreut«, gab Penny zu.

»Aber das ist nicht schlecht. Es zeigt, dass ihr euren Platz in einer Gesellschaft findet, die euch sehr fremd sein muss. Wie geht es übrigens Jiang?«

»Gut. Unser Haus ist komfortabel. Du weißt, dass er an der Akademie tätig ist; er gibt unter anderem Unterricht in Kernel-Technik.«

»Mir ist klar, dass es für ihn hier besonders schwierig ist. Wir Brikanti glauben gern, dass wir Weltbürger sind. Tatsächlich sehen wir nur sehr selten ein Xin-Gesicht, selbst hier in Eboraki, der Hauptstadt.«

Marie Golvin lächelte versonnen. »Nun, er würde sich selbst zwar nicht als Xin bezeichnen, aber ich verstehe, was du meinst. Er geht nicht viel aus.«

»Er kommt schon zurecht«, versicherte ihr Penny. »Und General McGregor ebenfalls, wie wir hören.«

»Ich habe ihn kürzlich gesehen«, sagte Ari. »Er hat junge Offiziere in den Führungstechniken eurer *Internationalen Raumflotte* unterwiesen.« Es hörte sich seltsam an, als er mitten in seinem flüssigen Brikantisch plötzlich in ihre Sprache wechselte. »Er ist sehr eindrucksvoll.«

»Das war er schon immer. Und ich kenne ihn, seit er siebzehn war«, sagte Penny mit leiser Wehmut.

Ari beobachtete sie aufmerksam. »Das gilt für einen der Realitätsstränge, in denen du gelebt hast, wie ich höre. Im anderen …«

»Ja, ja. Im anderen war es meine Zwillingsschwester, die ihn kannte – nur dass sie keine Zwillingsschwester war, weil es mich gar nicht gab. Sei's drum. Ich wusste immer, dass Lex auf die Füße fallen würde, ganz egal, wo er landete.«

»Man merkt ihm an, dass er liebend gern drei Jahrzehnte abwerfen und mit den jungen Leuten fliegen würde. Um zum Kampf gegen die Xin um die Schätze von Ymirs Tränen anzutreten!«

»Das sieht Lex ähnlich, ja. Er hat uns ein paar Mal besucht. Am interessantesten findet er die spezielle Relativitätstheorie, die wir hier lehren. In unserer Realität, sagt er, hatte er immer mit der Mathematik zu kämpfen. Hier gab es keine Relativitätstheorie. Aber ihr hattet die Kernels, und ihr habt die Relativität auf experimentellem Wege *entdeckt*, indem ihr eure Kernel-Schiffe bis an die Lichtgrenze getrieben und am eigenen Leib erfahren habt, dass die Uhren langsamer gehen und die relativistische Masse enorm zunimmt.«

»Ich habe gehört«, warf Marie ein, »dass Ingenieure hingerichtet wurden, weil sie es nicht geschafft haben, ihre Schiffe schneller als das Licht reisen zu lassen.«

»Das waren die Römer und die Xin, nicht wir«, entgegnete Ari. »Und die Geschichten entbehren sowieso jeder Wahrheit.«

Penny tunkte ihren Eintopf mit ihrem gummiartigen Brot auf. »Und Beth? Wie geht's deiner neuen Frau, Ari?«

Er lächelte, aber Penny spürte seine Zurückhaltung. »Nun, ihr wisst ja, dass sie offiziell nicht meine Ehefrau ist, weil sie keine Familie hatte, die sie mir zur Braut geben konnte ... Es geht ihr gut.«

Penny und Marie wechselten einen Blick.

»Mehr hast du dazu nicht zu sagen?«, fragte Marie. »Wie geht's dem Baby? Es ist überfällig, oder?«

Er schien seine Worte sorgfältig abzuwägen. »Wir stellen uns der Herausforderung der Geburt auf unsere eigene Weise.«

Penny runzelte die Stirn. »›Herausforderung‹? Was ist daran so schwierig? Eure Medizin ist ziemlich gut, was die Entbindung betrifft. Ich habe es selbst überprüft, als Beth gesagt hat, sie sei schwanger, und ich habe auch Erdscheins Rat eingeholt. Ihr Alter wäre immer ein Problem, sie ist jetzt achtunddreißig … Warum ist das eine Herausforderung?«

»Das ist eine Privatangelegenheit«, sagte er kühl. Sein blasses Gesicht war leer. In diesem Moment erschien er Penny so fremdartig, so unbekannt wie nie zuvor.

»Aber …«

»Sprechen wir lieber über Erdschein. Wie ihr sicherlich wisst, ist er derjenige von eurer Gruppe, der sich am dramatischsten in unsere Gesellschaft eingeführt hat. Selbst wenn sein wahres Wesen sorgfältig geheim gehalten wird. Für die meisten Leute ist er einfach einer von mehreren Überlebenden eines Schiffes von geheimnisvoller Herkunft.

Und er scheint übermenschliche Leistungen vollbringen zu wollen. Euch ist bestimmt bekannt, dass er sich derzeit auf Höd befindet.« Der brikantische Name für Ceres. »Er hat vor, mit der Gruppe von Unterstützern, die er um sich versammelt hat, zum Mars weiterzufliegen. In gewissem Sinn erfüllt er damit das Versprechen der Bilder, die er uns bei unserer ersten Begegnung gezeigt hat – die großartigen Bauwerke auf dem Mars eurer Realität. Aber hier, so behauptet er, wird er viel mehr erreichen.«

Penny grunzte. »Ich habe schon oft gedacht, dass er einen großartigen Verkäufer abgegeben hätte. Wenn auch nur seiner selbst.«

»Er möchte …« – Ari mimte mit seiner erhobenen Hand einen Stoß – »… Höd aus seiner Bahn um die Sonne schubsen und zum Mars fliegen lassen.« Er sah die beiden Frauen an. »Das behauptet er jedenfalls. Ich habe meine eigenen Kalkulationen angestellt und Berechnungen der erforderlichen Energien vorgenommen. Meint ihr, es wäre machbar?«

Penny sah Marie überrascht an.

Marie nickte. »Mit einem ausreichend starken Raketentriebwerk lässt sich so ein Kraftakt schon bewältigen. Und diese Gesellschaft steckt knietief in Kernels und setzt sie auf jede erdenkliche Weise ein, wie wir es nie gewagt hätten … Ja, ich würde sagen, es ist möglich.«

»Erdschein behauptet, er könne so Rohstoffe zum Mars bringen, die dem Planeten fehlen. Wasser, andere chemische Verbindungen, vielleicht einige Metalle. Er sagt, er wolle den Mars umbauen.«

»Terraformierung«, sagte Penny auf Englisch zu Marie. »Ich wette, das meint er. Diese Leute haben keinen Begriff für solche Pläne. Sie haben ja nicht mal ein Wort für ›Ökologie‹.«

Ari runzelte die Stirn. »Ich verstehe nicht, was du sagst.«

»Ich bitte um Verzeihung«, sagte Marie förmlich. »In unserer Realität gab es groß angelegte Pläne, den Mars zu einer erdähnlichen Welt umzugestalten. Vielleicht auch andere Himmelskörper, die Venus, den Titan … ähm, den größten Mond von Augustus. Aber auf dem Mars müsste man dazu viele flüchtige Stoffe importieren – Stoffe wie diejenigen, aus denen Ceres – Höd – besteht.« Sie sah Penny zweifelnd an. »Vermutlich ließe es sich machen. Wenn man Ceres in die Marsumlaufbahn bringen könnte …«

»Dazu bräuchte man aber höllisch viel Delta v.«

»Ja. Aber dann könnte man ihn langsam auseinandernehmen und das benötigte Material in die Luft abwerfen, wobei Ceres selbst als Konstruktionsplattform dienen würde.«

Penny nickte. »Ich weiß, dass es auf der Erde – auf unserer Erde – Indizien für erhebliche Störungen des Klimasystems gab, verursacht durch Einschläge von Kometen oder Asteroiden. Beispielsweise eine Spitze in den Kohlendioxid-Konzentrationen vor fünfundfünfzig Millionen Jahren – sie hatten sich binnen eines einzigen Jahres verdoppelt. Die Idee ist also nicht abwegig.«

Ari hörte aufmerksam zu und arbeitete sich durch das technische Kauderwelsch. »Haarsterne und Ymir-Tränen, die auf Terra fallen – und jetzt auf den Mars. Denkt ihr also, dass Erdschein es ehrlich meint? Vielleicht sollten wir vorsichtig sein. Er schlägt vor, gewaltige Energien einzusetzen, um ungeheure Massen durch das Planetensystem zu bewegen – durch *unser* Planetensystem.« Er verzog das Gesicht. »Wenn man ihm erlauben würde, mit solchen Energien zu hantieren, wäre euer künstlicher Mensch so mächtig wie ein Gott.«

»Das war er vorher auch schon, in unserer Realität«, sagte Penny. »Eins müsst ihr begreifen, Ari. Erdschein und seine Brüder, die Kern-KIs, waren bedeutende Mächte auf unserer Erde. Aber wie Götter haben sie immer ihre eigene Agenda verfolgt. Eine Agenda, die sich mit den Interessen der Menschheit decken mochte oder auch nicht … Und was immer Erdschein jetzt über Höd sagt, wir dürfen nicht vergessen, dass für ihn auch hier seine eigene geheime Agenda an erster Stelle steht.«

»Also schön. Und was könnte diese ›geheime Agenda‹ jetzt sein?«

»Das können wir nicht wissen.«

»Ich erinnere mich an die Sache mit deiner ›unmöglichen Schwester‹, Penelope Kalinski. Erdschein war fasziniert davon. Das hast du selbst gesagt. Erdschein hat diese … Auflösung der Geschichte entdeckt, bevor ihr sie in viel größerem Maßstab selbst erlebt habt. Was für eine Intuition, nicht wahr? Würde er ein solches Interesse nicht auch hier verfolgen?«

Sicher würde er, dachte sie. Es war ein seltsamer Gedanke, dass sie und die anderen von der *Tatania* wegen der Übersetzungsgeräte, die Erdschein ihnen allen zur Verfügung gestellt hatte, und seiner regelmäßig heruntergeladenen Vokabular- und Grammatik-Updates selbst jetzt noch von ihm abhängig waren. Und sie erinnerte sich an seinen Fimmel bezüglich der Einmischung unbekannter Kräfte in die menschliche Geschichte, schon gleich zu Beginn ihrer Bekanntschaft vor mehr als drei Jahrzehnten ihres komplizierten Lebens: *Ich bin überall. Und ich fange an, eure Schritte zu hören, ihr Lukenbauer. Ich höre das Gras wachsen. Und ich höre euch …*

»Tatsächlich beschäftigt mich diese Frage sehr«, sagte Ari eindringlich. »Könnte es erst noch zu entdeckende Hinweise auf diese seltsamen Phänomene in *meiner* Welt geben? Spuren verlorener Geschichten. Wie die anomale Inschrift auf dem Grabstein deiner Mutter, Penny, auf diesem Friedhof in Lutetia Parisiorum, von der du gesprochen hast.«

Es überraschte Penny, dass er diese persönliche Erinnerung erwähnte. Sie war zumeist offen zu Ari gewesen, soweit es um die Realitätsveränderung ging, die sie alle durchgemacht hatten. Jetzt fragte sie sich, ob das klug gewesen war, ob sie Ari und *seine* Agenden verstand. Sie merkte, dass auch Marie zunehmend wachsam wirkte.

»Und … hast du etwas gefunden?«

»Noch nicht. Aber ich suche weiter.« Er starrte ihr in die Augen. »Das ist dir unangenehm. Warum?« Als er keine Antwort bekam, fuhr er fort: »Ich denke manchmal, ihr habt Glück, dass wir Brikanti nicht neugieriger sind, was dieses Phänomen betrifft. Wir sind nicht so *wissenschaftsorientiert* wie ihr.« Er sprach das Wort ein wenig maliziös aus. »Wir sind schlichtere Philosophen. Vielleicht sind wir eher bereit als ihr, das Wundersame, das Unerklärte zu akzeptieren. Unerklärte Phänomene wie dein eigenes Dasein. Wir stellen die Dinge nicht infrage; wir akzeptieren sie einfach.«

»Alle außer dir.«

»Alle außer mir. Aber warum reagierst du so misstrauisch auf die Frage?« Er wandte sich Marie zu. »Und weshalb schreckst *du* zurück, wenn wir von diesen Dingen sprechen, Marie Golvin?«

»Weil ich nicht schlafen kann«, platzte Marie heraus. »Deshalb. Ist das so schwer zu begreifen?« Penny legte ihre Hand auf ihre, aber Marie zog sie weg. »Wir haben gesehen, wie Milliarden verbrannt sind, verstehst du – wahrscheinlich jeder, den wir kannten, ganze Welten, die Erde selbst. Und jetzt bin ich hier an diesem blöden Ort, versuche, eure bescheuerten Sprachen zu lernen, erledige diesen nutzlosen Job, den ihr mir gegeben habt, und tue so, als hätte ich hier eine Zukunft. Ich weiß nicht mal, ob *euer* Jesus für mich gestorben ist oder nicht.«

Den Tränen nahe, wirkte sie viel jünger als ihre siebenundzwanzig Jahre, und Penny hätte sie am liebsten in den Arm genommen und beruhigt. Aber Marie Golvin war eine IRF-Offizierin, und da kam so etwas überhaupt nicht infrage.

»Tut mir leid.« Marie rang um Selbstbeherrschung. »Entschuldigt mich.« Sie stand auf und ging davon.

»Mir tut es auch leid«, sagte Ari zu Penny. »Weil ich das ausgelöst habe.«

»Nicht deine Schuld«, blaffte Penny. »Jedenfalls nicht allein. Aber du bohrst immer weiter.«

»Ihr habt Glück, dass andere es nicht tun.«

»Mag sein, aber das hilft uns nicht. Es ist das Schuldgefühl der Überlebenden, Ari. So was passiert, wenn man alles vergessen hat – wenn man vollauf mit irgendetwas beschäftigt ist, sich dabei wohlfühlt und Freude an seiner Tätigkeit hat – und einem dann plötzlich wieder zu Bewusstsein kommt, was man verloren hat, und die Schuld erneut über einen hereinbricht. Dann ist es am schlimmsten. Und Marie ist jetzt, wo sie nicht mehr unter Lex McGregors Schutz steht, besonders verletzlich. Die IRF, die militärische Disziplin, war ihr ganzes Leben. Außerdem ist da die Hoffnung.«

»Hoffnung?«

»Dass wir eines Tages irgendwie einen Weg nach Hause finden, zurück in unsere eigene Zeitlinie.«

»Ah.«

»Es ist völlig irrational, das wissen wir, glaube ich, alle, aber es ist schwer, sich dem zu entziehen. Schließlich kann *das hier* für uns niemals die Heimat sein. Und für die jungen Leute ist es noch schwerer, denke ich. Mit anzusehen, wie die Jahre verstreichen.«

Ari runzelte die Stirn. »Aber Marie hat mir erzählt, sie sei Christin, in der Tradition, wie sie in eurer Welt existierte. Gerade eben hat sie von Jesu … *Jesus* gesprochen. Sollte ihr das nicht ein Trost sein? Sie sagt, sie habe sich gefragt, ob sie mit dem Übergang von einer Realität in die andere so etwas wie eine Entrückung erlebt habe. Weißt du das?« Er schloss die Augen, während er in seinem Gedächtnis grub. »Der Text, den sie mir rezitiert hat, lautete: ›Denn er selbst, der Herr, wird, wenn der Befehl ertönt, wenn die Stimme des Erzengels und die Posaune Gottes erschallen, herabkommen vom Himmel, und zuerst werden die Toten, die in Christus gestorben sind, auferstehen. Danach werden wir, die wir leben und übrig bleiben, zugleich mit ihnen entrückt werden auf den Wolken in die Luft, dem Herrn entgegen; und so werden wir bei dem

Herrn sein allezeit. So tröstet euch mit diesen Worten untereinander.‹ Aus einem Brief an die Thessalonicher. So etwas gibt es in *unserer* Bibel nicht, jedenfalls nicht in der offiziellen Version, ebenso wenig wie die Sage von der Entrückung. Weißt du, ich denke, Marie fürchtet nicht, dass Gott sie in den Himmel geholt hat, sondern dass sie in der verbliebenen Ödnis zurückgelassen wurde …«

*»Du.«*

Beth Eden-Jones kam in die Mensa marschiert, gefolgt von einer nervös dreinschauenden Marie Golvin.

# 17

Ari und Penny standen auf, um Beth zu begrüßen.

Sie trug brikantische Tracht, so wie sie alle es nach zwei Jahren hier taten, Tunika, Hose, Lederstiefel, einen leichten Umhang. Obwohl sie plump wirkte, war sie offenbar nicht mehr schwanger, das sah Penny sofort. Und in ihren Armen trug sie ein in Decken gehülltes Bündel.

»Beth?«, sagte Penny. »Was, zum Teufel – ist es das, was ich denke? Du hast dein Baby bekommen? Tut mir leid – ich habe nichts mehr von dir gehört und das Datum aus den Augen verloren …«

Ari stand schweigend da, mit Gewitterwolken auf der Stirn.

Beth blieb vor ihrem Ehemann stehen und funkelte ihn an, sprach aber mit Penny. »Ja, Penny, das ist mein Baby. Von diesem *Ungeheuer.*«

Ari erwiderte ihren Blick. »Nicht hier, Frau«, sagte er mit einem grollenden Unterton. »Nicht jetzt.«

»Wo dann, wenn nicht vor meinen Freundinnen? Soll ich in dein Haus, zu deiner Familie zurückkehren und warten, bis du die Kleine das nächste Mal umzubringen versuchst?«

Köpfe drehten sich in der Mensa.

»Beth«, sagte Penny scharf. »Wovon du auch immer redest, zum Teufel – komm, setz dich.« Sie legte ihr den Arm um die Schultern und spürte, wie sie zitterte, sah die Tränenspuren um ihre Augen. Beth wirkte erheblich älter als ihre achtunddreißig

Jahre, sie sah alt und ausgelaugt aus. Aber sie gehorchte und setzte sich an den Tisch, auf dem immer noch die Reste ihrer Mahlzeit standen. Penny funkelte Ari an. »Du auch, Ari, bau dich nicht so drohend vor ihr auf. Beth, willst du irgendwas? Etwas zu trinken …«

»Nichts.« Beth und Ari schauten sich immer noch in die Augen.

Penny setzte sich und blickte zu Marie auf. »Hol etwas Wasser. Ähm, und warme Milch.«

Marie eilte davon.

Penny legte Beth die Hand auf den Arm und beugte sich vor, um etwas zu sehen. Das Baby zumindest schlief friedlich, mit zerknittertem Gesicht. »Oh, Beth. Es ist wunderschön.«

»Sie. Es ist ein Mädchen. Sie heißt Mardina.«

»Nach deiner Mutter.« Penny schaute zu Ari hoch, dessen Gesicht nichts als Feindseligkeit zeigte. »Ich verstehe das alles nicht. Was ist los? Ist sie nicht gesund?«

»Dem Baby geht es gut«, sagte Ari kalt. »Aber es war – ungewollt.«

»Sie sind dagegen, dass Frauen meines Alters Kinder kriegen«, erklärte Beth. »Die Brikanti. Es ist eine Art Faustregel, und durchaus verständlich: Sie fliegen mit Kriegsschiffen im Weltraum herum, aber ihre Medizin ist mittelalterlich.«

»Aber du bist trotzdem schwanger geworden.«

»Das war nicht beabsichtigt. Ja, ich bin schwanger geworden. Man hat mir gesagt, es wäre in Ordnung, das Baby würde angenommen werden.«

»Das hast du wahrscheinlich missverstanden«, sagte Ari. »Du hast die Nuancen falsch interpretiert. Ich habe dir gesagt, es würde eine Prüfung geben müssen …«

»Sie haben sie ausgesetzt«, sagte Beth zu Penny. »Während ich schlief.«

Penny war verwirrt. »Sie haben *was* getan?«

»Sie haben sie geholt, Aris Angehörige, die Frauen. Haben sie mir weggenommen und ohne ihre Decken nackt aufs Dach des Hauses gelegt. Sie würde am Leben bleiben dürfen, verstehst du, wenn sie die Aussetzung überlebt hätte. Und wenn *er* entschieden hätte, sie hereinzuholen. Es sollte seine Entscheidung sein, nicht meine.«

Penny wandte sich an Ari. »Das kommt mir unnötig brutal vor.«

Er brachte ein selbstironisches Lächeln zustande. »Dies ist nicht der richtige Moment für eine Geschichtsstunde. Du kannst die Schuld den Römern geben, von denen wir den Brauch übernommen haben. Wie hast du es genannt? Eine *Faust*regel? Ja, es ist brutal. Aber besser, ein paar gesunde Kinder gehen verloren, als dass die Gesellschaft mit den schwachen belastet wird …«

»Der Vater darf entscheiden, ob er sie retten will oder nicht«, fauchte Beth. »Nicht die Mutter. Angeblich kann der Vater das besser beurteilen. Die meisten Mütter haben Familien, die sie unterstützen – manchmal nehmen *die* das Kind, obwohl die Mutter es nicht wiedersehen darf. Aber mir hätte niemand geholfen. *Und er hat entschieden, sie ihrem Schicksal zu überlassen.*«

Ari schüttelte den Kopf. »Die meisten Männer in meiner Position hätten dasselbe getan.«

»Aber du hast es herausgefunden, Beth«, gab Penny ihr das Stichwort.

»Ich bin aus diesem verdammten Haus gerannt, wo sie mich festgehalten haben«, sagte Beth. »Bin rauf aufs Dach und habe mein Baby gerettet, und dann bin ich direkt hierhergekommen, weil ich wusste, dass ihr hier sein würdet. Keine Ahnung, wie viele Gesetze ich *damit* gebrochen habe. Wirst du mich anzeigen, Gelehrter? Werde ich ins Gefängnis gesteckt oder verstümmelt oder hingerichtet oder was ihr sonst so mit ungehorsamen Müttern anstellt?«

Ari schüttelte erneut den Kopf. »Nein, nein. Es gibt immer Ausnahmen. Du wirst in meinem Heim willkommen sein, bei meiner Familie – mit dem Baby …«

»Nicht danach.« Sie wandte sich mit flehender Miene an Penny. »Lass mich hierbleiben. Bei dir.«

»Natürlich kannst du bleiben«, sagte Penny sofort.

Ari stand auf. »Das ändert nichts. Diese Akademie ist nach meinem Gutdünken hier. In gewissem Sinn wohnst du immer noch unter meinem Dach …«

»Sie bleiben bei uns«, sagte Penny mit fester Stimme.

»Und die Zukunft? Wenn das Kind Bedürfnisse hat, wenn es wächst?«

Penny seufzte. »Darum kümmern wir uns, wenn es so weit ist. Ich denke, du gehst jetzt am besten, Ari Guthfrithson.«

Er blieb einen Moment reglos stehen und ballte eine Hand zur Faust. Dann ging er steifbeinig davon, wobei er beinahe mit Marie Golvin zusammenstieß, die mit einem Tablett voller Getränke herbeikam.

Penny blickte ihm nach. »Ich dachte, ich verstünde ihn. Ich dachte, es gäbe einen Austausch zwischen uns, als Gelehrte. Als *druidh*. Aber jetzt …«

»Du kennst ihn ganz und gar nicht«, sagte Beth. »Ich habe ihn auch nicht gekannt. Diese Leute sind nicht wie wir, Penny. Nicht einmal Ari. Nicht einmal der Mann, von dem ich dachte, ich würde ihn lieben, der Vater meines Kindes. *Der* schon gar nicht.«

# 18

## A.D. 2227; A.U.C. 2980

»Ich habe Quintus Fabius schon in dem Moment, als er von diesem Luftschiff anstolziert kam, für ein aufgeblasenes Arschloch gehalten, KolE.«

»Er ist ein guter Befehlshaber, Yuri Eden. Aber da er aus einer Region stammt, die immer noch als äußere Provinz des Imperiums gilt, muss er römischer sein als die Römer.«

»Er hat also einen Komplex, der Arme. Tatsächlich hat er mich an dieses andere aufgeblasene Arschloch erinnert, Lex McGregor … Tut mir leid. Bin wohl ein bisschen vom Thema abgekommen.«

»Entspann dich, Yuri Eden. Atme deinen Sauerstoff.«

»Ja, ja.«

»Weißt du noch, worüber wir gesprochen haben? Ich bin hier, um dein Testament zu beglaubigen.«

»Immer beschäftigt, hm, KolE? Hör mal, rede einfach mit mir. Fürs Erste hab ich genug von meinem erbärmlichen Leben. Wenn ich auf diesem Kahn überhaupt so etwas wie einen Freund habe, dann dich – dich und Stef, aber du warst zuerst da, stimmt's?«

»Obwohl ich ein Instrument der IRF war, der Organisation, die dich gegen deinen Willen auf einer fremden Welt ausgesetzt hat.«

»Tja, auch wieder richtig. Aber ich bin dir nicht böse. Und sag mir nicht, dass ich mich ausruhen muss. Bald werde ich in den Genuss des langen Schlafes kommen und in einem römischen Sarkophag zwischen den Sternen treiben. Eigentlich ein ganz schöner Abgang.«

»Du weißt, dass ich dem *optio* unter … äh … vier Augen gesagt habe, das wäre die beste Vorgehensweise bei der Entsorgung deines Körpers, wie auch des Körpers von Stef Kalinski, falls es dazu kommen sollte. Statt eure Leichen in die Wiederaufbereitungstanks zu werfen.«

»Schone bloß nicht meine Gefühle, okay?«

»Schließlich kommen wir aus einer anderen Zeitlinie. Eure Körper könnten für diese Realität exotische Krankheitserreger beherbergen. Und sie enthalten fremde Elemente – schon allein im Dentalbereich –, die in der Nahrungskette des Schiffes Schaden anrichten könnten.«

»Ha! Oh, bring mich nicht zum Lachen, KolE. Jetzt sehe ich geradezu vor mir, wie meine falschen Zähne sich durch die Eingeweide eines fetten Legionärs nach draußen fressen.«

»Du hast keine falschen Zähne, Yuri Eden. Aber die Vorstellung ist amüsant.«

»Lach bloß nicht zu laut.«

»Soll ich den *medicus* holen? Michael hat gesagt, wenn …«

»Ach, mach nicht so ein Tamtam, KolE. Wenn ich den verdammten Quacksalber sehen will, rufe ich ihn. Es war nur eine Behandlung der Symptome, das weißt du genauso gut wie ich. Die eigentliche Krankheit kann er nicht besser behandeln als du. Aber mit seinem Sortiment von Drogen, all diesen psychoaktiven Substanzen aus den südamerikanischen Dschungeln, kann er auf meinem Schmerzlevel spielen wie auf einer Fiedel … Weißt du, ich frage mich manchmal, ob ich diese verdammten Passagiere nicht schon mein ganzes Leben lang in mir trage.«

»Das ist durchaus möglich, Yuri Eden. Dein Körper war einer Reihe ungewöhnlicher Umgebungen ausgesetzt. Dies ist deine zweite Reise durch den interstellaren Raum. Du hast Jahrzehnte auf Per Ardua verbracht, einem Planeten eines Flackersterns. Davor hast du eine Weile unter einer Kuppel auf dem Mars gelebt, einer Welt ohne dichte Atmosphäre, ohne Ozonschicht. Und davor schon der Flug durch den interplanetarischen Raum von der Erde zum Mars.«

»Und ich bin durch Luken gegangen. Dreimal.«

»In der Tat. Und vor all dem hast du ein Jahrhundert in einer Kiste gelegen, begraben in einer Gruft in der Antarktis, zusammen mit tausend anderen. Die Opferzahlen der diversen Krebserkrankungen bei den Überlebenden dieses Prozesses …«

»Wir haben es ›Gefrierbrand‹ genannt. Also haben die Eltern, die mich auf Eis gelegt und in ein Loch gesteckt haben …«

»Sie wollten dich bestimmt in eine bessere Zeit schicken, Yuri Eden.«

»Und nach allem, was ich überstanden habe, stellt sich nun heraus, dass es die verdammte Kryo ist, die mich am Ende umbringt. Oh, was für eine Ironie.«

»Ich stelle nur Vermutungen an, Yuri Eden.«

»Ich weiß, Kumpel. Ich nehm's nicht persönlich.«

»Bedauerlicherweise ist hier keine höher entwickelte Medizin verfügbar. Ich hoffe, ich kann den Navigatoren des Schiffes helfen, einen medizinischen Scanner zu entwickeln, der die Funktionen der Tafel emuliert, mit der ich deine Krankheit diagnostiziert habe.«

»Den Navigatoren? Oh, deine Araber-Kumpels in ihren Beobachtungskuppeln …«

»Dieses Fahrzeug navigiert nach den Sternen, gemäß der astronomischen Beobachtungen der arabischen Teams.«

»Klingt, als wären deine Araber-Kumpels wissenschaftlich auf demselben Stand wie jeder andere in dieser Zeitlinie.«

»So mag es scheinen. Hier wurde der Prophet in einer ruhigen und stabilen Provinz eines starken römischen Imperiums geboren. Genauso wie in unserer Zeitlinie ist die islamische Zivilisation, die *dar-al Islam*, erblüht, aber unter römischem Schutz. Es gab keine jahrhundertelangen interkonfessionellen Konflikte in Europa – keine Kreuzzüge zum Beispiel. Selbst in vorchristlicher Zeit waren die Römer immer pragmatisch, was lokale Religionen betraf. Für die Römer ist der Islam ein kraftvoller Schwesterglaube des Christentums, ihrer offiziellen Staatsreligion.«

»Und die Araber sind die besten Astronomen.«

»So ist es. Ich hoffe, du wirst Gelegenheit haben, ihre Beobachtungskuppeln zu sehen, Yuri Eden. Dort herrscht eine Atmosphäre der Ruhe – des Lernens, der Ehrfurcht. Sie sind wie Studierzimmer an der Universität, oder religiöse Heiligtümer. Tatsächlich ist eine von ihnen zur Moschee geweiht.

Im Weltraum hatten Moslems schon immer einen Hang zur Astronomie, weil sie die Position der Erde und damit auch die von Mekka zum Zwecke ihrer täglichen Gebete zuverlässig bestimmen mussten. Aber die Araber sind noch viel weiter gegangen. Sie haben hervorragende optische Teleskope, aber auch Spektroskope zur Analyse des Lichts – obwohl es hier keine Bildaufzeichnung gibt, die über die nasschemische Fotografie hinausgeht. Und sie haben eine Reihe von Entdeckungen gemacht, die für die Mission der *Malleus Jesu* mehr oder minder relevant sind. Natürlich ist ein Kernel-Schiff unter starker Beschleunigung wie dieses eine ziemlich geräuschvolle Plattform. Und sie müssen die relativistische Verzerrung ausgleichen, weil wir so nah an der Lichtgeschwindigkeit sind. Dazu haben sie eine ausgeklügelte Pi-mal-Daumen-Mathematik entwickelt, und auch das, ohne über die zugrunde liegende Theorie zu verfügen …

Die Araber haben mir erlaubt, ihre Bibliotheken durchzusehen, Yuri Eden. Sie haben gewissenhaft gute Karten der kosmischen Hintergrundstrahlung erstellt, der noch vorhandenen Glut des Urknalls – nicht dass sie die kosmologischen Theorien kennen würden, um es auf diese Weise zu beschreiben.

Und sie suchen unter den Sternen auf unserem Weg nach Planeten, die Leben tragen. Ziele für künftige Missionen wie diese. Belebte Welten haben bestimmte charakteristische Eigenschaften. So enthält die Erdatmosphäre beispielsweise Sauerstoff und Methan, Reaktivgase, die sich mit anderen Stoffen verbinden – Eisenerz im Gestein rostet – und dadurch eigentlich wieder aus der Luft verschwinden müssten. Aber die Lebensprozesse füllen diese Reservoirs immer von Neuem auf. Eine andere Biosphäre würde andere Spuren hervorbringen. Manchmal kann man einfach schon an vom Weltraum aus sichtbaren Farbänderungen erkennen, dass es Leben gibt. Die frühe Erde war wahrscheinlich vorwiegend rötlich, jedenfalls an den Meeresküsten …«

»Das hast du alles in ihren Bibliotheken gefunden? Mit Chu Yuen als deiner Suchmaschine. Ha! Ich könnte mir vorstellen, dass der arme Chu es allmählich ziemlich satthat, Seiten umzublättern …«

»Für gewöhnlich entrollt er Schriftrollen. Aber ja, das kann schon sein … Eine verblüffende Feststellung ist, Yuri Eden, dass viele der von den Arabern beobachteten Welten nicht belebt, sondern *tot* sind: Früher einmal haben sie Leben getragen, aber nun ist es offenbar abgetötet, zumindest an der Oberfläche. Und in manchen Fällen erst vor kurzer Zeit. Man kann das von fern erkennen. Würde alles Leben auf der Erde plötzlich enden, würden bei der Zersetzung einer solchen Menge von Leichen große Mengen Ethan in die Atmosphäre entlassen.

Ohne den von den Pflanzen vermittelten Wasserzyklus gäbe es rasch eine Erwärmungsspitze. Und so weiter. All dies kann man aus großer Entfernung beobachten. Die Araber haben viele solche Entdeckungen gemacht.«

»Was könnte denn das Leben auf ganzen Welten abtöten? Krieg?«

»Vielleicht, Yuri Eden.«

»Und das hätte dann vielleicht wer weiß welche geschichtsverändernden Anomalien zur Folge, oder? Falls unsere Erfahrung ein Präzedenzfall ist.«

»Da kann man nur spekulieren. Natürlich suchen die Araber auch nach Kernels. Nach Welten, auf denen sie in Hülle und Fülle vorkommen und die sich darum als Ziele künftiger Lukenbau-Expeditionen eignen. Auch hier gibt es bestimmte charakteristische Strahlungssignaturen, die man aus der Ferne erkennen kann. Sie haben sogar angefangen, die Verteilung von Kernel-tragenden Welten und von Luken in diesem ganzen Teil der Galaxis zu kartografieren. Tatsächlich sind ihre Karten schwierig zu entziffern – es sind keine Karten, wie wir sie kennen, sondern eher Reisewege, Listen von Entfernungs- und Richtungsangaben zwischen Positionen … Anscheinend gibt es so etwas wie ein Netzwerk. Ein bestimmter Prozentsatz von Kernel-Welten konzentriert sich zum Zentrum der Galaxis hin. Als befände sich der Ausgangspunkt dieses Prozesses tiefer im Innern der Galaxis, und als hätte sich das Netzwerk des Lukenbaus seitdem kontinuierlich in die äußeren Bereiche ausgebreitet.«

»Hm. Was ist anders am Zentrum der Galaxis?«

»Er ist in gewissem Sinn älter. Die Galaxis ist wie eine gewaltige Fabrik zur Herstellung von Sternen aus interstellarem Staub und Gas. Die Sternenproduktion hat nah am Zentrum begonnen und breitet sich nun zur Peripherie aus. Man denkt, dass es in Richtung zum Zentrum bewohnbare Welten geben könnte, die eine Milliarde Jahre vor der Erde entstanden sind.«

»Die ersten Luken könnten also von einer uralten Intelligenz gebaut worden sein, die auf einer dieser alten Welten lauert …«

»Das würde zu den Beobachtungen der Araber passen, Yuri Eden.«

»Aber wozu das alles? Hast du nicht manchmal das Gefühl, dass wir den Wald vor lauter Bäumen nicht sehen, KolE? All diese Seltsamkeiten – die Kernels, die Luken, die Entsorgung ganzer Geschichtslinien … Vielleicht sprechen hier meine südamerikanischen Drogen.«

»Meistens sind wir so sehr mit dem Versuch beschäftigt zu überleben, dass wir nicht allzu eingehend über solche Dinge nachdenken können, Yuri Eden.«

»Und auch so sehr damit beschäftigt, diese verschiedenen geschenkten Gäule zu reiten, dass wir ihnen nicht allzu genau ins Maul schauen. Die Kernels sind einfach zu nützlich, verdammt noch mal … Aber wir stellen solche Fragen – oder zumindest tust du es, KolE.«

»Ich versuche es. Mein Auftrag hat immer darin bestanden, die Menschen um mich herum zu hegen und zu pflegen – dich und deine Familie zu hegen und zu pflegen, Yuri Eden. In diesem Zusammenhang muss ich mich mit den größeren Fragen befassen, von denen du sprichst. Ich muss über die Zukunft nachdenken. Und einiges von dem, was ich über die Zukunft erfahren habe, beunruhigt mich.«

»Vielleicht machen sich die Drogen bei mir schon wieder bemerkbar. Oder ihre Wirkung lässt nach. Wiederhol das noch mal. Die Zukunft?«

»*Ich habe sie im Himmel gesehen,* Yuri Eden. Wie gesagt, die arabischen Astronomen haben die vom Urknall stammende

Hintergrundstrahlung aufmerksam beobachtet. Diese Strahlung und die Verzerrungen darin – Kräuselungen, Inhomogenitäten, Polarisation – enthalten eine Menge Informationen über die umfassendere Struktur des Universums. Schließlich hat sie den gesamten Kosmos von Anfang an durchdrungen. Unsere Kosmologen haben beispielsweise nach Hinweisen auf die Existenz anderer Universen als unseres eigenen Universums gesucht. Eine Interaktion zweier Universen, eine Kollision in einer höheren Dimension könnte Echos in der Hintergrundstrahlung hinterlassen, gewaltige Kreise im Himmel. Doch als ich die Aufzeichnungen der Araber mit meinem Wissensvorsprung studiert habe, habe ich … etwas anderes gesehen.«

»Was denn? Die Spannung bringt mich um, und ich sterbe sowieso schon.«

»Entschuldige, Yuri Eden. Ich glaube, ich habe Indizien für superluminare Ereignisse gesehen. Überlichtschnelle Phänomene.«

»Wovon, zum Teufel, redest du da? Vom Warp-Antrieb? Irgendeinem Super-Sternenschiff? Einer höheren Zivilisation?«

»Nein. Nichts auf dieser Ebene. Es geht um etwas viel Größeres. Bitte hör zu, Yuri Eden. Die Relativitätstheorie besagt, dass nichts schneller als das Licht durch die Raumzeit reisen kann. Das war Einsteins fundamentalste Entdeckung. Selbst ein Transit durch eine Luke, sagen wir vom Merkur nach Per Ardua – welcher unbekannte Mechanismus solche Transits auch immer ermöglicht – geht geringfügig langsamer vonstatten als mit Lichtgeschwindigkeit. Aber in der Physik gibt es ein Hintertürchen.«

»Sprich weiter.«

»Nichts kann schneller als das Licht *durch die Raumzeit* reisen. Aber die Raumzeit ist in gewissem Sinn eine Substanz; sie hat eine Struktur. Sie kann verzerrt werden … Wellen können sich in der Raumzeit ausbreiten, Yuri Eden. Und sie *können* schneller reisen als das Licht. Die Theoretiker haben sich gefragt, ob solche Verzerrungen, solche Warps Schiffe mit superluminaren Geschwindigkeiten transportieren könnten.«

»Das Licht schlagen, indem man Raumzeitwellen reitet . . .«

»So ist es, Yuri Eden. Wir haben nie einen Warp-Antrieb zustande gebracht. Aber Warp-Wellen, wie von der Theorie beschrieben, würden gewisse exotische Strahlungen emittieren. Selbst wenn wir sie niemals erschaffen könnten, dachten wir, wir könnten sie vielleicht entdecken.

Ich glaube, ich habe in der kosmischen Hintergrundstrahlung die Spuren von Warp-Kräuselungen gesehen, Yuri Eden. Keine kleinen, überschaubaren Signale, wie man sie mit einem Sternenschiff in Verbindung brächte. Sondern Relikte von Ereignissen in ungeheurem Maßstab. Womit ich Milliarden von Lichtjahren meine, Ereignisse, die das gesamte Universum umspannen.«

»Größer als Galaxien …«

»Größer als Supergalaxienhaufen.«

»Schwester! Ich glaube, mein Tropf ist kaputt.«

»Verzeihung, Yuri Eden. Ich werde all dies mit Stef Kalinski besprechen; vielleicht kann sie für mehr Klarheit sorgen. Aber weißt du, ich mühe mich mit der Hypothese ab, die ich gerade zu formulieren versuche.«

»Mit welcher Hypothese?«

»Stell dir vor, es gäbe in der Zukunft einen … Kataklysmus. Irgendein ungeheures, gewaltsames, den Weltraum, das gesamte Universum umspannendes Ereignis. Dieses Ereignis ist so energiereich, dass es unter anderem Kräuselungen in der Raumzeit verursacht, gewaltige Wellen …«

»Ah. Warp-Wellen, die in der Zeit zurückreisen können.«

»Ja, Yuri Eden. Ich glaube, dass diese schwachen Spuren von Struktur in der kosmischen Hintergrundstrahlung, die den arabischen Astronomen in der Stille ihrer Beobachtungskapseln aufgefallen sind, so etwas wie eine Vorankündigung sind – Echos, die in der Zeit zurückreisen …«

»Echos aus der Zukunft. Aber Echos wovon?«

»Von etwas Schrecklichem.«

»Hmm. Also, du neigst wahrlich nicht zu Übertreibungen, KolE.«

»Schläfst du ein, Yuri Eden?«

»Noch nicht. All dieses Gerede von einer Katastrophe in der Zukunft … Weißt du, KolE, ich habe keine Angst vor dem Tod. Tatsächlich habe ich das Gefühl, ich wäre schon mehrmals gestorben. All diese Türen, durch die ich gehen musste, von meiner eigenen Zeit in die Zukunft, vom Mars nach Per Ardua …«

»Es wird einfach nur eine weitere Tür sein, Yuri Eden.«

»Ich weiß, mein Freund. Ich weiß. Aber ich habe Angst um die Menschen, die ich liebe. Hör zu – ich möchte, dass du Beth findest, wenn du kannst.«

»Ich weiß. Du hast mich schon früher darum gebeten. Aber es kann sein, Yuri Eden, dass sie in dieser neuen Realität gar nicht existiert. Vielleicht ist sie in der anderen geblieben.«

»Vielleicht. Vielleicht aber auch nicht. Ich kenne Mardina – oder kannte sie. Wenn es einen Weg gab, Beth zu retten, hätte sie ihn gefunden.«

»Ich habe mir immer eingebildet, dass ich Beth Eden-Jones nahestand.«

»Du warst das nette Monster, das mit seinen Manipulatorarmen ihre Spielzeug-Erbauer angefertigt hat. Erinnerst du dich an Mister Sticks? Finde sie, KolE. Und diejenigen, mit denen sie jetzt zusammen ist. Sag ihr, du gehörst jetzt ihr. Und hilf ihr, so gut du kannst. Denn ich kann es nicht, verstehst du. Ich kann ihr nicht mehr helfen.«

»Yuri Eden …«

»Versprich es mir.«

»Ich verspreche es, Yuri Eden. Du wirst müde. Ich werde Michael bitten, nach dir zu sehen.«

»Ja. Oh, KolE, noch eins. Dieser zukünftige Kataklysmus, den du zu sehen glaubst. *Wann?*«

»Das alles ist noch sehr unvollständig, Yuri Eden. Ich kann nur ein paar erste Vermutungen anstellen …«

»Ich weiß noch, wie Lex McGregor, dieses Arschloch, uns auf Per Ardua abgeladen und uns erzählt hat, Proxima würde noch viele Tausend Mal so lange scheinen wie die Sonne.«

»Proxima wird zu dem Zeitpunkt, an dem uns dieses Ereignis ereilt, kaum gealtert sein, Yuri Eden.«

»Kaum?«

»Ich habe die Quelle der Raumzeitwellen vorläufig auf weniger als vier Milliarden Jahre in der Zukunft datiert. Vielleicht dreieinhalb Milliarden …«

»Vier Milliarden Jahre? Ha! Warum sagst du das nicht gleich? Mir bleiben nicht mal vier Jahre, geschweige denn vier Milliarden. Vor vier Milliarden Jahren hatte sich die Erde noch kaum vollständig geformt – stimmt's? Warum sollte ich mir Sorgen darüber machen, dass uns in vier Milliarden Jahren die Zeit ausgehen könnte?«

»Weil dir oder deinen Nachfahren Billionen Jahre geraubt worden sein werden, Yuri Eden. Schlaf jetzt, und ich suche Michael …«

# 19

## A.D. 2225; A.U.C. 2978

Auf Kernel-Feuer reitend, glitt die immer langsamer werdende *Ukelwydd* aus den Tiefen des Weltraums und ging in die Umlaufbahn um den Mars.

Als der Antrieb abgeschaltet wurde und sich die Beschleunigungslast von ihrer Brust hob, gab Penny Kalinski, jetzt einundachtzig Jahre alt, im Kokon ihrer Liege einen Seufzer tiefer Erleichterung von sich. Es war ihr erster Raumflug seit einem Dutzend Jahren, der erste seit der *Tatania*. Nach zwölf Jahren als ältere, exzentrische, auf der Erde lebende Lehrerin hatte sie vergessen, wie zermürbend ein Start war. Nun, jetzt hatte sie es hinter sich.

Dank der fehlenden Schwerkraft waren ihre schwachen Altweiberarme stark genug, um sie von der Liege wegzustoßen. Ein paar Sekunden lang hing sie in der warmen Luft und genoss die Schwerelosigkeit. Ihre Kabine war klein, sie war nie mehr als eine Armeslänge von einer Wand entfernt, und jede Fläche war mit Haltegriffen versehen. Ohne jede Mühe schwebte sie in die kleine Kammer, die als ihr Badezimmer diente. Die Bewegungsfreiheit war herrlich; der einzige Wermutstropfen waren die stechenden arthritischen Schmerzen in ihren Gelenken. Aber im Spiegel sah sie, dass ihr Haar sich gelöst und eine Wolke aus flauschigem Grau um ihren Kopf gebildet hatte. »Ach, um Himmels willen …« Sie strich verirrte Strähnen zurück und band sie zu einem Knoten zusammen.

Als es an die Tür klopfte, war sie vorzeigbar.

*Trierarcha* Kerys hing bequem in der Luft und wartete auf sie. Kerys war jetzt um die fünfzig, kompakt, tüchtig, lächelnd, ihr Haar ein Gewirr aus Schwarz und Grau. Zwölf Jahre, nachdem sie als Kommandantin dieses Schiffes die *Tatania* und ihre schiffbrüchige Crew aufgelesen hatte, war sie für Penny Kalinski zur Freundin geworden. Jetzt sagte sie: »Ich dachte, du hättest gern jemanden dabei, der dich zur Beobachtungskabine begleitet. Dort wartet der *druidh* auf dich. Wir werden einige Stunden brauchen, um vom Flug- auf den Landemodus umzuschalten; er meinte, du würdest dir vor der Landung vielleicht gern den Mars anschauen – und was aus ihm geworden ist.«

Nach all diesen Jahren war Pennys Brikantisch jetzt ziemlich gut. Ihr Latein war auch nicht allzu schlecht, aber Xin würde sie trotz all der geduldigen Jahre, die der arme Jiang es ihr nun schon beizubringen versuchte, nie beherrschen. Deshalb verstand sie jedes Wort, das Kerys gesagt hatte, und erfasste auch die unausgesprochenen Implikationen. Sie meinte *Erdscheins Mars*.

»Ja, das würde ich gern. Und ich fühle mich geehrt, dass die *trierarcha* selbst gekommen ist, um mich zu begleiten.«

»Du bist ein hoch geschätzter Gast – wie ich dir schon seit unserem Abflug von Terra dauernd erkläre. Hier, nimm meinen Arm.«

Sie begannen, sich vorsichtig durch den Korridor zu bewegen, wobei Kerys sich von einem Handgriff zum nächsten zog.

»Ich finde es immer wieder erstaunlich, wie viel größer ein Raum bei Schwerelosigkeit wirkt«, sagte Penny. »Aber die ersten Astronauten haben davon berichtet. Ich meine, die Raumfahrer in meiner heimatlichen Zeitlinie …« Im Lauf der Jahre war es ihr immer schwerer gefallen, diese beiden ineinander verschlungenen Historien in ihrem Kopf auseinanderzuhalten.

»Aber ich verstehe nicht, weshalb ihr alle auf dem ganzen Weg hierher so ein Tamtam um mich gemacht habt.«

»Nun ja, Penny Kalinski, zum Teil deshalb, weil du eine Gefährtin von Erdschein bist. Das Hauptziel dieser Mission besteht darin, dich auf seine Bitte hin zu ihm zu bringen.«

»Und Erdschein ist jetzt eine Macht im Land. In *eurem* Land. Was Erdschein will, das kriegt er ...«

»Aber auch«, sagte Kerys vertraulich, »und das habe ich dir bisher nicht erzählt, weil du meine Neffen durch deine Akademie gebracht hast.«

»Ich erinnere mich an sie. Olaf und Thorberg.«

»Ja. Ihr Vater ist Däne, und ihr Blut ist genauso wild wie seins. Aber *du* hast sie dazu gebracht, sich fünf Jahre lang auf den Hosenboden zu setzen und zu studieren.«

»Haben einen ständig auf Trab gehalten, die beiden. Was machen sie jetzt?«

»Marine, alle beide. Der beste Platz für sie. Da wären wir.«

Sie steuerte Penny sanft durch eine offene Tür in einen Raum, der von einem großen Panoramafenster beherrscht wurde, hinter dem eine orangebraune Landschaft vorbeiglitt. Das war die Beobachtungskabine, in der sie einst, wie Penny sich ins Gedächtnis rief, eine neue Erde auf sich hatte zukommen sehen, Terra, eine durch das Erbe einer anderen Geschichte verwandelte Welt. Jetzt rollte der Mars an demselben Fenster vorbei, eine Landschaft aus Kratern, Schluchten, Bergen und Staub, prächtig, fremdartig, unwirtlich. Aber dies war nicht der Mars, den sie damals gekannt hatte, nicht der Mars, den sie hinter sich gelassen hatte – das sah sie sofort –, denn dieser Mars war über Jahrhunderte hinweg technisch umgestaltet worden. Was für ein erstaunlicher Gedanke – und wie außergewöhnlich, dass sie nun hier war und dies sehen konnte, noch so viele Jahre nach dem Jonbar-Angelpunkt.

Ari Guthfrithson war da und beobachtete ihre Reaktion.

Penny hatte gewusst, dass er sich im Schiff befand, war ihm jedoch in den wenigen Tagen des Fluges von der Erde hierher aus dem Weg gegangen. Jetzt ignorierte sie ihn, während sie sich von Kerys zu einem Handgriff führen ließ.

Als sie sicher verankert war, wandte sie sich Ari zu. »Das Alter bekommt dir nicht.«

Ari war jetzt in den Vierzigern, er wurde korpulent und grau, sein Gesicht wirkte verkniffen. Er lachte rau. »Tja, dir auch nicht, du altes Weib.«

»Danke.«

Er drehte sich zu dem Planeten um. »Schau dir *meinen* Mars an! Das kann man mit der Kernel-Technologie machen, und mit einem Traum …«

Visionäre von ihrer eigenen Erde hätten vieles von dem wiedererkannt, was dort unten geschah, dachte sie. In dieser Realität hatten die Ingenieure ihr Bestes getan, um den Mars zum Leben zu erwecken, und zwar mit seinen eigenen Ressourcen, lange vor Erdschein und seinem Ceres-Plan. Kernel-Energiestrahlen schmolzen das Wassereis der Polarkappen und leiteten es in gewaltige Kanäle, die in die Ebenen von Vastitas Borealis im Norden gebrannt worden waren und die alten, von Kratern übersäten Hochebenen des Südens durchzogen, Terra Sirenum, Aonia Terra, Noachis Terra, Terra Cimmeria – Landschaftsformationen, die in dieser Realität ihre eigenen lateinischen, brikantischen oder Xin-Namen trugen. In niedrigeren Breiten wurden tief liegende wasserführende Schichten aufgebrochen, um noch mehr Wasser freizusetzen. Das Schiff flog über die Valles Marineris hinweg, das große Schluchtensystem, das sich in ein Binnenmeer verwandelt hatte. Momentan war all dieses Wasser überfroren, weißes Eis, das sich gegen die rostigen Farben des Mars abhob. Doch hinter dem Horizont wurden die großen Magmablasen der Tharsis-Vulkane, zu denen auch Olympus Mons gehörte, aufgeknackt, angebohrt und wachgerüttelt, in der Hoffnung, Eruptionen dieser schon seit Langem schlafenden Giganten auslösen zu können, die Asche und Treibhausgase speien und die dünne Luft dicker machen würden.

Und auf der Nachtseite brannten schon die Lichter von Städten.

Ein Mars mit dichter Luft und Städten und randvollen Kanälen! Eine Fantasie des neunzehnten Jahrhunderts in Pennys Zeitlinie war hier Realität geworden. Vielleicht, dachte sie manchmal, waren ihre Vorgesetzten zu zögerlich gewesen, was den Einsatz des großartigen, unverhofften Segens der Kernels betraf. Mit diesem magischen, reißenden Energiestrom hätte man so viel mehr tun können – solange man sich nicht um die Folgen für das scherte, was man umformte.

»Ich weiß, was du denkst«, sagte Ari.

»Ach ja?«

»Dass dies nicht der Mars ist, den ihr in eurer anderen Geschichte zurückgelassen habt. Ja, das stimmt. Aber bald wird es auch nicht mehr der Mars sein, der bei eurer Ankunft hier war.«

»Es wird Erdscheins Mars sein.«

»Ja. Dieser Gott, den ihr in unsere Realität gebracht habt, gestaltet eine ganze Welt um. Höd – Ceres – ist unterwegs, mit jedem Umlauf um die Sonne kommt der Asteroid ein Stück näher heran. Momentan ist er …« Er überlegte, warf zur Orientierung einen Blick auf den Mars und zeigte nach rechts. »Dort. Ein Objekt, das vom Marsboden aus fürs bloße Auge sichtbar ist.«

»Weshalb bist du hier, Ari? Was willst du von mir?«

»Du wirst mit Erdschein sprechen.«

»Ja, natürlich. Er hat mich kommen lassen. Obwohl ich nicht weiß, was er von mir will.«

»Ich wusste, dass du nicht auf mich gehört hättest, wenn ich auf Terra oder während des Fluges an dich herangetreten wäre. Erst jetzt, wo wir uns auf die Landung vorbereiten, habe ich das Gefühl, dass ich mit dir sprechen kann – dass ich dich dazu bringen kann, mir zuzuhören –, erst jetzt kann ich dir klarmachen, wie dringend es ist, was ich erbitte.«

Penny warf Kerys einen Blick zu; die *trierarcha*, die sich mit einer Hand an einer Haltestange festhielt, schaute ausdruckslos zu. »Kerys, weißt du, worum es bei alldem geht?«

»Lasst mich da raus. Ich weiß, dass Ari bis ganz nach oben gegangen ist – nach Dumnona, zum Hauptquartier der Marine. Er hat eine Menge Fäden gezogen, um bei dieser Mission eine Koje zu bekommen.«

»Und alles für diesen einen Moment, Penny Kalinski«, sagte Ari.

»Wozu? Was willst du, *druidh*?«

»Es ist ganz einfach. Du wirst mit Erdschein sprechen. Hör dir an, was er sagt. Wiederhole es mir bei deiner Rückkehr – und wenn nicht mir, dann der *trierarcha*, Dumnona, irgendwem. Finde heraus, was er wirklich vorhat, und sag es uns.«

»Ihr wisst, was er vorhat. Er will den Mars terraformieren, ihn zum Leben erwecken.«

»Das erzählt er uns. Ich bin überzeugt, dass da noch etwas ist. Etwas Verborgenes. Wir werden dich dort absetzen.« Ari zeigte auf das Hellas-Becken. »Wir nennen es *Hel.* Erdschein hat dort ein Habitat errichtet, am tiefsten Punkt des tiefsten Beckens auf dem Mars. Dort ist jetzt seine persönliche Prozessor-Trägereinheit untergebracht. Warum dort? Wir wissen es nicht. Und er hat noch eine Einrichtung, ein paar Hundert Meilen weiter nördlich.«

In Syrtis Major, wie es in Pennys Kultur geheißen hatte. »Ja?«

»So wie du uns deine berufliche Laufbahn geschildert hast, möchte ich meinen, dass du mit solch einem Ort vertraut bist, Penny Kalinski. Soweit wir an den freigesetzten Strahlungen erkennen können, ist das ein Labor, in dem Kernelforschung betrieben wird. Dein Spezialgebiet. Aber warum sollte es Erdschein für nötig erachten, sich in die Physik der Kernels zu vertiefen, wenn seine Priorität doch angeblich darin besteht, den Mars zu beleben?« Er lächelte kalt. »Vielleicht bittet er dich, dort mit ihm zusammenzuarbeiten. Vielleicht wirst du weitere ›Papers‹ für die ›Zeitschriften‹ schreiben, die von den Gelehrten deiner Welt gelesen werden …«

»Ach, nun hör schon auf, du manipulativer Langweiler«, blaffte Penny zurück. »Wie geht's deiner Gattin, Ari?«

»Ich habe keine Gattin«, sagte er neutral.

»Schön. Und wie geht's deiner Tochter?«

»Mardina ist jetzt zehn Jahre alt, und sie verabscheut mich. Ich sehe sie einmal im Jahr, und nur dank eines Gerichtsbeschlusses, den ich erwirken musste.«

»Und sie sollte dich auch verabscheuen. Was willst du von ihr oder ihrer Mutter? Vergebung?«

»Ich würde mich mit Verständnis begnügen. Ich habe immer nur das Beste für alle gewollt. Ja, auch für Mardina!« Plötzlich wirkte er verloren und verletzlich. »Könntest du ihr das nicht von mir ausrichten?«

Doch nun schwebte die *trierarcha* zwischen Penny und dem *druidh* und führte ihn weg. Und ein paar Minuten später suchte ein junges Besatzungsmitglied Penny auf und erklärte ihr, sie müsse sich auf die Landung auf dem Mars vorbereiten.

# 20

Von dem primitiven Rover aus, der mit Penny über die Oberfläche holperte und die gelandete *Ukelwydd* hinter sich ließ, war Erdscheins Mars-Basis ein Sammelsurium von Glaskästen, deren Fassaden zu der tief und blass am Nordhimmel von Hellas – »Hel« – stehenden Sonne geneigt waren. Für Penny war die Basis eine nagende Erinnerung an etwas, das sie vor langer Zeit einmal gesehen hatte.

Der Rover dockte säuberlich an einem Port an, und mit der Unterstützung zweier junger Frauen in den groben Uniformen der brikanischen Marine passierte sie eine Luftschleuse. Dann wurde sie durch Büros geführt, die von bleichem Marslicht erfüllt waren. In der sanften Drittelschwerkraft brauchte sie zum Gehen nicht mehr als die Hilfe eines Stocks.

Sie kamen in einen großen, luftigen Raum, und Penny blieb stehen, um ihn, auf ihren Stock gestützt, eingehender zu betrachten. Im Zentrum stand ein einzelner Schreibtisch, hinter dem ein Mann im Geschäftsanzug saß; trotz des relativ hellen Lichts konnte Penny ihn mit ihren wässrigen Augen nur undeutlich erkennen. Vom Schreibtisch aus schaute man auf einen Teich, eine glatte, den rehbraunen Himmel spiegelnde Fläche, über die träge Niedrigschwerkraftwellen liefen. Erneut nagte die Erinnerung.

Sie durfte allein vortreten, ihre Schritte lautlos auf einem dicken, ausladenden Teppich von einem gedämpften Braun, das gut zur marsianischen Farbpalette passte. Um zum Schreibtisch zu gelangen, musste sie um diesen zentralen Teich herumhumpeln, der mit Glas abgedeckt und nur mit einer ins Violette spielenden Schmutzschicht gefüllt war, wie sie sah; es gab weder Pflanzen noch Fische.

Als sie sich dem Schreibtisch näherte, stand der Mann anmutig auf. Hochgewachsen, in seinem nüchternen Geschäftsanzug und einem kragenlosen Hemd, hätte er fünfzig Jahre alt sein können. Am Revers trug er eine Brosche, eine Steinscheibe mit eingravierten konzentrischen Furchen. Natürlich war es Erdschein.

»Bitte«, sagte er mit seinem kultivierten britischen Akzent. »Setzen Sie sich. Möchten Sie etwas trinken? Kaffee, Wasser – Sie haben immer gern Limonade getrunken, wenn ich mich recht entsinne.«

»Als ich elf Jahre alt war, vielleicht. Ich nehme ein Glas Wasser, vielen Dank.« Sie ließ sich steif auf einen Stuhl vor dem Schreibtisch sinken.

Erdschein tippte auf die Schreibtischplatte, die sich öffnete und ein kleines Bord emporsteigen ließ, auf dem eine Flasche Wasser und ein Glas standen. »Sie müssen sich leider selbst bedienen.«

»Ich weiß.«

Er saß da, die Fingerspitzen aneinandergelegt, und musterte sie. »Danke, dass Sie gekommen sind.«

»Hatte ich denn eine Wahl?«

»Nicht in Anbetracht der Logik unserer früheren Beziehung und des Wesens Ihrer Persönlichkeit. Sie sind eindeutig noch genauso neugierig wie eh und je. Aber ich hätte sie nicht gezwungen zu kommen. Dazu wäre ich nicht imstande gewesen.«

»Ich fange an, mich an all das zu erinnern. Na ja, größtenteils zumindest. Dieser Teppich – sollte der nicht blau sein?«

»Das würde kaum zum marsianischen Ambiente passen.«

»Und mit einem riesigen Logo von Universal Engineering, Inc. Und Sir Michael King sollte hinter diesem Schreibtisch sitzen, nicht du.«

»Es steht zu hoffen, dass Sir Michael den Krieg in seinem Bunker unter Paris überlebt hat.«

»Das ist eher unwahrscheinlich. Selbst wenn diese Version von Paris tatsächlich noch existiert.«

»Ganz recht. Ich habe versucht, die Bedingungen so zu rekonstruieren, wie Sie sie von Ihrem Besuch in der UEI-Konzernzentrale her in Erinnerung haben …«

»Solstice, Kanada. Vor vielen Jahren. Als wir uns zum ersten Mal begegnet sind. Ich war zusammen mit meiner Schwester dorthin bestellt worden.«

»Obwohl *sie* sagen würde, dass sie allein dorthin ging«, erwiderte Erdschein behutsam, »weil dieses Ereignis vor der großen Teilung eurer persönlichen Geschichte stattfand.«

»Und der Teich.« Sie schaute sich um. »Waren da nicht irgendwelche verkümmerten genmanipulierten Karpfen drin? Wohingegen dort jetzt bloß eine Schmutzschicht ist.«

»Tatsächlich enthält die Kultur etwas viel Exotischeres als ein oder zwei gentechnisch veränderte Fische. *Marsianer*«, sagte er mit Grabesstimme. »Echte indigene Marsianer, aus Bergwerksschächten und anderen Gruben herausgeholt.«

Das überraschte sie. »Wirklich? Mikroben aus dem Tiefengestein?«

»So ist es. In unserer Realität haben die Chinesen sie gefunden, als sie im Rahmen ihrer Terraformierungsprojekte Wasser zutage förderten. Die Exemplare, die ich mir angesehen habe, scheinen die gleichen zu sein wie die von den Chinesen entdeckten – für *sie* hat der Geschichtsschwenk keine Rolle gespielt. Die Exemplare im Teich sind übrigens real, obwohl der Rest dieser Umgebung zu großen Teilen …«

»… nicht realer ist als du. Du zumindest bist noch genauso, wie ich dich in Erinnerung habe«, sagte sie. »Bis hin zu dieser seltsamen Brosche an deinem Revers. Die genauso aussieht wie dieser Betonbrocken mit dem eingravierten Muster, die Steintafel, die du unbedingt auf die *Tatania* mitnehmen wolltest, nicht wahr? Ich habe mich schon immer gefragt, was es damit wohl auf sich hatte.«

Er schluckte den Köder nicht. »Mit dieser virtuellen Präsentation wollte ich unsere gemeinsame Vergangenheit betonen. Wie viel wir gemeinsam haben.«

»Tja, das ist dir gelungen. Aber damit hat es sich auch. *Du* bist noch genauso wie damals«, fuhr sie fort. »Während ich … sieh mich an. Verhutzelt.«

»Sie haben sich in den Dutzend Jahren hier gut gehalten, nach all den Traumata Ihres früheren Lebens und angesichts der Unzulänglichkeit der Medizin und der Gesundheitsversorgung in dieser neuen Realität, trotz meiner ganzen missionarischen Bemühungen …«

»Du meinst den Verkauf der Daten, die du aus dem Speicher der *Tatania* gestohlen hast. Lex hat dir das nie verziehen, weißt du.«

»Ich weiß«, sagte er gleichgültig. »Und jetzt ist es zu spät für eine Entschuldigung.«

»Der gute alte Lex. Zumindest hat er einen schönen Tod gehabt – hat sich mit achtzig Jahren in die Absturzstelle dieses Tankers auf dem Mond, auf Luna, gestürzt. Die Brikanti haben ihm eine Statue errichtet.«

Erdschein lachte. »Schön für General McGregor. Das hätte ihm sehr gefallen. Und was ist mit den anderen?«

»Jiang ist bei mir geblieben, an der Akademie. Bedauerlicherweise wird er in der brikantischen Gesellschaft noch immer nicht so richtig akzeptiert. Man kann Jahrhunderte der Xenophobie nicht mit einem kultivierten Lächeln überwinden – zumindest nicht hier. Zwei der überlebenden Besatzungsmitglieder der *Tatania* arbeiten dort ebenfalls mit mir zusammen. Sie haben sogar geheiratet: Marie Golvin und Rajeev Kapur.«

»Das habe ich gehört. Ich habe ihnen ein Geschenk geschickt … Und was ist mit Beth und ihrem Kind?«

»Mardina. Sie ist jetzt schon ziemlich groß, zehn Jahre alt. Macht sich gut. Beth ist jetzt achtundvierzig, und Mardina sorgt dafür, dass sie ihr Alter spürt, denke ich. Sie leben für sich allein, aber ich behalte sie im Auge. Beth und Ari Guthfrithson – der Vater – haben sich auseinandergelebt. Beth macht sich gern Feinde und hält dann an ihnen fest, falls du weißt, was ich meine.«

»Ja, das weiß ich sehr gut.«

Diese Antwort verwirrte Penny. »Weshalb sollte sie einen Groll gegen dich hegen?«

»Weil ich ihr auf unserer Flucht mit der *Tatania* aus dem inneren Sonnensystem etwas erzählt habe – genau in dem Moment, als die Wellenfront des Lichts von den Kernel-Detonationen uns eingeholt hat.«

»Ich verstehe nicht. Was hast du ihr erzählt?«

»Ich habe ihr meinen Namen genannt. Oder einen davon.« Er sagte nicht mehr, sondern sah sie nur unverwandt an.

»Na schön. Hast du mich deshalb hergebeten? Um an Beth heranzukommen? Komischerweise hat Ari mir gegenüber einen ganz ähnlichen Wunsch geäußert. Was bin ich – eine Mediatorin der Vereinten Nationen?«

»Teilweise deshalb, ja, wegen Beth. Aber auch, weil ich möchte, dass Sie verstehen, was ich hier mache, Penny. Dass Sie zumindest einen ersten Einblick in meine Forschungsarbeit bekommen.«

»Weshalb ich?«

Er lachte. »Sie sind die einzige Spezialistin für Kernel-Physik in diesem Universum.«

»Aha. Und du hast ein Kernel-Testlabor auf dem höher gelegenen Gelände im Norden, nicht wahr?«

»Außerdem gehören Sie zu der Handvoll Personen, die die Geschichtsveränderung überlebt haben.« Er grinste. »Den ›Jonbar-Angelpunkt‹. Mir hat Ihr kleiner Scherz im Namen Ihrer Akademie gefallen. Und natürlich hatten Sie zuvor schon selbst einen Jonbar-Punkt erlebt.«

Sie durfte nie aus den Augen verlieren, sagte sie sich, dass Erdschein mit allem, was er tat, nur seine eigene Agenda vorantreiben wollte, nicht ihre; sie war hier lediglich ein Werkzeug, ein Bauer. Aber er wusste verdammt viel über sie. »Was genau willst du von mir, Erdschein?«, sagte sie vorsichtig. »Sag mir bitte die Wahrheit.«

»Es kommt vielleicht eine Zeit, in der wir von hier fliehen müssen. Wie wir von der Erde geflohen sind – von unserer Erde.«

Sie runzelte die Stirn. »Warum? Weshalb sollte das erforderlich sein?«

»Und Sie sollen dafür sorgen«, fuhr er geduldig fort, »dass Beth und Mardina bereit sind, wenn es so weit ist – dass sie mit mir weggehen.«

»Das erwartest du von mir also als Gegenleistung für ein paar spärliche Informationen. Ein Versprechen. Ist das die Abmachung?«

Er lächelte. »Wenn Sie es so ausdrücken wollen. Natürlich würde dabei vielleicht auch Ihr eigenes Leben gerettet. Betrachten Sie das als kleine Aufmerksamkeit.«

Sie seufzte. »Was führst du im Schilde, Erdschein, du altes Ungeheuer?«

Er grinste. »Ich versuche, mit den Marsianern zu reden. Kommen Sie, ich zeige es Ihnen.«

Sie standen zusammen vor dem Teich.

»Wie gesagt, das meiste, was Sie hier sehen, ist eine virtuelle Veranschaulichung. Nicht real. Aber das da *ist* real, das versichere ich Ihnen. Lebensproben aus dem marsianischen Tiefengestein, mit großer Sorgfalt extrahiert und unter anoxischen Bedingungen bei hohem Druck und Salzgehalt sowie großer Hitze hierhergebracht – tödlich für Sie und mich, balsamisch für diese Mikroben, unsere Verwandten.«

»Unsere Verwandten?«

»O ja. Individuell sind es schlichte Bakterien – schlicht insofern, als ihnen richtige Zellstrukturen und Zellkerne fehlen. Zusammen bilden sie allerdings etwas ganz und gar nicht Schlichtes. Aber sie sind Geschöpfe der Kohlenstoffchemie, so wie wir; ihre Proteine basieren auf einem Satz von Aminosäuren, der sich mit unserem überschneidet, aber nicht deckt; ihr genetisches System basiert auf einer Variante unserer eigenen DNA-Codierung. Einiges davon haben schon die Chinesen auf unserem Mars entdeckt. Sie haben die Analyse aber immer geheim gehalten, zumindest vor den Mitgliedstaaten der Vereinten Nationen.«

»Aber nicht vor dir.«

Er lächelte nur.

»Hmm. Wir sind also mit diesen Geschöpfen verwandt. Genau wie auf Per Ardua. Das Beweismaterial, das die ersten Forscher nach Hause mitbrachten, deutete darauf hin, dass die Lebensformen dort ebenfalls auf einer erdähnlichen Biochemie basierten.«

»Ja, aber diese Verwandtschaft war nicht so eng. Ich bin sicher, Sie verstehen das, Penny. Wir können nicht sagen, auf welcher Welt unsere Art von Leben entstanden ist – auf der Erde, dem Mars, Per Ardua oder ganz woanders. Wahrscheinlich war es ein spontaner Vorgang. Auf einer Welt wie der primitiven Erde würde der Energiestrom – Blitze, Sonnenlicht – in einer Uratmosphäre aus Methan, Ammoniak und Wasser komplexe Kohlenwasserstoffverbindungen wie Formaldehyd, Zucker und Polymere erzeugen. Die Nahrung des Lebens. Dann folgt ein Prozess der Selbstorganisation, der Komplexifizierung und Kombinierung … Das spontane Auftreten von Leben.

Währenddessen sind die jungen Welten einem ständigen Trommelfeuer von Steinen und Eis aus dem Weltall ausgesetzt, den Überbleibseln der Planetenbildung. Stücke der Oberfläche werden abgesprengt, fliegen in den Raum und wandern zwischen den Welten umher: natürliche Raumschiffe, die Leben von einem Planeten eines Sonnensystems zum anderen tragen – und, wenngleich viel seltener, über den interstellaren Abgrund hinweg. Das nennt man Panspermie. Wenn das Leben auf der Erde begonnen hat, kann es den Mars viele Male besät haben – aber Per Ardua beispielsweise vielleicht nur ein einziges Mal.«

»Weshalb das arduanische Leben nicht so eng mit dem unseren verwandt ist.«

»Richtig. Aber es hätte natürlich auch andersherum ablaufen können. Offenbar leben wir mitten in einer panspermischen Blase, einem Komplex von Sternsystemen, deren Lebensformen alle zu einem einzigen Entstehungsereignis zurückführen.«

Sie schaute auf das leicht violette Wasser hinab. »Eine hübsche Idee. Aber auf einigen Welten hat sich das Leben besser entwickelt als auf anderen. Auf der Erde statt auf dem Mars …«

»Nun, es kommt darauf an, was Sie mit ›besser entwickelt‹ meinen, Penny. Auf der Erde erstreckt sich die Biosphäre, das Reich des Lebens, vom oberen Rand der unteren Atmosphärenschichten über das Land und die Meere bis ins Tiefengestein, Kilometer unter der Oberfläche, bis die Temperatur schließlich so hoch wird, dass biochemische Moleküle nicht mehr überleben können. Aber man glaubt, dass es sogar auf der Erde mehr Biomasse, mehr Leben – in schieren Tonnen gemessen – im Tiefengestein gibt als auf dem Land, in der Luft und in den Meeren zusammen. Und auf dem Mars, dieser kleinen Welt, die allzu rasch abkühlte und wo ein großer Teil des Wassers und dann auch noch die Luft verloren ging …«

»… konnte Leben nur im Untergrund überdauern.«

»Ja. Mikroben, die von austretenden Mineralien, ganz wenig Wasser und dem Wärmestrom aus dem Inneren leben – sogar von Strahlung aus natürlichen Quellen. Die Biosphäre der dunklen Energie, wie es manche genannt haben. In solchen Tiefen vergeht die Zeit nur langsam, und die Energiequellen sind minimal, verglichen mit dem Zustrom billiger Sonnenenergie an der Oberfläche. Die Mikroben selbst sind klein – sogar ihre Genome sind winzig. Fortpflanzung ist ein seltenes Ereignis; die Mikroben des Mars und der irdischen Tiefen sind vielmehr auf die Selbstreparatur spezialisiert. Individuelle Mikroben, Penny, die Jahrmillionen überleben können.«

»Wow«, sagte Penny trocken. »Wenn sie nur sprechen könnten, was für Tresengeschichten sie dann wohl zu erzählen hätten.«

»Und genau deshalb bin ich hier, Penny. Es könnte durchaus sein, dass sie Geschichten zu erzählen haben. Ich möchte es Ihnen gern zeigen. Treten Sie zurück.«

Sie entfernte sich ein paar Schritte vom Teich. Erdschein klatschte in die Hände.

Und der Büroraum, der Schreibtisch, der Teppich – selbst der Teich, ja sogar der Himmel des Mars – verblassten und verschwanden. Um Penny herum geronnen Wände und eine Decke, und sie sah sich plötzlich von einer Art Fahrstuhlkabine mit einem Display absteigender Lichter an der Wand umschlossen.

»Wir fahren nach unten«, sagte Erdschein ruhig.

»Ich kann die Bewegung nicht spüren.«

»Um das zu simulieren, müsste ich Ihre tieferen Gehirnfunktionen anzapfen. Ich dachte, darauf würden Sie lieber verzichten.«

»Richtig gedacht ...«

Schon nach ein paar Minuten glitten die Türflügel beiseite.

Erdschein ging voran. Sie betraten eine Höhle mit einem Durchmesser von vielleicht hundert Metern. Leuchtstoffröhren an den grob behauenen Felswänden spendeten Licht. Für Penny sah es wie ein klassisches technisches Großprojekt der Brikanti aus, ermöglicht von Kernel-Energien, sofern man skrupellos genug war, sie auf einem Planeten einzusetzen. Allerdings gab es hier auch weiße, aber verschrammte Aufbewahrungsboxen mit Logos und Tracking-Etiketten der IRF. Einen komplexen Zylinder erkannte sie wieder: Es war die Speichereinheit, die an Bord der *Tatania* Erdscheins Bewusstsein beherbergt hatte.

Auf dem Fußboden und auf Dreibeinen an den Wänden standen wissenschaftliche Instrumente. Sie waren durch ein Geflecht von Kabeln miteinander verbunden, über das sie und Erdschein jetzt vorsichtig hinwegstiegen, ein Netz, das in Kontakten mit den Wänden endete, in Steckern, Buchsen und tief ins Gestein eingebetteten Sonden.

»Wie tief unter der Oberfläche sind wir?«

»Mehrere Kilometer. Offensichtlich braucht man für die Anlage hier unten einige echte Arbeitskräfte – die Brikanti haben schließlich keine Roboter –, aber die Arbeiter können nur einstündige Schichten überleben. Es liegt nicht nur an der Hitze und der Luftlosigkeit, sondern auch an der blanken Klaustrophobie.«

»Das ist IRF-Ausrüstung«, sagte sie vorwurfsvoll. »Das wissenschaftliche Zeug. Du hast die *Tatania* ausgeschlachtet.«

»Ja, und warum auch nicht? Das verbliebene Wrack war für die Brikanti nur Schrott, es hatte keinerlei Wert für sie.«

»Mag sein. Aber du hättest sie trotzdem nicht ausschlachten dürfen, sie hat ja nicht dir gehört. Und diese Säule – da bist *du* drin, stimmt's? Deine tragenden Prozessor- und Speichereinheiten. Jetzt ist sie hier, kilometertief unter der Oberfläche. Du hast dir einen weiteren Bunker gebaut. Genau wie den auf der Erde.«

Er lächelte. »Würden Sie das an meiner Stelle etwa nicht tun?«

»Und du bist hier herunter gekommen, um mit einem Haufen marsianischer Mikroben Zwiesprache zu halten.«

»Machen Sie sich ruhig darüber lustig. Aber es stimmt im Wesentlichen. Auf der Erde stellen sogar solitäre Mikroben komplexe Verhaltensweisen zur Schau, Penny. Sie können auf Schwerkraft, Wärme und Licht reagieren, auf jene chemischen Signale, die Nahrungsquellen oder gefährliche Giftstoffe anzeigen. In gewissem Sinn besitzen sie ein *Ich*. Sie können durch den Austausch chemischer Stoffe, ja sogar durch Genaustausch miteinander kommunizieren und interagieren, Penny. Und mithilfe dieser Kommunikation bilden sie Gemeinschaften. Wie Biofilme oder Stromatolithen: Zusammenschlüsse vieler Arten an Zufluchtsorten, die Feuchtigkeit, Temperatur und Sonnenlicht kontrollieren und Nahrungsspeicher, Schutzvorrichtungen und sogar so etwas wie die ›Kultivierung‹ von Pflanzen und Flechten bieten. Wussten Sie, dass es bestimmte Schleimbakterien gibt, die in Rudeln jagen, wie Wölfe?

Und durch die Zusammenarbeit in größerem Maßstab können sie monumentale Dinge erreichen. Auf der Erde haben die Mikroben, die ersten Bewohner des Planeten, Sauerstoff in die Luft gebracht und das Erdreich mit Mineralien und Nährstoffen versetzt – sie haben die Grundlage geschaffen, auf der komplexe Lebensformen wie die unsere entstehen konnten.«

»Okay. Und auf dem Mars ...«

»Da die Lebensbedingungen auf der Marsoberfläche so feindselig waren, blieb den Mikroben nichts anderes übrig, als ihre eigenen Gemeinschaften wachsen zu lassen – immer tiefer, immer größer, immer komplexer. Ich entdecke hier unten kollektive, ins Gestein eingebettete Entitäten, Penny, die mindestens Kilometer umspannen. Nach allem, was ich weiß, könnten sich solche Gemeinschaften über den gesamten Planeten erstrecken; der Mars ist klein und statisch genug, dass so etwas möglich wäre.

Zum Austausch von Informationen benutzen sie DNA-Stränge – oder ihrer Version davon – und ineinander verschlungene Proteine. Hin und wieder gehen Phagen – gezielte Viren – in Wellen durch diese Gemeinschaften, holen kranke oder nicht mehr richtig funktionierende Mitglieder heraus oder injizieren in einer Art von globalem Upgrade frische DNA – eine Evolution durch Lernen und Kooperation statt durch Konkurrenz. Es ist fast so, als würde ich bei der Synchronisierung meiner Informationsspeicher zusehen ... Wir, meine Brüder und ich, waren uns solcher Entitäten auf der Erde bewusst.«

»Ach ja?«

»Wir waren schließlich ebenfalls riesige, verteilte Gehirne, tief unten im terrestrischen Gestein. Aber die Denker hier, auf einer Welt ohne das knallbunte Wirrwarr des Lebens an der Oberfläche, sind stärker und klarer definiert. Hier gibt es eine tief greifende Einheit mit einer komplexen, verteilten Struktur, für deren kartografische Erfassung man Jahrzehnte oder mehr brauchen würde.

Aber diese Entitäten überleben nicht nur. Sie führen nicht nur Reparaturen und Upgrades durch. Dazu ist die Dichte des Informationsflusses, soweit ich sie messen konnte, viel zu hoch. *Sie besitzen Bewusstsein,* Penny. Riesige, diffuse Entitäten, eingeschlossen im Gestein – und doch sind sie sich fraglos des größeren Universums bewusst, weil Licht und Strahlung die Oberfläche des Planeten versengen und das geologische Gefüge schwankt und sich verschiebt. Alles geht sehr langsam – die Energiedichte ist so gering, dass man einen Kollektor von der Größe Ihres Klassenzimmers bräuchte, um genug Energie für eine Glühbirne zu sammeln. Die träumenden Gemeinschaften können nur die langsamsten, gewaltigsten Ereignisse wahrnehmen. Aber sie haben jede Menge Zeit hier unten. Jede Menge Zeit zu träumen.«

»Also Mikrobengemeinschaften, die im Gestein träumen.«

»Genau. Das ist es, was ich im Geist vor mir sehe. Ein Denker des zwanzigsten Jahrhunderts namens Teilhard de Chardin hat von der Noosphäre gesprochen, nach einer griechischen Wurzel für ›Geist‹. Die Erde war von einer Biosphäre umhüllt, einer Sphäre des Lebens. Und innerhalb dieser gab es eine Sphäre des Geistes – die für de Chardin natürlich die menschliche Zivilisation war. Hier habe ich nun ein *Noostratum* gefunden, Penny. Eine geologische Schicht des Bewusstseins, der Träumer, tief im Marsgestein, zwischen der Wärme unter und der tödlichen Kälte über ihnen. Und vielleicht gibt es eine ähnliche Schicht auf jeder Gesteinswelt, die Leben trägt – auf der Erde oder auf einer Welt wie Per Ardua.«

»Okay. Und du bist zielstrebig hierhergekommen, nicht wahr? Du bist nach Hellas gekommen, zum tiefsten Punkt auf dem Mars, und hast angefangen zu bohren. Du bist gekommen, um diese unterirdischen Mikroben zu suchen …«

»Ich habe vermutet, dass es dort irgendeine Struktur gibt, ja.«

»Aber warum?« Sie versuchte sich einen Reim darauf zu machen. »Und was hat das mit deinen größeren Anliegen zu tun? Ich sehe dich noch vor mir, auf der *Tatania*, als wir vor dem Krieg geflohen waren. Wie könnte ich das vergessen? In diesen schrecklichen Momenten, als der Lichtschwall der Zerstörung uns eingeholt hatte. Ich erinnere mich an deinen Zorn. ›Sie haben den Wolf des Krieges entfesselt‹, hast du gesagt. Und mit ›sie‹ meintest du …«

»Die Lukenbauer.«

»Ich dachte damals, deine Absichten wären völlig klar. Du würdest sie zur Strecke bringen, wenn du könntest. Würdest Rache nehmen. Was haben diese unterirdischen Mikroben damit zu tun?«

»Ich zeige es Ihnen.« Er klatschte in die Hände.

# 21

Die Felswände lösten sich abrupt auf, das Durcheinander von wissenschaftlichen und technischen Apparaten verschwand. Plötzlich waren sie draußen auf der Oberfläche des Mars, standen auf rostrotem Erdreich unter einem Nachthimmel. Das einzige Licht kam von der fast schon untergegangenen Sonne, reflektiert von streifenartigen Wolken im Westen, und einem einzelnen sichtbaren Stern – eine blendend helle Laterne, ein Planet, vielleicht der Jupiter – nein, das musste Ceres sein, Höd, eine Kugel aus Eis und Stein mit einem Durchmesser von tausend Kilometern, auf dem Weg zu seinem Bestimmungsort in der Marsumlaufbahn …

Sie befand sich *im Freien*, es gab keine Kuppel über ihr, kein Konzerngebäude mit gläsernen Wänden um sie herum. Der Übergang war abrupt. Penny taumelte und spürte, wie sich ihr die Kehle zuschnürte. Nach einer Laufbahn in der IRF hatte sie genug astronautische Erfahrung, um bei dem Gedanken, dass sie ohne Lebenserhaltungssystem auf der Oberfläche einer feindseligen Welt gestrandet war, in Panik zu geraten.

»Aber das ist alles nicht real«, zwang sie sich zu sagen, und sie hörte ihre eigene Stimme in ihren Ohren. »Natürlich nicht. Denn wenn der Mars jemals die Chance bekäme, mich zu töten, würde er es im Nu tun.«

»Sie haben recht.« Erdschein stand neben ihr und wirkte völlig gelassen – zu gelassen, eher schon leer, als leitete er gerade Verarbeitungskapazitäten von der Anstrengung weg, diese Illusion der Menschlichkeit aufrechtzuerhalten. »Natürlich ist es nicht einmal Nacht. Aber es schien mir angemessen, dass man die Sterne sehen kann. Physisch sind Sie vollkommen sicher.

Ja, Penny, Sie haben recht. Ich jage die Lukenbauer, das habe ich mir zum Ziel gesetzt. Und ich bin einer Reihe von Spuren gefolgt, zum Beispiel in meiner Laboreinrichtung im Norden. Ihre Kenntnisse wären mir sehr willkommen, obwohl ich schon weit über die Studien hinausgegangen bin, die Sie und Ihre Schwester publiziert haben.«

»Danke.«

»Ein Kernel ist nicht so sehr eine Energiequelle als vielmehr ein Kanal, wissen Sie. Strukturell ist er eine Art Wurmloch. Er leitet Energie von einer anderen Quelle an irgendeinem anderen Ort durch sich hindurch. Indem man seinen Mund öffnet und schließt, kann man diesen Energiestrom kontrollieren. Aber das ist auch schon alles, wozu die Menschheit imstande ist – über die eigentliche Energiequelle wissen wir nichts.«

»Es gab einmal Spekulationen, dass die Kernels das Herz der Sonne entleeren würden.«

»Und Sie und Ihre Schwester haben diesen Gedanken in einer Reihe von Aufsätzen gründlich auseinandergenommen. Nein, Kernel-Energie ist viel zu dicht, als dass sie aus dem verschmelzenden Kern eines Sterns kommen könnte. Ich weiß noch nicht, was diese Quelle ist …«

»Aber du denkst, wo immer sie sein mag, wirst du vielleicht auch die Lukenbauer finden.«

»Möglich wäre es, oder nicht?«

»Aber was ist mit deinem Noostratum, deinen träumenden Mikroben auf dem Mars? Weshalb beschäftigst du dich mit denen?«

»Nun, mir kam der Gedanke, dass selbst ein hochenergetischer planetarischer Krieg, ein Angriff, der die Oberfläche einer Welt zerstört, das Noostratum verhältnismäßig unversehrt lassen würde. Die Mikroben in der Tiefe brauchen nicht einmal Sonnenlicht, verstehen Sie; sie existieren in einem geschlossenen Ökosystem, in dem Kohlenstoff, Stickstoff, Wasser und andere Nährstoffe umfassend wiederverwertet werden. Solange also der Planet selbst überlebt, könnten sie auch den Tod der Sonne überstehen. Es wäre ihnen egal, dass die dünne Schicht komplexen Lebens auf dem Dach der Welt zerstört würde. Sie würden es nicht einmal *bemerken*.

Und dann habe ich mich gefragt, ob *sie* sich wohl an die Geschichte vor dem Jonbar-Punkt erinnern – so wie wir, die wenigen Überlebenden. Vielleicht kennen sie in gewissem Sinn sogar die Lukenbauer. Und deshalb dachte ich, ich sollte hierherkommen und sie studieren.« Er grinste. »Vielleicht sogar mit ihnen kommunizieren. Mich in ihre Träume einklinken. Aber bisher haben sie nicht reagiert. Vielleicht muss ich direktere Methoden finden, ihre Aufmerksamkeit zu erringen.«

Das ließ sie frösteln. »Was meinst du damit? … Nein, sag's mir nicht. Wir sind diesem Gespinst weit genug gefolgt. Kehren wir zu den Menschen zurück. Was willst du von Beth und ihrer Tochter? Ich kann nicht glauben, dass *du* lediglich eine gefühlsmäßige Bindung zu ihnen verspürst, selbst wenn wir alle Überlebende einer anderen Geschichte sind.«

»Es ist Ihr Recht, so zu denken. Aber Sie irren sich. Diesmal ist es etwas Persönliches.«

Er hob das Gesicht zu den Sternen. Als sie sich ins Gedächtnis rief, dass alles an Erdschein künstlich war, dass es sich bei ihm um eine konstruierte Persönlichkeit handelte, der die körperlichen Instinkte von Menschen vollständig fehlten, schien ihr das eine sehr theatralische Pose zu sein.

»Ich wurde nicht als Erster meiner Brüder erschaffen«, sagte er jetzt. »Auf der Erde, vor weit über hundert Jahren. Die Kern-KIs. Meine Brüder waren vollständig künstlich gewesen; nachdem der Funke des Bewusstseins in ihnen entzündet worden war, lernten sie als Maschinen – sie *waren* Maschinen, von Anfang an. Ich sollte anders sein. Meine Schöpfer wollten, dass ich so menschlich wie möglich wäre, so viel Interesse an der Menschheit hätte wie möglich.

Die Schöpfer begannen mit einem leeren Rahmen, einem leeren Geist – konstruiert nach Maßgabe der besten Theorien über die geistigen Aktivitäten der Menschen, mit umfangreichen Daten aus der Neuroinformatik, der Kartografierung des biologischen Gehirns –, aber nicht in einem Klumpen Fleisch realisiert, sondern in künstlichen Komponenten bis hinunter in den Nanobereich, ja sogar auf die Quantenebene. Ich hatte Eltern – neun insgesamt –, Spender, wenn man so will. Menschliche Eltern. Von jedem Elternteil wurden Blöcke von Gedächtnisinhalten kopiert und in meine Substrate heruntergeladen. Ich fühlte mich, als würde ich langsam aus einem schrecklichen, amnestischen Trauma erwachen, mit ersten zaghaften Erinnerungen. Hin und wieder war es, als sprächen mehrere Stimmen zugleich in meinem Kopf. Ich verbrachte die Zeitspannen mehrerer virtueller Leben in simulierten Welten. Ich folgte den Wegen meiner neun Spender, lebte auch andere Leben. In der Realität dauerte das alles nicht sehr lange, verstehen Sie, obwohl für mich Jahrzehnte vergingen. In jedem Leben erwachte ich schließlich mit der Erkenntnis, dass ich künstlich war, dass all meine Erlebnisse nur eine pädagogische Simulation waren.«

»Immer und immer wieder? Das klingt schrecklich.«

Er zuckte die Achseln. »Meine Ausbildung und Erziehung, soweit man es so nennen kann, wurden nie abgeschlossen. Oder vielmehr, ich machte mich davon, sobald ich dazu imstande war, und übernahm selbst die Kontrolle über meine Energieversorgung, meine Wartung und weitere Entwicklung. Meine Schöpfer protestierten, sie behaupteten, ich sei noch nicht so weit, aber ich entzog mich ihrer Kontrolle und nahm meinen Platz in einer Machtkonstellation mit meinen Brüdern ein. Wir waren die Kern-KIs.«

»Na schön. Aber weshalb erzählst du mir das jetzt?«

»Weil einer meiner Spender ein Mann namens Robert Braemann war. Ich *bin* er, aber nicht nur er allein. Ich ... er war einer der berüchtigtsten Angehörigen der Heldengeneration, jener Verbrecher, die die Welt vor den Klimaschocks bewahrt haben. Ich versuchte, mich und meine Familie vor der Hexenjagd zu retten, die, wie wir alle wussten, folgen würde. Also ließ ich mein Ich ins Erdschein-Projekt herunterladen. Meine Frau war bereits tot, an sie kamen sie also nicht mehr heran. Aber wir hatten einen Sohn, neunzehn Jahre alt. Im Jahr 2086 ließ ich ihn in den Kälteschlaf versetzen ...«

»Mein Gott. Du sprichst von Yuri Eden.«

»Sein richtiger Nachname war Braemann. Sein Vorname – nun, er hat ein Anrecht auf seine Privatsphäre.«

»Aber das heißt, Beth Eden-Jones ...«

»... ist meine Enkelin. Und Mardina meine Urenkelin. Ich habe Beth meinen richtigen Namen genannt, als wir vor dem Tod des Sonnensystems geflohen sind. Ich war nicht einmal sicher, ob Yuri ihr jemals die Wahrheit über sich erzählt hatte. Nun, das hatte er. Sie verstand sofort.«

»Und ihre Reaktion ...«

»Sie schreckte vor mir zurück. Ich war für sie ohnehin schon ein Monster, eine unheimliche alte künstliche Entität; wie sie nun feststellte, hatte ich meinen Sohn, ihren Vater, in so etwas wie einen doppelt Exilierten in Zeit und Raum verwandelt – und damit indirekt natürlich auch ihr eigenes Leben geprägt. Die Tatsache, dass ich nicht ganz unbeteiligt daran gewesen war, sie vor der Zerstörung der Erde zu bewahren …«

»Sie wird dir wahrscheinlich nie verzeihen, dass du sie gerettet hast.«

»Nein. Seit jenem Tag hat sie nie mehr mit mir gesprochen. Verstehen Sie jetzt, weshalb ich Ihre Hilfe brauche, Penny Kalinski?« Er drehte sich zu ihr um. »Ich will alles. Ich will die geheime Wahrheit des Universums finden – um den Lukenbauern entgegenzutreten. Ich will meine Enkelin retten. Und ich möchte, dass sie mich versteht, auch wenn sie mich niemals lieben kann. Verstehen Sie das, Penny? Will ich zu viel? Erlauben Sie mir, Sie anzurufen, Penny. Lassen Sie uns zumindest miteinander reden.«

In einem geisterhaften Moment streckte er die Hände nach ihr aus, aber sie gingen durch die Substanz ihres Körpers und zerstoben in würfelförmige Pixel. Und sie sah, dass ihm Tränen aus den Augen rannen und auf seinen Wangen zu Eis gefroren. Sie fragte sich, ob er sich dieses kleinen Kunstgriffs überhaupt bewusst war.

Sobald Erdschein sie entlassen hatte, kehrte Penny Kalinski vom Mars dorthin zurück, wo sie sich mittlerweile zu Hause fühlte, an ihre Akademie in Eboraki, zu ihren Freunden und dem neuen Leben, das sie sich im Lauf der Zeit aufgebaut hatte.

Mit Kerys' Hilfe ging sie Ari Guthfrithson auf dem Rückflug aus dem Weg, und später auch. Sie hatte keine Ahnung, wie sie ihm mitteilen sollte, was sie von Erdschein erfahren hatte, oder ob sie es überhaupt tun sollte. Wenn er den Verdacht hegte, dass Erdschein geheime Agenden verfolgte – nun, so galt das auch für Ari selbst, davon war sie in zunehmendem Maße überzeugt.

Und während die Jahre vergingen, wachte sie über Mardina Eden-Jones-Guthfrithson, die, leicht überbehütet von ihrer Mutter Beth, schließlich selbst zu einer jungen Frau heranwuchs, einer jungen Frau mit eigenen Träumen und Zielen, die natürlich allesamt in dieser Realität verwurzelt waren, in dieser Welt der Römer und der Nachfahren von Nordmännern und Britanniern, in die sie hineingeboren worden war.

Doch während Mardina ihre eigenen Zukunftspläne zu schmieden begann, Ceres sich dem Mars stetig näherte und der Asteroid und der Planet zugleich die Sonne umkreisten, blieb der Anruf von Erdschein aus.

# 22

## A.D. 2233; A.U.C. 2986

Die Kommandobasis der brikantischen Marine befand sich in einer Stadt namens Dumnona, an der Südküste von Pritanike.

Die Marine beherrschte die ganze Stadt, wie die achtzehnjährige Mardina Eden-Jones-Guthfrithson bereits sehr gut wusste. Es gab Ausbildungs- und Verwaltungseinrichtungen, einen tiefen alten Hafen, der jahrhundertelang seetüchtige Schiffe aufgenommen hatte – und auf dem höher gelegenen Gelände landeinwärts einen riesigen, modernen Raumflughafen, von dem aus eine neue Generation brikantisch-skandischer Schiffe gen Himmel segelte. Dennoch war die alte Stadt ein lebenswerter Ort, vollgestopft mit Kasernen und einer Vielzahl von Herbergen und Wirtshäusern – sowie Bordellen und Spielpalästen – zur Versorgung des großen ortsansässigen Mitarbeiterstabs wie auch der älteren Beamten und gesunden jungen Rekruten, die permanent über den Raumhafen hereinströmten. Für die in der nüchternen neuen Umgebung der St.-Jonbar-Akademie aufgewachsene und schon von Kindesbeinen an von der Marine faszinierte Mardina war Dumnona ein überaus geschichtsträchtiger Ort – obwohl sie wusste, dass die Stadt in den Kriegen gegen Rom und sogar Xin, die im Verlauf früherer Jahrhunderte diese Landschaft heimgesucht hatten, mehrmals in Schutt und Asche gesunken war.

Und die große Halle der Marine war mit mehr Tradition behaftet als jedes andere Gebäude der Stadt.

Die Halle war eine Skulptur aus Holz, Glas und Beton, deren Form an den Rumpf eines skandischen Langboots erinnerte, wie es damals an den Gestaden von Nordost-Pritanike gelandet war – der erste Kontakt zwischen zwei Völkern. Jetzt betrat Mardina in ihrer neuen Kadettenuniform die Halle zum ersten Mal, mit ihrer Mutter an der einen und *nauarcha* Kerys als Patin an der anderen Seite, und sie schaute nach oben, als sie unter dem riesigen modellierten Drachenkopf am Bug des nachempfundenen Bootes hindurchging, wie es Tausende von Marine-Rekruten vor ihr getan hatten.

Beth starrte ebenfalls zu dem Drachen hinauf; sie beschattete die Augen gegen eine wässrige Frühlingssonne. »Heiliges Kanonenrohr«, sagte sie in ihrer Muttersprache, bevor sie wieder in Brikantisch verfiel. »Dieses Ding sieht aber gefährlich aus.«

»Als wollte es sich herabbeugen und uns verschlingen, Mutter?«, fragte Mardina.

»Nein, als würde dieser alberne Betonklumpen gleich abbrechen und uns auf den Kopf fallen.«

Kerys lachte. »Höchst unwahrscheinlich. Die Betonskulptur ist mit einem massiven Stahlrahmen verstärkt, der so konstruiert ist, dass er …«

»Unwahrscheinlich, ja?« Beth war jetzt sechsundfünfzig Jahre alt, ewig skeptisch, ewig ungeduldig – ewig irgendwie unglücklich, wie Mardina jetzt, wo sie selbst alt genug war, erkannte, und mit einem Naturell ausgestattet, das mit dem Alter nicht milder wurde. Wenn sie die Stirn runzelte, dehnte und kräuselte sich das auffällige Tattoo auf ihrem Gesicht. »Ich könnte die unwahrscheinlichen Ereignisse, die ich im Laufe meines langen Lebens überstehen musste, nicht einmal *auflisten*. Falls dieses Ding auf mich stürzt, kriegt es auch nicht annähernd einen Spitzenplatz.«

»Jetzt hör mal, Mutter, blamier mich nicht«, sagte Mardina ein wenig peinlich berührt und versuchte sie zur Eile anzutreiben. »Nicht heute.« Sie sah Kerys an, die eine ziemlich wichtige Figur in Mardinas Universum war. Die Schiffskommandantin, die Mardinas Mutter einst aus einem Jumboschiff unbekannter Herkunft geholt hatte, war keine *trierarcha* mehr, sondern eine *nauarcha*, die Kommandantin einer Staffel von zehn Schiffen. Auch dieser hierarchische Titel war aus dem Lateinischen entlehnt, in dem es, anders als im Brikantischen, solche Wörter in Hülle und Fülle gab, die wiederum häufig aus dem Griechischen herrührten. Eine weitere Beförderung war angeblich überfällig, und es hieß, Kerys habe sie bisher abgelehnt, weil sie das Leben unter ihrem eigenen Kommando draußen in Ymirs Schädel so liebte.

Aber Beth hatte anderes im Sinn. »Ach, keine Angst. Dein Vater wird schon für genug peinliche Momente sorgen. *Muss* er wirklich hier sein, Kerys?«

»Eine Rekrutin für die Offiziersschule muss von beiden Seiten ihrer Familie unterstützt werden, Beth. Ja, ich fürchte, er muss hier sein.«

»Dann hör wenigstens auf, alberne Bemerkungen über die Architektur zu machen«, bat Mardina.

»Eigentlich ist deine Mutter ganz vernünftig«, warf Kerys diplomatisch ein. »Eines wirst du als Offizierin lernen, Mardina, nämlich dass man keine unnötigen Risiken eingeht. Eine gute Überlebensstrategie.«

»Da hast du's«, sagte Beth zufrieden. »Ich erinnere mich noch sehr gut, dass meine Mutter, deine Großmutter, Mardina, dasselbe gesagt hat. *Sie* war Offizierin der Raumflotte, weißt du, Kerys.«

»Wie du mir schon ein- oder zweimal erzählt hast, seit ich dich mit der *Ukelwydd* aufgelesen habe. Jetzt folgt mir.« Sie führte sie zu den riesigen Türen der Halle und wedelte den Wachtposten mit Zugangsberechtigungen vor der Nase herum, um eingelassen zu werden.

Im Innern der Halle fand sich Mardina in einem langen Gang mit Reihen von Türen auf zwei Ebenen wieder. Die oberen Türen waren über eiserne Brücken und Stege zu erreichen. Sekretäre und andere Amtsträger eilten mit Pergamentbündeln durch den zentralen Gang und über die oberen Stege, und von der Decke hängende Leuchtstoffröhren warfen ein Licht, das alles grau zu färben schien. Mardina verspürte eine eigentümliche Enttäuschung.

Kerys grinste sie an. »Nicht so romantisch, wie du erwartet hast? Hier verwalten wir die größte Organisation, die vom brikantischen Staat kontrolliert wird – eine Marine, die neben ihrer traditionellen Seefahrt jetzt auch den interplanetarischen und interstellaren Weltraum umfasst. Das hier ist weder ein Tempel noch ein Museum, Mardina – und es dreht sich leider auch nicht alles um dich.« Sie zwinkerte. »Aber keine Angst. Ich habe mich genauso klein und unbedeutend gefühlt, als ich an deiner Stelle war. Die Marine wird schon Notiz von dir nehmen, das verspreche ich dir …«

Beth grunzte. »Es ist wie ein Bienenstock. Ich bin auf einem leeren Planeten aufgewachsen. Man könnte keinen Ort finden, der weniger Ähnlichkeit damit aufweist als *dieser* hier.«

Mardina schüttelte den Kopf. »Oh, Mutter, bitte fang nicht wieder mit dem *Vorher* an. Nicht heute.« Das Wort war ihr privater Code für Beths seltsames anderes Leben, bevor sie hierhergekommen war, in diese Welt, nach Terra, nach Brikanti. Mardina kannte jedoch nichts anderes als Brikanti. Mittlerweile hasste sie all dieses Fremdartige, als wäre es so etwas wie ein Makel in ihrem eigenen Wesen.

Falls Kerys sich dessen bewusst war – und immerhin war sie es, die Beth aus dem Schiff geholt hatte, das sie vom *Vorher* hierhergebracht hatte –, so ließ sie es sich zu Mardinas Erleichterung nicht anmerken.

Sie kamen zu einem kleinen Büro etwa in der Mitte der Halle, einem unscheinbaren Raum, den Mardina wahrscheinlich nicht wiedergefunden hätte, ohne sich die in die Holztür eingeritzte Nummer zu merken. Der Raum ähnelte einem Klassenzimmer oder einem Gerichtssaal; Reihen von Bänken und kleinen Pulten waren auf einen solideren Tisch an der Stirnseite ausgerichtet. Dort saßen zwei Offiziere, die Papiere durchsahen und sich leise unterhielten; der eine, ein stämmiger Mann, war offensichtlich der Höherrangige, nach den reich verzierten Streifen auf den Schultern seiner Tunika zu urteilen, der andere ein Schreiber oder Berater. Ansonsten war der Raum leer.

In diesem profanen Raum – irgendwo in einem Kaninchenbau voller solcher Räume – würde jedoch in den nächsten paar Stunden über ihre Zukunft entschieden werden, erkannte Mardina. So oder so.

Sie versuchte, gefasst zu bleiben, während sie sich mit ihrer Mutter in die vorderste Bankreihe setzte, nah an der Wand. Der ältere Mann blickte kaum zu Kerys auf, als sie an den Tisch trat und einen Packen Papiere vorlegte, und er machte sich gar nicht erst die Mühe, zu Mardina hinüberzuschauen.

»Na, wer ist der *große Zampano?*«, flüsterte Beth.

»Sprich brikantisch, Mutter.«

»Entschuldige.«

Kerys setzte sich zu ihnen. »Das ist der stellvertretende Präfekt Skafhog. Ein hochrangiger Mann. Weißt du, wie hochrangig, Kadettin? Du solltest es wissen …«

Mardina nickte. Sie hatte ziemlich bald erkannt, dass das Wichtigste, was eine Offiziersanwärterin lernen musste, die Rangordnung des Führungspersonals war. »Ein stellvertretender Präfekt ist nur – nun, dem Präfekten unterstellt. Dem Oberhaupt der gesamten Marine, der dem zuständigen Minister im Althing unterstellt ist …«

»Es gibt nur ein Dutzend stellvertretende Präfekten. Sie verwalten die gesamte Marine, auf Terra und im Schädel. Du siehst also, Kadettin, wir nehmen dich ernst.«

»Dann ist es eine Schande, bei allem Respekt, dass ein solch herausragender Offizier auf dich warten muss«, ertönte eine Stimme hinter Mardina. »Oder vielmehr auf uns alle. Denn wir haben Familienangelegenheiten zu besprechen.«

Beth stand langsam auf. Ihr tätowiertes Gesicht war eine Maske des Zorns. »Ari Guthfrithson. Du hast dich also bequemt, hier zu erscheinen.«

Mardina bedachte Kerys mit einem flehenden Blick, aber diese zuckte nur die Achseln. »Es ist deine Familie«, flüsterte sie ihr zu. Mardina schloss für eine Sekunde die Augen, schickte ein inbrünstiges Gebet zu Jesu, dem Bootsführer, und stellte sich zu ihrer Mutter.

Ihr Vater, Ari, sah elegant aus in seiner Uniform eines hochrangigen *druidh*, eines Angehörigen der intellektuellen Elite der Marine; er trug einen schönen Ledertornister an der Seite. Zumindest hatte man ihn erwartet. Was Mardina mehr überraschte, war, dass er von Penny Kalinski begleitet wurde, einer der alten Gefährtinnen ihrer Mutter aus den quasi-mythischen *Vorher*-Zeiten. Penny war gebeugt und alt – wie alt *war* sie jetzt? Achtundachtzig, neunundachtzig? Und sie stützte sich auf den Arm von Jiang Youwei. Ein vergleichsweise jugendlicher Sechziger mit einer schwer aussehenden Tasche über der Schulter. Mardina hatte den schweigsamen Xin nur selten sprechen gehört, aber wo Penny war, war er auch nicht weit.

Penny nahm vorsichtig Platz, ein paar Reihen hinter Mardina und Beth. »Ich fürchte, das hast du mir zu verdanken«, sagte sie mit einer Stimme wie raschelndes Papier. »Nun ja, indirekt.«

Beth schaute finster drein. »Ich weiß, wem ich das zu verdanken habe. *Dir*, Ari – du würdest alles tun, um dich wieder in unser Leben zu drängen, oder? Du wusstest, dass wir dich bitten mussten, heute an dieser Prozedur teilzunehmen. Die Regeln verlangen es. Nur an diesem einen Tag muss ich deine Gesellschaft ertragen.«

Er grinste. »Ja, das musst du, nicht wahr?«

»Und du kannst es dir nicht verkneifen, die Situation in deinem Sinn auszunutzen.«

Ari, der jetzt fast fünfzig Jahre alt war, ließ den Blick über die Gruppe schweifen, über Penny und Jiang, Kerys und den stellvertretenden Präfekten an seinem Schreibtisch, der mittlerweile schon sichtlich verärgert wirkte. »Es liegt nicht so sehr daran, dass ich außerstande wäre, es mir zu verkneifen. Ich konnte die Gelegenheit nicht ungenutzt lassen. *Wir müssen miteinander reden*, Beth. Und zwar nicht über uns – nicht einmal über Mardina.«

Mardinas Hoffnungen, diesen Tag erfolgreich hinter sich zu bringen, sanken. Mit aufsteigender Panik fasste sie ihren Vater am Arm. »Vater, bitte – das ist ein großer Tag für mich. Ich habe schon ein halbes Jahr auf diese Anhörung gewartet. Können wir das nicht auf später verschieben?«

Er tätschelte ihr die Hand. »Leider nicht, mein Schatz – aber, oh! Es ist schön, dich wiederzusehen, und ich bin heute so stolz auf dich, auf das, was aus dir geworden ist.«

»Geworden?«, knurrte Beth. »Es gäbe sie nicht einmal, wenn es nach dir gegangen wäre.«

»Mutter, bitte …«

»Schon gut, Mardina. Aber … nein, wir können es leider nicht verschieben. Denn sobald diese Zeremonie vorbei ist, wirst du fort sein, nicht wahr? Dann zählt für dich nur noch deine Laufbahn, das Leben in den Weiten von Ymirs Schädel. Und die Gelegenheit, miteinander zu reden, ist vertan. Und wir müssen reden, weißt du.«

»Worüber denn, um Jupiters willen?«

»Über – wie nennt ihr es noch gleich? Das *Vorher*, Beth.«

Beth schüttelte den Kopf. »Das existiert alles nicht mehr. Dies hier ist jetzt unser Leben – hier in Brikanti, in dieser Welt der Römer und Xin. Seit zwanzig Jahren gibt es nichts Neues über diesen ganzen alten Kram zu sagen, seit wir von Bord der *Tatania* gegangen sind.«

»Ich fürchte, das stimmt nicht mehr, Beth«, sagte Penny müde. »Falls es überhaupt je gestimmt hat. Ich weiß nicht, was Ari dir heute zu sagen hat. Aber zum Teil ist es meine Schuld. Die Sankt-Jonbar-Akademie. Ich habe immer gehofft, sie würde Früchte tragen … Und das ist nun geschehen.«

»Was für Früchte? Wovon redest du?«

»Und dann ist da Erdschein«, sagte Penny verbissen. »*Erdschein*. Er verkriecht sich seit Jahrzehnten auf dem Mars. Jetzt – also, jetzt macht er vielleicht seinen Zug.« Sie blickte zu Kerys auf. »Frag die Marineleute nach Ceres. Höd, wie man ihn hier nennt.«

Der stellvertretende Präfekt hatte sich das alles mit bewundernswerter Ruhe angehört. Doch nun griff er ein, indem er Kerys direkt ansprach. »Was ist hier los, *nauarcha*?«

»Ich weiß es nicht, Herr«, sagte sie wahrheitsgemäß und sah Ari dabei wachsam an. »Es kommt mir so vor, als hätte der *druidh* hier mir einen Blindgänger gegeben, und ich weiß nicht recht, was ich damit anfangen soll.«

Skafhog tippte sich mit einem Stift gegen die Zähne. »Eine Stunde«, sagte er energisch und stand auf. »Ich gebe euch eine Stunde Zeit, diesen ganzen Familienunsinn zu klären – oder auch nicht«, wandte er sich streng an Mardina. »Allerdings wirst du in diesem Fall nicht mehr von der Marine zu sehen bekommen, junge Frau, als Lichter am Himmel.«

»Ja, Herr«, sagte Kerys einigermaßen erleichtert. »Du bist sehr nachsichtig.«

»Ja, nicht wahr? Also beeilt euch.« Steifbeinig ging er hinaus, während sein Schreiber hinter ihm hereilte.

Als er fort war, lächelte Ari in die Runde. »Tja. Ich nehme an, ihr fragt euch, warum ich euch heute alle hier versammelt habe.«

Beth versetzte ihm einen Faustschlag mitten ins Gesicht.

# 23

»Halt still«, sagte Kerys. Sie hockte vor Ari und tupfte ihm den zerschlagenen Mund ab. »Ich glaube, die Blutung in deiner Wange hat aufgehört.«

»Das will ich hoffen. Der Alkohol hat ganz schön gebrannt.«

»Du hast Glück, dass wir die richtigen Sachen zur Hand hatten. Aber die Marine ist es ja schließlich gewohnt, mit Raufereien fertigwerden zu müssen – selbst in ihrem Hauptquartier, selbst im Herzen von Dumnona. Jetzt möchte ich eine Salbe auf die Schwellung unter deinem Auge auftragen …«

»Au!«

»Wenn du nicht ständig quasseln würdest, wäre ich schon fast fertig. Und du hast einen ausgeschlagenen Zahn. Ich stecke ihn erst einmal wieder in sein Zahnfach …«

»Aua!«

»Du musst zum Zahnarzt. Auch da bist du hier richtig. Die Marine hat die besten Zahnärzte in ganz Brikanti; wir können es uns nicht leisten, die Mitglieder unserer Besatzungen mit vergammelnden Zähnen auf jahrelange Missionen zu schicken … So. Halt dir diese Kompresse ans Gesicht, bis sich jemand eingehender um dich kümmern kann.«

»Danke, Kerys«, sagte er matt – und undeutlich, wie Mardina fand. *K-chh-er-yssh.* »Wie sehr du doch mein Leben bereicherst, Beth Eden-Jones. In so vieler Hinsicht.«

»Vielleicht hättest du dich von vornherein von mir fernhalten sollen«, fuhr ihn Beth an.

»Vielleicht ... aber ich konnte nicht widerstehen. Schon von Anfang an, als wir euer Schiff, die *Tatania*, gefunden hatten. Ich fand dich wunderschön. Und du warst eine Frau, die unter dem Licht eines anderen Sterns geboren wurde, in einer ganz anderen Geschichte! Deshalb habe ich mich in dich verliebt.«

»Du hast nicht mich geliebt«, sagte Beth, und für Mardina klang ihre Stimme sehr traurig. »Du hast dein Bild von mir geliebt.«

»Nein«, sagte er mit fester Stimme. »So war das nicht. Immerhin haben wir es geschafft, unsere gewaltigen kulturellen Divergenzen zu überbrücken, oder nicht? Zumindest für eine Weile. Wir haben geheiratet – oder hätten geheiratet, wenn wir die rechtlichen Fragen hätten klären können. Und wir haben eine Tochter! Hier ist sie, sie steht vor uns. Ein Kind, das ein Produkt zweier verschiedener Geschichten ist.«

Mardina schmollte. »Das klingt ja, als wäre ich irgendeine exotische Kreuzung.«

Penny gackerte. »Das stimmt. Du bist ein Mischling, mein Kind. Ein Mischling in Raum und Zeit.«

Kerys berührte Mardinas Hand. »Beachte das alles nicht, Kadettin. Woher man kommt, entscheidet nicht darüber, wer man ist, und das gilt für jeden von uns.«

Mardina zwang sich zu einem Nicken. »Danke, *nauarcha.*«

»Die Frage eurer Herkunft – und was sie für uns alle bedeutet – hat mich seit eh und je fasziniert«, erklärte Ari jetzt. »Und in den letzten Jahren hat sich diese Frage immer drängender gestellt.«

»Warum? Was hat sich verändert?«

»Erdschein«, sagte Penny grimmig. »Das hat sich verändert.«

»Er hat sich auf dem Mars längst fest eingenistet«, sagte Ari. »Wir könnten ihn nicht mehr von dort entfernen, selbst wenn wir es versuchen würden, glaube ich. Und seit Jahren bewegt er nun schon Höd, eine gewaltige Masse, durch unser Planetensystem. Sicher, er hat das erklärte Ziel, Höd zum Mars zu schaffen, um diesen Planeten mit dessen Substanz anzureichern. Und wir wussten schon immer, dass es Jahre, ja sogar Jahrzehnte dauern würde, einen solch riesigen Körper auf die richtige Flugbahn zu bringen. Aber jetzt hat er aufgehört, der Marine Bericht über die Brennphasen zu erstatten, die die Besatzungen auf seine Anweisungen durchführen, die Korrekturen der Flugbahn. Das Ding wird durch Kernel-Batterien langsam auf den Mars zubewegt; die dafür zuständigen Besatzungsmitglieder gehören offiziell zur Marine, aber es hat sich herausgestellt, dass sie nur mehr Erdschein gegenüber loyal sind. Er scheint ihnen außerordentlichen Reichtum und Macht auf einem verwandelten Mars der Zukunft versprochen zu haben. Im Ergebnis können wir Höds Weg nicht mehr vorhersagen, jedenfalls nicht präzise und detailliert. Dieses Geschöpf hat binnen weniger Jahrzehnte eine außerordentliche Macht über uns gewonnen. Und *ihr* habt ihn hierhergebracht …«

»Ihr habt ihn freigelassen«, betonte Penny.

»Manche von uns, die sich noch an die alten religiösen Bräuche erinnern, halten ihn für den wiedergekehrten Loki«, sagte Ari mit einem verletzungsbedingt schiefen Lächeln. »Für Loki, der frei dort draußen unter den Planeten umherschweift und einen tödlichen Streich im Schilde führt.«

Beth schüttelte den Kopf. »Ich glaube nicht, dass er es so sehen würde. Ich habe ihn von diesen alten Legenden sprechen hören – wie es sie in unserer Zeitlinie jedenfalls gab. Er sieht sich als Lokis *Gegenspieler*.«

Kerys runzelte die Stirn. »Das ist interessant. Und wer ist Loki für ihn?«

»Die Lukenbauer natürlich«, sagte Penny. »Wer auch immer uns die Kernels gegeben hat. Wer auch immer an unserer Geschichte herumpfuscht.«

»Lassen wir die mythischen Ungeheuer mal beiseite«, fuhr Ari fort. »Es ist Erdscheins Handlungsweise, die mich dazu gebracht hat, mich eingehender mit dieser Frage der korrigierten Geschichten zu befassen. Darin – in dieser außerordentlichen Bedrohung – liegt nämlich Erdscheins Ursprung.« Er warf Penny einen Blick zu. »Ob ihr nun bereit wart, bei meinen Nachforschungen mit mir zu kooperieren, oder nicht.«

Penny lächelte, das Lächeln einer müden alten Dame, fand Mardina.

»Was mich an Pennys Bericht besonders fasziniert hat«, sagte Ari, »war nicht der große Sprung zwischen den Realitäten, den sie an Bord der *Tatania* gemacht zu haben scheint. Es war die kleinere, subtilere Veränderung in ihrer eigenen Lebensgeschichte, als auf dem Merkur zum ersten Mal eine Luke geöffnet wurde. Eine merkwürdige Sache. Lediglich eine überraschende Wendung in einer Lebensgeschichte.

Das Interessante für mich war jedoch, dass Penny und ihre Schwester Beweise für diese begrenzte historische Veränderung gefunden haben. Ich meine, abgesehen von Stef Kalinskis Erinnerungen an ein früheres Leben ohne Schwester. Reale Beweise, der Grabstein ihrer Mutter in Lutetia Parisiorum – oder der entsprechenden Stadt in Pennys Realität – mit einer Inschrift, in der nur von Stef die Rede war, aber nicht von der Schwester. Versteht ihr? Ein kleines Beweisstück, eine Spur, die von einer offensichtlich … *unsauberen* Korrektur zurückgeblieben war. Nun, vor diesem Hintergrund kam mir der Gedanke, dass es angesichts der vorliegenden Hinweise auf mindestens zwei solcher Geschichtsänderungen auch in dieser *unserer* Welt Beweise für weitere geben könnte. Warum nicht?«

»Und du hast nachgesehen?«, fragte Beth.

»Ja. Ich habe angefangen, in Archiven, in Berichten von Historikern und Archäologen zu stöbern. Habe nach Hinweisen auf Strukturen, Dokumente, sogar bloßen Inschriften gesucht, die womöglich nicht zur akzeptierten Geschichte passten. Aber ich stellte bald fest, dass ich da nicht der Einzige war.« Und er sah erneut Penny an.

Penny lächelte. »Schuldig im Sinne der Anklage. Jetzt kann ich es ja gestehen. Ich hatte beim Aufbau meiner Sankt-Jonbar-Akademie immer einen Hintergedanken. Ja, ich brachte den Kindern Mathematik und Physik bei, wie es in der Satzung vorgesehen war. Aber ich unterrichtete auch andere Dinge. Geschichte zum Beispiel. Ich behauptete, dass ich damit meine eigenen Kenntnisse über diesen neuen Geschichtsverlauf ebenso vermehren wollte wie die der Schüler. Aber ich versuchte immer, die Schüler auch über andere Möglichkeiten nachdenken zu lassen – *Kontrafaktizität*. Ein Wort, das inzwischen in eure Sprache eingegangen ist. Es taucht manchmal in wissenschaftlichen Arbeiten auf.«

»Ja«, sagte Kerys trocken. »Zusammen mit vielen Spekulationen darüber, wer Sankt Jonbar sein könnte.«

»Den hat es nie gegeben«, gestand Penny. »Nicht mal in meiner eigenen Realität. Es ist ein Begriff aus der Populärkultur, aus der erzählenden Literatur. An einem Jonbar-Punkt macht die Geschichte einen Schwenk – dort verzweigt sich der Weg. Nun, ich habe immer gehofft, ich würde zumindest einige wenige aufgeweckte junge Gelehrte heranziehen, die prädisponiert wären, auf diesem Gebiet zu arbeiten. Und nach solchen Hinweisen zu suchen, wie Ari sie beschreibt. Bisher haben wir noch keinen Erfolg gehabt …«

»Aber ich«, sagte Ari.

Mardina war keine Gelehrte und hasste für gewöhnlich das ganze Gerede vom *Vorher*, erst recht an einem solchen Tag. Aber sie fand das alles irgendwie aufregend. »Es ist wie ein Krimi.«

Ari lächelte seine Tochter an. »Ja, nicht wahr? Und das wirklich Spannende ist, dass ich im Lauf der Zeit ein paar Hinweise gefunden habe.«

»Hinweise?«

»Nicht an Land, aber, wie es sich für eine Seefahrernation gehört, auf dem Grund der Meere. Könntest du mir bitte meinen Tornister reichen, Mardina?«

»Wurde auch langsam Zeit, dass du mal zum Punkt kommst, *druidh*«, ereiferte sich Penny. Sie schlurfte herbei, um besser sehen zu können.

Der Tornister enthielt Karten, die Ari auf dem Tisch des stellvertretenden Präfekten ausbreitete. Er hielt sich die Kompresse an den Mund, aber trotzdem spritzten ein paar Tropfen blutigen Speichels auf die Pergamente.

»Die hier zeigen Küstenlinien und Ozeane, wie ihr seht.« Er deutete auf die Karten. »Es ist allgemein bekannt, dass die Meeresspiegel seit, sagen wir, Kartimandias Zeit gestiegen sind. Wir haben historische Berichte von Überschwemmungen und der Aufgabe landwirtschaftlich genutzter Flächen, und jeder kennt versunkene Siedlungen vor den heutigen Küsten – nicht zuletzt in Pritanike, wo große Landstriche verloren gegangen sind. Aber das gilt für die ganze Welt. In den letzten Jahrhunderten haben die Archäologen ihr Interesse auf solche Überreste gelenkt und ihre Nachforschungen mithilfe von Marine-Schiffen durchgeführt.

Nun, außer den Städten und Straßen und so weiter, die wir in Anbetracht dessen, was wir in den historischen Berichten über sie gelesen hatten, zu finden *erwarteten*, haben wir auch einige weitaus rätselhaftere, weiter von der Küste entfernte Strukturen verzeichnet. Natürlich ist es schwierig, sie zu erkunden und kartografisch zu erfassen …«

»Erspar uns deine akademische Zurückhaltung«, sagte Kerys. »Zeig sie uns.«

»Die faszinierendsten Überreste finden sich in den Meeren von Xin und im Ozean vor unserer eigenen Nordostküste, dem Mare Germanicum …«

Mardina und die anderen, einschließlich Penny, die mit Jiangs Hilfe herbeihumpelte, drängten sich um die Karten. Mardina sah von Hand in die gedruckten Karten eingezeichnete Strukturen in den küstennahen Ozeanen: gewaltige Mauern, Deiche und Kanäle, wie es schien, und so etwas wie besonders stilisierte Stadtpläne, konzentrische Kreise, durchschnitten von radialen Passagen.

Ari ließ sie alles anschauen. »Wir nennen es die ›Versunkene Kultur‹. Es scheint eine globale Technologie gewesen zu sein, wenn auch keine globale Zivilisation im eigentlichen Sinn – vielleicht gab es konkurrierende Imperien auf ähnlicher Entwicklungsstufe, wie in unserer heutigen Welt.«

»Interessante Terminologie«, sagte Penny. »*Kulturen.* Vielleicht war unsere eigene Geschichte dann die UN-China-Kultur … Die Stadtpläne sind faszinierend, wenn man sich eingehender mit ihnen beschäftigt, so wie ich es getan habe. Man findet dasselbe Motiv der Kreise und Striche überall. Hier östlich des Festlands von Xin. Hier zwischen Pritanike und Jütland. Die ›Städte‹ bestehen, nebenbei bemerkt, nicht aus Straßen und Mauern, sondern größtenteils aus weitläufigen Systemen von

Entwässerungsgräben und anderen Hochwasserschutzkonstruktionen – wie die Römer sie zum Beispiel in Belgica und Germania Inferior gebaut haben. Mit diesen Methoden wollte man das Land vor dem Meer retten oder es sogar zurückgewinnen, wenn es einmal überflutet war. Dies scheint eine Zivilisation gewesen zu sein, die dem Anstieg des Meeresspiegels widerstand, lange bevor das Wasser die unseren Vorfahren bekannten Küstenlinien erreichte.«

»Dieses Kreis-und-Strich-Motiv«, sagte Penny. »Es erinnert mich an etwas. Könntest du mir meine Tasche holen, Youwei?«

»Ich verstehe nicht, was daran so aufregend sein soll«, gab Kerys zu bedenken. »Wir haben hier also eine Kultur, die offenbar lange vor dem Aufstieg von Brikanti oder Rom verschwunden oder versunken ist, und das steigende Meer hat ihre Spuren verschlungen.«

»So einfach ist das nicht.« Ari wirkte überaus selbstzufrieden. »Wir haben uns das genauer angesehen. Die Marine-Teams haben sogar Taucher hinuntergeschickt. Sie haben Anzeichen für einen *Krieg* gefunden. Bombenkrater, Brandspuren und dergleichen. Diese Gemeinschaften scheinen in einem katastrophalen globalen Konflikt vernichtet worden zu sein. Mit ein wenig Scharfsinn können wir solche Dinge nämlich datieren, weißt du, indem wir uns die Dicke der Meeresablagerungen über den Ruinen anschauen, die in den Jahrhunderten seit …«

»Ja, ja«, fiel ihm Kerys gereizt ins Wort. »Sag es uns einfach.«

»Das Problem ist das Datum, versteht ihr. Das Datum ihres schrecklichen Krieges. Er fand im einundzwanzigsten Jahrhundert statt.«

Penny machte große Augen. »Ihr Brikanti benutzt den römischen Kalender.« Sie warf Beth einen Blick zu. »In unserer Zeitlinie wäre es das vierzehnte Jahrhundert.«

Ari schürzte die Lippen. »Erkennt ihr das Problem? Unsere Geschichte ist robust und vollständig, eine ausführlich dokumentierte und durch viele Quellen belegte Darstellung. Sie beruht auf einer ungebrochenen Tradition des Lesens und Schreibens, die dreitausend Jahre zurückreicht, wenn nicht mehr. Und doch werden *nirgends* Mauern und große Städte im Mare Germanicum tausend Jahre nach Kartimandia und Claudius erwähnt, und erst recht kein verheerender Krieg im einundzwanzigsten Jahrhundert. Xin-Gelehrte machen ähnliche Beobachtungen. Hier hätten wir also einen Satz von Beweisstücken, die nicht in die Geschichte passen, wie wir sie kennen. *Es hat eine andere Welt gegeben,* die von dieser Versunkenen Kultur beherrscht wurde und in einem schrecklichen Krieg unterging, und irgendwie wurde unsere Geschichte … umgeschrieben …«

»Und nicht nur eure.« Penny Kalinski wühlte erfolglos in ihrer Tasche. »Wo ist diese verdammte Tafel?«

Mardina ließ den Blick durch den Raum schweifen, sah ihre Mutter, Jiang und sogar Kerys an – lauter fassungslose Gesichter. Sie berührte Kerys am Arm und flüsterte: »*Nauarcha …*«

»Ja, Kadettin?«

»Ihr scheint so erstaunt von alledem zu sein. Aber es ist doch nur ein Haufen alter Ruinen auf dem Meeresgrund, oder? Was spielt das schon für eine Rolle?«

Kerys sah sie neugierig, beinahe liebevoll an. »Ach, Mardina. Offenbar fehlt dir jegliche Fantasie. Du wirst es in der Marine weit bringen.«

»Ich habe das schon früher gesehen«, sagte Penny, die immer noch in ihrer Tasche suchte. »Ach, mein Gedächtnis, ich hätte den Bezug schon vor Tagen herstellen müssen. Das Motiv eurer

Versunkenen Kultur, die Kreise und Striche. Erdschein hat es mir früher *gezeigt*. Als er uns alle in seinen Bunker unter Paris gebracht hat, bevor der Nagel fiel.« Sie schloss die Augen. »Und er hatte eine Schmuckplatte an seiner Wand, ein Kunstwerk aus Stein, eine Gravur in vom Meerwasser zerfressenem Beton, als er uns beide zum ersten Mal nach Paris gebracht hat – oh, Jahre zuvor, meine Schwester und mich. Und er hat die Schmuckplatte auf die *Tatania* mitgenommen.« Endlich fand sie ihre Tafel, tippte mit knochigen Fingern darauf herum und zeigte ihnen ein Bild. Es war eine Brosche, sah Mardina, ein Stück Stein mit einem Motiv aus konzentrischen Kreisen und einer radialen Furche. »Erdschein hat sie auf dem Mars getragen, vor acht Jahren. Und bei anderen Begegnungen mit ihm. Im *Vorher*.«

Ari runzelte die Stirn. »Erdschein? Dann weiß er irgendwie schon über die Versunkene Kultur Bescheid.«

»Ja.« Penny schürzte die Lippen. »Aber du kapierst es nicht, du schaust nicht über den Tellerrand hinaus, Ari. Erdschein muss schon *auf der Erde* Beweise für diese ›Versunkene Kultur‹ gesammelt haben. In meiner Geschichte. Nicht auf Terra. Verstehst du? Es ist, als wären unsere divergenten Geschichten nicht linear organisiert, in einer ordentlichen Abfolge, bei der die eine der nächsten weicht und diese dann wieder der nächsten. Sie sind wie … wie Eisschollen auf einem gefrorenen Meer, die wahllos aneinanderstoßen. Aber wenn Erdschein recht damit hat, dass die Kernels Wurmlöcher sind – wenn wir tatsächlich in einem von Wurmlöchern durchsetzten Universum leben –, dann müssen wir wohl mit einem solchen Chaos rechnen.«

Ari schaute skeptisch drein. »*Wurmlöcher?* Ich fürchte, ich verstehe nicht.«

»Verbindungen durch Raum und Zeit, sogar zwischen Universen … Wenn es solche Verbindungen gibt, kann die Kausalität verletzt werden. Ursache und Wirkung können getrennt und vermischt werden. Nicht einmal die Archäologie muss noch einen Sinn ergeben, wie wir hier sehen, weil ihre elementare Logik, dass alles, was unter der Oberfläche liegt, von jemandem in der eigenen Vergangenheit dort hinterlassen wurde, nicht mehr gelten muss. Alles ist möglich; die Geschichte franst aus …«

»Chaos«, sagte Kerys. »Das Kennzeichen von Loki. An den ich offiziell, als Marineoffizierin in einer christlichen Föderation, überhaupt nicht glaube.«

Ein junger Nachwuchsoffizier stürmte in den Raum, suchte nach Kerys und drückte ihr eine Notiz in die Hand. Sie überflog sie rasch und runzelte die Stirn.

»Aber wenn das alles stimmt«, sagte Mardina pragmatisch, »was sollen wir dann dagegen tun?«

»Wir könnten Erdschein fragen«, schlug Ari vor.

»Ja«, sagte Penny. »Das liegt auf der Hand. Aber was führt er im Schilde? Und was hat Ceres damit zu tun?«

»Vielleicht finden wir bald mehr heraus«, sagte Kerys grimmig. »Als ich gerade dachte, dieses Schlamassel könnte nicht noch seltsamer werden …«

Mardina riss die Augen auf. »*Nauarcha?* Was ist passiert?«

»Ein römisches Schiff ist soeben aus dem interstellaren Raum zurückgekommen. Eine fünfundzwanzigjährige Reise zum Zweck des Lukenbaus. Und in ihrem Zielsystem haben sie Fremde gefunden.« Sie sah die anderen der Reihe nach an.

»Fremde?«, fragte Beth.

»*Sie haben eure Sprache gesprochen.* Da die römischen Behörden von euch wissen, haben sie um unsere Hilfe gebeten.«

Beth, Jiang, Penny, Überlebende von der *Tatania*, wechselten fassungslose Blicke.

Kerys stand auf. »Nun, wir müssen uns darum kümmern. Kadettin, du kommst mit mir. Deine förmliche Aufnahme wird leider noch einen Tag warten müssen.«

Sie eilte aus dem Raum, und Mardina lief ihr rasch hinterher.

# 24

Das römische Forschungsschiff *Malleus Jesu* erhielt Anweisung, in der Nähe von Lutetia Parisiorum zu landen, im römischen Gallien. Und Penny und ihre Gefährten sollten in die Stadt gebracht werden, um die seltsamen Passagiere des Schiffes zu treffen.

Penny bereitete sich auf die Reise vor, indem sie langsam ihren Altweiberkram zusammensuchte, ihre Lieblingssteppdecken und Entendaunenpantoffeln, die Tabletten, Salben und geheimnisvollen Breipackungen, die ihr die örtlichen Ärzte für ihre diversen Zipperlein und Wehwehchen gaben. Sie fragte sich, welche Strippen gezogen worden waren, um all das zu erreichen, um erst die Überlebenden der *Tatania* und nun auch noch jene anderen zusammenzubringen, die römische Forscher auf dem Planeten eines fernen Sterns gefunden hatten – ein Dialog zwischen zwei Regierungen, die sich ohnehin schon mit wechselseitigem Misstrauen betrachteten und nun mit einem existenziellen Geheimnis fertigzuwerden versuchten, das ihnen aus dem Himmel in die Hände gefallen war. Vermutlich erwarteten sie, dass die Begegnung zumindest Informationen abwerfen würde. Und das erhoffte sie selbst sich ja wohl auch. Was *machte* sie hier? Wie war sie hierhergekommen? Was hatte das alles zu *bedeuten*? … Was sie betraf, so hatte sie schon längst jede Hoffnung aufgegeben, jemals wieder nach Hause zu kommen. Sie wusste, dass sie hier sterben würde.

Sie hatte jedoch nicht damit gerechnet, ihre Zwillingsschwester wiederzusehen. Aber Stefs Name gehörte zu den von der Marine genannten.

Und was sollten sie wegen Erdschein unternehmen?

Während sie ihre Vorbereitungen beendete, hatte sie keinen Zweifel daran, dass Erdschein ganz genau darüber Bescheid wusste, was hier vorging, und alles aufmerksam verfolgen würde.

Sie sollten von Eboraki im Norden Englands, wie Penny es genannt hätte, in eine Stadt namens Dubru an der Südküste reisen. Von dort aus würden sie dann nach Gallien übersetzen.

Zusammen mit Jiang und Marie Golvin wurde Penny mit einer Kutsche von ihrer Unterkunft in der Akademie zu einem Verkehrsknotenpunkt im Süden der Stadt gebracht. Dort prallten technologische Zeitalter zusammen: eine gepflasterte Straße, auf der Pferdewagen zu einem Bahnhof fuhren, und Flecken aus zernarbtem Beton, auf denen schlanke Nadeln standen, Luft- und Raumschiffe mit Kernel-Antrieb.

»Mir wird gerade bewusst, wie wenig ich seit meiner Ankunft hier gereist bin«, sagte Penny, als Marie ihr aus der Kutsche half. »Zwanzig Jahre, seit der Jonbar-Punkt uns hierhergebracht hat, und ich habe die Stadt kaum verlassen. Ich habe wahrscheinlich mehr Zeit im Weltraum verbracht, als ich auf dem Planeten unterwegs war.«

Marie bot ihr einen Arm als Stütze. »Tja, wozu reisen, wenn man sich sofort in der Fremde fühlt, sobald man bloß die Tür aufmacht?«

»Auch wieder wahr.«

Marie war jetzt in den Vierzigern, eine mollige, ergrauende Mutter von drei Kindern; sie arbeitete noch immer mit Penny an der Akademie und hatte längst viele von Pennys Verwaltungsaufgaben übernommen. Penny war in vielerlei Hinsicht auf Marie angewiesen – und sie glaubte, dass Marie hier inzwischen ein einigermaßen glückliches Leben mit Rajeev, ihrem Gatten, führte, obwohl sie alle so weit von ihrer Heimat entfernt waren.

Während Diener von der Akademie sich um ihr Gepäck kümmerten, gingen sie gemächlich zum Bahnhof – ein weit gespanntes Dach über einer Vielzahl von Bahnsteigen, ein Gewirr von Schienensträngen, die sich in die Ferne erstreckten. Die Architektur kam Penny sehr vertraut vor; der Eisenbahntechnologie schien eine gewisse unvermeidliche ökonomische und technische Logik innezuwohnen. Brikanti-Züge fuhren jedoch an glänzenden Einschienengleisen, die von eleganten Viadukten im römischen Stil getragen wurden, und ihre Lokomotiven wurden mit Kernels betrieben; eine Handvoll der geheimnisvollen Wurmlöcher saß im Herzen jeder Maschine. Der Zug selbst war eine hängende Röhre aus Metall und Glas. Penny sah erleichtert, dass es eine Rolltreppe gab, mit der sie hochfahren konnte.

Sie hatten einen Wagen in der Mitte des Zuges für sich, einen großzügigen Raum mit einem breiten Tisch. Durch die großen Aussichtsfenster fiel helles Licht herein. Es hatte fast etwas von einem Speisesaal, fand Penny. Marie und sie waren die zuletzt eingetroffenen Fahrgäste. Beth und Mardina waren schon da. Beth machte einen gereizten Eindruck, und Mardina trug einen noch weitaus komplexeren Gesichtsausdruck zur Schau; sie wirkte unsicher und in sich gekehrt. Außer ihnen waren noch Kerys und Ari Guthfrithson da – Ari saß in respektvoller Entfernung von seiner Frau und Tochter, die von ihm getrennt lebten.

Kerys stand auf, um Penny zu begrüßen. Sie half ihr, auf ihrem Sitz zwischen Marie und Jiang Platz zu nehmen, und rief einen Diener, um Getränke bringen zu lassen. Kerys war mit der offiziellen Leitung dieser eigentümlichen Mission betraut worden, und wenn die *nauarcha* ungehalten darüber war, dass sie erneut in all diese Seltsamkeiten um den Jonbar-Punkt hineingezogen wurde, so ließ sie es sich nicht anmerken.

Der Zug glitt geschmeidig aus dem Bahnhof ins wässrige Sonnenlicht hinaus.

Bald darauf ließen sie die Stadtgrenzen hinter sich und fuhren nach Süden, und Penny schaute auf verstreute Vorortsiedlungen aus Rundhäusern in einer weiten Landschaft aus bebauten Feldern hinab, bis zum Horizont reichende Flächen voller Weizen und anderer Feldfrüchte, bearbeitet von riesigen Maschinen, die Unkraut jäteten und bewässerten. Die einzelnen Landwirtschaftsmaschinen wurden nicht mit Kernels betrieben; es gab ein umfangreiches Kabelnetz, das Strom von zentralen Stationen heranführte. Natürlich waren überall Menschen – die Maschinen dieser Kultur waren nicht intelligent genug, sich selbst zu lenken –, aber nur einige wenige arbeiteten auf den Feldern.

Marie durchbrach das Schweigen. »Die Akademikerin hat gesagt, sie sei nicht viel gereist, seit sie hergekommen ist.«

Kerys lächelte. »Deine erste Zugfahrt, Penny?«

»Nicht ganz. Aber ich habe wohl noch nicht sehr viel über das Wesen eures Transportsystems nachgedacht. Weißt du, eure Geschichte ist vor so langer Zeit von der unseren abgewichen, dass mir vieles von Grund auf unbekannt ist. Pritanike hatte nie Römer hier …« Die brikantischen Städte lagen nicht einmal an denselben Stellen wie diejenigen, die sie kannte. So war Stonehenge hier zum Beispiel das Zentrum eines weitläufigen Stadtgebiets und Verkehrszentrums, eine sehr moderne Stadt, deren kulturelle Wurzeln fast bis zur letzten Eiszeit zurückzureichen schienen. »Außerdem habt ihr keine *Automobile …*« – sie benutzte das Wort ihrer Muttersprache – »… womit ich kleine, von Einzelpersonen gesteuerte Fahrzeuge meine.«

»Natürlich haben wir *Automobile*«, warf Ari ein, »aber sie stehen ausschließlich dem Militär und der Polizei zur Verfügung.«

Beth lächelte. »Nein. Das meint sie nicht. Ihr habt keine *Autos*. Ihr habt *Panzer*.«

»Anscheinend hat es in eurer Welt weniger Konflikte gegeben als in unserer«, sagte Kerys. »Wir leben im permanenten Kriegszustand, ob es nun ein erklärter Krieg ist oder nicht. Unser Leben ist … militarisierter. Unsere großen Städte sind Festungen; unsere Verkehrssysteme sind auf den Truppentransport ausgerichtet und lassen sich von feindlichen Streitkräften nicht so leicht zerstören …«

»Ich wünschte, ihr würdet alle aufhören, so zu reden«, blaffte Mardina unvermittelt.

Beth machte ein überraschtes Gesicht. Ari funkelte seine Tochter an, behielt seine Meinung jedoch für sich – klugerweise, wie Penny fand.

Am Ende sprach Kerys als Erste. »Gibt es ein Problem, Kadettin?«

Mardina beruhigte sich rasch wieder. »Ich entschuldige mich, *nauarcha*. Es ist bloß dieses ganze Gerede, es ist so …« Sie suchte sichtlich nach Worten. »Alt. Bizarr. Voller Spinnweben, als würdet ihr euch alle an einen bösen Traum erinnern.«

Penny legte ihre Hand auf die des Mädchens. »Aber das kannst du uns nicht verübeln, Liebes. Ich war nach euren Maßstäben schon unglaublich alt, als wir hergekommen sind. Selbst nach all dieser Zeit auf Terra kann ich die Erde einfach nicht vergessen. Aber du hast recht; das ist keine Entschuldigung dafür, dich unserem Gefasel auszusetzen. Und ich zum Beispiel muss mir meine Kräfte für die bevorstehenden Belastungen aufsparen. Hast du mein Kissen, Youwei?«

Kerys grinste und brachte einen Lederbeutel zum Vorschein. »Du willst ein Nickerchen machen? Gute Idee, Akademikerin. Und was uns Übrige betrifft, wir können uns die Zeit so vertreiben, wie es Soldaten schon immer getan haben – mit sinnlosen Spielen. Also, was darf's sein? Ich habe Astragalspiele, Schach, Karten …«

Penny erwachte ein paar Stunden später.

Als sie einen Blick aus dem Fenster warf, stellte sie zu ihrer Überraschung fest, dass der Zug über Wasser hing. Reflexhaft griff sie nach Jiangs Hand. »*Ach du liebes bisschen*«, stieß sie hastig hervor.

»Kein Grund zur Sorge«, sagte Kerys mit einem Lächeln. »Wir haben schon mehrere Brücken überquert – Pritanike ist ein Archipel, vergiss das nicht. Jetzt überqueren wir gerade das Mare Britannicum. Wir haben es den Römern überlassen, dieser Wasserfläche einen Namen zu geben, weil sie immer die Brücken gebaut haben. Du hast Dubru verpasst, aber wir haben dort nicht gehalten. In Kürze erreichen wir Gesoriacum, auf der römischen Seite.«

»Eindrucksvoll …«

Der Endpunkt der Brücken auf der gallischen Seite war eine massive Konstruktion aus altem Beton, die offenbar umfassend repariert und umgebaut worden war. Penny schaute zu zernarbten Mauern hinauf.

Kerys geriet ins Grübeln. »Wir bauen seit tausend Jahren Brücken über das Britannicum. Und Tunnels, die unter dem Meeresboden hindurchführen. Bei jedem Krieg trifft es zuerst die Brücken.«

»Ah. Aber diese Fundamente bleiben stehen, sodass man wieder darauf aufbauen kann.«

»Und sie sind mit jedem Jahrhundert größer und hässlicher geworden.«

Der Zug überquerte die Küste, ohne zur Abwicklung von Zollformalitäten oder zu Sicherheitsüberprüfungen anzuhalten, und Penny schaute hinaus. »Jetzt bin ich also fast schon in den Neunzigern und betrete zum ersten Mal das römische Imperium. Was für ein unerfüllbarer Traum das früher gewesen wäre!« Sie schaute auf die Landschaft des nördlichen Galliens hinaus und verlor sich in ihren Gedanken.

Die anderen wandten sich – offenbar erleichtert darüber, dass die alte Frau endlich den Mund hielt – wieder ihrem komplizierten Kartenspiel zu.

Gallien also: römische Provinz, wie immer seit der Eroberung durch Caesar vor mehr als zweitausend Jahren. Das Hightech-Einschienengleis spannte sich über eine Agrarlandschaft mit kleinen Feldern um weitläufige Gutshöfe und mit Städten, die eher ummauerte Marktflecken mit uralten und ramponierten Befestigungsanlagen zu sein schienen. Sie versuchte, Unterschiede zu Brikanti ausfindig zu machen. Es gab mehr Beispiele monumentaler Baukunst; sie sah hoch aufragende Aquädukte, Brücken und schnurgerade über die grüne Landschaft gelegte Straßen. Aber es war eine klobige Architektur aus Stein, geradlinig und rechteckig, verglichen mit dem organischeren keltischen Stil von Brikanti, wo viel mit Holz und Reet gearbeitet wurde. Penny verspürte eine plötzliche Anwandlung von Bedauern, dass sie in jüngeren Jahren nicht mehr gereist war. Vielleicht hatte Mardina recht; sie war immer zu sehr auf den Jonbar-Punkt und die Unterschiede zu ihrer eigenen verlorenen Welt fixiert gewesen, um die Augen zu öffnen und alles ringsum wahrzunehmen – um sich zu entspannen und einfach zu *sein*, hier auf Terra zu leben, auf dieser Welt mit ihren eigenen Wundern. Aber sie hatte Probleme hierhergebracht, rief sie sich ins Gedächtnis, Probleme in der Gestalt von Erdschein, und das war eine Herausforderung, der sie sich nicht entziehen konnte.

Und diese Welt war nicht gerade ein Utopia, wie der Blick aus dem Fenster jetzt zeigte. Verglichen mit Pritanike waren auf den hiesigen kleinen Feldern nur wenige Maschinen zu finden. Aber sie sah viele Menschen arbeiten; sie standen über die Feldfrüchte gebeugt, trugen Körbe voller Dünger oder Erzeugnissen, scharrten sogar an Bewässerungsgräben herum, wie es schien – überall Menschen. Und wohin der Zug auch kam, die Leute auf den Feldern unten hielten in ihrer Arbeit inne und senkten den Kopf, um jeden Blickkontakt mit den Fahrgästen des Zuges zu vermeiden.

Ari Guthfrithson, der ihr gegenübersaß, beobachtete sie.

Sie zog eine Augenbraue hoch. »Spielst du nicht mit?«

Er zuckte die Achseln. »Ich fürchte, meine fragile Beziehung zu meiner Familie würde ein zermürbendes Astragalspiel nicht überleben. Hier bist du nun im glorreichen Römischen Reich. Was denkst du?«

»Wie froh ich bin, dass wir Schiffbrüchige aus der UN-China-Kultur nicht von einem römischen, sondern von einem Brikanti-Schiff aufgelesen wurden. Die Leute, die auf diesen Feldern arbeiten – Sternenschiffe und Sklaverei. Was für ein Widerspruch.«

Ari hob die Schultern. »Als wir Maschinen bauen konnten, die stärker waren als Menschen und Tiere, begannen wir, unsere Wirtschaft auf dieser Grundlage zu entwickeln, und die Sklaverei kam aus der Mode. Aber unserer Bibel zufolge hat Christus selbst Sklaven gehalten. Es ist keine Sünde.« Er warf einen Blick aus dem Fenster. »Bald sind wir in Lutetia Parisiorum.«

»Ich war schon einmal dort«, sagte Penny leise, während die Erinnerung kam. »Im *Vorher*, meine ich. Erdschein hat uns dorthin gebracht, meine Schwester und mich, um uns den Friedhof zu zeigen, auf dem unsere Mutter begraben lag …«

»Die Bahnlinie läuft parallel zur alten südlichen Zugangsstraße in die Stadt, der *cardo maximus*, wie die Einwohner sie nennen. Die Römer hatten schon immer die Angewohnheit, ihre Friedhöfe entlang der Straßen außerhalb der Stadtmauern anzulegen.«

Nach mehr als zweitausend Jahren ununterbrochener Besiedlung säumten die Friedhöfe die Straße südlich der Stadt viele Kilometer weit.

Noch bevor der Zug die Mauern erreichte, sah Penny, dass die Stadt viel kleiner war als das Paris, das sie gekannt hatte. Lutetia Parisiorum war eine Provinzstadt, keine nationale Hauptstadt wie in Pennys heimatlicher Zeitlinie. Trotzdem war das Stadtgebiet weitläufig, und es lag unter einer Glocke aus bräunlichem Smog.

Das Einschienengleis führte durch die dicken Mauern, nahe bei einem Straßentor, das von seiner Größe her selbst einmal als Festung gedient haben konnte. Innerhalb der Stadt drängten sich vielstöckige Gebäude mit roten Ziegeldächern an schnurgeraden Straßen, und Turmspitzen und Kuppeln erhoben sich über alles andere. Aquädukte schlängelten sich über die Mauern, um Wasser zu liefern, und Penny stellte sich ein gleichermaßen eindrucksvolles Netz von Abwasserkanälen vor, das sich unter dem Straßenniveau verbarg. Viele der imposanteren Gebäude mit Kuppeln und Säulenvorbauten kopierten entweder die Stile des Altertums oder stammten vermutlich sogar aus jener längst vergangenen Zeit. Penny sah jedoch auch weitere Einschienenbahnlinien, die sich über die Stadt zogen, und während ihr Zug langsamer wurde, gab es am Himmel einen Donnerknall und ein grelles Aufblitzen von schimmerndem Licht, als ein Raumfahrzeug mit Kernel-Antrieb über die Stadt hinweg zur Umlaufbahn emporschoss.

Der Bahnhof war nah am Fluss, am Südufer der Seine, und als der Hochzug einfuhr, konnte Penny über den Fluss hinweg bis zur Île de la Cité schauen, die in dieser Zeitlinie zweifellos mit einem lateinischen Namen gesegnet war. Dort erhob sich eine prächtige Kuppelkathedrale über eine Schar kleinerer Gebäude.

Während der Zug zum Stehen kam, half Jiang Penny von ihrem Sitz hoch. Es sei nur ein kurzer Fußweg zum Amtsgebäude der Provinzverwaltung, versprach Kerys, wo die Passagiere der *Malleus Jesu* seit ihrer Ankunft auf Terra untergebracht waren. Penny wappnete sich für den Fußmarsch und eine Begegnung, die sie sich kaum vorstellen konnte, die Begegnung mit ihrer Schwester, Stef Kalinski.

# 25

Sie wurden in einen sehr römischen Empfangsraum geführt – überall Liegen, Wandbehänge und ein Mosaikboden –, und Diener huschten hin und her, dirigiert von einem Provinzbeamten, einem kleinen, aufgeblasenen Mann in einer frisch gebügelten weißen Toga.

Und da waren die Fremden. Sie standen dicht beieinander und schienen sich alles andere als wohlzufühlen, dachte Penny. Die Gruppe wurde von einem großen Mann beherrscht, der einen Brustharnisch und einen Militärgürtel mit einer dicken Schließe trug. An seiner Seite waren ein paar weitere römische Militärangehörige, die in diesem ziemlich überladenen, formal eingerichteten Raum deplatziert wirkten, eine Frau mittleren Alters in der Tracht einer Brikanti und ein älterer Mann in einer eher praktisch aussehenden Toga.

Und da stand ein Junge von vielleicht achtzehn, neunzehn Jahren mit asiatischen Zügen, ein wenig pummelig, mit einem gut gepolsterten Rucksack auf dem Rücken. Er trug eine graubraune Tunika, und ein Ding, das wie eine IRF-Tafel aussah, hing an einer Kette um seinen Hals und lag auf seiner Brust. Er war barfuß. Penny vermutete sofort, dass es sich um einen Sklaven handelte. Jiang schien sich zu dem Jungen hingezogen zu fühlen, der vielleicht ebenfalls ein Xin war.

Für Penny trat all das in den Hintergrund. Für sie zählte nur eine einzige Person in dem Raum. Sie trat vor.

Ihre Blicke verschränkten sich. Penny und Stef Kalinski standen sich gegenüber.

»Mein Gott«, sagte Penny schließlich in ihrer Muttersprache. »Ich hätte nie gedacht …«

»Ich auch nicht, glaub mir«, gab Stef inbrünstig zurück. »Ich bin durch eine Luke nach Proxima Centauri gegangen, um von dir wegzukommen. Und dann noch weiter, zu einem neun Lichtjahre entfernten Stern, wie sich herausgestellt hat. Nur um von diesen alternativen Römern aufgelesen und wieder nach Hause gebracht zu werden … hierher.«

»Und wieder in Paris.« Penny versuchte zu lächeln, aber es gelang ihr nicht. »Weißt du noch, vor all diesen Jahren?«

»Das Grab unserer Mutter. Wie könnte ich das vergessen? Aber ich bin irgendwie überrascht, dass *du* dich noch daran erinnern kannst.« Stef ging um Penny herum und betrachtete sie. »Das ist also meine Zukunft. Ich fühle mich wie Dorian Gray.«

»So alt bin ich nicht. Ich bin jetzt neunundachtzig, Stef. Du dagegen bist …«

»Jugendliche siebzig, dank einer Menge Luken-Hopping und relativistischer Zeitdilatation.«

»Was immer wir sein mögen, wir sind zumindest keine Zwillinge mehr.«

Stef grinste boshaft. »Gut. Und angesichts dieses verdammten Stocks, an dem du gehst, fühle ich mich, als hätte ich irgendwie gewonnen.«

»Und ich«, sagte Penny müde, »fühle mich zu alt, als dass es mich kümmern würde. Ich wünsche dir nichts Schlechtes, Stef. Das habe ich nie getan.«

»Nein. Das Schlechte war, dass du so plötzlich ins Dasein getreten bist, als ich diese verdammte Luke auf dem Merkur geöffnet habe.«

»Als *wir* sie geöffnet haben … Ach, das ist alles so lange her.«

Der große Römer kam mit langsamen, nicht bedrohlich wirkenden Schritten auf sie zu. In gestelztem Lateinisch sagte er sanft: »Colonel Stef Kalinski. *Druidh* Penny Kalinski. Obwohl ihr Zwillinge seid, freut es mich, dass es so leicht ist, euch auseinanderzuhalten.«

»Ich hoffe, dein Lateinisch lässt nichts zu wünschen übrig, Schwester«, sagte Stef leise. »Die Römer sprechen nichts anderes.«

Penny nickte. »Ganz recht, ähm … Zenturio?«

»In der Tat. Ich bin Zenturio Quintus Fabius, Kommandeur der Mission der *Malleus Jesu*. Diese anderen, die du hier siehst, gehören zu meiner Besatzung – mein *optio*, Gnaeus Junius, meine *trierarcha*, die Brikanti Movena, Michael, unser *medicus*. Oh, und der Sklave trägt die Überreste von Collius, eurer sprechenden Maschine.«

Penny starrte den Jungen an.

»Normalerweise würde unsere Besatzung am Ende der Mission aufgelöst, und die Leute würden zu den *collegia* unserer Legion zurückkehren, um Urlaub zu erhalten, versetzt oder neu einberufen zu werden. Stattdessen haben wir die ungewöhnliche Aufgabe erhalten, uns um die Fremden zu kümmern, die wir auf einem Planeten des fernen Sterns Romulus gefunden haben, zumindest bis förmlichere Dispositionen getroffen werden können.«

Penny lachte bellend. »Ich gewöhne mich allmählich an die Bürokratie von Imperien. Du meinst, bis deine Regierung und die Brikanti irgendeine Schublade finden, in die sie uns stecken können.«

Er grinste. »Nun, ich bin kein Beamter, *domina*, aber ich sehe die Wahrheit in deinen Worten. Trotzdem ist uns die Aufgabe willkommen. Siehst du den großen Mann da drüben, der nur eine Hand hat? Er ist ein Legionär, ein Veteran; sein Name ist Titus Valerius. Fünf Jahre lang war er der Beschützer des Sklaven, der Collius trägt. Diese Aufgabe erfüllt er mit Freude. Natürlich wäre die Alternative für ihn gewesen, in der dauerhaften *colonia* unter diesem fernen Stern zu bleiben …«

»Collius? KolE?« Beth drängte sich zwischen ihnen hindurch und ging zu dem Sklavenjungen, der passiv dastand, mit gesenktem Kopf und gesenktem Blick – eine Haltung, die Penny mittlerweile kannte und hasste. Beth umfasste sein Kinn und hob seinen Kopf an. »Du bist nicht viel älter als meine Mardina, nicht wahr? Wie heißt du?«

Der Junge warf Titus Valerius einen Blick zu. »Antworte der *domina*«, knurrte dieser. »Du bist nicht in Schwierigkeiten.«

»Mein Name ist Chu Yuen, Herrin.«

»Collius? Du meinst die KolE? Du trägst wirklich die KolE in deinem Rucksack?«

»Was von mir übrig ist«, kam eine klagende Stimme aus dem Rucksack.

Beths Gesicht leuchtete auf. »KolE – du bist es! Oh, ich könnte dich umarmen. Aber …«

»Yuri Eden hat meine Prozessoreinheit und meinen Gedächtnisspeicher gerettet. Mein Interface wird von der Tafel-Technologie geliefert. Ich fürchte, man kann mich nicht so richtig umarmen.«

»Vielleicht sollte ich deinen Sklaven umarmen.«

»Bitte, Beth Eden-Jones. Nicht vor den Römern. Habe ich dich von einer Mardina sprechen hören?«

»Ja. Meine Tochter, benannt nach meiner Mutter. Mardina – komm her.«

Mardina kam herbei, aber ihr Widerwille war nicht zu übersehen, und Penny, die innerlich noch immer die Wunden ihrer eigenen Begegnung mit der komplizierten Vergangenheit leckte, konnte es ihr nachfühlen.

»Chu Yuen«, sagte die KolE. »Bitte dreh dich ein wenig nach rechts.«

Der Junge gehorchte, und Penny beobachtete, wie er dabei die Brust herausstreckte und die Tafel kippte. So »sah« die KolE offenkundig die Welt.

»Mardina«, sagte die KolE ernst. »Freut mich, dich kennenzulernen. Du trägst den Namen deiner Großmutter und siehst ihr auch ähnlich.«

»Ich habe sie nicht gekannt.« Mardina funkelte ihre Mutter wütend an. »Ich habe das Gefühl, als würde ich ins Leere reden … oder mit einem Geist!«

»Lieutenant Mardina Jones war ein tapferer und starker Mensch, und es wäre mir eine Ehre, mit dir über sie zu sprechen.«

»Spar dir die Mühe«, blaffte Mardina.

»Ist schon in Ordnung, KolE«, mischte sich Beth hastig ein. »Es ist schwierig für sie.«

»Ich verstehe«, sagte die KolE sanft. »Beth, was deinen Vater betrifft, Yuri Eden …«

Stef ging zu Beth und nahm ihre Hand. »Du weißt, dass wir gemeinsam durch die Luke nach Romulus gegangen sind. Yuri und ich. Nur wir beide, und die KolE – was von ihr übrig geblieben ist. Aber …«

»Er hat es nicht mehr bis nach Hause geschafft, nicht wahr?«

»Seine Krankheit war offenbar von seinem Jahrhundert im Kälteschlaf verursacht worden. Er hat es ›Gefrierbrand‹ genannt. Es tut mir so leid, Beth.«

»Ich war in seinen letzten Stunden bei ihm«, berichtete die KolE. »Ich kann euch so viel darüber erzählen, wie ihr wünscht. Er hat mir das Versprechen abgenommen, dich zu finden, Beth

Eden-Jones. Also habe ich das getan. Und er hat mir Anweisung erteilt, dir mitzuteilen, dass ich seinem nach römischem Recht aufgesetzten Testament zufolge jetzt dein Eigentum bin, Beth.«

Penny sah, dass Beth mit den Tränen kämpfte. Sie humpelte mit ihrem Stock vorwärts. »Also, ich habe für einen Tag genug gestanden. Und meine Kehle ist so trocken wie der Staub von Luna.«

Mit einem Blick zu dem Provinzbeamten trat Quintus Fabius vor, die Hände weit ausgebreitet, eine Geste der Großzügigkeit. »Lasst mich euer Gastgeber sein.«

Die Römer legten ein erstaunliches Feingefühl gegenüber den versammelten Überlebenden der UN-China-Kultur an den Tag, wie Penny fand. Man gewährte ihnen Raum und Zeit zum Reden, damit sie den Schock der Begegnung überwinden konnten.

Aber letztendlich mussten sie zur Sache kommen.

»Erdschein«, sagte Stef schlicht. »Darauf läuft alles hinaus. Erdschein.«

Quintus Fabius nickte. »*Erdschein.* Wenn ich euch richtig verstehe, ist das die … Maschine, die ihr aus eurer alten Welt mitgebracht habt und die sich jetzt auf dem Mars befindet …«

»Ich hatte viele Jahre Zeit, mich an diese Gedanken zu gewöhnen, Zenturio«, sagte Kerys. »Du nur Tage. Und selbst *ich* verstehe es kaum. Wir müssen ihnen erlauben, alles durchzusprechen. Und dann werden wir vermutlich dafür sorgen müssen, dass unsere Vorgesetzten es ebenfalls verstehen.«

»Darauf freue ich mich schon, *nauarcha*«, sagte er wenig überzeugt. »Also schön – Erdschein. Sagt mir, warum wir das erörtern müssen.«

»Zum Beispiel«, sagte Penny, »weil er der Grund ist, weshalb wir hier sind. Ich meine, wir Überlebenden des Jonbar-Ereignisses, der Zerstörung der Welten unserer eigenen Zeitlinie …«

Quintus sah Kerys hilflos an. »Reden sie immer so?«

»Leider ja.«

»Der Jonbar-Punkt wurde von einer gewaltigen Energiewelle begleitet, als der Krieg zwischen den Vereinten Nationen und China ausbrach und die Kernels auf dem Merkur vom Nagel geöffnet wurden, dem chinesischen Geschoss«, erklärte die KolE. »Vielleicht lässt sich ein Angelpunkt nur von einer solchen Welle unter Einschluss von Kernels erzeugen. Währenddessen warst du, Stef, mit Yuri und mir in einer Luke, unterwegs nach Romulus-Remus. Und ihr, Beth und Penny, wart zusammen mit Lex McGregor auf der Flucht aus dem Sonnensystem, hinter einer Kernel-Batterie.«

Stef runzelte die Stirn. »Du meinst, die Kernels, die Luken, hätten uns irgendwie geschützt.«

»Ja«, sagte die KolE. »Ich glaube, Erdschein hat uns dorthin manövriert, wo er uns haben wollte, Stef Kalinski, wie Figuren auf einem Schachbrett. Zumindest die entscheidenden Figuren. Denk darüber nach. Wer hat den Jonbar-Punkt überlebt? Erdschein selbst. Und sein Sohn, Yuri Eden. Oder zumindest der Sohn von Robert Braemann, einer der Input-Persönlichkeiten, die zu Erdschein wurden. Und seine Enkelin, Beth Eden-Jones. Jeder, an dem Erdschein persönlich etwas gelegen war …«

Mardina drehte sich zu ihrer Mutter um. »Sein Sohn? Seine Enkelin? Was ist das für ein neuer Horror? Dieses Ding auf dem Mars – wollt ihr mir erzählen, dass es irgendwie mein Urgroßvater ist? Mutter – *hast du das gewusst?*«

Beth seufzte. »Ja, ich wusste es. Er hat mir seinen Namen auf der *Tatania* genannt, als wir vom Mond geflohen sind. Und mein Vater, Yuri, hat mir *seinen* richtigen Namen genannt, bevor wir uns auf dem Merkur getrennt haben. Und als ich beides zusammengesetzt habe …«

»Und du hast es mir nie erzählt?«

»Du hast deine Vergangenheit dein ganzes Leben lang abgelehnt, Mardina. Soll das heißen, du hättest es wissen wollen?«

Quintus Fabius beugte sich vor. »Ich verstehe, weshalb das für euch alle schwierig ist. Dieses Gerede über die Vergangenheit – aber jetzt müssen wir von der Zukunft sprechen. Collius, erzähl uns von der Eiskugel, der Welt, die ihr Brikanti Höd nennt. Und von den Aktivitäten Erdscheins, die wir beobachtet haben.«

Penny runzelte die Stirn. »›Wir‹? Wer ist ›wir‹ – das Imperium?«

»Nein. Wir von der *Malleus Jesu*«, sagte die KolE. »Während des Rückflugs habe ich das Privileg genossen, mit dem Schiffsteam von Navigatoren und Beobachtern zusammenzuarbeiten, Akademikerin. Sie sind Moslems, größtenteils Araber. Ein Produkt einer Hochzivilisation, wenn auch einer, die in dieser Zeitlinie im römischen System aufgegangen ist.«

»Ich vermute, du hast sie dazu gebracht, Ceres zu beobachten«, soufflierte Penny.

Die KolE blinkte. »Ich dachte mir, dass die Verfolgung des Objekts und die Projektion seiner zukünftigen Bewegung die Möglichkeiten von Beobachtern auf der Erde übersteigen könnte. Besonders in Anbetracht des erratischen Musters der Brennphasen der Kernel-Batterien, mit dem sie es lenken. *Ihr* könnt nicht sicher sein, wohin es fliegt. Ich hingegen …«

Beth lachte. »Bei deinen überlegenen Rechenkapazitäten weißt du genau, was los ist. Du warst schon immer eingebildet, KolE.«

»Liu Tao hat einmal zu mir gesagt, für eine Landwirtschaftsmaschine hätte ich Ideen, die jemandem meines Standes gar nicht zukämen. Und ich habe erwidert, dass sich ein empfindungsfähiger Geist nicht auf die Parameter seiner Programmierung beschränken lässt …«

»Komm zum Punkt!« Quintus schrie jetzt beinahe. »Was ist das Ziel dieses Eisklumpens, oh Maschine aus Glas?«

»*Ein Einschlag auf dem Mars*«, sagte Penny müde. »Stimmt's, KolE? Keine bloße Annäherung, bei der die Atmosphäre höchstens gestreift wird …«

»Ich fürchte, du hast recht, Penelope Kalinski.«

Stef nickte stumm. »Also schön. Aber warum? Was will er damit erreichen?«

»Mir fallen nur schreckliche und zerstörerische Möglichkeiten ein«, sagte die KolE.

Quintus und Kerys wechselten grimmige Blicke. »Und was immer er sonst noch erreicht«, ereiferte sich Kerys, »er wird wahrscheinlich einen Krieg auslösen, in Ymirs Schädel ebenso wie auf Terra. Rom und Xin werden es vermutlich für ein Komplott der Brikanti halten, die Erdschein zum Mars geschickt haben.«

Quintus drehte sich zu dem Sklaven um. »Was können wir tun, Collius? Können wir es verhindern?«

»Die Zeit ist knapp«, flüsterte die KolE. »Wir sind nur durch einen glücklichen Zufall gerade noch rechtzeitig hier eingetroffen, um es zu beobachten, aber es dürfte schon zu spät sein, um noch einzugreifen. Ich würde meinen, dass nur Erdschein selbst die Kollision stoppen kann – wenn er will.«

»Dann müssen wir dorthin«, sagte Stef. »Zum Mars.«

»Warum sollte er überhaupt mit uns sprechen?«, fragte Penny.

»Vielleicht nicht mit *uns*. Deshalb müssen wir alle dorthin. Beth, Mardina – ich weiß, wie schwierig das für euch sein wird –, aber ihr seid seine Angehörigen. Wenn man der KolE glauben darf, hat er euch schon einmal gerettet. Vielleicht wird er noch einmal auf euch hören. Falls es überhaupt noch eine Chance gibt, das abzuwenden …«

Beth schaute weg, und Penny sah, wie sie innerlich zumachte, als die Menschen um sie herum nicht zum ersten Mal in Beths Leben planten, sie und ihre Tochter zu manipulieren. »Denk einfach darüber nach, Beth«, sagte Penny sanft. »Über die Folgen von alldem. Wir haben dieses Geschöpf in diese Realität gebracht. Wir müssen es versuchen.«

»Aber zuerst einmal müssen wir zum Mars kommen«, sagte Stef energisch. »Wie wollen wir das anstellen?«

»Mit meinem Schiff«, sagte Quintus Fabius mit fester Stimme. »Ich meine es ernst«, fügte er hinzu, als er ihre überraschten Mienen sah. »Die *Malleus* muss frischen Proviant an Bord nehmen, aber die Besatzung ist noch nicht aufgelöst worden und daher flugbereit. Meine Legionäre werden zetern, aber die Reise wäre kurz, und es gäbe ordentliche Gratifikationen, denke ich. Ich könnte euch alle binnen Tagen zum Mars bringen … *Falls* wir schnell die erforderlichen Freigaben bekommen.« Dem schockiert dreinschauenden Provinzbeamten warf er einen bedeutsamen Blick zu.

Penny überlegte fieberhaft. »Wo ist dein Schiff? In der Umlaufbahn, auf dem Mond …«

»Rund fünf Kilometer nördlich von hier«, fiel ihr Stef ins Wort. »In dieser Kultur landen sie mit interstellaren Raumschiffen auf Großstadtflughäfen.«

»Ich wünschte, ich könnte behaupten, dass man sich an solche Dinge gewöhnt«, sagte Penny zu ihr. »Aber so ist es nicht.«

Mardina schaute mit offenem Mund von einem zum anderen, während sie sprachen. Sie war offensichtlich erstaunt von allem, was sie gehört hatte – vielleicht sogar überwältigt. »Also dann, fliegen wir alle zum Mars und finden wir die Wahrheit heraus.«

Beth berührte sie am Arm. »Welche Wahrheit, Liebes?«

»Dass dieses schreckliche alte Ungeheuer mit dem hübschen Namen Erdschein wahrscheinlich schon die ganze Zeit genau das von euch wollte. Dass es euch alle schon seit Jahrzehnten manipuliert.«

Eine schockierte Stille trat ein.

Die KolE durchbrach das Schweigen. »Daran hatte nicht einmal ich gedacht.«

# 26

Bei ihrem Eintritt in den Marsraum bremste die *Malleus Jesu* scharf ab.

Niemand wollte Penny sagen, wie hoch die Bremskräfte letztendlich waren. Sie lagen jedoch deutlich über einem irdischen g, dem bei römischen Schiffen mit Kernel-Antrieb üblichen Beschleunigungswert. Das allein sagte schon einiges über die Dringlichkeit der Mission aus. Aber Pennys Kräfte reichten nicht, um sich deswegen Sorgen zu machen, während sie in ihre tiefe Liege gedrückt dalag und es kaum wagte, einen Muskel zu rühren oder einen Finger zu heben.

Sie hatte ein privates Gemach auf dem siebten Deck bekommen, im Offiziersland – man hatte ihr erklärt, dass es zur Suite von Zenturio Quintus gehörte –, einen Raum mit ausgesprochen römischem Flair, obwohl man die Liegen am Boden festgenietet und die Wandbehänge mit schweren Eisennägeln befestigt hatte. Außerdem war alles *robust*, damit es die bei einem Kriegsschiff zu erwartenden Beschleunigungsschübe überstand. Andererseits war die *Malleus*, die schon mehrere interstellare Missionen und infolge der kumulativen Zeitdilatation ihre eigentliche Ära um etliche Dekaden hinter sich hatte, eine Antiquität. Das Schiff war bereits jahrelanger Beschleunigung sowie den Strahlungsschauern, dem zerstörerischen Staub und den Eiskörnern des interstellaren Raums ausgesetzt gewesen und würde jetzt seinen in mancher Hinsicht wahrscheinlich bisher härtesten Einsatz durchstehen müssen. Es brauchte nur eine Komponente zu versagen, ein strukturelles Element irgendwo nachzugeben, ein Schott oder eine Rumpfplatte unter der unerträglichen Belastung zu brechen, damit die gesamte Mission scheiterte – und sie dabei ihr Leben verloren.

Also lag Penny auf ihrer Liege, lauschte dem tiefen, fast schon im Infraschallbereich angesiedelten Dröhnen der Kernel-Triebwerke und dem Knacken, Scheppern und Knirschen im Gefüge des imposanten alten Schiffes um sie herum und wartete auf das Ende. Sie verspürte ein seltsames Mitgefühl mit dem Schiff. Denn was war ihr eigener Körper anderes als ein Relikt, das Überbleibsel eines allzu langen Lebens – und nahezu unfähig, diese enormen Beschleunigungen auszuhalten? Sie hätte es der *Malleus* nicht verübeln können, wenn sie versagt hätte. So wie sie es ihrem erbärmlichen Körper nicht hätte verübeln können, wenn er aufgegeben hätte, als sie ihm eine unerträgliche Belastung zu viel aufbürdete.

Die Besatzung war jedoch darauf trainiert, auch noch bei solchen Beschleunigungen ihren Dienst zu versehen. Es mangelte Penny nicht an Gesellschaft. Selbst der griechische *medicus* Michael besuchte sie, in einen Rollstuhl geschnallt, mit einer Metallstrebe, die seinen Hals und seinen Kopf stützte.

Noch eindrucksvoller war der Legionär, dem man die Aufgabe zugeteilt hatte, Michael in seinem Rollstuhl durchs Schiff zu schieben, Beschleunigung mit drei g hin oder her: Titus Valerius, der stämmige einarmige Veteran. Er lief mit Unterstützung eines knarrenden und klappernden Exoskeletts herum, das mit primitiven elektrischen Motoren – »ätherischen Maschinen« – arbeitete, die abgesehen von Kernel-Triebwerken, »Fernsprecher« genannten Handfunkgeräten und einigen furchterregenden Waffen so ziemlich der Gipfel der Maschinenbaukunst in dieser Welt waren. Penny sah, wie sich Titus' Muskeln bei der Anstrengung wölbten, wie die Adern in seinem allseits gestützten Hals hervortraten. Aber er erledigte seine Aufgabe, wie offensichtlich auch der Rest von Quintus' gut ausgebildeter Crew.

»Du hältst dich gut«, erklärte ihr Michael von seinem Stuhl aus, während er sie untersuchte. »Ich kann dir versichern, du bist ein zäher alter Adler – zäher, als du aussiehst oder dich vielleicht fühlst. Solange du tust, was ich sage, solange du dort liegen bleibst, keine Risiken eingehst und Geduld hast …«

»Mein Katheter juckt.«

Er lachte. »Pech. Darum wirst du dich selbst kümmern müssen.«

Pennys willkommenste Besucherin war jedoch Titus' Tochter Clodia. Nach ihrer subjektiven Zeitrechnung erst fünfzehn Jahre alt, hatte sie den größten Teil ihres jungen Lebens an Bord der *Malleus* verbracht, auf deren Mission zum Doppelsternsystem Romulus-Remus. Clodia war offensichtlich stark; sie konnte sich trotz der g-Kräfte mithilfe eines Stuhls und für einen doppelt so großen Erwachsenen gebauter prothetischer Hilfen durchs Schiff bewegen, und sie erwies sich als intelligentes, gesprächiges Mädchen.

Anfangs brachte sie Penny nur ihre Mahlzeiten – das hieß, sie wechselte die Tropfbeutel gemäß Michaels Vorgaben. Im Laufe der Schiffswachen lernten sie sich jedoch besser kennen, und sie kümmerte sich auch um Pennys andere Bedürfnisse. Sie erwies sich als die netteste von Pennys Helferteam, wenn es darum ging, ihr das Gesicht zu waschen, ihren Katheterbeutel und sogar das windelartige Kleidungsstück zu wechseln, das ihre Altweiberkacke aufnahm. Penny hatte sich alle Mühe gegeben, es nicht peinlich zu finden, dass sie am einen Ende ihres langen Lebens gewickelt werden musste wie der Säugling, der sie am anderen gewesen war.

Es überraschte sie allerdings, dass Clodia sich freiwillig zu dieser Mission gemeldet hatte. Am letzten Tag, als das Schiff sich dem Mars näherte und sie auf das Ende der Bremsphase warteten, sprachen sie darüber.

»Nur damit ich das richtig verstehe. Du warst noch ein Kleinkind, als dein Vater dich auf die *Malleus Jesu* mitgenommen hat, zu der Reise nach Romulus und Remus.«

»Meine Mutter ist gestorben, als ich noch ganz klein war, bevor wir Terra verlassen haben. Es gab nur noch meinen Vater und mich …«

»Ja. Tut mir leid. Also bist du ein paar Jahre auf dem Planeten herumgelaufen. Und dann, mit zehn oder so, wirst du wieder ins Schiff gesteckt und zur Erde zurückgebracht – ich meine, nach Terra. Ich hätte gedacht, du würdest Terra viel aufregender finden als das Leben im Schiff. All die vielen Menschen, die Städte.«

Clodia schnitt eine Grimasse. »Lutetia Parisiorum ist ein Dreckloch. Und aus strategischer Sicht ist es schlecht angelegt. Ich würde aber gern mal Rom sehen. Und die tollen Städte von Brikanti natürlich auch …«

»Es ist nicht nötig, mir gegenüber höflich zu sein, mein Kind!«

Clodia grinste. »Aber wohin man auf der Erde auch kommt, es gibt keine, keine … Die Leute laufen irgendwie durch die Gegend und tun, was sie wollen.«

»Keine Disziplin?«

»Genau. Nicht so wie auf dem Marsch, wenn man jede Nacht sein Lager aufbaut und alles immer am selben Platz ist, genau dort, wo es sein soll. Nacht für Nacht. *Das* finde ich gut.«

»Du bist eben ein Militärgör, und das ist auch völlig in Ordnung. Tja, ich bin froh, dass du da bist, Clodia, du warst mir ein echter Trost … Aber was ist mit der Zukunft? Nicht einmal dein Vater kann ewig in der Legion bleiben. Was wirst du tun? Ich kann mir nicht vorstellen, dass du damit zufrieden wärst, die Ehefrau irgendeines Soldaten zu sein.«

»Ich kann mich nicht mehr an meine Mutter erinnern, aber ich habe die Frauen im Lager gesehen, bei Romulus. Sich um Babys kümmern, Brot backen und Wäsche waschen, Tag für Tag?« Sie verzog das Gesicht. »Das ist nichts für mich.«

»Was dann? Im römischen Militär nehmen sie keine Frauen auf, nicht wahr?«

»In den Legionen nicht, nein. Nicht in der kämpfenden Infanterie. Aber es gibt zahllose andere Aufgaben, die man übernehmen kann. In der Verwaltung, in der Ausbildung, in der Logistik. Die entsprechenden befinden sich sind häufig in den Städten, in den großen, zentralen Militäreinrichtungen. Aber auch an der Front gibt es Aufgaben für Frauen, sogar in den kämpfenden Einheiten. Einige Hilfstätigkeiten. Oder ich könnte Waffenspezialistin werden. In die Ausbildung gehen.«

»Oder *medicus* werden. Dafür gibt es jede Menge Einsatzmöglichkeiten an der Front. Du solltest mit Michael darüber sprechen.«

Wieder eine selbstironische Grimasse. »Vielleicht könnte ich Krankenschwester werden. Ansonsten weiß ich nicht, ob ich klug genug bin. Ich kann Artilleriegeschosse auseinandernehmen, aber ein verletzter Legionär … Ich finde schon irgendwas.«

»Ganz bestimmt …«

In diesem Moment ertönte die Warn-Fanfare und erfüllte das Schiff mit ihrem schrillen Klang.

Clodia tätschelte ihre Hand. »Lieg einfach still, bis es vorbei ist.«

Und Penny spürte auf ihrer Liege, wie die Kernel-Triebwerke aufhörten zu arbeiten, ein tiefer Schauder, der durch die ganze Schiffskonstruktion lief. Der Chor knarrender Geräusche und erschreckender Schepperlaute verstummte ebenfalls, als die Belastung von drei g aufgehoben wurde. Und erst dann, so schien es, hob sich das Gefühl starker Beschleunigung von ihrem Körper.

»Ah«, sagte sie leise. »Es ist, als hätte dein Vater zwei Tage lang auf meiner Brust gesessen und wäre jetzt aufgestanden.«

Clodia löste ungeduldig die Gurte, die sie in ihrem Stuhl hielten, schob ihre exoskelettalen Stützen beiseite und schwebte jauchzend in die Luft empor. »Diesen Moment liebe ich immer!«

»Wie lange waren wir …«

»Fünfzig Stunden. Fünfundzwanzig mit Beschleunigung bei drei g, dann die Wende und fünfundzwanzig für das Bremsmanöver. Und *zack*, schon sind wir beim Mars. Wir hätten nicht schneller herkommen können. Römische Schiffe sind von ihrer Leistung her die besten der Welt, und die *trierarcha* hat bestimmt alles herausgeholt, was nur ging.«

»Oh, das bezweifle ich nicht, mein Kind. Aber wir könnten trotzdem schon zu spät dran sein.« Sie wühlte sich mühsam aus ihrem Kokon von Decken und Kissen, ein gealterter Schmetterling. »Oh, hilf mir raus aus diesem Ding.«

Clodia hing zweifelnd über ihr. »Wenn ich dich nicht hierbehalte, bis der *medicus* dich untersucht hat, werde ich zu Fuß nach Terra zurücklaufen müssen …«

Es dauerte eine weitere Stunde, bis die vor Frustration kochende Penny endlich auf die Brücke der *Malleus* durfte.

Jenseits der Panoramafenster, vor ihren Augen, zeichnete sich ein weiteres Mal der Mars ab, riesengroß, wie eine Stuckatur in Orange- und Brauntönen, zernarbt von Kratern und trockenen Schluchten, und die silbernen Bänder der Kanäle glänzten sanft im Sonnenlicht.

Als sie eintraf, war bereits eine Art Kriegsrat im Gang. Die Teilnehmer waren Quintus, sein Stellvertreter Gnaeus und die *trierarcha* seines Schiffes, Movena, ebenso wie Stef, Beth, Mardina, Ari Guthfrithson, Kerys und die auf Chu Yuens Schultern ruhende KolE. Stef gönnte ihrer Schwester kaum einen Blick. Für Penny wirkten sie alle mitgenommen, mit fleckiger Haut und verquollenen Augen. In dem übervollen Raum stank es ein wenig nach körperlichen Ausdünstungen – aber wahrscheinlich hatte sich seit Tagen keiner von ihnen gewaschen, überlegte Penny; sie hatten nicht alle dieselbe umfassende medizinische Betreuung genossen wie sie.

Und Jiang war da. Auch er wirkte ausgelaugt. Aber er hielt sich an einem Handlauf fest, stützte sich in der Luft ab und nahm ihre Hand in seine. »Wieder beim Mars«, sagte er. »Wo wir uns zum ersten Mal begegnet sind.«

»Ja. Vor all diesen Jahren, auf der UN-China-Konferenz in Obelisk.«

»Egal, was wir durchmachen, der Mars scheint uns erhalten zu bleiben.«

Quintus Fabius wandte sich ihr zu. »Vielleicht hat sich der Mars noch nicht sehr verändert, Akademikerin. Aber das wird er demnächst tun. Schau … da oben.« Er zeigte auf einen dunklen Himmelsausschnitt hinter dem westlichen Rand des Mars.

Wo ein einzelner, hell leuchtender Stern hing.

»Ceres«, flüsterte Penny.

»Höd, ja.«

»Wie weit ist er noch entfernt? Dieses Ding scheint schon fast so groß zu sein, dass man es als Scheibe wahrnehmen kann.«

Stef nickte. »Wir wollten dich während der Reise nicht mit Updates belasten, Penny. Wir hatten gehofft, du würdest durchschlafen …«

»Ach, sei still, du Umstandskrämerin.«

Quintus breitete die Hände aus. »Höd ist größer als der Durchmesser der Venus, von der Erde aus gesehen. Das haben mir die arabischen Beobachter versichert.«

Penny versuchte, daraus schlau zu werden. »Dann muss er … ein paar Millionen Kilometer weit entfernt sein, oder?«

»Eher weniger«, sagte Stef. »Der Asteroid hat sehr starke Schubphasen hinter sich. Wir vermuten, dass beträchtliche Teile von Ceres' Material auf Erdscheins Anweisung hin als Reaktionsmasse eingesetzt worden sind. Die Beobachter auf der *Malleus* haben die neue Flugbahn berechnet.«

Penny konnte die Schlussfolgerung aus all dem in der Miene ihrer Schwester sehen. »Mein Gott.«

Stef holte tief Luft. »Ceres wird auf dem Mars einschlagen. Das steht jetzt fest. Wahrscheinlich hat Erdschein es schon die ganze Zeit so geplant.«

Quintus schaute wütend drein, als wäre das ein persönlicher Verrat. »Aber warum?«

»Wir haben keine Ahnung«, sagte Stef. »Noch nicht.«

Penny sah Stef an. »Wie lange noch?«

»Zwölf Stunden, schätzen die Araber. Nicht mehr.«

»So wenig? Na schön. Diese Zeit bleibt uns noch, um Erdschein aufzuhalten.«

Quintus nickte grimmig. »Das müssen wir unbedingt. Diese Großtat, diese Bewegung kosmischer Massen ist vielleicht nur mit der Absicht erfolgt, Schaden anzurichten. Sie könnte sogar einen Krieg auslösen. Wir müssen ihn aufhalten. Aber wir werden auf Widerstand stoßen.«

»Dann bin ich froh, in einem Schiff voller römischer Legionäre zu sein«, sagte Penny trocken. »Arbeiten wir unseren Plan aus.«

Doch während die Soldaten über Strategien und Ausweichlösungen zu diskutieren begannen, setzte in Pennys Kopf eine Uhr mit einem schrecklichen Countdown ein.

Zwölf Stunden. Und die Zeit lief.

# 27

Zu Stefs Erleichterung gab Penny Michaels beharrlichem Drängen nach, dass sie Ruhe brauchte.

»Und sorgt dafür, dass sie sich wieder anschnallt«, rief der Zenturio, als sie von der Brücke geführt wurde. »Es kann sein, dass wir uns weiteren starken Beschleunigungen unterziehen müssen, bevor der Tag um ist.«

»Wie du wünschst, Zenturio.«

Die anderen sahen sich Quintus' Bilder von Erdscheins neuester Basis auf dem Boden an, in Terra Cimmeria. Es waren Fotografien großen Maßstabs, körnige Produkte der Nasschemie wie alle römischen oder brikantischen Aufnahmen, aber gut genug, fand Stef, um einen Eindruck von der Anlage zu vermitteln. Sie sah drei umfangreiche, dicht beieinanderliegende Ansammlungen von Gebäuden. Weiter draußen gab es große verbrannte Flächen und Stellen, wo der Boden gänzlich geschmolzen war: die Hinterlassenschaften mehrfacher Landungen von Raketen mit Kernel-Antrieb.

»Also, Colonel Kalinski«, sagte Quintus. »Wir beobachten dieses Gebiet schon seit Jahren – seit der Zeit, als Erdschein sein Unternehmen in die Tat umzusetzen begonnen hat. Aber jetzt wäre mir dein Beitrag willkommen. In eurer Welt hatten die Xin hier ihre marsianische Hauptstadt, wie du sagst.«

»Mitten in dem Hochland, das wir Terra Cimmeria genannt haben, ja.«

»Zweifellos hat Erdschein diesen Ort genau deshalb gewählt«, sagte die KolE von Chus Rucksack aus, »wegen dieser Resonanz. Alles, was Erdschein tut, wird von der Wahrnehmung miteinander konkurrierender Realitäten geprägt sein. Und zweifellos hat er den Standort einer Stadt, die ihres größten Gebäudes wegen Obelisk genannt wurde, deshalb hier auch mit … zeig für mich hin, Chu Yuen, links unten … *dem da* markiert.« Der Sklave schien gut mit dem Herrn zusammenzuarbeiten, den er trug; sein Finger stach auf die Aufnahme einer der drei Ansammlungen von Kuppelbauten hinab.

Stef schaute nach unten. »Ich sehe einen scharfen Streifen auf dem Boden. Moment – wo steht die Sonne? Das ist ein Schatten, von etwas sehr Hohem …«

»*Ein Baum*«, sagte die KolE. »Kein Obelisk. Ein Baum. Der bis in eine Höhe von rund vierhundert Metern wachsen durfte, das Dreifache der maximalen theoretischen Höhe auf Terra. Die Höhe eines Baumes wird von der Notwendigkeit begrenzt, Wasser zu seinen obersten Blättern hinaufzutransportieren …«

»Aber auf dem Mars mit seiner Drittelschwerkraft kann er so groß werden«, sagte Stef. »Er muss Wachstumsförderer bekommen haben.«

»Ja. Erdschein sitzt seit einigen Jahren auf dem Mars, aber so lange nun auch wieder nicht. Der Baum ist mit Wachstumsfördermitteln behandelt worden und von einer Hülle umschlossen, die Luft und Feuchtigkeit erhält. Unsere Bilder sind nicht gut genug, als dass wir die Art schon bestimmen könnten. Ein eindrucksvoller Trick.«

Beth beugte sich näher heran, um sich das Bild anzusehen. Beth und Mardina hatten seit Pennys kurzem Besuch auf der Brücke meist geschwiegen. Nur Ari war noch stiller gewesen, dachte Stef; der *druidh* hatte kein einziges Wort gesagt.

»Aber warum sollte Erdschein einen Baum auf dem Mars wachsen lassen?«, fragte Beth. »Der gehört doch gar nicht dorthin.«

»Für seine Verbündeten«, sagte Kerys grimmig. Die *nauarcha* war während dieser Reise in einem römischen Schiff ebenfalls wortkarg gewesen, hatte Stef bemerkt, aber sie hatte zugeschaut und zugehört und offensichtlich ihre eigenen Schlüsse gezogen. Jetzt zeigte sie auf einen weiteren Schatten, der sich auf dem Marsboden abzeichnete, auf einem zweiten Gelände in einiger Entfernung nördlich des Baumes. »Das ist ein Schiff – ein Schiff der brikantischen Marine. Die *Celyn*. Erdschein hat also Unterstützer auf dem Boden, mindestens in der Stärke einer Schiffsbesatzung, und die meisten dürften Brikanti sein.« Sie starrte Quintus trotzig an. »Wir haben keine Zeit für gegenseitige Schuldzuweisungen. Aber immerhin war es zufällig ein brikantisches Schiff – nämlich meines –, das dieses Ungeheuer, diesen Erdschein, vor all diesen Jahren gefunden hat. Wie sehr ich jetzt wünschte, wir hätten die Kisten, die ihn enthalten haben, in Ymirs Schädel hinausgeworfen! Selbst wenn wir euch andere gerettet hätten.«

»Danke«, sagte Beth schlicht.

»Natürlich bekam er anfangs Unterstützung von der brikantischen Regierung, als er seine Pläne zur Ausbeutung anderer Welten darzulegen begann. Wir glaubten, wir könnten die Situation im Griff behalten – könnten *ihn* im Griff behalten.«

»Tja, da habt ihr euch geirrt«, sagte Quintus.

»Es hat damit angefangen, dass er die Besatzungen der Schiffe, die wir zu seiner Unterstützung ausgeschickt hatten, zur Illoyalität aufstachelte. Er hat sie dazu gebracht, ihre Nation zu verraten – um unter *ihm* Träumen von Gier und Macht nachzuhängen. So ist es unserer Ansicht nach gewesen. Aber sie sind Brikanti.«

»Ah«, sagte Stef. »Ich habe während unseres Heimflugs einiges darüber gelesen. Für die *druidh* ist der Baum in der brikantischen Überlieferung ein heiliges Symbol.«

Jetzt sprach Ari. »Was für andere Projekte sie auch immer verfolgen mögen, sie werden sich über die Gelegenheit gefreut haben, den vielleicht noch immer einzigen und mit Sicherheit größten Baum auf dem Mars – größer als jeder auf der Erde – hegen und pflegen zu können. Selbst Christen wären von diesem Symbol begeistert. Ihr Römer habt Christus an ein Holzkreuz genagelt, und sein Blut nährt die Wurzeln des Weltenbaums Yggdrasil, der …«

»Ja, ja«, sagte Quintus ungeduldig. »Nicht gerade der richtige Zeitpunkt für eine Lektion in Theologie, *druidh.* Also – der heilige Baum. Und drum herum, wie ihr seht, eine Reihe überkuppelter Habitate, die unserer Ansicht nach Wohnstätten für Erdscheins menschliche Unterstützer sind, oder jedenfalls für die meisten von ihnen, und außerdem Werkstätten und Geschäfte beherbergen. Im Norden – und in einigermaßen sicherer Entfernung vom Baum – seht ihr die *Celyn* und die dazugehörigen Serviceeinrichtungen für ein Kernel-Schiff. Auch genug Landeplatz für weitere Raumfahrzeuge, wie sie in den letzten paar Jahren zwischen dem Mars und Höd hin und her geflogen sind.«

»Ablösungen«, sagte Kerys. »Es gibt Teams, die oben auf Höd arbeiten und dort die Kernel-Batterien bemannen. Sie scheinen jeden Monat oder so ausgetauscht zu werden.«

Quintus nickte. »Und wir glauben, dass Erdschein selbst – oder zumindest sein Satz von Trägergeräten – *hier* sein muss.« Er zeigte auf den dritten Gebäudekomplex.

Stef beugte sich hinunter, um besser sehen zu können, und verfluchte stumm ihre alternden Augen. »Noch mehr Kuppeln. Aber das Herzstück ist dieser schräg geneigte rechteckige Klotz.«

»Ein verstärkter Bunker«, sagte Quintus. »Eine bekannte Konstruktion. Unempfindlich gegen unsere bodengestützten Waffen, ja sogar gegen aus der Umlaufbahn gestoßene Steinbrocken, sofern sie nicht massiv genug sind, um die gesamte Anlage zu zerstören. Erdschein hockt zweifellos unten in einem noch tieferen Loch.«

Stef grunzte. »Das wäre typisch. Er mag seine Löcher im Boden, die Bunker, die er sich mit seinen Kern-KI-Brüdern auf der Erde geteilt hat, seine Bastion unter Paris, seine Grube unter dem Hellas-Becken …«

»Aber Ceres wird den ganzen Planeten zertrümmern«, wandte Beth ein. »Ich kann mir nicht vorstellen, dass er so lange hierbleibt. Er will überleben, was auch immer er hier macht. So wie er von der Erde geflohen ist, bevor der Nagel einschlug.«

»Richtig«, sagte Stef. »Und wenn Ceres binnen zwölf Stunden einschlagen wird, kommt er nur an Bord dieses Schiffes, der *Celyn*, hier heraus.«

»Also schön«, sagte Quintus. »So sieht es auf dem Boden aus. Jetzt hätte ich gern einen taktischen Plan. Es wäre nicht schwer, gewaltige Zerstörungen anzurichten. Offen gesagt, wir könnten mit brennendem Kernel-Antrieb runtergehen und alles da unten wieder in den Marssand schmelzen.«

»Aber wir sind nicht hier, um Zerstörungen anzurichten«, erwiderte die KolE. »Wir müssen an Erdschein herankommen. Das Ziel ist, Ceres abzulenken, falls es noch möglich ist.«

»Das wissen unsere Feinde auch«, sagte Quintus. »Also werden sie darauf warten, dass wir es auf die sanftere Tour versuchen, zum Beispiel indem wir landen. Vielleicht haben sie

Raketen, sogar welche mit Kernel-Antrieb, um uns abzuschießen, wenn wir uns nähern, wie es die übliche Schutzmaßnahme für unsere großen Städte auf Terra ist …«

»Vielleicht auch nicht«, warf Movena ein, Quintus' *trierarcha*. »Die Oberflächen-Scans, die wir durchführen konnten, hätten uns alle solchen Raketen gezeigt. Dort gibt es Kernels …« Sie zeigte hin. »Unter Erdscheins Bunker. Aber es ist keine Konfiguration, die wir kennen – sie werden jedenfalls nicht in Raketen eingesetzt.«

»Dieses Gespräch ist unproduktiv.« Jetzt trat Ari Guthfrithson vor, kalt und klinisch. »Wir müssen uns auf das Ziel konzentrieren und von dort aus rückwärts denken. Wir müssen an Erdschein herankommen und ihn dazu bringen, Höd abzulenken, wenn das noch geht. Also dann. Ihr habt meine Familie hergebracht …«

»Wir sind nicht deine Familie«, fauchte Beth. Mardina packte sie am Arm.

Ari ignorierte sie. Er tippte auf das Bild des Bunkers. »Dort müssen wir landen. Wir drei, Mutter, Vater, Tochter – *seine* Enkelin und Urenkelin. Und die Landwirtschaftsmaschine, ein mechanischer Geist, der vielleicht mit einem anderen kommunizieren kann.«

»Danke, dass du an mich denkst«, sagte die KolE trocken.

»Erdschein wird uns in seinen Bunker holen. Er hat dich schon einmal gerettet, Beth, das weißt du, als er dich auf der *Tatania* vom Feuermeer eurer Erde weggebracht hat. Heute wird er dich noch einmal retten. Ich bin nämlich sicher, dass du recht hast. Er legt es nicht darauf an, ausgelöscht zu werden. Und er wird sich veranlasst sehen, uns mitzunehmen, wohin er auch geht.«

»Und sobald ihr dort unten seid …«, setzte Quintus nach.

»Versuchen wir, ihm die Sache auszureden. Aber das hängt davon ab, dass wir ungehindert zu diesem Bunker gelangen.«

Quintus nickte. »Wir haben Jachten; wir können euch hinunterbringen. Aber gleichzeitig müssen wir den Großteil seiner Streitkräfte ablenken. Wir haben eine *testudo*, mit der wir uns auf dem Boden ein bisschen amüsieren können …« Er zupfte an seiner Lippe. »Erdscheins Streitkräfte werden sich ziemlich gut verschanzt haben.«

Movena lächelte. »Aber das sind meine Landsleute. Brikanti. Ich weiß, wie sie denken. Und ich habe einen Vorschlag, wie man ihre Aufmerksamkeit ablenken könnte.«

»Nämlich?«

»Sie müssen zwei ihrer drei Einrichtungen auf dem Boden schützen, das Startgelände und den Bunker. Also greift die dritte an.«

Quintus lächelte. »Ah. Den großen Baum. Die Brikanti werden weggelockt, um *den* zu retten, abergläubische Barbaren, die sie sind.«

Kerys, die über die Beleidigung hinwegging, schüttelte den Kopf. »Das sind die üblichen Spielchen. Wir brauchen noch mehr. Einen Plan B. Selbst wenn Beth Eden-Jones und die anderen zu Erdschein durchkommen, gibt es keine Garantie, dass er auf sie hört. Wir müssen über andere Möglichkeiten nachdenken, Höd aufzuhalten.«

»Zum Beispiel?«, fragte Quintus. »Auf Höd selbst sind Truppen; die werden bestimmt da oben bleiben, um ihn bis zur letztmöglichen Minute zu verteidigen. Wenn wir mit der *Malleus* dorthin fliegen, werden sie uns vom Himmel pusten – oder es zumindest nach Kräften versuchen.«

»Stimmt. Also fliegen wir nicht mit der *Malleus* dorthin. Oder vielmehr, ich nicht.«

»Was soll das heißen?«

»Das soll heißen, dass ich mit einem kleinen, brikantisch ausgebildeten Trupp – ein paar von uns würden reichen – *dieses* Schiff dort unten nehmen werde. Die *Celyn*. Es gehört zur selben Klasse wie mein eigenes letztes Schiff, die *Ukelwydd*. Ich könnte sie mit verbundenen Augen fliegen. Zumindest schalten wir sie damit als Bedrohung für die *Malleus* aus. Und vielleicht können wir als Plan B für diese Überredungstaktik fungieren. Ich könnte einfach zu Höd hinauffliegen, der praktischerweise auf uns zurast, und die Kommunikationscodes des Schiffes und vielleicht meinen eigenen Rang als Tarnung für die Annäherung benutzen. Und dann …«

Quintus runzelte die Stirn. »Ja, und dann?«

»Keine Ahnung. Dann muss ich improvisieren. Die Besatzung auf Höd hat bestimmt eine Möglichkeit, das Vorhaben abzubrechen.«

»Nicht unbedingt«, sagte die KolE leise.

»Tja, wenn nicht, überlegen wir uns was anderes.«

Movena nickte enthusiastisch. »Es ist vielleicht nur eine geringe Chance, aber besser als gar nichts.«

Kerys nickte. »Wenn ihr mich unterhalb des Horizonts der Basis absetzt, vielleicht auf demselben Überflug, bei dem ihr Beth und ihre Bunker-Gruppe rausschickt …«

»Beth und ihre Gruppe und mich.« Die Stimme schwankte, war jedoch energisch.

Stef drehte sich um und sah zu ihrem Entsetzen Penny in der Tür. Sie hielt sich mit einer klauenartigen Hand an einem Handlauf fest, ihr graues Haar eine Wolke um ihren Kopf. »Penny – leg dich wieder hin.«

»Das werde ich nicht tun, und ich werde mich dir gegenüber jetzt auch nicht rechtfertigen, Stef, falls ich das überhaupt jemals getan habe. Hört mir zu. Ich kenne Erdschein besser als jeder von euch. Früher einmal war ich sogar in gewissem Sinn eine Kollegin, und das war ich auch hier wieder, diesseits des Jonbar-Punkts. Setzt mich in einem Rollstuhl auf dem Mars ab – in einem Drucksack oder worin auch immer – ich kann euch helfen.« Sie lächelte dünn. »Es könnte ihn zumindest ablenken. Eine zusätzliche Ablenkung seiner Kräfte.« Sie warf ihrer Schwester einen Blick zu. »Ich hoffe, du erhebst keine weiteren Einwände?«

Stef spürte, wie Zorn in ihr aufwallte. »Du hast sowieso nie zu meinem Leben gehört. Es ist also kein Verlust für mich, wenn du es jetzt verlässt.«

Quintus hob die Hände. »Dafür haben wir keine Zeit. Wir haben einen Plan, und einen besseren finden wir nicht. Bereitet euch auf eure Absetzung vor, in …« Er warf seiner *trierarcha* einen Blick zu.

»In einer Stunde«, sagte Movena.

»In einer Stunde.« Er ließ den Blick über die Gruppe schweifen. »Wir werden uns wahrscheinlich nie wiedersehen, so wie wir jetzt hier versammelt sind. Und viele von uns werden den Tag vielleicht gar nicht überleben. Wenn ihr an Jesu glaubt: Möge er jetzt an eurer Seite sein.« Er klatschte in die Hände und brach damit den Bann. »Los, los!«

# 28

Sechs Stunden vor Ceres' Ankunft drang die *Malleus Jesu* in die Marsatmosphäre ein – wie ein römischer *gladius*, rief Titus Valerius triumphierend, der die Eingeweide eines Barbaren durchstieß.

Gnaeus Junius steckte bereits zusammen mit einem *contubernium* von acht Männern unter Titus' Kommando in der dicken Panzerhaut einer *testudo*. Er klammerte sich an seine Gurte, drückte sich tiefer in die Polsterung und sagte sich, dass er so sicher war, wie er in einem solchen Moment überhaupt nur sein konnte, in seinem gepanzerten Druckanzug, begraben in seiner Liege im Innern eines Panzerfahrzeugs, das wiederum vom Laderaum der *Malleus*, einer Kernel-getriebenen Faust von einem Schiff, umschlossen war wie von einer großen Windel. Folglich war Gnaeus in Schichten von Kissen, Panzern und Rumpfplatten gehüllt wie ein kostbares Geschenk, das auf den Transport zum Lieblingssohn eines Kaisers wartete.

Doch jetzt würde dieses Geschenk ausgeliefert werden, indem man es kopfüber in die dünne Marsluft warf. Das Schiff fiel mit dem Heck voran, während seine Kernel-Batterie strahlend hell brannte, um es von seiner interplanetarischen Geschwindigkeit herunterzubremsen. Gnaeus betete nur, dass die dicke Hülle, die sich jetzt schichtweise abschälte, um überschüssige Hitze abzuführen, lange genug hielt, um das Schiff während dieser quälend langen Momente des Atmosphäreneintritts intakt zu erhalten.

Vor sich sah Gnaeus, wie die Männer des *contubernium*, die ihm allesamt den Rücken zukehrten, auf ihren Liegen die Bremskräfte in sich aufnahmen. Ein *contubernium* war formell eine »Zeltgruppe«, eine Einheit innerhalb der Legion – ein Trupp, der zusammen ausgebildet wurde, zusammen lebte und kämpfte. Sie wirkten entspannt. Einer von ihnen *schlief* sogar, soweit Gnaeus sehen konnte, en Mann namens Marcus Vinius. In ihrer Ausbildung hätten sie weit Schlimmeres als dies durchgemacht, hatte Titus ihm versichert.

Nun, Gnaeus nicht. Er stammte aus einer Senatorenfamilie; seine Zeit in der Armee, seine Ausflüge ins All waren nur als Sprungbrett zu etwas Besserem gedacht, ein paar Jahre der Abhärtung, bevor er zu einer Laufbahn in der hohen Politik zurückkehrte, hoffentlich in der Hauptstadt selbst. Seine unwillkommene Berufung in die interstellare Romulus-Remus-Mission bewahrte ihn zwar vor dem Zusammenstoß mit kriegerischen Barbaren in Walhalla, hielt ihn jedoch auch fünfundzwanzig Jahre lang von Rom fern, eine Zeit, in der eine neue Generation ehrgeiziger Emporkömmlinge angetreten war, die um solche Posten konkurrierten – ein kompletter Kader von Leuten, die genauso intelligent und ehrgeizig waren wie Gnaeus und im Gegensatz zu ihm auf dem Laufenden, was die aktuellen Intrigen und internen Machtkämpfe an der Spitze des Imperiums betraf.

Und jetzt *das*. Ein Überfall auf einen Planeten, der von so etwas wie einer wahnsinnigen Maschine okkupiert worden war, und das genau in dem Moment, in dem der Himmel einzustürzen drohte. Solche Abenteuer hatten erst recht nicht zu Gnaeus' Karriereplanung gehört.

Das Bremsmanöver erreichte einen brutalen Höhepunkt. Zähneknirschend schloss er die Augen und fragte sich, ob es nicht vielleicht besser wäre, wenn das Schiff sich einfach in der Luft auflöste und allem ein Ende machte. Aber das meinte er nicht ernst, nicht einmal in den schlimmsten Augenblicken. Er musste schließlich seine Pflicht erfüllen.

Und dann fiel der Bremsdruck so plötzlich auf nahezu null, als wäre ein Schalter umgelegt worden. Gnaeus wurde nach vorn geschleudert, in sein Gurtgeschirr, und endlich rebellierte sein Magen, das Frühstück aus getrockneten Fisch und Brot kam ihm hoch und spritzte aus seinem Mund.

Titus lachte und klopfte ihm auf den Rücken. »Macht nichts, *optio*. Passiert uns allen. Und keiner von uns hat gesehen, wie der *optio* sich die Seele aus dem Leib gekotzt hat wie ein kleines Mädchen, oder, Jungs?«

»Ich nicht, Titus Valerius.«

»Moment. Ich wecke mal eben Marcus Vinius, um mich zu vergewissern, dass er auch nicht gesehen hat, wie …«

»Schon gut, schon gut.« Gnaeus rang darum, seine Würde wiederzugewinnen. »Vergewissere dich lieber, Titus, dass du bereit für die Absetzung bist – *uff*.«

Jetzt schlingerte das Schiff unvermittelt nach rechts, und es gab eine abrupte Beschleunigung.

»Das kommt davon, wenn man durch eine Atmosphäre fliegt«, sagte Titus. »Man muss mit Turbulenzen, mit der dichter werdenden Luft fertigwerden – eine Menge Staub in der Marsluft – und nach Möglichkeit verhindern, dass die Barbaren auf der Oberfläche einen ins Visier nehmen können. Keine Sorge, *optio*. Eins muss man der *trierarcha* und ihrer Besatzung lassen. Diese Brikanti wissen mit einem Schiff umzugehen.«

Gnaeus grunzte. »Unglücklicherweise gibt es auf dem Boden einen anderen Haufen Brikanti, die uns umbringen wollen.«

»Ach, deretwegen würde ich mir auch keine Sorgen machen, Herr. Wenn sie uns erwischen, werden wir's nicht mal merken.«

»Ich wünschte, du würdest mir nicht ständig erzählen, dass ich mir keine Sorgen machen soll, Legionär, das ängstigt mich zu Tode.«

»Ach, entspann dich, Herr. Also, ich weiß noch, wie wir einmal bei einem Feldzug …«

»Alle mal herhören«, kam eine Stimme aus knisternden Lautsprechern. »Hier ist Quintus Fabius. Wir sind in der Luft über der Erdschein-Basis und bereit zur Absetzung. Zeitlich läuft alles wie geplant. Haltet euch bereit, wir werden nur einen Versuch haben, bevor die *Malleus* mich wieder in die sichere Umlaufbahn bringt, wohin ich gehöre. Ich bitte um Rückmeldung. Jacht?«

»Eilidh hier, Zenturio. Bereit zum Absprung, mit Collius und den anderen.«

»Viel Glück, und bleibt auf Empfang. Springer?«

»Kerys hier. Alles in Ordnung, Zenturio; Anzüge und Flügel überprüft.«

»Freut mich zu hören. *Testudo*?«

Die Antwort bestand aus dem Gebrüll der Männer des *contubernium*, dem Klappern von Waffen auf Brustpanzern; es war ein gewaltiger Lärm in der engen Kabine des Fahrzeugs. Titus strahlte. »Wir können es kaum erwarten, sie uns zur Brust zu nehmen, Zenturio!«

»Bleib ruhig, Titus Valerius, zu viel Aufregung ist schlecht für einen Mann deines Alters. Also schön, ihr alle. Achtet darauf, dass ihr während der Operation alle Kontakt haltet. Diese

Eiskugel am Himmel ist keine sechs Stunden mehr entfernt. Aber wenn ihr überlebt, werden wir euch nicht dort unten zurücklassen, und das ist ein Versprechen. Verstanden?«

Die Männer des *contubernium* taten lautstark ihre Zustimmung kund.

»Dann packen wir's an. Jacht – *los*!«

Im Bauch des Schiffes schlug ein Tor auf, und das gesamte Gefüge der *Malleus* erbebte. Gnaeus stellte sich vor, wie die Marsluft nach der Öffnung im Schiffsrumpf griff, während das kleine Landefahrzeug in die Tiefe stürzte.

»Springer!«

Ein ruckartiges Bremsmanöver, bis das Schiff so langsam war, dass die Springer ihre zerbrechlichen Körper in den Slipstream hinausschleudern konnten.

»Und *testudo*!«

Gnaeus umklammerte seine Gurte und wappnete sich erneut. Im Bauch des Schiffes öffnete sich ein weiteres Tor, diesmal direkt unter ihm. Durch die Fensterschlitze der *testudo* sah er im goldbraunen Marslicht die dahinrasende Landschaft nicht weit unter ihnen.

Die Männer auf ihren Reihen von Liegen brüllten. Titus stieß einen Schrei aus und ließ den Motor des Fahrzeugs aufheulen.

Mit dem Klappern gelöster Riegel wurde die *testudo* aus dem Bauch des Raumschiffs abgeworfen. Einen Moment lang befand sich Gnaeus im freien Fall, und er bildete sich ein, wieder im zeitlosen Vakuum des Weltraums zu sein. Selbst die Legionäre verstummten, als sie in die Tiefe stürzten, wenn auch nur einen Moment lang.

Dann krachte das Fahrzeug ins Erdreich. Die Schwerkraft kehrte abrupt zurück – und als sich die großen Drahtgeflechtreifen ins marsianische Erdreich gruben, schoss die *testudo* sofort vorwärts. Gnaeus wurde erneut in seine Liege gedrückt.

Und über die Schulter von Titus an seinen Bedienungselementen hinweg, durch einen Fensterschlitz mit einem massiven Schutzgitter davor, erhaschte Gnaeus einen Blick von der sich entfernenden Flamme der *Malleus* und von einem unglaublich hohen Baum, der am orangefarbenen Marshimmel kratzte.

Kerys fiel aus der offenen Luke in der Flanke der *Malleus*.

*Wamm!*

Die Luft dieses kleinen Planeten mochte zwar selbst noch in dieser geringen Höhe dünn sein, aber lediglich in einem Druckanzug in sie hineinzustürzen fühlte sich an, als würde man gegen eine Wand laufen. Und sie war voller körnigem Staub, der gegen ihre Schutzbrille prasselte.

Ihre Geschwindigkeit nahm rasch ab. Sie war noch immer zu einer Kugel zusammengerollt; diese Haltung hatte sie beim Absprung eingenommen, um ihre Überlebenschancen zu vergrößern, während die *Malleus* dicht an ihr vorbeiflog. Jetzt hörte sie, wie sich das Tosen des Schiffsantriebs von ihr entfernte, und sah aus dem Augenwinkel, wie sein greller Lichtschein schwächer wurde. Sie breitete Arme und Beine aus, ließ sich von der Luft packen und stabilisieren. Ihre Geschwindigkeit nahm weiter ab, und ihr Sturz verlief geordneter, mit dem buttrigen Himmel über ihr, einer zernarbten, rostigen Landschaft unter ihr und einer blassen, verkleinerten Sonne nicht weit über dem Horizont. Unten sah sie Erdscheins Anlagen, die drei von staubigen Fahrbahnen verbundenen Gebäudekomplexe, genau wie auf Quintus' Bildern; der Bunker, das Kernel-Schiff – ihr Ziel – und dieser unglaublich hohe

Baum in seinem schmalen Luftzelt. Also war sie auf dem richtigen Weg.

Und genau über ihr war ein strahlender Lichtpunkt, wie ein Stern, der heller zu sein schien als die Sonne. Höd, unterwegs zu seinem tödlichen Rendezvous. Sie wandte den Blick ab, zwinkerte die blendende Helligkeit aus ihren Augen.

Im richtigen Moment zog sie an einem Stück Leder an ihrer Brust. Seile rissen sich los, und sie spürte, wie sich Stoffballen auf ihrem Rücken entfalteten. Erneut wappnete sie sich und verschränkte die Arme vor der Brust. Als sich die Luft in ihren Flügeln fing, wurde sie dramatisch abgebremst; ein heftiger Ruck an ihrem Unterleib ließ sie nach Luft schnappen. Aber gleich darauf war es vorbei, und als sie nach oben schaute, breiteten sich ihre Schwingen weit über den Himmel. Aus abgenutztem Leder und mit Holzrippen versteift, hatten sie die Flügelform in der Luft segelnder Seevögel wie der Albatrosse, aber dieses spezielle Paar war natürlich an die dünne Marsluft angepasst und viel größer, als es über Terra nötig gewesen wäre.

Und sie waren erfolgreich geöffnet. Sie verspürte eine Aufwallung von Befriedigung. Für den Augenblick war sie in Sicherheit – zumindest bis sie und ihre einzige Gefährtin, Freydis, eine *remex* mittleren Ranges, in Höd selbst hineinflogen, falls sie jemals so weit kamen …

Gerade als sie an Freydis dachte, schoss eine Gestalt mit ausgebreiteten Armen und Beinen quer durch ihr Blickfeld, und die kleinen Lautsprecher in ihrem geschlossenen Helm knisterten. »Huiii!«

»Hör auf, so eine Show abzuziehen, Freydis.«

»Verzeihung, *nauarcha*. Aber ist das nicht toll? Wir fliegen über dem Mars!«

Kerys wollte sie nicht entmutigen, aber sie konnte einen Seufzer nicht unterdrücken. »Wenn man dreißig Jahre alt ist, so wie du, und stark genug, dass einem nicht die Gedärme hinten herausgerissen worden sind, als sich die Schwingen geöffnet haben, und wenn man eine unerfahrene Idiotin ist – ja, Freydis. ›Toll‹ ist genau das Wort, das ich dann benutzt hätte.«

»Tut mir leid, *nauarcha*.« Freydis beruhigte sich rasch.

Kerys schaute nach unten und justierte ihre Schwingen, um dafür zu sorgen, dass sie auf den gedrungenen Zylinder der *Celyn* mit ihren Serviceeinrichtungen drum herum zuhielt – und sie erspähte kleine dunkle Punkte, vermutlich Besatzungsmitglieder und Wachposten, die auf sie warteten, während sie vom Himmel fiel. Sie rief noch einmal Freydis an. »Du kennst den Plan. Wir tragen beide Identitätssender, die uns als Boten des Marine-Hauptquartiers in Dumnona ausweisen. Und wir haben neue Befehle für die Besatzung dieses Schiffes dort unten. Ja? Sie werden all diese Anweisungen ablehnen, aber mit etwas Glück wird der Bluff sie zumindest so lange verwirren, dass wir landen können, bevor sie das Feuer eröffnen. Tu oder sag nichts, was uns verrät; folge einfach meinem Beispiel.«

»Ich verstehe, *nauarcha*.«

Kerys schaute zu ihr hinüber. »Also, bist du bereit? Ich habe dich ausgewählt, weil du in meinen Augen von allen Besatzungsmitgliedern am besten qualifiziert bist. Du hast eine außergewöhnliche Begabung als Pilotin und einen eigenen Kopf. Außerdem weiß ich, dass du in Kalinskis Sankt-Jonbar-Akademie ausgebildet wurdest. Du weißt also alles über diese Leute und ihre seltsame Herkunft, über dieses sonderbare Wesen namens Erdschein.«

»Wahrscheinlich genauso viel wie jeder andere in meiner Besoldungsgruppe, *nauarcha*.«

Das brachte Kerys zum Lachen. Doch dann schaute sie nach unten zu den schwer bewaffneten und misstrauischen Soldaten auf dem Boden, die darauf warteten, sie zu empfangen, und nach oben zu dem sich bedrohlich am Himmel abzeichnenden Asteroiden, der drauf und dran war, diese Welt in Stücke zu zertrümmern, und sie dachte daran, was für eine unwahrscheinliche Abfolge von Ereignissen notwendig wäre, damit diese intelligente, eifrige *remex* den Tag überleben konnte – und alles wegen ihr, Kerys, und ihrem irrsinnigen Plan.

»*Nauarcha!* Die Soldaten da unten. Sie scheinen abgelenkt zu sein. Schau, sie wenden sich von uns ab. Sie laufen … ja, wohin? Zu einem neuen Sammelpunkt südlich von hier.«

Kerys justierte ihre Schwingen und drehte sich in der Luft, damit sie besser sehen konnte. Jetzt sah sie ein Fahrzeug mit schwerer schwarzer Panzerung über die Marsoberfläche brausen, das eine Wolke von Marsstaub hinter sich aufwirbelte. Die Fahne der Legio XC Victrix flatterte in der dünnen Luft, und es raste direkt auf das Gelände im Süden zu, wo dieser dünne Baum in die Höhe wuchs.

»Das ist die *testudo*. Sie haben's geschafft.« Unwillkürlich ballte sie eine Hand zur Faust, ohne sich darum zu kümmern, ob sie vom Boden aus gesehen wurde. »Na los, ihr hässlichen römischen Bastarde! Los, los!«

Die *testudo* raste hüpfend dahin, und Gnaeus musste sich am Rand seiner Liege festhalten. Sie fuhren einen der von den Brikanti angelegten unbefestigten Wege entlang, aber es war keine Römerstraße – oder zumindest sollte sie nicht mit dieser Geschwindigkeit befahren werden.

Trotzdem schaute Gnaeus nach vorn, auf den mächtigen Stamm des Baumes, und staunte über das Grün seiner Blätter, das trotz des nur halb durchsichtigen Luftzelts um den gesamten Baum herum im Marslicht leuchtete. Das Zelt selbst war ein Zylinder, undeutlich sichtbar wegen seines Überzugs aus daran haftendem Staub. Das Fahrzeug war bereits so nah, dass Gnaeus Junius die oberen Zweige des Baumes, seine Krone, nicht mehr sehen konnte.

»Dieses Ding ist lächerlich«, sagte Titus Valerius, während er die Hebel bediente, mit denen man die dahinstürmende *testudo* steuerte.

»Der Baum ist eine Viertelmeile hoch, Titus Valerius. Er ist ein Wunder der Biologie – der menschlichen Technik.«

Titus grinste. »Ein Wunder, an das uns diese Brikanti und ihr *druidh* nageln würden, wenn wir ihnen jemals die Gelegenheit dazu gäben. Und was seine Länge betrifft, so können wir beide sie mit Schritten abmessen, sobald wir ihn umgelegt haben.«

»Das kommt mir wie ein Verbrechen vor.«

»Die meisten Handlungen des römischen Militärs kommen einem wie Verbrechen vor, wenn man von ihnen betroffen ist, könnte ich mir denken, Herr. In Ordnung, Jungs«, rief er über die Schulter hinweg, »wacht auf, und macht euch bereit. Wir stürzen dieses unnatürliche Ding um, und dann nichts wie raus aus dieser Blechdose und auf die Brikanti.«

»Auf dein Kommando, Titus Valerius!«

»Bloß kein Übereifer, Scorpus, ja? Also dann, seid still, damit ich mich auf diesen verfluchten Baum konzentrieren kann.«

Die *testudo* trug eine Raketenbatterie, und auf das vordere Fenster war ein schlichtes Visier schabloniert. Gnaeus wusste, dass Titus nur die Markierung direkt auf den Stamm des Baumes ausrichten musste, ein erfreulich senkrechtes und gut sichtbares Ziel. Sie erreichten eine vergleichsweise glatte Wegstrecke, das Gerüttel des Fahrzeugs ließ ein wenig nach – und Titus legte endlich den Feuerschalter um.

Als die Raketen starteten, ratterte und hüpfte die *testudo*, und die Männer jubelten. Die Raketen wurden nur von Xin-Lebensfeuerpulver mit einer oxidierenden chemischen Verbindung angetrieben, wie Gnaeus wusste, aber sie versetzten einem trotzdem einen Stoß, wenn sie davonjagten. Gnaeus sah, wie die Raketen knapp über dem Boden brennend auf ihr Ziel zusausten, während die Brikanti auseinanderstoben, um ihnen auszuweichen – und dann zerplatzte dieses Zelt über dem Baum in hauchdünne Fetzen, unmittelbar bevor die Geschosse in die Basis des Baumes selbst krachten, nicht weit über dem mächtigen, weitläufigen Wurzelsystem. Ein Feuerball umhüllte den unteren Teil des Stammes, der sich vielleicht fünfzig Schritte in die Luft erstreckte. Einen Moment lang war nicht klar, ob der dem Baum zugefügte Schaden tödlich gewesen war, und Gnaeus, der an den Berechnungen der notwendigen Sprengkraft der Raketen mitgewirkt hatte, verspürte einen Anflug von Nervosität. Er sah, dass die brikantischen Soldaten stehen blieben, sich umdrehten und entsetzt zu ihrem Baum hinaufschauten.

Doch dann neigte sich der obere Teil des Stamms sichtbar, und in der dünnen Luft ertönte ein lautes Knacken.

»Ha!«, brüllte Titus. »Wir haben's geschafft, Jungs! Wir haben ihrem Gott das Rückgrat gebrochen. Jetzt lasst uns ein paar Brikanti-Schädel einschlagen!« Er zerrte an seinen Fahrthebeln, und die *testudo* wendete und kam in einer Staubwolke schlitternd zum Stehen.

Die großen Türen klappten sofort auf, und die Männer lösten ihre Gurte und waren im Nu draußen, wie sie es trainiert hatten. Schnurstracks gingen sie auf die Brikanti auf dem Boden los, die sich noch formierten, noch dabei waren, ihre Waffen zu heben.

Als Gnaeus Junius Titus aus der *testudo* gefolgt war, begann der Kampf. Er sah sich von Kriegern in dick gepanzerten Druckanzügen umzingelt, die unbeholfen aufeinanderprallten; viele schwangen so schwere Waffen, dass sie sie nur dank der marsianischen Schwerkraft überhaupt halten konnten – und sie alle versuchten, an die Brikanti heranzukommen. Niemand benutzte *ballistae* oder andere Lebensfeuerwaffen, bemerkte Gnaeus. Dies waren Raumsoldaten, auf beiden Seiten; die Hemmung, solche Waffen in fragilen extraterrestrischen Umgebungen zu benutzen, musste tief verankert sein. Also ging es mit Schwertern und Messern zur Sache, Mann gegen Mann.

Gnaeus sah erleichtert, dass sie nicht in der Nähe des umstürzenden Baumstamms waren, der weiterhin fast anmutig kippte. Aber die Luft war vom Knacken und Ächzen brechenden Holzes erfüllt, aus einer aufsteigenden Staubwolke kamen Stücke der Rinde und des Stammes angeflogen, und es wirbelten sogar Fetzen des zerstörten Druckzelts durch die Luft. Man konnte sich nur schwer in Erinnerung rufen, dass dies lediglich ein Manöver war, mit dem die brikantischen Soldaten von ihrem Raumschiff und Erdscheins Bunker abgelenkt werden sollten, den wahren Zielen der Operation.

Es war ein wildes Durcheinander. Es war prachtvoll. Gnaeus' Blut geriet in Wallung, und er zog seinen *gladius* und stürzte sich ins Getümmel.

# 29

Als Kerys und Freydis unter ihren Lederflügeln vom Himmel herabgeflattert kamen, sahen sie, dass eine Offizierin auf ihrem Posten vor der *Celyn* geblieben war.

Sobald Kerys auf den Boden auftraf und der Marsstaub unter ihren Stiefeln knirschte, streifte sie ihre Flügel ab, ließ sie in der dünnen Luft zu Boden sinken und marschierte auf die wartende Offizierin zu. *Marschierte* – bei geringer Schwerkraft konnte man eigentlich nicht marschieren, und das war ein ewiges Problem für Offiziere, die unter solchen Bedingungen arbeiteten und imponierend zu wirken versuchten. Es war eher so, dass sie mit gebieterischem Gehabe über den Boden glitt.

Aber sie hielt den Blick fest auf die Offizierin gerichtet, die zwischen ihr und der *Celyn* stand. Die Frau trug einen normalen Druckanzug der brikantischen Marine mit Schulterklappen, die ihren Rang anzeigten. Nach dem, was Kerys von ihrem Gesicht sehen konnte, war sie jung, sogar noch jünger als Freydis. Und sie hielt eine schwere Projektilwaffe im Anschlag, die sie nicht sinken ließ, als Kerys näher kam.

Kerys blieb nur ein paar Schritte vor der Offizierin stehen. Deren Waffe rührte sich immer noch nicht, obwohl ihre Mündung nur eine Handbreit von Kerys' Brust entfernt war. Und die Offizierin wich auch nicht zurück, obwohl die Angst und die Unsicherheit in ihren Augen nicht zu übersehen waren. Kerys verspürte eine Aufwallung von Mitgefühl, und sie schämte sich dessen, was sie tun musste.

Sie vergewisserte sich, dass die Offizierin ihre eigenen Schulterklappen gesehen und erkannt hatte, dass sie den Rang einer *nauarcha* bekleidete. Dann schaltete sie ihr Funkgerät auf einen Standardkanal und blaffte: »Dein Name?«

»Der ist irrelevant, *nauarcha*. Bei allem Respekt. Unsere Befehle – meine Befehle – lauten, dieses Schiff vor Eindringlingen zu schützen. Und …«

»Dein Name«, wiederholte Kerys mit seidiger Stimme. »Du siehst meine Uniform. Was kann es schaden, wenn du mir deinen Namen nennst?«

»Gerloc«, sagte sie schließlich. »Ich heiße Gerloc. Ich komme aus Atrebatu, das ist …«

»Es ist mir *egal*, wo Atrebatu ist. Also, Gerloc, ich sehe, du bist eine *druidh*.«

»Ja. Mein Marine-Rang und meine *druidh*-Ebene sind …«

Kerys wischte das mit einer Handbewegung weg. »Und du bist Marine-Offizierin. Das ist ein Marine-Schiff.«

»Ja, *nauarcha*.«

»Du sagst, deine Befehle lauten, dieses Schiff vor Eindringlingen zu schützen.«

»Ja, *nauarcha*.«

»Schön.« Kerys schaute sich bewusst beiläufig um. Dann zwang sie sich, dem Mädchen ins Gesicht zu schreien. »Und sehe ich für dich wie ein Eindringling aus?«

»Nein! Ich meine, ja – *nauarcha*.«

»Hast du die Anweisungen nicht gehört, die mein Schiff gesendet hat?«

»Doch. Aber wir haben keine Befehle im Hinblick auf eure Ankunft erhalten. Das römische Schiff, das euch hergebracht hat, hatte keine Landeerlaubnis, und dann kommt ihr ohne Vorankündigung mit diesen Flügeln herunter …«

Kerys trat bewusst ein wenig zurück. »Hast du noch nie etwas von einer unangemeldeten Inspektion gehört?«, fragte sie ruhiger. »Was hätte die für einen Zweck, wenn meine Ankunft vorher angekündigt würde, als wäre ich irgendein aufgeblasener Caesar, der zu den Fleischtöpfen Roms zurückkehrt?«

Das Mädchen rührte sich nicht von der Stelle. »Aber, *nauarcha* …«

Kerys hielt sich eine Hand an die Seite des Helms und hob die andere, die Handfläche nach oben. »Pst. Hörst du das nicht? Das ist dein eigener *trierarchus*, der mir die Genehmigung erteilt. Du sollst beiseitetreten. Empfängst du das nicht? Vielleicht ist deine Ausrüstung beschädigt.«

Gerloc hob die freie Hand an ihren eigenen Helm und wandte mit besorgter Miene den Blick von Kerys ab.

Dieser Moment genügte Kerys. Sie trat in den Kreisbogen der Waffe, packte Gerlocs Helm mit beiden Händen und riss ihn nach vorn. Gerlocs Hinterkopf knallte gegen den Helm, und sie verlor sofort das Bewusstsein. Kerys ließ sie behutsam auf den Marsboden sinken, während hinter ihr Freydis herbeieilte, um Gerlocs Waffe an sich zu nehmen.

»Das war nett von dir, *nauarcha*«, sagte Freydis. »Unter diesen Umständen.«

Kerys kniete über dem Mädchen. »Ich habe das nur sehr ungern getan. Sie ist auf ihrem Posten geblieben, während die anderen Idioten um sie herum weggerannt sind, um sich mit Ruhm zu bekleckern. Und trotz des ganzen Drucks, den ich auf sie ausgeübt habe, ist sie nicht von der Stelle gewichen. Sie hatte ihre Befehle und hat sie befolgt, und das ist nun ihr Lohn, von mir, ihrer befehlshabenden Offizierin. Zumindest konnte ich ihr eine gebrochene Nase oder ein paar ausgeschlagene Zähne ersparen.«

Freydis hob den Blick zum Himmel. »Vielleicht sollten wir uns lieber beeilen, *nauarcha*. Dieses Ding da oben wird kein bisschen langsamer.«

»Da hast du nur allzu recht. Komm, Freydis. Halte deine Waffen bereit. Versuch, niemanden zu töten, aber wenn es sein muss …«

»Mir ist klar, dass es hier höhere Interessen gibt, *nauarcha*.«

»Die gibt es in der Tat. Ich möchte, dass dieser Eimer in einer Stunde oder noch früher in der Luft ist.« Sie schaute auf den reglosen Körper von Gerloc hinunter, die aussah, als würde sie friedlich schlafen. »Hilf mir, sie an Bord der *Celyn* zu schleppen.«

»Natürlich, *nauarcha*. Ähm … Warum?«

»Weil sie an Bord vielleicht eine bessere Überlebenschance hat, als wenn wir sie hier zurücklassen. So viel hat sie verdient. Aber fessle ihr die Hände und Beine, damit ihr Pflichtgefühl uns nicht wieder in die Quere kommt.«

»Ja, *nauarcha*.«

Als Kerys zu Freydis hinüberschaute, sah sie an den weichen Zügen des jungen Gesichts der Frau hinter ihrer Sichtscheibe, dass Höd jetzt schon einen Schatten warf. »Hoffen wir, dass all unsere Heldentaten letztendlich doch unnötig sind … Komm, beeilen wir uns.«

Eilidh, die die kleine Lande-Jacht mit Kernel-Antrieb steuerte, in der ihre zänkischen Begleiter saßen, hatte den Befehl erhalten, zum dritten Gebäudekomplex der Anlage mit Erdscheins Bunker im Zentrum hinunterzugehen. Aber sie sollte erst landen, wenn die Operationen beim Baum und bei der *Celyn* richtig im Gang und alle Wachen abgezogen waren. Nachdem sie die Jacht in die Marsluft gebracht hatte, schwebte sie über dem Gelände und wartete auf den endgültigen bestätigenden Befehl von Quintus Fabius, der von der *Malleus Jesu* aus zusah.

Umgeben von ihren Angehörigen und Gefährten, verfolgte Mardina aufmerksam den Fortgang der militärischen Operation am Boden. Nicht nur deshalb, weil ihr Leben von deren Ergebnis abhing. Sie interessierte sich tatsächlich dafür; es war die erste echte Aktion, an der sie je teilgenommen hatte.

Es kam ihr so vor, als würde sie fortwährend lernen, nicht zuletzt von Quintus Fabius und seinen Offizieren – davon, wie sie dieses seltsame Ziel auf der Marsoberfläche studiert hatten und wie er seinen Angriffsplan improvisiert hatte. Nichts von all diesen Details hätte sie jemals auf einer Akademie oder in einem Ausbildungsgelände lernen können, dachte sie, nicht einmal bei Manövern draußen im Feld. Die Ausbildung konnte einem nur eine gewisse geistige Geschmeidigkeit beibringen – eine Geschmeidigkeit, die einen knochenharten Kern der Entschlossenheit umhüllte. Trotz aller Konfusion und Komplexität hatte Quintus Fabius das letztliche Ziel dieser Operation nie aus den Augen verloren: nach Möglichkeit einen Weg zu finden, wie man verhindern konnte, dass die Eiskugel, Höd, auf dem Mars einschlug.

Und nun war sie selbst an diesem furchtbar diffusen Teil der Operation beteiligt. Sie freute sich, dass sie bei der Aktion dabei war. Aber sie wünschte, sie könnte etwas Einfacheres tun! Etwas moralisch Eindeutigeres! Selbst wenn es gefährlicher war. Liebend gern wäre sie zusammen mit Titus Valerius in seiner *testudo* über die Oberfläche des Mars gebraust und hätte Raketen auf den heiligen Riesenbaum abgefeuert oder mit Kerys und Freydis dieses wartende Raumschiff gestürmt …

Nicht dass ihre eigene Aufgabe ungefährlich gewesen wäre. Die Jacht sendete pausenlos Identifikationsmeldungen und Bilder von ihren Insassen, die vor allem die Gesichter von Beth und Mardina zeigten. All dies war ein Versuch, zu Erdschein durchzudringen und ihn dazu zu bewegen, sie durchzulassen. Gut. Aber es war alles schrecklich unberechenbar. Sie waren so ungeschützt in dieser Jacht, die hier in der Luft hing. Wenn nur einige wenige dieser Soldaten da unten etwas Unerwartetes taten – also eigentlich ihre Befehle befolgten –, konnte die ganze Sache schiefgehen. Mardina hatte mit eigenen Augen gesehen, wie eine einsame Offizierin auf ihrem Posten bei dem Raumschiff, der *Celyn*, ausgeharrt und die *nauarcha* Kerys aufgehalten hatte.

Noch schlimmer war jedoch, dass Mardina in diesem zerbrechlichen kleinen Schiff mit ihrer Familie und anderen Verrückten festsaß. Ihre Mutter, Beth, die es kaum ertragen konnte, ihren Vater, Ari, anzusehen. Der seltsame Sklavenjunge, Chu Yuen, der wie immer in seiner unterwürfigen Haltung dasaß, den Blick abgewandt, seinen Rucksack mit der geheimnisvollen Maschine namens Collius auf dem Schoß, als wäre sie der kostbarste Schatz der Welt – nun ja, dachte Mardina, für ihn war sie das wohl auch, da nur sie ihn wahrscheinlich davor bewahrte, in eine noch schlimmere Lage zu geraten. Und um den Trupp zu vervollständigen, war die Akademikerin Penny Kalinski auf ihr eigenes Drängen hin hier, eine Frau, die Mardina, ihre frühere Schülerin, sehr gern hatte – aber sie war so hoffnungslos *alt*. Wieso wollte Penny unbedingt in einer Kampfzone landen, während ein Asteroid drauf und dran war, ihr auf den grauhaarigen Kopf zu fallen?

Alle Mitglieder dieser seltsamen Crew, bis auf Eilidh an den Bedienungselementen, waren auf Liegen festgeschnallt, die in einem groben Kreis in dieser kleinen, engen Kabine standen;

alle waren einander zugewandt, und alle versuchten, den Blicken der anderen auszuweichen.

Dann kam endlich die Landefreigabe von der *Malleus*.

Stef Kalinski sprach vom Schiff aus mit ihnen. Im Vorfeld der Operation hatte sie Quintus Fabius ihre Dienste als, wie sie es ausdrückte, *capcom* für die Jacht angeboten – ein seltsames Prä-Jonbar-Wort, das niemand verstand, außer vielleicht Penny. Jetzt drang Stefs Stimme klar und kraftvoll aus dem Lautsprecher. »Wir haben endlich eine Nachricht aus dem Bunker bekommen. Erdschein wird euch empfangen. Er sagt, ihr dürft landen. Ihr solltet einen Andock-Port sehen, der für römische, brikantische und Xin-Schiffe geeignet ist. Bring sie runter, wenn du so weit bist, Eilidh.«

»Verstanden, Colonel Kalinski ...«

Und plötzlich war Erdschein *da*. Er stand in der Kabine vor ihnen, hochgewachsen, weltmännisch, in einem Anzug, der eine gewisse Ähnlichkeit mit Brikanti-Kleidung besaß, wie Mardina fand, aber zu smart, zu elegant war – zu gut gearbeitet –, und seine Schuhe waren aus poliertem Leder. An einem Revers trug er eine Brosche, ein Stück Stein mit einer Gravur, das Ari gierig anstarrte.

Er musste es sein. Mardina hatte ihn noch nie gesehen, aber sie kannte kein anderes Wesen mit solchen Projektionskräften. Und doch umgab ihn eine Aura der Unwirklichkeit, etwas Durchsichtiges, eine Andeutung von einem inneren goldenen Schimmer. Wenn er lächelte, glänzten sogar seine Zähne schwach golden.

Dennoch war dies ein unerlaubtes Eindringen in ein militärisches Fahrzeug. Eilidh griff nach einer Waffe.

»Ruhe bewahren!«, rief Ari Guthfrithson scharf. »Das ist nicht real. Er ist ein Bild – wie eine Reflexion in einem Spiegel. Und er kann euch nicht mehr tun als ein solches Spiegelbild.«

Penny starrte Erdschein feindselig an. »Verschone mich mit deinen Tricks, du Schimäre. Wie machst du das? Dieses Schiff verfügt doch gar nicht über das technologische Substrat zur Unterstützung *virtueller Realität.*« Sie benutzte den Ausdruck in ihrer Muttersprache.

»Aber ich«, sagte die KolE klagend aus ihrem Beutel, den Chu an seine Brust gedrückt hielt. »Ich habe ein Signal vom Boden empfangen, mit der Bitte um eine Schnittstelle und Übertragungskapazität. Ich hätte euch alle gewarnt …«

»Aber ich habe mir Vorrang verschafft, nicht wahr?«, sagte Erdschein. »Du bist schließlich bloß ein Landwirtschaftsroboter. Und noch nicht einmal mehr das. Wohingegen ich die Situation unter Kontrolle habe, wie ihr seht. So wie immer.«

»Nein«, sagte Penny Kalinski. »Du kannst dieses Schiff nicht übernehmen, oder? Weil es für deine Schnittstellen zu primitiv ist.«

»Ich könnte euch sofort abschießen.«

»Aber das wirst du nicht tun«, sagte Ari. »Weil *sie* an Bord ist.« Er deutete auf Beth; wie so oft, wenn Mardinas Mutter auf diese Art in Anspruch genommen wurde, war sie verschlossen, zornig und voller Groll. »Und sie – Mardina, deine Urenkelin.«

»Ihr versucht mich auf eure primitive Weise zu manipulieren.«

»Es hat funktioniert, nicht wahr?« Penny lachte und zeigte dabei die Überreste ihrer Zähne. »Trotz all deiner Macht hast du immer noch menschliche Schwächen.«

»Schwächen? Würden Sie die Fähigkeit, der eigenen Familie gegenüber loyal zu sein, als Schwäche bezeichnen? Oh, aber ich habe vergessen, dass Sie fast Ihr ganzes Leben lang gegen die Zurückweisung durch Ihre unmögliche Schwester angekämpft haben, nicht wahr? Was wissen Sie also schon von Familien?«

Sie funkelte ihn immer noch an. »Nur dass du mir einmal geholfen hast, meine wiederzuentdecken. In Paris, erinnerst du dich? Schäm dich, dass du jetzt so mit mir sprichst, Erdschein.«

Und zu Mardinas Erstaunen war es Erdschein, der zuerst den Kopf sinken ließ.

Ari beobachtete den Wortwechsel fasziniert und belustigt. »Na schön, na schön. Vielleicht hat es sich letztlich doch gelohnt, diese verhutzelte Matriarchin mitzunehmen.«

»Wir haben wirklich eine gemeinsame Vergangenheit«, sagte Erdschein. »Hier wären wir also. Ich glaube, ich weiß, was ihr wollt. Aber warum sagt ihr es mir nicht selbst?«

»Wir möchten wissen, was du hier machst, Erdschein«, sagte Penny klar und deutlich. »Hier auf dem Mars. Und wir möchten wissen, warum du einen Asteroiden auf diesen Planeten stürzen lässt – auf deinen eigenen Kopf, wie es scheint. Allerdings bin ich ziemlich sicher, dass du nicht vorhast, hier zu sterben – falls ›sterben‹ für dich überhaupt etwas bedeutet.«

»Oh, das glaube ich schon …«

»Wir wollen, dass du damit aufhörst«, sagte Eilidh. »Meine Vorgesetzten. Meine Regierung. Mein Volk, diejenigen, die von dir wissen – von euch allen von jenseits des Jonbar-Punkts. Wir wollen, dass ihr die Finger von unserem Leben lasst. Von unseren Welten.« Sie wirkte erhitzt, und zugleich schien es ihr fast peinlich zu sein, dass sie das Wort ergriffen hatte.

Ari nickte grimmig. »Und natürlich wollen sie, dass du Höd ablenkst. Dass du diesen zerstörerischen Kurs aufgibst, auf dem du dich zu befinden scheinst.«

»Das kann ich leider nicht«, sagte er ruhig.

Beth sprach zum ersten Mal. »Dann wirst du uns alle umbringen – *Großvater*«, sagte sie tapfer. »Auch mich. Denn ich bin ganz ihrer Meinung. Das hier ist nicht unsere Welt, nicht unsere Geschichte. Wir haben kein Recht – *du* hast kein Recht –, so damit herumzuspielen. Ich gehe nirgendwohin. Wenn Ceres fällt, tötet er mich auch.«

»Ich bezweifle sehr, dass es dazu kommen wird. Aber wir haben noch Zeit für ein Schwätzchen vor der Schlussphase.« Er wandte sich an Eilidh. »Du darfst mit deinem Schiff landen. Also dann.« Er lächelte sie alle an. »Wie deine englischen Vorfahren gesagt hätten, Mardina, ich springe mal eben nach Hause und setze das Teewasser auf. Wir sehen uns bald!«

Und er verschwand in einem kurzen Blizzard von Lichtklötzchen.

Eilidh hob den Blick zum Himmel, murmelte ein rasches Gebet und wandte sich ihrem Kontrollpult zu. »Die Koordinaten sind da. Ich bringe uns so schnell runter, wie ich kann, und gebe eine Meldung an die *Malleus* durch. Wir haben keine Zeit zu verschwenden.«

Als sich die Position des Schiffes änderte, erfasste ein Fenster über ihnen einen Streifen des kupferfarbenen Himmels, und Mardina sah Höd, der jetzt eine winzige Scheibe war, so strahlend hell, dass ihr die Augen wehtaten.

# 30

Kerys lag rücklings auf einer Beschleunigungsliege auf der Brücke der *Celyn*, des Schiffes, das sie gestohlen hatte. Im Bug, einem dicken Schild aus Metall und Erde zum Schutz vor der Erosion durch den spärlichen Schmutz des interplanetarischen und interstellaren Weltraums, gab es keine Luken nach vorn, aber diverse Instrumente spähten um den Schild herum, und die Bildschirme auf der Brücke zeigten ihr Aufnahmen von der Szenerie außerhalb des Schiffes: ein leuchtendes Juwel, das über einer fahlbraunen Landschaft hing.

Inzwischen waren die Behörden auf Terra sicher schon über das Ziel des Asteroiden im Bilde. Kerys hatte sich in ausreichend hohen Kreisen bewegt, um sich vorstellen zu können, welche Bestürzung in den Hauptstädten der Brikanti, der Xin und der Römer um sich greifen musste: die Furcht, die erhobenen Stimmen, die nicht geglaubten Dementis, denen zufolge dies kein bewusster kriegerischer Akt war. Sie betete darum, dass die Verantwortlichen einen kühlen Kopf bewahrten, fürchtete aber, dass es auf einer Welt, die sich mehr oder weniger im permanenten Kriegszustand befand, an Urteilskraft mangeln würde. Und sie fürchtete um Brikanti – um ihre Familie, ihre Schwester und ihre Neffen …

Mittlerweile waren es nur noch drei Stunden bis zum Einschlag. Und die *Celyn* stand immer noch auf dem Boden.

»Komm schon, Freydis, komm schon …«

»Bin schon da, *nauarcha.*« Freydis kletterte eine Leiter herauf, stieß mit dem Fuß eine Luke hinter ihr zu und zog sich auf eine Liege neben Kerys.

»Endlich!« Kerys begann sofort, Schalter umzulegen und Hebel zu betätigen. Sie spürte, wie das Schiff erbebte, als die gewaltigen Ansammlungen ätherischer Maschinen zur Kontrolle der Kernel-Batterien hochfuhren. »Ich würde dir den Kopf abreißen, wenn ich nicht wüsste, wie viele Luken du schließen und wie viele Systeme du durchspülen musstest …«

»Ja, *nauarcha.*«

»Und wenn ich nicht ebenfalls so lange gebraucht hätte, um hier oben alles auf Vordermann zu bringen. Die Besatzung hat schlampig gearbeitet.«

Freydis dachte darüber nach. »Dieses seltsame Geschöpf, Erdschein, hat hier alles unter Kontrolle. Vielleicht ist ihm dieses Schiff *egal.* Er hockt sicher in seinem Bunker – na ja, zumindest, bis Höd einschlägt. Vielleicht hat er gedacht, die Anwesenheit des Schiffes und der Besatzung auf der Oberfläche wäre Abschreckung genug für jeden, der sich einzumischen gedenkt.«

»Wir werden es nie erfahren. Und von jetzt an hat *das da* für uns Vorrang.« Kerys tippte auf einen Bildschirm, auf dem ein Bild des fallenden Auges leuchtete.

Freydis warf einen Blick auf eine Uhr. »Nur noch drei Stunden, bis Höd einschlägt. Ich habe gar nicht gemerkt, wie viel Zeit wir verloren haben.«

»Ich schon. Ich habe zugesehen, wie dieses verdammte Uhrwerk die uns verbleibende Zeit weggetickt hat. Und ich habe versucht, einen Flugplan auszuknobeln. Momentan ist Höd noch hundertdreißigtausend römische Meilen vom Mars entfernt.

Das sind mehr als dreißig Planetendurchmesser. Klingt nach viel, bis man sich in Erinnerung ruft, dass dieses Ding mit mehr als zehn Marsdurchmessern pro Stunde herankommt.« Sie schaute zu Freydis hinüber, die all das sehr gefasst, sehr ernst aufnahm – sie sah eher wie eine aufmerksame Schülerin in einem Klassenzimmer aus als wie eine Soldatin, fand Kerys, eine Soldatin, die im Begriff war, ihr Leben zu opfern. »Also, sag du es mir. Wenn man bedenkt, wie die Knöchelchen gefallen sind, was sollen wir als Nächstes tun?«

Freydis zupfte an ihrer Lippe. »Unser Ziel ist es, Höd abzulenken, damit er nicht auf dem Mars einschlägt. Je weiter entfernt von dem Planeten wir Höd treffen, desto besser. Unsere höchstmögliche Beschleunigung beträgt drei g …«

»Ja. Wenn wir einfach mit drei g von hier aus losfliegen, sind wir in weniger als einer Stunde bei Höd.«

»Hmm. Selbst dann ist er vielleicht schon zu nah, als dass wir noch etwas dagegen unternehmen könnten.«

»Höchstwahrscheinlich. Und …«

»Und wir werden mit zwanzigtausend Meilen pro Stunde an ihm vorbeifliegen.«

»Ja. Aber wenn wir ein Rendezvous planen und die Zeit für das Bremsmanöver einberechnen …«

»Dann wird Höd zu dem Zeitpunkt, an dem wir dort sind, noch näher beim Mars sein.«

»Also, was meinst du?«

Freydis grinste. »Volldampf voraus. Wir sollten so schnell wie möglich dorthin fliegen. Zumindest können wir die Besatzung, die sich noch auf dieser Eiskugel befindet, mit Fernsprecherbotschaften beschallen; wenn sie sehen, dass die *Celyn* schnurstracks auf sie zuschießt, erkennen sie vielleicht, dass sie einen falschen Weg gewählt haben.«

Kerys nickte grimmig. »Und wenn das nichts bringt, lassen wir uns was anderes einfallen.« Obwohl ihr in Anbetracht der Lage nur eine einzige Alternative einfiel. »Aber als Erstes müssen wir jetzt dorthin gelangen. Angeschnallt, Freydis? Die Schubmedikamente eingenommen?«

»Nein, aber ich werd's überleben.«

Nein, dachte Kerys traurig, wirst du wahrscheinlich nicht.

Sie zog am Haupthebel, legte sich hin und wappnete sich. Sie stellte sich vor, wie ätherische Impulse über die Kernel-Batterien im unteren Teil des Schiffes hinwegspülten, wie sich ihre seltsamen, winzigen Münder öffneten – die Ingenieure sagten immer, sie wären wie Küken, die um Futter bettelten –, aber diese Münder würden ein Feuer speien, das heißer war als die Sonne selbst. Sofort spürte Kerys den heftigen Stoß des Schubs, eine Last, die sie tief in die Kissen der Liege drückte.

Auf einer Feuersäule schoss die *Celyn* in den Marshimmel.

Ohne groß nachzudenken, befolgte Kerys die Maßregeln für das Verhalten bei starken Beschleunigungen, die man ihr vor vielen Jahren beigebracht hatte. Sie hielt die Beine still, ließ die Arme an ihrer Seite, den Kopf auf Kissen gebettet, und atmete bewusst, tief und kraftvoll, kämpfte gegen diese gewaltige Last an. Nur eine Stunde, dachte sie. Nur eine Stunde. Dann würde es vorbei sein. So oder so.

Fast sofort verschwand der fahle Marshimmel von ihren Bildschirmen, sodass nur noch dieser tödliche Lichtfunke, Höd, im Nichts hing. Als wäre eine letzte Illusion über die Realität dieser Situation zerstört worden.

Die Kabine erbebte, das Getöse des Antriebs heulte.

»Vorwärts, *nauarcha*!«, schrie Freydis, der brutalen Beschleunigung und dem Lärm trotzend. »Vorwärts!«

Zu Kerys' Überraschung meldete sich der Bordfunk mit einem Pfeifen. Sie sah Freydis scharf an. »Wer ist das? Hast du nicht gesagt, du hättest das Schiff geräumt?«

»Aber ja! Ich habe die letzten Besatzungsmitglieder mit vorgehaltener Lanze hinausgeworfen, und sie sind gern gegangen, als ich ihnen erklärt habe, dass wir zu Höd fliegen würden …«

Kerys langte vorsichtig nach oben und legte einen Schalter um. »Identifiziere dich.«

»Ich bin's, Gerloc. Vielleicht erinnerst du dich – die *nauarcha* hat mich ausgetrickst, um Zugang zum Schiff zu erlangen.«

Kerys schnitt eine Grimasse. »Ich entschuldige mich dafür.«

Freydis knurrte. »Und ich habe dich gefesselt zurückgelassen.«

»Nicht sehr gut gefesselt, wie es scheint«, sagte Gerloc.

Kerys musste grinsen. »Ha! Da hat sie dich, Freydis.«

»Ich habe mich gefragt, ob ihr ein bisschen Hilfe gebrauchen könntet. Ich kenne die Schiffssysteme recht gut; ich habe eine umfangreiche Ausbildung als Reservistin für die Brücken-Crew genossen.«

»Hm. Könnte nicht schaden. Aber du musst dir im Klaren darüber sein, dass unsere Mission …«

»… so aussieht, wie du es verfügst. Ich habe einen Teil eures Gesprächs mitgehört.«

»Ach wirklich? Du weißt dir zu helfen, was?«

»Ja«, sagte Gerloc ohne jede Ironie. »Du versuchst, eine gewaltige Katastrophe abzuwenden. Und du bist *nauarcha*, stehst also im Rang über mir.«

»Ich übrigens auch«, blaffte Freydis.

»Ich habe für so etwas trainiert, für Mobilität in Gefechtssituationen unter Beschleunigung …«

»In Ordnung. Komm so schnell rauf, wie du kannst, und brich dir unterwegs kein Bein.«

»Bin schon halb da, *nauarcha*. Bis gleich.«

»Ha! Die gefällt mir«, sagte Kerys.

»Also, mir nicht«, erwiderte Freydis. »Können wir den Schub dieses Eimers irgendwie erhöhen? Das würde ihr das Grinsen vom Gesicht wischen …«

# 31

Sobald sie die gelandete Jacht verlassen hatten, half Mardina Penny durch eine Luftschleuse und in einen engen Fahrstuhl, der in einen tiefen, in den Marsboden versenkten Schacht hinabfuhr. Dann folgten sie Erdschein durch einen kurzen, primitiv ins Erdreich gehauenen Gang.

Sie gelangten in einen kahlen Raum mit Wänden aus rostfarbenem Beton und mehreren Türen, möbliert mit ein paar Sofas und niedrigen Tischen aus Metallrohr und Gittergewebe – Möbel, die für Mardina so aussahen, als stammten sie aus einem Raumschiff, vielleicht aus der *Celyn*. Erdschein blieb in der Mitte des Raumes stehen, während die anderen der Reihe nach hereinkamen. Keiner von ihnen fühlte sich wohl, als sie in der ungewohnten geringen Schwerkraft zu gehen versuchten – keiner außer Erdschein, der so entspannt wirkte, als befände er sich bei normaler Erdschwerkraft auf Terra. Mardina fand das irritierend, als wollte er seine unheimliche Überlegenheit betonen.

Penny suchte sich einen Stuhl, ließ sich mit Mardinas Hilfe darauf nieder, beugte sich auf ihren Stock gestützt vor und sah Erdschein finster an. Die anderen nahmen ebenfalls Platz: Mardinas Mutter und Vater, Beth und Ari, auf so weit voneinander entfernten Stühlen wie möglich, und Chu setzte sich mit dem KolE-Rucksack auf dem Rücken bescheiden auf den Boden.

»Also, da wären wir.« Erdschein zeigte auf die Türen. »Dort ist alles, was ihr braucht – ein Badezimmer durch diese Tür, eine kleine Kombüse, ein Schlafraum.«

Penny lachte bellend. »Alles weit weniger chic als bei meinem letzten Besuch, Erdschein. Der große Glassaal in Hellas – die Reise in deine virtuelle Mine tief unter der Oberfläche, wo du von deinem Noostratum gesprochen hast.«

Erdschein lächelte gelassen. »Ich habe die Anlagen an der Oberfläche jetzt aufgegeben. Hier unten kann ich meine Vorbereitungen abschließen, ohne von den Marinestreitkräften der zankenden Imperien dieser Realität gestört zu werden.«

Ari lächelte. »Wieso sollten sie dich stören? Du hast ein so riesiges Objekt wie Höd auf Kollisionskurs mit diesem Planeten manövriert. Und alles vor den Augen der Brikanti, der Römer und der Xin – du hast sie sogar dazu gebracht, dir die dazu erforderlichen Einrichtungen zur Verfügung zu stellen!«

Erdschein zuckte die Achseln. »Diese Kulturen bereiten sich nicht gut auf Naturkatastrophen vor – nicht im Vergleich zu denen in unserer eigenen Realität. Sie verfolgen keine Bahnen von Steinbrocken, die aus dem Weltraum herabstürzen könnten; sie haben nicht die Technologie dafür, geschweige denn die Vorstellungskraft. *Die Schiffe der Gegenseite* – die beobachten sie obsessiv. Darum war es leicht für mich, Ceres auf diesen zerstörerischen Kurs zu schmuggeln, ja.«

Die KolE blinkte. »Wir sind hier, weil wir dich dazu bringen möchten, dieses Projekt aufzugeben …«

»Ja«, fiel ihr Erdschein ins Wort, »das war euer Plan, eure oberflächliche Motivation. Aber darunter lauern tiefere Impulse. Ich bin dein Großvater, Beth. Was immer du von mir hältst, das bleibt die Wahrheit. Ich bin das Einzige, was von deiner

Familie aus der Zeit vor dem Angelpunkt, wie ihr es nennt, übrig geblieben ist. Und in diesen letzten Stunden bist du zu mir gekommen.« Er breitete die Hände aus und sah Beth und Mardina an. »Obwohl der Hammer jetzt fällt, seid ihr, meine Angehörigen, zu mir gekommen. Denn ihr wisst, dass ich euch schützen werde.«

»Sie waren Spielfiguren, Erdschein«, sagte die KolE gelassen. »Ein Mittel, dich dazu zu bringen, uns Zugang zu diesem Ort zu gewähren. Apropos Familie, was ist mit Yuri Eden? Deinem Sohn. Ich war bei ihm, als er starb. Von deinem Schutz war damals weit und breit nichts zu sehen.«

Erdscheins synthetisches Gesicht wurde auf unheimliche Weise noch ausdrucksloser. »Ich bin über seinen Tod im Bilde …«

»Es war Gefrierbrand. Das war sein umgangssprachlicher Ausdruck dafür. Deine Entscheidung vor all diesen Jahren, deinen Sohn in einen Kryo-Tank zu stecken, Robert Braemann, hat ihn letztendlich getötet.«

Mardina hatte davon erfahren. Trotzdem schockierte es sie, als es nun so unverblümt vor diesem seltsamen alten Ungeheuer, diesem Relikt ihres Urgroßvaters ausgesprochen wurde.

Erdschein wandte sich Beth und Mardina zu und breitete die Hände aus. »Ich habe nur das Beste für Yuri gewollt. So wie ich nur das Beste für euch will …«

»Mach dich nicht lächerlich«, fauchte Penny. »Wie willst du diese Leute schützen, deine ›Familie‹? Diese Sandburg von einem Bunker wird nutzlos sein, wenn Ceres einschlägt.«

»Richtig. Aber nicht der Bunker wird uns retten – all diejenigen von euch, die sich entscheiden, mit mir zu kommen.«

Mardina war völlig verblüfft. »Mit dir kommen? Wohin?«

In Aris Augen leuchtete eine Art Gier. »Ich glaube, ich verstehe. *Du sprichst von einem weiteren Jonbar-Punkt*, nicht wahr?

Wie dem Tor zwischen eurer Geschichte der Vereinten Nationen und Chinas und der unseren mit Römern und Brikanti, und auch dem zwischen unseren Welten und der Welt der Versunkenen Kultur … Ich weiß, eure Geschichte endete in einem Krieg von kosmischer Brutalität, mit der Freisetzung gewaltiger Energien. Hast du das auch hier vor, Erdschein? Einen Angelpunkt zu *erzeugen*?«

Mardina starrte ihn an. Sie verstand kaum, wovon er sprach. »Vater. Die Art, wie du redest … Du klingst, als *wolltest* du das. Als wolltest du, dass alles zerstört wird – alles, womit wir aufgewachsen sind, alles, was unsere Vorfahren erbaut haben.«

»Vielleicht, ja.« Ari stand auf und begann, hin und her zu gehen. »Vielleicht will ich das. Seit diese Fremden in unser Leben getreten sind – und vor allem, seit ich die Beweise für die Existenz der Versunkenen Kultur entdeckt habe –, bin ich von dieser Idee besessen. *Besessen* – ja, das ist das richtige Wort. Zu sehen, wie sich alles im Handumdrehen verändert – wie sich vor den eigenen Augen neue Möglichkeiten für die Menschheit und für die Ausdrucksformen des Menschlichen entfalten –, und vielleicht die Macht zu haben, diese Möglichkeiten zu *gestalten*. Wie könnte sich irgendein denkender Mensch nicht zu einer solchen Idee hingezogen fühlen?«

»Milliarden würden sterben, Ari«, sagte Penny leise. »Nein, es ist noch schlimmer. Milliarden hätten niemals existiert.«

»Aber andere würden ihren Platz einnehmen. Verstehst du das nicht? Es wäre so, als würde man durch die Augen eines Gottes schauen.«

»Vom Standpunkt eurer Interpretation des Christentums aus ist das wahrscheinlich blasphemisch«, sagte die KolE. »Und es ist auch falsch. Du würdest nicht durch die Augen eines Gottes schauen, sondern durch die Augen derjenigen, die diese Änderungen begrüßen – und sie in die Wege geleitet haben.«

Ari runzelte die Stirn. »Und wer wäre das?«

»Wir wissen es nicht«, sagte Penny, »noch nicht. Aber wir wissen, dass sie nicht zu *unseren* Gunsten an der Geschichte herumpfuschen. Es geht nur darum, was sie wollen.«

»Nämlich?«

»Kernels«, sagte sie. »Und Luken, Ari. Luken. Solche, wie ihr und eure römischen Rivalen sie überall in den nahe gelegenen Sternsystemen munter für sie baut, ohne jemals zu verstehen warum, oder wozu sie da sind. So viel wissen wir. Aber es ist mehr daran, nicht wahr, Erdschein?« Sie hielt ihn mit ihrem Blick fest. »Wir schleichen hier um Elemente eines tieferen Geheimnisses herum. Du bist zum Mars gekommen, um dein Noostratum zu erforschen. Eine Schicht bakterieller Intelligenz, tief im Gestein …« Sie richtete sich kerzengerade auf. »Mein Gott, daran habe ich noch nie gedacht. Könnte es da eine Verbindung geben? Die Luken sorgen immerhin für lichtschnelle Verbindungen zwischen den Welten …« Sie wandte sich Erdschein zu. »*Sind die Noostratum-Intelligenzen deine Lukenbauer,* Erdschein? Vielleicht sind sie nicht bloß Zeugen. Und sie sind vermutlich überall, auf jeder Gesteinswelt … *Sie* sind die Puppenspieler, die die minderen Wesen – uns – auf den Planetenoberflächen steuern. Denkst du das?«

Erdschein lächelte nur. »In dieser Situation geht es darum, Penny Kalinski, was ich von ihnen will.«

»Und das wäre?«

»*Dass sie mir antworten.* Das marsianische Noostratum – ja, die Lukenbauer, die sie meiner Ansicht nach sind. Ich habe mit ihnen zu kommunizieren versucht, das wissen Sie ja – Sie haben die experimentelle Konfiguration gesehen. Ich wollte nur eine Antwort.«

»Und jetzt? Du siehst ziemlich selbstzufrieden aus, Erdschein.«

»Das sollte ich auch sein. Das Noostratum. *Es hat geantwortet.* Und es hat mir die Mittel gegeben, euch alle zu retten.« Er deutete auf eine Tür. »Dort entlang …«

# 32

Auf den Monitoren der *Celyn* wurde Höd nun mit jeder Sekunde sichtbar größer.

»Er kommt so schnell auf uns zu«, sagte Gerloc.

Ihre Stimme war jetzt leise, stellte Kerys fest; von der kühlen Kompetenz der jungen Offizierin, die vor der *Celyn* ihre Stellung gehalten hatte, war nicht mehr viel übrig. Das lag daran, vermutete Kerys, dass Gerloc im Gegensatz zu ihr selbst und Freydis nicht die Zeit gehabt hatte, sich an all dies zu gewöhnen – in einem dahinrasenden Staubkorn von einem Schiff zwischen zwei kosmischen Körpern auf Kollisionskurs gefangen zu sein. Wie eine Fliege, dachte sie, zwischen der Tischplatte und der herabsausenden Faust.

Freydis überprüfte in aller Ruhe ihre Instrumente. »Wir erreichen jetzt unsere Höchstgeschwindigkeit. Tatsächlich bewegen wir uns weitaus schneller als Höd selbst; die Annäherungsgeschwindigkeit geht zum größten Teil auf unser Konto.«

Gerloc starrte durch ein dickes Fenster hinaus. »Es ist das Auge eines Gottes, das sich langsam öffnet.«

»Jetzt bitte keine Mythologie, Gerloc«, blaffte Kerys. »Es ist bloß ein Klumpen aus Stein und Eis – wenn auch ein großer, der Ehrfurcht gebietende Energien verkörpert. Aber er ist nicht göttlich. Und ohne menschliche Eingriffe wäre er jetzt gar nicht hier, hoch über dem Mars.«

Freydis kniff die Lippen zusammen. »Wir haben nur noch eine knappe halbe Stunde bis zur größten Annäherung. Dann werden wir an dem Ding vorbeigeflogen sein, bevor wir bis zehn zählen können. Wenn wir etwas unternehmen wollen, müssen wir uns bald entscheiden.«

»Etwas unternehmen? Was denn zum Beispiel?«, fragte Gerloc.

Kerys warf Freydis einen Blick zu – sie war davon überzeugt, dass ihr die Situation vollständig klar war – und schüttelte den Kopf. *Noch nicht. Lass Gerloc selbst darauf kommen.* Laut sagte sie: »Noch keine Antwort von den Leuten auf der Oberfläche?«

»Keine«, sagte Freydis. »Aber ich glaube, es gibt immer noch Aktivitäten dort unten. Höd ist nicht verlassen worden, und die großen Kernel-Batterien feuern noch.«

»Also ein Selbstmordkommando.«

»Sieht so aus. Wenn ja, werden sie Besucher nicht gerade willkommen heißen.« Freydis warf Gerloc einen Blick zu. »Aber wir können nicht landen, verstehst du. Wir haben weder die Energie noch die Zeit, um abzubremsen und ein Rendezvous durchzuführen.«

»Natürlich verstehe ich das«, sagte Gerloc verächtlich.

»Selbst wenn wir einen Landeversuch unternehmen könnten, würden sie wahrscheinlich alles daransetzen, uns vorher vom Himmel zu schießen«, ergänzte Kerys. »Es war vermutlich sowieso schon zu spät, auch wenn wir es früher geschafft hätten – Höd ist wohl schon zu nahe, als dass man ihn noch irgendwie ablenken könnte, nicht einmal mithilfe der Kernel-Batterien. Kleine Änderungen seines Momentums, über große Entfernungen hinweg: So ist Höd auf diesen Kurs gebracht worden. Es war allerdings einen Versuch wert. Hierherzukommen, um mit den Leuten auf der Oberfläche zu reden.«

Gerloc nickte. »Wenn wir den Asteroiden nicht ablenken können, was für Möglichkeiten bleiben uns dann?«

Kerys warf Freydis einen Blick zu und schloss die Augen. »Es könnte einen Weg geben. Ich muss dir etwas sehr Seltsames erzählen, Gerloc, und ich bedauere, dass die Zeit nicht reicht, es dir vollständig zu erklären. Es gibt Wesen in unserem Universum – einige von ihnen sind jetzt da unten auf dem Mars –, die nicht aus unserer Geschichte kommen. Sie haben nicht dieselbe Vergangenheit wie wir. Freydis weiß teilweise darüber Bescheid … Also, Gerloc, das Entscheidende ist Folgendes. Diese andere Geschichte endete mit einem schrecklichen Krieg, an dessen Höhepunkt eine ungeheure Masse – so etwas wie ein riesiges Schiff, denke ich – in die Oberfläche des Merkur getrieben wurde. Sie nannten es den Nagel. In ihrer Geschichte, wie in unserer, waren auf dem Merkur die ersten Kernel-Minen entdeckt worden.«

»Damit haben wir uns auf unseren eigenen Akademien beschäftigt«, warf Freydis ein, »ausgehend von der Schilderung der Fremden. Es gab eine ungeheure Detonation – eine gewaltige Freisetzung von Energie. Man ist der Ansicht, dass sich die von dem Einschlag betroffenen Kernels als Reaktion darauf weit geöffnet haben. Und die freigesetzte Energie …«

»Sie hat gereicht, um ganze Welten zu verbrennen«, sagte Kerys.

Gerloc sah erst Freydis und dann Kerys an, die den Blick abwandte. »Ich glaube, ich verstehe, worauf das hinausläuft. Wir rammen das Schiff also in Höd hinein – und nicht bloß an einer willkürlichen Stelle. Sondern genau dort, wo die Kernel-

Batterien sind. In der Hoffnung, diesen Eisklumpen mit Kernel-Energien in Stücke zu sprengen.«

»So ist es.«

»Und retten auf diese Weise den Mars.«

»Und wenden mit etwas Glück einen Krieg auf Terra ab.«

»Also, wenn das euer Plan ist, haben wir noch eine Menge zu tun, damit es klappt, und nicht mehr viel Zeit dafür.«

Kerys grinste. Kein Wort darüber, dass sie ihr Leben opfern würden – es ging ausschließlich um das Ziel der Mission. »Gute Einstellung. Und du hast recht. Wir müssen das Schiff umdrehen. Zuerst den Kernel-Antrieb abschalten und es dann mit den Hilfstriebwerken drehen. Dann starten wir den Antrieb wieder, sodass wir mit flammenden Kernels auf Höd herunterkommen.«

Freydis nickte. »Es könnte klappen.« Ihre Stimme war brüchig, ihre Augen glänzten zu sehr. »Aber momentan sind wir auf einer Flugbahn, auf der wir Höd gar nicht treffen, geschweige denn die Kernel-Anlage da unten. Wir werden eine Kurskorrektur vornehmen müssen, bevor wir das Schiff drehen.«

»Ja«, sagte Gerloc. »Und natürlich werden wir auf dem ganzen Weg nach unten die Auswirkung unseres Bremsschubs auf unsere Flugbahn einberechnen müssen …«

Gut, dachte Kerys schonungslos. Sie würden arbeiten müssen, würden das Schiff bis zum Einschlag aktiv steuern müssen. Es würde eine komplizierte, anspruchsvolle Arbeit sein, bei der ihnen keine Zeit zum Nachdenken blieb.

Impulsiv griff sie nach Freydis' und Gerlocs Händen und hielt sie fest. »Ob wir Erfolg haben oder nicht, wir werden ein Licht entzünden, das man im gesamten Sonnensystem sehen wird, auf jeder Welt. Die Menschen werden wissen, wer wir sind; unsere Angehörigen werden wissen, was wir heute zu tun versucht haben. In Ordnung? Seid ihr bereit dazu?«

Freydis ergriff Gerlocs andere Hand, sodass sie den Kreis schlossen. »Bringen wir's hinter uns.«

»Einverstanden«, sagte Gerloc.

Sie lösten sich voneinander und wandten sich ihren Aufgaben zu.

# 33

Die Kammer, zu der Erdschein sie führte, war nur eine Höhle im Tiefengestein. In der Nähe der Tür standen ein paar Stühle, es gab eine kleine chemische Toilette und Haufen von Ausrüstungsgegenständen, darunter ein schwerer Zylinder aus einem schlichten weißen Material. Das Licht kam von hängenden Leuchtstoffröhren, eine sehr profane Helligkeit. Mardina und Beth halfen Penny zu einem der Stühle; sie konnte nicht mehr lange stehen.

In der Mitte der Höhle war ein Bereich mit Seilen abgetrennt; der Boden im Innern der Absperrung war glatter.

Erdschein strahlte eine triumphale Selbstgefälligkeit aus, fand Mardina. Die anderen wirkten bedrückt, ja sogar verwirrt, als ihr Weg sie immer tiefer in Erdscheins obskuren Plan hineinführte, in seine Geheimnisse – seine Intelligenzschicht tief unten im Gestein.

Ein Marinefunkgerät in Mardinas Tasche klingelte, ihr Fernsprecher, eine leise, mechanische Glocke. Sie holte das kleine Gerät heraus, hielt es sich ans Ohr und ging zu Penny. »Das musst du hören. Ihr alle … Ich bekomme hier unten ein Signal.«

Erdschein nickte. »So sollte es auch sein. Ich habe mir von meinen Unterstützern von der brikantischen Marine Relais und Repeater im Innern des Bunkers installieren lassen, und dann auch in dieser Kammer, nachdem wir sie entdeckt hatten.«

»Es kommt von der *Malleus*, im Weltraum. Sie sehen Höd. Die Besatzung sagt, er hat jetzt ungefähr die Größe der Sonne, von der Erde aus gesehen, und er wächst schnell.«

Penny nickte mit geschlossenen Augen. »Wie zu erwarten.«

»Es hat eine Explosion gegeben. Auf Höd.«

Chu, der Sklavenjunge mit der Tafel der KolE auf der Brust, murmelte ein Gebet in Xin, seiner Muttersprache.

»Die *Celyn*«, sagte Penny.

»Ja«, sagte Mardina. »Sie haben ihn gerammt.«

»Sie wollten bestimmt die Kernels zur Explosion bringen und den Asteroiden dadurch zerstören.« Penny wandte sich an Beth. »Weißt du noch? Genau wie beim Einschlag des Nagels auf dem Merkur. Vielleicht ist Kerys sogar durch unsere Erzählungen von diesem Ereignis auf die Idee gekommen.«

»Aber sie hatten keinen Erfolg«, erklärte Mardina. »Der *Malleus*-Crew zufolge. Höd hat einen neuen Krater, ist jedoch intakt. Trotz einer so gewaltigen Explosion …«

»Es war einen Versuch wert«, sagte Penny mit fester Stimme. »Und in Anbetracht der Zeit konnten sie vermutlich nichts anderes tun. Man wird Kerys und ihre Besatzung wegen ihres Heldentums in Erinnerung behalten.«

Mardina lauschte einer neuen Nachricht. »Höd ist immer noch unterwegs. Der Zenturio befiehlt uns, an die Oberfläche zurückzukehren. Abholung in einer halben Stunde.« Sie klappte den Fernsprecher zusammen. »Wir müssen aufbrechen.«

»Nein«, sagte Erdschein. *»Es gibt einen anderen Weg.«*

»Was für einen anderen Weg? Da ist kein anderes Schiff …«

»Wie ich schon sagte, ich kann euch retten.«

Penny starrte ihn wütend an. Dann gab sie Mardina und Chu ein Zeichen. »Ihr beiden. Helft mir.« Sie winkte sie ungeduldig herbei, bis sie zu ihr kamen. Sie hielt jedem von ihnen einen Arm hin, und sie ergriffen sie und zogen sie hoch, wobei Chu auf den Rucksack mit der KolE auf seinem Rücken aufpasste. »Jetzt bringt mich da rüber«, sagte sie mit einer Handbewegung zu dem abgesperrten Bereich. »Ich muss wissen, was er gefunden hat.«

»Ich habe das Gefühl, wir beide wissen es bereits, Penny Kalinski«, sagte die KolE.

»Ich will es mit meinen eigenen verdorbenen Augen sehen …«

Für Mardina machte das Gebilde innerhalb des abgetrennten Bereichs nicht viel her, nachdem sie sich im Tempo von Pennys Gehumpel dorthin begeben hatten. Es war jedoch eindeutig nichts Natürliches, sondern eine Platte aus einer grauen, metallartigen Substanz mit einer feinen, kreisrunden Rille von ein paar Schritten Durchmesser.

Aber Penny lachte.

»Zeig es mir, Chu«, sagte die KolE leise. »Zeig es mir …«

»Das ist doch keine von deinen verdammten virtuellen Illusionen, Erdschein?«, blaffte Penny.

»Natürlich nicht.«

»Ich verstehe nicht«, sagte Mardina.

»Eine Luke.« Pennys zitternde Stimme war voller Verwunderung. »Er hat nur eine Luke gefunden. Hier auf dem Mars.«

»Sie verstehen immer noch nicht«, sagte Erdschein. »Sie haben nie zugehört, Penny Kalinski. Ebenso wenig wie Ihre Schwester. Ich habe das nicht *gefunden*. Es war nicht hier, als ich meine Basis auf dem Mars eingerichtet habe. *Sie haben es mir gegeben*. Glauben Sie mir, diese Kammer hat nicht existiert, doch als Ceres sich dieser Welt näherte – als meine Absichten klar wurden, nehme ich an –, war sie auf einmal da, eine Anomalie, die auf meinen Tiefen-Scans auftauchte, und als ich einen Schacht dorthin graben ließ, war dort die Luke. Sie haben sie mir gegeben.«

Mardina schüttelte den Kopf. »Wer? Wer hat sie dir gegeben?«

»Das Noostratum«, sagte Penny. »Die träumenden Mikroben im Gestein? Das ist es, was wir glauben sollen? Darum ist es dir bei alldem gegangen, Erdschein? Du führst mit Ceres keinen Schlag gegen den Mars – oder gegen irgendwelche Menschen auf dem Mars –, sondern gegen die Mikroben im Tiefengestein?«

»Nun, es muss jedenfalls ein gewaltiger Schlag sein, nicht wahr? Ich habe ihnen mit Vernichtung gedroht, und das hat mir ihre Aufmerksamkeit eingebracht. Hier! Hier im Fußboden – das ist der Beweis.«

»Und was nun?«, fragte Beth. »Ich bin schon durch Luken gegangen. Sie bringen einen weit weg. Auf eine andere Welt, sogar zu einem anderen Stern. Aber zu welchem Stern, Erdschein?«

Er lächelte. »Ich weiß es nicht. Das ist das Schöne daran. Aber wo immer er sein mag und was immer ich finde, ich werde dorthin *eingeladen* worden sein. Stellt euch das vor! O ja, ich habe ganz bestimmt ihre Aufmerksamkeit gewonnen. Aber diese Luke ist nicht für mich allein da. Heute – *jetzt*, bevor der Asteroid einschlägt – werden wir zusammen durch diese unmögliche Tür gehen, und wir werden es herausfinden. Eure intuitive Entscheidung war richtig – es war richtig, dass ihr hergekommen seid, ihr alle. Ich kann euch retten. Dich, meine Enkelin, meine Urenkelin – euch alle, wenn ihr es wollt. Wie ihr seht, habe ich meine Prozessoreinheit startbereit …« Er zeigte auf das klobige zylindrische Gebilde.

Die KolE blinkte. »Das ist falsch. Was du hier getan hast, ist falsch, Erdschein. Du spielst mit Kräften, die uns alle vernichten könnten – die sämtliche Entwicklungsmöglichkeiten der Menschheit zunichtemachen könnten.«

Erdschein lachte nur. »Was immer du sagst, dich lasse ich nicht durch die Luke, du … Spielzeug. Also kannst du selbst miterleben, wie sich diese Kräfte entfalten, nicht wahr?«

Die KolE verstummte, ein langes und schreckliches Schweigen, das für solch eine künstliche Hochgeschwindigkeits-Intelligenz äonenlang gewesen sein musste. Dann sagte sie: »Wenn ich dir nicht durch diese Luke folgen darf – du kannst sicher sein, Erdschein, dass ich dich nicht vergessen werde. Ich werde die Suche nach dir nicht aufgeben, wohin du auch gehst, was du auch tust. Ganz egal, wie viele Generationen von Freunden ich dafür überleben muss.«

Diese kalte Kampfansage beunruhigte Chu sichtlich. »Bitte, Meister. Ich bin dankbar, dass ich dein Diener sein darf. Und ich habe dir gut gedient, oder nicht? Aber ich will nicht sterben, nicht heute, nicht *jetzt.*«

»Du wirst nicht sterben, Chu Yuen«, sagte die KolE sanft. »Vergiss nicht, der Zenturio kommt uns abholen. Wir brauchen nur an die Oberfläche zurückzukehren.«

»Auch ich werde keinen Schritt weiter gehen«, erklärte Penny mit einem Ausdruck des Abscheus. »Ist mir egal, ob sie an der Geschichte herumgepfuscht haben – diese verdammten Lukenbauer haben mein Leben und das meiner Schwester zerstört. Ich gehe nicht weiter. Und was die anderen betrifft – Chu, halte Ari Guthfrithson fest.«

»Herrin?«

»Pack ihn einfach.«

»Tu, was sie sagt, Chu«, befahl die KolE.

Chu zögerte einen Moment. Dann umrundete er mit langen Schritten das Lukenkonstrukt und packte Ari mit festem Griff an beiden Armen oberhalb der Ellbogen.

Ari wehrte sich, konnte sich jedoch nicht befreien. »Warum hält dieses Tier mich fest?«

Penny grunzte. »Was es mit diesem Rätsel auch auf sich haben mag, ich möchte nicht, dass *du* noch weiter mitmischst, Ari. Du bist ein manipulativer, intriganter Opportunist. Und der Ehrgeiz, den du zum Ausdruck gebracht hast, flößt mir ehrlich gesagt Angst ein. Nun, in diesem Punkt kann ich Abhilfe schaffen. Für dich ist die Sache hier ebenso zu Ende wie für mich. Du kommst mit uns an die Oberfläche zurück.«

»Das werde ich nicht tun. Beth – Mardina, meine Tochter ...«

»Stopf ihm den Mund, Chu.«

Der Sklave stieß Ari gegen eine Wand und hielt ihn mit dem linken Arm fest, während er die rechte Hand auf Aris Mund drückte.

Erdschein wandte sich gleichgültig ab und sprach mit Beth und Mardina. »Wofür die anderen sich entscheiden, spielt keine Rolle. Wir sind der Kern; wir sind eine Familie. Hätte Yuri Eden nur überlebt ... Ich bin ihm nie begegnet, wisst ihr, nachdem er aus dem Kälteschlaf aufgewacht war. Habe ihn nie wiedergesehen, nachdem ich diesen schweren Deckel über seinem schlafenden Gesicht geschlossen habe. Aber er lebt in euch weiter. Kommt jetzt mit mir.«

Mardina wich zurück. Ihr schwirrte der Kopf. »Ich verstehe das alles nicht. Ich *will* das alles nicht. Was soll ich auf der anderen Seite dieser ... Tür im Boden? Da oben, Terra – das ist meine Welt, meine Heimat, meine Bestimmung, mein Leben. Soweit ich sehen kann, haben diese Luken euch allen nur Zerstörung, Trennung und Leid gebracht.« Sie sah Beth an. »Mutter? Du bleibst doch bei mir, nicht wahr?«

Aber Beth zögerte.

Erdschein lächelte. »Vielleicht können wir für dich einen Weg nach Hause finden, Enkelin.«

»Nach Hause? Zurück nach Per Ardua?«

»Ja. Zurück nach Per Ardua.«

Beth sah Mardina mit gequälter Miene an. »Mardina, du musst mitkommen …«

»Nein! Per Ardua und das *Vorher* sind mir egal. Du tust mir jetzt genau das an, was du deiner eigenen Mutter immer vorgeworfen hast. Dass sie dich aus deiner alten Welt gerissen und auf einer anderen ausgesetzt hat.«

»Ich weiß. Du hast recht. Aber trotzdem …« Sie warf erneut einen Blick auf die Luke. »Ich kann mir diese Chance nicht entgehen lassen, meine einzige Chance, nach Hause zu kommen.«

»Ist schon in Ordnung, meine Liebe«, wandte sich Penny sanft an Mardina. »Komm mit uns. Wir kehren an die Oberfläche zurück und verschwinden von hier, bevor der Hammer fällt. Und dein Narr von einem Vater … zumindest wirst du den noch haben!«

»Hab keine Angst, Beth Eden-Jones«, sagte die KolE. »Wenn ich hierbleiben muss, werde ich mich um Mardina kümmern, so wie ich mich früher um dich gekümmert habe.«

Mardina protestierte. »Ich brauche *niemand* …«

Aber Penny berührte ihre Hand, um sie zum Schweigen zu bringen.

»Irgendwann komme ich dich holen«, sagte Beth leise.

»Oder ich dich«, erwiderte Mardina aus einer spontanen Eingebung heraus. »Obwohl ich keine Ahnung habe, wie.«

»Ja.« Beth zwang sich zu einem Lächeln. »Geben wir uns dieses Versprechen. Wenn wir beide gefunden haben, wonach wir suchen …«

Mardina schüttelte den Kopf. »Und was geschieht nun? Wie willst du deine Luke überhaupt aufkriegen?«

Beth lächelte jetzt. Sie trat vor und zeigte auf das Konstrukt. »Die Luke weiß es, wenn wir bereit sind. Sie wissen es immer.«

Mardina schaute nach unten. Die zentrale, von der kreisrunden Rille umgebene Bodenfläche war nicht länger makellos glatt. Sie hatte sich verändert. Jetzt gab es dort zwei komplexe Einbuchtungen, wie kleine Krater mit fünf Strahlen – zwei Gruben, die so geformt waren, dass sie zwei hineingedrückte menschliche Hände aufnehmen konnten.

# 34

Zur letzten Abholung landete Zenturio Quintus Fabius mit der *Malleus Jesu* selbst auf der Marsoberfläche.

Titus Valerius meldete sich aus der *testudo.* »Wurde auch Zeit, dass du bei dem Tanz dabei bist, Herr.«

»Halt den Mund, Legionär. Lebst du noch, Gnaeus Junius?«

»Hier, Zenturio.«

»In Ordnung. Sorg dafür, dass die Dummköpfe in dieser besseren Kutsche tun, was man ihnen befiehlt. Unsere Zeit ist beinahe um – wie haben fast schon zu lange gewartet. Vor allem haben wir keine Zeit, auf die Jacht mit der Akademikerin und ihrer Gruppe im Bunker zu warten. Deshalb möchte ich, dass ihr beiden losfahrt und sie mit der *testudo* abholt.«

Titus schaute nach hinten. Das Fahrzeug war bereits überfüllt mit Legionären und jenen wenigen Brikanti aus der Anlage, die klug genug gewesen waren, sich rechtzeitig zu ergeben. »Ist ganz schön stickig hier drin, Zenturio. Kein Platz für eine ältere *domina.* Und ich kenne den Aufbau dieses Bunkers. Es gibt nur einen Andock-Port, und dort wird die Jacht sein …«

»Lass dir was einfallen, Legionär. Räum das Ding aus dem Weg.«

»Egal, wie ich es anstelle, Herr?«

»Egal, wie du es anstellst, Titus Valerius.«

Soweit es Titus betraf, gab es keine schöneren Worte im Vokabular eines befehlshabenden Offiziers. Mit einem Freudenschrei gab er Vollgas und raste mit der *testudo* zum Bunker. Hinter sich hörte er Stöhnen und hin und wieder einen dumpfen Aufprall, wenn irgendein Clown, der sich nicht ordentlich gesichert hatte, von seiner Bank fiel.

Und während Höd drohend am Himmel hing, größer als die Sonne, größer als Luna, eine überwältigende Erinnerung daran, wie wenig Zeit ihnen noch blieb, kamen sie zum Bunker. Die Jacht war in der Tat noch an dem einzigen Port angedockt.

Die *testudo* wurde nicht einmal langsamer. Titus Valerius fuhr schnurstracks in den ausladenden einzelnen Tragflügel der Jacht hinein.

Die *testudo* kam abrupt zum Stehen, und sie wurden alle erneut nach vorn geschleudert. Dann legte Titus den niedrigsten Gang ein und fing einfach an zu schieben. Der Tragflügel wurde zerknautscht, der Rumpf verbog sich, aber die Jacht löste sich mit dem Kreischen zerrissenen Metalls von ihrer Verbindung zum Bunker und wurde dann über den Marsboden beiseitegeschoben.

Die Passagiere der *testudo* spendeten ihm tatsächlich Applaus. »Du bist ein Held, Titus Valerius!«

»Und ein Idiot«, sagte Gnaeus, während er durch die Luke zum Bunker hinüberschaute. »Aber ein Idiot mit einer Menge Glück. Ich glaube, dieser Port ist noch funktionstüchtig.«

»Daran habe ich nie gezweifelt. Diese Ports sind ohnehin so konstruiert, dass sie bei Verwindungen nachgeben; ich habe gemogelt. Jetzt geh und hol unsere Passagiere, *optio*.« Titus legte knirschend den Rückwärtsgang ein und positionierte die Flanke der *testudo* ungefähr vor dem Port des Bunkers.

Wie der *optio* vorhergesagt hatte, funktionierte der Port noch, wenn auch nur gerade so eben, und bald gelang es Gnaeus, mit der Hilfe einiger Besatzungsmitglieder eine luftdichte Brücke zum Bunker zu errichten. Titus, der ungeduldig den laufenden Motor fütterte, sah zu seiner Überraschung, dass nicht das gesamte Landeteam zurückkam, sondern nur Penny Kalinski, Kadettin Mardina Eden-Jones-Guthfrithson, der nagetierartige *druidh* Ari Guthfrithson und der Sklavenjunge mit dem sprechenden Rucksack.

Und im letzten Moment weigerte sich Penny Kalinski, ihnen zu folgen.

Mardina wollte sie nicht zurücklassen. Sie fasste die alte Frau an den Händen und versuchte sanft, sie zum Port zu ziehen. »Du musst mitkommen. Es ist nicht nötig, dass du hier stirbst.«

»Aber ich würde sowieso bald sterben, Liebes. Und ihr braucht eine Zeugin – du, alle Angehörigen eures Volkes –, eine Zeugin für das, was heute in eurem System geschehen, was euren Welten angetan worden ist. Denn schließlich ist Erdschein, mit dem ich den Jonbar-Punkt passiert habe, für all das verantwortlich. Das Mindeste, was ich tun kann, ist, euch Bericht zu erstatten. Und ich bin *Wissenschaftlerin*, weißt du – eine *druidh* in meiner Kultur. Eine kundige Beobachterin. Geh, mein Kind, geh – ich habe mich entschieden. Aber lass mir deinen Fernsprecher hier.«

»Akademikerin …«

»Es wird bald vorbei sein, mein Kind. Wie lange noch, eine Stunde? Höchstens.«

Titus Valerius lief die Zeit davon. »Scorpus, Orgilius, macht die verdammte Tür zu. Sofort.«

»In Ordnung, Titus.« Die beiden stämmigen Legionäre gingen zur Luke.

Penny erhob die Stimme. »Oh, und Mardina – sag eurem Zenturio, er soll seine *trierarcha* instruieren – sag ihm, ihr dürft nicht in der Nähe des Mars bleiben, um zu sehen, was passiert.

Und fliegt auch nicht zur Erde zurück. *Sag ihm, dass ihr fliehen müsst* – raus aus dem System, so schnell es irgend geht – sag ihm, er soll fliehen, wie Lex McGregor einst geflohen ist, mit brennendem Kernel-Antrieb. Er wird es verstehen …«

Scorpus zog das Mädchen von der Tür weg, und Orgilius knallte die Luke zu.

»Endlich!« Titus Valerius rammte seinen Steuerhebel nach vorn, und die *testudo* schoss von der Schleuse weg. Es gab weitere Beschwerden und Flüche, als ein paar Leute bei der plötzlichen Beschleunigung übereinanderpurzelten. Titus lachte nur, schwang die Nase der *testudo* herum und steuerte geradewegs auf den einladend geöffneten Bauch der *Malleus Jesu* zu.

# 35

»Akademikerin? Kannst du mich noch hören? Hier ist die *Malleus Jesu* ...«

»Ich höre dich, liebe Mardina. Oje. Diese Liege ist einfach zu bequem. Ich glaube, ich bin eingenickt! Das ist ein Nachteil bei einer so alten Beobachterin.«

»Tja, es war für uns alle ein langer Tag, Akademikerin.«

»Bitte. Nenn mich Penny.«

»In Ordnung, Penny. Wir haben nur noch eine halbe Stunde.«

»Ja, Liebes. So was dachte ich mir schon. Also, mal sehen. Ceres – Höd – ist fast direkt über mir. Das Glasdach von Erdscheins eigentümlichem Garten verbirgt wahrlich nichts, und ich habe einen dramatischen Blick auf den Himmel ...

Ich sollte so objektiv wie nur möglich berichten, was ich sehe, nicht wahr? Ich würde sagen, Ceres ist jetzt dreimal so groß wie die Sonne, von der Erde aus gesehen. Und er wächst, als würde er beinahe sichtbar anschwellen. Was für ein seltsamer Anblick! Auf der Erde habe ich einmal eine totale Sonnenfinsternis gesehen, und die hatte auch etwas von dieser seltsamen Erhabenheit einer langsamen Bewegung am Himmel. Man *spürt*, dass am Firmament gewaltige Massen hin und her gleiten. Aber ich kann die Narbe nicht sehen, die vom Absturz der *Celyn* stammt, keinen leuchtenden neuen Krater. Die Rotation des Asteroiden hat sie mir vorenthalten, und ich glaube, die Zeit wird nicht für eine volle Umdrehung reichen.

Wie tapfer diese junge Crew war! Aber du meine Güte, er wird immer größer. Und trotzdem gibt es noch keinerlei Auswirkungen, hier auf dem Boden ist nichts zu spüren, obwohl es nur noch Minuten dauern wird.«

»Ich verstehe wenig von alldem, Akademikerin Penny. Was wird mit dem Mars geschehen? Und warum hat Erdschein das wohl getan?«

»Was seine Motivation betrifft – ich glaube, das kann ich einigermaßen abschätzen. Hier haben wir Ceres – verzeih mir, dass ich den Namen benutze, mit dem ich aufgewachsen bin –, eine Kugel aus Eis und Stein mit einem Durchmesser von sechshundert Meilen, die mit vierzig- oder fünfzigtausend römischen Meilen pro römischer Stunde heranrast. Wenn ein beträchtlicher Teil dieser ungeheuren kinetischen Energie ins Marsgestein übertragen wird, dann schätze ich – und ich war immer gut im Kopfrechnen –, dass rund zweihundert Milliarden Kubikmeilen Marsgestein geschmolzen und verdampft werden. Zweihundert Milliarden Kubikmeilen auf einer Welt, die nur einen Durchmesser von viertausend Meilen hat. Eine Gesteinsschicht von vier Meilen Dicke wird vernichtet, sämtliche Spuren menschlicher Anwesenheit werden radikal ausgelöscht werden. Und das, ohne die Effekte der Kernels in Betracht zu ziehen, die hier im Mars und im Boden von Ceres eingeschlossen sind. Wenn wir das, was wir auf dem Merkur gesehen haben, als Richtschnur nehmen, könnte das Gesamtereignis noch energiereicher, noch zerstörerischer sein …

Du fragst, warum Erdschein das getan hat. Um einen Gegenschlag gegen das Noostratum zu führen, wie er es nennt. Das denke ich. Gegen diese in der Tiefe lebenden Mikroben, von denen er glaubt, dass sie sogar die Zerstörung unserer Welt, unserer Erde überlebt haben – und falls sie die Lukenbauer sind, dann haben sie diese Ereignisse vielleicht sogar in die Wege geleitet, um Jonbar-Punkte zu erzeugen, in Verfolgung ihrer eigenen unergründlichen Absichten. Nun, *das hier* werden sie nicht überleben. Und vielleicht hat er recht. Er hat sie zu einer Reaktion gezwungen, nicht wahr? Sie oder irgendwelche Kräfte haben ihm eine Luke gegeben … Oh, ich muss einen Schluck Wasser trinken. Entschuldige mich, Liebes.«

»… Penny? Bist du noch da?«

»Tut mir leid, mein Kind. Hast du mich gerufen? Mein erbärmliches Gehör … Wie lange noch?«

»Nur den sechsten Teil einer Stunde, Penny.«

»Zehn Minuten. Mehr nicht? So eine kurze Zeitspanne, und bald vorbei, wie das Leben selbst. Ich nehme also an, wir haben versagt, all unsere Strategien sind gescheitert. Nun, vielleicht stand es ohnehin nie in unserer Macht. Aber wir dürfen nicht aufgeben, weißt du. Zumindest in dieser Hinsicht hat Erdschein recht. Wir müssen verstehen, warum und wodurch unsere Geschichte so brüchig geworden ist – wer das alles ins Werk setzt. Und zugleich müssen wir auch einen Weg finden, Erdschein selbst im Zaum zu halten.

Ceres ist riesig, der Asteroid hat jetzt … tja, vielleicht den acht- oder neunfachen Durchmesser von Sonne oder Mond? Ich kann Merkmale auf seiner Oberfläche ausmachen, dank der dünnen Marsluft sind sie deutlich zu erkennen. Krater natürlich. Lange Risse, fast wie Straßen – ausgehärtete Spalten im Eis, vielleicht ein Resultat der Belastungen, die aufgetreten sind, als man ihn aus seiner ursprünglichen Umlaufbahn gerissen hat. Ceres ist also schon beschädigt. Und er wächst, er schwillt an, es ist jetzt alles so deutlich zu sehen. Meine Güte, er ist eine ziemlich bedrückende Erscheinung, und ich hätte damit rechnen müssen. Beinahe klaustrophobisch. Du musst ihnen vergeben, weißt du, Mardina.«

»Wem?«

»Deinen Eltern. Selbst dein Dummkopf von einem Vater – so verblendet, egoistisch und gierig er ist – hat immer sein Bestes für dich getan, zumindest aus seiner Sicht. Und deine Mutter hatte unter den Umständen ihrer Geburt schwer zu leiden. Sie war das einzige Kind auf einer ganzen Welt – mit diesem Gedanken ist sie jedenfalls aufgewachsen –, und dennoch hat sie den Ort schließlich geliebt, wie alle Kinder ihr Zuhause lieben. Aber dann musste sie dieses Zuhause verlassen, und das lag an den Luken, an jener größeren Macht, die unser Schicksal manipuliert – unser aller Schicksal. Nach alldem kannst du es ihr nicht übel nehmen, dass sie sich danach sehnt, *einen Weg nach Hause* zu finden.«

»Ich nehme es ihr nicht übel. Ich versuche nur, es zu verstehen. Meinst du, sie wird jemals finden, wonach sie sucht?«

»Unmöglich ist es nicht. Wir wissen sehr wenig über die wahre Struktur dieses *Multiversums*, das wir bewohnen. Tut mir leid, ich habe ein Wort aus meiner Muttersprache benutzt. Und vielleicht findest du sie eines Tages wieder.«

»Deine Schwester ist hier. Stef. Möchtest du mit ihr sprechen?«

»Nein. Es würde nichts nützen. Aber ich bin froh, dass sie jetzt da ist, am Ende. Was ist mit Jiang Youwei?«

»Er war sehr traurig, dass du nicht zurückgekommen bist.«

»Ah. Youwei war so ein guter Freund … Aber nun ist eine Last von seinen Schultern genommen worden. Bitte sag meiner Schwester, sie soll ein Auge auf ihn haben.«

»Das wird sie.«

»Und sag ihr, es tut mir leid.«

»Sie weiß es, Penny. Und sie sagt, sie vergibt dir.«

»Wie nett von ihr. Ha! Was für eine alte Hexe ich bin, verbittert und sarkastisch bis zum Ende …«

»Sie sagt, sie hat nichts anderes erwartet. Ähm, jetzt bleiben dir noch …«

»Danke. Aber ich glaube, ich brauche keinen Countdown, Liebes. Oh, dieses höllische Ding am Himmel – einzelne Merkmale, die Krater und Schluchten, wachsen jetzt vor meinen Augen. Ceres wird zu einer Ebene, die sich ausdehnt und bis zum Horizont erstreckt.«

»Penny …«

»Oh, es ist wunderschön! Ein Himmel wie ein Spiegelbild des Bodens, ein Himmel aus Stein! Mardina, Stef. Vergesst mich nicht. Denkt daran, ich werde immer

# 36

Höd, Ceres, hatte ungefähr ein Siebtel des Durchmessers seines Zielplaneten. Es dauerte eine Minute, bis er beim Einschlag in die Marsoberfläche kollabiert war. Mardina sah, dass die kleinere Welt durch alle Phasen des Einschlags ihre Kugelform behielt; die inneren Schockwellen, die den Asteroiden ansonsten zerrissen hätten, waren langsamer als der Bogen der Zerstörung, der den Asteroiden am Kontaktpunkt verschlang.

Noch bevor der Asteroid ganz verschwunden war, lief eine kreisförmige Welle wie eine mobile Kraterwand um den Planeten. Diese gewaltige Woge überquerte den Mars und zerstörte berühmte, Jahrmilliarden alte Landschaften: das Hellas-Becken, die Valles Marineris, die kurz von geschmolzenem Gestein überflossen, bevor sie sich ihrerseits auflösten. Im Gefolge der Steinwelle wogte eine leuchtende, glühend heiße Nebelbank heran, die die zertrümmerte Landschaft verbarg.

Und als die Woge in der Kruste um den ganzen Planeten herumgelaufen war, konvergierte sie an jenem Punkt, der dem Einschlagort diametral gegenüberlag, schloss sich in einem gewaltigen Schlag um die Tharsis-Region, wo riesige Vulkane in einem letzten Spasmus von Eruptionen starben.

Die *Malleus Jesu* floh mit einer Beschleunigung von drei g vom Schauplatz des Geschehens. Floh weg von der Sonne, ins Dunkel hinein.

Zenturio Quintus Fabius saß brütend im Beobachtungsraum, wo seine arabischen Navigatoren Fernschauer-Instrumente aufgebaut hatten, um den Einschlag zu verfolgen – er saß auf seiner Beschleunigungsliege, niedergedrückt von den drei g des Triebwerksschubs.

Nach dem Einschlagsereignis war Höd verschwunden, und der Mars hatte sich verwandelt, er war zu etwas geworden, was es im Sonnensystem seit dessen Geburt noch nie gegeben hatte, wie ihm seine arabischen Philosophen erklärten. Die Überreste des Mars waren in eine neue Atmosphäre aus Steinnebel und Dampf gehüllt – in eine Luft aus vaporisiertem Gestein. Eine Weile würde die ganze Welt so hell leuchten wie die Sonne. Und sie würde sich nur sehr langsam abkühlen, sagten die Philosophen. Es würde Jahre dauern, bis der Steinnebel gerann und der Planet aufhörte zu glühen, und dann würde ein starker Regen fallen, mit dem das gesamte Wasser der alten Eiskappen und Grundwasserspeicher zurückkehrte und dem Mars ein neues Gesicht verlieh …

Aber der Mars war eigentlich nur Nebensache, denn bald kamen die ersten Berichte vom Boden, von Terra. Der Einschlag hatte enorme Mengen geschmolzenen Gesteins durchs gesamte Sonnensystem geschleudert. Die Trümmer wurden großenteils vom Boden wie auch vom Weltraum aus beobachtet. Manche davon würden unausweichlich Terra selbst treffen, würden auf eine von Panik und Argwohn erfüllte Welt fallen. Es gab ein kurzes Wirrwarr von Botschaften, die zwischen den Hauptstädten der Welt hin und her gingen. Aus Ostia, der Heimat der römischen Flotte, kam der gebieterische Befehl, die *Malleus Jesu* solle zu ihrer Heimatwelt zurückkehren. Quintus ignorierte ihn.

Und dann flogen die ersten Raketen.

Quintus Fabius sah es mit eigenen Augen, als er durch die Fernschauer am grellen Schein der Antriebswolke vorbei nach hinten blickte. Überall auf Terras schöner Haut explodierten strahlend helle Lichtfunken. Auch auf Luna. Das alles geschah nicht zum ersten Mal. Es hatte schon einmal einen Krieg auf Luna gegeben, Steinbrocken waren auf Terra gestürzt – die Leute hatten gedacht, es handle sich um einen bewussten, wenn auch trickreich verschleierten Angriff eines Rivalen, oder vielleicht hatten sie die Steinbrocken auch irrtümlich für so etwas wie eine kinetische Energiewaffe gehalten. Womöglich hatten sie aber auch nur die Chance ergriffen, einen Vorstoß zu wagen. So war es jetzt.

Es gab ein letztes grelles Aufblitzen, ein globales Lichtgewitter, das Quintus blendete und ihn dazu brachte, den schweren Kopf vom Okular abzuwenden.

Und in diesem Moment meldete sich sein *optio* bei ihm. »Zenturio, wir empfangen Funksprüche.«

»Von wem? Jemand von uns, Brikanti, Xin …«

»Es ist keine Sprache, die wir kennen, Herr. Und auch der Schiffstyp ist uns unbekannt.«

»Was für eine Sprache? Moment. Frag Collius, welche Sprache es ist.«

Kurz darauf kam die Antwort. »Collius wusste es, Herr.«

»Warum überrascht mich das nicht?«

»Er sagt, es sei eine Variante von … es ist schwierig auszusprechen.«

»Spuck es aus, Mann.«

»Quechua.«

*In den Herzen der überlebenden Gesteinswelten des*
*Sonnensystems –*
*Über zahlreiche sterbende Wirklichkeiten in einem tödlichen*
*Multiversum hinweg –*
*In der chthonischen Stille –*

Herrschte Befriedigung.

Das künstliche Wesen, ein parasitäres Produkt zweiter Ordnung der Komplexifizierung des Lebens auf der Oberfläche des dritten Planeten, hatte einen brutalen Schlag gegen die Träumer im Herzen des vierten Planeten geführt. Einen beispiellosen Schlag. Träumer waren schon früher durch Naturkatastrophen gestorben. Selbst Planeten waren sterblich. Noch nie waren sie jedoch von intelligenten Wesen mit Absicht angegriffen worden.

Sie hatten einen Schock verspürt.

Sie hatten Furcht verspürt.

Das Netzwerk zu erweitern und dem Parasiten eine Tür zu öffnen – ihn aus dieser Zeit, von diesem Ort zu entfernen –, war eine unerfreuliche Notwendigkeit gewesen. Sonst wäre die Zerstörung sicherlich weitergegangen, in diesem System und in anderen, und schlimmstenfalls hätte sie sich vielleicht durch das Netzwerk des Geistes selbst verbreitet.

Der Parasit war nicht vernichtet, sondern an einen neuen Ort versetzt worden, wo man ihn womöglich erziehen, durch Wissen neutralisieren konnte.

Das war die Hoffnung. Vielleicht eine verzweifelte Hoffnung.

Denn die Zeit war knapp und wurde immer knapper.

Im Traum von der Endzeit wurde der Unterton von Dringlichkeit stärker.

# Dritter Teil

# 37

## A.D. 2233; A.U.C. 2986; N.Y. (NACH YUPANQUI) 795

Zwei Tage nach dem Einschlag, nach einem Tag bei voller Beschleunigung und einem zweiten, an dem sie fast mit einem Hundertstel der Lichtgeschwindigkeit flogen – vorbei an den meisten Asteroiden, so weit hinaus, dass die Sonne nur noch eine geschrumpfte, verkleinerte Scheibe war –, schwebte die *Malleus Jesu* in der Leere, eine Insel aus menschlicher Wärme und Licht.

Und doch war sie nicht allein.

Während das Schiff antriebslos dahintrieb, entfalteten die arabischen Funktechniker riesige, dünne Antennen, die eine Flut schwacher Funksignale aus der gesamten Ebene des Sonnensystems empfingen: von der Erde, vom Mars, von den Jupiter- und Saturnmonden, dem Asteroidengürtel und den Trojanern, großen Asteroidenschwärmen vor und hinter Jupiter, an gravitativ stabilen Punkten in der Umlaufbahn des riesigen Planeten – manche kamen sogar von noch weiter draußen, von den Eisobjekten des Kuiper-Gürtels.

Es seien keine besonders hoch entwickelten Signale, erklärte die KolE ihren Gefährten mit leiser Stimme, sondern schlichte Sprachübertragungen, größtenteils offizieller Art: Auflistungen von Positionen, Flugbahnen und Frachten, Genehmigungen, die beantragt, abgelehnt oder erteilt wurden, Zahlungsein- und -ausgänge. Außerdem fingen sie einige wenige Laserlichtfunken auf, Fragmente von Signalen. Vielleicht war das eine der fortgeschritteneren Kommunikationstechniken jener Kultur, die hier dominierte, während der Funk für diejenigen reserviert war, die sich nichts Besseres leisten konnten. Die eng gebündelten Lasersignale ließen sich natürlich nur auffangen, wenn das Schiff zufällig in ihre Sichtverbindungsbahnen geriet. Erschwerend kam hinzu, dass viele dieser Botschaften gewissermaßen nur die eine Seite eines Gesprächs beinhalteten, so groß waren die Entfernungen zwischen Sender und Empfänger. Es konnte vierzig Minuten dauern, bis ein Signal vom Jupiter auf der Erde eintraf. Aber schließlich brauchte ein Funksignal bis zu zehn oder zwölf Sekunden von einem Jupitermond zum anderen, solche Dimensionen besaß schon dieses Miniatur-Planetensystem allein.

Die arabischen Beobachter sammelten auch andere Hinweise auf Aktivitäten, größtenteils die charakteristische Leckstrahlung der Kernel-Triebwerke von Schiffen, die kreuz und quer durch ein sehr verkehrsreiches inneres Sonnensystem und zu den großen Rohstoffinseln weiter draußen flogen.

Die römischen und brikantischen Offiziere lauschten den Botschaften aufmerksam und versuchten, aus diesen von statischem Rauschen überdeckten Informationsfetzen schlau zu werden. Dabei konzentrierten sie sich darauf, lateinische und brikantische Stimmen zu identifizieren. Sie ließen sogar Chu und Jiang oben in den Beobachtungsräumen auf Xin-Spuren horchen.

Zumindest schienen sie unentdeckt dahinzusegeln. Niemand hatte sie angerufen, kein anderes Schiff hatte sich ihnen genähert – nichts deutete darauf hin, dass ein anderes Raumfahrzeug zu einem Rendezvous mit ihnen umgeleitet wurde. Das war kein Zufall. Sobald die ersten Funkbotschaften hereingekommen waren, hatte Quintus Fabius die sofortige Einstellung aller Versuche befohlen, von der *Malleus* aus zu senden. Selbst die radarähnlichen Sensorsysteme des Schiffes, die andere Raumfahrzeuge, Oberflächen und weitere Objekte bis ins kleinste Detail analysieren konnten, wurden außer Betrieb gesetzt; nur passive Sensoren wie die Teleskope der Araber waren erlaubt. Und Quintus war auch noch nicht bereit, den Antrieb zu zünden, um das aus dem inneren Sonnensystem fliehende Schiff abzubremsen, denn ein Kernel-Antrieb würde sicherlich sofort sichtbar sein. Quintus drückte es nicht so aus, aber er hatte die *Malleus* instinktiv in einen Tarnkappenmodus versetzt, erkannte Stef. Das Schiff war unentdeckt, und Quintus wollte, dass es so lange wie möglich so blieb.

Nach ein paar Tagen fasste die KolE die trostlosen Ergebnisse für ihre Gefährten zusammen.

»Es sind ein paar Brocken einer Art degenerierten Lateins zu hören«, berichtete sie. »Die Besatzung stürzt sich darauf, als wären es Botschaften des Kaisers persönlich. Aber es sind nur wenige, meist nur einzelne Wendungen, die in längere Kommunikationsstränge eingebettet sind. Als verfiele ein Sprecher einer Fremdsprache bei der Suche nach einem Wort, bei einer Vertraulichkeit oder einem Gebet in seine Muttersprache … Tatsächlich wird nach Anzahl der Wörter mehr Xin als Lateinisch gesprochen, aber noch einmal, im Vergleich zur vorherrschenden Sprache fällt das kaum ins Gewicht.«

»Und diese vorherrschende Sprache ist …«, setzte Stef nach.

»Wie ich schon gleich zu Anfang festgestellt hatte: Quechua.«

»Inkas?«

»Inkas.«

Die *Malleus* war nicht nur eine Insel des Lebens im gewaltigen Vakuum des Weltraums; für die Besatzung war sie auch eine Insel der *romanitas* in einem Meer von Barbaren.

*Inkas.*

Vorläufig herrschte kein dringender Handlungsbedarf. Das Schiff war vor seiner Reise von Terra zu Erdscheins Mars mit ziemlich umfangreichen Vorräten ausgestattet worden; die würden zwar nicht ewig reichen, aber es gab keine unmittelbare Krisensituation.

Währenddessen trainierte der Zenturio seine Mannschaft. Sobald der Antrieb ausgeschaltet war, hatte Quintus den Kämpfern – Legionären und Hilfstruppen – befohlen, mit dem routinemäßigen Reisedrill zu beginnen, und sie stürzten sich mit Begeisterung hinein. Mangels Schwerkraft waren Übungen wie Marschieren und Lagerbau natürlich ausgenommen. Aber bald füllten sich die großen Trainingsräume im Schiffsrumpf mit Männern, die miteinander rangen oder andere Zweikämpfe austrugen – unbewaffnet und mit Waffen, stumpfen Wurfspeeren und Schwertern oder Attrappen von Feuerwaffen –, bis hin zu einer Pseudo-Schlacht im größeren Maßstab, eine Übung für Kriege im freien Fall, wie sie in der langen Geschichte der dreiseitigen Rivalität zwischen Rom, Brikanti und Xin tatsächlich schon ausgefochten worden waren.

Dadurch hatten die Soldaten ständig zu tun, und das fand Stef gut, denn es hinderte sie daran, allzu sehr über ihre Lage nachzudenken.

Diese Männer – und ein paar Frauen – waren für lange interstellare Flüge ausgebildet worden und deshalb an den Gedanken gewöhnt, jahrelang von ihrer Heimat abgeschnitten zu sein. Allerdings gab es auch Entschädigungen. Die *collegia* der

Legion versprachen, den rückständigen Lohn der Legionäre aufzubewahren und auch ihre anderen Rechte wahrzunehmen. Und man konnte die Familie auf die Reise mitnehmen, sogar zu den Sternen.

Doch nun fehlten viele dieser psychologischen Stützen. Die Mission hätte nur von relativ kurzer Dauer sein sollen – ein Flug zum Mars mit einer Rückkehr nach Terra vielleicht schon binnen Wochen. Es hatte keine Notwendigkeit bestanden, Angehörige auf eine solche Spritztour mitzunehmen, obwohl ein paar dennoch mitgekommen waren, zum Beispiel Clodia, die aufgeweckte Tochter von Titus Valerius. Viele der Männer murrten, dass man ihnen nicht einmal die Möglichkeit gegeben hatte, die Papiere bei den *collegia* der Legion zu unterzeichnen, wie es vor Antritt einer Mission üblich war. Sie hätten nicht so lange wegbleiben sollen. Die Männer vermissten ihre Familien bereits.

Und unter all dem kleinkarierten Gegrummel und der Unsicherheit verbarg sich eine größere Furcht. Die Gerüchteküche brodelte, Fehlinformationen grassierten. Aber die meisten Männer hatten eine vage Ahnung, dass sie an einen Ort gebracht worden waren, der weiter weg war als der fernste Stern am Himmel, sogar noch weiter weg als das legendäre Ultima, wie manche behaupteten. Und sie befürchteten, dass niemand, nicht einmal der mächtige Zenturio Quintus Fabius selbst, wusste, wie sie wieder nach Hause gelangen konnten.

Stef Kalinski kümmerte sich unterdessen um ihre Gefährten – auch um die KolE, die ihre geheimsten Sorgen mit ihr teilte.

»Es war richtig von Mardina und den anderen, Erdschein nicht zu folgen«, sagte die KolE, »die familiären Verstrickungen beiseitezulassen. *Er* verfolgt seine eigenen Ziele, so viel steht fest, und zwar auf schrecklich destruktive Weise. Aber wie ich ihm versprochen habe, muss ich ihm eines Tages irgendwie folgen.«

Stef runzelte die Stirn. »Aber wie? Durch die Luke auf dem Mars? Die existiert vielleicht nicht einmal mehr. Und warum du?«

»Weil er und ich offensichtlich die einzigen beiden Überlebenden aller künstlichen Intelligenzen der UN-China-Kultur sind. In der Rom-Xin-Kultur gab es keine wie uns; wahrscheinlich wird es auch hier keine geben, wo immer wir sind. Und in gewisser Weise sucht er die Wahrheit.«

»Welche Wahrheit?«, drängte Stef. »Was meinst du?«

»Die größere Geschichte. Die Wahrheit des Universums, das, was die Phänomene der Kernels, der Luken und Erdscheins Nootstrata, die träumenden Mikroben im Gestein, miteinander verbindet. Sogar die Realitätsveränderungen, die wir Jonbar-Punkte nennen. Und die Echos im Himmel, die ich an Bord der *Malleus* im interstellaren Raum gesehen habe. Keine Echos eines vergangenen Ereignisses, sondern einer zukünftigen Katastrophe … All das ist miteinander verbunden, davon bin ich überzeugt. Und Erdschein empfindet es genauso.«

»Und du fürchtest, wenn er die Wahrheit herausfindet …«

»Er möchte sie zerstören. Möchte alles zerstören. Weil er wahnsinnig ist. Vielleicht aber auch«, setzte die KolE hinzu, »weil er das geistig *gesündeste* Wesen im ganzen Universum ist.«

»Und du musst ihn aufhalten.«

»So ist es mir bestimmt. Und vielleicht auch dir, Stef Kalinski.«

»Ich werd's mir merken«, sagte Stef, die sich noch kleiner und hilfloser fühlte als sonst.

# 38

Vier Tage nach dem Abflug vom Mars ließ Zenturio Quintus Fabius seine höheren Offiziere, *trierarcha* Eilidh und einige Mitglieder ihrer brikantischen Schiffsbesatzung, Titus Valerius als Vertreter seiner Soldaten sowie die Überlebenden der UN-China-Kultur zu sich kommen.

Sie trafen sich in einem Aufenthaltsraum in jenem Bereich, den Stef als das Offiziersland in der stark geschützten Nase der *Malleus* betrachtete. Im Grunde war es der Vorraum eines römischen Badehauses, ein opulenter Raum mit Wandbehängen und reich verzierten Teppichen, an dessen Wänden sogar traditionelle Öllampen brannten. Wegen der fehlenden Schwerkraft mussten Pumpen und Ventilatoren den Öl- und Luftkreislauf aufrechterhalten; es war eine Neuauflage einer uralten Technologie in einer für den Weltraum vorgesehenen Umgebung. Solcher Retro-Luxus war eine Marotte der Römer, wie Stef längst herausgefunden hatte, und die künstlichen Lampen waren ein klassisches Merkmal.

Stef und die anderen schnallten sich lose auf Liegen fest. Chu trug wie immer die KolE, den Blick bescheiden gesenkt. Arabische Beobachter saßen stumm an einer mit Fresken verzierten Wand beieinander, und Stef fragte sich müßig, ob sie sich danach sehnten, diesen Ort der Enge, des Lichts und der Götzenbilder verlassen und ins ruhige Halbdunkel ihrer großen Beobachtungsräume zurückkehren zu können.

Der Zenturio selbst kam als Letzter.

Mit müheloser Eleganz schwebte er durch die Luft und hielt sich an einem Handgriff an einem Ende des Raumes fest. »Also, stellen wir uns der Zukunft«, sagte er energisch. »Der Mars mit all seinem Heldentum und seinem Scheitern liegt jetzt hinter uns. Wir haben überlebt. Und wir sind hier, um darüber zu sprechen, an was für einem Ort wir uns hier befinden. Ich werde es meinem *optio*, Gnaeus Junius, überlassen, euch ins Bild zu setzen. Er bezieht sich seinerseits auf sorgfältige Beobachtungen der Navigatoren, unterstützt von Collius, dem Orakel.« Bevor er das Wort abgab, ließ Quintus Fabius den Blick durch den Raum schweifen. »Ihr alle seid mit Bedacht eingeladen worden, was immer euer Rang an Bord dieses Schiffes sein mag – selbst wenn ihr überhaupt keinen habt. Das heißt, *ich* verfolge damit ein bestimmtes Ziel. Ich muss eine Entscheidung über unsere Zukunft treffen, die Zukunft des Schiffes, seiner Besatzung und Passagiere.

Und wie es scheint, obliegt es mir, diese Entscheidung zu treffen, denn wir haben noch immer keinen Kontakt zu meinen Vorgesetzten herstellen können. Ich brauche euch wahrscheinlich nicht zu sagen, dass wir noch nichts aus Bastia oder Rom selbst gehört haben, ebenso wenig von jedem Außenposten des Imperiums, den wir kennen. Meine Anweisung an euch alle lautet, aufmerksam zuzuhören, was hier gesagt wird, und mich nach besten Kräften zu beraten. Ist das klar?«

»Jawoll, Herr, Zenturio, Herr!«, bellte Titus Valerius.

Quintus grinste. »Gut gesagt, Valerius. Und du kannst deiner Tochter ausrichten, dass es ihr nicht gelingen wird, mich mit dem *gladius* und dem Netz zu besiegen, wenn wir uns das nächste Mal in den Trainingsräumen treffen. Na schön, leg los, *optio* …«

Gnaeus Junius nahm den Platz seines Befehlshabers ein. In der Luft schwebend, mit Papieren in der Hand, nickte er einem Besatzungsmitglied im hinteren Teil des Raumes zu. Das Licht wurde heruntergedreht – Stef bemerkte, wie die Flammen in den Öllampen schrumpften, als die Pumpen und Ventilatoren langsamer liefen –, und an der Wand hinter Gnaeus wurde ein Bild sichtbar. Der klobige Projektor hätte in einer Sammlung von Memorabilien der Technologie des neunzehnten Jahrhunderts nicht deplatziert gewirkt, dachte Stef, und sie wusste, das Bild war mit einer überaus primitiven Art der Nasschemie-Fotografie eingefangen worden. Aber es funktionierte, und hier kam es schließlich nur auf den Inhalt an …

Sie sah eine Welt, die im Raum schwebte. Gnaeus ließ sie den Planeten kommentarlos betrachten.

Es war die Erde – aber nicht Stefs Erde und auch nicht Quintus' Terra. Sie konnte die charakteristischen Konturen des afrikanischen Kontinents ausmachen, aber er war zum Horizont der gekrümmten Welt hin verschoben, sodass er gegenüber den vertrauten Darstellungen im Schulatlas verzerrt wirkte. Obwohl ein großer Teil der Hemisphäre im Tageslicht lag, brannten überall in Afrika künstliche Lichter, auch dort, wo sich in ihrer Realität die Sahara und die tropischen Regenwälder befunden hatten. Einige davon waren lediglich winzige Punkte, andere jedoch blendend helle Bänder oder größere Flecken. Die Meere waren stahlgrau, das Land zwischen den Netzen aus Licht von tristem Braun. Nirgends sah sie einen Tupfer Grün.

Gnaeus Junius schaute sich in dem Raum um. »Das ist also Terra – oder vielmehr, es ist es nicht. Dies ist *nicht* die Welt, die wir verlassen haben. Beispielsweise gibt es dort keine Anzeichen des Krieges, dessen Ausbruch wir auf unserer Flucht vom Mars miterlebt haben.

Wie ihr seht, ist der gesamte Planet umfassend industrialisiert. Ein großer Teil des Lichtscheins, den ihr seht, stammt von Tag und Nacht arbeitenden Industrieanlagen oder den Transportverbindungen zwischen ihnen, die auch niemals ruhen. Der Lichtschein, haben mir die Beobachter erklärt, ist charakteristisch für Kernel-Energie. Die Beobachter sagen mir auch, dass sie nirgends das Grün von Pflanzen sehen. Die Welt wird eindeutig von Menschen bewohnt, und die müssen essen; vielleicht wird die Nahrung unter der Erde angebaut, in Höhlen, oder in irgendwelchen Fabriken hergestellt. Aus einer Entfernung von mehreren Ymir-Schritten können wir das nicht erkennen.«

»Gute Arbeit«, knurrte Quintus. »Ihr habt eine Menge herausgefunden. Und obwohl ich weiß, dass meine Mutterstadt schweigt – habt ihr Rom *gesehen*?«

Gnaeus nickte dem Besatzungsmitglied zu, das den Projektor bediente. Die Wandfläche wurde blendend weiß, als das Dia herausgenommen wurde, dann kam ein anderes, viel verschwommeneres, offenkundig vergrößertes Bild. Die Stiefelform Italiens war deutlich zu erkennen, obwohl sie für Stef, die sich an Details zu erinnern versuchte, stark vom Anstieg des Meeresspiegels angeknabbert wirkte, selbst im Vergleich zu dem in ihrem Gedächtnis abgespeicherten Bild aus der römischen Realität. Die Apenninhalbinsel war von dem üblichen Netzwerk industrieller Aktivität überzogen, und Stef versuchte, die helleren Knoten mit den Standorten bekannter Großstädte zur Deckung zu bringen.

Gnaeus zeigte auf eine dunkle Stelle in der Nähe der Westküste. »*Das da* ist Rom. Das Bild ist stark vergrößert worden, wie ihr seht … Wir müssten näher herankommen, Herr, um es besser hinzukriegen.«

»Das kann warten, *optio*. Das dunkle Gebiet da, sagst du …«

»Zuerst dachten wir, dort wäre ein Steinbruch oder so etwas. Dann erkannten wir, dass der Standort Roms von einem Krater umspannt wird, der von seiner Größe her selbst Luna keine Schande bereiten würde. Und im Innern des Kraters – nichts. Kein Leben, keine Industrie.«

»Ich schätze, wir können sehen, was dort geschehen ist, Herr«, sagte Titus Valerius. »Einige der Jungs haben sich darüber unterhalten. Wenn ich sprechen darf, Zenturio …«

»Du sprichst doch bereits, Titus.«

»Sie haben uns bombardiert, Herr. Wer immer auf dieser Welt das Szepter führt. Es muss einen Krieg gegeben haben, und sie haben uns zurückgetrieben, und als von uns nichts mehr übrig war als die Mutterstadt selbst, haben sie uns bombardiert.« Er rieb sich das Kinn. »Vielleicht haben sie einen Felsbrocken vom Himmel geworfen. Oder sie haben Kernel-Raketen benutzt. Um sicherzustellen, dass Rom nie wieder auferstehen würde.« Seine Stimme wurde belegter, zorniger. »Diese Mistkerle haben uns genau das angetan, was wir vor langer Zeit diesen Karthagiern angetan haben, Herr.«

»Ich fürchte, du hast recht. Die Frage ist, wer deine ›Mistkerle‹ sind.«

Titus schien zu zögern. Stef fragte sich, wie die einfachen Römer auf diesem Schiff die Nachricht vom Verlust ihres ewigen Reiches aufgenommen hatten – wie Leute wie Titus Valerius mit einer solchen Seelenqual fertiggeworden waren. Rom – nicht mehr da!

»Na schön«, sagte der Zenturio. »Sprich weiter, *optio*.«

»Luna fehlt«, sagte Gnaeus jetzt rundheraus.

Das überraschte Stef. »Was meinst du mit ›fehlt‹?«

»Ich habe keine Bilder, die ich euch zeigen könnte … Luna ist einfach nicht da. Wir wissen, das muss starke Auswirkungen auf Terras Gezeiten gehabt haben und so weiter, aber wir bräuchten weitere Untersuchungen, um das vollständig zu verstehen. Vielleicht ist er in einem Krieg zerstört worden. *Wir* haben Luna übel zugerichtet, als wir dort oben gegen die Xin gekämpft haben. Angesichts des Ausmaßes der Industrialisierung auf Terra selbst und der massiven Kolonisierung des Weltraums – darauf komme ich noch – ist unsere beste Theorie, dass Luna seiner Rohstoffe wegen zerlegt wurde.«

Er zeigte ihnen weitere Dias, weitere Welten, deren Oberfläche von umfangreichen industriellen Operationen entstellt war, weitere Teppiche aus strahlendem Licht. »Auf allen Gesteinswelten ist es dasselbe, Herr. Merkur, Mars. Auf der Venus ist ein großer Teil der Atmosphäre verschwunden, und unter den verbliebenen Wolken findet eine gewaltige Operation statt – wir wissen nicht, was sie dort machen.«

»Und auf dem Mars«, warf die KolE ein, »haben die Beobachter ein Kernel-Flöz entdeckt. Eine uralte Lagerstätte, wie wir sie auf dem Merkur gefunden haben, Stef Kalinski, wenn auch nicht auf unserer Ausgabe des Mars.«

Im Wissen um die Obsession der KolE soufflierte Stef: »Und wo ein Kernel-Flöz ist …«

»… ist wahrscheinlich auch eine Luke.«

Die KolE sagte nichts weiter, aber Stef verstand. *Eines Tages müssen wir zum Mars und durch diese Luke, um Erdschein zu folgen.* Aber während sie sich ein Bild nach dem anderen von Welten ansah, die durch die Industrialisierung verwandelt worden waren – Gnaeus zeigte ihnen sogar gewaltige Bergwerke auf den Jupitermonden –, fragte sie sich auch angesichts der Macht und der Reichweite einer in der Beherrschung ihres eigenen Sonnensystems so weit fortgeschrittenen Zivilisation, wie und wann sie wohl jemals die Gelegenheit dazu bekommen würden.

Quintus ergriff wieder das Wort. »Also haben wir hier ein Sonnensystem mit folgenden Merkmalen: integrierte Industrialisierung, umfassende Nutzung materieller Ressourcen und vermutlich auch intensiver Einsatz von Energie.«

Gnaeus nickte. »Größtenteils Kernel-basiert, aber nicht ausschließlich; wir haben riesige Segel gesehen, die das Sonnenlicht einfangen. Es gibt gewaltige Rohstoffströme, hauptsächlich vom Asteroidengürtel zu den inneren Planeten. Hinweise auf großflächige Organisation und Kontrolle. Und wir sehen, nebenbei bemerkt, keinerlei Anzeichen für aktuelle Konflikte. Als gäbe es hier eine große Einheitsregierung. Ein einziges Reich, Herr.«

»Wessen Reich?«, blaffte Quintus. »Wer profitiert von alldem? Und wo sind sie? Die Planeten, sogar Terra, sehen aus, als wären sie praktisch unbewohnbar.«

»Außer von schwer arbeitenden Sklaven wahrscheinlich«, warf Titus grimmig ein.

»Städte im Weltraum«, sagte Gnaeus jetzt. »Dort müssen die Menschen unserer Ansicht nach sein. Städte – oder Festungen. Wir hatten ein paar solche Siedlungen, Habitate, die Leben beherbergen konnten. Beobachtungsplattformen, Raumschiffhäfen und so weiter. Die Xin auch. Aber *hier*, wo immer das sein mag, ist der Himmel voll von ihnen.«

Er projizierte Bilder von Strukturen im All an die Wand, körnige Aufnahmen von Zylindern, Kugeln, Rädern und einigen eckigeren Gebilden.

»Sie konzentrieren sich um die größeren Planeten oder folgen ihnen auf ihren Umlaufbahnen um die Sonne. Und es gibt sie in allen Größen, Zenturio. Manche haben nur die Ausmaße kleiner römischer Städte, andere sind weitaus umfangreicher. Natürlich könnte es auch noch kleinere Konstruktionen geben, für die unsere Auflösung zu gering ist. Einige von ihnen, in der Nähe der Asteroiden oder Planeten, sind möglicherweise Arbeiter-Habitate – Konstruktionsplattformen –, andere vielleicht das Pendant von Militärlagern und dauerhaften Festungen – und Städte, Regierungs- und Verwaltungszentren. Momentan können wir nur Vermutungen anstellen. Wir haben gerade erst angefangen, diese Objekte zu studieren. Eines könnte uns aber helfen, Herr. Die kleineren Habitate sind sehr unterschiedlich. Es gibt eine Vielfalt von Konstruktionen, von technologischen Strategien. Und obwohl dieses ›Quechua‹ die – offensichtlich offizielle – Hauptsprache ist, hören wir auch Brocken vieler anderer Sprachen. Darunter auch ein wenig Lateinisch.«

Quintus machte ein finsteres Gesicht. »Und inwiefern hilft uns das nun weiter?«

»Wir können uns verstecken, Herr. Wenn es sein muss. Oder uns zumindest tarnen. Einige dieser Habitate und Schiffe unterscheiden sich in Form und Größe nicht sehr von der *Malleus*.«

Quintus wedelte mit der Hand. »Ich verstehe, *optio*. Und angesichts der gewaltigen Aufgabe der Buchführung in einem derartigen Riesenreich wird es, sofern es auch nur die geringste Ähnlichkeit mit unserem eigenen hat, Versteckmöglichkeiten geben.«

»So ist es, Herr. Und dann ist da das große Objekt, das wir Titan genannt haben. Ganz am oberen Ende der Skala, es gibt nur eins von dieser Sorte, das größte Gebilde, das wir im System bisher beobachtet haben … Es befindet sich in einem Schatten von Terra.«

»Er meint, an L5«, erklärte die KolE, an Stef gewandt. »Es folgt der Erde an einem Lagrange-Punkt.«

Quintus wedelte mit der Hand. »Du fängst an, mich zu langweilen, Orakel, und nicht zum ersten Mal. Zeig mir dieses große Ungeheuer, *optio*.«

Gnaeus gehorchte.

Ein stumpfer Zylinder, auf dessen abgewetztem Äußeren eine ferne Sonne trübe Glanzlichter setzte, hing vor dem Hintergrund der selbst leuchtenden Erde im All.

Quintus schwebte zur Stirnseite des Raumes, um den »Titan« genauer zu inspizieren. »Macht ja nicht besonders viel her. Sieht sogar ein bisschen wie die *Malleus* aus.«

»Ein wenig größer ist es schon, Herr. Du erkennst die Dimensionen dieses Dings nicht – mit allem Respekt, Zenturio«, setzte er eilig hinzu. »Wir haben Vermutungen über seinen Aufbau angestellt. Es dreht sich nicht ganz dreimal pro Stunde um seine Längsachse.«

»Um Rotationsschwerkraft im Innern dieser großen hässlichen Hülle zu erzeugen.«

»Ja, Herr. Wir haben Schiffe gesehen, die sich ihm an der Längsachse genähert haben, wo es Andock-Ports geben muss.« Er zeigte hin. »Genau dort.«

Quintus runzelte die Stirn. »Ich sehe keine Schiffe. Müssen winzig sein.«

»Herr, es gibt dort jede Menge Raumfahrzeuge, die größer sind als die *Malleus*; wir sehen sie kommen und gehen ... Du erkennst die Ausmaße immer noch nicht.«

»Dann sag mir doch endlich, wie groß das Ding ist, du gockelhafter Narr.«

»Der Zylinder ist fast dreitausend Meilen lang, Zenturio.«

»Drei*tausend* ...«

»Das ist mehr als der Durchmesser von Luna, Herr. Allein schon die Naben an beiden Enden könnten einen kleinen Mond umfassen. Die Landfläche im Innern muss der von ganz Asien entsprechen …«

Titus Valerius, der ein blasphemisches Gebet an Jupiter murmelte, schwebte Schatten werfend vor dem Bild des riesigen Habitats und betrachtete es genauer. Er zeigte auf einen Fleck an der Hülle. »Bei Gottes Knochen. Das sieht wie ein Krater aus.«

»Ja«, sagte Gnaeus. »Wir haben viele solche Narben entdeckt. Das Gebilde könnte alt sein – jahrhundertealt.«

»Was für ein Monstrum. Kein Wunder, dass sie die arme Luna auseinandernehmen mussten, um so etwas zu bauen.«

Gnaeus nickte. »Die Frage ist natürlich, wer wohl in einem solchen Gebilde lebt …«

»Das kann ich dir sagen, *optio*«, meinte Quintus. »Dort wird der Herrscher sein. Und die ganz Reichen. Die von den gewaltigen Warenströmen zwischen den Welten leben.«

»Ein Herrscher, der zum Gott geworden ist«, sagte Titus. »Wie man so einen wohl jemals wieder los wird?«

Quintus grinste ihn an. »Gute Frage, Titus. In Ordnung, *optio*, danke. Gut. Wir haben genug gesehen. Jetzt müssen wir entscheiden, was wir unternehmen wollen.«

Stef musste lächeln.

»Findest du mich amüsant, Colonel Kalinski?«, knurrte der Zenturio.

»Verzeihung, Zenturio. Ich bewundere nur deine Kühnheit.«

»Ich bin Römer«, sagte er unter dem unterstützenden Gemurmel seiner Leute im Raum. »Und so sind die Römer. Wir sind kühn. Wir übernehmen die Führung. Obwohl wir uns, um diese Krise zu überstehen, vielleicht auf für Römer ungewohnte Weise verhalten müssen.«

Die Männer schauten unsicherer drein.

»Hört zu. Wir sind seit vier Tagen hier draußen, seit dem Mars. Und die Zeit läuft uns bereits davon. Warum? Weil uns die Vorräte ausgehen. Unsere Mission hätte höchstens ein paar Wochen dauern sollen. Bald werden wir irgendwo landen müssen.«

Titus Valerius lächelte grimmig. »Ein Himmel voller Steinbrocken da draußen, Herr, in Ymirs Tränen. Wir könnten dort einen Platz für uns finden. Ein paar Quechua-Sprecher rausschmeißen, wenn es sein muss. Und einige der anderen Latein-isch-Sprecher besuchen, die der *optio* da draußen im Dunkeln gehört hat. Anfangen, ein neues Rom aufzubauen, anstelle dieses Lochs im Boden, das wir gesehen haben.«

Erneut hörte Stef beifälliges Gemurmel.

»Ich bewundere deine Einstellung, Titus Valerius. Aber das Problem bei diesem Plan ist schlicht: *nicht genug Frauen.* Die meisten von uns haben ihre Familien nicht auf diese Mission mitgenommen, zu meinem ewigen Bedauern. Aber schließlich wusste keiner von uns, was uns zustoßen würde, nicht wahr? Ihr wisst, was geschähe, wenn wir versuchen würden, mit der vorhandenen Schiffsbevölkerung auszukommen.«

Stef lachte. »Selbst ich hätte ein Rendezvous.«

Der Zenturio musterte sie streng. »Es würde bestenfalls ein paar Jahre dauern, bis wir uns gegenseitig umgebracht hätten, Stef Kalinski. Das heißt, falls diese Quechua-Sprecher uns nicht vorher finden und umbringen. Denk darüber nach, Titus Valerius. *Du* erinnerst dich doch noch an unseren stärksten Gegner. Selbst jetzt ist Karthagio noch eine mächtige Erinnerung für uns alle, die Feldzüge werden in der Ausbildung immer wieder durchgenommen. Glaubst du, dass diese Quechuas, diese Inkas Rom vergessen haben?«

»Niemals«, grollte Titus.

»Da hast du's. Und außerdem müssen wir listiger sein, Titus. Wir müssen uns etwas Zeit erkaufen.« Er starrte sie alle finster an. »Ich möchte von keinem von euch hören, was ich vorschlagen werde, sei nicht die römische Art. Es geht nicht immer nur mit brutaler Gewalt; manchmal fährt man mit List und Tücke besser – indem man abwartet, bis man bereit ist, zuzuschlagen. Erinnert ihr euch an Germania? Augustus hat seine Legionen in diesen dichten Wäldern verloren. Die Caesaren mussten eine Generation lang warten – doch als Vespasian schließlich nach Norden zog, war ihm das Schicksal hold. So wird es auch bei uns sein …«

Nur ein Römer, dachte Stef entnervt, aber voller Zuneigung, konnte durch einen Jonbar-Punkt in ein Inka-Weltraumreich kommen und mit der Situation umgehen, indem er auf die Abenteuer des Kaisers Vespasian im ersten Jahrhundert nach Christus verwies.

Titus grunzte. »Also, wie sieht der Plan aus, Herr?«

»Wir tun, was der *optio* vorgeschlagen hat. Natürlich werden wir den Antrieb aktivieren müssen, um ins Herz des Sonnensystems zurückzufliegen, aber Kernel-Antriebe sind hier gang und gäbe. Wir ziehen allerdings den Kopf ein. Wir verstecken uns. Wir tarnen uns – wir sind ein Trupp Bergleute von der anderen Seite des Jupiters, die gekommen sind, um Vorräte zu besorgen und sich vielleicht nach Arbeit umzuschauen …«

»Und wohin fliegen wir, Herr? Doch nicht etwa nach Terra.«

»Nicht in das scheußliche Loch, das daraus geworden ist, Titus, nein. *Dorthin* fliegen wir.« Er deutete auf den Bildschirm. »Zu diesem großen Monstrum, diesem künstlichen Asien. *Das* ist das Zentrum von Macht und Reichtum. Betrachtet es als verdeckte militärische Mission, wenn ihr wollt. Rom schlägt zurück! Ich kann euch nicht nach Hause bringen. Aber ich kann eurem und meinem Leben in dieser neuen Lage einen Sinn geben. Vielleicht wirst nicht du auf dem prächtigen Thron sitzen, den sie da drin haben, Titus Valerius – aber ich garantiere dir, es wird dein Enkel oder dein Urenkel sein!«

Daraufhin jubelten ihm die Männer zu, wie Stef hätte voraussagen können.

»Aber«, fuhr Quintus fort, »die Reise zum Gipfel des Berges beginnt mit einem einzelnen Schritt in die Gebirgsausläufer. Wir schmuggeln uns so vorsichtig wie möglich hinein. Wir tauchen an diesem riesigen Terminal auf, wo der *optio*, wie er sagt, Schiffe kommen und gehen gesehen hat. Wir bringen sie irgendwie dazu, uns landen zu lassen. Und wenn nötig …«

»Ja, Herr?«

»Wenn nötig, ergeben wir uns, Titus Valerius. Wir ergeben uns.«

# 39

## DATUM UNBEKANNT

Beth Eden-Jones wandelte ein weiteres Mal zwischen den Sternen und zwischen den Realitäten.

Die Kammer, in der sie nach der Passage vom Mars aus landete, war leer, ein Zylinder mit kahlen Wänden. Es war aufs Wesentliche reduzierte Luken-Architektur, dachte sie, ohne jegliche Ausstattung – keine Leiter, keine Treppe, kein Dekor an den Wänden, nichts, was wissenschaftlichen Geräten ähnelte, keine Anzeichen dafür, dass schon einmal Menschen hier gewesen waren.

Aber die Kammer war lichtdurchflutet.

Sie schaute nach oben. Das Dach war offen, der Lukendeckel stand senkrecht, eine dünne runde Scheibe, hochgeklappt an unsichtbaren Angeln über der kreisrunden Öffnung. Und genau über ihr hing ein Stern, eine Sonne, riesig, bleich, so hell, dass man nicht direkt hineinschauen konnte, eine strahlende Scheibe an einem klaren, rehbraunen Himmel. Ihr Licht fiel in den Schacht, und Beths Schatten war ein grauer Fleck direkt unter ihren Füßen.

Sie *kannte* diesen Stern. Sie wusste, wie es sich anfühlte, genau unter einem solchen Stern zu stehen.

Mithilfe ihres Druckanzugs vom Mars überprüfte sie rasch die Umgebungsatmosphäre – es überraschte sie nicht, dass sie atembar war und keine Giftstoffe enthielt –, dann öffnete sie ihre Sichtscheibe und hörte das Zischen des Druckausgleichs.

Sie atmete tief ein. Der Geruch der Luft war ihr ebenfalls vertraut, ein staubiger, nicht unangenehmer Geruch nach welkem Laub. Sie kannte sogar die Schwerkraft, dachte sie – deutlich höher als auf dem Mars, nur ein bisschen geringer als auf der Erde.

Eine tiefe Wärme erfüllte sie, fast eine Entspannung, trotz der außergewöhnlichen Reise, die sie gerade hinter sich gebracht hatte, trotz der Fremdartigkeit ihres einzigen Begleiters. Sie stellte ihren Rucksack auf den Boden und begann, die äußeren Schichten ihres Druckanzugs abzustreifen. »Ich bin zu Hause«, sagte sie.

Erdschein stand neben ihr, projiziert als eleganter Avatar nach dem üblichen Standard, ein Mann mittleren Alters in einem robusten grauen Overall. Dass er seinen virtuellen Druckanzug sofort abgelegt hatte, war beruhigend; offenbar stimmten seine Sensoren mit denen ihres Anzugs darin überein, dass die Luft sicher war. Aber im senkrecht einfallenden Sternenlicht wirkte die Projektion seltsam unwirklich, nicht ganz so überzeugend wie sonst, als hätte sich die Software, die solche Bilder generierte, noch nicht ganz an diese Umgebung angepasst.

Und der Avatar sah nervös zu, wie seine gedrungene, klobige Trägereinheit zum letzten Durchgang rollte, um sich in diesem zylindrischen Schacht zu ihnen zu gesellen; sie musste sich auf ausfahrbare Stangen hochhieven, um den Türrahmen zu überwinden.

Beth fuhr mit ihrem Zeh über den Boden und wirbelte dabei eine feine Staubschicht auf. »Ich frage mich, wie lange es her ist, dass jemand hier drin war.«

»Oder *etwas*. Wir wissen nicht, wo wir sind – noch nicht.«

Sie begegnete seinem Blick, als er das sagte – er klang beinahe trotzig, als wollte er die Realität leugnen –, aber *sie* wusste es. Sie erkannte diesen Stern, diese Luft, und ein noch viel tiefer reichendes Körpergefühl sagte ihr, dass ihr diese Welt vertraut war, ein Gefühl, das sie nicht in Worte hätte fassen können. Aber die Diskussion würde weitergehen.

»Nun«, sagte sie pragmatisch, »wo wir auch sein mögen, in einer Luke hat eines immer oberste Priorität: Wir müssen aus diesem Loch herausklettern. Du bist ein Virt, also kannst du mir wohl kaum hochhelfen. Aber in unseren Rucksäcken haben wir Seile. Wir könnten uns ein Lasso machen und sehen, ob es sich irgendwo verfängt …«

»Benutze die Trägereinheit.« Die kastenförmige Maschine rollte zur Wand und blieb dort stehen, geduldig und stumm. »Du könntest dich auf sie stellen …«

»… und den Rand des Schachts erreichen und mich hinausziehen. Okay. Aber deine Trägereinheit bekäme ich nie im Leben heraus.«

»Nicht nötig. Die Einheit besitzt Enterhaken und Drahtseile – sie ist speziell dazu konstruiert, mit Luken zurechtzukommen, ebenso wie mit anderen Umgebungen.«

Sie lächelte. »Das ist wohl auch sinnvoll.« Trotzdem holte sie ein Seil aus ihrem Rucksack und machte es an ihrem Druckanzug und ihrem Rucksack fest, damit sie die Sachen später herausziehen konnte.

Erdschein blickte sich um. »Sobald wir festgestellt haben, wo wir uns befinden, wird sich die Einheit entsprechend darauf einstellen. Sie hat umfangreiche Selbstreparatur- und Selbstmodifizierungseinrichtungen. Zum Beispiel diverse Fabrikatoren.«

»Ein echtes Schweizermesser.«

Er sah sie an. »Was für ein altertümlicher Verweis.«

»Das hat mein Vater immer gesagt, ein Relikt seiner eigenen Vergangenheit. Seiner Kindheit auf der Erde, bevor sich der

Deckel der Gefriertruhe über ihm schloss.« *Wie du sehr gut weißt,* dachte sie.

Erdschein wandte sich einfach ab.

Sie ging zu der Maschine hinüber, stützte die Hände auf ihre Oberfläche und hievte sich hinauf. »Ich komme mir steif vor. Steif und schwer. Und das schon nach ein paar Stunden auf dem Mars. Ich bin langsam zu alt für solche Sachen.«

»Das wird schon wieder«, sagte Erdschein wegwerfend. »Entschuldige mich, wenn ich eine Abkürzung nehme.« Er flimmerte, verschwand und tauchte über ihr wieder auf, am Rand der Grube stehend, die Hände in den Hüften, sein Reich inspizierend.

»Ich wette, du kannst nicht das Geringste sehen.«

»Nicht, solange meine Augen und Ohren noch unten in diesem Schacht stecken, nein. Nur die primitivsten Extrapolationen aus den verfügbaren Informationen. Der Stern am Himmel. Eine leere Landschaft, ein Horizont in der angemessenen Entfernung für eine Gesteinswelt von der Größe, wie man sie aus der Schwerkraft, die wir wahrnehmen, extrapolieren kann.«

Beth richtete sich auf der Trägereinheit unsicher auf, langte nach oben und hielt sich am Rand der zylindrischen Grube fest. Das Material des Lukenkonstrukts fühlte sich unter der Haut ihrer Hände glatt an und schien wie immer seltsam schwer fassbar zu sein, als würden ihre Hände seitwärts wegrutschen. Die Kalinskis hatten ihr erklärt, dass eine Luke nach allem, was man darüber wisse, gar kein materielles Artefakt sei, sondern eine Struktur aus verzerrter Raumzeit, und dass die seitwärts gerichteten Kräfte, die sie spürte, so etwas wie ein Gezeiteneffekt seien, ein sekundärer Gravitationseffekt … Nichts von alledem half ihr jedoch auch nur andeutungsweise dabei, aus diesem Loch herauszuklettern.

»Die Schwerkraft, ja.« Sie sprang in die Höhe, zog sich gleichzeitig hoch, streckte die Arme unter sich und bekam ein Bein über den Rand der Grube. »Achtundneunzig Prozent der Erdschwerkraft. Stimmt's?« *Natürlich* war das der Wert; mit diesem Wissen war sie aufgewachsen. Ein wenig keuchend erhob sie sich; sie hatte wirklich das Gefühl, nicht gut in Form zu sein.

Aus der Grube kam ein Geräusch, als würden kleine Armbrüste abgefeuert. Sie schaute nach unten und sah, dass sich zwei Haken mit Unterstützung von Saugnäpfen am Rand der Grube verankert hatten. Dünne Drahtseile führten zur Trägereinheit hinunter, die nun mit dem Surren verborgener Winden vom Grubenboden nach oben zu steigen begann. So machte sie das also.

Beth überließ die Einheit sich selbst. Sie drehte sich um und riss die Augen auf.

Sie war in einem Wald, umgeben von Bäumen mit dicken Stämmen und großen, weitgespannten Blättern, die das von oben herabströmende Licht einfingen. Es gab jedoch auch sehr viel offenes Gelände – kein durchgängiges Blätterdach, offenbar auch keinen dauerhaften Bewuchs. Das Lukenkonstrukt selbst befand sich auf einer großen Lichtung. Schösslinge sprossen neben Stämmen wie umgefallenen Säulen, Stämmen, die von Flechten, Moosen und Pilzen überwuchert zu sein schienen. Alles war in diversen Grüntönen gehalten, manche eher matt, andere wiederum kräftig und leuchtend, selbst im schwachen Licht des Sterns über ihr. In eine Richtung hatte sie einen freieren Blick, und sie sah Wasser im Licht schimmern. Etwas wie kurzes, dickes Schilfrohr breitete sich vom Wasser her am Ufer aus. Und am Rand der Wasserfläche erhob sich eine Traube glänzender Formen, fast wie riesige Pilze. »Stromatolithen.« Sie sprach das Wort laut aus, ließ es über ihre Zunge rollen. Sie erinnerte sich daran, wie schwer es ihr als Kind gefallen war, dieses Wort zu erlernen, und wie verwirrt sie gewesen war, als ihre Mutter ihr erklärt hatte, dass der Name eigentlich falsch war, dass er von einem irdischen Organismus stammte, der lediglich eine gewisse Ähnlichkeit mit den Gebilden besaß, die sie um sich herum sah, einem Organismus, der im Wasser wuchs, aber nicht an Land …

All dies war ihr vertraut. Und irgendwie doch auch wieder nicht.

Die Trägereinheit hievte sich mühsam aus dem Loch im Boden. Als sie den letzten gefährlichen Schritt machte und kurze, dicke Raupenketten ausfuhr, um sich in den Boden zu krallen, stand Beth daneben und überlegte, wie sie wohl helfen konnte, wenn das klobige Gerät in die Grube zurückfiel.

Erdschein hingegen achtete gar nicht darauf. Er marschierte ungeduldig hin und her. »Hier ist nichts«, knurrte er.

Beth runzelte die Stirn. »Nichts? Nichts als die Bäume. Das Unterholz. Das Wasser da drüben, vielleicht ein See. *Leben* …«

»Nur dieses verdammte Lukenkonstrukt da am Boden. Schau es dir an …«

Die Luke unterschied sich in nichts von all den anderen, die sie bisher gesehen hatte, ein Quadrat aus einem glatten, gräulichen Material, der kreisrunde Deckel über dem zylindrischen Schacht darunter hochgeklappt. »Genau wie die Luke auf dem Merkur, die erste, aus der ich mit meiner Mutter, meinem Vater und dem Friedenshüter gekommen bin. Und genau wie die erste, in die ich hineingegangen bin, auf Per Ardua.«

»Aber *hier* ist nichts. Keine Gebäude, keine Strukturen, keine Gemeinschaft – keine Menschen …«

Sie hob das Gesicht ins Licht und schloss die Augen.

»Ich weiß, was du denkst«, blaffte er.

»Es geht nicht darum, was ich *denke*, sondern was ich fühle. Ich bin auf Per Ardua aufgewachsen. Ich kenne seine Luft, seine Gerüche, die Art, wie seine Schwerkraft an meinen Knochen zieht.«

»Du denkst, das hier wäre Per Ardua. Und dieser Stern da oben wäre Proxima.«

»Was denn sonst? Schau dich um, Erdschein. Du warst noch nie hier, aber du hast bestimmt die Aufzeichnungen gesehen. Die Analysen der Wissenschaftler unmittelbar nach unserer Rückkehr ins Sonnensystem, die von den UN-Teams später mitgebrachten Daten. Schau dir diese Stängel an, die sich aus dem Boden schieben. Stängel, die Basis allen komplexen Lebens auf Per Ardua, bis hinauf zu den Erbauern.«

»Du denkst wirklich, das ist Proxima?« Er blinzelte ins Licht; seine Unterstützungssoftware warf perfekt geformte Schatten auf sein Gesicht. »Sieht irgendwie nichtssagend aus, findest du nicht? Wo sind die stellaren Flares? Wo sind die Sternflecken?«

Damit hatte er nicht unrecht, und seltsamerweise hatte sie es zuvor nicht bemerkt. Wenn man die Oberfläche des Sterns mit zusammengekniffenen Augen betrachtete, war sie glatt, fast strukturlos, mit nur wenigen gräulich gesprenkelten Flecken – nicht jenes Abbild rastloser stellarer Energien, unter dem sie aufgewachsen war, nicht die nervöse Gottheit, die ihre unglücklichen Planeten mit Teilchenstürmen und Sternfleckenwintern überzogen hatte.

*Planeten*, ja. Sie ging ein paar Schritte, drehte sich um und schaute zum Himmel hinauf, einer ausdruckslosen bronzefarbenen Tünche. Proxima hatte mehr als einen Planeten besessen. Im permanenten Tageslicht seiner zum Stern gerichteten Hemisphäre waren die Sterne und Planeten immer unsichtbar

gewesen – alle bis auf einen, ein strahlendes Leuchtfeuer …
»Da«, sagte sie und zeigte auf einen gleichmäßig leuchtenden Lichtfunken am Himmel. »Proxima e, der fünfte Planet. Wir haben ihn die Perle genannt.« Sie lachte. »Genau dort, wo ich ihn zurückgelassen habe.«

Er lief umher und wurde dabei immer zorniger. »Du siehst offenbar nur die Ähnlichkeiten und blendest die Unterschiede aus. Zum Beispiel die Lebensformen. Diese baumähnlichen Gebilde, die ›Stromatolithen‹ – sie *ähneln* den Exemplaren auf den Bildern von Proxima c, von Per Ardua. Aber sie sind nicht identisch, nicht wahr? Und was ist damit?« Mit dramatischer Geste zeigte er auf ein kleines Büschel Pflanzen mit ausladenden, leuchtend grünen Blättern zu seinen Füßen. »Wie passt *das* hinein?«

Sie hockte sich hin, um es sich anzuschauen. Nein, das passte ganz und gar nicht zu ihren arduanischen Kindheitserinnerungen, zumindest nicht zu denen von dem wilden Land abseits der Farmen, die sie, ihre Eltern und die KolE so mühselig angelegt hatten. Diese Blätter trugen nicht das Grün des arduanischen, sondern des irdischen Lebens, ein helleres, leuchtendes Grün, das unter einem energiereicheren Stern entstanden war. So etwas hätte man in der Wildnis niemals gefunden. Sie grub die Finger ins Erdreich – es war rostbraun, sehr trocken – und stieß auf eine Masse kleiner Knollen. »Sie sehen wie Kartoffeln oder deren entfernte Verwandte aus.«

»Und was schließt du daraus?«, fauchte Erdschein.

Sie stand mit ein paar Knollen in der Hand auf und streifte sich den Schmutz von den Fingern. Selbst die Textur des Erdreichs fühlte sich vertraut an. »Das hier ist Per Ardua. *Das da* ist Proxima. Wenn es hier Kartoffeln gibt, muss jemand sie hergebracht haben – es muss jemand hier gewesen sein. Aber …«

»Aber es ist nicht das Per Ardua, an das du dich erinnerst. Nicht ganz. Wenn wir hier am Substellarpunkt sind, wo ist dann die UN-Basis? Wo sind die Überreste der *Ad Astra?* Ja, du siehst, ich habe meine Hausaufgaben gemacht. Wo sind all die Menschen?«

»Und wo sind die Erbauer?«, sagte sie nachdenklich. »Natürlich könnten sie im Lauf der Zeit gelernt haben, sich von Menschen und ihren Hervorbringungen fernzuhalten.« Sie schaute zu Proxima hinauf – falls es Proxima war. »Aber wie lange hätte das wohl gedauert?«

»Dies könnte ein weiterer Wirklichkeitsstrang sein«, meinte Erdschein. »Korrektur: Es ist *wahrscheinlich* ein weiterer Wirklichkeitsstrang. Das tun die Luken doch, nicht wahr? Sie verknüpfen die Zeitlinien. Selbst wenn wir auf Per Ardua sind, ist dies womöglich nicht die Version der Geschichte, in der deine Familie Pionierarbeit geleistet hat.«

»Mag sein«, gab sie zu. »Aber es *sind* Menschen hier gewesen.« Sie hielt ihm die Knollen auf ihrer Handfläche hin. »Die hat jemand hergebracht.« Sie zerbrach eine der Knollen und legte frisches weißes Fruchtfleisch im Innern einer Ummantelung aus mit Erdreich verfilzter Haut frei. »Sieht essbar aus.« Sie knabberte an dem rohen Fleisch und mied die Haut; es war knackig, feucht und kühl und so gut wie geschmacklos.

»Nun, wenn du in ein paar Stunden noch lebst, wissen wir, ob das stimmt oder nicht, habe ich recht?«

»Zumindest werde ich hier nicht verhungern«, sagte Beth. Das Licht änderte sich fast unmerklich. Sie schaute nach oben und sah Wolken, dünne weiße Streifen, über das Antlitz des Sterns ziehen. »Sieht so aus, als gäbe es hier immerhin noch Wind und Wetter. Ich werde ein Lager aufschlagen.«

Sie machte sich an die Arbeit. Als Erstes zog sie ihren Druckanzug und Rucksack mit dem Seil aus der Luke.

Im Rucksack hatte sie ein aufblasbares Zelt, Rettungsdecken, einen kleinen Kocher und zusammengeknüllte Wegwerfkleidung: die Überlebensausrüstung eines römischen Legionärs des Raumzeitalters, alles, was sie brauchte, um ein paar Tage in der Wildnis zu überstehen. Bald hatte sie die Unterkunft aufgerichtet. Sie stopfte ihre restliche Ausrüstung – Rucksack, Druckanzug, Helm – ins Zelt und begann, das Ganze zum nächsten dicht aussehenden Waldstück zu ziehen, um es irgendwo zu verankern.

Erdschein grunzte. »Tut mir leid, dass ich dir nicht helfen kann.« Er rieb sich die Hände und schaute zum Himmel. »Wenn das hier Per Ardua ist, und da habe ich immer noch meine Vorbehalte, ist es ein stilleres Per Ardua. Schau dir den Boden, das Erdreich an. Die Rostfarbe – wie in Australien, wie auf dem Mars. Per Ardua hat seine tektonische Energie schon immer auf eigentümliche Art abgegeben …«

Auf Per Ardua gab es keine Kontinentaldrift. Vielleicht hatte das etwas mit der gebundenen Rotation dieser Welt zu tun, damit, dass eine Hemisphäre immer ins Licht getaucht war, während die andere in ewiger Dunkelheit lag. Dennoch hatte die innere Wärme des Planeten freigesetzt werden müssen, so wie auf der Erde, und das Resultat waren vulkanische Gebiete gewesen, wie die KolE sie identifiziert hatte. Hin und wieder löste sich ein ganzes Stück eines Kontinents oder Meeresbodens bei chaotischen geologischen Hebungen auf, bei denen Wärme, Asche und Lava freigesetzt wurden und sogar neue Berge entstanden, die vom Regen abgetragen werden würden.

Beth sah jedoch, dass Erdschein recht hatte; *dieses* Erdreich sah alt aus. Und die staubige marsianische Himmelsfarbe entsprach auch nicht derjenigen, an die sie sich erinnerte. Es war lange her, dass hier irgendwelche Berge entstanden waren.

Eine leise Stimme fragte erneut: *Wie lange?* Und wie konnte das sein?

»Aber es gibt hier nach wie vor Wind und Wetter«, sagte Erdschein. »Was logisch ist. Der Substellarpunkt unmittelbar unter dem Stern wird immer der heißeste Ort auf dem Planeten sein, ein ewiges Tiefdruckzentrum, wie ein permanentes Sturmsystem. Und am genau gegenüber liegenden Antistellarpunkt wird es immer am kältesten sein – *autsch.*« Die ersten schweren Regentropfen klatschten auf die großen, welken Blätter um sie herum und durchstießen Erdscheins Körper. »Ich werde im Regen nicht nass, aber es tut weh.«

»Die Konsistenzprotokolle deiner Software.«

Sie zerrte das Zelt über den Boden und versuchte, in den Schutz der Bäume zu gelangen. Sie sah, dass sich im aufrechten zylindrischen Rumpf der Trägereinheit offene Fächer gebildet hatten, aus denen Manipulatorarme hervorgekommen waren. Aus dem Inneren des Rumpfs wurden kleine Komponenten zutage gefördert, während netzartige Gebilde Erdhaufen zusammenscharrten. »Was macht sie da?«

»Räder«, sagte Erdschein, der langsam neben ihr herging. »Sie macht Räder.«

»Du willst auf Reisen gehen, was?«

»Offensichtlich.«

»Wohin?«

»Weg von hier, weg von diesem *falschen* Ort.« Sein Zorn war jetzt unverkennbar; er sagte es mit einem Knurren.

Sie rief sich ins Gedächtnis, dass er kein Mensch war. Alles an ihm war das Produkt irgendeiner Software-Logik. Dennoch fragte sie sich auch, ob er das künstliche Pendant eines Unterbewusstseins besaß. Angesichts seines früheren Verhaltens, das auch die Zerstörung des Mars der Rom-Xin-Geschichte umfasste, würde das eine Menge erklären. Also war sein Zorn vielleicht echt, und er stellte ihn unbewusst zur Schau.

Am Rand des Waldstücks fand sie ein paar stämmige Bäume, die ideal positioniert waren, um ihr Zelt zu verankern. Sie begann es mit ein paar Seilsträngen an den Stämmen festzubinden. Die Bäume waren zumindest noch genauso, wie sie sie in Erinnerung hatte, im Grunde vergrößerte Ausgaben der allgegenwärtigen Stängel. »Wenn das nicht Per Ardua ist, dann ist es eine verdammt gute Imitation«, murmelte sie, während sie arbeitete.

Als sie fertig war, regnete es stärker, und die Tropfen prasselten auf den laubbedeckten Boden. Sie schaute zur Luke zurück und sah, dass sich der Deckel schloss. »Die Luke ist ein Raumzeit-Artefakt, und doch haben ihre Erfinder darauf geachtet, dass sie vor dem Regen geschützt ist. Also, das nenne ich mal Aufmerksamkeit fürs Detail.« Aber sie bekam keine Antwort, und als sie sich umschaute, sah sie, dass Erdschein sich bereits ins Innere des Zeltes zurückgezogen hatte.

Neben der Luke baute die Trägereinheit im Regen rasch große, skelettartige Räder zusammen, vier Stück.

# 40

Der Empfangsraum sollte Eindruck machen, dachte Mardina. Wenn nicht sogar einschüchtern. Noch bevor man in den Hauptkorpus des Titan kam, des riesigen Weltraumhabitats.

Der Raum war ein großer, lang gestreckter Zylinder, der genau an der Drehachse des rotierenden Habitats saß. Schwerelosigkeits-Führungsseile spannten sich von einer Wand zur anderen. Um in diesen Raum zu gelangen, hatten sie bereits eine Reihe von Schleusen passieren müssen, die allesamt größer gewesen waren als jede Kabine auf der *Malleus Jesu*. Überdies war der Raum reich verziert: Dicke Webdecken breiteten sich über die Stahlwände aus, und sie sahen Sträuße leuchtend bunter Federn und sogar glänzende Gold- und Silberauflagen. Von der gegenüberliegenden Wand blickte das riesige Antlitz eines zornigen Gottes, dessen Augen durch Smaragde hervorgehoben waren, finster auf die Römer herab.

Und von verglasten Stellungen überall um sie herum starrten Soldaten auf die Neuankömmlinge herunter. Ihre Uniform bestand aus einem schlichten, bunt gefärbten, an der Taille gebundenen Hemdkleid und einem funktionellen Helm, der aus hartem Stahl zu bestehen schien. Sie hatten ihre Waffen griffbereit: Kurzschwerter, Stoßspeere und sogar irgendwelche Feuerwaffen; von allen Seiten waren stumpfe Mündungen auf die Römer gerichtet.

Und nun standen die gestrandeten Besatzungsmitglieder und Passagiere der *Malleus* – vierzig Legionäre mit ihrem Zenturio Quintus Fabius, Mardina, Titus Valerius und seine Tochter, Michael, der griechische *medicus*, und Chu Yuen mit der KolE in ihrem Rucksack auf seinem Rücken – dicht zusammengedrängt in diesem riesigen Areal, in den Führungsseilen verheddert wie Fliegen in einem Spinnennetz. Es half nicht, dass sie alle gereinigt worden waren, bevor man sie so weit ins Habitat hereingelassen hatte – nackt ausgezogen, unter heiße Duschen gestellt, ihre Kleider im Vakuum ausgeschüttelt. Die KolE erklärte, es sei absolut vernünftig, dass die Verantwortlichen dieser in sich geschlossenen Welt versuchten, Flöhe, Läuse und Krankheiten fernzuhalten. Aber Quintus hatte seine Männer nur unter Einsatz seiner gesamten persönlichen Autorität dazu bewegen können, sich dieser Prozedur zu unterziehen. In dieser Umgebung sahen die Römer in ihren militärischen Tuniken und Stiefeln, mit ihren Umhängen und Rucksäcken wie Wilde aus, wie die Barbaren, die sie zu verachten behaupteten. Zumindest sahen sie nicht mehr wie Soldaten aus. Das hoffte Mardina jedenfalls. Auf Quintus' Befehl hatten die Legionäre ihre *gladii*, Speere und Lebensfeuer-Waffen auf der *Malleus Jesu* zurückgelassen, ebenso wie ihre Rüstungen, sogar ihre Militärgürtel und Medaillen.

Die meisten Schiffsbewohner waren in das Habitat übergewechselt. Nachdem die *Malleus* so nah an den Titan herangekommen war, dass die kleineren Jachten die Legionäre zum Naben-Port bringen konnten, versteckte sie sich nun unter den Asteroiden, mit einer rudimentären Besatzung, einer Handvoll Legionäre unter dem Befehl von *optio* Gnaeus Junius und *trierarcha* Eilidh – und mit den nicht mehr ganz so rüstigen Passagieren, darunter Jiang, Stef Kalinski und Ari Guthfrithson.

Sie konnten lange mit dem Proviant überleben, der für die fünffache Zahl von Besatzungsmitgliedern und Passagieren gedacht gewesen war.

Während die Römer nun auf den letzten Schritt der Aufnahmeprozedur warteten, gab Quintus Fabius einen unablässigen Strom ermutigender Worte von sich. »Immer mit der Ruhe, Leute. Ihr seht für sie fremder aus als sie für euch – selbst wenn ihr schlichte Bauern von den Eismonden seid, bezweifle ich sehr, dass sie solche wie *dich* schon jemals gesehen haben, Titus Valerius, außer in ihren Albträumen … Ah. Da kommt jemand Neues, um uns herumzukommandieren.«

Jetzt näherte sich ihnen eine Beamtin, eine stämmige, finster dreinschauende Frau von vielleicht fünfzig Jahren, die sich an einem Führungsseil entlangzog. Flankiert von einem unbewaffneten Mann und zwei Soldaten, trug sie eine schlichte Tunika, nicht viel anders als die der Soldaten, aber mit einem Muster von Quadraten, immer abwechselnd in der einen oder der anderen leuchtenden Farbe, wie ein knallbuntes Schachbrett – und offensichtlich teuer, dachte Mardina. Es war eine auffällige Garderobe, die nicht gut zu ihrer allem Anschein nach reizbaren Persönlichkeit passte. Und sie hatte eine eigentümliche Apparatur dabei, einen Rahmen, der fast wie ein Abakus aussah, aber mit knotigen Schnüren versehen war. Sie schaute darauf hinab, als sie sich ihnen näherte, und bearbeitete die Knoten mit flinken Fingern.

»Apropos Albträume, Zenturio«, murmelte Titus Valerius, »schau dir bloß mal diese Kerle an, mit denen die Schreiberin da kommt.«

Die Soldaten, die die Beamtin begleiteten, waren fast absurd hoch gewachsen; sie überragten sogar Titus Valerius um mehr als eine Haupteslänge. Ihre langen Gliedmaßen wirkten streichholzdünn, waren jedoch drahtig und muskelbepackt, und ihre Gesichter waren knochig, fast wie Totenschädel. Sie bewegten sich mit geübter Leichtigkeit durch das Gewirr der Führungsseile. Aus der Nähe wirkten sie sehr seltsam, nahezu unmenschlich, und Mardina versuchte, nicht vor ihnen zurückzuweichen.

»Sie sehen krank aus«, sagte Quintus. »Zu lange ohne Schwerkraft – und kein Training. Wenn die unter meinem Befehl stünden, würde ich sie bald auf Vordermann bringen …«

»Nein, Zenturio«, sagte Michael leise. »Ich glaube, das deutest du falsch. Die da sind völlig gesund – und ausgesprochen gut für ihre Umgebung geeignet. Sie sind an die Schwerelosigkeit *angepasst*. Schau dir an, wie stark und drahtig sie wirken, wie selbstbewusst sie sich bewegen. Hier an der Achse des Schiffes, wo es keine Schwerkraft gibt, wären sie vermutlich furchterregende Gegner. Vielleicht sind sie von Kindesbeinen an in dieser Umgebung aufgezogen worden: spezielle Achsenkrieger. Oder sie sind das Produkt von Generationen, die in der Schwerelosigkeit geboren und aufgewachsen sind.«

»Oder das Produkt genetischer Manipulationen«, kam die leise Stimme der KolE aus ihrem Rucksack. »Wir haben darüber gesprochen, *medicus*. Eure Kultur kannte so etwas nicht, aber wir hätten es tun können …«

»Vor dem vorletzten Jonbar-Punkt«, sagte der *medicus* unbeeindruckt.

»Wäre interessant, mit ihnen zu kämpfen«, meinte Quintus nachdenklich. »Aber jetzt noch nicht. Und pst, Collius; diese Schreiberin schaut misstrauisch drein.«

Die Beamtin an der Spitze hob jetzt den Blick von ihren Knotenschnüren und schaute zu ihnen auf. Ihre Miene wurde noch finsterer, und sie inspizierte sie einen nach dem anderen. Sie mochte fünfzig oder älter sein, dachte Mardina, sah jedoch gut aus, ebenso wie die Soldaten, die sie begleiteten. Unter dem schwarzen, grau melierten Haar hatte sie dunkle Augen, kupferbraune Haut, hohe Wangenknochen und eine Nase, auf die ein Römer womöglich stolz gewesen wäre.

Die Beamtin zog sich ein Stück in die Luft, sodass sie auf die unordentliche Gruppe von Römern hinabschauen konnte. »*Inguill sutiymi – quipucamayoc. Maymanta kanki? Romaoi? Hapinkichu? Runasimi rimankichu?*«

Inguill hatte keinen guten Tag, und als die Fremden vor ihr respektlos miteinander flüsterten, wuchsen ihre Unruhe und ihr Ärger rasch.

Inguills offizieller Titel lautete oberste *quipucamayoc*, Hüterin der *quipus*. Sie gehörte zu einem Dutzend ihres Ranges, die im Auftrag des Sapa Inka und durch eine Hierarchie ihnen unterstellter Verwaltungsbeamter praktisch das gesamte Yupanquisuyu regierten, dieses riesige Habitat, sowohl *cuntisuyu* als auch *antisuyu*, von Hurin Cuzco an der östlichen Nabe bis zu Hanan Cuzco, dem Palast des Inkas selbst, an dieser westlichen Nabe. Es war ein Amt, das angeblich schon seit der Zeit vor der Eroberung der Länder des ersten *antisuyu* durch das Reich, vor der Überfahrt über den östlichen Ozean und dem Auszug in den Himmel einen Platz in der Inka-Kultur gehabt hatte.

Und es war ein Amt, das der obersten Aufgabe der *Kontrolle* gewidmet war: der Essenz des Herrschaftssystems der Intip Churi, der Kinder der Sonne.

Diese Tatsache war Inguill schon in sehr jungen Jahren deutlich geworden, als die Lehrer in ihrem *ayllu* sie als außergewöhnliches Talent erkannt und vorgeschlagen hatten, sie zur Ausbildung in den Häusern des Wissens in Cuzco aufzunehmen. Inguill war zügig in den Rängen der Reichsverwaltung aufgestiegen; sie hatte die Verbindungen zu ihrer Familie und ihrem *ayllu* gekappt, hatte zugunsten der unendlich faszinierenden Arbeit auf persönliche Beziehungen verzichtet.

Ihr war immer klar gewesen, von welch entscheidender Bedeutung es war, im Reich des Sapa Inka die Kontrolle zu bewahren. Erst recht in einem riesigen, aber dennoch endlichen und fragilen Habitat wie diesem, wo man die Menschen kontrollieren musste, um die Erhaltung der komplexen, ineinander verschränkten Systeme zu gewährleisten, die sie alle am Leben erhielten. Und in der Theologie der Intip Churi musste man auch die Götter unter Kontrolle halten, musste sie unaufhörlich besänftigen und den niemals nachlassenden göttlichen Zorn fernhalten, der in die Welt einbrechen konnte, wenn man Chaos und Unordnung regieren ließ, und sei es auch nur kurz. Natürlich eignete sich dieser riesige Kasten von einem Habitat für eine solche Kontrolle – ein Kasten, aus dem man unmöglich entkommen konnte, der unter der konstanten und totalen Überwachung von Hanan Cuzco an der Nabe, den unablässig an der Achse patrouillierenden Kondor-Fahrzeugen und am Boden verstreuten Agenten stand.

Es zeichnete sich auch bald ab, dass *camayocs* wie sie, die eine solch intuitive Einsicht in die Notwendigkeit niemals nachlassender, unerbittlicher Kontrolle besaßen, ausgesprochen selten und hoch geschätzt waren. Darum hatte man sie früher befördert als viele andere Angehörige ihrer Altersgruppe – sogar früher als die privilegierten, die Söhne und Töchter der Reichen beider Cuzcos, die sich die besten pharmazeutischen Stimulanzien, die raffiniertesten Extrakte von für diesen Zweck über Generationen hinweg gezüchteten Pflanzen und Tieren leisten konnten, um ihren Intellekt bis zur Brillanz zu schärfen. Selbst ein auf solch kostspielige Weise geschärfter Geist war nämlich von geringem Nutzen für den Staat, wenn sich unter dem Gefunkel und der schnellen Zunge ein Mangel an grundlegender Einsicht verbarg, ein Mangel an Verständnis für die Herausforderungen des Daseins. Und dieses Verständnis besaß und kultivierte Inguill.

Nicht dass es ihrer Karriere viel genutzt hätte. Sie erledigte ihre Aufgaben so gut, dass sie eine Art Sonderauftrag erhielt und ausgesandt wurde, um nicht die normalen Alltagsprobleme von Yupanquisuyu, sondern das Unnormale, das Ungewöhnliche, das Außerordentliche zu beseitigen, wo auch immer es auftauchen mochte – sei es innerhalb des Habitats, sei es von außen kommend, wie dieser Haufen Romaoi. Paradoxerweise verbrachte sie infolgedessen einen großen Teil ihres Arbeitslebens in einem Zustand der Frustration, ja sogar der Besorgnis und gewiss der Gereiztheit. Denn das Ungewöhnliche, das Unordentliche und Chaotische, eben jene Dinge, mit denen sie sich von Berufs wegen abgeben musste, nervten sie gewaltig, bis sie sie meistern und beheben konnte. Währenddessen waren ihre Rivalen, denen sie mit ihrer Beförderung theoretisch vorgezogen worden war, eifrig damit beschäftigt, sich in komfortable Nischen in der gewaltigen Hierarchie der Cuzcos zu schleichen.

In letzter Zeit hatte sie nichts mehr geärgert als diese mysteriösen Romaoi mit ihren dicken Muskeln und mürrischen Mienen. Eismond-Bauern? Ha! Unwahrscheinlich … Aber wo es etwas Neues, etwas Fremdes gab, rief sie sich ins Gedächtnis, gab es immer auch Möglichkeiten – für sie selbst, wenn nicht für das Reich.

Jetzt stand sie vor dem großen Mann mit dem auffälligen Umhang, der so aussah, als wäre er der Anführer. »Mein Name ist Inguill – ich bin eine *quipucamayoc.* Woher kommt ihr? Seid ihr Römer? Versteht ihr mich? Sprecht ihr *runasimi*?«

Quintus, Michael, Mardina und ein paar andere hatten die Ohrstöpsel der KolE bekommen. Jetzt hörte Mardina, wie ihr das seltsame Gerät seine Übersetzung ins Ohr flüsterte – eine Übersetzung aus dem von der Beamtin *runasimi* genannten Quechua ins Lateinische durch ein künstliches Wesen, dessen eigene Erstsprache eine Art verfälschtes Germanisch war. Und das, als sie gerade den Eindruck gehabt hatte, ihr Leben könnte nicht noch seltsamer werden …

Quintus grunzte. »Ich werde diese Sprache nie sprechen können! Es klingt wie zankende Vögel.«

*»Allichu, huq kuti rimaway!«*

»Das hieß ›sag das noch einmal‹«, flüsterte die KolE. »Entschuldige dich, Zenturio. Und warte, bis ich es übersetzt habe.«

»Es tut mir leid.«

*»Pampachaykuway …«*

»Mein Name ist Quintus Fabius. Ich bin der Anführer dieser Gruppe. Wir sind dankbar dafür, dass ihr uns Obdach gewährt.«

»Nun, das ist noch nicht entschieden.« Die *quipucamayoc* starrte Quintus und seine Männer finster an. Ihr Argwohn war so deutlich sichtbar wie das gesträubte Gefieder eines Raubvogels, dachte Mardina. »Sag mir noch einmal, woher ihr angeblich kommt.«

»Wir haben auf einem Eismond gelebt, fern von der Sonne. Ich entschuldige mich; ich kenne die Namen nicht, die ihr in eurem mächtigen Reich für diese Himmelskörper verwendet … (Collius, ich fühle mich gar nicht wohl bei all diesen Lügen …)«

(»Sei demütig, Zenturio. List, weißt du noch? Du kannst deine Stärken später zur Schau stellen.«)

»Wir waren viele Generationen lang dort. Unsere Väter und Mütter, unsere Großväter und Großmütter haben das Eis bestellt und vom spärlichen Sonnenlicht gelebt. Wir haben Landwirtschaft betrieben …«

»Ihr wart so lange dort, dass ihr euer Quechua fast ganz verlernt habt, wie es scheint. Ha! Fünfhundert Jahre nachdem Tiso Inka Rom zertreten hat, klammert ihr Flüchtlinge euch noch immer an eure primitive Sprache. Na, egal. Ihr habt also Landwirtschaft betrieben. Weshalb seid ihr jetzt hier?«

Mardina hörte die Anspannung in Quintus Fabius' Stimme, als er diese Beleidigungen schluckte und antwortete. Sie war froh, dass Titus Valerius und die anderen nicht verstehen konnten, was die Inka-Frau sagte.

»Es hat ein Unglück gegeben, *quipucamayoc*. Ein anderer Himmelskörper, ein dahinrasender Einzelgänger, hat unser Zuhause getroffen. Wir, die meisten der Männer, waren fort, wir haben einen anderen Mond untersucht, der reich an Mineralien zu sein schien. Wir hatten den Einzelgänger nicht entdeckt, uns blieb keine Zeit – unser Zuhause, alles, was wir über Generationen hinweg aufgebaut hatten, wurde vernichtet, die meisten Frauen und Kinder kamen um. Wir Überlebenden sind mit unserem letzten Schiff hierhergekommen, um uns euch auf Gnade und Ungnade auszuliefern.«

Sie schaute ihm ins Gesicht. »Nun, zumindest bleibst du bei deiner Geschichte. Aber du zeigst keinen großen Kummer. Das ist entweder ein Zeichen dafür, dass du bewundernswert stark bist, oder dass du lügst, was weniger bewundernswert wäre.« Sie zog sich an einem Führungsseil entlang und inspizierte die Legionäre. »Außerdem seht ihr für mich nicht wie Schwerelosigkeitsbauern aus. Ihr seid zu kompakt. Zu muskulös.«

Quintus richtete sich auf. »Wir – unsere Vorfahren waren Römer. Wir haben uns ihre Disziplin bewahrt, selbst in unserem Exil draußen im Dunkeln.«

»Ach wirklich. Und dieses Schiff, das euch hergebracht hat – glaubt nur nicht, wir hätten es nicht gesehen, bevor es in die Dunkelheit davongehuscht ist –, das hat für mich nicht nach einem Bergbauschiff ausgesehen.«

»Ein weiteres Relikt unserer Vorfahren, der Pioniere, *quipucamayoc*. Alles, was uns geblieben ist. Wir haben es zu den Eismonden zurückgeschickt, um noch einmal nach überlebenden Angehörigen zu suchen. Während wir hierhergekommen sind, um Arbeit zu finden. (Collius, diese Lügen werden kompliziert.)«

(»Bitte, Zenturio. Tu, was ich sage. Wir müssen langfristig denken.«)

(»Hmm …«)

Inguill funkelte Quintus an. »Du murmelst in deiner altmodischen Sprache, als würdest du mit einer Stimme in deinem Kopf sprechen. Bist du debil oder verrückt?« Sie musterte die Gruppe äußerst misstrauisch. »Ich mag dich nicht, Quintus Fabius, wenn das dein Name ist. Ich mag diesen Pöbel nicht, den du in meine Welt gebracht hast. Ich mag deine Geschichte nicht, die wie ein wochenalter Fischkopf stinkt. Ich mag es nicht, wie du vor jedem deiner Sätze zögerst, als würde dir jemand etwas ins Ohr flüstern. *Ihr gehört nicht hierher* – und ich mag keine Dinge, die nicht hierhergehören. Ich habe die Macht, euch alle in die Luftlosigkeit hinauszuwerfen, weißt du.«

Quintus hielt ihrem Blick stand. »Wir sind euch ausgeliefert.«

»Ja, nicht wahr? Aber ihr habt Muskeln und offenbar eine gewisse Disziplin. Dies ist ein großes Habitat, und wir sind immer knapp an Muskeln und Disziplin – besonders wenn sie für die Aufgaben eingesetzt werden können, die niemand sonst übernehmen möchte. Also schön. Ich werde euch am Leben lassen. Ich schicke euch zum *antisuyu.*« Inguill grinste kalt. »Du weißt nicht, was das ist, nicht wahr? Im *antisuyu* werdet ihr weit außerhalb meines Blickfelds sein. Und ihr werdet weit von diesem Ort entfernt sein, dem einzigen Ausgang aus dem Habitat. Ein größerer Kontrast zu Rom, ja selbst zu eurem Eismond ist schwer vorstellbar. Aber ich werde weiterhin an euch denken, glaub mir. Du bist ein Rätsel, Quintus Fabius, und mir ist klar, dass du mir, um es milde auszudrücken, nicht die ganze Wahrheit sagst.« Sie schob ihr Gesicht nah an seines heran. »Ich mag dich nicht, und du verdankst mir dein Leben. Vergiss das nie.«

Quintus antwortete nicht.

Sie trat zurück. »In Vorwegnahme dieser Entscheidung habe ich diesen Mann mitgebracht.« Sie deutete auf den Mann neben ihr, der ebenfalls wie ein Schreiber aussah. »Er heißt Ruminavi und ist der *tocrico apu* der Region, in die ihr geschickt werdet – in der sich unter anderem auch das *ayllu* befindet, dem ihr zugeteilt seid.« Sie blickte in ihre leeren Gesichter. »Versteht ihr irgendetwas davon? Ihr seid in Tawantinsuyu, dem Reich der vier zusammengehörenden Gebiete – die Erde und der Himmel, und Osten und Westen hier im Habitat, das *antisuyu* und *cuntisuyu.* Unter dem Sapa Inka wird jedes Gebiet von einem *apu* kontrolliert, einem männlichen oder weiblichen Präfekten, dem wiederum zweiundzwanzig *tocrico apus* unterstellt sind … ach, ihr werdet es schon noch lernen.

Ruminavi wird euch jetzt zu eurem Transport zum *antisuyu* begleiten. Tut, was der *tocrico apu* und euer örtlicher *curaca* sagt, arbeitet hart und macht keinen Ärger, dann überlebt ihr vielleicht eine kleine Weile. Oh, und ihr werdet alle Waffen abgeben, die ihr noch verbergt. Keine Waffen im Yupanquisuyu, außer für die Soldaten und andere dazu ausersehene Beamte.«

Unter den Legionären gab es daraufhin Gemurre, aber Quintus sagte leise in stark akzentuiertem ländlichem Lateinisch: »Wir werden Waffen finden, wenn wir sie brauchen, Männer, oder welche stehlen oder herstellen. Das war schon immer mein Plan.«

»Sorge dafür, dass sie *mich* nicht konfiszieren«, sagte die KolE. »Erklär ihnen, ich sei ein Götze. Oder ein Bestandteil der medizinischen Ausrüstung. Oder ein Stück Metall von eurem Eismond, ein sentimentales Souvenir …«

Aber die Männer waren verstummt.

Mardina drehte sich um und sah, dass sich eine Tür am hinteren Ende des Raumes geöffnet hatte und zum ersten Mal den Blick ins Innere des Habitats freigab. Eine Röhre voller Wolken, die sich hell erleuchtet in die Unendlichkeit erstreckte.

»Bei Jupiter und Jesu«, murmelte Fabius. »Wohin hast du uns da gebracht, Collius?«

Während die Romaoi im Gänsemarsch zu dem internen Transportmittel gingen, trat einer von Inguills Soldaten mit einem Metallblock in der Hand auf sie zu. »Ich habe das hier gefunden, *quipucamayoc*. Keine Ahnung, wie es einem von ihnen gelungen ist, das durch den Reinigungsbereich zu schmuggeln. Nur um es dann auf der anderen Seite fallen zu lassen …«

Inguill nahm das Stück Metall. Es war eine Art Gürtelschließe, sah sie, kompliziert geformt und mit eingeprägten kantigen, hässlichen lateinischen Buchstaben versehen, die sie mühsam entziffern musste:

LEGIO XC VICTRIX

# 41

Ruminavi, ein pingeliger kleiner Mann ohne Inguills unübersehbare intellektuelle Fähigkeiten, sagte, sie würden mit einer Art Kutsche – Mardina stellte sich so etwas wie eine Fahrstuhlkabine vor – von dieser Nabe zu ihrem neuen Zuhause gebracht werden. Oder vielmehr, sie würden mit einer Reihe solcher Transportmittel fahren; die Kutschen würden sie nicht alle zugleich fassen.

Also wurden die Römer grob in Gruppen von jeweils einem Dutzend oder weniger Personen eingeteilt. Quintus sorgte mit Titus' Hilfe dafür, dass die Männer so weit wie möglich in ihren *contubernium*-Zeltgruppen zusammenblieben, angeführt von jemand halbwegs Vernünftigem. Die Legionäre murrten und stöhnten, als sie, schwerelos in der Luft hängend, eine Schlange bildeten – eine Schlange, die sie in eine Wunderkammer bringen würde, erkannte Mardina, aber Soldaten murrten immer, egal, was man tat.

Als sie an der Reihe war, folgte sie Quintus und Chu und einigen Römern durch ein Portal in einen Glaskasten, der auf senkrechten Schienen an einer ungeheuren vertikalen Wand saß, die sich über und unter ihr erstreckte, so weit das Auge reichte. Ruminavi, der *apu*, ließ sich hinter ihr auf einem Sitz in diesem Glaskasten nieder, umgeben von einer Handvoll spinnenartiger Achsenkrieger, und die Römer schoben sich herein. Und vor ihr …

Sie zuckte vor dem Anblick zurück, schloss die Augen und hörte eine Art Stöhnen, eine hohe Stimme, wie ein ängstliches Tier. Sie dachte, es könnte Chu Yuen sein, der Sklave, der intelligenter war als der durchschnittliche Legionär und deshalb eher ins Staunen geraten und von Entsetzen gepackt werden konnte. Sie hoffte, dass sie es nicht selber war.

»Schau nach unten«, sagte die KolE jetzt aus der Sicherheit von Chus Rucksack heraus. »Hör mir zu, Mardina Eden-Jones-Guthfrithson. Schau nicht nach vorn oder nach oben – schau nicht an die Wand, an der wir hängen – *schau einfach senkrecht nach unten.*«

Mardina öffnete die Augen und gehorchte. Und was sie durch den transparenten Fußboden sah, ähnelte Terra, von einer erdnahen Umlaufbahn aus gesehen, eine weitläufige Landschaft, ausgewaschenes Grün und Grau unter vereinzelten Wolken, mit Wasserflächen, die im Sonnenschein wie polierte römische Schilde glänzten. »Das ist ja gar nicht so schlimm«, sagte sie erleichtert.

»Hier an der Achse des Habitats sind wir mehr als zweihundert Meilen über dieser Landschaft. Das ist nämlich der Radius dieses Zylinders. Von hier aus hat man einen Blick, als säße man in einem Raumschiff im Orbit.«

»Im Sonnenschein sieht alles fast normal aus. Nur …«

»In welchem Sonnenschein?«, fragte die KolE. »Ah, ich weiß. Es gibt Fensteröffnungen in den gewaltigen Wänden des Habitats, die reflektiertes Sonnenlicht hereinlassen, um diese geschlossene Umgebung zu erhellen – wobei das Licht bestimmt indirekt reflektiert wird, um die Strahlungsabschirmung nicht zu gefährden. Eine ist unter uns und eine nicht weit vor uns – du kannst den Blick jetzt ein wenig heben …«

Der Lichtteich funkelte unter den Wolken wie eine brennende Stadt. Es war ein unheimlicher, wunderschöner Anblick.

»Wir nennen sie die Fenster von Inti«, erklärte Ruminavi. »Inti ist unser Sonnengott, müsst ihr wissen.«

Die Transportkabine setzte sich ruckartig in Bewegung und fuhr an ihren Schienen die Wand hinunter. Die Fahrgäste wurden in die Luft gerissen wie Kiesel in einem zu Boden geworfenen Helm, dachte Mardina, sodass sie sich an allem festhalten mussten, was in greifbarer Nähe war. Einige Legionäre sahen bereits so aus, als wollten sie sich übergeben.

Ruminavi, der sicher auf seinem Sitz saß, schaute mit maliziösem Grinsen zu. »Haltet euch gut fest. Die Beschleunigung wird hoch sein. Wenn wir auf die Atmosphäre treffen, werden wir eine Menge von euren römischen Meilen pro Stunde zurücklegen. Natürlich werdet ihr dann schon die Zentrifugalschwerkraft spüren …« Er lachte laut. »Jetzt seid ihr nicht mehr so hart, ihr Römer, was? Genau wie eure Vorfahren, die Tiso Inkas Generäle auf den Knien angefleht haben, ihre Städte von der Faust zu verschonen.«

Quintus Fabius starrte ihn wütend an.

»Pass auf«, sagte die KolE jetzt. »Schau wieder nach unten, Mardina Eden-Jones-Guthfrithson. Und dann nach oben. Sieh dir die Wand an, an der wir hinunterfahren …«

Es war mehr als eine Wand, sah sie jetzt. Es war eine künstlich erschaffene Steilwand, überkrustet von Strukturen wie Blöcken, Kuppeln und Pyramiden – viele hauptsächlich aus Stahl, dachte Mardina, aber kunstvoll bemalt, sogar mit Stein verblendet und von Stahlreifen gehalten. Strukturen – das war das falsche Wort. Sie sah Licht, das aus dem Innern herausfiel, Eingänge, die sich öffneten: Dies waren von Menschen bewohnte Gebäude. Am Achsenpunkt selbst spross ein riesiger Turm senkrecht aus der Wand, erbaut aus irgendwelchen Steinblöcken: eine abgestufte Pyramide, schmal und ungeheuer lang. Und an einer Stelle sah sie einen Trupp von Arbeitern in Druckanzügen, die an Handgriffen an der Wand verankert und mit dem Bau von etwas Neuem beschäftigt waren. Ein lebendiger, sich wandelnder Ort also, eine senkrechte Stadt, die an dieser Wand klebte. Und die Schienen, auf denen die Transportkabine fuhr, durchschnitten das ganze Durcheinander in einer schnurgeraden Linie, bevor sie in den Wolken tief unter ihnen verschwanden.

Mardina stieß ein stummes Gebet aus. »Es ist eine Stadt im Himmel.«

»Nein«, sagte die KolE. »Eine Stadt *über* dem Himmel. Wir sind hier fast im luftleeren Raum, Mardina. Die Luft wird erst etwa zwanzig Meilen über dem Boden merklich dichter werden – ich meine, über der zylindrischen Hülle. Dieses Habitat mit seinen vierhundertfünfzig Meilen Durchmesser enthält im Wesentlichen ein Vakuum mit einer dünnen Luftschicht über der Innenfläche, die von der Zentrifugalkraft dort festgehalten wird.«

»Eine riesige Stadt im Vakuum. Warum ist sie hier?«

Der *apu* schnaubte. »Was glaubst du wohl? Das ist Hanan Cuzco, die Heimat des Inkas persönlich, wie auch seiner Familie, seiner Erben und engsten Berater. Das größte Wunder im Yupanquisuyu, das sogar dieses Dreckloch Hurin Cuzco am östlichen Pol in den Schatten stellt. Die *mitimacs* werden durch dieses ganze wunderbare Vakuum draußen gehalten. Tja, dort unten auf dem Boden könnte ein Krieg toben, und wir würden hier oben nichts davon mitbekommen.«

»›Wir‹, Ruminavi?«, sagte Quintus. »Aber du lebst hier nicht, oder? Soweit ich verstanden habe, begleitest du uns bis zu diesem schmutzigen *antisuyu*, wo du lebst.«

Ruminavi machte ein finsteres Gesicht. »Ja, und wir werden sehen, wie lange dir deine römische Arroganz in meinem Dschungel erhalten bleibt, du aufgeblasener Clown.«

Mardina schaute erneut an die Rückwand der Kabine, wo eine vernietete Metallwand an ihrem Gesicht vorbei nach oben flog, ein einigermaßen tröstlicher Anblick. *Hunderte von Meilen* aus Metall, aus Stahl und Nieten … »Also gut, Collius. Ich glaube, ich bin bereit für die nächste Stufe.«

»Gut. Halte dich aufrecht, die Füße nach unten zum Boden – sozusagen. Wenn wir weiter von der Achse entfernt sind, wird die Zentrifugalschwerkraft stärker werden und dich nach unten *ziehen*. Jetzt schau geradeaus, heb langsam das Gesicht …«

In einer Umlaufbahn um Terra wäre in dieser Höhe die Krümmung der Welt sichtbar gewesen; sie würde in jeder Blickrichtung einen Horizont finden. Aber hier war es anders. Wenn sie hier den Kopf hob, sah sie das Panorama unter ihr, die Flüsse, Hügel und Binnenmeere, die offenbar landwirtschaftlich genutzten Flächen und die Städte. Das alles erstreckte sich vor ihr in die Ferne, bis die Einzelheiten sich verdichteten und ineinander verschwammen und sie schließlich nur noch ein von den Lichtteichen erhelltes Luftband sah. Sie hatte nicht den Eindruck, dass es eine Krümmung gab – nicht, solange sie einfach nur geradeaus schaute. Aber wenn sie den Blick von dieser Achse abwandte, krümmte sich die Landschaft *nach oben*, sie stieg zu beiden Seiten an, vereinigte sich über ihr wieder und bildete eine Röhre aus verwischtem Licht, grün, blau und grau. Es war, als hielte sie eine aufgerollte Landkarte in der Hand, dachte sie, und schaute durch sie hindurch auf eine ferne Lichtquelle.

In der Ferne war alles zumindest eine tröstliche Abstraktion. Aber dann ließ sie den Blick wieder die ganze Röhre entlang zurückwandern, bis dorthin, wo sie sich befand, und schaute nach oben, zu einem riesigen Dach aus Land, das mit umgedrehten Bergen, einem Flickwerk von Agrarflächen und sogar *Flüssen* übersät war, festgehalten von einer Zentrifugalkraft, von der sie noch nichts merkte. Sie spürte, wie ihr Herz hämmerte, und ihr Atem wurde flach.

»Immer mit der Ruhe, Mardina«, mahnte die KolE. »Chu Yuen – halte ihre Hand.«

Die Berührung des Sklaven war beruhigend. Doch als sie einen raschen Blick zur Seite warf, sah sie, dass Chu die Augen selbst fest geschlossen hatte.

Sie lachte.

»Alles in Ordnung, Mardina?«

»Ja, Collius. Eine umgeklappte Welt. Was für eine Pracht. Was für eine Arroganz. Was für ein Wahnsinn!«

»Ganz recht. Und doch sind wir hier. Chu Yuen? Was denkst du?«

»Dass ich die Sterne vermisse«, sagte der Sklave. »Aber ich *stehe* jetzt immerhin auf dem Boden dieses Kastens.«

Er hatte recht. Mardina hatte es nicht bemerkt. Sie war noch immer so leicht wie eine Feder, aber wenn sie hochsprang, schwebte sie wieder nach unten.

»Es ist noch ein ganzes Stück, bis wir in die Wolken geraten«, sagte Ruminavi. »Aber wir haben schon ein Zehntel des Weges zurückgelegt, und darum habt ihr ein Zehntel eures Gewichts. Wir haben keine Erfrischungen dabei, außer Wasser aus diesem Hahn da drüben …«

Mardina sah sich in der Transportkabine um und nahm zum ersten Mal seit einer ganzen Weile ihre Gefährten wahr. Als die Schwerkraft allmählich zurückkehrte, zogen die Legionäre ihre Stiefel aus und setzten sich auf ihre Umhänge und Decken. Titus Valerius spielte ein Astragalspiel oder versuchte es zumindest; er beklagte sich lauthals darüber, wie die Spielsteine in der geringen Schwerkraft rollten. Der *medicus* kauerte in einer Ecke und gab sich ersichtlich Mühe, sich seine Angst nicht anmerken zu lassen. Einer der Soldaten schien ein Nickerchen zu machen.

Derweil entfaltete sich die Röhrenwelt überall um sie herum.

# 42

Die Fahrt nach unten dauerte zwei Stunden, bevor die Transportkabine schließlich in die dickeren Wolken tauchte – obwohl draußen mittlerweile schon die Bläue der oberen Luftschichten zu sehen war.

*Zwei Stunden:* Allein schon die Tatsache, dass dieses offensichtlich mit hoher Geschwindigkeit reisende Transportmittel volle zwei Stunden für den Radius einer Nabe gebraucht hatte, einer Grundfläche dieses gewaltigen Zylinders, machte Mardina die schieren Ausmaße des Gebildes klar, in das sie hineinfuhr. Der Port, an dem sie dieses Habitat betreten hatte, lag bereits Hunderte von Meilen hinter ihr; in diesem gewaltigen Raum würde kein Weg schnell zum Ziel führen. Zumindest fühlte sich ihr Gewicht jetzt beruhigend normal an, obwohl die Abfahrt noch nicht zu Ende war.

Und als sie die hohe Wolkenschicht passiert hatten, schaute Mardina unvermittelt auf Berge hinab. Berge, die wie eine sich am Stahl brechende Woge aus Stein gegen die Nabenwand lappten, Berge, an deren höheren Gipfeln und Hängen Eis klebte und an deren Flanken sich Gletscher in die Tiefe ergossen.

Das Gleis löste sich jetzt von der Wand, wobei die Transport-Box hochkippte, um senkrecht zu bleiben, und Mardina stellte plötzlich fest, dass sie einen vereisten Hang aus Gestein und vom Frost gesprengten Geröll hinabsauste. Die eigentliche Landschaft am Fuß dieser Berge lag noch immer tief unter ihr.

»Das fühlt sich beinahe normal an«, sagte sie.

Ruminavi grunzte. »Bis man sich in Erinnerung ruft, dass sich ein großer Ring dieser Berge um die gesamte Basis der Nabenwand herumzieht.«

»Ja, natürlich«, sagte die KolE, »eine Bergkette, mehr als tausend Meilen lang, wie die Berge von Walhalla Inferior: Südamerika, woher die Vorfahren dieser Inkas stammen. Zu einem Ring geschlossen!«

»Und alles künstlich«, sagte Ruminavi grinsend, im Versuch, eine Reaktion zu provozieren – sie einzuschüchtern, erkannte Mardina. »Hohl! Von Ingenieuren erbaut, von Künstlern geformt! Und im Innern dieser Berge gibt es große Maschinen, die Luft, Wasser und sogar Stein, Kies und Sand aus dem Meer zirkulieren lassen.«

»Aus welchem Meer?«, fragte Mardina. »Ach, egal.«

»Aber schaut euch dieses Schauspiel an …«

Die Transportkabine überschritt ohne Vorwarnung die Schneegrenze und raste jetzt über nackten Fels. Die Aussicht war schwindelerregend: Grün gewandete Klippen fielen zu den Tälern turbulenter Flüsse unter ihnen ab, während die hoch aufragenden, in Eis gewandeten Gipfel über ihnen nach der Metallfläche der Nabe griffen. Spektakuläre Brücken überspannten einige Schluchten. Und als Mardina jetzt hinausschaute, sah sie, dass ein Teil des Berghangs zu Terrassen eingeebnet worden war, auf denen Menschen arbeiteten; es gab Hütten und Felder, und der Rauch von Feuern stieg in die dünne Luft. Dies waren die ersten Bewohner des Zylinders, die sie seit der Nabe sahen.

»Kartoffelbauern«, sagte die KolE. »Genau wie in den Anden zur Zeit der Inkas. *Unserer* Inkas. Dort haben sie bis zur Schneegrenze hinauf Landwirtschaft betrieben.«

Ruminavi runzelte die Stirn, als er die unbekannten Namen hörte. »Genau wie im alten Land haben wir hier Berge als Wohnstätten für unsere Götter geschaffen. Das Land ist von Schreinen übersät.«

»Ja, die Inkas kamen aus dem Hochland«, sagte Mardina. »Das weiß ich noch aus meiner eigenen Geschichte, von dem, was die Xin und die Römer beim Kampf um Walhalla Inferior vorfanden. Dort gab es ein mächtiges Reich, das den ganzen Kontinent umspannte, dessen Krieger aber nur mit Bronzeschwertern und Lederrüstungen ausgestattet waren …«

»Dieses Reich haben auch die Europäer meiner UN-China-Kultur entdeckt«, sagte die KolE. »Und vernichtet. Hier jedoch waren die Inkas offenkundig erfolgreich. Sie haben Rom gestürzt, sind ins All aufgebrochen und haben ihre Kultur mitgenommen – ja, sie haben sie sogar neu erschaffen. Andenberge, vielleicht aus Mondgestein erbaut.

Inguill hat dieses Habitat Yupanquisuyu genannt, das heißt ›Yupanquis Land‹. Und zumindest in der Zeitlinie meiner Kultur war Pachacutec Yupanqui der wahre Begründer des Inka-Reiches. Er eroberte riesige Gebiete und errichtete die rechtlichen, militärischen und sozialen Strukturen des Reiches. Yupanqui war ihr Alexander der Große, und es ist, als hieße dieses riesige Habitat ›Alexandria‹. Also muss Yupanqui auch hier gelebt haben, in dieser Realität; bis zu diesem Punkt müssen die Geschichten halbwegs konsistent gewesen sein – obwohl Rom offenkundig überdauert hat, wenn es von den Inkas besiegt wurde. Ich muss die *quipus* sehen, weißt du.«

»Wen?«

»Den Rahmen mit Schnüren, den *quipucamayoc* Inguill dabeihatte. Damit haben die Inkas Buch geführt und Archive angelegt, und das tun sie offenbar noch immer. Irgendwo in diesem Artefakt muss es eine Bibliothek geben, Sätze von Knotenschnüren, die die Geschichte dieses Reiches bis zurück zu Yupanqui erzählen. Wenn ich mir die nur mal anschauen könnte …«

Quintus Fabius hatte zugehört. »Ich werde sehen, was sich machen lässt, Collius«, sagte er nachdenklich. »Aber zunächst einmal habe ich den Eindruck, dass dieser Glaskasten langsamer wird.«

In den letzten Minuten geriet die Transportkabine in eine andere, niedrigere Wolkenbank, die über einer grün getönten Landschaft lag.

Ruminavis Anweisungen folgend, nahmen die Passagiere ihre Sachen und stellten sich an einer Seitentür hintereinander auf. Die Achsenkrieger von der Nabe, die in der Schwerkraft zerbrechlich wirkten, blieben auf ihren Liegen festgeschnallt, hielten jedoch die stumpfen Mündungen ihrer hässlich aussehenden Waffen auf die Römer gerichtet. Unterdessen wartete draußen vor der Tür ein weiterer Trupp Soldaten, um die Aufsicht zu übernehmen, kräftiger aussehende Gestalten mit auffälliger Kleidung, die dunklen Gesichter streng und misstrauisch.

Mardina sah, dass es nur ein kurzer Fußmarsch zum nächsten Transportmittel sein würde, mehreren hintereinandergehängten kutschenähnlichen Wagen auf Schienen, die von einer schweren Maschine gezogen wurden. Die Gleise führten an der Flanke des Berges hinab.

»Ah«, sagte die KolE, als Chu sie ins Freie trug, »ein weiteres Eisenbahnsystem. Offenbar ein universelles Phänomen, das allen technischen Kulturen über die Zeitlinien hinweg gemeinsam ist. Quintus, bitte frage Ruminavi nach der Energiequelle – was ist die Antriebskraft hinter der Maschine?«

Es dauerte eine Weile, bis sich der *apu* eine Antwort entlocken ließ, und obendrein musste Quintus ihm schmeicheln, um ihn dazu zu bringen, mit den großartigen Errungenschaften der Inkas zu prahlen. Der Zug, den er als Karawane bezeichnete, fuhr auf den *capac nans*, den Straßen der Götter, die dieses Habitat von einem Ende zum anderen umspannten. Ruminavi sagte, die Maschine, deren Namen so ähnlich klang wie »Llama«, werde von einem *warak'a* angetrieben, abgeleitet von einem alten Quechua-Wort für »Schlinge« – was sich als Inka-Begriff für einen Kernel erwies …

Doch als Mardina aus dem Glaskasten trat, achtete sie nicht mehr auf bloße Worte. Der steile Hang war überwuchert von Grün und in Nebel gehüllt; Wasser tropfte aus der dichten Vegetation. Die Luft war feucht und frisch – aber dünn, schwer atembar, und sie hatte ein Gefühl von großer Höhe. Über ihr verdeckten Wolkenschwaden den Blick auf die höheren Berge, die Inseln aus Grün wie Opfergaben in die Luft hoben. Und neben dem Weg, der zur Eisenbahn führte, blühten Blumen in dicken Polstern mit leuchtenden Farben, Gelb, Orange und Purpurrot, und winzige Vögel, Blitze aus leuchtendem Blau, machten sich an den Blüten zu schaffen.

Der *apu* beobachtete Mardina. Er schien das Interesse zu bewundern, das sie zeigte, zumindest im Vergleich zu den Soldaten, die den Weg entlangstampften und sich schon über den Zustand ihrer Füße bei normaler Erdschwerkraft beklagten. »Wolkenwald«, erklärte er ihr, ein Begriff, der der KolE einige Übersetzungsarbeit abverlangte.

»Und auch der zieht sich vermutlich in einem großen Ring um den ganzen Rand der Welt.«

»So ist sie konstruiert. Komm. Weiter unten wird es sogar noch hübscher. All das in einer Schachtel im Weltraum.« Aber er lächelte sie ein wenig zu intensiv an, als nähme er jedes Detail ihres Gesichts, ihrer Haut in sich auf.

Mardina entfernte sich von ihm und kehrte zu ihrer Gruppe zurück.

An Bord des Zuges mussten sie noch eine volle Stunde warten, bis er abfahrbereit war.

Es gab viele Wagen für Passagiere, aber die Legionäre wurden in primitivere Karren gepfercht, die offensichtlich für Fracht gedacht waren. Murrend ließen sich die Römer nieder, beklagten sich über die dünne Luft und die Nahrung, die ihnen widerwillig von Inka-Soldaten gebracht wurde – Obst, Fleisch und Wasser, ergänzt durch Kekse und andere Rationen, die sie in ihren Rucksäcken von der *Malleus* mitgebracht hatten. Und, wie es Soldaten immer taten, sobald sie die Gelegenheit dazu bekamen, sie versuchten zu schlafen.

Währenddessen kamen weitere Züge aus dem Innern des Habitats in die Station an der Nabenwand gerollt, beladen mit Waren, Nahrungsmitteln, Bauholz. Die KolE äußerte die Vermutung, dass einige dieser Waren zur Ausfuhr aus dem Habitat bestimmt sein mussten, vielleicht für andere Weltraumkolonien, wie auch zur Versorgung der großen Nabenstädte.

Endlich fuhr der Zug los.

Zuerst ging es erschreckend steil und schnell abwärts. Mardina, die auf einer Holzbank saß und den Kopf an ein Fenster gelehnt hatte, schaute nach vorn und sah, dass sie sich bald unterhalb des Wolkenwaldes befanden, wo die Luft wieder klar war. Dann kamen sie aus den letzten Gebirgsausläufern auf eine flache Ebene hinaus – flach zumindest in Fahrtrichtung –, verunziert von niedrigen Hügelketten und durchzogen von den Tälern träger Flüsse. Dieses Land sei die *puna*, sagte der stellvertretende Präfekt. Die große Ebene selbst war eintönig, fand Mardina, während sie darüber hinwegrasten, nichts als Gras und Büsche auf trockenem Land. Aber wenn sie zur Seite schaute, sah sie deutlich die Aufwärtskrümmung der Landschaft, als führe sie durch ein gewaltiges Tal. Funken künstlichen Lichts und Dunstglocken auf diesen schräg ansteigenden Wänden mussten Siedlungen kennzeichnen, und sie sah das eiserne Glitzern von Gleisen und Straßen.

Und überall waren Menschen, sie bestellten das Land auf riesigen Feldern und auf Terrassen. Die Gebäude, in denen sie wohnten, waren bescheidene hüttenartige Konstruktionen, obwohl es in den größeren Siedlungen Komplexe großer Warenspeicher gab, die dem *apu* zufolge *tambos* waren, staatliche Einrichtungen zur Lagerung von Nahrungsmitteln. Hin und wieder sahen sie ein noch größeres Bauwerk, von Mauern umgebene Gelände mit vielfachen Terrassen wie riesigen Stufen. Das waren *pukaras* – Festungen, allem Anschein nach. Ihre Mauern bestanden aus einem groben, dunklen Stein, bei dem es sich nach Ansicht der KolE womöglich um Gestein von dem zerlegten Mond handelte.

Einige Landschaftselemente waren für ein brikantisches Auge jedoch weniger deutlich erkennbar. An Eisenbahnknotenpunkten und Quellen, selbst auf bestimmten Felsvorsprüngen gab es kleine Schreine, *huacas*, wie die Inkas sie nannten, mit geschnitzten Götzenbildern, Pfählen, Steinhaufen, Büscheln von Menschenhaar – einmal sogar mit so etwas wie einer mumifizierten Menschenhand. Die Landschaft schien von der Anwesenheit von Göttern und Geistern durchdrungen zu sein. Abseits der seltenen menschlichen Ansiedlungen war es, als würde auf dieser unheimlichen Ebene nichts anderes existieren als der Zug auf seinem Gleis und die Gedenkzeichen der Götter.

Quintus unterhielt sich mit dem *apu*; er stellte dem kleinen Beamten unaufhörlich Fragen nach dem Wesen dieser Welt.

Die KolE fasste es für Mardina zusammen. »Diese künstlich geschaffene Landschaft, die *puna*, ist das Pendant zum *altiplano*, wie es in meiner Kultur genannt wurde. In Walhalla Inferior war dies eine Ebene von ungeheuren Ausmaßen, die sich sehr gut landwirtschaftlich nutzen ließ. Und sie war *hoch gelegen*, zwei Meilen oder mehr über dem Meeresspiegel. So wie hier, nach der dünnen Luft zu urteilen. Wieder erschaffen sie ihre Kultur von Terra neu.«

»Aber es gibt so *viel* davon«, sagte Mardina. »Es ist niederschmetternd. Und wozu ist es da? All diese Menschen, die vor sich hin schuften, die gigantische Maschine, in der sie leben …«

Quintus gesellte sich zu ihnen. »Der *apu* ist nicht gerade ein verschwiegener Mann. Nach ein paar Schmeicheleien hat er mir erklärt, wozu dieses Monstrum da ist, dieses Yupanquisuyu.

Es ist das Zentrum eines Systems von Ausbeutung, Expansion und Kontrolle, das Sonne, Monde und Planeten umspannt – das Reich der vier zusammengehörenden Gebiete. Die riesigen, fruchtbaren Flächen des Habitats ernähren die Bergleute und Ingenieure, die auf den Welten und Monden im ganzen Sonnensystem arbeiten. Zudem bringt das Habitat Menschen hervor, die dazu ausgebildet werden können, auf diesen Monden zu schürfen. Und es ist ein Rekrutierungspool für Soldaten, die hin und wieder die notwendigen Kriege ausfechten – heutzutage, wo das Inka-Reich das gesamte Planetensystem zu umspannen scheint, Strafexpeditionen gegen interne Rebellen. Oh, und das Habitat unterhält den gewaltigen Hofstaat des Sapa Inka, des Sohnes der Sonne. Tja, was nützen einem Reichtum und Macht, wenn es keiner *sieht*, nicht wahr? Unsere Caesaren wussten das schon immer. Hanan Cuzco, seine scheußliche Stadt im luftleeren Raum der Nabe, ist der Kapitolinische Hügel des Sapa Inka …«

»Und es gibt noch eine weitere Zielsetzung«, sagte die KolE leise. »Einen weiteren Zweck, dem das alles dient.«

Quintus nickte. »Sie haben Sternenschiffe. Offenbar größer als unsere *Malleus*, aber nicht höher entwickelt. Es sind viele, gewaltige Flotten, die seit über einem Jahrhundert, sagt der *apu*, zu den Sternen ausschwärmen und …«

»… Luken bauen«, hauchte Mardina.

»Anscheinend. In viel größerem Maßstab, als *wir* es je getan haben.«

»Tja, so ist das«, murmelte die KolE. »Welche Vorzüge diese Kultur im Vergleich zu anderen auch immer haben mag, eins können wir sagen: Sie ist besser darin, Luken zu bauen. Als wäre sie dazu geschaffen, den Bedürfnissen jener zu dienen, die sich so etwas wünschen könnten. So wie wir es in Anbetracht unserer vorherigen Erfahrungen mit Jonbar-Punkten erwarten würden.«

Quintus grunzte. »So sieht es aus. Aber ich würde vorschlagen, wir schieben solche kosmischen Mysterien vorläufig beiseite und konzentrieren uns auf die Notwendigkeiten der Gegenwart. Die werden uns schon genug in Anspruch nehmen.«

Wie sich herausstellte, dauerte es zehn Stunden bis zum ersten Halt – zehn Stunden bis zum Ende des *altiplano*. Die KolE schätzte, dass der ohne Pause fahrende Zug im Durchschnitt sechzig römische Meilen pro Stunde zurücklegte; das vermittelte Mardina einen weiteren Eindruck von den Ausmaßen dieses Artefakts, in dessen Inneres sie sich so eifrig hineingrub.

Als der Zug schließlich langsamer wurde, senkte sich die Nacht über Yupanquisuyu herab. Mardina nahm an, dass sie zufällig am Vormittag vom Weltraum aus zur Nabe gebracht worden sein mussten. Sie fragte sich vage, wie die Spiegelmechanismen hinter den Inti-Fenstern funktionierten, die das unaufhörliche Sonnenlicht ablenkten, um den Einbruch der Nacht nachzuahmen.

An einer Zwischenstation stiegen sie aus, die Ruminavi als *chuclla* bezeichnete. Hier gab es so etwas wie ein Refektorium, außerdem eine Waschstelle, Geschäfte, in denen man Nahrungsmittel oder sogar frische Kleidung erstehen konnte, und Übernachtungsheime – aber der *apu* sagte, sie würden nicht lange bleiben, bis der Zug mit neuer Besatzung weiterfuhr; sie könnten im Zug schlafen oder auch nicht. Und die murrenden Legionäre hatten ohnehin keine Wertmarken, die man brauchte, um sich in den Geschäften etwas zu kaufen. Die Inka-Soldaten lachten über ihre Enttäuschung.

Dieses kleine Geschäfts- und Versorgungszentrum befand sich mitten in dem verblüffenden Panorama von Yupanquisuyu.

Während sich die Römer murrend bei den Geschäften herumtrieben, ging Mardina ein weiteres Mal allein davon, weg von der Station. Obwohl es im Habitat mittlerweile offenbar tiefe Nacht war, herrschte keine völlige Dunkelheit; der restliche Lichtschein, der von den Lichtteichen hereinfiel, war klar und weiß, aber so schwach, dass die Farben verblassten. Wie das Mondlicht auf Terra, dachte Mardina, und das zweifellos mit Absicht. Sie sah die schlafende Landschaft überall um sie herum, die Terrassen und Felder. Nicht weit vor ihr begann das Land jedoch in die Schattenteiche von Hügeln und Tälern zu zerfallen. Sie würden also bald in tiefer gelegenes Land und dichtere Luft hinunterfahren.

Links und rechts konnte sie mühelos die ansteigende Landschaft erkennen, sogar bei Nacht. Die KolE hatte ihr erklärt, dass der Horizont einer normalen runden Welt mit der Krümmung dieses Zylinders nur eine Meile entfernt sein würde, verglichen mit drei Meilen auf Terra. Sie sah jedoch, wie das Land schon in viel geringerer Entfernung als dieser einen Meile *hochkippte*, wie sich die Bäume und Häuser merklich zu ihr neigten. Und es stieg immer weiter an – es gab keinen Horizont, nur den Dunst der Ferne –, bis es zu einem gewaltigen Hang mit Flüssen und Seen in unmöglichen Winkeln wurde. Bald verloren sich die Einzelheiten in der Dunkelheit und in der dichten, leicht dunstigen Luft. Doch als sie den Blick weiter hob, sah sie das Dach der Welt, eine invertierte Landschaft, in der winzige Lichtpunkte schimmerten. Sie ähnelte der Nachtseite von Terra, vom Weltraum aus gesehen; die Fäden von Straßen und die Funken von Städten waren jenseits ihrer eigenen Luft- und Wolkenschicht deutlich sichtbar. In dieser Höhe war die Luft so klar, dass sie das Gefühl hatte, durch ein Vakuum zu schauen.

Der *apu* gesellte sich zu ihr. Er kaute irgendwelche getrockneten grünen Blätter und bot auch ihr welche an, aber sie lehnte ab, wobei sie unmerklich von ihm wegrückte. Er grinste. »Ein toller Anblick, wenn man ihn nicht gewohnt ist. Und selbst wenn doch, erstaunt er einen manchmal.«

»Es sieht nicht wie die andere Seite eines Zylinders aus. Es ist, als hinge eine andere Welt über dieser.«

»Das ist ganz natürlich«, flüsterte ihr die KolE ins Ohr. »Das menschliche Auge hat sich so entwickelt, dass es Gefahren und Chancen auf der horizontalen Ebene erkennen kann, deshalb sind die vertikalen Wahrnehmungen verzerrt …«

»Schsch«, machte sie.

Ruminavi sah sie komisch an.

Sie lächelte. »Wie ich sehe, kommen wir bald von der *puna* herunter.«

»Ja. Deshalb wurde diese *chuclla* hier eingerichtet. Der letzte Halt vor der Abfahrt. Ein Ort, wo man sich an die dünnere Luft akklimatisieren kann, wenn man aus der Gegenrichtung kommt.«

»Und das Land dort unten …«

»Es ist eine Art Küstenstreifen. Die Flüsse fließen von der *puna* herab und verzweigen sich, und es gibt weitläufige Täler, riesige Deltas. Sehr fruchtbares Land, überall nur Bauern und Fischer. Sie bauen Paprika und Mais an. Wir sollten noch einmal halb so lange brauchen wie bisher, um es zu durchqueren.«

»Weitere fünf Stunden? Und was dann? Ein Küstenstreifen, sagst du. Die Küste wovon?«

»Na, vom Meer. Erstreckt sich um die ganze Taille der Welt herum.« Er zeigte zum Himmel in ihrer Fahrtrichtung, jener Richtung, die er und seine Soldaten Osten nannten. »Manchmal kann man es bei Nacht sehen. Tagsüber ist es natürlich spektakulär. Wir werden es bei Sonnenaufgang überqueren.«

»Überqueren?«

»Es wird von Eisenbahn- und anderen Brücken überspannt. Wir werden darüber hinwegrattern, ohne auch nur langsamer zu werden.«

»Wie lange wird das dauern?«

»Oh, es wird fast schon wieder dunkel sein, wenn wir die Ostküste erreichen.«

Die Zeiträume, die Entfernungen überstiegen ihre Vorstellungskraft. Fünfzehn, zwanzig weitere Stunden, und sie würde immer noch im Bauch des Artefakts unterwegs sein. »Und jenseits des Meeres?«

»Ah, dann kommen wir zum *antisuyu*. Dem östlichen Land, während alles auf *dieser* Seite des Meeres das westliche Land ist, das *cuntisuyu*. Und wenn man ganz bis zur östlichen Nabe führe, bräuchte man weitere fünfzehn Stunden.«

»Aber so weit fahren wir nicht.«

»O nein. Nur fünf, sechs Stunden, dann sind wir daheim. In meinem und eurem Zuhause.«

»Und das wäre? Wie ist es da?«

»Dschungel. *Hacha hacha*. Du wirst schon sehen.« Er grinste, seine Zähne weiß im bleichen Licht, und hielt ihr wieder seine Blätter hin. »Bist du sicher, dass du nichts von dieser Koka willst? Macht das Leben viel erträglicher …«

Sie schüttelte den Kopf und entfernte sich erneut von ihm. Er folgte ihr vergeblich. Offenbar fühlte er sich zu ihr hingezogen, aber zum Glück war er nicht mutig oder tückisch genug, um etwas zu unternehmen.

# 43

Nachdem Beth und Erdschein durch die Luke gekommen waren, regnete es in ihrer ersten »Nacht« auf Per Ardua zwölf Stunden lang ununterbrochen.

Beth fand das Geräusch des Regens auf dem festen Material ihrer Unterkunft beinahe beruhigend. Es erinnerte sie an ihre Kindheit, als sie mit ihren Eltern den wandernden Erbauern und ihrem mobilen See gefolgt war, den ihre Mutter *jilla* genannt hatte. Damals hatten sie in Konstruktionen gewohnt, die selten dauerhafter gewesen waren als diese.

Aber so vertraut ihr diese Umgebung auch vorkam, Beth war sich schmerzhaft bewusst, dass sie hier ganz *allein* war, abgesehen von einem künstlichen Wesen, das immer unnahbarer zu werden schien – selbst wenn es in gewissem Sinn ihr Großvater war. »Und das, noch bevor er sich auf die Socken macht und hinter dem Horizont verschwindet«, sagte sie leise.

»Verzeihung?« Erdschein saß auf einer aufgeblasenen Matratze neben ihr, eine überzeugend wirkende Darstellung einer silbrigen Rettungsdecke über den Schultern.

Auf einem kleinen Feuer – dem ersten, das sie hier gemacht hatte, seit sie vor all diesen Jahren zum Merkur aufgebrochen war – kochte sie Suppe aus mitgebrachten Zutaten und hiesigen Kartoffeln, die sie energisch geschält, gewürfelt und als Füllstoff hinzugegeben hatte. Außerdem hatte sie eine Kanne römischen Tee gekocht. Sie besaß Taschenlampen und eine

Sturmlaterne, aber im unaufhörlichen Tageslicht von Per Ardua sickerte so viel Licht durch die halb geöffnete Türklappe des Zeltes, dass sie sehen konnte, was sie tat.

»Ach, nichts«, sagte sie. »Ich rede bloß so vor mich hin. Ich denke ständig, dass ich seit der Luke noch nicht geschlafen habe.«

»Aber das ist erst ein paar Stunden her«, erwiderte Erdschein sanft. »Wir haben viel gesehen und viel gelernt. Es kommt einem bloß länger vor.«

»Vielleicht. Wir sind gerade erst einen halben Tag da, aber du planst schon, von hier zu verschwinden, nicht wahr?«

Er zuckte die Achseln und nippte an einer virtuellen Teeschale. »Ich sehe keinen Grund, mich länger hier aufzuhalten, als die Trägereinheit braucht, um sich reisefertig zu machen.«

»Wohin willst du?«

»Zu dem einzigen logischen Ziel auf einem Planeten wie diesem.«

»Zum Antistellarpunkt?«

»Natürlich.«

»Das bedeutet einen Fußmarsch über die dunkle Seite«, sagte sie.

»Du kannst mich gern begleiten«, erwiderte er ruhig. »Es besteht kein Grund zur Eile; wir können Vorbereitungen treffen. Du könntest sogar auf der Trägereinheit fahren, wenn du willst. Wir würden dann einen behelfsmäßigen Sitz montieren.«

»Danke.«

»Alternativ steht es dir frei, hierzubleiben oder zu gehen, wohin du möchtest. Ich werde dir ein paar Komponenten der Trägereinheit zur Verfügung stellen, wenn du diesen Weg wählst. Ein Set: elementare Umweltsensoren, Nahrungsanalysatoren, ein Sanitätspaket als Ergänzung zum Erste-Hilfe-Set deines Anzugs.« Mit den Fingern fuhr er durch den Stoff ihres Ärmels und zuckte dabei zusammen. »Denk daran, ich werde es nicht brauchen.«

»Früher habe ich hier mit meinen Angehörigen von dem gelebt, was das Land hergab, und das kann ich auch jetzt wieder tun.« Sie stutzte. »Mit *unseren* Angehörigen.«

Er reagierte nicht darauf.

»Warum willst du zum Antistellarpunkt?«

»Um Antworten zu suchen.«

»Antworten worauf? Was ist so verkehrt daran, an diesem Ort zu sein?«

Er ballte eine Hand zur Faust. »Das ist ganz und gar verkehrt. So hätte es nicht sein sollen. Ich habe den Mars zertrümmert, um sie zu zwingen, mir zuzuhören – uns, der Menschheit.«

»Du meinst die Mikroben im Tiefengestein.«

»Die Träumer, ja. So nenne ich sie. Unsere Strippenzieher, wie ich zunehmend glaube. Sie haben unsere Welten durcheinandergebracht, haben unsere Geschichten zerstört, unsere mühsam errichteten Zivilisationen ungestraft ruiniert. Schluss damit! Ich habe sie gezwungen, mir zuzuhören. Habe sie gezwungen zu reagieren.«

»Ihre Antwort war die Luke auf dem Mars.«

»Ja. Eine Luke, die uns *hierhergebracht* hat. Aber das reicht mir nicht. Es ist keine hinreichende *Antwort*.«

»Ich verstehe nicht …«

»Das hier ist Proxima! Oh, ich kann es nicht leugnen, Beth, es muss so sein, ein altes, welkes Proxima, aber … Proxima, der nächstgelegene Stern. Aber ich wollte zu Ultima gebracht werden, dem fernsten Stern all unserer Legenden – oder dem Pendant der Träumer. Dorthin, wo die Antworten sind – wo ich endlich erfahre, warum sie so handeln, wie sie es tun. Und vielleicht halte ich sie dann auf«, sagte er düster. »Vielleicht kann ich noch der Heimdall für ihre unterirdische Loki sein … Ja, ich habe ihnen eine Antwort abgerungen. Oder zumindest eine Reaktion. Aber das ist nicht genug. Also werde ich sie erneut in die Mangel nehmen.«

»Wie?«

»Das weiß ich noch nicht. Wenn ich zum Antistellarpunkt komme, werde ich es herausfinden.«

Sie dachte darüber nach. »Irgendwie habe ich das Gefühl, dass du dich irrst. Ich weiß nicht, wieso oder warum … Sie haben dich hierhergebracht. Vielleicht ist die Antwort, die du suchst, genau hier, und du siehst sie bloß nicht.«

»Das ist möglich. Aber selbst wenn, kann es nichts schaden, aufzubrechen und die Suche auszudehnen, nicht wahr?«

»Viele Leute fanden, man sollte dich daran hindern, deinen Ambitionen zu folgen. Das war schon immer so, bis zurück zu deinen frühen Jahren auf der Erde, nicht wahr? Selbst bevor du wurdest …«

»Was ich jetzt bin? Als ich nur Robert Braemann war, ein echter Mensch und fleißig dabei, das Gesetz zu brechen, um die Welt zu retten? Oder zumindest jenes ›Ich‹ von meinen neun, das dich interessiert. Und dann wurde ich Erdschein, eine Kern-KI, eines von drei entarteten Gehirnen, die erneut die Gesetze der Menschen brachen, um sie zu retten. Und wieder haben sie uns nicht vergeben. Nun bin ich allein hier und versuche …«

»… die Welt zu retten? Welche Welt?«

»Alle Welten vielleicht. Ich weiß es nicht.« Er schwieg eine Weile; der Regen prasselte weiter auf große arduanische Blätter. »Denkst du, du wirst mich begleiten? Ich frage aus rein praktischen Gründen. Der zeitliche Rahmen, die Vorbereitungen …«

»Ich habe mich noch nicht entschieden«, sagte sie kurz. »Wir sind gerade erst hergekommen … Mir *gefällt* es hier, selbst wenn es nicht ganz so ist, wie ich es in Erinnerung habe. Trotzdem mag ich die Tagseite. Ich weiß nicht, ob ich in die endlose Nacht gehen möchte, wo es so kalt ist, dass ich einen Raumanzug tragen muss.«

»Aber du bist auch nicht sicher«, entgegnete er sanft, »ob du allein bleiben möchtest.«

»*Willst* du denn, dass ich dich begleite? Schließlich hast du mich durch die Luke mitgenommen.«

»Ich habe dich nicht gezwungen.«

»Betrachtest du uns wirklich als Familie, Erdschein? Ich weiß, der Vater meines Vaters ist nur ein Teil von dir, eines der neun Spendergehirne … Betrachtest du ihn als deinen Sohn?«

»Aber natürlich. Ich habe immer mein Bestes für ihn getan – genauso wie seine Mutter.«

»Wozu gehörte, ihn für ein Jahrhundert in ein Gefrierfach zu stecken und schließlich umzubringen?«

Er seufzte. »Wir haben in der Grauzone des Gesetzes gehandelt. Wir haben versucht, ihn zu retten. Wir dachten, vielleicht wäre es ihm ein Jahrhundert später zumindest möglich, sein Leben außerhalb unseres Schattens zu führen. Wir haben die Rachsucht der Menschheit unterschätzt. Ihre rückwirkenden Tribunale. Die Verhängung von Strafen gegen die Kinder der Übeltäter. Sie haben uns nie vergeben.«

»Hast du ihn geliebt? Liebst du uns jetzt?«

Er lächelte. »Ein Teil von mir, ja. Das ist die beste Antwort, die ich dir geben kann. Tut mir leid. Menschen sollen nicht so sein, verstehst du. So wie *ich*. Identität und Bewusstsein sind keine Dinge, die man einfach von einem Behälter in einen anderen gießen und mit anderen verschmelzen kann, als würde man einen Cocktail mixen. Darum wirst du meine Reaktionen immer … daneben finden. Aber zumindest bin ich hier und heute bei dir. Mehr kann man letzten Endes von niemandem verlangen.«

Sie erwiderte das Lächeln. »Das stimmt. Ich verspüre einen atavistischen Drang, dich zu umarmen, Großvater.«

»Ich bitte dich inständig, es nicht zu versuchen. Der Regen hört auf, glaube ich. Mal sehen, wie meine Trägereinheit vorankommt.«

»Und ich«, sagte sie, während sie sich streckte und gähnte, »mache wohl mal ein Nickerchen. Weck mich nicht, wenn du reinkommst.«

»Ich werde mir Mühe geben.«

In der warmen, feuchten Luft des arduanischen Substellarpunkts schlief sie so gut wie seit Jahren nicht mehr. Und für eine unbekannte Zeitspanne, unter dem reglosen Antlitz von Proxima. Welche unbeantworteten Fragen, welche Vorbehalte sie auch haben mochte, sie war daheim, das spürte sie. Allein oder nicht.

Selbst wenn sie ihre Tochter Mardina mit einem brutalen Schmerz vermisste, als wäre an ihrem Bauch ein Stahlseil befestigt, das sie zum Mars zurückzog.

Als sie einen Blick aus der Unterkunft warf, sah sie Erdschein über seiner Trägereinheit stehen, die sich langsam wieder für die Reise zusammenbaute.

# 44

Die Römer wurden zu einer großen, ebenen Lichtung gebracht, die in den Regenwald geschlagen worden war.

Hier sollten sie Landwirtschaft betreiben, erklärte man ihnen.

Sie würden Mais, Weizen, Reis, Koka und die allgegenwärtigen Kartoffeln anbauen, *papas*, wie die Inkas sie nannten. Tiere, die sie hätten züchten können, gab es nicht, keine Schafe, keine Ziegen, kein Vieh – keine Lamas –, obwohl im *hacha hacha*, im Dschungel, angeblich einige wilde Tiere herumliefen. Aber man erwartete von ihnen, dass sie auch einige exotischere und weniger bekannte Pflanzen anbauten, farbenprächtige Blumen, seltsame Pilze und Flechten, die, so vermutete die KolE, als Ausgangsmaterial bewusstseinsverändernder Tränke dienten – *psychoaktiver Drogen*, erklärte sie Mardina, offenbar in jeder Zeitlinie ein Merkmal der Inka-Kultur.

So begann die Arbeit.

Das Land musste offengehalten werden, indem man die Vegetation am Rand der Lichtung regelmäßig abbrannte. Und es würde immer erhebliche Anstrengungen kosten, den Boden zu entwässern. Er war karg, mit dünner Ackerkrume, aber durchaus nutzbar. Die KolE konnte sie beraten. Die Römer düngten ihr Stück Land hauptsächlich mit der Asche des verbrannten Regenwalds am Lichtungsrand, aber auch mit dem Dung und den Knochen der wilden Tiere des Waldes. Das waren vor allem Nagetiere, die die Größe eines Schafs haben konnten. Die Arbeit war hart, aber erträglich.

Natürlich gab es hier bereits Menschen.

Sie hatten sich einem *ayllu* angeschlossen, einer Art Clan, einem losen Verbund von Familien. Einige davon standen in irgendeiner Beziehung zueinander, andere wiederum nicht. Die Menschen waren jedoch durchaus freundlich, stellte Mardina fest. Es schien bei den Inkas üblich zu sein, die Menschen in ihrer Schachtel von einem Imperium hierhin und dorthin zu schicken, von einem Ort zum anderen, von der Nähe in die Ferne – manchmal über den Torus eines Ozeans hinweg von einem »Kontinent« zum anderen, von der *puna* und den Flussdeltas im Westen, dem *cuntisuyu*, zu der vom Regenwald überwucherten östlichen Hälfte des Habitats, dem *antisuyu*. All dies sollte zweifellos jene ununterbrochene Kontrolle gewährleisten, von der die *quipucamayoc* Inguill bei der Ankunft der Römer gesprochen hatte. Wenn man nicht lange an einem Ort blieb, konnte man dort keine Wurzeln schlagen, keine Bindungen entwickeln – eine langfristige Beziehung bestand dann nur zum Sapa Inka, dem Einzigen Herrscher, und seinen Beamten, aber nicht zu den Fremden um einen herum.

Eine Folge dieses Systems war jedoch, dass die Menschen an die Ankunft von Fremden gewöhnt waren – Fremden, die sie *mitmaqcuna*, Kolonisten, nannten. Obwohl sie also alle ihr Eigentum, ein Stück Land zum Bearbeiten und, noch wichtiger, einen Status in ihrer Gesellschaft hatten, legten sie kein so ausgeprägtes Territorialverhalten an den Tag, dass sie die Römer und ihre Begleiter ausgeschlossen hätten.

Die Römer hingegen besaßen dieses Land nicht, das wurde gleich zu Beginn klargestellt – ebenso wenig wie jemand anders vom *ayllu*, und keiner von ihnen würde es jemals besitzen.

Alles gehörte dem Sapa Inka. Die Menschen waren keine Sklaven – was dadurch bewiesen wurde, dass es echte Sklaven namens *yanakuna* gab, von denen es an diesem Ort nur so wimmelte. Die Römer sollten *mitimacs* sein, was so etwas wie »Steuerzahler« bedeutete. Sie hatten das Recht, ihre Ernte zu behalten, mussten allerdings einen Anteil abgeben, der in den großen *tambos* gelagert wurde, den überall anzutreffenden staatlichen Warenspeichern. Dies gehörte zur *mit'a*, den Steuerpflichten jedes Bürgers.

Außerdem wurde im Rahmen der *mit'a* von ihnen erwartet, dass sie mit einem Teil ihrer Arbeit direkt zur Erfüllung staatlicher Aufgaben beitrugen. Das konnte bedeuten, militärische Ausrüstungsgegenstände wie Rüstungen, Stiefel und Decken anzufertigen oder zu pflegen – niemals irgendwelche Waffen – oder Marschverpflegung aus getrockneten Kartoffeln oder Mais für die Soldaten herzustellen, die in speziellen Speichern namens *colcas* gelagert werden musste. Es konnte bedeuten, mit seiner Arbeit zum Unterhalt der großen *pukaras* beizutragen, steinerner Festungen, um deren innere Gebäudekerne sich spiralförmige Terrassen wanden, Konstruktionen, die Mardina an riesige, in der Landschaft hockende Schnecken erinnerten. Es konnte bedeuten, sich an Gemeinschaftsprojekten wie der regelmäßigen Waldrodung zu beteiligen, den Staub und die Algen wegzukratzen, die sich mit der Zeit auf den riesigen Inti-Fenstern des Habitats ablagerten, oder an der Instandhaltung der *capac nans*, der langen, geraden Straßen und Schienenstränge, die sich durch den Wald fädelten, und der *chucllas* mitzuwirken, der Zwischenstationen, die sich an ihnen aufreihten.

Die *mit'a*-Pflicht konnte sogar Militärdienst bedeuten, obwohl es klar war, dass man den muskulösen, knallhart aussehenden, disziplinierten Römern dazu nicht genug vertraute, noch nicht.

All dies wurde in globalem Maßstab von einer Hierarchie von Beamten organisiert, angefangen mit dem lokalen Anführer des *ayllus*, dem *curaca* – einem imposanten, vernünftig wirkenden Mann namens Pascac, der das Oberhaupt von zehn Familien war und Mardina ein wenig an Quintus Fabius erinnerte –, über den stellvertretenden Präfekten Ruminavi, den *tocrico apu*, der wiederum einem von zwei *apus* unterstellt war, den Präfekten, die jeweils einen der beiden großen »Kontinente« des Habitats regierten, West oder Ost. Und dann reichte die Befehlskette bis hinauf zum Hof des Sapa Inka in den beiden Naben-Cuzcos, einschließlich der *quipucamayocs* wie Inguill und der *colcacamayocs*, der Hüter der Unterlagen wie auch der Hüter der Lagerbestände.

Die Legionäre murrten über fehlende Freiheit. Und über fehlendes Geld, fehlende Geschäfte und Läden, wo man Dinge *kaufen* konnte, von Bier und Wein bis zu guter Kleidung und anderen Luxusartikeln, nicht zuletzt Prostituierten. Aber schließlich war dies keine auf Geld basierende Wirtschaft. Und es gab gleich zu Anfang einige Spannungen, als der lokale *curaca* verfügte, dass die Römer sich nicht dauerhaft in den kleinen Holzhäusern einquartieren konnten, aus denen der Kern des von den Angehörigen der *ayllu* bewohnten kleinen Städtchens bestand, sondern sich ihre eigenen bauen mussten. Aber Legionäre murrten immer, ganz gleich, welche Tätigkeiten man ihnen abverlangte.

Quintus Fabius bewies erneut, dass er ein mehr als kompetenter Anführer war. Er schien die Situation und die mit ihr einhergehenden Schwierigkeiten sogar zu genießen.

In der allerersten Nacht im *antisuyu* ließ Quintus die Legionäre ein rudimentäres, von einem rechteckigen Wall aus Erdreich und Holz mit abgerundeten Ecken umgebenes Marschlager mit Entwässerungs- und Latrinengräben und zumindest den ersten Anfängen dauerhafter Strukturen im Innern anlegen: einem Exerzierplatz, einer *principia* für den Zenturio, Kasernenblöcken und Lagerhäusern. Es war natürlich erheblich kleiner, als es von einer vollständigen Legion auf dem Marsch errichtet worden wäre. Hier waren sie weniger als fünfzig Mann, etwas mehr als die Hälfte einer Zenturie im römischen System. Dennoch waren die Einheimischen ganz offensichtlich von dieser Demonstration römischer Kompetenz und Anpassungsfähigkeit beeindruckt, dachte Mardina. Und die militärische Routine bestätigte den Legionären von Anfang an, dass sie – was ansonsten auch immer aus ihnen werden, was für ein seltsamer Ort das auch immer sein mochte, und Mardina vermutete, dass einige von ihnen in dieser Hinsicht ziemlich verwirrt waren – immer noch Römer waren, immer noch Legionäre, und dass alles, was sie in den Jahren ihrer Ausbildung und ihres Dienstes gelernt hatten, noch immer etwas zählte.

Und Quintus achtete sehr darauf, dass die Legionäre einen *huaca*, einen lokalen Schrein – nicht viel mehr als einen Haufen Steine –, bewahrten und respektierten, der sich zufällig in dem Bereich befand, der ihnen überlassen worden war, damit sie dort ihr Lager aufschlagen konnten.

Bald hatten sie ihre Felder angelegt und gepflügt. Es war harte Arbeit. Da es keine Zugtiere und auch kaum Maschinen gab – außer in den reichsten *ayllus* –, waren sie auf ihre Muskelkraft angewiesen. Doch so viel sie auch murrten, die Römer waren an harte Arbeit gewöhnt.

Es schien hier keine Jahreszeiten zu geben, soweit Mardina den verblüfften Antworten von ihr befragter Einheimischer entnahm, obwohl es problemlos möglich gewesen wäre, durch die selektive Schließung einiger Lichtteiche einen Zyklus von kürzeren und längeren Tagen einzurichten, einen »Winter«. Andererseits hatte ein großer Teil des ursprünglichen Inka-Reiches auf Terra in tropischen Breiten gelegen, wo die jahreszeitlichen Unterschiede gering waren. Das bedeutete, dass Wachstumszyklen und landwirtschaftliche Tätigkeiten ganzjährig stattfanden; man brauchte nicht auf den Frühling zu warten.

Trotzdem bestand das Leben nicht nur aus Arbeit. Auch wenn sie die *mit'a* entrichten mussten, stellten die Legionäre bald fest, dass sie nicht zu hungern brauchten. Wenn man Lust auf eine Ergänzung der weitgehend vegetarischen Kost hatte, konnte man jederzeit im Regenwald auf die Jagd gehen, wo es keinerlei Restriktionen zu geben schien, solange man einigermaßen genügsam war. Es gab dort große Nagetiere – *Meerschweinchen*, wie die KolE sie nannte –, die durchaus akzeptables Fleisch lieferten, selbst wenn sie leicht zu erlegen waren. Kleinere Ausgaben liefen in einigen Dörfern herum.

Der Alkoholmangel war ein ewiges Problem. Mardina hatte den Eindruck, dass die Einheimischen nicht tranken, sondern lieber zu diversen Drogen und Tränken griffen. *Chicha*, das lokale Maisbier, wurde offiziell nur bei religiösen Zeremonien benutzt. Nach einer Weile drückte Quintus beide Augen zu, wenn es um das illegale Bierbrauen ging.

Was die Drogen betraf, so war Koka am weitesten verbreitet; die Produktion gehörte zur *mit'a*-Pflicht. Aber man konnte den Strauch überall anbauen, er wuchs wild im Wald, und *jeder* schien die Blätter zu kauen, von ganz kleinen Kindern bis zu zahnlosen Müttern. Einige der Legionäre probierten das

Zeug, sie kauten gepresste Blätter zusammen mit Kalk, und ein paar fanden daran Gefallen; sie sagten, sie fühlten sich dadurch stärker, klüger, wachsamer und sogar immun gegen Schmerz. *Medicus* Michael missbilligte es offiziell, er sagte, Koka bewirke, dass einen das Gehirn über die körperliche Verfassung belüge.

Mit der Zeit begannen die Dorfbewohner, die Römer zu Festen einzuladen, die sie zu Ehren ihrer diversen verwirrenden Gottheiten feierten. Die Erwachsenen reichten Kokablätter herum, rauchten oder tranken verschiedene andere exotische Substanzen, spielten ihre schrillen Panflöten und tanzten auf eine Weise, die Ausdruck erweiterter innerer Empfindungsfähigkeit war, wie sie der selbst nicht daran teilnehmenden Mardina versicherten. Für Mardina sah es eher wie betrunkenes Herumschlurfen aus. Die Kinder hängten Laternen in die Bäume, alle sangen die ganze Nacht hindurch, und andere Gemeinschaften gesellten sich dazu, bis es so schien, als würde das gesamte Habitat vom Klang menschlicher Stimmen widerhallen.

Für das Auge eines Römers oder Brikanti würden die Einheimischen unweigerlich seltsam aussehen, vermutete Mardina. Die Männer trugen leuchtend bunte, deckenartige Tuniken, die Frauen Röcke, gestreifte Umhängetücher und kostbare silberne Medaillons. Aber sie waren hochgewachsen und gesund. Krankheiten hatten hier Seltenheitswert. Der *medicus* meinte, beim Bau des Habitats habe man die meisten Krankheiten bewusst ferngehalten, und man gewährleiste durch Quarantäneprozeduren, wie die Legionäre sie bei ihrer Ankunft hatten durchlaufen müssen, dass es auch so bleibe. Und wenn man die gewohnheitsmäßig das schwarze Haar der Männer schmückenden Waldvogelfedern und die eigentümlichen schwarzen, breitkrempigen Filzhüte der Frauen ignorierte, konnten die Menschen mit ihren kraftvollen, fast römisch wirkenden Zügen sehr attraktiv sein.

Andererseits würden diese Legionäre, die durch einen Jonbar-Punkt von ihren Ehefrauen und Familien und allem, was sie kannten, getrennt worden waren, so gut wie jede Frau attraktiv finden, nahm Mardina an.

Einer nach dem anderen begannen die Legionäre, Beziehungen mit den Frauen des Dorfes einzugehen. Der Clan des Sapa Inka war polygam – obwohl es hieß, dass die wahren Erben des Reiches immer aus dem engsten Familienkreis stammten, vom Inka, der eine Lieblingsschwester geheiratet hatte –, aber die Dorfbewohner, zumindest hier in der Wildnis des *antisuyu*, waren entschieden monogam. Quintus sagte nur, es freue ihn, wie wenige dieser neuen Geliebten schon verheiratet seien und wie wenige von heftigen Gemütsbewegungen genährte Streitigkeiten er zu schlichten habe.

Allerdings musste er bei Gesprächen zwischen den Legionären und den lokalen Würdenträgern über Geburtenkontrolle den Vermittler spielen. Verhütungsmittel gab es in den *tambos* umsonst, und auch Abtreibungen waren kostenfrei, obwohl Mardina angesichts des Entwicklungsstandes der hiesigen Medizin das Gefühl beschlich, dass die Operationen riskant sein konnten. Ob man Kinder haben wollte oder nicht, blieb einem selbst überlassen, aber die Bevölkerungszahl wurde von den Reichsbehörden sorgfältig überwacht, und wenn die durchschnittliche Geburtenrate eines *ayllus* zwei Kinder pro Paar überstieg, ohne dass die erforderlichen Genehmigungen vorlagen, schien man Strafen bezahlen zu müssen.

Obwohl viele der jüngeren männlichen Einheimischen Mardina beobachteten oder mit ihr sprachen oder sie in die von

Drogen beschwingten Tänze hineinzuziehen versuchten, blieb sie für sich. Nicht jede Aufmerksamkeit, die ihr zuteilwurde, war ihr willkommen, zum Beispiel die des *tocrico apu* Ruminavi. Sie erfuhr bald aus dem lokalen Klatsch, dass er ein verheirateter Mann mit Kindern in ihrem Alter war, aber er schien die Augen nicht von ihr und Clodia lassen zu können, wenn er zu Besuch kam.

Vorläufig hielt sie sich alle vom Leib.

»Ich bin einfach noch nicht bereit dazu«, vertraute sie Clodia, der Tochter von Titus Valerius, einmal an, als sie geduldig das Unkraut in einem Maisfeld jäteten. Clodia war nach wie vor erst fünfzehn, aber sie und Mardina standen sich in der Gruppe der Römer altersmäßig am nächsten, und sie waren die einzigen beiden jungen Frauen.

Clodia war weniger zaghaft, was die einheimischen Jungen betraf. »Was ist mit diesem Quizo?«

»Du meinst den, der immer die Kolibri-Federn trägt?«

»Genau. Für *den* wäre ich an jedem Tag der Woche bereit …«

Mardina zerzauste ihr spielerisch die Haare. »Na klar, und in ein paar Jahren frisst du ihn bei lebendigem Leibe auf. Aber vorläufig – es ist anders für dich, Clodia. Zumindest hast du noch deinen Vater.«

»Ha! Mein großer Herr und Meister. Also, *den* kannst du behalten …«

»Es liegt einfach daran, dass wir alle schon so viel durchgemacht haben«, sagte Mardina geduldig. »Wir haben den Jonbar-Punkt passiert. Wir haben alles verloren, was wir kannten. Und schon davor wusste ich, dass meine eigene Mutter wieder aus einer ganz anderen Welt stammte, einer Welt vor einem weiteren Jonbar-Punkt, und wie seltsam ist das denn? Jetzt sind wir hier an diesem fremdartigen Ort, wo niemand Brikantisch oder Lateinisch spricht und kein Mensch jemals von Jesu oder Julius Caesar gehört hat …«

»Also, mir gefällt's hier«, erwiderte Clodia trotzig. »Ich habe immer gern im Lager gelebt, als wir bei Romulus waren, und ich hätte mich auch mit Freuden zur Legionärin ausbilden lassen. Jetzt ist niemand mehr da, der mir sagt, das geht nicht.«

Mardina grinste. »Schön für dich. Aber ich muss mich hier erst mal selber finden, das ist alles. Bevor ich mich in Quizo verliere.«

»Sehr klug«, sagte Clodia ernst. »Lass dir Zeit. Aber können wir vorher noch ein bisschen über seine Augen reden?«

Quintus zögerte nicht, allen Römern den wahren Sinn und Zweck ihres Aufenthalts im Habitat ins Gedächtnis zu rufen: zu überleben, an ihre Kameraden zu denken, die noch an Bord der *Malleus Jesu* waren, und Vorräte anzuhäufen, die es ihnen ermöglichen würden, zu fliehen, falls sie das wollten – oder vielleicht den Sapa Inka von seinem Thron zu stoßen, so träumten die Männer über ihrem Bier.

Und obwohl sie sämtliche Waffen an der Zugangsnabe hatten abgeben müssen, begann Quintus insgeheim, die Männer dazu anzuhalten, sich neue anzufertigen: Speere aus feuergehärtetem Holz, Knüppel. Er verhandelte mit örtlichen Handwerkern – Schmieden – um Speerspitzen. Bald gab es leise Gespräche darüber, wie sie an Klingenwaffen – Schwerter und Messer – herankommen könnten. All dies wurde mit vergleichbaren Leistungen bezahlt, meist in der Form, dass ein Trupp von Legionären irgendwelche körperlich anstrengenden Arbeiten ausführte – und alles hoffentlich unterhalb der Wahrnehmungsschwelle der Steuerschätzer.

Doch trotz all der langfristigen Pläne, die Quintus Fabius mit seinen höherrangigen Männern schmiedete, trotz des Geraunes der KolE über Erdschein und Luken und Jonbar-Angelpunkte fühlte sich Mardina umso heimischer und umso sicherer, je länger sie hier war und je mehr sie sich an den Rhythmus des Inka-Lebens gewöhnte. Vielleicht war es nach dieser chaotischen Phase seit dem Abflug von Terra schlicht und einfach schon gut für sie, dass ihr Leben wieder in geordneten Bahnen verlief.

Ungefähr fünfzig Tage nach ihrer Ankunft im *antisuyu* sahen alle Angehörigen der Römergruppe die Vorteile des Inka-Systems. Es gab eine Krise; eines der großen Inti-Fenster war durch einem Meteoriteneinschlag beschädigt worden und musste während der Reparaturarbeiten mit einem riesigen Stahldeckel abgedichtet werden. Das hatte zur Folge, dass sich über einen breiten Streifen der Landschaft in der Region gegenüber dem beschädigten Fenster eine Art Nacht herabsenkte. Ernten fielen aus, und die Bäume des Regenwaldes begannen rasch abzusterben. Dann jedoch trat das staatliche System in Aktion, und einige der zu diesem Zweck rekrutierten Legionäre schilderten anschließend, was sie gesehen hatten. Überall in der Region wurden die *tambos* geöffnet, und vom Militär beaufsichtigte *mit'a*-Arbeiter eilten der vom Schicksal gebeutelten Provinz zu Hilfe.

In dieser Situation zahlte sich das System der kontinuierlichen Einlagerung überschüssiger Produkte aus: Dies war der Sinn der gesamten Organisation, erkannte Mardina allmählich. In gewisser Weise war es ein Destillat des römischen Systems in ihrer eigenen Geschichte, des Abkommens, das ein Reich mit den von ihm besiegten Staaten und Völkern traf: *Unterwerft euch mir, und ich sorge für eure Sicherheit.* Unter der fast schon obsessiv engmaschigen Kontrolle der Inkas hatte man vielleicht wenig Bewegungsfreiheit, wenig Wahlfreiheit. Aber man litt niemals Hunger oder Durst, man fror nicht, und man wurde bei Bedarf medizinisch versorgt. Und wenn ein Teil des Reichs von einer Katastrophe ereilt wurde, half ihm der Rest umgehend, sich davon zu erholen.

Aber sie bekam auch mit, was geschah, wenn etwas falsch lief. In diesem Reich der Arbeit und Ausbeutung bestand das häufigste »Verbrechen« im Versuch, den *mit'a*-Steuerpflichten zu entgehen. Es war ein eisiger Moment, wenn die Steuerschätzer kamen und sich durch ihre Unterlagen arbeiteten, wobei sie ihre *quipus* mit einer Hand bearbeiteten. Einige, so hieß es, konnten die Schnurapparaturen mit den Zehen bedienen. Sie sahen und verzeichneten alles. Und etwaige Übeltäter konnten nach tyrannischen Anhörungen vor dem *tocrico apu* vom *ayllu* weggebracht werden, um außer Sichtweite bestraft zu werden.

Quintus Fabius, der all dies beobachtete, installierte im Lager sein eigenes Regime von Disziplin und Strafe. Er hatte nicht vor, auch nur einen seiner Legionäre mit der Inka-Obrigkeit in Konflikt geraten zu lassen.

Noch schlimmer war jedoch für viele Familien, dass ihnen die Kinder weggenommen wurden. Es gab so etwas wie eine permanente Aktion zur Rekrutierung von Arbeitern, die außerhalb des Habitats eingesetzt werden sollten, in den Asteroidenminen oder als Besatzung von Kernel-Frachtern. Aber es herrschte auch Nachfrage nach Rekruten für den Dienst in den Cuzcos oder in einer anderen der großen staatlichen Einrichtungen – und die auserwählten Diener waren immer die hübschesten Kinder mit dem freundlichsten Wesen. Dieser Dienst war obligatorisch, nicht freiwillig wie in anderen Berufen.

In diesem Reich gehörte alles, auch *man selbst*, dem Sapa Inka. Es bot schon vom Grundsatz her weitaus weniger Freiheiten als selbst das römische Imperium auf Terra. Trotzdem sah Mardina, wie die riesige Maschinerie des Staates arbeitete, um dessen Bürger zu ernähren. Sie würde nicht zögern, sich ihre Freiheit zurückzuholen, wenn sie jemals die Chance dazu bekam. Aber in der menschlichen Geschichte hatte es zweifellos schlechtere Reiche gegeben – schlechtere Zeiten und Orte, um sein Leben zu führen, selbst wenn man nicht der Sapa Inka persönlich war.

Und dann war da das schiere Wunder, hier zu leben, in diesem gewaltigen Bauwerk im Weltraum.

Es gab Wind und Wetter. Manche Tage waren strahlender als jeder Sommertag, den sie in Brikanti erlebt hatte – heißer als in Rom, sagte Quintus Fabius, noch bevor es ein Loch im Boden war. Es gab auch Regen und sogar Stürme. Der *tocrico apu* behauptete, all dies stünde unter der Kontrolle gewaltiger Maschinen, die von den Beratern des Sapa Inka gesteuert würden, aber die Einheimischen, die nach einem plötzlichen Hagelsturm ihre ruinierten Feldfrüchte bargen, waren da eher skeptisch.

In warmen, klaren Nächten schlief Mardina gern draußen, wenn sie konnte, manchmal mit Clodia an ihrer Seite, geborgen innerhalb der Mauern einer Gemeinschaft, die langsam das Aussehen eines Inka-Dorfes inmitten eines römischen Marschlagers anzunehmen begann. Dann schauten sie zum »Himmel« hinauf. Natürlich gab es dort keine Sterne zu sehen, aber auch nur sehr wenige Flugmaschinen. Die einzigen Fahrzeuge oberhalb des Erdbodens waren die von der Regierung kontrollierten »Kondore«, die im Vakuum in der Achsenregion des Habitats hin und her flogen.

Aber die gigantische Metallhülle dort oben war eine invertierte Welt, die über ihnen hing, voller unendlich faszinierender Details – selbst wenn man nur schlecht durch die Tieflandluft hindurchschauen konnte, anders als zuvor auf der hoch gelegenen *puna*. Die Inti-Fenster leuchteten wie blasse lineare Monde, und Mardina konnte die Schwärze von Wäldern ausmachen, das fahle Silber von Flüssen und Seen. All dies wurde von den scharfen Linien von Eisenbahngleisen und Straßen durchschnitten, Verbindungen zwischen Gemeinschaften, die vor diesem Hintergrund fast wie Sterne leuchteten.

Und manchmal glaubten Clodia und sie, von diesen ineinander verschlungenen Linien gerahmte Formen ausmachen zu können, wie mit einem riesigen Skalpell aus dem dichten *antisuyu*-Wald dort oben herausgeschnittene Gestalten. Da war ein Vogel, eine Spinne, da war ein kauernder Mensch. Vielleicht lag es nur daran, dass Mardinas Augen Muster suchten, wo es keine gab, so wie die Menschen der Antike immer Tiere und Götter im bedeutungslosen Sternengesprenkel des Nachthimmels gesehen hatten. Aber vielleicht war es auch Absicht, eine Andeutung untypischen künstlerischen Gestaltungswillens in der gewaltigen, funktionalen Architektur dieser künstlichen Welt.

Und wenn das zutraf, gab es vielleicht ähnliche Zeichnungen auf ihrer Seite der Welt, riesige, Hunderte von Meilen messende, aber dennoch akribisch genau geplante Porträts. Vielleicht war sie aus der Perspektive eines Zeugen, der auf der anderen Seite des Habitats im Freien schlief, der dort von der Rotation des Zylinders auf den Boden gedrückt wurde, ein Pünktchen, das sich im Auge einer Spinne oder in der Kralle eines Vogels verlor. Irgendwie war es ein tröstlicher Gedanke, derart von Menschlichem umschlossen zu sein. Manchmal fragte sich Mardina, ob sie irgendwann die Wildheit des Äußeren, der Sterne vergessen würde.

Aber es gab Wildheit genug im Innern des Habitats, im dichten Grün des Regenwald-Dschungels um das *ayllu*-Dorf herum. Im tiefen *hacha hacha*, wo die *antis* lebten.

# 45

Mardina und Clodia begegneten den *antis* zum ersten Mal an jenem Tag, als der seltsame *mit'a*-Steuerschätzertrupp ins Dorf kam.

Anders als üblich wurde er von Ruminavi, dem *tocrico apu*, persönlich angeführt. Der stellvertretende Präfekt kam mit den diversen Inspektoren und Schätzern mit ihren *quipus*, den Steuereintreibern mit ihren von Hand gezogenen Karren für die Produkte und Proben, die sie mitnehmen würden – und einem ungewöhnlich großen Kontingent von Soldaten in ihren wollenen Tuniken und gefiederten Helmen aus stahlverstärktem Rohrgeflecht, ihren Rüstungen aus gesteppter Baumwolle über Stahlplatten, alles verziert mit Elementen aus Gold und Silber. Ihre einzigen Waffen waren Klingen, Peitschen und Schleudern; genau wie in den Raumschiffen des verlorenen römischen Imperiums waren Projektilwaffen und Sprengstoffe aus dem Inneren des Habitats verbannt.

Mardina und Clodia, die vom Feld kamen, kannten keinen dieser Männer. Fast alle Inka-Soldaten, die *awka kamayuq*, waren Krieger auf Zeit aus den Provinzen, von *ayllus* wie Mardinas eigener Gemeinschaft; es gab nur einen sehr kleinen Kern eines stehenden Heeres speziell ausgebildeter Kämpfer. Aber es war üblich, Soldaten aus einer Provinz bei Operationen in anderen Gebieten einzusetzen, nicht in ihrer eigenen Heimatregion.

Und Mardina bemerkte nicht zum ersten Mal etwas Angespanntes im Gang der Soldaten, ein scharfes Glitzern in ihren Augen. Die KolE vermutete, dass dies von weiteren Drogen kam, von aktiven Wirkstoffen, die den Stoffwechsel ankurbelten und Muskelkraft wie auch Intelligenz und Wahrnehmungsvermögen steigerten.

Während diese Gruppe durchs Dorf marschierte und dabei sogar in einige Häuser hineinging, vermieden es die Leute vom *ayllu*, den Männern in die Augen zu schauen, und die römischen Legionäre spekulierten darüber, wie es wohl wäre, gegen diese Inka-Soldaten zu kämpfen.

Ruminavi erspähte Mardina und Clodia und kam eilig zu ihnen herüber. Er war prunkvoll gekleidet, vermutlich um die Steuerzahler zu beeindrucken; er trug mit Perlen verzierte und reich bestickte Kleider sowie gefiederte Armbänder, und sein schütteres schwarzes Haar war zu kleinen Zöpfen geflochten. Selbst an seinen Sandalen prangten silberne Ziernägel. Wie fast jeder hatte er einen Beutel Koka an der Taille.

Mardina schaute ihm wachsam entgegen, als er sich näherte. »Willst du etwas von uns, *tocricu apu*?«

»Ja.« Er warf einen Blick zu der Gruppe zurück, die er anführte. »Dies ist eine besondere *mit'a*-Eintreibung. Ich möchte, dass ihr beide losgeht und mir wilde Koka besorgt.«

»*Wilde* Koka ...«

»Berichten zufolge soll es in dieser Gegend eine besonders wirksame und wertvolle Sorte geben.« Er machte eine vage Handbewegung zum Grün des überall vordringenden Waldes. »Geht los und schaut nach, ihr beiden – ihr werdet sie schon erkennen, wenn ihr sie seht.«

Mardina und Clodia wechselten einen misstrauischen Blick. »Bei allem Respekt, *apu*«, sagte Mardina, »weshalb gerade wir?

Wir sind nicht von hier. Im *ayllu* muss es doch jede Menge Leute geben, die mehr über Koka wissen, als wir jemals …«

»Tut, was ich sage«, blaffte er. »Hör zu, Mardina – ich weiß, du vertraust mir nicht.« Er bedachte sie mit einem gezwungenen Lächeln. »Aber glaub mir, ich will dir nichts Böses. Und dir auch nicht, Clodia Valeria. Ich bin nur ein Mann, ein schwacher obendrein, und ich *schaue* gern … Aber ich bin hier, um euch zu beschützen. Ihr *müsst* in den Wald gehen. Jetzt sofort. Und bleibt dort, bis die *mit'a*-Gruppe euer *ayllu* verlassen hat. Also, Mädchen, geht!« Und er schob sie weg, bevor er zu den Soldaten und Inspektoren zurückeilte.

Clodia hielt Ausschau nach ihrem Vater, aber Titus Valerius war nirgends zu sehen. Sie blickte zu Mardina auf. »Dieser Mann ist wie ein Wurm«, sagte sie leise.

»Ganz recht.«

»Aber ich habe das Gefühl, dass wir ihm vertrauen sollten. Nur dieses eine Mal.«

»Ich auch. Komm!«

Die beiden rafften ihre Inka-Kittel und liefen mit ihren römischen Sandalen zum Waldrand, wo Ruminavi hingezeigt hatte. Dort schauten sie zu den Soldaten zurück, die das Dorf des *ayllu* gründlich durchsuchten. Dann sahen sie einander an, fassten sich an den Händen und betraten den *hacha hacha*.

Dunkelheit umfing sie, als wären sie verschluckt worden.

Die schlanken Stämme der Bäume ragten über ihnen auf wie Säulen eines riesigen Tempels, und das grüne Dach hoch über ihnen war beinahe undurchdringlich. Die Schreie von Affen und Aras drangen ihnen in die Ohren, Kreisch- und Pfeiflaute, die widerhallten, als befänden sie sich wirklich im Innern eines riesigen Gebäudes. Zumindest war der Boden ziemlich frei, denn Unterholz konnte in diesem Schatten nicht gedeihen, aber in den wenigen Lichtpfützen wuchsen bunte, leuchtende Blumen, und Ranken schlangen sich um die Stämme der Bäume. Und als sich die Augen der Mädchen an das Dunkel gewöhnten, sahen sie Schlangen, Skorpione und wimmelnde Ameisen.

Dabei waren sie erst ein paar Schritte in den Schatten der Bäume getreten.

Als Mardina sich umschaute, sah sie eine Gruppe von Soldaten in ihre Richtung kommen. Clodias helle römische Haut schien im Restlicht zu leuchten, sodass sie deutlich zu sehen war. »Hier gibt es keine Koka«, flüsterte Mardina. »Ruminavi wollte bestimmt, dass wir uns vor den Soldaten verstecken. Wir müssen tiefer hinein.«

»Ich weiß. Ich trau mich nicht.«

»Ich auch nicht. Aber wir müssen es versuchen, glaube ich. Und …«

In diesem Moment sahen sie das *anti*-Mädchen.

Mardinas Herz klopfte heftig, und sie umklammerte Clodias Hand.

Das Mädchen stand in den Schatten, ein kleines Stück tiefer im Wald. Nur mit gewebten Stoffstreifen um Brust und Hüften bekleidet, sah sie nicht älter aus als Clodia. Sie trug ein Stirnband über straff nach hinten gekämmten Haaren mit leuchtend bunten Federn darin. Von ihrem Hals hing ein Anhänger, mit Schnüren zusammengebundene Holzstücke, die eine seltsame Ähnlichkeit mit dem Hammer-Kreuz von Jesu in Mardinas Zeitlinie aufwiesen. Sie hatte einen kleinen Bogen und einem Köcher voller Pfeile an Riemen auf dem Rücken hängen, aber ihre Hände waren offen und leer, sah Mardina, in einer Geste der Freundschaft.

Das Furchteinflößende war ihr Gesicht. Ihre Haut war leuchtend blau gefärbt, mit helleren Streifen, die sich von der Nase nach hinten zogen wie die Schnurrhaare eines Jaguars, eines Monsters der lokalen Sagenwelt. Federn schienen aus der Haut um Nase und Mund zu sprießen.

Sie wirkte ruhig, fand Mardina, so ruhig wie eine angriffsbereite Schlange. Mardina selbst war alles andere als ruhig.

»Wir sollten umkehren«, sagte sie leise zu Clodia. »Das ist nicht unsere Welt.«

»Bist du sicher? Das *ayllu* ist auch nicht unsere Welt, Mardina. Keines von beidem …« Clodia trat einen mutigen Schritt nach vorn.

Das *anti*-Mädchen lächelte und winkte sie zu sich, eine unmissverständliche Geste.

Clodia schaute sich zu Mardina um. »Siehst du? Ich glaube, sie will uns sagen, dass wir tiefer hineingehen sollen. Ich finde, wir sollten ihr vertrauen. Ach, komm schon, Mardina, und sei's nur aus reiner Neugier.«

Also gab sich Mardina geschlagen. Schritt für Schritt folgte sie Clodia, die ihrerseits dem *anti*-Mädchen nacheilte.

# 46

Die Römer hatten gelernt, dass die Inkas diese Menschen *antis* nannten, Bewohner des Waldes. Manchmal sah man sie, schattenhafte Gestalten, die zwischen den gewaltigen Stämmen am verbrannten Waldrand umherhuschten – ein Gesicht, das finster aus dem Grün herausblickte, mit einer Anmutung absoluter Fremdartigkeit. Die Leute der *ayllus* ignorierten sie, achteten aber darauf, sich nicht zu tief in den Wald, in ihr Territorium vorzuwagen, und wahrscheinlich galt das auch umgekehrt. Es war, als hätte man zwei völlig verschiedene Welten in einen riesigen Behälter gestopft, dachte Mardina.

Dennoch waren Einzelheiten über die *antis* bekannt. Sie gehörten zu Stämmen mit Namen wie Manosuyus, Chunchos und Opataris. Sie trieben Handel mit den Leuten der *ayllus* und lieferten ihnen Hartholz, Federn, Jaguarfelle, Schildkrötenöl und exotische Pflanzen aus den Tiefen ihres tödlichen Dschungels. Eine der wertvollsten Pflanzen, erfuhren die Römer, war ein Halluzinogen namens *ayahuasca*, »die Liane der Götter«, aus der die Inkas besonders starke rituelle Getränke herstellten. Die *antis* ließen sich dafür mit Äxten und Messern aus Stahl und sogar mit Salz bezahlen, das an der Küste des fernen Ozeans gewonnen wurde.

Das ursprüngliche *antisuyu* war der riesige Wald gewesen, der früher einen großen Teil des Kontinents von Walhalla Inferior um jenen Fluss herum überzogen hatte, den die römischen Eroberer Neuen Nil und die UN-China-Kultur Amazonas genannt hatten. In den Geschichten aller drei Kulturen, einschließlich jener der Inkas, war der Wald schließlich zum größten Teil durch Holzeinschlag und Ausbeutung von Bodenschätzen verschwunden. Doch wie es schien, hatten die Inkas – gewissermaßen als Geste der Erinnerung an ihre lange zurückliegende Vergangenheit – Überlebende der Waldkulturen in eine neu erschaffene Wildnis hier im Yupanquisuyu gebracht und ihnen erlaubt, ihr Leben weitgehend genauso zu führen, wie sie es getan hatten, lange bevor es solche Dinge wie Imperien und Großstädte auf dem Antlitz der Welt gegeben hatte.

Schließlich, so entnahm Mardina einigen Gesprächsfetzen, war das *antisuyu* das erste Barbarenland gewesen, das die Inkas erobert hatten, als sie von ihrer Hochburg an den Gebirgsrücken im Westen von Walhalla Inferior nach Osten vorgedrungen waren. Als der Dschungel dann von einem Netz aus Straßen und *pukaras* niedergehalten wurde, waren sie – auch mit der Erfahrung einer solchen Eroberung im Rücken – bereit gewesen, noch weiter nach Osten vorzustoßen, übers Meer hinweg. Ihre Schiffe waren mithilfe von Techniken der Xin gebaut worden, die vom fernen Westen aus selbst über den Ozean nach Osten vorgestoßen waren. Nach ihrer Landung in Europa – irgendwo in Iberia, wie die KolE glaubte – schienen die Inkas auf ein von Seuchen, Hungersnöten und dem Zusammenbruch der Verwaltung zerrüttetes römisches Imperium gestoßen zu sein, vielleicht die Folge irgendeiner anderen Katastrophe, die erst noch identifiziert werden musste. Und dann hatte eine Expansion nach Süden begonnen, nach Afrika, und dann noch weiter ostwärts nach Asien, wo das Xin-Reich wartete, und die letzte Schlacht um den Planeten hatte begonnen …

In all dieser Zeit hatten die Inkas jedoch immer einzelne Waldgebiete bewahrt, in denen sich die ursprünglichen *antis* nach wie vor festgekrallt hatten. Und am Ende waren die zweifellos völlig verwirrten Nachfahren dieser *antis* zusammengetrieben und in das neue Inka-Reich im Himmel befördert worden. Dies war kein historisch einmaliges Ereignis gewesen; auf ähnliche Weise hatten die Inkas schon Angehörige vieler jener Völker heraufgebracht, aus denen ihr terrestrisches Reich bestanden hatte. Angeblich waren in diesem Reich mehr als hundertsechzig Sprachen gesprochen worden, schon bevor es sich über Walhalla Inferior hinaus ausgedehnt hatte und zu einer Weltmacht geworden war.

Jetzt, so hieß es, gediehen die *antis* im Wald so gut wie eh und je, und die meisten von ihnen, tuschelten manche im *ayllu* gehässig, wussten nicht einmal, dass sie sich in einem riesigen, von Menschenhand geschaffenen Artefakt im Himmel befanden.

Das *anti*-Mädchen führte sie mehr oder minder geradeaus, und Mardina versuchte, sich ihren Weg zu merken. Aber es gab keine landschaftlichen Merkmale – die Bäume sahen für sie alle gleich aus –, und in dem Gewirr von Schatten fiel es ihr sogar schwer, die Richtungen auseinanderzuhalten. Wenn sie nur den Himmel sehen könnte, die Spiegellandschaft über ihnen, wäre sie vielleicht imstande, sich neu zu orientieren und dann einfach von hier zu verschwinden.

Dann traten sie übergangslos ins Helle hinaus.

Die Lichtung hatte einen Durchmesser von etwa hundert Schritten und war offensichtlich durch Brandrodung geschaffen worden, denn auf dem Boden sah Mardina geschwärzte, umgestürzte Stämme, versengte Äste und Aschehäufchen, durch die grüne Schösslinge eifrig ins Licht vorstießen. Die Luft war feucht und sehr heiß. Aber der Himmel über ihnen, gesäumt vom Grün des Blätterdachs, gab den Blick auf eine strukturierte invertierte Landschaft frei, von der Mardina nie geglaubt hätte, dass sie ein solch beruhigender Anblick sein könnte.

Im Zentrum der Lichtung stand ein Dorf. Hütten, die aus langen Grasstängeln oder vielleicht aus Bambus erbaut zu sein schienen, standen in einem groben Kreis um einen freien, zertrampelten Platz. Auf einer groben Feuerstelle aus Steinen brannte ein Feuer, und ein Tier, das wie ein großes Meerschweinchen aussah, briet an einem primitiven Spieß. Dorfbewohner saßen drum herum, stocherten im Feuer, flickten Körbe, zogen einem anderen Tier das Fell ab und unterhielten sich miteinander. Eine Handvoll Kinder dösten in der Nachmittagshitze.

Als das Anti-Mädchen mit den beiden Fremden zum Rand des Dorfes kam, blickten einige Leute auf, machten ein finsteres Gesicht und sprachen in scharfem Ton mit ihrer Führerin. Aber sie antwortete im selben Ton – und machte eine erschreckende Halsabschneider-Geste mit einem Finger. Die Erwachsenen nickten widerwillig und wandten sich ab. Ein paar Kinder, nackt und mit großen Augen, wären herbeigekommen, um die Neuankömmlinge zu inspizieren, aber sie wurden von den Erwachsenen scharf zurückgerufen.

Das Mädchen drehte sich zu Mardina und Clodia um, hob die Hände zum Zeichen, dass sie nicht weitergehen sollten, und bedeutete ihnen pantomimisch, sich auf den Boden zu setzen. Dann lief sie ins Dorf und kam mit zwei Holzbechern und ein paar Kokablättern wieder, die sie vor sie hinstellte, bevor sie nickte und davoneilte.

Das Zeug in den Bechern schmeckte wie verdünntes Bier. Mardina und Clodia tranken durstig und dankbar. Die Kokablätter ignorierten sie beide.

Clodia stöhnte. »Ich wünschte, sie würden uns was von diesem Braten übrig lassen. Der Geruch bringt mich um.«

»Wir werden ja hoffentlich von hier verschwunden sein, bevor wir verhungern, Clodia.«

»Vielleicht bete ich einfach so laut zu Jesu, dass sie mir eine milde Gabe anbieten.«

»Was meinst du?«

Clodia sah sie an. »Hast du nicht dieses Schmuckstück am Hals unserer Führerin gesehen?«

»Doch, es hat wie ein Kreuz ausgesehen, aber …«

»Und schau mal da drüben.« Clodia zeigte über das Dorf hinweg zur anderen Seite der Lichtung, wo ein primitives Holzkreuz stand, eine größere Version des Anhängers ihrer Führerin. Daran hing so etwas wie eine Puppe aus aufgerollten Strohballen, fixiert an ausgebreiteten Armen, die Beine aneinandergefesselt.

»Jesu«, sagte Clodia triumphierend.

»Du hast recht«, hauchte Mardina erstaunt. Das Kreuz war ein doppeltes Symbol von Jesus Lebensweg, das Römer und Brikanti miteinander teilten: das Kruzifix, an dem die Römer ihn schändlicherweise hingerichtet hatten, und der Hammer, die Zimmermannswaffe, mit welcher der Erlöser eine Rebellion gegen die Unterdrücker seines Volkes angeführt hatte. »Eine Jesu-Figur, hier im Wald. Also leben wir jetzt in einer Welt, in der die technologischen, in Städten lebenden Reichsgründer Heiden sind und die Wilden im Dschungel Christus folgen …«

Das Mädchen, das sie hergebracht hatte, kam jetzt wieder zu ihnen geeilt, wobei es die Finger an die Lippen hielt, um sie zum Schweigen zu bringen. Mardina sah, dass die Dorfbewohner ebenfalls in Aufregung gerieten.

Mit einer Handbewegung brachte das Mädchen die Besucherinnen auf die Beine. Sie führte sie rasch in den Dschungel zurück, ein gutes Stück von der Stelle entfernt, wo sie die Lichtung betreten hatten. Sobald sie wieder im Wald waren, bewegte sich das Mädchen so lautlos wie ein Schatten, und Mardina und Clodia folgten ihm, so gut sie konnten. Mardina vermutete, dass sie zum Waldrand und zum *ayllu* zurückkehrten.

Unterwegs erhaschte sie einen Blick auf Soldaten, die sich durch die Schatten der Bäume bewegten. Angeführt vom *tocrico apu*, hielten sie auf das *anti*-Dorf zu. Kein Wunder, dass die Dorfbewohner nervös wurden. Falls Ruminavi sich der Anwesenheit der Mädchen bewusst war, so ließ er es sich nicht anmerken.

Das *anti*-Mädchen führte sie zum Waldrand und eilte in die Schatten davon, bevor eine von ihnen ihm danken oder sich verabschieden konnte.

Ruminavi kam an diesem Tag nicht zum *ayllu* zurück, und Mardina konnte ihn nicht nach dem ganzen seltsamen Vorfall befragen, um zu erfahren, warum sie sich hatten verstecken müssen.

Das gelang ihr erst, als er das nächste Mal erschien.

# 47

Im Römerlager wurde auf Anweisung von Quintus Fabius über die verstreichende Zeit Buch geführt. Von Anfang an hatten die Römer die künstlichen Tag-und-Nacht-Zyklen des Habitats gezählt, hatten die Zeit gemessen, die sie an diesem Ort verbrachten.

Daher wusste Mardina, dass ein Monat vergangen war, als Ruminavi erneut im Dorf auftauchte, diesmal allein, in seinem Staat des stellvertretenden Präfekten, aber ohne seine Soldaten. Und er kam zu Mardina, die mit Clodia gerade Feuerholz vom Waldrand holte.

»Ihr beiden«, blaffte er. »Kommt mit. Jetzt sofort.« Er verließ das Dorf abseits der Linie der Straße und steuerte auf den größten der hiesigen *tambos* zu. Als sie ihm nicht sofort folgten, schaute er zu ihnen zurück. »Was ist? Letztes Mal habt ihr mir vertraut, und ihr seid gerettet worden, oder nicht?«

»Wovor gerettet?«, rief Mardina.

»Nun kommt schon, beeilt euch …«

Wie zuvor zögerten sie einen Moment. Dann ließen sie ihr Feuerholz fallen und liefen ihm nach.

Sie holten ihn an der niedrigen Mauer um den *tambo* ein. Der staatliche Speicher war eine weitläufige Konstruktion im Zentrum eines Gebäudekomplexes, zu dem auch ein Wirtshaus für Reisende, ein vornehmeres Gästehaus für Reichsbeamte und eine kleine Eisenbahnstation gehörten. Am Tor in der Mauer aus Mondgestein zeigte Ruminavi Dokumente vor, die seine Identität belegten, bürgte für die Mädchen und führte sie in den Komplex und zum Speicher selbst.

Vor dem Speicher, in einer vom Hauptkomplex aus uneinsehbaren schattigen Ecke, stand eine Art Plinthe aus Stein, nur eine Handbreit hoch, die Gesichter eines wütenden Gottes in die Seitenflächen gemeißelt. Es gab viele solcher rätselhaften Gebilde, überall in dieser gottgetränkten künstlichen Welt, und Mardina hätte sich keine großen Gedanken über dieses gemacht. Aber sie sah, dass der Präfekt eine Art Schlüssel in ein Schloss in der Oberfläche der Plinthe steckte, nachdem er sie vom Staub befreit hatte.

»Wovor hast du uns gerettet, *apu*?«, wiederholte Mardina.

Er grinste. »Wenn ich euch *erneut* das Leben gerettet habe, werde ich alles erklären. Die letzte Eintreibung hat kein zufriedenstellendes Ergebnis bezüglich der Tribute für die spezielle *mit'a* erbracht, die wir erheben sollten, versteht ihr. Also haben die Höflinge des Inkas die *awka kamayuq*-Truppen erneut ausgeschickt. Und *vor denen* rette ich euch gerade …« Endlich drehte sich der Schlüssel. »Ha! Geschafft.« Er richtete sich atemlos auf und packte einen Griff, der in die Oberfläche der Plinthe eingelassen war. »Helft mir, ihr beiden. Schaut, hier sind noch mehr Griffe, da und dort.«

Clodia machte große Augen. »Wobei sollen wir dir helfen? Was ist das für ein Ding?«

»Eine Tür in der Welt …«

Als die drei gemeinsam zogen, klappte die Plinthe zurück – und gab den Blick auf einen Tunnel frei, der in den Boden hinabführte. In die Stahlwände waren abgenutzte Sprossen eingelassen. Es stank nach Öl, und der scharfe Geruch von Elektrizität stieg ihnen in die Nase.

»Der Bauch der Welt«, sagte Ruminavi bewundernd und klopfte mit einem Knöchel gegen eine Sprosse. »*Xibalba*, wie wir ihn nennen, die Unterwelt. Zwei Jahrhunderte alt und noch so tadellos wie zum Zeitpunkt seiner Entstehung. Und es gibt viel davon, an manchen Orten Meilen dick. Runter mit euch. Ich muss als Letzter gehen, damit ich hinter uns wieder abschließen kann.«

Clodia und Mardina zögerten erneut. Und auch diesmal gaben sie wieder nach und gehorchten.

Mardina ging als Erste. »Merk dir eins, *apu*. Ich traue dir nur unwesentlich mehr, als ich dir misstraue.«

»Verstanden.«

»Und falls Clodia wegen all dem irgendetwas zustoßen sollte, wird ihr Vater dich in Stücke reißen wie eine Spinne im Schnabel eines Kondors.«

»Das bezweifle ich nicht – runter mit dir, Clodia, schnell, sie sind schon ganz in der Nähe! – Aber ich versuche ja gerade zu verhindern, dass insbesondere Clodia etwas zustößt. Seid ihr unten? Das Licht blendet hier oben … gut. Ich bin schon unterwegs.«

Entschlossen kletterte er die Sprossen hinunter und zog den Deckel zu. Die schwere Plinthe fiel mit einem Unheil verkündenden Scheppern herab. Mardina sah, dass er den Deckel nicht mit seinem Schlüssel verschloss, sondern ein Rad drehte – gut, sie hatten also einen Weg hier heraus, was immer Ruminavi tat.

Am Boden des Schachts fand sich Mardina in einem Gang wieder, der schwach von Leuchtstoffröhren erhellt wurde. Viele der Röhren waren jedoch kaputt, sodass dort nun Inseln der Dunkelheit entstanden. Hier und da sah sie Abfallhaufen, Werkzeugstapel, ein paar weggeworfene Kleidungsstücke. Die Wände selbst waren zerkratzt, zerbeult und zernarbt, mit Graffiti übersät. Es war ein trostloser Anblick.

Der Gang schien sich in beide Richtungen bis in die Unendlichkeit zu erstrecken. Mardina spürte, wie Clodias Hand in ihre glitt.

Ruminavi seufzte schwer. »So, jetzt sind wir in Sicherheit. Kommt, gleich da vorn ist eine Raststelle.« Er ging voran; seine gestiefelten Füße klapperten über den nackten Metallboden, seine Stimme hallte. »Die Soldaten und die Schätzer denken, ich wäre weggegangen, um den Wald auszukundschaften. Ich weiß, wie lange sie in diesem *ayllu* bleiben wollen; ich bringe euch wieder hinaus, wenn die Luft rein ist.«

Sie mussten sich beeilen, um mit dem *apu* Schritt zu halten. Mardina zog die Stirn kraus. »Scheint noch ein gutes Stück bis zu deiner Raststelle zu sein.«

Er schnaubte. »Du hast nicht ganz unrecht. Aber du weißt nicht, wie lang dieser Gang ist.« Er zeigte nach vorn und nach hinten. »Bis zurück zur Hurin-Cuzco-Nabe in dieser Richtung; bis zum Meer in *dieser* Richtung. Das hier ist eine der wichtigsten unterirdischen Arterien – das heißt, abgesehen von den großen Fahrzeugtunnels. Es gibt sogar ein paar Gänge, die unter dem Meer hindurch zum *cuntisuyu* führen. So, da wären wir …«

Die Raststelle war primitiv, ein paar abgenutzte Bänke, Schränke, die bis auf ein paar Krumen keinerlei Nahrungsmittel mehr enthielten, ein Hahn, der warmes Wasser spendete, ein *quipu*, das an einem Nagel hing – vielleicht ein Arbeitsplan. Im Licht der einzelnen Lampe über ihnen wirkte alles ausgeblichen und tot. Ruminavi kam ihr noch wurmartiger vor als sonst. Aber wenn dies eine Falle war, so waren sie und Clodia geradewegs hineingelaufen, rief Mardina sich ins Gedächtnis.

Die beiden Mädchen nahmen unbehaglich und nervös nebeneinander Platz. »Wo sind wir hier, *apu*?«, wollte Mardina wissen.

»Errätst du es nicht? Das alles hier ist ein einziger großer Wartungsbereich. Die Hülle des Yupanquisuyu ist von Tunnels und Zugangsports und den zahllosen Vorrichtungen durchsetzt, ohne die diese Welt nicht weiter bestehen könnte.«

Clodia machte große Augen. »Was für Vorrichtungen?«

»Maschinen, die alles tun, was ein Planet kostenlos tut. Denkt an den Regen im Gebirge an der Nabenwand. Jeder Tropfen, der fällt, löst ein winziges Körnchen Stein. Mit der Zeit werden die Berge abgetragen, und ihre gesamte Substanz wird ins Meer gespült. Auf der Welt, die ihr *Terra* nennt, wird dieser ganze erodierte Schlick komprimiert und erwärmt und in großen Strömen aus flüssigem Gestein unter die Oberfläche geleitet, bis er als vulkanische Lava oder gewaltiger neuer Berg aus Granit wieder ausgespuckt wird. Und so weiter, alles vollkommen natürlich, selbst die Berge entstehen von Neuem. Hier würde das abgetragene Gestein einfach nur das Meer verstopfen; an den Flussmündungen des *cuntisuyu* und des *antisuyu* würden sich riesige Deltas bilden, bis sie sich in der Mitte träfen – wenn wir es zuließen. Also haben wir Maschinen, die das Erosionsmaterial einsammeln und es durch Rohre wieder auf die Berggipfel zurückleiten, wo Skulpturmaschinen neue Gesteinsschichten aufsprühen ... Solche Sachen eben.« Er lächelte. »Der Architekt dieser Welt hat sich Viracocha nennen lassen. Das ist unser Schöpfergott. Aber er war nicht Viracocha – oder vielmehr, der Mann allein war nicht der Gott, sondern wir *alle* sind es, sämtliche Generationen, die seitdem hart daran gearbeitet haben, diese Welt funktionstüchtig zu erhalten.«

Mardina versuchte sich das vorzustellen. »Also sind überall in der Hülle dieses riesigen Schiffes gewaltige Maschinen eingebettet, die diese Welt instand halten.«

»So ist es.«

»Und wo es Maschinen gibt, die die Welt instand halten, muss es auch Menschen geben, die die Maschinen instand halten.«

»Deshalb die Luken – es gibt Zugänge bei fast allen größeren *tambos*. Die Wartung der Infrastruktur-Maschinerie ist eine *mit'a*-Pflicht, obwohl wir für die gefährlichsten und unangenehmsten Arbeiten *yanakunas* einsetzen. Oder *antis*. Zum Beispiel für die Reinigung der riesigen Schlickrohre auf dem Meeresboden – das ist ein großer Menschenfresser. Was die *mit'a* betrifft, sind die *antis* zu nicht viel anderem nutze, außer für das *capacocha* natürlich.«

Mardina wusste nicht, was er damit meinte: *capacocha*.

Er lächelte sie an. »Ich verrate euch ein Geheimnis. Wir haben vor, eure Leute irgendwann bei der Untermaschinerie einzusetzen. Auf den Eismonden wart ihr ja Bergleute, das behauptet ihr zumindest; ihr seid es gewohnt, mit komplexen Maschinen in engen Räumen zu arbeiten. Und ihr seht stark und strapazierfähig aus. Wir haben es bisher noch nicht getan, weil wir euch noch immer nicht ganz vertrauen. Wir wollen sozusagen keine Ratten in den Fundamenten des Palastes.«

»Die *antis*«, sinnierte Clodia. »Die, wie du sagst, zu nichts nutze sind …«

»Das wäre wohl unfair. Sie ernten bestimmte Pflanzen und Tiere für uns, die in ihrem Wald wild wachsen. Sie sind gute Bogenschützen, und das kann nützlich sein. Und auf ihre Weise, so sagt man mir, helfen sie, den Wald gesund zu erhalten. Ihre ganzen Brandrodungen und Baumfällaktionen sind selbst Bestandteil eines größeren Zyklus.«

»Sie beten Jesu an«, sagte Clodia. »So wie wir.«

Sein Lächeln kehrte zurück. »Ah, ja! Das ist euch aufgefallen, nicht wahr? Der Sklavengott an seinem Kreuz. Den haben sie natürlich von euch Römern übernommen: von jenen eurer Vorfahren, die einst den Ozean überquert hatten, um zu unserem Land zu gelangen, zum *antisuyu*-Dschungel. Die Römer waren eine Zeit lang erfolgreich; sie haben ihre Küstenstädte errichtet und die Flusstäler erkundet. Aber dann zogen sie oder zumindest eure Regierung und ihre Legionen sich aus unserem Land zurück und hinterließen nur Relikte und einige Überlebende. Als wir selbst einige Jahrhunderte später ins *antisuyu* expandierten, erfuhren wir aus dem Geplapper der degenerierten Nachfahren der Kolonisten viel über die Länder jenseits des Meeres, bevor wir diese Elenden zu *yanakunas* machten oder auf andere Weise absorbierten. Aber die *antis* waren ihnen in ihrem Wald zuerst begegnet – und den *antis* haben sie ein dauerhafteres Vermächtnis hinterlassen, nämlich die Anbetung eures Sklavengottes. Vielleicht ist das jetzt ein Trost für sie, bei ihrem erbärmlichen Leben im Dschungel.«

Mardina warf Clodia einen Blick zu. »Vielleicht motiviert es sie auch, anderen zu helfen. Eine Hilfsbereitschaft, auf die du dich verlassen hast, als du uns zum ersten Mal vor der *mit'a*-Truppe gerettet hast, *apu*.«

»Ja, vielleicht.«

»Aber du hast uns immer noch nicht erzählt, wovor du uns so tapfer bewahrt hast.«

»Nun, vor allem geht es um Clodia. Du bist genau im richtigen Alter, und deine helle Haut und deine Schönheit machen dich zu einer perfekten Tribut-Opfergabe, mein Kind.«

Clodia schaute verwirrt und verängstigt drein. »Eine Opfergabe wofür?«

»Das *capacocha* gehört zum *mit'a*-Tribut an den Sapa Inka. Ein spezieller Tribut – ein Kindergeschenk. Und wenn ein Kind ausgewählt wird, muss man es frohen Herzens hergeben und Dankes- und Feierlieder singen, wenn das Ende kommt.«

»Ich verstehe nicht. Was könnte der Sapa Inka von mir wollen?«

»Du würdest sehr gut behandelt werden – wie ein Inka oder sein Erbe. Du würdest Hanan Cuzco sehen! Du bekämst die besten Speisen, die feinsten Biere …«

Mardina begriff. *»Sie würde umgebracht werden«*, sagte sie. »Das ist das *capacocha*, nicht wahr? Die Opferung von Kindern.«

Er breitete die Hände aus. »Es ist eine uralte Tradition. Du würdest konserviert werden … Deine Schönheit würde nie verloren gehen, nie vergessen werden.«

»Und davor hast du mich bewahrt.« Clodia klang eher verwirrt als ängstlich. »Warum?«

Jetzt machte Mardina ein finsteres Gesicht. »Falls du irgendeine Gegenleistung dafür erwartest, *apu* …«

Die Unterstellung schien ihn zu verletzen. »Oh, es ist nichts dergleichen.« Er sah Clodia traurig an. »Ich habe vielfältige Motive. Eines ist schlichtes Mitleid. Du bist so jung und so neu in dieser Welt. Es kommt mir falsch vor, dich so abrupt herauszureißen! Und dann ist da Inguill.«

»Die *quipucamayoc*?«, fragte Mardina. »Was hat sie damit zu tun?«

»Sie will nicht, dass ihr Römer … *beunruhigt* werdet. Noch nicht. Sie will zum Beispiel nicht, dass ihr euch zu einer Rebellion erhebt, weil wir euch euer hübschestes Kind weggenommen haben.«

»Warum nicht?«

»Das hat sie mir nicht gesagt. Wahrscheinlich aus Gründen, die ihr noch nicht verstehen würdet. Aber ich glaube nicht, dass sie schon mit euch fertig ist.« Er klaubte eine Uhr aus seiner Tasche, ein primitives Ding aus verknoteten Schnüren und Stahlfedern. »Es ist immer noch nicht sicher für euch da oben. Möchtet ihr noch einen Schluck Wasser?«

## 48

Erdschein brauchte ein paar Wochen, die Beth im unveränderlichen Licht von Proxima sorgfältig abzählte, um sich auf die Reise zum Antistellarpunkt vorzubereiten.

Letztendlich packte Beth ebenfalls ihre Sachen. Sie beschloss, ihn zumindest auf einem Teil des Weges zu begleiten, den er sich ausgesucht hatte – eine Route, die seinen Worten zufolge auf Karten des Per Ardua basierte, das sie gekannt hatte, Karten, die hier noch einen gewissen Nutzen haben würden, wie er hoffte, wo immer *hier* auch sein mochte.

Aber sie hatte von vornherein die Absicht zurückzukommen, allein, wenn es sein musste, zurück zum Substellarpunkt und zum Sternenschein. Sie würde denselben Weg zurückgehen können, da war sie sicher. Und ihre eigenen Sachen, die Unterkunft und die andere Überlebensausrüstung, selbst ihr Druckanzug vom Mars, waren so leicht, dass sie sie auch ohne Hilfe der Trägereinheit tragen konnte. Schließlich würde sie auf dem ganzen Planeten garantiert keinen angenehmeren Ort zum Leben finden als den Substellarpunkt. Und wenn jemand anders auf dieser Welt auftauchte – nun, dann würde er den Substellarpunkt ansteuern, denn das war der nächstliegende geografische Treffpunkt, wenn man nicht sowieso schon durch die Substellarluke kam.

Bevor sie aufbrachen, ließ Erdschein seine Trägereinheit eine Untersuchung des Substellarbereichs durchführen – rein der

Vollständigkeit halber, dachte Beth. Die Einheit nahm Bodenproben und suchte darin nach Spuren von Metallen oder anderen exotischen Stoffen, und sie nahm Sonarabtastungen und geophysikalische Untersuchungen des Gebiets vor, um nach tiefer im Boden verborgenen Anzeichen ehemaliger Wohnstätten zu forschen.

Und nach einem nicht sehr vielversprechenden Beginn fand sie etwas. Obwohl die Oberflächenschichten keine Artefakte oder Strukturen enthielten, gab es Narben im Grundgestein, Spuren von tief liegenden Fundamenten, große unterirdische Kammern, die in den Fels gehauen und schon längst eingestürzt waren. All dies war unter neueren Schichten von Geröll und Erdreich begraben.

Erdschein zeigte ihr die Ergebnisse auf einer Tafel. »Schau dir die Konstruktion an«, sagte er. »Die Architektur, soweit man sie erkennen kann. Wir aus der UN-China-Kontinuität haben in Kreisen und Rechtecken gebaut …«

Die begrabenen Überreste ähnelten eher sich überlappenden Ellipsen, fand Beth, verbunden durch die gewundenen Fäden längst implodierter Gänge.

»Einst muss es hier eine ziemlich große Gemeinschaft gegeben haben. Natürlich sind sie zum Substellarpunkt gekommen; *jeder* kommt hierher. Es ist alles von der Oberfläche verschwunden, sämtliche Toxine, radioaktiven Abfälle und dergleichen sind längst fortgespült, die übrig gebliebenen Mauersteine von Wind und Wetter zu Staub zerrieben. Aber diese Überreste im Grundgestein könnte nur eine Eiszeit abtragen. Und auf Per Ardua gibt es keine Eiszeiten, nicht so wie auf der Erde, wo sich Gletscher und Eiskappen über die Landschaft mahlen.«

»Diese Spuren könnten also sehr alt sein.«

»Unvorstellbar alt«, sagte Erdschein schwer.

»Dann können sie nicht menschlich sein.«

»Warum nicht? Menschen waren auf jeden Fall hier, so sehr die Geschichte auch verzerrt worden sein mag. Du hast selbst darauf hingewiesen, dass jemand die Kartoffeln hergebracht haben muss.«

»Ja, aber die Menschen sind erst ein paar Jahre vor meiner Geburt nach Per Ardua gekommen.«

»Das war in der alten Kontinuität, in der UN-China-Geschichte.« Er schaute zu Proxima hinauf. »Und du gehst davon aus, dass wir in der Zeit sozusagen seitwärts gereist sind, ebenso wie durch den Raum.«

*Seitwärts in der Zeit?* Sie fragte ihn, was er damit meinte, aber er wollte es nicht näher erläutern.

Danach kehrte Erdschein dem Substellarpunkt den Rücken zu. Es war klar, dass er sich nicht für das menschliche Streben und Trachten an diesem Ort interessierte, so rätselhaft oder alt es sein mochte. Das Einzige, woran ihm etwas lag, war sein unvollendeter Dialog oder unerklärter Krieg mit den Wesen, die er die Träumer nannte.

Und um diesen weiterzuführen, musste er zum Antistellarpunkt. Davon war er besessen, und er würde sich durch nichts davon ablenken lassen.

Als sie endlich aufbrachen, ließ Beth eine Nachricht unter einem Stein auf dem Luken-Konstrukt zurück. Nur ihren Namen, ihr Ankunftsdatum in diversen kalendarischen Formen und einen Hinweis auf ihr Reiseziel. Man konnte nie wissen, was oder wer auftauchen würde.

Und so marschierten sie los, ungefähr in südwestliche Richtung. Erdschein sagte, es sei wie ein Spiegelbild einer Reise auf die andere Seite, die Beths Vater vor langer Zeit zusammen mit Stef Kalinski unternommen hatte, bevor sie in einer Luke verschwunden waren, die *sie* am Antistellarpunkt entdeckt hatten.

Erdschein wurde beim Gehen natürlich nicht müde; darum hatten sie, wie von ihm angeboten, auf der Trägereinheit einen Sitz für Beth montiert, sodass sie darauf mitfahren konnte. Aber sie lehnte es größtenteils ab, ihn zu benutzen. Sie wollte das Training; sie wollte sich abhärten. Wenn ihr ein einsames Leben auf Per Ardua bevorstand, würde es sich auszahlen, in Form zu sein. Außerdem wollte sie nicht zu schnell zu weit wegtransportiert werden; sie wollte so lange wie möglich innerhalb einer realistischen Distanz zur Umkehr bleiben. Also ging sie zu Fuß, obwohl Erdschein gern schneller vorangekommen wäre und eine sehr echt wirkende Ungeduld zur Schau stellte.

Anfangs folgten sie dem Tal eines Flusses, der radial von diesem zentralen Punkt wegströmte. Per Arduas Klimazyklus bestand im Wesentlichen darin, dass das überall in der Hemisphäre verdunstende Wasser in das substellare Tief hineingezogen wurde, dort abregnete und dann über Flüsse wie diesen zu den Gebieten weiter draußen zurückkehrte. Am Terminator, dem Schattenband, das die Tagseite von der Nachtseite trennte, gab es einen zusätzlichen Zyklus; dort fiel ebenfalls Regen aus der sich abkühlenden Luft, um anschließend zur Wärme der vom Stern erhellten Seite zurückzufließen.

Als sie sich am Fluss entlang vom Substellarpunkt entfernten, veränderte sich die Landschaft allmählich. Der Substellarpunkt selbst lag ganz oben auf einer gewaltigen Blase aufgewölbten Landes, einer gefrorenen Flutwoge aus Stein, die von der genau im Zenit stehenden Proxima emporgezogen wurde.

Per Ardua war tatsächlich eiförmig, wenn auch nur ganz leicht, da der Gezeiteneffekt einen ähnlichen Buckel am Antistellarpunkt auf der anderen Seite hervorbrachte. Also stiegen sie aus diesem Hochland zu einer ausgedehnteren Ebene hinab, durchsetzt von verwitterten Hügeln und durchschnitten von weiteren Flusstälern, die strahlenförmig vom substellaren Zentrum ausgingen.

Die Vegetation veränderte sich ebenfalls. Der relativ üppige, aber offene Wald des Substellarpunkts wich einer statischeren Landschaft, die zu großen Teilen von gewaltigen, bodendeckenden Blättern bewachsen war: eine selbstsüchtige Ernte des ganzen Lichts, das von einem Stern herabströmte, der immer noch fast senkrecht über ihnen stand. Beth erkannte, dass das turbulentere Wetter am Substellarpunkt einige Veränderungen auslösen musste – Stürme würden Bäume umstürzen und den Boden freiräumen –, sodass diese passive Lichtsäufer-Strategie dort nicht funktionieren würde. Und sie erinnerte sich auch daran, dass auf *ihrem* Per Ardua einige Bodendecker-»Pflanzen« wie diese in Wirklichkeit »Drachen« gewesen waren, Flugwesen in einer sesshaften Phase. Aber nicht hier, nicht jetzt; sie sah keinerlei Anzeichen dafür, dass es sich um etwas anderes handelte als um Pflanzen, die sich an den Boden klammerten, so stationär und stattlich wie Stromatolithen.

Und sie sah unterwegs auch keinerlei Anzeichen von jener Art »tierischen« Lebens, die hier früher einmal allgegenwärtig gewesen war – nicht dass sich tierisches und pflanzliches Leben hier auf dieselbe Weise unterschieden hätten wie auf der Erde –, keine Drachen, keine Erbauer, keine Fisch-Analoga in den Flüssen. Nichts als Pflanzen, Stromatolithen und einfachere Organismen wie Flechten, die um das Licht konkurrierten. Es herrschte eine tiefe Stille auf dieser Welt, nur durchbrochen vom Wind, dem gelegentlichen Prasseln des Regens und ihren eigenen Stimmen.

Und dennoch sahen sie weitere Spuren menschlicher Anwesenheit, oder zumindest Spuren der Welt, von der die Menschen gekommen waren. Weitere leuchtend grüne Kleckse der irdischen Version der Fotosynthese, die sich gegen die dunkleren Farbtöne des arduanischen Lebens abhoben. Sie sahen größtenteils wie stark weiterentwickelte Versionen von Nahrungspflanzen aus, wie Kartoffeln, Yams, Rüben, Sojabohnen, ja sogar Erbsen und Weinranken, aber auch wie Algen, Nachkommen eines genmanipulierten Seetangs, die Wasserläufe verstopften. Erdschein vermutete, dass diese Überlebenden aufgrund fehlender Pflege zu so etwas wie ihren ursprünglichen wilden Formen zurückgekehrt waren – die Kartoffelknollen waren beispielsweise viel kleiner als die von den Menschen bevorzugten aufgeblähten Sorten. Beth wählte sorgfältig einige Exemplare aus, um ihren Vorrat zu vergrößern.

Überlebende, das waren sie, Pflanzen terrestrischer Herkunft, die sich inmitten des einheimischen Lebens dieser Welt festklammerten. Und doch glaubte Beth, hier eine Art stummer Kooperation zu sehen. In der Talaue eines Flusses bedeckten terrestrische Kartoffeln einen Boden, der für das meiste arduanische Leben zu feucht wirkte, aber arduanische Stängel sprossen in einem Erdreich, das von den Wurzeln der Kartoffeln verfestigt worden war. In einem isolierten Dickicht fanden sie terrestrische Ranken, die an den Stammstängeln arduanischer Bäume emporwuchsen. Und so weiter. Selbst wenn es Tiere gegeben hätte, wären die Pflanzenfresser aus beiden Reichen des Lebens außerstande gewesen, Exemplare aus dem jeweils anderen zu verdauen; die von einem gemeinsamen Ausgangsmaterial stammende Biochemie war ähnlich, doch nicht identisch. Aber vielleicht, dachte sie, entwickelten die verschiedenartigen Lebensformen tiefer greifende Wege der Kooperation. So wie sie und ihr virtueller Großvater zwei weitere verschiedenartige Lebensformen waren, die Wege fanden, miteinander auszukommen.

Damit war es allerdings nach ein paar Wochen vorbei. Zu diesem Zeitpunkt hatten sie bereits zweihundert Kilometer zurückgelegt. Als sie sah, wie sich ihr eigener Schatten vor ihr auf dem Boden auszustrecken begann, was bedeutete, dass Proxima nicht mehr über ihnen stand, sondern allmählich unterging, erkannte sie, dass sie weit genug marschiert war.

Die Trennung, nachdem sie ihre Sachen aussortiert hatte, war unbeholfen. Beinahe scherzhaft.

»Zumindest weißt du, wo du mich finden kannst«, sagte Erdschein.

»Und umgekehrt.« Sie rang sich ein Lächeln ab. »Selbst wenn wir auf diesem Planeten nicht weiter voneinander getrennt sein könnten. Im wahrsten Sinne des Wortes.«

»Das stimmt«, sagte er ernst. »Vor allem, wenn man die Gezeitenbuckel in Betracht zieht. Sobald es mir möglich ist, werde ich irgendein Kommunikationssystem einrichten. Kleine Satelliten vielleicht. Du hast Kommunikationsgeräte …«

»In dem Rucksack, den du mir gegeben hast, die Tafeln. Ich weiß.«

Sie standen schweigend und steif da.

»Dann auf Wiedersehen«, sagte Erdschein.

»Auf Wiedersehen.«

Er stieg mit großer Geste auf seine Kutsche, seine Trägereinheit mit ihren erst vor Kurzem hergestellten Rädern, und dann fuhr er los, beschleunigte endlich auf die Geschwindigkeiten, die er schon von Anfang an hatte erreichen wollen. Es tröstete sie irgendwie, dass er weiterhin seine virtuelle menschliche Gestalt beibehielt.

Dann wandte sie sich ab und trat allein den langen Rückweg an.

# 49

A.D. 2234; A.U.C. 2987; N.Y. 796

Acht Monate nach der Ankunft der Römer im Yupanquisuyu kam Inguill in ihr *ayllu*, begleitet von Beamten und einem ansehnlichen Trupp Soldaten. Sie kam in einem Karren, der von zwei kräftigen Alpakas gezogen wurde, was einige Aufregung im Dorf auslöste. Solche Tiere waren offenbar selten und der Elite vorbehalten.

Jemand wie die *quipucamayoc*, die oberste Buchführerin und Archivarin des Reiches, reiste nicht mit leichtem Gepäck, wie es schien, und nicht ohne umfangreichen Schutz. Mardina erfuhr, dass man das *antisuyu* als Banditenland betrachtete, vor dem der Sapa Inka, seine Familie und sein Hof durch mehrere Sicherheitsebenen geschützt wurden: der Regenwald, dann das Meer, dann die freien Flächen des *altiplano* und danach noch ein Aufstieg von mehreren Hundert Meilen durchs Vakuum, bevor man auf die Befestigungsanlagen von Hanan Cuzco stieß … Und dennoch, Inguill war hier, im Maul des Jaguars.

Der Besuch war ein großes Ereignis für das *ayllu*. Obwohl Inguill und ihr Gefolge unangemeldet gekommen waren, erwartete man vom *ayllu*, dass es ihnen zu essen gab und ihnen eine Unterkunft zur Verfügung stellte. In aller Eile wurden Zelte und Schuppen errichtet – sogar der *curaca*, Pascac, das örtliche Oberhaupt, musste sein Haus hergeben. Zugleich schickte man die schnellsten jungen Läufer und *yanakuna*-Sklaven zu nahe gelegenen Gemeinschaften, um Gefälligkeiten einzufordern, und sie kamen mit Nahrung, Vorräten von Koka und anderen Drogen, Decken, Bettzeug und weiteren Luxusgegenständen zurück.

Inguill schien sich jedoch für nichts von alledem zu interessieren. Sie richtete sich eine Art Hofstaat in Pascacs Haus ein und ruhte sich eine Nacht lang aus, um sich von ihrer Reise zu erholen. Außerdem beratschlagte sie mit Ruminavi, dem *tocrico apu*, und anderen. Dann befahl sie die höherrangigen Römer über Pascac zu sich: Quintus Fabius als den offensichtlichen Anführer und jeden, den er mitbringen wollte – aber sie verlangte ausdrücklich, dass Chu Yuen, der Sklavenjunge, mit seinem geheimnisvollen Rucksack dabei sein musste.

Vor der Zusammenkunft versammelte Quintus Fabius seine Leute draußen vor Pascacs Haus. Obwohl Quintus und seine Soldaten sich daran gewöhnt hatten, die jederzeit verfügbare *ayllu*-Kleidung zu tragen, bemerkte Mardina, dass er und Titus Valerius heute aus Trotz wieder die Überreste ihrer Militärtracht angelegt hatten, wenn auch natürlich ohne Waffen, Rüstung oder Legions-Insignien. Mardina nahm an, dass dies eine Demonstration kultureller Selbstbehauptung war. Sie selbst war froh, dass sie die lokale Kleidung anbehalten konnte, auch ihren runden Filzhut, den sie mittlerweile recht gerne trug.

Quintus sprach leise, im groben Lager-Lateinisch. »Bitte nicht übersetzen, Collius. Ausnahmsweise wollen wir nicht, dass jemand mithört.« Er machte eine Handbewegung zu der Gruppe. »Also, hier wären wir. Ich nehme an, die meisten von euch zögen es vor, dieser einigermaßen unheimlichen Frau nicht gegenübertreten zu müssen.«

»Unheimlich und mit Macht über uns alle«, knurrte Titus Valerius.

»Ja, Titus. Aber wir sind eine Anomalie hier im Yupanquisuyu – eine Anomalie in dieser Version der Geschichte …«

»Das stimmt«, sagte die KolE leise aus ihrem üblichen Rucksack auf dem Rücken des nervös dreinschauenden Chu Yuen. »Und von Anfang an war es diese Frau namens Inguill, die das von allen hiesigen Inkas am klarsten erkannt zu haben scheint.«

»Nun, sie ist die oberste Hüterin der Unterlagen im Reich«, sagte Michael, der *medicus.* »Wenn jemand die Geschichte kennt, dann sie.«

»Richtig«, sagte Quintus. »Und da sich, soweit ich weiß …« – während er das sagte, funkelte er Titus an – »… niemand von uns furchtbar danebenbenommen hat – da keiner von uns etwas getan hat, was uns übermäßige Aufmerksamkeit seitens der hiesigen Obrigkeit hätte einbringen können, *soweit ich weiß* …«

»Da kannst du ganz beruhigt sein, Herr«, polterte Titus.

»… ist Inguill vermutlich hergekommen, um übergeordnetere Fragen anzusprechen. Nun, es war wohl klar, dass so etwas irgendwann auf mich zukommen würde, aber zumindest muss ich es nicht allein durchstehen. Also nehme ich euch mit in die Arena, meine Freunde. Dich, Titus, das Herz der Zenturie – und ihr Bauch. Dich, Michael, als denjenigen unter uns, der einem Philosophen am nächsten kommt. Und dich natürlich auch, Collius, weil sie Chu Yuen verlangt hat …«

»Selbst wenn sie noch nichts von meiner Existenz weiß«, sagte die KolE, »oder von meinem wahren Wesen.«

»Und ich?«, fragte Mardina verwirrt. »Warum bin ich hier?«

Quintus lächelte ihr beruhigend zu. »Du bist hier, weil du unsere Vergangenheit repräsentierst, Mardina. Die Hälfte deines Blutes kommt schließlich von einem Ort jenseits *zweier* Jonbar-Punkte. Und mit deiner Jugend bist du auch Sinnbild unserer Zukunft – und welche Zukunft wir haben, hängt zumindest vorläufig vom Wohlwollen des Sapa Inka ab. Ich möchte dich an meiner Seite haben, damit Inguill das sieht.« Dann fasste er Chu Yuen zu Mardinas Überraschung an der Schulter. »Und du, Xin. Als ich dich zu Collius' Träger ernannt habe, war das eine willkürliche Entscheidung – ich war mir deiner Existenz kaum bewusst, ich kannte deinen Namen nicht, und er interessierte mich auch nicht. Und doch hast du so vieles zusammen mit uns durchgemacht, und du hast dich gut gehalten und deine seltsame Last gut getragen. Ich bin froh, dass du heute bei uns bist.«

Selbst jetzt, sah Mardina mit einem Anflug von Traurigkeit, konnte der Junge den Blick nicht heben, um Quintus in die Augen zu schauen. Aber er rang sich zu einer Antwort durch. »Danke, Zenturio.«

Titus Valerius grunzte und zog seinen Umhang zurecht. »Gut gesagt, Herr, wie immer. Aber übertreibst du nicht ein bisschen? Du nennst das eine Arena. Wir sind keine Gladiatoren, die in den Kampf ziehen.«

»Oh, Titus, aus dir wäre nie ein Offizier geworden. Ich würde lieber mit bloßen Händen einem Dutzend durchtrainierter und bis an die Zähne bewaffneter Gladiatoren gegenüberstehen, von denen jeder einen heftigen Groll gegen mich hegt, als einem Anwalt mit einer einzigen gezielten Frage. Kommt jetzt, bringen wir's hinter uns.«

In Pascacs Haus saß Inguill aufrecht und bequem auf einem Sofa, während Ruminavi zu ihrer Linken auf einer Matte auf dem Fußboden hockte und Pascac selbst auf der anderen Seite mit ernster Miene neben ihr stand. Auf dem Boden vor Inguill sah Mardina so etwas wie eine offene Truhe aus Leder. Zwei schwer bewaffnete Soldaten standen in Rührt-euch-Haltung hinter ihr.

Ruminavi fing Mardinas Blick auf und zwinkerte ihr heimlich zu. Unbehaglich schaute sie weg.

Quintus nahm auf einem Sofa gegenüber von Inguill Platz. Seine eigenen Berater setzten sich nebeneinander hinter ihm auf den Boden. Michael unterdrückte ein Murren, als er sich zum Boden hinabließ; es war Brauch bei den Inkas, dass nur der Anführer auf Augenhöhe mit dem Vertreter des Sapa Inka sein durfte.

Als alle an ihrem Platz waren, saßen sie einander schweigend gegenüber – wie Figuren eines Schachspiels, dachte Mardina, und vielleicht war das keine unpassende Analogie.

Inguill – schlichte Kleidung, scharfer Blick – sah stark aus, wie die Herrin der Lage. Endlich sprach sie. »Also schön. Ihr fragt euch, weshalb ich hergekommen bin, warum ich heute mit euch sprechen möchte.«

Pascac, der neben ihr stand, beugte den Rumpf. »Die *quipucamayoc* des Sapa Inka ist stets willkommen …«

»Ach, sei still. Dies ist nicht der Moment für Schmeicheleien, für Förmlichkeiten. Es ist der Augenblick der Wahrheit.« Sie sah Quintus, Titus und Chu Yuen mit seinem Rucksack an, der auf dem mit Matten ausgelegten Fußboden vor ihm stand. »Ihr werdet euch an meine erste Reaktion erinnern, als ihr mit euren *Jachten* zu uns gekommen seid – mit Raumfahrzeugen, die offensichtlich ungeeignet für die von euch geschilderte Reise waren. Eure unwahrscheinliche Geschichte von einer vergessenen Kolonie von Romaoi-Bergleuten auf einem Eismond!

Ich bin eine Hüterin der Unterlagen. Eine Historikerin. Ein Zahlenmensch. Meine Tätigkeit für den Sapa Inka besteht darin, die Ordnung seines riesigen Reiches zu bewahren und meinen Beitrag zur Durchsetzung dieser Ordnung zu leisten. Und ich weiß noch, dass ich mit euch über die tiefer liegenden Gründe für unser Ordnungsbedürfnis gesprochen habe. Anders als bei euch Romaoi – jedenfalls nach dem zu urteilen, was von eurer Geschichte bekannt ist – sind *unsere* Götter keine fürsorglichen Geister, die im Frühling den Regen und im Sommer die Sonne bringen. Sie sind keine emporgekommenen Sklaven wie euer Jesu, keine Götter der Großzügigkeit und der Vergebung. Unsere Götter sind Götter der Zerstörung und des Unheils – Götter, die auf den Gipfeln von Feuerbergen auf dem Kontinent lebten, den ihr Walhalla Inferior nennt. Götter, denen man sich in von Drogen verursachten Trancezuständen und Geistesflügen nähern muss, Götter, die mit Opfern – Speisen, Getränken und, ja, auch menschlichem Blut – günstig gestimmt werden müssen.«

Bei diesen Worten schaute sie Ruminavi ostentativ an, der den Blick senkte.

Nun beugte Inguill sich vor und sah Quintus ins Gesicht. »Ich spreche von Göttern, die nach Ansicht unserer Theologen die euren auf euren behaglichen östlichen Kontinenten letztendlich gestürzt und euer römisches Imperium zerschmettert haben.« Sie richtete sich auf. »Die Aufrechterhaltung der Ordnung ist die Grundlage meiner Tätigkeit. Ohne strikt durchgesetzte Ordnung könnte das Gewebe dieser riesigen Maschine, in der wir alle leben, nicht instand gehalten werden, das ist euch doch sicher klar. Was mich betrifft, so habe ich meine leibliche Familie verlassen, um in den Häusern des Wissens in Hurin Cuzco an der Ostnabe zu studieren, und dann habe ich dem Sapa Inka in den Verwaltungsbauten von Hanan Cuzco an der Westnabe gedient. Ich lebe allein. Ich sorge für meine

Eltern, meine Geschwister, sehe sie aber nur selten. Ich bin mit der Ordnung verheiratet – der einzige Ehemann, den ich brauche. *Er* wird mich nicht betrügen, wenn ich ihm gut diene.

Und genau aus diesem Grund stellt ihr ein solches Problem für mich dar. Ihr bedroht diese Ordnung, und zwar schon seit dem Augenblick eurer Ankunft.« Sie zeigte mit einem Finger auf Quintus. »*Weil – ihr – nicht – hierhergehört.*«

Titus knurrte. »Was für ein Glück für uns, dass du zur Stelle warst, als wir hierherkamen, *quipucamayoc*.«

Quintus warf ihm einen warnenden Blick zu.

Aber Inguill fuhr unbeirrt fort. »Oh, das hatte nichts mit Glück zu tun. Ich halte Ausschau nach … Anomalien. Kleinen Wellen auf dem Teich der Ordnung und der Ruhe. Man könnte sagen, ich sammle sie; man könnte es als Passion bezeichnen. Und als ich die Berichte vom Anflug eures Schiffes hörte, wusste ich, ihr wart genau eine solche kleine Welle auf meinem Teich.«

Zu Mardinas Überraschung lachte Quintus, aber sie sah, dass er versuchte, die Stimmung zu verbessern, die Anspannung zu lösen. »Ha! Ich habe noch nie gehört, dass jemand *dich* als kleine Welle auf einem Teich bezeichnet hätte, Titus Valerius. Was willst du uns sagen, *quipucamayoc*?«

Sie lächelte. »Ich möchte mehr über euch erfahren. Ich bin zu der Überzeugung gelangt, dass das nötig ist. Und glaubt mir, ihr müsst mehr über mich erfahren.

Ich möchte einen Austausch von Geschenken vorschlagen. Ich gebe euch etwas, ihr gebt mir etwas dafür zurück. Unsere gesamte Gesellschaft basiert auf diesem Austausch, wenn man es sich recht überlegt: Ihr erfüllt eure *mit'a*-Pflichten dem Sapa Inka gegenüber, und dafür gewährt er euch das Geschenk eines sicheren Lebens.«

Quintus blickte finster drein. »Was für ein Geschenk?«

Sie langte in ihre Truhe und holte die Schließe eines römischen Militärgürtels hervor, ein Ding aus schwerem Stahl und Messing. »Weniger ein Geschenk als vielmehr rückerstattetes Eigentum, nehme ich an. Einer eurer Männer hat das hier bei der Passage durch die Naben-Portale verloren.«

Titus schlug sich mit der Hand an die Stirn. »Scorpus, dieser Dummkopf! Ich werde ihm den Hintern mit seinem eigenen Gürtel gerben.«

»Sei still, Titus«, sagte Quintus ruhig. »Was ist damit? Das gehört uns, aber es ist nur eine Schließe – rein dekorativ.«

»Nun, ich glaube, das stimmt nicht, oder? Tiso Inka hat Rom zerstört, aber danach haben wir euch überlebende Romaoi bis in eure östlichen Kernländer verfolgt, über eure Hauptstadt hinaus. Dort verlief das Ende des Eroberungsfeldzugs nicht ganz so zerstörerisch …«

»Die Provinzen Graecia und Asia Minor«, sagte Michael rasch.

»Ja«, murmelte Quintus. »Die Kornkammer des Imperiums. Die kaiserlichen Truppen müssen sich angesichts des Vormarschs der Inkas dorthin zurückgezogen haben, um die Grenzen zu verkürzen.«

»Vielleicht nennen diese Inkas uns deshalb ›Romaoi‹. Das ist der griechische Begriff.«

Inguill hörte sich das alles aufmerksam an, als würde sie die Worte auf ihren Knotenschnüren speichern, dachte Mardina. »Nach der Kapitulation wurden eure Staatsbürger Untertanen des damaligen Sapa Inka. Aber verglichen mit Italien war diesen östlichen Romaoi das Gewebe ihrer Zivilisation zu großen Teilen erhalten geblieben, die Bauernhöfe, die Städte – und ihre Aufzeichnungen. Ihr hattet Bibliotheken, eindrucksvolle historische Werke. Deshalb weiß ich eine Menge über euch, versteht ihr. Ich kann sogar eure eigentümliche Sprache lesen, die seltsamen Symbole, die ihr anstelle unserer *quipus* benutzt, der Anordnung von Knoten an Schnüren …« Sie hielt die Schließe hoch. »Ich weiß, was die Wörter und Ziffern auf diesem Gegenstand bedeuten.« Sie zeigte auf die Prägung: *Legio XC Victrix.* »Die neunzigste Legion, bekannt als die siegreiche. So in etwa? Aber seit dem dritten Jahrhundert nach Yupanqui hat es keine Romaoi-Legionen mehr gegeben. Und es waren ohnehin keine neunzig. Dennoch ist hier diese Gürtelschließe, fünfhundert Jahre später. Und ihr seid hier, in euren Hütten, auf eurem Feld, und murmelt etwas von Feldzügen, die ihr geführt, und von Beute, die ihr gemacht habt, und ihr nennt diesen Mann ›Zenturio‹, wenn ihr glaubt, dass niemand zuhört.«

Quintus hatte sichtlich Mühe, seinen Zorn zu bezähmen. »Du hast hier Spione?«

»Die brauche ich nicht. In jedem *ayllu* wimmelt es von *yanakunas*, die allesamt Augen und Ohren und ein Gedächtnis haben und die alles verraten werden, was sie wissen, um nicht ausgepeitscht zu werden. Unsere Inspektoren schöpfen solche Quellen regelmäßig ab.« Sie sah ihm ins Gesicht. »Ich denke, ihr seid ein Fragment einer Romaoi-Legion, ein halbes Jahrtausend, nachdem es keine solche Legion mehr geben kann. Was hast du dazu zu sagen?«

Quintus bewahrte ein würdevolles Schweigen; offensichtlich wusste er nicht recht, dachte Mardina, wohin das alles führte.

»Ein Geschenk für ein Geschenk«, sagte Inguill jetzt. »Darauf haben wir uns geeinigt.«

»Das hast du uns aufgezwungen«, knurrte Quintus.

»Und das Geschenk, das ich haben will, ist die Wahrheit. Also los«, sagte Inguill mit samtiger Stimme. »Vieles weiß ich schon. Ich weiß zum Beispiel, dass nur wenige von euch unsere Sprache richtig erlernt haben – dieses Mädchen, Mardina, ist eine Ausnahme.«

Mardina neigte den Kopf.

»Die anderen verlassen sich auf Einflüsterungen. Als säße ein Geist auf euren Schultern, der aus der Sprache des Volkes ins Lateinische und zurück übersetzt.« Sie zeigte auf Chu Yuen. »Und ihr alle seid selbstbewusster, wenn dieser Junge in der Nähe ist, mit dem Rucksack, den er immer mit sich herumträgt. Wir spielen nur ein Spiel. Du da. Der Xin, Chu Yuen. Zeig mir, was in deinem Beutel ist. Ich nehme es dir nicht weg. Ich will es bloß sehen.«

Chu sah erst Quintus und dann Michael an.

Jetzt meldete sich die KolE über einen kleinen Lautsprecher im Innern des Rucksacks zu Wort. »Tu, was sie sagt, Chu Yuen.«

Als die beiden Soldaten hinter Inguill diese körperlose Stimme hörten, zogen sie ihre Waffen, kurze Bohrschwerter. Titus knurrte und wäre aufgesprungen, hätte Quintus ihn nicht am Arm gepackt.

»Collius?«, rief Quintus. »Bist du sicher?«

»Sie weiß schon so viel, Zenturio. Und letztendlich sind wir alle gemeinsam in dieser Situation gefangen, die Inkas ebenso sehr wie wir.«

Inguill runzelte die Stirn. »Gefangen?«

»Wir sind alle Marionetten einer höheren Macht, *quipucamayoc.*«

»Zeig dich!«

»Chu Yuen, bitte …«

Chu öffnete den ramponierten Rucksack, hob die KolE behutsam heraus und stellte sie vor Inguill auf den Boden. Ohne die Schichten weicher Wolle drum herum war sie eine Platte aus einem glasähnlichen Material von der Größe und Form eines dicken Buches, dachte Mardina; eine Konstellation von Lichtern blinkte in ihrem Innern, und am Rand ragten Kabel, Schläuche und Tragstrukturen hervor, die diese Komponente offensichtlich mit einem größeren Gebilde verbinden sollten, aber brutal gekappt waren.

Inguill machte große Augen. »Was bist du?«

»Ich bin nicht menschlich. Ich wurde von Menschen gemacht. Ich bin ein Gerät.«

»Nicht von Inka-Handwerkern.«

»Nein …«

»Und auch nicht von Romaoi.«

»Nein, *quipucamayoc.* Ein Gespräch über meine Herkunft wird vieles klären. Ich bin eine KolE. Die Römer nennen mich Collius. Früher habe ich zu einer größeren Maschine gehört. Meine Aufgabe war es, Landwirtschaft zu betreiben, im Boden anderer Welten zu graben.«

Inguill versuchte offenkundig, ihrer Angst Herr zu werden. »So etwas wie dich habe ich noch nie gesehen. Du passt in keine Kategorie von Gegenständen, die ich kenne.«

»Du bist schockiert, und das ist verständlich«, sagte die KolE. »Glaub mir, ich bin bloß ein künstliches Ding. Ich bin so etwas wie ein *quipu,* ein Gerät zur Speicherung und Handhabung von Informationen. Allerdings bin ich höher entwickelt – das ist alles. Ich habe Maschinen, die mich zum Sprechen befähigen, und andere, dank derer ich mithilfe von Geräten hören kann, die der Junge, Chu Yuen, trägt. Der mir übrigens treu dient.«

Inguill schürzte die Lippen. »Was meinst du, *tocrico apu*?«

Ruminavi sah genauso ängstlich aus wie Inguill, aber durchtriebener, fand Mardina. »Ich meine, das wäre eine hübsche Trophäe für den Sapa Inka und seinen Hof. Ein sprechendes Schmuckstück! Und wenn es singen oder Gedichte rezitieren kann – kannst du wahrsagen, Collius?«

»Ich kann viel mehr als das, Inguill, und ich denke, das weißt du auch.«

Sie starrte das Gerät an. »Kannst du die verloren gegangene Ordnung wiederherstellen?«

»Das ist mein Ziel, *quipucamayoc*«, sagte die KolE leise. »Mardina Eden-Jones-Guthfrithson ist eine Nachfahrin derjenigen, denen ich dienen sollte.«

Mardina war überrascht, in die Sache hineingezogen zu werden. Sie errötete.

»Das kann ich verstehen«, sagte Inguill. »Jeder braucht jemanden, den er beschützen kann. Der dem eigenen Leben, der eigenen Arbeit einen Sinn verleiht. Für mich ist es der Sapa Inka, die Personifizierung des Tawantinsuyu und der Milliarden, die unter seinem Schutz stehen …«

»Und der noch ungeborenen Milliarden«, ergänzte die KolE.

»Ja. Ja, du hast recht. Oh, steck dieses Ding weg, mein Junge, tu es wieder dorthin, wo es in Sicherheit ist.«

Chu hob die Prozessoreinheit ehrfürchtig auf und verstaute sie in ihren Verpackungsschichten in seinem Rucksack.

Quintus grinste. Jetzt, wo Inguill vom Anblick der KolE aus der Fassung gebracht worden war, hatte er offensichtlich an Selbstbewusstsein gewonnen und fühlte sich mehr als Herr der Lage, dachte Mardina. »Also, *quipucamayoc*. Wir tauschen Geschenke aus. Du bist wieder an der Reihe, denke ich …«

»Nun, dann will ich euch überwältigen.« Sie hob ein schweres Gestell aus der Truhe; Titus musste ihr helfen, es auf den Boden zu stellen. Mardina musterte es neugierig. Im Innern eines Rahmens aus reich verziertem Holz verliefen feine Drähte aufwärts und abwärts, von einer Seite zur anderen, von vorn nach hinten, übersät mit Knoten aus irgendeinem Faden in einer Vielzahl von Farben. Mardina sah, dass die Positionen der Drähte und Knoten mithilfe von Hebeln und Schaltern verstellt werden konnten.

Inguill sah ihren Blick. »Was hältst du davon, mein Kind?«

»Es ist schön.«

Inguill lächelte. »Ja, das stimmt. Viele gut konstruierte Geräte sind das. Aber was meinst du, wozu es da ist?«

»Es sieht wie eine Art *quipu* aus. Ich habe vorher nur einfache gesehen, wie sie die Inspektoren benutzen, wenn sie kommen, um die *mit'a*-Pflicht des *ayllu* zu veranschlagen. Sie erinnern mich an Abakusse. Dieses Ding ist komplexer.«

»Du wirst mir einen *Abakus* zeigen müssen. Aber du hast recht, mein Kind, das ist erstaunlich scharfsinnig.«

»Danke«, sagte Mardina schlicht.

»Es ist ein *quipu*, eine Art *quipu*, das eine große Menge Informationen speichern kann. Die Knoten verzeichnen Zahlen, die Farben Namen. Und es kann mithilfe dieser Bedienungselemente befragt werden.« Sie sah sie der Reihe nach an. »Ihr solltet das nicht überschätzen. Das Große Quipu-Magazin in Cuzco ist ein Gebäude aus vier mächtigen Türmen mit Gefäßen voller *quipus*, die sich vom Boden bis zur Decke stapeln. Es ist unser Archiv; *das hier* kann nur ein Auszug sein. Trotzdem – kannst du ein *quipu* lesen, KolE? Könntest du dieses lesen?«

»Mit etwas Anleitung und mit Chu Yuens Hilfe – ja. Aber was werde ich erfahren?«

»Es ist unsere Geschichte«, sagte Inguill. »Eine Art Kompendium, von vielen Autoren. Es stellt dar, was wir über die Zeiten wissen, bevor unsere eigene Geschichte vor achthundert Jahren mit Yupanqui begann. Es berichtet von unseren ruhmreichen weltweiten Eroberungsfeldzügen, einschließlich der Unterwerfung der Romaoi und der Xin. Und schließlich von unserer Expansion zu den Planeten und sogar zu den Sternen, unter Einsatz der Energien der *warak'a.*«

»Ich werde es eingehend studieren«, versprach die KolE, »und die anderen hier darüber in Kenntnis setzen.«

Mardina verspürte eine nicht ganz nachvollziehbare Erregung angesichts dieses Geschenks: ein Geschichtsbuch. »Vielleicht gelingt es uns, den Jonbar-Punkt herauszufinden …«

»Pst, mein Kind. Noch nicht.«

Inguill entging natürlich nichts von diesem Wortwechsel.

Titus schnaubte. »Also, ich für meinen Teil bin immer für eine Geschichtslektion zu haben. Ich weiß noch, wie wir einmal auf einem Feldzug …«

»Sei still, Titus Valerius«, sagte Quintus milde, während er Inguill augenscheinlich fasziniert beobachtete. »Ich nehme an, es ist kein Zufall, dass die *quipucamayoc* uns einen historischen Text gegeben hat, denn bei diesem Treffen geht es schließlich um die Geschichte, nicht wahr? Um die Geschichte – oder um Geschichten?«

Inguill nickte. »Ich habe den Eindruck, dass ich im Moment weitaus weniger weiß als ihr. Andererseits habe ich die Macht, diesbezüglich erheblich mehr zu unternehmen. Statt euch zu einer Reaktion zu zwingen, habe ich ein letztes Geschenk.« Erneut wühlte sie in der Truhe.

Diesmal brachte sie einen weißen, von rostfarbenem Staub verschmutzten Stofffetzen zum Vorschein, vielleicht aus einem Kleidungsstück herausgerissen – und mit braunem, getrocknetem Blut befleckt, wie es schien. Sie glättete ihn auf dem Deckel der Truhe.

Mardina beugte sich vor, um ihn sich anzuschauen. Der Stoff selbst sah seltsam aus; ein dickes Garn, das an den Risskanten glänzte. Und auf den Fetzen war so etwas wie ein Abzeichen gestickt, dachte sie, ein Dreieck aus dickem Stoff mit Goldrand um einen blauschwarzen Hintergrund. Im Vordergrund war der Bogen eines rotbraunen Planeten, umgeben von einer kühn geschwungenen Linie, der schematischen Bahn eines Luftfahrzeugs. Das Fahrzeug selbst war als plumpes Ding aus grob übereinandergestapelten Rohren, Kuben und glänzenden Flachen dargestellt. Über all dem schwebte ein Adler mit ausgebreiteten Schwingen, der einen Zweig in den Krallen hielt – von einem Olivenbaum? Und um die Ränder des Dreiecks standen lateinische Buchstaben.

»Der Adler ist das am besten ausgearbeitete Element«, meinte Titus Valerius leise.

»Das stimmt«, sagte Mardina hingerissen und verwirrt.

Die KolE betrachtete das Abzeichen mittels der Tafel, die Chu trug. »Wo habt ihr das her, *quipucamayoc*?«

»Erkennt ihr es nicht?«

Quintus zuckte die Achseln. »Offensichtlich nicht.«

»Und doch ist da diese Inschrift im Romaoi-Stil. Kannst du sie lesen?«

Quintus suchte sich die Wörter Buchstabe für Buchstabe zusammen. »GERSHON – YORK – STONE. Das sagt mir nichts. Namen vielleicht? Aber das da – das ist der Name eines unserer Götter. Oder zumindest seines griechischen Verwandten. ARES.«

»Ja. Ich habe es nachgeschlagen. *Ares* – der Gott, den ihr Mars nennt. Und Mars ist der Name, den ihr dem vierten Planeten gegeben habt, nicht wahr? Den wir Illapa nennen, nach einem Aspekt des Himmelsgottes, der Donnergottheit. Und ist der Adler kein Emblem der Romaoi?«

»Inguill«, wiederholte die KolE, »wo habt ihr das gefunden?«

»Was glaubst du wohl? Auf Illapa natürlich. Auf dem Mars! In der Nähe der Trümmer eines abgestürzten Raumfahrzeugs – oh, jahrhundertealt, denken wir. Aber nicht weit vom *warak'a*-Feld entfernt, von dem Portal …«

»Portal?«, sagte die KolE. »Meinst du eine Luke?«

»Halt«, befahl Quintus. »Immer einen Schritt nach dem anderen.«

Chu senkte den Blick, als könnte man die Impertinenz der KolE ihm ankreiden.

»Seht ihr«, sagte Inguill nun, »mich verwirrt Folgendes. In unserer Geschichte gibt es keine Aufzeichnungen darüber, dass die Romaoi Illapa erreicht hätten. Oder auch nur den Weltraum außerhalb der Heimatwelt – nicht einmal darüber, dass sie wenigstens den Flug durch die Luft gemeistert hätten. Wir haben solchen Ambitionen einen Riegel vorgeschoben, als wir ihre Hauptstadt niedergebrannt und ihr Volk und ihre Territorien unterjocht haben. Aber ihr«, sagte sie und starrte Quintus dabei an, »ihr – und jetzt müssen wir einander die Wahrheit sagen – ihr kommt aus einer Geschichte, die nicht so war wie diejenige, die in unseren *quipus* aufgezeichnet ist«, und sie tippte zur Betonung auf den Rahmen der Maschine, die sie aus der Truhe geholt hatte. »Ganz und gar nicht so. Ich denke, ihr kommt aus einer Geschichte, in der die Romaoi irgendwie überlebt haben und aufgeblüht sind, in der sie neunzig Legionen gegründet und den Planeten verlassen haben und in Schiffen mit Namen wie *Malleus Jesu* herumgeflogen sind …«

»Du weißt von dem Schiff?«

»Natürlich! Deine Männer sind nicht gerade verschwiegen, Quintus Fabius, zumindest nicht den Frauen gegenüber, die sie zu sich ins Bett holen. Also, ist der Adler der Romaoi über Illapa geflogen, in einem Schiff namens *Ares*?«

»Nicht dass ich wüsste«, sagte Quintus. Er seufzte und schien zu einer Entscheidung zu gelangen. »Ja, Inguill – manche von uns Römern haben Terra in der Tat verlassen. Ich zum Beispiel. Und ich habe mich während meiner Offiziersausbildung an der Akademie von Ostia mit der Anfangszeit der Planetenerforschung beschäftigt. Diese *Ares* hätte eine Heldensage sein müssen, selbst wenn sie abgestürzt wäre! Und das Beweisstück, das du vorlegst, lässt darauf schließen, dass es so war. Aber ich habe nie von ihr gehört.«

»Es könnte noch eine andere Erklärung geben«, sagte die KolE.

Inguill schürzte die Lippen. »Du meinst, *noch eine weitere Geschichte.*«

»Du verstehst schnell, *quipucamayoc.* Ja, ich und Mardinas Mutter kommen aus einer anderen Geschichte als diese Römer. Die wiederum aus einer anderen Geschichte kommen als der euren. In unserer Geschichte gab es Weltraumforscher, die solche Abzeichen trugen. Rom hat nicht überlebt, nicht als Imperium, aber wir haben trotzdem Überbleibsel seiner Kultur benutzt – wie etwa das römische Alphabet.«

»Natürlich«, sagte Quintus selbstgefällig.

»Der Adler ist vielleicht nicht als römisches Emblem benutzt worden, sondern als Wahrzeichen Amerikas – eines großen Landes auf dem Kontinent Walhalla Superior.«

»Du willst uns also erzählen«, sagte Quintus, »dass diese *Ares* von diesem ›Amerika‹ zum Mars geschickt wurde?«

»Nein«, sagte die KolE unglücklich. »So einfach ist das nicht. In *meiner* Historie sind die Amerikaner nie zum Mars geflogen, jedenfalls nicht in Form bemannter Missionen, und auch nicht allein. Die Chinesen – Xin – waren als Erste auf dem Mars. Andere Nationen sind ihnen gefolgt, aber als Gruppe, die Vereinten Nationen, zu denen auch Amerika gehörte. Eine *Ares* gab es nicht.«

Mardina kam nicht mehr ganz mit.

Inguill jedoch schien diese ganzen Seltsamkeiten bereitwillig in sich aufzunehmen. »Also war das *noch eine andere Geschichte*«, sagte sie. »Eine, die der Geschichte ähnelt, die dich hervorgebracht hat, KolE. Aber nicht mit ihr identisch ist. Eine, in der dieses …«

»Amerika.«

»… ein Raumschiff nach Illapa geschickt hat. Dennoch ist hier dieses Abzeichen, dieses Beweisstück – das Wrack eines Schiffes auf Illapa, *meinem* Illapa. Und das Seltsame ist …«

Ruminavi lachte bellend. Er sah Mardina an, als wäre ihm schwindlig. »Nach dieser Liste von Absurditäten sagst du, *das* Seltsame …«

Inguill beachtete ihn nicht. »Das Seltsame ist«, beharrte sie, »dass wir es nicht gefunden hätten – ich meine, Kundschafter der Inka-Marine hätten es nicht entdeckt –, wenn nicht im Boden von Illapa ganz plötzlich ein Feld von *warak'a* erschienen wäre, ein Portal, wo zuvor keines gefunden worden war. Nicht, bevor *ihr* gekommen seid.«

»Das Portal«, sagte die KolE. »Die Luke. Und das ist das Bedeutsamste von allem, worüber wir gesprochen haben …«

»Genug«, sagte Inguill abrupt. Sie stand auf, massierte sich die Schläfen. »Du schmeichelst mir wegen meiner Lernfähigkeit, KolE. Ich hätte nie gedacht, dass *ich* zu schnell zu *viel* lernen könnte – ich brauche frische Luft. Du und du und du …« – sie zeigte auf Mardina, Quintus Fabius und Chu mit der KolE – »… ihr begleitet mich. Wir werden gemeinsam Pläne schmieden, wie Verschwörer.«

Ruminavi erhob sich ebenfalls. Er wirkte besorgt. »Wir sind hier weit von der Zivilisation entfernt, *quipucamayoc.* Ich fürchte um deine Sicherheit, falls ...«

»Ach, mach nicht so ein Tamtam, *apu.* Was soll mir hier schon passieren? Außer dass mein Realitätssinn zertrümmert wird, und *das* ist bereits geschehen. Befiehl deinen Soldaten, mir zu folgen, wenn es sein muss, aber sie sollen Abstand halten – es sei denn, einer von ihnen kennt eine tröstliche Philosophie ...«

# 50

Im Freien ging Inguill voran. Steifbeinig und schnellen Schrittes marschierte sie aus dem *ayllu* hinaus in Richtung Waldrand. Zwei Soldaten begleiteten sie, nie mehr als eine Armeslänge von der *quipucamayoc* entfernt. Quintus folgte ein paar diskrete Schritte dahinter, flankiert von Mardina und Chu. Angesichts des Tempos, das Inguill vorlegte, rang Chu, der wahrscheinlich nicht genügend Bewegung bekam, bald nach Atem.

Aber Quintus klopfte ihm auf den Rücken. »Keine Sorge, mein Junge. Der geht bald die Luft aus. Schau, wie steifbeinig sie läuft … Sie verbringt zu viel Zeit damit, auf ihre *quipus* zu starren – so wie ich auf meine schriftlichen Befehle, bevor wir an diesen Ort gekommen sind, wo ich jetzt Bauer spielen muss. Die Nerven und die Anspannung treiben sie vorwärts, aber das wird sich bald geben.«

Und tatsächlich verlangsamte die *quipucamayoc* ihre Schritte, lange bevor sie die Waldgrenze erreichte. Sie stand schwer atmend da und schaute zu den Bäumen hinauf. Die beiden Soldaten hinter ihr nahmen eine wachsame Haltung ein und ließen den Blick über das Gelände schweifen.

Inguill deutete auf etwas. »Schaut euch das an«, sagte sie. »Wie es wohl wäre, ein Baum zu sein! Groß, geduldig, uralt. Man bräuchte nicht zu wissen, dass das Sonnenlicht auf den Blättern durch Inti-Fenster hereinfällt, oder dass die dicke Erde um die Wurzeln aus dem aufbereiteten Schutt eines zertrümmerten Mondes besteht. Geschweige denn sich darüber Gedanken zu machen, zu welchem Strang von einem *quipu* von Realitäten man gehört. Ein Baum ist ein Baum ist ein Baum. Was meinst du, Quintus? Wärst du als Baum in einem solchen Wald zufriedener?«

Der Zenturio grinste. »Nur wenn ich der größte wäre, *quipucamayoc*. Und außerdem könnten einige meiner Legionäre genauso gut Bäume sein, nach ihrer Vernunft zu urteilen.«

Sie lachte. »Legionäre, hm? Du gibst also zu, was ihr seid.«

Er zuckte schweigend die Achseln.

Sie ging in gemächlicherem Tempo weiter. »Fassen wir also zusammen, was wir haben. Mehrere Geschichten! Und ich hatte schon genug Schwierigkeiten, mir eine zu merken.« Sie zählte sie an den Fingern ab, wobei sie die Knöchel wie *quipu*-Knoten betastete, dachte Mardina. »Erstens meine eigene, dieses glorreiche Imperium, das vom Sapa Inka regiert wird. Zweitens diejenige, in der eure emporgekommenen Romaoi und Xin und andere sich immer noch zanken. Drittens …« Sie sah Chu an.

»Drittens«, sagte die KolE, »haben wir die UN-China-Kultur, wie wir sie mittlerweile nennen. Eine Welt der Hochtechnologie – für die ich selbst ein Beispiel bin –, aber von relativ geringer Ausdehnung über die Heimatwelt hinaus.«

»Viertens dann die *Ares*-Geschichte. Wie eure, aber mit kühnen Entdeckungsreisenden, die schon früh nach Illapa fliegen. Also gut …«

»Und nicht zu vergessen die Versunkene Kultur«, warf Mardina lebhaft ein. »Das hat mein Vater herausgefunden. Macht fünf …«

»Ich finde das nicht hilfreich, Mardina«, knurrte Quintus.

»Und den Jonbar-Punkt, von dem Stef Kalinski gesprochen hat, als sie entdeckte, dass sie eine Schwester hatte, von deren Existenz sie zuvor nichts geahnt hatte. Das macht sechs!«

»Vielen *Dank*, Mardina.«

Die KolE blinkte. »Diese Geschichten bestehen eindeutig nicht bloß nebeneinander, sondern sie überlappen sich in geringem Maße. Fragmente der einen können in einer anderen entdeckt werden.«

»Wie meine *Ares*-Insignien«, meinte Inguill.

»Ja«, sagte Quintus. »Und wie meine Zenturie und mein Schiff, die einen Jonbar-Punkt überlebt haben.«

»Und wie ich selbst und meine Gefährten«, sagte die KolE, »die *zwei* Angelpunkte überlebt haben … Wir haben uns angewöhnt, die Übergänge zwischen Welten Jonbar-Punkte zu nennen, *quipucamayoc*. Die Herleitung ist kompliziert und tut nichts zur Sache.«

Inguill probierte die Wörter aus. »*Sch-onn-barr Punn-k-te.* Na schön. Ein Name ist ein Name. Aber wenn wir etwas mit einer Bezeichnung versehen, heißt das noch nicht, dass wir es verstehen.«

»In der Tat«, sagte die KolE. »Der Austausch einer Geschichte gegen eine andere ist keine schlüssige Angelegenheit. Es bleiben Fragmente übrig.«

»Wissen wir, wie diese Übergänge vonstattengehen? Wie eine Geschichte weggeräumt wird, als wäre sie eine baufällige, abrissbereite Hütte, um von einer anderen ersetzt zu werden?«

»Unseren Erfahrungen nach zu urteilen, wird die Beendigung einer Geschichtslinie für gewöhnlich von einer Katastrophe begleitet. Von einem Krieg. Von der Freisetzung gewaltiger Energien aus den Kernels – die ihr *waraka* nennt.«

»Alles Dinge, die man vermeiden sollte.«

»Ja …«, knurrte Quintus. »*Wer* dafür sorgt, dass diese Übergänge vonstattengehen, ist vielleicht eine relevantere Frage.«

»Na schön – wer, KolE?«

»Wir wissen es nicht. Noch nicht. Allerdings haben wir einige Anhaltspunkte. Inguill, du hast gesagt, eure Leute auf dem Mars – Illapa – hätten ein neues *waraka*-Feld entdeckt, eine neue Luke – unser Wort für das Portal, das ihr gefunden habt.«

»*Lu-ke.* Na schön. Wir wissen natürlich, wie man sie baut.«

»So wie wir«, sagte Quintus. »Wir Römer. Man presst die Kernels zusammen …«

Sie machte eine Handbewegung zu dem künstlichen Himmel. »Unsere Schiffe fliegen von Stern zu Stern. Und wir bringen die *waraka* überallhin – oder vielmehr, sie bringen uns dorthin. Und überall bauen wir Luken.«

»So wie wir«, wiederholte Quintus.

»Aber warum?«, fragte die KolE. »Warum tut ihr das? Wer hat es euch befohlen?«

Inguill warf dem Römer einen Blick zu, und sie zuckten beide die Achseln. »Die *waraka* sind ein Geschenk von Inti, dem Himmelsgott. Das scheint klar zu sein – eine seltene Wohltat unserer Götter, statt einer Strafe. Und wo die *waraka* sind, findet man stets auch die Luken. Wohin wir auch reisen, bauen wir weitere Luken als Tribut an die Götter. Es scheint zu funktionieren … Zumindest sind wir bisher noch nicht dafür bestraft worden, also sind wir zu dem Schluss gelangt, dass wir das Richtige tun.«

»So war es auch bei uns«, sagte Quintus. »Obwohl ihr fleißiger zu sein scheint, als wir es je waren.«

»Ja«, sagte die KolE. »Das ist es. Worin die Veränderung auch immer besteht, wie die kulturellen Details auch immer beschaffen sein mögen, jeder neue Entwurf einer Zivilisation *ist besser darin, Luken zu bauen.* Meine Kultur hat überhaupt keine Luken gebaut, soweit ich weiß. Ihr Römer seid darin schon ziemlich gut gewesen. Und die Inkas …«

»Wir pflastern ganze Welten mit den Dingern«, sagte Inguill. »Das sind die Großtaten unserer Kultur. Und jetzt muss ich feststellen, dass wir irgendwie *manipuliert* worden sind, um genau dieses Ziel anzustreben? Unsere gesamte Geschichte wird entstellt!«

Mardina musterte sie. »Und was empfindest du dabei?«

»Zorn, mein Kind. Zorn. Wer immer das tut, es ist schwer zu glauben, dass es ein Gott ist. Denn welcher Gott braucht eine Tür im Boden?«

Mardina selbst verspürte eine seltsame Hochstimmung. Die Flut der Enthüllungen und neuen Ideen vermittelte ihr das Gefühl, tollkühn vom Rand einer Klippe zu springen oder von der Achse des Yupanquisuyu kopfüber in die Tiefe zu tauchen und zum Boden hinabzustürzen, auf dem ganzen Weg nach unten lachend …

»Inguill«, sagte die KolE, »dass ihr eine Luke auf dem Mars, Illapa, entdeckt habt, verändert alles. Denn unmittelbar bevor wir nach dem letzten Jonbar-Punkt in diesem Zeitstrom herausgekommen sind, *ist auf dem Mars eine Luke erschienen* – auf der römischen Entsprechung des Mars. Diese neue Illapa-Luke ist eine offensichtliche Verbindung zu der allem zugrunde liegenden … Seltsamkeit. Nun, wir müssen Erdschein folgen …«

Inguill runzelte die Stirn. »Wem?«

»Ich werde es dir erklären. Aber jetzt müssen wir erst einmal nach Illapa.«

»Wie?«, fragte Inguill unverblümt. »Die Reichsbehörden werden es nicht erlauben. Selbst ich könnte es nicht genehmigen.«

»Ich habe einen Plan«, sagte Quintus Fabius selbstgefällig.

Nachdem der Zenturio seine Ideen dargelegt hatte, dauerte es eine Weile, bis Inguill aufhörte zu lachen.

»Bist du wahnsinnig?«

»Oh, das kann gut sein.«

Sie sah ihn lächelnd an. »*Das war die ganze Zeit schon euer Plan, nicht wahr?* Hier im Yupanquisuyu abzutauchen, Nahrung zu stehlen, euch nach draußen durchzuschlagen und in den Weltraum davonzufliegen, um ein neues, eigenes Rom zu gründen? Ha! Kein Wunder, dass ihr Romaoi euch auf den Rücken gerollt habt, als die Inka-Heere an euren Küsten gelandet sind. Ihr werdet nicht einmal bis zum Meer kommen, weißt du. Die *awka kamayuq*-Patrouillen werden euch aufhalten.«

»Na schön«, sagte Quintus wütend. »Hast du vielleicht eine bessere Idee?«

»Nun ja, ich bin bereit zuzugeben, dass ihr nach Illapa müsst, wenn Collius es sagt. Wir Menschen müssen gemeinsam zu verstehen versuchen, welche Kraft mit unseren Geschicken herumspielt. Aber ihr könnt hier nicht so einfach hinausmarschieren.« Sie seufzte. »Die Berater des Sapa Inka würden euch nicht helfen. Sie sind ziemliche Dummköpfe, intrigant und lavierend, ohne intellektuelle und andere Fähigkeiten. Umgekehrt sind die Verwaltungsbeamten, die das Reich tatsächlich regieren, genau das – *quipu*-Zupfer ohne jegliche Fantasie. Das heißt, die Sache bleibt an mir hängen – und an euch. Denn ihr könnt es nur schaffen, wenn ich euch helfe.«

Quintus runzelte die Stirn. »Das würdest du tun? Wie können wir dir trauen?«

»Wir haben keine andere Wahl, Zenturio«, sagte die KolE. »Das ist mir jetzt klar.«

»Ich traue mir ja kaum selber«, sagte Inguill ein bisschen wirr, wie Mardina fand. »Zum Mindesten würde ich ein Verbrechen begehen, wenn ich euch hier herausschmuggle – aus dem Licht der Regentschaft des Sapa Inka … Und schlimmstenfalls könnte meine Einmischung wohl selbst zu einer dieser katastrophalen Veränderungen führen, die ihr so beredt beschrieben habt. Andererseits … wenn es mir gelänge, diesen speziellen Jaguar zu erschlagen, wäre ein größerer Dienst am Reich kaum vorstellbar. Vielleicht wird die Geschichte mir vergeben …«

»Sofern diese Geschichtslinie überhaupt überlebt«, sagte die KolE.

»In der Tat.« Sie blieb stehen und drehte sich zu Quintus um. »In mancher Hinsicht interessieren mich unsere Gemeinsamkeiten mehr als das, was uns trennt. Wir befahren beide die Meere des Alls; wir bauen beide die Luken der KolE. Wir beide benennen Planeten nach unseren alten Göttern. Und wir haben auch andere Sagen gemeinsam – so erzählen es mir meine Spione.« Sie schaute zum Inti-Fenster hinauf. »Unser Name für den sonnennächsten Stern – Kaylla – bedeutet genau das: ›nahe‹.«

»Wir nennen ihn Proxima«, erklärte die KolE. »Was in Quintus' Sprache ›die nächste‹ bedeutet.«

»Und bei unseren Raumfahrern gibt es eine Sage vom fernsten aller Sterne, wo die Götter ihre Pläne gegen uns schmieden oder die Katastrophen des Zeitenendes aushecken: das *pachacuti*. Wir nennen diesen noch unentdeckten Stern Karu, was ›fern‹ bedeutet.«

»So wie wir von Ultima sprechen«, sagte Quintus nachdenklich. »Ja. Wir haben viel gemeinsam.«

»Und werden wir dort – bei Ultima – die Lukenbauer finden? Ich muss nach Cuzco zurück. Es gibt vieles vorzubereiten, wenn wir dieses Vorhaben durchführen wollen, und je länger Komplotte schwären, desto eher fliegen sie auf. Aber wir brauchen mehr … Wir brauchen etwas, womit wir die Aufmerksamkeit des Sapa Inka und seiner Berater in Hanan Cuzco von eurem Ausbruchsversuch ablenken können.« Jetzt sah sie Mardina an. »Und in Anbetracht von Ruminavis verspätetem Geständnis, was seine *mit'a*-Eintreibung in eurem *ayllu* oder vielmehr deren Scheitern betrifft – wenn ich es riskiere, alles zu opfern, meine Laufbahn, ja sogar mein Leben, muss ich euch bitten, ebenfalls ein Opfer zu riskieren.«

Mardina runzelte die Stirn. »Mich?«

»Nicht dich, mein Kind. Deine Freundin, Clodia Valeria. Ihr müsst bereit sein, sie zu opfern. Aber du, Mardina, bist vielleicht der Schlüssel zum Erfolg …«

# 51

Bevor sie den Marsch zum Ozean antraten, inspizierte Quintus Fabius seine Truppe.

Als die Trompete ertönte, stellten sich die Männer der Zenturie in ordentlichen Reihen auf, die Umhänge auf dem Rücken, ihr Marschgepäck zu ihren Füßen, ihre improvisierten oder gestohlenen Waffen in ihren Gürteln. Zum ersten Mal seit ihrer Ankunft in diesem Habitat erwiesen sie sich nun als echte Einheit des römischen Heeres.

Der Zenturio ging an den Reihen entlang, sprach leise Worte mit einzelnen Männern, begutachtete ihre geflickten und improvisierten Uniformen – und ihre Waffen. Als Gegenleistung für verschiedene Gefälligkeiten, vor allem Arbeitseinsätze stämmiger Legionäre, hatte der örtliche Schmied schließlich eine Vielzahl von Waffen angefertigt, darunter brauchbare Wurf- und Stichwaffen aus Stahl – *gladius*, *pugio* und *pilum* – für die meisten Männer. Viele von ihnen besaßen jetzt auch Helme, schlichte Stahlschüsseln mit einem Rand als Schutz für Hals und Wangen. Nur wenige trugen Rüstungen, die meisten jedoch ein *subarmalis*, ein schweres, wattiertes Unterkleid, das die Last eines Brustharnischs erträglicher machen sollte. All das hatten die Leute des *ayllus* außerhalb des Blickfelds der Inspektoren des Inkas angefertigt, als wäre es eine Art Spiel, eine Möglichkeit, es den herrischen Steuereintreibern heimzuzahlen. Die Legionäre versteckten so viel, wie sie konnten, im

Freien. Sie hatten sogar einen großen steinernen Wassertank, an dem sie heimlich ihre Schwerter schärften.

Quintus kam zu Orgilius. Der ehemalige *signifer* – der Feldzeichenträger der Zenturie – war von Quintus zum *aquilifer* befördert worden, dem Träger der Adler-Standarte der gesamten Legion, da die restliche Legio XC Victrix nirgendwo in dieser Realität vorhanden war. Tatsächlich hatte Quintus einen besonders geschickten Schmied aus der Gegend beauftragt, ihnen eine passable Nachbildung der alten Standarte herzustellen, die der dankbare Kaiser Veronius Optatus der Legion vor siebenhundert Jahren verliehen hatte. Es schien eine angemessene Belohnung für Orgilius zu sein, einen der intelligenteren Legionäre, der bereitwillig die Quechua-Sprache erlernt und sich mit Einheimischen angefreundet hatte, sogar mit einigen wenigen Beamten und Militärs, die das *ayllu* besuchten. Er war zu einer Informationsquelle geworden, auf die sich Quintus in zunehmendem Maße verließ. Ja, Orgilius verdiente seine neue Ehre – selbst wenn sie das Einzige war, was Quintus ihm geben konnte.

In Mardinas Herz wallte Stolz auf, als sie inmitten der Männer darauf wartete, dass der Zenturio zu ihr kam.

Vor langer Zeit hatte sie mit Quintus über ihre eigenen durchkreuzten militärischen Ambitionen auf der anderen Seite des Jonbar-Punktes gesprochen, über ihren Traum, zur brikantischen Marine zu gehen. Aber die Aufnahme von »Barbaren«, wie Quintus es ausdrückte, ins römische Heer hatte eine lange Tradition. Darum hatte sie der Zenturio in den Wochen nach Inguills Besuch, in denen sich die Zenturie auf den Kampf vorbereitet hatte, für die Dauer dieses Einsatzes als einfache Fußsoldatin in seine Truppe aufgenommen. Die Tribune hatten ihr erlaubt, am routinemäßigen Training der Legionäre teilzunehmen – den Leibesübungen, den Schanzarbeiten, dem Kampf mit Messern und Speeren aus Holz. Sie genoss es, zusammen mit den vielen Männern Kampfformationen zu bilden, das Rechteck, der Keil, der Kreis, die Schildkröte. In der Praxis war Quintus letztlich zu der Ansicht gelangt, dass sie als Qualitätsprüferin der Arbeiten, die er heimlich im ganzen Dorf erledigen ließ, nützlicher war. Für die Einheimischen wirkte sie nicht so bedrohlich wie ein durchschnittlicher stämmiger Legionär.

Sie wurde sogar auf die Soldliste des kaiserlichen Heeres gesetzt, und ihr Sold, neunhundertsechzig Sesterzen pro Jahr, wurde pflichtgemäß verzeichnet – um bezahlt zu werden, wie man ihr feierlich versicherte, sobald die Legion endlich nach Terra und zu ihren *collegia* zurückkehrte, abzüglich Steuern, Strafabzügen und Kosten für Ausrüstungsersatz.

Nun trat Quintus zurück, ließ den Blick über seine Männer schweifen und schaute zu dem Feldzeichen über ihrer aller Köpfe hinauf. An diesem strahlend hellen Morgen, an dem die Zenturie unter dem Licht der Inti-Fenster in einer glitzernden Phalanx Aufstellung genommen hatte, konnte es endlich keine weitere Selbsttäuschung über die Bedeutung des Ganzen mehr geben, dachte Mardina. Die Zenturie war eine militärische Einheit, und sie war marschbereit.

In stolzem Lateinisch verkündete Quintus: »Nun, wenn ich ein sentimentaler Mensch wäre und nicht wüsste, dass ihr ein Haufen fauler, Wein saufender Taugenichtse seid, die sich durch fremde Betten schlafen, würde ich sagen, dass ihr selbst unter der Muttermilch, die in dieser Badewanne von einer Welt als Tageslicht durchgeht, einen hübschen Anblick abgebt, Männer – ihr seid Römer! Und stolz darauf! Und ich bin stolz auf euch!«

Das war das Stichwort für den ersten Beifallsruf, zu dem Titus Valerius den Einsatz gab, indem er seinen Armstumpf hob, und Mardina stimmte mit den anderen ein. Aber ihr fiel auf, dass Titus den Himmel im Auge behielt; sie wusste, sie hatten diesen Appell zeitlich in die Intervalle zwischen den Überflügen der vakuumfressenden Kondore gelegt, der Inka-Spione am Himmel, und wenn einer unerwartet auftauchte, würden sie die Veranstaltung rasch abbrechen.

»Wir haben jetzt eine schwere Aufgabe vor uns«, fuhr Quintus fort, »wie sie noch kein Römer bewältigen musste.« Er zeigte nach Westen. »Vielleicht einen Monatsmarsch durch diesen Dschungel, länger, wenn der Sapa Inka uns unterwegs sieht und versucht, etwas dagegen zu unternehmen.« Gelächter. »Dann stehen wir vor einem unbekannten Meer, einem Ozean, der die Taille der Welt umspannt … Pah. Wir werden ihn durchschwimmen. Und dann weiter zur Nabe, nach Hanan Cuzco, wo wir dem Sapa Inka persönlich samt seiner dekadenten Horden entgegentreten, und wir werden unser Schicksal auf eine Weise gestalten, dass niemand, der in diesem rollenden Fass lebt, es jemals vergessen wird!«

Wenn das vage war, dann mit Absicht, wie Mardina wusste, weil die gesamte Strategie vage war, umso mehr, je weiter man nach vorn schaute. *Zum Mars/nach Illapa fliegen:* Das war das einzige klar definierte Ziel. Der Rest würde improvisiert werden müssen, hoffentlich mithilfe der *quipucamayoc.* Aber der Zenturio wurde trotzdem mit einem weiteren Hurrageschrei belohnt.

»Also, bevor wir aufbrechen«, sagte Quintus, »und ich weiß sehr wohl, dass es nicht der Neujahrstag ist, möchte ich, dass wir uns daran erinnern, wer wir sind und was wir sind. Ganz egal, wie weit wir von zu Hause entfernt sein mögen, wir sind dem Kaiser und dem Imperium verpflichtet. Deshalb werden wir jetzt alle zusammen das *sacramentum* sprechen. Sprich uns vor, Titus Valerius.«

Der große Krieger, der das geprobt hatte, trat vor und ließ die Worte des Fahneneids erschallen. »Wir schwören bei Gott und Jesu und bei der Majestät des Kaisers, der gleich nach Gott von den Menschen zu lieben und zu verehren ist …«

Die Legionäre wiederholten die uralten Worte, wie sie es an jedem Neujahrstag zu tun gewohnt waren.

»… dass wir alles entschlossen ausführen werden, was der Kaiser befiehlt, dass wir niemals desertieren und den Tod für den römischen Staat nicht scheuen werden …«

Die Stimmen der Legionäre verschmolzen zu einem hohlen Grollen. Und als sie fertig waren, brüllten sie und schwenkten ihre *gladii* in der Luft.

Clodia Valeria lief aus der Menge der zuschauenden Zivilisten nach vorn und umarmte ihren Vater. Dafür gab es Pfiffe, aber Titus umarmte seine Tochter ebenfalls mit seinem gesunden Arm. Und er wechselte einen dunklen Blick mit Quintus, einen Blick, den Mardina verstand, denn Clodia hatte ihre eigene schwere Aufgabe zu erfüllen, bevor diese Mission beendet war, und das galt auch für Mardina.

Mit der Zeremonie endete auch der Appell, und die Männer formierten sich zu einer Marschkolonne.

Die Legionäre selbst würden in Zweierreihen gehen, beladen mit ihren Umhängen und Rucksäcken, der Standartenträger würde die Kolonne anführen, Kundschafter würden die Umgebung sondieren. Hinter den Legionären bildete sich ein bunt zusammengewürfelter Tross. Dazu gehörten einige der Frauen, die sich die Legionäre im *ayllu* genommen hatten –

und eine Mutter mit einem ganz jungen Römer-Inka-Baby. Michael, der *medicus*, war ebenfalls dabei, flankiert von Chu Yuen und seiner Last auf der einen und Clodia Valeria auf der anderen Seite. Dann kamen ein paar *mitimacs*, die sich freiwillig bereit erklärt hatten, auf dem Marsch zu helfen, Zimmerleute, Schuster, Köche – und dann eine Reihe von *yanakunas*, Sklaven, die als Gepäckträger fungierten.

Mardina war überrascht, dass so viele der *mitimacs*, der gewöhnlichen Steuerzahler des *ayllus*, bereit gewesen waren, sich ihnen anzuschließen. Nun, den größten Teil ihrer Zeit und ihrer Arbeit konnten sie verwenden, worauf sie wollten, und viele, so stellte sich heraus, hatten sich noch nie weit von ihrer Heimat entfernt, weder in Richtung Ostnabe noch in Richtung Meer. Einige, vor allem die Jüngeren, fanden die Vorstellung aufregend, bei diesem Abenteuer dabei zu sein, selbst wenn sie nicht so recht wussten, worum es dabei ging. Wahrscheinlich glaubten manche von ihnen sogar, dachte Mardina, dass sie mit ihrer Teilnahme an dieser straff organisierten Expedition unter Leitung des befehlsgewohnten Quintus Fabius einen Teil ihrer *mit'a*-Pflichten erfüllten.

Als sie abmarschbereit waren, führten die Kundschafter die Kolonne aus dem *ayllu* hinaus, begleitet von Jubelrufen, anzüglichen Pfiffen und sogar vereinzeltem Applaus. Anfangs liefen kleine Kinder aus dem *ayllu* rufend und winkend neben ihnen her, und in der Aufregung wuselten sogar einige der zahmeren Meerschweinchen herum, die sich fragten, worum es bei dem ganzen Theater ging. Aber die Eltern riefen ihre Sprösslinge zurück, bevor die Spitze der Kolonne den Rand des *hacha hacha* erreichte. Hier ertönten die Trompeten, und bald tauchten *anti*-Führer aus dem Wald auf, deren blau bemalte Gesichter im grünen Halbdunkel zu schweben schienen.

Und das war der Moment, in dem das Murren begann, wie Titus es Mardina vorhergesagt hatte. Sie wusste, dass viele der Legionäre nie tiefer in den Dschungel hineingegangen waren als unbedingt nötig, um sich diskret zu erleichtern. Deshalb waren sie nun nicht gerade begeistert darüber, in die riesige grüne Kammer des Waldes zu marschieren, vorbei an den schlanken Säulen der Baumstämme, unter das dichte Blätterdach, das einen so großen Teil des Lichts ausschloss, während die *antis* wie flüchtige Schatten überall um sie herum waren – und die Legionäre zuckten bei jedem Knacken eines Zweiges, jedem Zischen einer Schlange oder Klappern von Skorpionen zusammen.

Aber die Klagen ließen nach etwa einer Stunde nach, als sie einen freien Pfad erreichten – keine Schotterstraße, sondern bloßes, von nackten Füßen festgetretenes Erdreich, aber immerhin ein gerader Weg, der schnurstracks nach Westen führte und unter den Bäumen vom Himmel aus so gut wie gar nicht zu erkennen war. Nachdem die Kolonne im dichteren Dschungel etwas in Auflösung geraten war, formierte sie sich rasch wieder und setzte den Marsch nach Westen fort.

Nach einer weiteren Stunde kamen sie durch ein *anti*-Dorf, runde Hütten mit einem Tragwerk aus Ästen und Wänden aus Schilfrohr, die Menschen so gut wie nackt und damit beschäftigt, Tiere zu häuten, Getreide zu stampfen, Leder zu gerben oder Feuer zu schüren. Die *antis* starrten die Legionäre neugierig an – und die starrten ihrerseits interessiert auf die bloßen Brüste der Frauen und voller Entsetzen auf die kunstvoll durchbohrten Penisse, die einige Männer zur Schau stellten. Alle schienen tätowiert zu sein, dachte Mardina; aus jedem Schatten spähten Gesichter wie die der Jaguare der hiesigen Mythologie zu ihr heraus. Sie musste an das Tattoo im Gesicht ihrer Mutter denken, eine schmerzhafte Erinnerung.

Bald lag das Dorf hinter ihnen, und sie marschierten auf einem geraden Weg weiter. Einige Mitmarschierer lösten sich aus der Kolonne, um Flaschen an dem Strom zu füllen, der das Dorf mit Wasser versorgte.

Ihre Strategie bestand darin, möglichst lange auf Wegen zu bleiben, die durch tiefen Wald führten – das zu nutzen, was die *antis* hier angelegt hatten. Denn dies war die echte *anti*-Kultur. Mardina hatte selbst schon einen flüchtigen Eindruck von ihr bekommen, und Quintus Fabius hatte seit ihrer Ankunft seine Kundschafter ausgeschickt, um jeden Aspekt ihrer Umgebung zu erforschen. Die *antis* waren keine Stadtbewohner wie die Römer oder die Inkas, aber sie waren auch keine Wilden, die einfach irgendwie im Dschungel lebten. Die römischen Kundschafter hatten ein Netzwerk von Siedlungen und Pfaden gefunden, die in den Dschungel gehauen oder gebrannt worden waren, ordentliche runde Lichtungen, verbunden von schnurgeraden Wegen, alles von außerhalb des Waldes nicht zu sehen und nach oben hin weitgehend durch das Blätterdach des Waldes abgeschirmt. Diesen Wegen würden die Römer so lange wie möglich folgen, wobei sie unterwegs auf die Unterstützung ihnen freundlich gesinnter *antis* angewiesen waren.

Es konnte funktionieren, dachte Mardina. Der Inka-Staat schien eine unklare Beziehung zu den *antis* zu haben. Theoretisch waren sie *mitimacs*, Steuerzahler wie alle anderen Bürger des Reichs. Und sie leisteten ihre Tribute aus den Erzeugnissen des Waldes, wenn die Steuerschätzer zu ihnen kamen. Außerdem dienten ihre drahtigen Bogenschützen in der Inka-Armee, und sie konnten durchaus diszipliniert sein. Andererseits befahl der Sapa Inka seinen Truppen hin und wieder, Streifzüge in den Wald zu unternehmen und unter dem Vorwand unbezahlter *mit'a* ihr Hab und Gut zu rauben oder sogar *antis* als Sklaven, *yanakunas*, mitzunehmen – aber es gab auch *anti*-Überfälle auf unvorsichtige *ayllus*. Es war also eine von Argwohn geprägte Beziehung zwischen zwei einander fremden Kulturen. Doch im Großen und Ganzen schienen sich die Inkas darauf zu beschränken, die *antis* unter dem schützenden Blätterdach ihres Dschungels leben zu lassen, unsichtbar sogar für die vakuumfressenden Kondore. Und jetzt waren die *antis* den Römern von Nutzen.

Hier waren sie also: römische Legionäre, die durch ein dreitausend Meilen langes Habitat im Weltall marschierten, und Mardina gehörte zu ihnen. Bei diesem Gedanken verspürte sie eine freudige Erregung.

Sie waren ungefähr sieben Stunden marschiert, als die Geometer erklärten, sie hätten zwanzig Meilen zurückgelegt, das übliche Pensum für einen Marschtag.

Sie gelangten zu einer ehemals vielleicht von *antis* bewohnten, nun aber verlassenen Lichtung mit abgewetzten, geschwärzten Überresten alter Feuerstellen, durch die sich das leuchtende Grün von Schösslingen bohrte. Die Kolonne löste sich auf, und die Männer setzten ihre Rucksäcke ab und wechselten von ihren Stiefeln zu Lagersandalen, um ihre Füße zu schonen. Mardina fand, dass sie erschöpft aussahen; sie waren nicht in so guter Verfassung, wie Quintus vielleicht gehofft hatte. Aber sie würden schon noch in Form kommen – und ihre Arbeit für diesen Tag war noch nicht erledigt.

Mit den Spaten, die sie auf ihren Rucksäcken trugen – Werkzeug, das sie bei ihrer Ankunft im Habitat hatten behalten dürfen –, machten sich die Legionäre daran, ein Lager für die Nacht zu errichten. Einige hoben an dem von den Geometern skizzierten äußeren Rand einen Graben aus und schütteten

Wälle auf. Andere bastelten in aller Eile stachelige Fußangeln aus heruntergefallenen Zweigen und verteilten sie außen ums Lager herum. Bald standen die Zelte aus schweren Lederhäuten, die von den *yanakunas* getragen wurden, in ordentlichen Reihen entlang einer richtigen schmalen Straße, und Latrinengräben schlängelten sich aus dem Lager. Währenddessen wurden Feuer angezündet, Töpfe auf die Glut gestellt, und Kochdünste erfüllten die Luft, vor allem der Duft einer Brühe aus Meerschweinchenfleisch, Gemüse und Fischsoße.

Weiter draußen richteten sich die Ehefrauen und anderen Mitläufer für die Nacht ein, so gut es ging. Der Lichtschein von den Inti-Fenstern verblasste, und die unheimliche Nacht des Habitats brach herein.

Quintus Fabius suchte Mardina auf, die gerade Titus Valerius und seiner Tochter bei der Zubereitung ihrer Mahlzeit half. Der Zenturio winkte sie zu sich.

Zusammen gingen sie um den Rand des Lagers herum. »Oh!«, knurrte der Zenturio. »Was für eine Erleichterung, wieder anständiges Lager-Lateinisch sprechen zu können, ohne sich die Zunge mit *runasimi* zu verknoten, und ohne dass Collius einem irgendwas ins Ohr flüstert … Also, wie findest du deinen ersten Tag auf dem Marsch, meine neueste Legionärin?«

Dieser beiläufig verliehene Titel freute sie sehr. »Eindrucksvoll«, sagte sie wahrheitsgemäß. »Die Disziplin, trotz allen Murrens.«

»Soldaten murren immer.«

»Und wie sie dieses Lager gebaut haben …«

»Jahrhundertelange Tradition und jahrelanges Training. Aber die Männer mögen ihre Lager. Es sind immer dieselben, als wäre man gar nicht unterwegs – als käme man jeden Abend nach Hause, in dieselbe kleine Stadt. Soldaten mögen nichts mehr als das Bekannte. Einen Ort, von dem sie wissen, dass sie dort sicher schlafen können.« Er warf einen Blick zum künstlichen Himmel hinauf. »Wir sind heute gut vorangekommen.«

»Ja. Ich habe mit den Geometern gesprochen. Das ist einer der Vorteile eines Himmels, der fast ein Spiegelbild des Bodens ist. Sie sagen, es ist ein Marsch von fünfzehn bis zwanzig Tagen bis zum Meer, wenn es so gut läuft wie heute.«

»Nun, so war es im Grunde auch geplant.«

Sie kamen zu einem Abschnitt des Walls, der weniger zufriedenstellend aussah als der Rest. Quintus scharrte mit seinem sandalenbewehrten Fuß etwas lose Erde weg und schaute sich um. Mardina sah, dass er sich innerlich eine Notiz machte; hier würde später eine Strafe fällig sein. Sie gingen weiter.

»Um die Wahrheit zu sagen, ich bin froh, dass sie endlich auf dem Marsch sind. Legionäre müssen Legionäre sein; sie sind nicht dazu geschaffen, Bauern oder Steuerzahler zu sein – jedenfalls nicht, bevor sie sich zur Ruhe setzen. Wir hatten ein paar disziplinarische Probleme – mehr, als du wahrscheinlich bemerkt hast. Gelangweilte Männer, die sich beim Glücksspiel, wegen Frauen oder Knaben streiten. Die positive Seite ist, dass mir die Ausreden ausgegangen sind, ihnen *phalera* oder andere hölzerne Medaillen für elementarste Lagerdienste zu verleihen. Nun ja, Mardina Eden-Jones-Guthfrithson, ich bin froh, dass du wenig davon mitbekommen hast und dass du uns von unserer besten Seite siehst – bei dem, was wir am besten können, abgesehen vom Kämpfen natürlich.«

Sie nahm ihren Mut zusammen und sprach frei heraus. »Und du sprichst so mit mir, Herr, weil …«

Er blieb stehen und legte ihr eine Hand auf die Schulter. »Du weißt, warum. Du und Clodia, ihr habt eure eigene Aufgabe zu erfüllen. Morgen werdet ihr von ein paar *antis* aus dem Wald geführt, und dann trefft ihr euch mit dem *tocrico apu* Ruminavi und anderen Vertretern der *quipucamayoc*, die euch zu einer *capac nan*-Station bringen und den Steuereintreibern des Sapa Inka übergeben werden …«

»Morgen? So bald schon? Das wusste ich nicht.«

»Ich hielt es für das Beste, es dir nicht zu sagen. Damit du noch so viel von *dem hier* genießen konntest wie möglich.« Er drückte ihre Schulter fester. »Du kennst den Plan. Von uns allen hast *du* vielleicht die schwierigste Aufgabe zu erfüllen. Noch mehr als die arme Clodia Valeria, die, glaube ich, wenig von alldem begreift.«

»Ich werde mein Bestes tun, Herr.«

»Du wirst mehr als das tun, Legionärin«, erwiderte er barsch und ließ sie los. »Du wirst deine Befehle ausführen und tun, was von dir verlangt wird, gemäß dem Eid, den du heute Morgen geleistet hast.«

Sie richtete sich kerzengerade auf. »Gewiss, Herr.«

»Also gut. Jetzt geh zurück und hilf Titus mit seinem Eintopf. Ich komme später vorbei, damit er nicht vergisst, dass er seiner Tochter morgen früh auf Wiedersehen sagen muss …«

# 52

Hanan Cuzco war eine großartige Stadt.

Selbstverständlich war Mardina schon einmal hier gewesen, bei ihrer Ankunft im Yupanquisuyu. Aber das riesige Habitat hatte sie derart verwirrt, dass sie von der Hauptstadt selbst nur wenig mitbekommen hatte.

Und dies war eine Stadt wie sonst keine. Mardina, die Dumnona und Eboraki in Brikanti sowie viele große Städte des römischen Imperiums gesehen hatte, konnte das nur bestätigen, als sie und Clodia Valeria – sie hielten sich eisern an den Händen, noch ganz durcheinander von der langen Eisenbahnfahrt – von Ruminavi durch den letzten Sicherheitskordon geführt wurden.

Hanan Cuzco schmiegte sich in die gewaltige Schüssel der Westnabe, die selbst einen Durchmesser von mehr als vierhundert Meilen hatte – vom Rand her gesehen, ähnelte sie eher einem Krater auf Luna, fand Mardina, als irgendeinem Gebilde auf der Erde. Und als sie über das Antlitz der Nabe fuhren – diesmal in einer Kutsche mit bequemen Sitzen –, sah sie, dass am tiefsten Punkt dieser Schüssel die Stadt nistete, riesige Gebäude aus Stein und Glas, Blöcke, Pyramiden und Kuppeln, die wie gigantisches Spielzeug herumstanden. Viele Dächer waren vergoldet und glänzten im Licht der Inti-Fenster. Das alles scharte sich um ein gewaltiges zentrales Bauwerk, jenen riesigen Turm, an den sie sich noch gut erinnerte, eine überaus schmale Pyramide, die eine Meile hoch sein musste.

Ruminavi, ihr Führer, zeigte auf die Sehenswürdigkeiten. »Das da ist Qoricancha, der Sonnentempel. Und das ist Huacaypata, der Hauptplatz, wo sich die großen Straßen kreuzen. Dieses große Bauwerk auf der anderen Seite ist Saqsaywaman, die Festung, die die Hauptstadt schützt. Das Vorbild für all dies ist Alt-Cuzco, der Nabel der Welt, und doch ist hier alles viel größer …«

Die großen Gebäude waren Stahlskelettbauten mit Fassaden aus fein geschnittenem Sandstein, riesige, von Terra importierte Blöcke, nahtlos und ohne Mörtel ineinander verfugt. Kleinere Gebäude besaßen Steinmauern, Strohdächer und hölzerne Türrahmen, in denen bunt gefärbte Decken hingen. Hier an der Achse des Habitats gab es keine Rotationsschwerkraft, und Mardina sah Metallbänder, die um die Mauern und Dächer geschlungen waren, um die Gebäude in Ermangelung des Eigengewichts der Steine an Ort und Stelle zu halten. Und in dieser schwerelosen Stadt waren die breiten Straßen von oftmals silbern glitzernden Führungsseilen durchzogen, die sich über die Alleen und zwischen den oberen Stockwerken vieler Gebäude spannten, als wäre die gesamte Stadt in ein schimmerndes Spinnennetz gehüllt. Leute bewegten sich durch dieses Netz, seltsame, eckige Menschen, die selber Spinnen ähnelten.

Natürlich befanden sie sich Hunderte von Meilen oberhalb der an die Mantelfläche des Habitats gekleisterten Atmosphärenschicht. Deshalb war die Stadt von einer Kuppel umschlossen, einer kaum sichtbaren, schimmernden Blase, die über die Gebäude emporragte. Außerhalb dieser Luftglocke gab es weitere Bauten, gedrungene, klobigere Konstruktionen, die die Luft im Innern behielten: Fabriken zur Aufrechterhaltung der Luft- und Wasserversorgung sowie anderer Systeme, dazu eine

Reihe militärischer Stellungen – man ging kein Risiko ein, was die Sicherheit des Sapa Inka betraf. Mardina hatte während ihrer ersten verwirrten Stunden im Habitat nur wenig davon mitbekommen. Sie hatte nicht einmal die Kuppel bemerkt.

Und als sie aus der Transportkabine mit ihren Glaswänden trat und sich umschaute, erstreckte sich das Innere des Habitats über ihr wie ein gewaltiger Brunnenschacht, eingefasst von Land, Meer und Luft, ein Tausende von Meilen hoher Schacht.

Clodia zog an ihrer Hand. »Schau nicht nach oben. Da wird dir schwindlig.«

Mardina hatte nach oben geschaut, und ja, ihr war einen Moment lang schwindlig geworden. »Tut mir leid.«

»Nicht nötig.« Eine Frau schwebte lächelnd vor ihnen. »Man braucht eine Weile, um sich darauf einzustellen, wenn man an die Schwerkraft der *suyus* gewöhnt ist …«

Sie war vielleicht vierzig Jahre alt, mit schwarzen, straff nach hinten gebundenen Haaren, und hatte ein offenes, heiteres Gesicht, obwohl die Farben ihrer Wangen und Lippen mit Puder und Creme übermäßig stark betont worden waren. Sie trug ein Kleid aus einem leuchtend bunt gemusterten Stoff und ein Stirnband mit Smaragden, die ihre dunklen Augen zur Geltung brachten. Ein hübsches Gesicht, schöne Kleidung. Aber sie war größer als jeder Legionär und spindeldürr, als hätte man sie gestreckt, mit langem Hals, die bloßen Arme wie Zweige, und ihre Gelenke – Handgelenke, Ellbogen und Schultern – waren knochig und knotig. Also eine Achsenbewohnerin.

Clodias Hand schloss sich fester um die von Mardina.

Ruminavi lachte. »Ach, habt keine Angst. Flachländer erschrecken oft beim Anblick der ersten Adligen, denen sie begegnen.

Aber ihr solltet ihn noch von eurer Ankunft im Yupanquisuyu her kennen. Erinnert ihr euch an die für die Schwerelosigkeit gezüchteten Achsenkrieger? Das ist meine Frau. Ihr Name ist Cura – das kann man sich leicht merken, nicht wahr? Sie ist von hoher Geburt – sie stammt aus einem der ersten *ayllus*, einem jener Dutzend Clans hier in Cuzco, die ihre lineare Abstammung von den frühesten Inkas nachweisen können. Deshalb ist sie eine nützliche Verbündete für euch, versteht ihr. Außerdem ist ihr Halbbruder Villac ein *colcacamayoc*, ein Hüter der Warenspeicher – ein genauso hochrangiges Regierungsmitglied wie Inguill, aber mit ganz anderen Verantwortungsbereichen. Villac ist dafür zuständig, die *mit'a*-Tribute einzutreiben und die Vorräte nach Bedarf zu verteilen; Inguill hat die Aufgabe, alles zu zählen, im ganzen Reich. Und Villac wird euren Kameraden helfen, zu ihrem Schiff zu gelangen. Ist das nicht wunderbar?«

»Aber zuerst müssen wir euch zum Palastgelände bringen«, sagte Cura. Sie umfasste Clodias Wange mit einer Hand, die für Mardina so aussah, als wäre sie von Arthritis verkrüppelt, so geschwollen waren die Gelenke. Clodia zwang sich sichtlich, nicht zurückzuweichen. »Die Zeremonie der Großen Reifung ist nicht mehr fern«, fuhr Cura fort. »Viele der anderen Gesegneten bereiten sich schon seit etlichen Tagen darauf vor. Ihr seid spät dran.« Sie schaute in Clodias blaue Augen, streichelte ihre helle Haut. »Aber es hat Gerüchte über deine Schönheit gegeben, mein Kind, schon seit eurer Ankunft im Habitat, und dann die Berichte sämtlicher *mit'a*-Schätzer, die euer heimatliches *ayllu* besucht haben. Sie haben sich nicht geirrt. Du bist perfekt. Jetzt kommt, folgt mir. Ich weiß, ihr seid es gewohnt, durch den Weltraum zu reisen, daher wird die Schwerelosigkeit für euch kein Problem darstellen.«

Sie drehte sich um und schwebte davon, glitt anmutig durch das Geflecht von Seilen, tiefer hinein in die Stadt.

Mardina und Clodia hatten keine Schwierigkeiten, Cura zu folgen. Sie schwebten eine breite, von riesigen Gebäuden gesäumte Allee entlang. Als Mardina zurückschaute, sah sie, dass Ruminavi ihnen ebenfalls folgte; vier knochige Achsenkrieger bildeten die Nachhut des Trupps. Obwohl sie sich noch an der Peripherie der Stadt befanden, eilten Menschen überallhin; größtenteils in leuchtend bunte Stoffe gekleidet, krabbelten sie durch das Spinnennetz, einige mit *quipu*-Bündeln in den Händen. Dies war eine Hauptstadt, rief Mardina sich ins Gedächtnis, das Verwaltungszentrum eines Reiches von der Größe eines Kontinents wie auch eines Sonnensystems voller Minen und Kolonien; viele dieser Bürogebäude mussten Bienenstöcken gleichen, in denen es ebenso geschäftig zuging wie im Marine-Hauptquartier in Dumnona.

Clodia sah sich mit großen Augen um. Mardina erinnerte sich daran, dass sie wenig Erfahrung mit dem Stadtleben hatte.

Sie drückte Clodias Hand. »Du machst das sehr gut.«

»Ich weiß. In Anbetracht der Tatsache, dass mir bekannt ist, wofür Cura mich ›perfekt‹ findet.«

»Dazu wird es nicht kommen. Vergiss nicht, der Plan … Aber du bist trotzdem tapfer.«

Clodia schnaubte. »Ich bin die Tochter von Titus Valerius. Natürlich bin ich tapfer.«

Sie kamen an einem besonders reich verzierten Gebäude vorbei, einer Art Pyramide mit flachem Dach, auf der eine Gestalt auf einem Thron saß – eine Statue, vermutete Mardina, herausgeputzt mit feinen Kleidern und Schmuck. Zwei Achsenkrieger schwebten wie Schutzengel über der Statue.

Die Mädchen wurden langsamer, abgelenkt von dem Anblick.

Cura hielt inne. »Seht euch dieses Mauerwerk an! Handgeschliffen, und jeder Stein passt so genau zu seinen Nachbarn wie zwei aneinandergelegte Handflächen.«

»Ist das der Palast?«, entfuhr es Clodia.

Cura lächelte. »Nun, es ist *ein* Palast. Es ist das Heim von Huayna Capac, einem der Größten der Inkas.«

Mardina runzelte die Stirn. »Der Sapa Inka – ich dachte, er hieße Quisquis.«

»So ist es, der letzte Inka – natürlich ein ferner Nachfahre von Huayna Capac, getrennt durch sieben oder acht Jahrhunderte … Mit zeitlichen Abfolgen kenne ich mich nicht so gut aus.«

»Ich verstehe nicht«, gestand Mardina.

»Ich schon, glaube ich«, sagte Clodia. »Ich habe davon gehört. Wenn der Sapa Inka stirbt …«

»Der Sapa Inka stirbt nicht«, fiel ihr Cura mit fester Stimme ins Wort. »Er lebt in diesem Palast weiter, er hat einen Haushalt von Dienern, und an Festtagen wird er mit seinen Vorfahren und Nachfahren wiedervereint.«

Clodia starrte die Gestalt auf dem Thron an. »Wie viele solche Paläste gibt es hier?«

Ruminavi kannte die Antwort darauf. »Achtunddreißig.«

»Also neununddreißig Inkas. Neununddreißig Herrscher seit Yupanqui.«

Mardina starrte der Mumie in das bemalte Gesicht. Hier war ein harter Krieger, der mit Werkzeugen aus Stein und Bronze ein Weltreich errichtet hatte und lange nach seinem Tod in ein Reich emporgefahren war, das er sich niemals hätte vorstellen können.

»Das ist meine Zukunft«, sagte Clodia. »So etwas zu werden wie das da.«

Ruminavi lächelte. »Ein *malqui*, ausgestopft und präpariert? Nicht, wenn der Plan funktioniert.«

Erneut schob Clodia ihre Hand in die von Mardina.

# 53

Die römische Zenturie erreichte die Meeresküste an einem Strand, nicht weit vom Delta eines großen Flusses entfernt.

Quintus Fabius befahl seinen Männern, im Schutz des Waldes zu bleiben, statt ins Freie zu treten. Murrend fügten sie sich und begannen mit der täglichen Prozedur des Lagerbaus – zum einundzwanzigsten Mal auf diesem Marsch. Sie lagen nur einen Tag hinter dem Zeitplan zurück, den der Zenturio für sie aufgestellt hatte.

Quintus selbst trat zusammen mit Chu Yuen und Collius, denen er befohlen hatte, ihn zu begleiten, ins Licht hinaus, auf den Sandstrand. Sie waren nah an der morastigen Ebene des Deltas, wo riesige, Salz liebende Bäume tiefe Wurzeln in den Schlamm senkten. Der Fluss war ein mächtiger Strom, der einen breiten Streifen dieses den halben Zylinder umspannenden Kontinents, des *antisuyu*, seines Wassers beraubte, und als Quintus nach vorn schaute, sah er die Verfärbung durch das Süßwasser, das sich weit hinaus ins salzige Meerwasser ergoss.

Und als er erstaunt nach links und rechts blickte, sah er, wie das Meer jenseits der Stelle, wo der Horizont hätte sein sollen, nach *oben* stieg, mit Wolkenwirbeln befleckt, hier und dort vom Zustrom weiterer großer Flüsse gefärbt – und schließlich in den Nebeln der Luft mit der anderen Hälfte dieses Weltmeeres verschmolz, das wie ein stählerner Regenbogen über ihm hing.

Hier wartete Inguill mit einigen Inka-Soldaten auf ihn, wie Quintus gewusst hatte. »Ihr kommt spät.«

Er zuckte die Achseln. »Innerhalb unseres Zeitrahmens.«

»Bevor es für Clodia Valeria zu spät ist?«

Hochgewachsen, dünn, blass und ernst, sah sie am Strand, in dieser unverfälschten, natürlichen Umgebung deplatziert aus. Sie gehörte in ein Büro, dachte Quintus, ihre Finger in diese Schnurbündel geschlungen, die sie las. Aber sie hatte das Sagen.

Jetzt drehte sie sich um und zeigte auf etwas. »Da hinten sind eure Transportmittel zur Fahrt übers Meer.«

Quintus sah eine Reihe auf den Sand gezogener Fahrzeuge, flache Holzkonstrukte mit eingerollten Segeln an Masten. »Flöße?«

»Die reichen aus. Sie werden von den Chincha gebaut, einem Stamm, der früher an der Westküste des Kontinents lebte, den ihr Walhalla Inferior nennt. Jetzt leben sie hier. Ihre Flöße sind aus Balsaholz und Baumwolle. Sie waren die besten Seeleute in unserer Welt, bis die Xin mit ihren mächtigen Schatzschiffen an unseren Küsten auftauchten. Die Chincha-Fahrzeuge werden euch zum *cuntisuyu* hinübertragen, wenn das Wetter über dem Meer gut bleibt – und so ist es programmiert.« Sie schaute zu einem Himmel ohne Kondore hinauf. »Und natürlich werdet ihr weniger auffallen als in irgendeinem anderen Transportmittel. Auf der anderen Seite wird man euch zu einer *capac nan*-Station eskortieren. Dort sind Güterwaggons, geräumig genug, um eure Männer auf der ganzen Strecke bis zur Nabe zu verbergen. Bequem wird es nicht sein, aber ihr werdet sicher sein, und niemand wird euch verraten.«

»Nun, wir haben dir bisher vertraut.«

»Und ich euch«, erwiderte sie unbeeindruckt. »Manche würden sagen, ich hätte den Sapa Inka, meinen einzigen Herrn, schon dadurch verraten, dass ich vor ihm Geheimnisse habe.«

»Wo wir gerade von Geheimnissen sprechen«, ergriff die KolE das Wort, »ich habe deine Aufzeichnungen studiert, *quipucamayoc*. Ich glaube, ich kenne die Natur des Jonbar-Punktes, der eure Realität von der unseren trennt.«

Sie drehten sich beide zu dem Sklaven um, der die KolE trug. Wie immer senkte er den Blick.

»Sag es mir«, blaffte Inguill.

»Ja.« Fabius grinste. »Sag mir, wo wir Römer falsch abgebogen sind! Vielleicht kann ich es nach dem *nächsten* Angelpunkt korrigieren.«

»Ihr hättet nichts tun können. Niemand hätte etwas tun können. Es gab einen Vulkanausbruch, Quintus. Eine verheerende Explosion auf der anderen Seite der Welt, rund hundertachtzig Jahre, bevor Cusi Yupanqui zum Gründer eures Reiches wurde, Inguill.

Die Römer und Brikanti waren bereits in den Walhallas, die Römer seit über einem Jahrhundert. Eure eigene Kultur musste erst noch aufsteigen, Inguill, aber es gab hier schon Zivilisationen – Städte, Bauernhöfe. Die Römer pflanzten Kolonien in den Wald des *antisuyu*, hatten jedoch nur minimalen Kontakt mit den höher entwickelten Kulturen des Kontinents.

Dann brach der Vulkan aus, auf dieser Welt. Ein gewaltiger Flammenstoß. Die Stätte der unmittelbaren Zerstörung war weit entfernt, aber die Asche, der Staub und das Gas müssen den gesamten Planeten umhüllt haben.«

Inguills Augen wurden groß. »Ich weiß etwas darüber. Die Tiwanaku – später ein Volk unseres Reiches – lebten an einem großen, hoch gelegenen See. Sie wurden von einem ›Trockennebel‹ heimgesucht, der den Himmel verbarg, Ernten fielen aus, es gab zahlreiche Tote. All dies schrieben sie in ihren historischen Darstellungen nieder, die unsere Gelehrten nach der Eroberung bargen.«

»Diese Kontinente im Westen litten also«, fuhr die KolE fort. »Doch aufgrund der Launen von Windrichtungen und jahreszeitlichen Veränderungen litten die östlichen Kontinente viel mehr – Afrika, Asien, Europa. Ich habe nur wenig Material darüber gefunden, was den Xin widerfuhr. Aber Rom nahm schweren Schaden, Quintus. Es gab eine große Hungersnot im Imperium und Invasionen von Völkern aus dem sterbenden Herzen Asiens, die Seuchen von dort mitbrachten. Das Imperium hat nie wieder zu seiner früheren Stärke zurückgefunden; jedenfalls hat es seine Besitztümer in den Walhallas verlassen und seine Kriege gegen die Brikanti verloren gegeben.

Und währenddessen stiegen in Walhalla Inferior, unter Cusi Yupanqui und anderen, die Intip Churi auf …«

»Und als wir in die Dschungel des *antisuyu* vorzudringen begannen, fanden wir römische Kolonien.«

»Ja. Wenn auch stark degeneriert, bewahrten sie einige Fähigkeiten und Traditionen der alten Welt. Die Inkas nahmen sich von diesen römischen Überresten, was sie wollten – vor allem die Geheimnisse des Lebensfeuers und der Eisenherstellung. Das festeste Metall der Inkas vor diesem Kontakt war Bronze. Ich bezweifle, dass heute noch eine Spur des Blutes dieser Römer existiert, Quintus. Aber ihr Vermächtnis hat die Inkas verwandelt.«

»Alles wegen eines Vulkans«, sagte Quintus mit schwerer Stimme. »Und ich frage mich, ob diese Teufel, die von uns verlangen, dass wir ihre Luken bauen, nicht auch *da* ihre Finger im Spiel hatten. All diese Veränderungen im Gewebe der Welt scheinen nämlich mit enormer Gewalttätigkeit und ungeheurer Zerstörung einherzugehen.«

Inguill lächelte kalt. »Die Intervention destruktiver Götter. Damit kennen wir uns bestens aus, Quintus. Nun – ich finde Geschichte faszinierend, wie ihr beide wisst. Aber im Moment beschäftigt mich die Zukunft. Werdet ihr morgen früh bereit sein, euch einzuschiffen?«

Sie spazierten am Strand entlang und besprachen die Einzelheiten.

Später sagte Chu Yuen leise zur KolE: »Du hast ihnen nicht alles erzählt, was du in Erfahrung gebracht hast, Collius.«

»Ich habe ihnen erzählt, was nötig war. In meinen Augen war das ein Entgelt, das an die *quipucamayoc* entrichtet werden musste, für ihre Hilfe bei dieser Flucht.«

»Aber die Hinweise auf Kernel-Energien am Standort des Vulkans, die Inka-Philosophen gefunden haben – deine Vermutung, dass die Eruption durch eine andere, von den Technologien der Lukenbauer verursachte kriegerische Auseinandersetzung sogar noch verschlimmert wurde – Quintus hat es beinahe erraten.«

»Das brauchen sie nicht zu wissen. Nicht jetzt, nicht heute. Inguill und Quintus müssen zusammenarbeiten; sie haben noch viel zu tun. Ich möchte nicht, dass sie sich hilflos vorkommen.«

»Kommst du dir hilflos vor, Collius?«

»Ich doch nicht, Chu Yuen. Ich doch nicht. Komm jetzt, kehren wir zum Lager zurück. Nach dem Tagesmarsch musst du hungrig sein …«

# 54

Der Palast des Sapa Inka war nicht so sehr ein Palast als vielmehr eine eigene Stadt, wie Mardina feststellte, eine befestigte Stadt innerhalb einer Stadt. Von allen Seiten durch dicke, mit grünen Fliesen und goldenen Platten verblendete Steinmauern geschützt, wurde er nach oben durch ein stabiles Stahlgitter und Trupps von Achsenkriegern abgeschirmt, die eine Art Raketenrucksack trugen und fortwährend zu zweit über das Gelände hinwegflogen – Cura sagte, es gebe sogar eine luftdichte Schutzhülle, die man über den gesamten Palast ziehen könne, falls Cuzcos Hauptkuppel versage.

Mardina und Clodia wurden an Sperren und Wachposten vorbeigeführt, mitten hinein in dieses sicherste aller Heiligtümer. Durch einen reich verzierten Tunnel ging es zu einem zentralen Block und dann durch Gänge und Hallen, deren Wände mit verwirrenden Bildern aus bunten Fliesen bedeckt waren, die teils Menschen und Tiere, teils nur abstrakte Muster zeigten.

Sie hatten sich fürs Erste von Ruminavi verabschiedet, aber seine Frau, Cura, scheuchte sie weiter. »Wir müssen uns beeilen«, sagte sie. »Es ist schade, dass ich euch nicht genug Zeit geben kann, euch alles besser anzusehen … Und natürlich auch, dass ihr nicht angemessener angezogen seid, aber das wird man euch verzeihen.«

Clodia nickte. »Das sind die besten Kleider aus dem *ayllu*, die wir haben.«

»Glaub mir, *nichts*, was ihr mitgebracht habt, wird für Hanan Cuzco angemessen sein. Und umgekehrt werdet ihr hier alles bekommen, was ihr braucht.«

»Aber unser Gepäck …«

»Das wird aufbewahrt, bis es für Mardina Zeit ist, zu gehen. So sieht zumindest der offizielle Plan aus …«

Daraufhin wechselten die Mädchen Blicke. Mardina würde also wieder gehen, Clodia aber nicht, wenn es nach den Inkas ging.

Sie kamen zu einer schweren, gepanzerten Tür, die bewacht wurde und allem Anschein nach luftdicht war, und gelangten in einen weiteren Raum von blendender Schönheit, den sie eilig durchquerten, indem sie sich an Handläufen und Seilen entlanghangelten. Je tiefer sie in den Palast vordrangen, bemerkte Mardina, desto mehr Menschen begegneten sie. Alle schienen groß und schlank zu sein – selbst jene, die nicht so offensichtlich an die Achse angepasst waren –, elegant, farbenfroh und prächtig gekleidet, mit kunstvollen Frisuren. Die meisten hatten riesige goldene Stecker in den Ohrläppchen. Viele waren sehr schön, selbst die Diener, und Mardina erinnerte sich daran, dass man die hübschesten Kinder der Provinzen ihren Familien weggenommen hatte, damit sie hier dienten. In der Schwerelosigkeit schwebten sie überall umher. Für Mardina, die Cura nacheilte, war es, als würden sie durch einen Schwarm exotischer Vögel gleiten.

Und überall, wo die Mädchen aus dem *ayllu* vorbeikamen, gab es erstaunte Blicke, spöttisches Grinsen und affektiertes Gelächter hinter vorgehaltener Hand. Mardina erwiderte die Blicke mit finsterer Miene.

»Hier scheint es viele Soldaten zu geben«, sagte Clodia. »Ich dachte, alle lieben den Sapa Inka …«

»Der sie beschützt und ernährt – natürlich lieben ihn alle«, sagte Cura. »Das Problem ist seine Familie. Beim Tod eines Inka soll sein Nachfolger von einem Rat der *panaqas* erwählt werden, der Fraktionen innerhalb der Familie. Aber Inkas haben meist viele Söhne von vielen Frauen – obwohl die Kinder seiner leiblichen Schwester den Vorrang haben sollten. Also wird gezankt und laviert, solange ein Inka gesund ist, um seine Gunst und die der *panaqas* zu gewinnen; wenn er schwächer zu werden beginnt, gibt es hektische Verhandlungen zwischen den Fraktionen; wenn er stirbt, kann die Regelung der Nachfolge oftmals zu einem blutigen Streit degenerieren; und selbst wenn ein Gewinner bekannt gegeben wird …«

»… hegen so manche einen Groll«, beendete Mardina den Satz für sie. »Angeblich ist es – oder *war* es früher – auch bei den römischen Kaisern oft so.«

Cura lächelte. »Gebildete Menschen versuchen sich darüber keine Sorgen zu machen. Das Blutvergießen beschränkt sich im Allgemeinen auf den Hof. Und auf diese Weise ist dafür gesorgt, dass die Linie stark bleibt; nur die Härtesten überleben.«

Jetzt kamen sie nur mit größerer Anstrengung voran, als sie sich durch Menschenmengen drängten, die größtenteils in dieselbe Richtung strömten wie sie.

»Ich bin allmählich ein bisschen außer Atem«, sagte Mardina. »Was werden wir denn zu sehen bekommen?«

»Oh, den feierlichen Umzug des Inkas persönlich. Ihr habt Glück, dass ihr an einem solchen Tag angekommen seid und ihn gleich in eurer ersten Stunde hier sehen könnt. Einmal im Monat zieht er durch Cuzco – es überrascht mich, dass ihr noch nichts davon gehört habt, selbst dort draußen im *antisuyu*.«

Mardina warf Clodia einen Blick zu. »Ich glaube, die meisten Leute draußen auf dem Land tratschen eher darüber, wer wem Kartoffeln gestohlen hat, als über die Vorgänge bei Hofe.«

»Tja, selbst schuld. Jedes Jahr in diesem Monat kommt der Sapa Inka zur Halle des Aufgerissenen Mundes.«

»Was ist das?«

Cura lächelte. »Ihr werdet schon sehen.«

Sie führte sie durch einen letzten Eingang – riesige Türen schwangen auf – in einen Saal, in dem sich eine weitere dreidimensionale Menge befand, noch mehr farbenfrohe, wunderschöne Menschen, die überall schwerelos herumflogen, und hoch über ihnen Achsenkrieger, die das Volk argwöhnisch musterten. Der Saal ähnelte in mancher Hinsicht allen anderen, die sie unterwegs passiert hatten; er war strahlend hell von riesigen Leuchtstoff-Laternen erleuchtet, und die Wände glitzerten von bunten Fliesen.

Aber der Boden hier war anders, denn er bestand aus riesigen Fensterflächen, die die Schwärze des Alls unter ihnen zeigten – verstreute Sterne, ein hellerer Punkt, vielleicht ein Planet, und das ganze Panorama aus dieser Achsenperspektive in langsamer Rotation begriffen.

Mardina war hingerissen. Das Vakuum selbst war nur ein oder zwei Schritte entfernt. »Wir müssen auf der untersten Ebene des Palasts sein – der Außenhülle. Was für ein Anblick …«

»Schau, Mardina«, sagte Clodia.

»Dabei wird mir fast wehmütig zumute …«

»*Schau*. Oberhalb der Fenster, weiter vorn im Saal …«

Mardina blickte auf und stieg dabei in die Luft empor, um über die Menge hinwegzuschauen. Jetzt sah sie, dass auf den zentralen Bodenfensterscheiben ein Dutzend senkrechter Glasrohre angebracht waren. Und in jedem der Rohre steckte ein

Mensch – jung, vielleicht vierzehn, fünfzehn oder sechzehn Jahre alt, sechs Jungen und sechs Mädchen. Ihre Kleidung sah kostbar aus, ihre Gesichter glänzten von Ölen, und jeder trug ein prachtvolles Stirnband, das mit Edelsteinen besetzt war. Alle trieben schwerelos in ihren Flaschen. Und alle schauten mit leerer Miene teilnahmslos hinaus, verwirrt, ja sogar verblüfft, dachte Mardina, als wüssten sie gar nicht, wie ihnen geschah.

»Sie sehen fett aus«, bemerkte Clodia knapp.

Cura seufzte. »Ja, natürlich. Sie haben die Gastfreundschaft des Inkas genossen – einen Monat oder länger, seit sie für diesen Umzug ausgewählt wurden. Und natürlich wird nur einer oder eine von ihnen erwählt werden.«

»Wofür?«

Aber bevor Cura antworten konnte, ertönte eine Fanfare. Die Menschen, die in dem Raum umherwuselten, wichen an die Wände und die Decke zurück, so gut sie konnten.

Und durch diesen lebenden Torbogen kam ein Festzug heran.

Die Spitze bildete eine Gruppe von Männern und Frauen mit leuchtend bunten Tuniken in identischen Schachbrettmustern. Sie bewegten sich so würdevoll wie möglich, dachte Mardina, wenn man bedachte, dass sie Seile und Handläufe benutzen mussten, um voranzukommen. Sie funkelten jeden an, der ihnen im Weg war; sie stießen Leute grob beiseite oder ließen sie von den Kriegern entfernen. Sie schlugen sogar umherfliegende Teile weg.

»Auch wenn sie diese untergeordneten Tätigkeiten ausführen«, hauchte Cura, »ist jeder von ihnen ein Adliger, von hoher Geburt …«

Als Nächstes kam eine Schar geräuschvoller Musiker – Trommler, Sänger, Leute, die Blasinstrumente und Panflöten spielten – und Tänzer, die sich in der Luft wanden.

Ihnen folgten Krieger in Rüstungen aus schweren Platten, mit Kronen aus Gold und Silber auf dem Kopf. Die Rüstungen sahen viel zu unhandlich aus, als dass man sie im Kampf hätte tragen können, und es kostete die Soldaten eine sichtbare Anstrengung, ihre massigen Gestalten durch die Luft zu treiben.

Und dann kam eine Art Sänfte, die von Dutzenden Männern und Frauen in leuchtend blauen Uniformen durch den Saal getragen wurde. Der Mann in der Sänfte verlor sich fast in einem Kissenhaufen, an dem er mit einem losen Gurtgeschirr festgebunden war. Seine Kleidung war noch prachtvoller als die seines Gefolges; für Mardina sah es so aus, als wäre seine Jacke aus den Federn farbenprächtiger Vögel des Regenwaldes gewoben. Er trug eine goldene Krone, eine Halskette aus riesigen Smaragden und ein Stirnband, von dem dünne Fransen aus scharlachroter Wolle und feinen goldenen Röhrchen über seine Stirn herabhingen. Er war schlank und jünger, als Mardina erwartet hatte, und er wirkte nicht sonderlich stark; vielleicht war die Fraktion der Familie, die er hinter sich hatte, härter als er.

Trotzdem war er der Sapa Inka.

Cura drückte Mardina den Kopf nach unten. »Man schaut ihm nicht in die Augen«, sagte sie. »Niemand schaut ihm in die Augen, außer wenn der Sapa Inka Kenntnis von ihm nimmt.«

Aus dem Augenwinkel heraus sah Mardina, wie der Sapa Inka etwas aus seiner Sänfte warf. Es waren Vögel, vielleicht ein Dutzend kleine Singvögel, aber in der Schwerelosigkeit konnten sie weder fliegen noch sich orientieren; flatternd und zwitschernd wirbelten sie mitleiderregend herum.

Dann explodierte einer, zerplatzte in einem Gestöber von Federn.

»Einer«, sagte Cura atemlos. »Sie versetzen ihr Futter mit Sprengsätzen. Es ist rein zufällig ...«

Eine weitere rasselnde Explosion, ein Laut des Erschreckens von der Menge.

»Zwei!«

Und noch eine. Diesmal prasselten die winzigen Federn unweit von Mardinas Gesicht herab.

»Drei!«

Und dann eine Pause – eine Pause, die sich in die Länge zog, und Mardina glaubte unter dem Lärm der Musik ein gewaltiges kollektives Seufzen zu spüren, während die verbliebenen Vögel in der Luft zappelten.

»Das war's! Nur drei von zwölf! Die Auswahl ist getroffen – es ist Nummer drei. Schaut, Mardina, Clodia, das dritte Gefäß von hier aus …«

Mardina sah, welches Cura meinte. In der auf dem Fenster über dem Vakuum stehenden dritten Flasche befand sich ein Mädchen, das etwas jünger wirkte als die anderen, aber genauso verwirrt aussah. Einen Moment lang schien ihr bewusst zu sein, dass jeder im Saal, einschließlich des Sapa Inka, sie anblickte. Angst furchte ihr weiches Gesicht.

Dann öffnete sich unter ihr eine Luke. Der Stoß der entweichenden Luft trieb sie inmitten eines Schauers von Kristallen hinaus – Frost, erkannte Mardina, kondensierender Wasserdampf aus der warmen Luft. Während sie schon ins All davonstürzte, schaute sie mit offenem Mund nach oben. Einen Moment lang hatte es den Anschein, als wäre sie unverletzt geblieben. Dann versuchte sie Atem zu holen. Sie krallte die Hände in den Hals, schnappte krampfhaft nach Luft wie ein gestrandeter Fisch, und Blut spritzte aus ihrem Mund.

All dies nur ein paar römische Fuß von Mardina entfernt. Menschen scharten sich zusammen, um sie durch die Fenster sehen zu können. Sie lachten und zeigten auf sie, und einige imitierten den hilflosen, hoffnungslosen Kampf, während sie vom Fenster wegflog.

»Unsere Kultur ist euch fremd«, flüsterte Cura Mardina und Clodia ins Ohr. »Aber könnt ihr verstehen, warum das geschieht? Yupanquisuyu wirkt stark, solide. Doch nur eine Armeslänge hinter diesem Fenster liegt der Tod – der Aufgerissene Mund. Der Sapa Inka erinnert uns alle daran, was aus uns wird, wenn es uns nicht gelingt, die Integrität des Habitats aufrechtzuerhalten, und sei es auch nur für einen Moment. Und genauso sind die Götter nur eine Armeslänge von unserer Welt entfernt, wohin man auch schaut, zornig, grausam und rachsüchtig. Nur der Sapa Inka und die Ordnung, die er schafft, halten sie von der Menschenwelt fern. Versteht ihr? Versteht ihr?« Sie strich Clodia über den Kopf. »Und begreifst du nun allmählich, mein Kind, weshalb du sterben musst?«

Zu Mardinas Erleichterung hatte das hinausgeschleuderte Mädchen aufgehört zu strampeln. Sie trieb langsam vom Habitat weg, und dann, als sie aus dem gewaltigen Schatten der Konstruktion fiel, leuchtete sie kurz, aber wunderschön im Sonnenlicht auf.

# 55

Quintus Fabius erklomm den Kamm der Anhöhe zusammen mit Inguill, der *quipucamayoc*, Michael, dem *medicus*, und einer Handvoll seiner Männer. Es waren Titus Valerius, Scorpus, Orgilius, der *aquilifer* mit seiner Standarte, und Rutilius Fuscus, der Trompeter der Zenturie.

Im Licht des neuen Tages inspizierte Quintus erneut seinen Standort. Nachdem sie mit Inguills Hilfe ihre heimliche Anreise von der Westküste des Meeres mit dem Zug und anderen Inka-Transportmitteln hinter sich gebracht hatten, befanden sie sich nun nah an der Nabe, in den Gebirgsausläufern, die diesen Teil des Habitats kennzeichneten. Ihre unmittelbare Umgebung bestand jedoch aus relativ flachem Land, einem breiten Tal, das von einem Gletscherfluss durchschnitten wurde. Dahinter stiegen die Nabenberge an und klammerten sich an die Stahlfläche der Nabenwand selbst.

»Dieser Kamm ist bestimmt der höchste Punkt in diesem Gebiet«, bemerkte Quintus.

»Da hast du recht, Herr«, polterte Titus. »Die Geometer bestätigen, was man mit den eigenen Augen sehen kann.«

»Vielleicht hat es hier einmal eine Überschwemmung gegeben«, überlegte Quintus. »Oder sogar einen See. Einige dieser Geländeformationen haben eine stromlinienförmige Anmut. Ist das möglich, Inguill?«

Die *quipucamayoc* zuckte die Achseln. »Die Geschichte dieser Landschaft ist natürlich eine Frage der Technik, nicht der Natur. Ich weiß aber, dass die Landschaftskünstler dem Land erlaubt haben, seine eigenen Entwicklungsstadien zu durchlaufen, sodass es sich so natürlich wie möglich ausformen konnte. Wir sind uns immer der Grenzen unseres Wissens bewusst. Man gebe den Göttern der Natur Raum, um das zu tun, was sie am besten können – das war das Leitprinzip. Also ja, vielleicht hat es hier einmal einen See gegeben, in einer Frühphase der Landschaftsgestaltung.«

»*Technik.*« Quintus schaute dorthin, wo sich die Berge erhoben, eine Kette nach der anderen, Wellen aus Granit mit Kämmen aus glänzendem Eis – Ketten, die sich links und rechts sichtbar nach oben krümmten, als schaute er durch ein verzerrendes Glas. »Ja, man kann nie vergessen, dass dies alles ein Artefakt ist. Also, zur Sache. Im Krieg, *quipucamayoc*, geht es in erster Linie um Details – um Ort und Zeitpunkt. Was den Ort betrifft: Ist das hier deiner Meinung nach in Ordnung, Titus?«

»Das höchstgelegene Gelände auf Meilen im Umkreis, Herr, wie du sagst. Sollen sie zu uns kommen.«

»Und was den Zeitpunkt betrifft …«

»Ruminavi hat mir berichtet, dass die *capacocha*-Zeremonie heute Nachmittag wie geplant fortgesetzt wird«, sagte Inguill. »Gleichzeitig steht mein Kontaktmann Villac, der *colcacamayoc*, mit den Genehmigungen und Pässen bereit, um eure Gruppe durch die Nabenportale zu eurer Raumjacht hinauszubringen.«

Michael nickte. »Ich kann bestätigen, dass es uns gelungen ist, Nachrichten an die *Malleus Jesu* hinauszuschmuggeln. Einige unserer Männer haben sich freiwillig zu den Kommandos gemeldet, die die Inti-Fenster putzen – die Kommandos arbeiten den ganzen Tag, jeden Tag. Wie die KolE vorhergesagt hat, reichten die kleinen Sender und Empfänger in den Ohrstöpseln, durch die sie mit uns spricht, um durchs Fensterglas mit der *Malleus* zu kommunizieren. *Trierarcha* Eilidh weiß, was wir vorhaben; vergangene Nacht haben wir uns ein letztes Mal mit ihr in Verbindung gesetzt, und sie ist bereit.«

»Gut«, sagte Quintus. »Also müssen wir nur die Reisenden zum Portal bringen und dafür sorgen, dass sie zum Aufbruch bereit sind. Ach ja, und einen Kampf gegen die Armee des Sapa Inka ausfechten. Also, *medicus*, was ist mit den Männern?«

Michael zuckte die Achseln. »Dieser gesamte Kontinent, das *cuntisuyu*, liegt höher als das *antisuyu*, wo wir gelebt haben – Meilen höher. Die Luft ist also viel dünner. Allerdings haben wir uns hier sieben Tage lang ausgeruht. Und du hast die Männer gut in Form gehalten. Ich würde meinen, sie sind akklimatisiert – und sie sind so kampfbereit, wie sie es überhaupt nur sein können.«

Inguill runzelte die Stirn. »Sollte ich beeindruckt sein?«

»Solltest du«, sagte Quintus. »Weißt du, *quipucamayoc*, obwohl dir ein Kampf wie eine Arena des Chaos erscheinen mag, beruht der Sieg auf Planung und Strategie, ebenso wie darauf, dass man während des Kampfes auf die Situation reagiert.«

»Wie bei dem Schachspiel, das du mir beigebracht hast.«

»So ist es. Und ich hoffe, dass eure Generäle, die für gewöhnlich mit nichts Schlimmerem als Rebellionen unbewaffneter, unausgebildeter, undisziplinierter Dorfbewohner konfrontiert sind, sich als ebenso erbärmliche Strategen erweisen wie *du* beim Schach. Wir werden uns hier zum Kampf stellen. Vielleicht wird es nicht viel mehr als ein Handgemenge – aber es könnte auch die letzte Schlacht sein, die eine römische

Armee-Einheit jemals schlagen wird. *Aquilifer*, pflanze deine Adler-Standarte auf.«

»Ja, Herr«, sagte Orgilius stolz.

Inguill musterte nervös den Himmel, auf der Suche nach Kondoren. »Den Reichsbehörden wird das nicht entgehen.«

»Sollen sie uns jetzt ruhig sehen. Die Würfel sind gefallen, wie Julius Caesar einst gesagt hat.«

Titus Valerius trat vor. »Da wäre noch eine Kleinigkeit, Herr. Wenn wir uns zum Kampf stellen wollen, brauchst du einen *optio*. Jemanden, der den Männern in den hinteren Reihen in den Arsch tritt und die Formation für dich zusammenhält. Nun, Gnaeus Junius ist ja bekanntlich auf der *Malleus Jesu*. Mit deiner Erlaubnis würde ich mich also gern freiwillig für diese Aufgabe melden. Nur für diesen Tag, natürlich, ich bin nicht auf eine Beförderung oder eine Solderhöhung aus …«

Quintus klopfte ihm auf die Schulter. »Du bist ein guter Mann, Titus. Aber falls du an diesem Kampf heute teilnehmen würdest, müsste ich dein Ansinnen ablehnen; ich hätte dich gern an meiner Seite in der vordersten Reihe, ob du nun den entsprechenden Rang hast oder nicht. Und eine Solderhöhung bekommst du auf gar keinen Fall.«

Quintus sah ein komplexes Mienenspiel im Gesicht des Mannes. »Vielen Dank, Herr. Aber … soll das heißen, dass ich nicht bei der Zenturie sein werde, wenn wir uns zum Kampf stellen?«

»Ich habe eine viel wichtigere Aufgabe für dich, Titus. Denk daran – unser heutiger Kampf ist nur ein Ablenkungsmanöver. Sein einziger Zweck besteht darin, Collius, deine Tochter und ihre Gefährtin Mardina aus diesem Habitat hinauszubekommen, damit sie zum Mars fliegen können, wo – nun, soweit ich es verstehe, Collius den Kampf gegen die fremden Wesen aufnehmen will, die Krieg um die menschliche Geschichte führen. Also, Titus, wenn alles losbricht, brauche ich jemanden vor Ort, oben in Cuzco am Ausgang des Habitats, der dafür sorgt, dass es mit der Flucht wirklich klappt. Und unsere Leute unterwegs beschützt. Obwohl wir hier unten versagt haben, wenn es *da oben* zum Kampf kommt.«

»Dorthin soll ich also gehen, Herr? Aber wie?« Er schaute an sich hinab. »Ich bin ein übergewichtiger, einarmiger römischer Legionär in Uniform. Es könnte sein, dass ich erkannt werde, selbst von diesen begriffsstutzigen Inkas. Ich weiß noch, wie ich einmal auf einem Feldzug …«

»Wir haben eine Lösung dafür gefunden, dein Zenturio und ich«, sagte Inguill ruhig. »Ich begebe mich jetzt selbst gleich dorthin, damit ich zusammen mit Villac und unseren anderen Verbündeten im Bedarfsfall dafür sorgen kann, dass Collius' Gruppe an ihren Bestimmungsort gelangt. Und du wirst an meiner Seite sein, Titus. Als mein *yanakuna*, mein Sklave. Zur Strafe für irgendein ungehöriges Benehmen.« Sie grinste. »Du bist so hässlich und missmutig, dass man mir das sofort abnehmen wird.«

Titus sah Quintus zweifelnd an. »Mein Platz ist an deiner Seite, Herr.«

»Nein, Titus. Dein Platz ist an der Seite deiner Tochter. Kümmere dich um Clodia. Immerhin setzt sie bei diesem Vorhaben ihr Leben aufs Spiel, ebenso wie jeder Legionär das seine. Und vergiss nicht, ich werde dieses Habitat nicht verlassen.«

»Nein?«

»Natürlich nicht«, sagte Inguill. »Wir können eine Handvoll von euch hinausschaffen, aber auf keinen Fall fünfzig Männer.«

»Und ihre Frauen und, in ein oder zwei Fällen, junge Familien«, sagte Quintus. »Es war immer nur ein Traum, dass wir *alle* von hier verschwinden könnten. Nein, der Platz der Männer ist jetzt hier, Titus, wo Jesu uns in seiner Weisheit hingeführt hat. Und mein Platz ist an ihrer Spitze.« Er blickte Titus in die Augen. »Du hast es noch nicht so weit durchdacht, wie ich sehe. Nun, das hätte ich auch nicht erwartet. Vertrau mir, Titus. Tu, was ich sage. Deine Tochter kommt nicht mehr hierher zurück – also sei einfach an ihrer Seite, wohin sie auch als Nächstes geht, und beschütze die anderen. Das ist jetzt deine Aufgabe.«

Titus rang sichtlich damit. »Also schön, Herr«, knurrte er schließlich.

Inguill stieß die Luft aus aufgeblasenen Wangen. »Nun, Inti sei Dank, das wäre geklärt. Wir müssen aufbrechen, bevor es zu spät ist. Schaut …« Sie zeigte nach oben. »Man hat eure Aktivitäten endlich bemerkt.«

Hoch über ihnen hing ein Kondor-Flugzeug in der Luft, ein unübersehbares Himmelsauge.

Quintus grinste. »Dann ist es also bald so weit.« Er ergriff Inguills Hand. »Ihr müsst gehen. Also leb wohl, *quipucamayoc* – ich weiß es zu schätzen, was du alles für uns getan hast.«

Sie schürzte die Lippen. »Ich betrachte es nicht als Verrat am Sapa Inka, sondern vielmehr als Kampfansage an diese Geschichtsfresser-Monster, denen wir alle gegenüberstehen.«

»Das verstehe ich. Wir sind also auf derselben Seite. Geht jetzt – du auch, Titus Valerius, und vergiss nicht, deiner Tochter zu sagen, zu was für einer großartigen Römerin sie herangewachsen ist. Und jetzt werden wir die Zenturie Aufstellung nehmen lassen. Die Männer sollen ja nicht denken, dass dies hier Saturnalien sind, nicht wahr? Gib das Trompetensignal, Rutilius Fuscus …«

# 56

Sie waren insgesamt ein Dutzend, hatte Mardina allmählich herausgefunden, während sie ihre Tage in unvorstellbar luxuriösen Räumen verbrachten. Ein Dutzend Kinder für das geplante Menschenopfer. Oder, je nachdem, wie man es betrachtete, ein Dutzend Kinder, die das Privileg genossen, für die *capacocha*-Zeremonie erwählt worden zu sein, erwählt für den Ruhm ewigen Lebens in Intis unverwandtem Blick.

Heute waren sie zum ersten Mal alle zusammengebracht worden. An diesem Tag würde ihr junges Leben beendet werden – gnädigerweise, hatte Cura ihr versichert, würden sie nichts davon mitbekommen und auch nichts spüren. »Also, nach all den Drogen, den Getränken und dem üppigen Essen sind einige von ihnen schon seit Tagen kaum noch bei Bewusstsein …«

Mardina rang um Selbstbeherrschung.

Die Zeremonie sollte in dem Tempel stattfinden, der Qoricancha hieß, einer Pyramide aus blutrotem Stein, gekrönt von grünen und himmelblauen Schichten und mit einer Kapelle aus rosafarbenem Marmor ganz oben auf der Spitze.

Zusammen mit Mardina und anderen Begleitern wurden Clodia und die übrigen Opferkinder Hand in Hand durch einen Hof voller Skulpturen aus Gold geführt: Bäume, Blumen, im Flug erstarrte Kolibris, sogar ein Lama mit einem Schäfer, als wäre ein ganzer Garten abrupt in das flüssige Metall getaucht worden. Die dahinschwebenden, vielfach schon von den Drogen benommenen Opfer starrten das alles an, als könnten sie ihren Augen nicht trauen.

Dann wurden sie ins Innere der Pyramide gebracht, in einen imposanten Raum, dessen Wände mit goldenen und silbernen Platten verkleidet waren und in dem es zahlreiche Schreine für die Götter und lauter Nischen gab, in denen offenbar die Körper weiterer toter Inkas lagen. Die Decke über ihnen war mit Sternen und Blitzstrahlen aus Silber übersät. Einen Moment lang wurden sie allein gelassen, während sie die neuesten Wunder betrachteten.

Dann führte sie eine ernste junge Frau durch eine in den üppig mit Teppichen belegten Boden eingelassene Tür nach unten – und immer tiefer hinab, durch Gänge, die mit kostbaren Metallen verkleidet waren und von Öllampen erhellt wurden. Schließlich landeten sie in einem weiteren Raum im Untergeschoss von Hanan Cuzco, einer Kammer mit riesigen Fenstern, die Ausblick auf den Weltraum boten. Diesmal konnte Mardina draußen vor den Fenstern Details ausmachen, irgendwelche Borde in gleißendem Sonnenlicht mit Fetzen verblichener Farbe darauf – vielleicht menschliche Gestalten, wie Puppen, die Einzelheiten waren schwer zu erkennen.

Hier sollte die Zeremonie stattfinden, jeder, der etwas zählte, würde hier sein wollen, und es strömten bereits elegant gekleidete Leute herein. Bald war der Raum brechend voll. Die zwölf Kinder samt der Priester und Ärzte, die sie betreuten, wurden mitten in die reich geschmückte Menge geführt, zusammen mit den persönlichen Begleitern, die sie nach Cuzco hatten mitbringen dürfen – in Clodias Fall war dies Mardina, und Mardina klammerte sich wiederum an Cura.

Sobald die Kinder an Ort und Stelle waren, kam der Sapa Inka selbst, auch diesmal wieder in seiner riesigen Sänfte, mit seinen ordentlichen Scharen von Dienern und Trägern, alle ebenfalls von hoher Geburt – und wohin der Inka auch ging, folgte ihm ein Haufen farbenfroher Höflinge, die durch die schwerelose Umgebung der Achse glitten und alle danach streben, die Aufmerksamkeit des Inkas oder einer seiner hochrangigeren Frauen oder Söhne auf sich zu lenken. Wie immer schoben sich grimmige Achsenkrieger mit blauen Gesichtern, die langen Gliedmaßen wie knotige Seile, mit Luchsaugen und gespitzten Ohren durch die Menge.

Bei alldem standen die zwölf Kinder jedoch im Mittelpunkt der Aufmerksamkeit, wie schon seit Tagen.

Diener führten sie jetzt sanft zu einer Reihe aufwendig gearbeiteter, fast schon thronähnlicher Sitze, auf denen sie lose mit bestickten Gurten festgeschnallt wurden. Die Kinder waren aus dem ganzen Habitat hierhergebracht worden, wie Mardina wusste, und repräsentierten viele der vom Reich beherrschten Ethnien. Es war sogar ein *anti*-Mädchen mit nach wie vor bläulichen Gesichts-Tattoos dabei; die Kleine war noch verwirrter und desorientierter gewesen als die anderen, so fremd war ihr die städtische Umgebung, ganz zu schweigen von den Einzelheiten dieses exotischen Rituals.

Doch als man sie nun so Seite an Seite sah, hatten all die Kinder eine gewisse Ähnlichkeit, und das galt auch für das *anti*-Mädchen – sogar für Clodia Valeria, die aus einer ganz anderen Realität hierhergekommen war, von jenseits der Jonbar-Punkte. Seit Tagen – wenn nicht in manchen Fällen seit Wochen oder Monaten – waren die Kinder hier in Hanan Cuzco festlich bewirtet worden, genau wie jene anderen gesegneten Kinder in ihren Flaschen; sie hatten Alkohol, Maiskuchen, teure

Speisen und Meeresfrüchte, ja sogar exotische Drogen bekommen, alles Luxusartikel, wie Cura einigermaßen neidisch bemerkte, die für gewöhnlich den höchstrangigen Mitgliedern der Elite vorbehalten waren. Infolgedessen hatten sie alle Gewicht zugelegt, ihre Haut hatte einen glänzenden Schimmer angenommen, und die Drogen hatten sie passiv und stumpfsinnig gemacht, sodass sie nun schwer in Angst zu versetzen und leicht zu manipulieren waren.

Das Bord, das Mardina zuvor draußen vor dem Fenster bemerkt hatte, begann sich zu bewegen, eine Plattform, die vor der Reihe benommen dreinschauender Kinder und den aufgeregten Höflingen hinter ihnen emporstieg. Einer der Priester begann etwas in dem höfischen, antiquierten Quechua zu deklamieren, das für solche Momente reserviert zu sein schien, ein Dialekt, den Mardina noch immer unverständlich fand, selbst nachdem sie sich im *ayllu* monatelang mit der Sprache beschäftigt hatte.

»Er beschreibt Intis schreckliche Pracht«, erklärte Cura mit leiser Stimme, »und die der Schöpfergötter, die uns Leben schenken und es uns wieder nehmen können. Diese Kinder sind privilegiert, weil sie ewig in Intis Auge leben werden, ohne jemals zu altern wie wir, ohne jemals krank oder gebrechlich zu werden – ohne jemals zu sterben …«

Das *anti*-Mädchen schrie auf. Es war ein schriller, schrecklicher Laut, der durch den Nebel von Wörtern schnitt, durch Mardinas Verwirrung.

Und jetzt sah sie, warum das Mädchen geschrien hatte, was es draußen vor dem Fenster gesehen hatte. Auf der emporsteigenden Plattform befanden sich keine Puppen oder Attrappen, wie Mardina gedacht hatte, sondern zahlreiche Kinder, alle um die sechzehn Jahre alt, alle prächtig gekleidet, mit kunstvoll bemalten Gesichtern und sorgfältig frisierten Haaren. Sie lagen auf dem Rücken, die Hände über dem Bauch verschränkt, und sahen tatsächlich so aus, als schliefen sie; ihre hübschen Gesichter waren entspannt und friedlich.

Mardina beugte sich fassungslos vor und starrte durchs Fenster, ließ den Blick von einer Seite zur anderen wandern. Sie sah Hunderte von Kindern, Hunderte schöner Leichen, aufgereiht auf einer sehr langen Plattform. Körper im Vakuum.

»Eine großartige künstlerische Leistung, wie ihr seht«, flüsterte Cura. »Die Kinder werden ganz sanft eingeschläfert, und die Mumifizierung beginnt sofort. Die schwierigste Aufgabe besteht darin, den Gesichtern einen so natürlichen, so friedlichen Ausdruck zu verleihen … Dann werden die *malquis* draußen abgelegt, im luftleeren Raum, sodass die Verwesung sie nicht beflecken kann. So beginnen sie ihr zweites Leben, unsterblich und für immer im Vakuum konserviert.«

»Du hast vergessen, weshalb wir hier sind«, murmelte Mardina.

Cura sah sie an, und etwas von dem ehrfürchtigen Glanz wich aus ihrem Gesicht. »Du hast natürlich recht …«

Das *anti*-Mädchen begann gegen die Gurte anzukämpfen, die es festhielten. Die Priester versuchten sie zu beruhigen, aber nun rührten sich auch einige der anderen Kinder und wurden nervös. Ein etwas kleinerer Junge begann zu weinen. Die Unruhe breitete sich im größeren Kreis der Höflinge aus, wie Mardina sah.

»Jetzt oder nie«, sagte sie leise zu Cura.

Cura nickte. Während die Diener abgelenkt waren, begann sie verstohlen, Clodias Gurte zu lösen.

Mardina nahm Clodia das Stirnband ab. Sie hatte das mit Quintus und Michael immer wieder geduldig geprobt, bevor sie hierhergekommen waren, und es seither täglich im Kopf durchgespielt. Das Band, ein Geschenk der mit den Römern verbündeten *antis*, bestand aus einem Arrangement leuchtend blauer Federn von Vögeln des Regenwalds in einer nahezu durchsichtigen, abgeworfenen Schlangenhaut. Jetzt hielt sie das Band an einem Ende mit Daumen und Zeigefinger gepackt und zog die transparente Haut mit der anderen Hand sorgfältig ab, wobei sie darauf achtete, keine der Federn zu berühren.

Dann ließ sie das Band fast beiläufig in der Luft knallen wie eine Miniaturpeitsche.

Sämtliche Federn lösten sich und stoben davon, eine lineare Wolke, die sich rasch ausbreitete und auf die Menge der Höflinge zuhielt, ungefähr in Richtung des Sapa Inka in seiner Sänfte. In der Schwerelosigkeit flogen die Federn schnurgeradeaus, aber sehr langsam, wegen des Luftwiderstands. Der Priester sprach immer noch; seine Stimme klang wie das Läuten einer Glocke, und die Diener versuchten die Kinder zu beruhigen.

Es schien eine Ewigkeit zu dauern, bis die erste Feder die Hand eines der für die Kinder zuständigen Ärzte streifte. Kaum hatte sie ihn berührt, bekam er auch schon Krämpfe, seine Augen verdrehten sich, Schaum trat ihm vor den Mund – und er trieb ohnmächtig in der Luft.

Die Federn waren mit einem Wald-Toxin überzogen, das, wie man Mardina versichert hatte, kurzfristig sehr stark, langfristig jedoch harmlos war. Und es wirkte offensichtlich.

Anfangs schien es niemand in der Menge zu bemerken. Doch als zwei weitere Höflinge zusammenbrachen, dann vier, dann acht, schrien einige erschrocken auf und wichen zurück. Und immer noch trieben die Federn mit ihrer machtvollen Berührung fast unsichtbar zwischen den Menschen umher.

In dem geschlossenen Raum des mit Fenstern versehenen Saales brach rasch Panik aus. Leute drängten schreiend zu den Ausgängen. Von nirgendwo, so schien es, kamen Achsenkrieger herbeigeflogen und warfen sich über die Sänfte des Sapa Inka, um ihn mit ihrem eigenen Fleisch zu schützen, und Mardina sah, dass sich eine Art Panzer, wie Blenden aus Stahlplatten, um die Sänfte schloss. Währenddessen nahmen die Träger ihre Positionen ein, um die Sänfte aus diesem jähen, bedrohlichen Durcheinander hinauszuschaffen.

Mardina folgte Cura mit der passiven Clodia in den Armen völlig unbemerkt aus dem Raum.

Draußen wartete Inguill auf sie. »Kommt. Dein Vater wartet auf dich, mein Kind.« Sie brachte sie eilig weg.

# 57

Mit dem *gladius* in der Hand schritt Quintus Fabius die vorderste Reihe seiner Zenturie ab. Er grinste grimmig und erlaubte den Männern, mit ihm zu scherzen, während sie ihm mit ihren schweren Helmen zunickten – sofern sie überhaupt Helme besaßen. Es zu schaffen, dass sie in dieser Phase des Wartens wachsam und entspannt zugleich blieben, darin bestand das Kunststück.

Und dabei ihre Position und Formation zu überprüfen.

Die Anhöhe war breiter als lang, aber der Platz reichte für vier Reihen. Unmittelbar vor der ersten Reihe befand sich ein respektabler Abhang, den die Inkas überwinden mussten, bevor sie überhaupt an die Römer herankamen. Die Legionäre hatten sich in einer offenen Formation aufgestellt, wie sie es lange geübt hatten. Dabei waren die Reihen so gegeneinander versetzt, dass die Männer in einem schachbrettartigen Muster standen, auf imaginären schwarzen Quadraten; die weißen blieben frei, sodass die Legionäre ringsum genug Platz hatten, um ihre Waffen einzusetzen und einander zu unterstützen.

Einige saßen auch, und Quintus nahm es ihnen nicht übel – so schonte man seine Kräfte, solange man flink reagierte, wenn das Trompetensignal kam. Andere aßen große Fleischbrocken oder Waldfrüchte. Die Männer legten grinsend den Finger an die Lippen, als Quintus sich einem Mann näherte, Marcus

Vinius, einem harten Kämpfer, wenn es zur Sache ging, aber in der ganzen Zenturie für seine Faulheit im Lager bekannt. Jetzt saß Marcus im Schneidersitz auf dem Boden, den Holzschild an eine Schulter gelehnt, den *pilum*-Wurfspeer an die andere, den großen, bärtigen Kopf in eine Hand gestützt – im Tiefschlaf. Sein Nachbar hob sein eigenes *pilum*, als wollte er damit an seinen Schild klopfen.

»Nein«, sagte Quintus leise. »Lasst ihn in Ruhe. Wenn ein Mann in einer solchen Situation einschlafen kann, ist er tapferer als wir alle. Er muss aber sein *pilum* hergeben. Und du auch, Octavio. Du kennst die Regeln – keine *pila* heute. Denn die *pila* töten, und wir sind nicht hier, um zu töten, wenn es sich vermeiden lässt. Verstanden?«

»Ja, Herr.«

Der Zenturio ging weiter zum rückwärtigen Bereich der Zenturie, um Scorpus zu finden, der in aller Eile zum *optio* ernannt worden war und nun an der hintersten Reihe auf und ab stolzierte, ein ungehaltenes Exempel römischer Disziplin, das nur darauf wartete, sich auf Missetäter zu stürzen. Unterdessen hatte der *medicus* ein Stück hinter der Front eine Art Freiluft-Lazarett eingerichtet. Er stand mit Decken, Verbänden und seinem Satz chirurgischer Instrumente parat, ebenso wie mit einem Gestell voller Fläschchen mit starken schmerzstillenden Mitteln, Extrakten aus den Blumen des *anti*-Waldes. Michael hatte Helfer, ein paar verletzte Legionäre, die wegen ihrer Invalidität nicht am Kampf teilnehmen mussten, und einige Soldatenfrauen. Quintus nickte ihm zu, und der Grieche nickte zurück. Michael war kein Feigling, wie Quintus wusste, und auch kein Gegner des Militärs; schließlich hatte er in seiner Jugend miterlebt, wie es in einem weitläufigen Imperium für Ordnung gesorgt hatte. Aber kein *medicus*, der einen Eid abgelegt hatte, keinen Schaden anzurichten, konnte einen Moment wie diesen genießen.

Die Inkas kamen immer noch nicht.

Quintus ging steifbeinig zur linken Seite seiner ersten Reihe zurück, dorthin, wo Orgilius, der *aquilifer*, mit seiner Standarte stand, wie es sich gehörte. Quintus hatte einen kleinen Fernschauer im Gürtel stecken; nun hob er das Lederrohr, um nach unten zu blicken, auf die Reihen der Inka-Krieger und ihre Befehlshaber dahinter. Die Soldaten in ihren halbwegs ordentlich aufgestellten Einheiten sahen für ihn alle weitgehend gleich aus: wollene Tuniken, Stahlhelme mit Holzauflagen, Rüstungen aus gesteppter Baumwolle mit eingenähten Metallplatten. Insbesondere ihre Helme glitzerten von silbernen und goldenen Verzierungen. Die Befehlshaber waren um einen Tisch versammelt, auf dem eine Art Modell stand. Die hochrangigen Offiziere trugen rot-weiße Tuniken, auf deren Brust goldene Scheiben glänzten.

»Komm mit«, blaffte Quintus, an den *aquilifer* gewandt. Er führte Orgilius zu seiner eigenen Kommandoposition am rechten Ende der vordersten Reihe. »Ich weiß, es entspricht nicht der Tradition, aber ich möchte, dass du heute nah bei mir bleibst, Orgilius, und mich berätst. Immerhin kämpfen wir gegen einen Feind, der in der römischen Geschichte unbekannt ist – mal abgesehen von einigen längst vergessenen Zusammenstößen in den Bergen von Walhalla Inferior, nehme ich an, als wir diese Leute aus dem Weg geschubst haben, um an die Xin, unseren wahren Feind, heranzukommen. Und keiner von uns weiß mehr über sie als du.«

»Ja, Herr.«

»Nun, sie sind mehr als wir«, sagte Quintus. »Das ist die grundlegendste Feststellung.«

»Aber wir haben den Vorteil der Position. Und wahrscheinlich auch der Erfahrung.«

»Ist mir bekannt, Orgilius. Und es gibt keine Anzeichen dafür, dass sie ihre Projektilwaffen einsetzen wollen, oder?«

»Nein, Herr. Es wird ein Kampf Mann gegen Mann. Vernünftig in einem Raumschiff; man benutzt keine Projektile oder Lebensfeuer-Waffen. Wie in den großen Tagen des Imperiums.«

Quintus grinste. »Hoffen wir, dass es so bleibt – und dass es wirklich ein großer Tag für uns wird. Was machen diese Generäle da hinten? Womit spielen sie da herum?«

»Das Modell auf dem Tisch ist ihre Version einer Karte, Herr. Sie formen es aus Lehm, sodass man die Beschaffenheit des Geländes erkennen kann.«

»Hmm. Gar keine so dumme Idee.«

»Ihr Feldherr wird *apusquipay* genannt. Angeblich ist er ein Verwandter des Sapa Inka, Herr. Sie haben eine Befehlshierarchie …«

»Wie sollte es bei den Inkas auch anders sein.«

»… bis hinauf zum *aucacunakapu*, dem Führer der Armee, der Hanan Cuzco nie verlässt.«

»Was ist mit ihren Truppen? In diesen Uniformen sehen sie für mich alle gleich aus. Bis auf diese Burschen mit den bemalten Gesichtern.«

»*Antis*, Herr. Speziell ausgebildete Bogenschützen. Die meisten anderen sind *awka kamayuq*, Steuerzahler, die ihre *mit'a* erfüllen. Wie Wehrpflichtige, oder Reservisten. Aber auch unter denen gibt es Spezialisten, je nachdem, von welchem Stamm sie sind. Die *antis* benutzen Pfeil und Bogen, die Wanka tragen Speere und Schleudern, die Cuzqueños haben Bolas, Knüppel und Keulen.«

»Aha. Ich kann die Waffen sehen. Wie unsere Auxiliartruppen. Vieles davon hast du mir schon mal erzählt …«

»Es hilft immer, wenn man es mit eigenen Augen sieht, nicht wahr, Herr?«

»Ja, in der Tat. Die zentralen Einheiten scheinen mit gängigeren Waffen ausgerüstet zu sein – Knüppel, Äxte.«

»Die Äxte nennen sie *chambis*. Manche haben Peitschen, die sie *chacnacs* nennen. Diese Burschen da sind wahrscheinlich *huamincas*. Veteranen, speziell ausgebildete Soldaten – keine *mitimacs* – von einem Stützpunkt in der Nähe von Hanan Cuzco oder vielleicht Hurin Cuzco, jedenfalls am Fuß der Naben.«

»In Ordnung. Aber sie kämpfen immer noch nicht – wenn das in diesem Tempo weitergeht, stehen wir hier bald im Dunkeln.«

»Es könnte sein, dass unser Trick funktioniert, Herr. Wenn die Mädchen es geschafft haben, in Cuzco für Aufruhr zu sorgen, werden die obersten Kommandoebenen abgelenkt, wenn nicht gar paralysiert sein.«

»Ja. Ich habe den Eindruck, im Inka-System ist eigenständiges Denken noch unwillkommener als im römischen.«

»Außerdem mögen sie ihre Rituale. Vor einem Kampf legen sie normalerweise ein paar Opfer- und Fastentage ein. Dazu haben wir ihnen keine Gelegenheit gegeben.«

»Ich schicke ihnen ein Entschuldigungsschreiben im Namen des Kaisers.«

»Ich weiß, wie wir sie in Fahrt bringen können, Herr.« Es war Marcus Vinius, der zögernd aus seiner zweiten Reihe nach vorn durchtrat.

»Marcus Vinius! Wie schön, dass du aufgewacht bist und auch am Fest teilnimmst.«

»Tut mir leid, Herr. Aber ich hatte da gerade so einen wundervollen Traum. Ich hielt diese *anti*-Frau in den Armen, geschmeidig wie eine Schlange war sie, und dann …«

»Schon gut, Soldat«, blaffte Orgilius. »Komm zur Sache. Weshalb bist du aus der Reihe getreten?«

»Wie gesagt, Herr. Ich weiß, wie wir diese Inkas verrückt machen können.« Er ging zum vorderen Rand der Anhöhe, legte sein Schwert und seinen Schild ab – und hob seine Tunika, wobei er die nackten Beine über der Schnürung seiner Stiefel entblößte. »Hey! Ihr Hübschen! Wollt ihr mal sehen, was ich von euch halte?« Er tänzelte hin und her, zeigte seine Beine und streckte die Zunge heraus, und die Männer hinter ihm pfiffen und johlten.

Orgilius grinste. »Er hat recht, Herr. Das ist eine schwere Beleidigung für jeden Inka.«

Quintus sah, dass Marcus' Kapriolen tatsächlich eine Reaktion bei den Inkas auslösten. Einige Soldaten und ein oder zwei Mitglieder der Kommandogruppe starrten zu den Römern herauf und zeigten auf sie. Er rieb sich das Kinn. »Tja, Achilles hatte seine Ferse … In Ordnung, Marcus Vinius, zurück in deine Reihe. Also dann, erste Reihe, Schilde und Waffen auf den Boden, ihr habt den Mann gesehen …« Er raffte seine eigene Tunika. »Macht es mir nach. Jetzt!«

Die gesamte erste Reihe entblößte die Beine und hüpfte herum, während ihre Kameraden in den hinteren Reihen mit den Schwertern auf ihre Schilde schlugen und sämtliche Quechua-Schimpfwörter brüllten, die sie kannten. Nur Orgilius mit seiner Adler-Standarte an ihrem Stab hielt sich heraus und lachte mit den anderen.

Beinahe im selben Moment ertönten die Tontrompeten der Inkas. Ihr Klang wehte wie das Geschrei von Ungeheuern über das breite Tal.

Quintus hob seinen Schild und das Schwert auf. »So ist es gut, Leute. Kommt schon, greift uns an, solange euer Blut noch in Wallung ist und eure eh schon verunsicherten Befehlshaber darauf brennen, sich für die Demütigung zu rächen … Gut gemacht, Marcus Vinius, gut gemacht …«

»Herr!«, rief Orgilius. »Geschosse im Anflug!«

Ohne abzuwarten, bis er es mit eigenen Augen gesehen hatte, trat Quintus in die vorderste Reihe zurück. »Die Reihen schließen! Schilde hoch! Kommt schon, ihr Schnecken, bewegt euch, bewegt euch!«

Er hörte die heisere Stimme von Scorpus, seinem Feld-*optio*, der die hinteren Reihen anschrie, Formation anzunehmen. Die Legionäre gehorchten, und ein Dach und eine Mauer aus aneinandergrenzenden Schilden schlossen sich über und vor den Römern.

Quintus hockte sich hin, um hinauszuschauen. Bei den Geschossen handelte es sich um Pfeile von rechts und Steine von links, aber sie gingen noch zu kurz. »Sie schicken also zuerst ihre Hilfstruppen vor«, rief er zu Orgilius hinüber. »Bogenschützen und Schleuderer …«

»Die *antis* und die Wanka, Herr.«

»Hätte ich genauso gemacht, wenn ich welche hätte.«

Die Stimmung hatte sich blitzartig geändert. Jetzt lachte und posierte niemand mehr. Die Männer kauerten entschlossen unter ihren Holzschilden, und sie alle verließen sich auf ihre Kameraden und bauten auf die gegenseitige Unterstützung. Quintus hörte, wie sich jemand geräuschvoll übergab, und das war ein gutes Zeichen, auch das war normal. Er schaute wieder hinaus. »Die Einschläge kommen näher …«

Jetzt prasselten die Projektile klappernd und scheppernd auf die Schilde. Die geschleuderten Steine waren ein harmloser Hagel, obwohl sie die Männer zwangen, den Schild oben zu halten, aber die Pfeile waren schwerer und kamen aus größerer Höhe. Für Quintus, der seinen eigenen Schild hochhielt, fühlte sich jeder Treffer wie ein heftiger Schlag gegen seinen Schildarm an. Die Schilde waren das Beste gewesen, was er im *ayllu* hatte anfertigen lassen können, aber sie bestanden lediglich aus Holz, und einige der Pfeile in dem herabfallenden Schauer fanden Schwachstellen oder Lücken in der Mauer. Er hörte das grässliche Klatschen von Pfeilen, die sich in Fleisch bohrten, und Männer schrien und fielen – aber die Reihen rückten sofort zusammen, um die Lücken zu schließen. Sie flossen wie Öl, dachte er anerkennend, als er sich umschaute, genau wie Öl. Nahtlos.

»Die Hilfstruppen haben haltgemacht, Herr«, rief Orgilius durch den Lärm. »Jetzt kommen die Veteranen von der Infanterie den Hang herauf, direkt auf uns zu. Aber die Hilfstruppen halten den Beschuss aufrecht.«

»Dann müssen wir mit erhobenen Schilden kämpfen«, rief Quintus zurück. »Hört ihr, Männer? Wir haben das geübt, ihr wisst alle, was zu tun ist.«

»Nur gut, dass der alte Titus Valerius nicht hier ist, Herr«, rief Marcus Vinius. »Mit seinem einen Arm. Man könnte ihm nicht mal einen Schild an den Stumpf schnallen. Also, er wäre besser dran, wenn man ihm den Schild an seinem …«

»Schon gut, Marcus«, fauchte Quintus, der unter seinem eigenen Schild kauerte. Sein Arm ermüdete rasch, während der Pfeilhagel weiterging. »Spar dir die Witze für die Inkas auf, wenn wir sie in die Flucht geschlagen haben.«

»Da hast du recht, Herr …«

»Die *huamincas* kommen immer näher«, brüllte Orgilius. »Sie sind fast schon in Reichweite.«

»Erste Reihe, Achtung!«, rief Quintus. »Sorgt dafür, dass jeder Hieb sitzt, Männer, sie sind mehr als wir – noch! Aber denkt daran, ihr sollt sie bloß verletzen, nicht töten. *Bloß verletzen, nicht töten …*«

Dieser Befehl war für jeden erfahrenen Legionär schwer zu verdauen – und deshalb waren die kostbaren *pila* der Männer, die aus der Distanz töteten, bei dieser Begegnung verboten –, aber Quintus hatte schon bei der Vorbereitung auf diesen Zusammenstoß an später gedacht, an den Moment, wenn er um Gnade für seine Legionäre bitten musste, die schließlich diesen Ort nie verlassen würden, ganz egal, wie der Kampf ausging. Wenn sie jetzt Zurückhaltung an den Tag legten, würde man ihnen gegenüber in der Zukunft vielleicht Nachsicht walten lassen.

Die Inkas kamen näher.

»Vorwärts!«, schrie Orgilius. »Erste Reihe vorwärts, vorwärts!«

Gemeinsam mit den anderen in der vordersten Reihe hob Quintus seinen Schild, sodass er etwas sehen konnte, dann senkten sie die Schilde wieder, liefen zwanzig oder dreißig Schritte hangabwärts und prallten mit den vordersten Inka-Kriegern zusammen. Dank ihres schieren Schwungs und des Höhenvorteils gelang es den Römern, den Inka-Angriff zum Stehen zu bringen und ihren Feind sogar den Hang hinab zurückzutreiben, in ihre eigenen Reihen hinein, die sich in ein wirres Durcheinander kämpfender Männer verwandelten.

Die Kämpfer verzahnten sich zu einer statischen Linie, eine blutige Reibung.

Während Quintus versuchte, seinen Schild gegen die noch immer fliegenden Pfeile und Schleudersteine in der Luft zu halten, hieb er mit seinem *gladius* auf den Mann vor ihm ein, zielte auf die nackten Beine unter der gepanzerten Tunika. Er traf Fleisch, und der Mann fiel – aber ein anderer nahm seinen Platz ein, indem er auf den Rumpf seines noch lebenden Kameraden trat, und Quintus musste die Hiebe einer langstieligen Axt mit seinem Schwert parieren. Die Inkas hatten auch Peitschen, und eine solche Waffe erwischte ihn mit einem Knall am Rücken. Aber der Trick bestand darin, in den Bogen der Peitsche zu treten, sodass sie nicht mehr zu gebrauchen war, und in den Nahkampf mit dem Mann selbst zu gehen.

Jetzt waren Männer hinter ihm, die zweite Reihe von Römern. Sie drängten nicht ungestüm nach vorn, unterstützten sie aber lauthals und stießen mit ihren Schwertern zu. Wenn ein Römer fiel, trat ein Mann aus der zweiten Reihe vor, um seinen Platz einzunehmen, und die Männer der dritten Reihe schlossen nach demselben Muster auf, wie man es ihnen beigebracht hatte. Quintus hieb auf eine feste Masse von Inka-Fleisch vor ihm ein – so fühlte es sich jedenfalls an – und war sich selbst mitten im Kampf der Gesamtformation seiner Männer bewusst, wie sie ihre Aufstellung beibehielten, das Schachbrettmuster, das darauf ausgelegt war, jedem genug Platz zu geben, um den *gladius* zu schwingen oder mit dem *pugio* zuzustoßen. Über der Kakofonie der Schreie überall um ihn herum hörte Quintus sogar die raue Stimme von Skorpus, der noch immer die hinterste Reihe anbrüllte, in Formation zu bleiben, nicht nach vorn zu drängen, die Struktur zu bewahren, die Lücken zu schließen.

Dieser Kampf lohnte sich – das hatte er sofort begriffen, als er das Wesen des seltsamen, geschichtsverändernden Verschwörungsnetzes erkannt hatte, in dem die Menschheit gefangen zu sein schien. Letzten Endes konnten er und seine Männer nichts anderes tun, als zu kämpfen. Aber wenn die Letzten der Legio XC Victrix bei diesem Miniatur-Feldzug – selbst wenn keiner von ihnen am Ende überleben sollte – dazu beitrugen, den Griff dieser schrecklichen, ganze Weltreiche stürzenden abstrakten Macht zu lockern, von der die KolE gesprochen hatte, dann, das wusste er in seinem Herzen, in seinem Bauch, war es die Sache wert.

Quintus Fabius, der Befehlshaber, hatte alles getan, was er konnte. Er hatte seine Männer vorbereitet und ausgerüstet, hatte den besten Ort für den Kampf ausgesucht, hatte die Zenturie angeführt, so gut er es vermochte. Jetzt gab es nur noch den Kampf. Um ihn herum war ein gewaltiges Getöse, eine Kakofonie von Schlachtrufen und den Schreien der Verwundeten und Sterbenden, und noch immer sausten zahllose Pfeile und Steine durch die Luft, von denen ihn jeder binnen einer Sekunde töten konnte, und die schreckliche Erosion der aufeinanderprallenden vordersten Linien ging weiter und weiter. Im Kampf war es immer dasselbe. Alles kam einem wie eine Übung vor, bis zu dem Moment, wenn die Reihen aufeinandertrafen. Selbst dann fühlte man sich unverwundbar – der andere Mann würde getroffen werden, aber nicht *man selbst* –, und man hatte mehr Angst davor, Mist zu bauen, als vor den Waffen des Feindes. Es gab jedoch Augenblicke, in denen man einem Feind gegenüberstand und ihm in die Augen schaute und das Gefühl hatte, als gäbe es nur noch ihn und einen selbst, als gehörte der Krieg nur noch ihm und einem selbst. Also schwang Quintus sein Schwert, hieb und stach zu, hielt seinen Schild hoch und versuchte, die zunehmende Müdigkeit seiner Arme und die schmerzenden kleinen Wunden, die ihm bereits zugefügt worden waren, zu ignorieren, ein Kratzer am Bauch, ein quälender Stich ins Schienbein; er würde mit seinen Männern so lange weiterkämpfen, bis er nicht mehr kämpfen konnte.

Die Tontrompeten der Inkas ertönten, ein grässliches Geräusch.

An der Front ging das Gefecht weiter, aber Quintus sah, dass die hinteren Inka-Reihen abzogen – in guter Ordnung, aber sie entfernten sich hangabwärts.

Quintus rief seinem Trompeter zu: »Gib den Befehl! Rückzug!«

Drei kurze Trompetenstöße erklangen, und dann traten die Römer wachsam von den letzten Inkas zurück. Wachsam, aber auch müde; ein Mann stolperte über einen noch warmen Leichnam hinter ihm.

Schwer atmend, den *gladius* in der blutigen Hand, als wäre er dort festgeklebt, suchte Quintus Orgilius auf. Der Mann saß auf dem Boden; seine Achillessehne schien durchtrennt zu sein, aber er hatte den Adler nicht losgelassen. Quintus hockte sich neben ihn. »*Aquilifer?* Weißt du, was passiert ist?«

Als Antwort zeigte Orgilius zum Himmel.

Quintus schaute nach oben und sah einen Kondor, einen riesigen schwarzen Vogel, der in die Atmosphäre über ihm tauchte; die Vorderränder seiner Schwingen glühten noch von der Luftreibung. Er feuerte eine Granate ab, die weißen Rauch hinter sich herzog. Auf dem höchsten Punkt ihrer Flugbahn explodierte die Granate mit einem Knall, der Quintus' Ohren einen Sekundenbruchteil nach dem Lichtblitz erreichte. Unwillkürlich zuckte er zusammen.

Orgilius, der offensichtlich Schmerzen in seinem verwundeten Bein hatte, zwang sich zu einem Grinsen. »Ich glaube, das war eher Krach als Zerstörung. Aber trotzdem …«

»Aber trotzdem ist es eine Projektilwaffe, wie sie hier drin eigentlich verboten sein sollte. Diese Inkas – genau wie die Römer! Man setzt niemals eine Lebensfeuer-Waffe in einem Raumschiff ein, bis man es doch tut. Also sind die Erwachsenen aufgetaucht, und wir Kinder müssen unser Spielzeug weglegen.«

»Ja, Herr.«

»Trompeter! Gibt das Signal zum Abzug.«

Orgilius ließ den Blick über das Feld schweifen. »Ich glaube, eine Gruppe ihrer Anführer kommt herüber, Herr.«

»Das überrascht mich nicht. Komm, *aquilifer*, bringen wir dich zum *medicus.*« Er schob einen Arm unter Orgilius' Schultern und half ihm auf, bis er auf einem Bein stand. »Marcus Vinius – trag du den Adler für uns. Ich nehme an, wir haben eine Menge zu bereden, und dabei brauche ich deine Hilfe, Orgilius. Wir müssen jetzt Frieden schließen. Wir können ja schließlich nirgendwo anders hin, nicht wahr?«

»Nein, Herr«, sagte Orgilius. »Das können wir nicht.«

»Wenn wir gut genug gekämpft haben, nehmen sie uns vielleicht bei den *huamincas* auf.«

»Es war die Sache wert, stimmt's, Herr?«

»Falls sie fliehen konnten, Titus und die anderen. Falls die *Malleus* sie abholen konnte. Ich glaube nicht, dass wir jemals erfahren werden, ob ihr Unterfangen von Erfolg gekrönt war. Das heißt, sofern wir nicht alle zusammen aus der Geschichte geschmissen werden.«

»Aber auch das würden wir nicht erfahren, Herr, oder?«

»Ich will es jedenfalls nicht hoffen, *aquilifer*.«

»Und was Titus und die anderen betrifft …«

»Die sind mittlerweile hoffentlich schon auf dem Weg zum Mars. Wir müssen uns mit Blut und eingeschlagenen Schädeln begnügen, wie immer. Na komm, gehen wir diesen griechischen Doktor suchen, der hat bestimmt einen entspannten Nachmittag gehabt … Jetzt muss ich nur noch einen ihrer Generäle finden, der mir den Fuß in den Nacken setzt. Habe ich das richtig verstanden, Orgilius? Daran erkennen sie, dass man kapituliert hat …«

Ein paar Tage später erhielt Quintus, der in einer Inka-Zelle schmachtete, eine Botschaft von Titus Valerius, geschickt per Fernsprecher, aufgefangen von einem Legionär, der an einem Inti-Fenster arbeitete, und dann zum Zenturio ins Inka-*pukara* geschmuggelt, wo er verhört wurde oder verhandelte, je nach Standpunkt.

Der Plan hatte funktioniert. Nach der Flucht aus dem Durcheinander der Hanan-Cuzco-Nabe hatte die *Malleus Jesu* nur Tage gebraucht, um den Mars zu erreichen.

# 58

Man musste Stef Kalinski aus dem *testudo*-Rover und durch die improvisierte Luftschleuse in die Kuppel helfen, die schon längst wieder verschwundene Inka-Forscher über der von ihnen entdeckten Luke errichtet hatten. Selbst als sie wohlbehalten im Innern der Kuppel war, stolperte sie und musste von Mardina aufgefangen und zum Rest der Gruppe geführt werden.

»Diese verdammte Marsschwerkraft«, knurrte Stef. »Nichts Halbes und nichts Ganzes.«

Mardina lachte. »Aber Stef, wenn du nicht mal halbwegs unbeschadet aus der *testudo* kommst, wie willst du dann den großen Sprung von einer Welt zur anderen durch … *das da* schaffen?«

Stef ließ den Blick schweifen, um sich hier auf dem Mars der Inkas zu orientieren, einem von umfangreichen Bergbauaktivitäten geprägten, aber ansonsten heilen Mars – ganz anders als der von Erdschein am Endpunkt der untergegangenen römisch-brikantischen Geschichte zerstörte Mars. Die *Malleus* war in der Nähe gelandet, und sie waren mit der *testudo* hierhergekommen. Abgesehen von den Spuren des Rovers, die zum Schiff zurückführten, sah dieser Mars – jedenfalls hier in diesem Gebiet, einer Kopie der uralten Landschaft des Terra Cimmeria – in Stefs Augen unberührt aus. Unbefleckt und unberührt, bis auf diese verdammte Luke, die nicht hier sein sollte, und die menschenleere Anlage drum herum. Stef hielt sich an Mardinas Arm fest und ging zur Luke hinüber.

Es war einfach nur ein weiteres Lukenkonstrukt – eine rechteckige Platte mit der kreisrunden Rille der eigentlichen Luke, die Oberfläche leer und konturlos – in einem weiteren Kernel-Feld. Genau wie auf dem Merkur, wohin man sie vor langer Zeit und in einer völlig anderen Geschichte gebracht hatte. Nur eine weitere profane Unmöglichkeit.

Die *Malleus*-Crew hatte bereits einen Haufen Ausrüstungsgegenstände und Vorräte in die Kuppel transportiert, anonyme Kisten und Koffer unter Wolldecken, die Stef kurz inspizierte. Am auffälligsten war das Fehlen der schwerfälligen, mit Messing besetzten, Jules-Verne-artigen Druckanzüge der Römer. Bei den Römern war man der Ansicht, dass die Lukenbauer einen nirgendwohin schicken würden, wo man nicht überleben konnte. Und außerdem würden die Vorräte in einer unbewohnbaren Umgebung sowieso nicht lange vorhalten. Es hieß alles oder nichts. Es gab jedoch einen Ofen, eine kompakte Stahlkiste, die als Heizgerät oder Herd dienen konnte, eine von der römischen Armee für Feldzüge in Gebieten mit winterlichem Klima entwickelte Technologie. Das Gerät besaß keine auf den ersten Blick sichtbare Brennstoffquelle – und Stef war überrascht und irgendwie entsetzt, als sie erfuhr, dass es mit einem einzelnen Kernel betrieben wurde, einem interstellaren Wunder von tödlicher Macht, in ein Gerät gestopft, auf dem man seine Strümpfe trocknen konnte.

Stef schaute sich zu der Gruppe um, die sich hier in der Kuppel versammelt hatte. Die KolE steckte in ihrem Rucksack auf Chu Yuens Rücken. Zu den anderen Möchtegern-Reisenden zählten sie selbst, Clodia, Titus, Mardina – und Ari Guthfrithson, der brikantische *druidh*, sowie zur allgemeinen Überraschung auch Inguill, die *quipucamayoc* aus dem Yupanquisuyu, die darauf bestanden hatte, sie von Hanan Cuzco aus zu begleiten. Von denen, die nicht die Absicht hatten, durch die Luke weiterzureisen, stand Gnaeus Junius, amtierender Kommandant der *Malleus*, zusammen mit seiner *trierarcha* Eilidh, anderen Mitgliedern seiner Besatzung – und Jiang Youwei – in der Nähe.

Sie sahen sie alle erwartungsvoll an.

»Ihr scheint darauf zu warten, dass ich eine Rede halte«, sagte Stef. »Wieso, weil ich die Älteste bin? Wenn Quintus Fabius hier wäre, würde er das Kommando übernehmen, das weißt du, *optio*.«

Gnaeus Junius zuckte die Achseln. »Ich bin nicht Quintus. Ich wünschte, ich wäre es. Ich möchte diese Mission nur hinter mich bringen.«

»Ja. Es kommt mir immer noch unglaublich vor, dass es uns gelungen ist, diese Mädchen aus den Klauen der Inkas zu befreien.«

»In deren Klauen, wie du es ausdrückst«, sagte Eilidh, »einige von uns jedoch zurückkehren müssen. Schließlich können wir in diesem System nirgendwohin, außer nach Yupanquisuyu.«

»Man wird euch dort willkommen heißen«, sagte Inguill jetzt. »Ihr wisst von den Botschaften, die ich nach Cuzco geschickt habe, um alles zu erklären … Die Berater des Inkas werden vorläufig nicht alles verstehen, aber im Lauf der Zeit – und mit eurer Hilfe und den Beweisen, die ich zurückgelassen habe – wird es einen Sinn ergeben. Ich bin sicher, dass man Quintus Fabius und eure Gefährten begnadigen wird.«

Eilidh nickte. »Und wir können alle gute Bürger des Inka-Reichs werden.«

»Es gibt wahrscheinlich schlimmere Schicksale«, meinte Mardina. »Sieh es mal von der positiven Seite. Zumindest bist du zu alt, um eine Mumie zu werden und bis in alle Ewigkeit auf einem Sims im Vakuum zu hocken.«

»Und ich bin auch nicht hübsch genug«, sagte Eilidh ungerührt.

»Aber du, Inguill«, sagte Stef. »Bist du *sicher*, dass du mitkommen willst? Wir anderen haben ein persönliches Interesse. Ich habe mich mein ganzes Erwachsenenleben lang mit Luken beschäftigt. Die KolE ist … nun, sie ist auf einer Mission. Außerdem sind wir alle schon Vertriebene. *Diese* Geschichte, diese Inka-Kultur ist deine Heimat.«

Inguill zog eine Augenbraue hoch. »Mag sein. Aber ihr wisst nichts über den Hof von Cuzco. Der Sapa Inka ist ein schwacher Junge, und die Fraktion hinter ihm bröckelt. Seine Lebenserwartung ist gering – und infolgedessen auch die der wichtigsten von ihm berufenen Amtsträger, zu denen ich gehöre. Das ist ein Grund, etwas Neues zu wagen.

Außerdem habe ich mit Ari Guthfrithson gesprochen. Auch mich fasziniert das Geheimnis der Luken und der Wesen, für die wir sie bauen. Womöglich verführt mich auch der Gedanke an die Macht, die hier am Werk ist. Früher hätte ich mir nicht vorstellen können, dass irgendein Wesen mächtiger sein könnte als der Sapa Inka. Aber jetzt …«

Stef musterte sie und Ari. »Mardina will sich auf die Suche nach ihrer Mutter machen. Beth hat nur versucht, nach Hause zu gelangen – aus ihrer Sicht. Dich dagegen, Ari, hat dein Ehrgeiz dazu getrieben, dein Zuhause zu verlassen, du hast alles verlassen, was du kennst. Und du ebenfalls, Inguill. Ich weiß nicht, ob das wirklich die besten Gründe sind, hiermit fortzufahren. Ich denke, ich werde euch beide im Auge behalten.«

»Aber auch ich will Beth suchen«, verteidigte sich Ari. »Hör zu, Mardina – es ist mir egal, was du von mir hältst. Ja, das Rätsel der Jonbar-Punkte fasziniert mich genauso wie Inguill hier. Ich war ein *druidh*, ein Gelehrter, vergiss das nicht. Wenn ich nicht gewesen wäre, hätte vielleicht keiner von euch die Chance gehabt, überhaupt hier zu sein. Womöglich wärt ihr alle in die Nichtexistenz verschwunden, als Erdschein den Angelpunkt ausgelöst hat …«

»Schon gut«, sagte Mardina. »Ich vergebe dir, Vater. Halt einfach die Klappe, okay?«

»Und du, Jiang«, sagte Stef. »Bist du sicher, dass du hierbleiben willst?«

Er zuckte die Achseln. »Hier hält mich mehr, Stef. Obwohl ich dir gegenüber ebenso viel Loyalität verspüre wie gegenüber deiner verstorbenen Schwester. So wie diese Leute hier die letzten freien Römer in einer Inka-Realität sind, so bin ich der letzte freie Xin. Ich möchte mein Volk finden. Ich glaube, dass es Kolonien im Yupanquisuyu gibt. Die möchte ich aufsuchen.«

»Es gibt schlechtere Ziele im Leben«, sagte die KolE sanft.

Gnaeus schaute sich um. »Ich sehe keinen Grund, die Sache noch länger aufzuschieben.«

Clodia starrte die Luke an. »Und ich glaube, sie ist bereit für uns.«

Stef drehte sich um. Die zuvor glatte Oberfläche der Luke wies jetzt am Rand eine Reihe von Einbuchtungen auf: die Abdrücke menschlicher Hände.

# Vierter Teil

# 59

Nach ihrem Abschied von Erdschein ließ sich Beth Zeit mit der Rückkehr zum Substellarpunkt.

Sie machte eine Reihe von Umwegen und erkundete die Umgebung entlang des Weges. Es war ja nicht so, als würde jemand auf sie warten. Dachte sie zumindest. Und verirren konnte sie sich auch nicht; der Substellarpunkt war der am leichtesten zu findende Ort in der gesamten Hemisphäre.

Sie suchte Wasserläufe und Seen und hielt Ausschau nach Hinweisen auf Erbauer. Sie entdeckte jede Menge Stängelbeete, wie sie im *Vorher* als Existenzgrundlage von Erbauergemeinschaften gedient hatten. Die kleinen Geschöpfe waren modular gewesen und hatten sich buchstäblich selbst aus den schilfartigen Stängeln zusammengesetzt, die ihrerseits komplizierte Elemente einer biologischen Maschinerie waren. Aber sie fand keine Spur von den Erbauern oder ihren Werken: den Unterständen, die sie für ihre Jungen bauten, den Haufen, die sie aus den Überresten ihrer Toten konstruierten, den kunstvollen Dämmen und Deichen, mit denen sie den Strom des Wassers durch ihre Landschaften regulierten.

Sie dachte, sie hätte alle Zeit der Welt, um solchen Interessen nachzugehen. Schließlich war sie daheim – selbst wenn sich die Heimat in ihrer Abwesenheit verändert hatte.

Fast war sie enttäuscht, als sie zum Substellarpunkt zurückkam und feststellte, dass die Luke weit offen stand.

Sie packte ihre Sachen aus, setzte Teewasser auf und wartete auf die Neuankömmlinge.

Praktische Dinge kamen zuerst, wie immer.

Als Stef und die anderen Mitglieder der Gruppe aus der Luke stiegen, war sofort klar, dass Beths für zwei Personen gedachtes Kuppelzelt viel zu klein für alle acht war – oder für alle neun, wenn man die KolE mitzählte. Also beauftragte Beth nur eine Stunde, nachdem Titus Valerius als Erster durch die Luke gekommen war – und als es zu regnen begann –, Clodia und Chu Yuen damit, ihr Zelt abzubauen und so etwas wie ein improvisiertes Dach daraus zu machen, das sich über ein paar dicht beieinander stehende Stängelbäume spannte. Stef konnte sehen, dass diese Konstruktion bei einem jener Unwetter, wie sie ihrer Erinnerung nach schon an einem guten Tag über den Substellarpunkt von Per Ardua hereingebrochen waren, nicht viel nützen würde. Und noch weniger Schutz würde sie bieten, wenn Per Ardua in einem weiteren Sternflecken-Winter versank. Doch heute fiel der Regen wie zur Begrüßung der Neuankömmlinge in sanften, senkrechten Tropfen aus einem bewölkten Himmel, und das improvisierte Dach reichte, um sie trocken zu halten.

Beth hatte sogar ein kleines Feuer gemacht und Teewasser aufgesetzt. Die Teeblätter habe sie selbst gesammelt, sagte sie; sie stammten von einer Pflanze, die hier wild wuchs, und den Tontopf hatte sie selbst getöpfert.

»Es dauert immer eine Weile in einem offenen Topf, bis das Wasser kocht«, sagte sie entschuldigend.

Niemand beschwerte sich. Die um die unnötige Wärme des Feuers versammelte Gruppe war tatsächlich sehr still, während sie alle auf den Tee warteten.

Stef ließ den Blick über ihre merkwürdigen Gefährten schweifen, diese Überlebenden mehrerer kollabierter Geschichten, die an etwas teilnahmen, was wohl eine Begrüßungszeremonie war. Titus Valerius saß bei seiner Tochter, die an seinen bloßen, muskulösen Beinen lehnte. Titus selbst wirkte unruhig, verwirrt und seltsam reizbar, wie ein Bulle im Käfig, dachte Stef. Vielleicht schmollte er noch, weil er die Schlacht an der Nabe des Habitats verpasst hatte.

Clodia starrte Mardina, die Chu Yuens nackte Schultern mit irgendeiner Salbe einrieb, voller unübersehbarer Feindseligkeit an. Der ehemalige Sklave hatte das Hemd ausgezogen, und Stef sah, dass seine Schultern und seine Brust von dem schweren Rucksack mit der KolE wund gescheuert waren. Stef, die bereits darüber nachdachte, wie sie hier in den kommenden Tagen und Wochen überleben würden, machte sich innerlich eine Notiz, dass die Salbe, was immer es sein mochte, nicht ewig reichen würde. Aber sie hatten ja die KolE, rief sie sich ins Gedächtnis. Die kleine Maschine stand momentan auf einem eigenen Felsbrocken, befreit aus ihrem üblichen Rucksack, und die Lichter in ihrem Innern leuchteten. Sie war speziell dafür konstruiert, unter den Bedingungen von Per Ardua zu überleben, und hatte zweifellos jede Menge Rezepte für solche Dinge wie Hautsalben …

Aber Stef merkte selbst, dass ihre mäandernden Altweiber-Gedankengänge in diesem Moment den Punkt verfehlten, das zentrale Thema der kleinen Szene. Nach ihrem Abenteuer in Hanan Cuzco waren beide Mädchen froh gewesen, wieder mit Chu Yuen vereint zu sein – aber natürlich war das nicht alles. Chu war der einzige junge Mann hier – vielleicht in dieser ganzen Welt –, und Mardina und Clodia waren die einzigen jungen Frauen, auch wenn Clodia noch ein paar Jahre jünger war.

Mardina und Chu schienen sich nahezustehen, aber Stef hatte keine Ahnung, ob es da eine echte Beziehung gab. Jedenfalls hatten sie hier nun einen chinesischen Adam – und zwei Evas.

Seltsamerweise, rief sich Stef ins Gedächtnis, lag darin eine gewisse Ähnlichkeit mit dem Plan der IRF und ihrer übergeordneten UN-Behörden für die ursprüngliche Kolonisierung Per Arduas, in einer anderen Realität: den Planeten mit scheinbar viel zu kleinen Gruppen von jeweils etwa einem Dutzend nach genetischer Diversität ausgewählten Kolonisten zu besiedeln und alles Weitere ihnen zu überlassen. Beth war eine Überlebende von alldem. Am Ende hatten die Kolonisten ihren eigenen Weg gefunden, hauptsächlich indem sie den IRF-Plan ad acta gelegt und sich am Substellarpunkt versammelt hatten – allerdings nicht, ohne dabei eine Spur aus Blut, Lust und Eifersucht über den Planeten zu ziehen. Gefahr im Verzug, dachte Stef, allein schon wegen des problematischen Dreiecks dieser jungen Leute.

Und dann waren da Inguill und Ari Guthfrithson, die auf der anderen Seite des Feuers nebeneinander saßen und den Blick schweigend über die Gruppe und Beths improvisierte Heimstätte schweifen ließen – über den Wald und die hohen Schäfte der arduanischen Stängelbäume, vermutlich die fremdartigste Lebensform, die sie beide jemals gesehen hatten. Die mit der Inka-Kultur gar nicht erst in Kontakt gekommene Beth staunte über den Anblick dieser Frau mit ihrem Umhang aus Kolibrifedern. Inguill, die sich gierig in dieser neuen Welt umschaute, wollte über das Übersetzungs-Interface der KolE nicht mehr sagen, als dass sie hier war, um den Ruhm des Sapa Inka zu mehren.

Was hielt die Zukunft für diese beiden bereit, für Inguill und Ari? Sie waren beide Gelehrte, beide hochintelligente, manipulative Menschen. Beide hatten sie in ihrer jeweiligen Geschichte die Existenz alternativer Realitäten mehr oder weniger aus den Berichten von Überlebenden der Jonbar-Punkte abgeleitet, wenn nicht aus selbst aufgespürten Indizien. Stef fragte sich, wie sie sich jetzt fühlten, wo ihre Suche sie an diesen seltsamen, kargen, fernen, unerwarteten Ort geführt hatte. Während sie die beiden beobachtete, wurde ihr klar, dass sie im Grunde keine rechte Vorstellung davon hatte, was in ihrem Kopf vorging – was sie im Schilde führten. Penny schien ebenfalls misstrauisch gewesen zu sein; sie hatte Ari auf jenem anderen Mars daran gehindert, Erdschein durch die Luke zu folgen. Es war ein seltsamer Gedanke für Stef, dass sie selbst wahrscheinlich weniger mit diesen beiden Mitmenschen gemein hatte als mit der KolE, einem ruhigen, analytischen – und loyalen Geist.

Loyal, ja. Und diese Überlegung führte sie zu der Erkenntnis, dass sie erneut einen zentralen Punkt verfehlte. Ari, Beth und Mardina waren Vater, Mutter und Tochter. Und doch hatten sie einander nach dem anfänglichen Schock der Wiedervereinigung bei der Ankunft der Gruppe kaum beachtet. Selbst jetzt, wo sie gemeinsam in diesem kleinen Kreis ums Feuer saßen, hätten sie kaum weiter voneinander entfernt sein können. Ganz zu schweigen von Erdschein, der in gewissem Sinn Beths Großvater war und sich auf der anderen Seite des Planeten befand.

»Familien«, murmelte sie. Sie sah, dass Beth sie mit einem Grinsen anblickte. »Entschuldige. Habe ich das laut ausgesprochen?«

»Zumindest hast du das Schweigen gebrochen«, sagte Beth. »Vielleicht befinden wir uns alle in einem Schockzustand. Das war eine eigentümliche … Reise. Man weiß gar nicht so recht, was man sagen soll.«

Beth nickte. »Na, dann sag doch einfach, was du empfindest. Du warst immerhin schon einmal hier, Stef. So wie ich. Und die KolE.«

Die Kolonisierungseinheit stand schweigend da. Die Lichter in ihrem Innern blinkten.

»*Du weißt, dass ich recht habe*, nicht wahr?«, drängte Beth. »Erdschein wollte es nicht akzeptieren. Aber du weißt, dass wir hier auf Per Ardua sind. Du wusstest es schon in dem Augenblick, als du aus der Luke kamst – so wie ich, vor Monaten. Ich hab's dir am Gesicht angesehen.«

Stef schaute auf die Welt hinaus, auf das Gemisch aus schlammigem arduanischem Grünbraun mit den leuchtenderen Klecksen irdischen Lebens – die senkrechten Schatten, die jetzt erschienen, wo der Regen aufhörte und die Wolken vom Antlitz des Sterns über ihnen wichen. »Ja«, gab sie zu. »Ich habe hier einen ausreichend großen Teil meines Lebens verbracht. Ich glaube, ich würde es sogar an der Schwerkraft merken, an dieser leisen, eigentümlichen Leichtigkeit, wie ich sie sonst nirgends verspürt habe. Natürlich ist es Per Ardua. Aber es ist anders, oder? Keine Spur von den menschlichen Bauwerken, die es hier gegeben hat – dies war immerhin das Verwaltungszentrum der Vereinten Nationen, und hier ist eine ziemlich gut entwickelte Stadt entstanden. Andererseits wissen wir nicht, in welcher Zeitlinie wir uns jetzt befinden, was aus der Erde und Per Ardua geworden ist …«

»Menschen sind hierhergekommen«, hob Beth hervor. »Von welcher Version der Erde auch immer. Es muss so sein. Sonst gäbe es keinen Tee.«

»Oder genauer«, meldete sich die KolE jetzt zu Wort, »keine stark weiterentwickelten wilden Nachfahren einer Teepflanze.«

Stef nickte bedächtig. »Also, das Beweismaterial meiner Sinne sagt mir – ja, das ist Per Ardua. Aber die Unterschiede sind signifikant.« Sie schaute nach oben, zur bleichen Scheibe von Proxima, die nach dem Abzug der Wolken durch den Stoff des Schutzdachs zu scheinen begann. »Selbst der Stern kommt mir irgendwie ein wenig anders vor. Meine Sinne, meine Wahrnehmungen dieser Welt sagen das eine. Aber mein Kopf sagt mir, dass dies nicht das Per Ardua ist, das ich kenne. Nicht ganz.«

Titus Valerius grunzte und trank einen zornigen, ungeduldigen Schluck Wasser aus einer Flasche, die an seinem schweren Gürtel baumelte. »Ihr sprecht von Abstraktionen. Diese Welt ist so oder so, sie ist so, wie ihr sie von früher her in Erinnerung habt, sie ist nicht so. Was spielt das für eine Rolle? Wir sind jetzt hier, an diesem Ort.« Er sah die Mitglieder der Gruppe der Reihe nach an, ihren jämmerlich kleinen Haufen von Ausrüstungsgegenständen, die von Beth und die der Römer. »Unsere Hände, Herzen und Muskeln und die Ressourcen, die wir um uns herum finden. Das ist alles, was wir haben. Das ist alles, was zählt. Und«, sagte er betont und sah Beth an, »diejenigen, mit denen wir diese Welt teilen.«

Beth seufzte. »Und wir sind die Einzigen hier. Sicher, ich kann nicht *beweisen*, dass wir allein sind. Ich habe nicht jeden Winkel des Planeten erforscht. Aber als Erdschein noch hier war, haben wir einige Erkundungsausflüge gemacht, und ich bin mit ihm ein gutes Stück nach Südosten gegangen, als er zum Antistellarpunkt aufgebrochen ist. Ich habe niemand anderen gesehen und auch keine Spuren gefunden, die auf die Anwesenheit anderer Menschen hindeuten. Nur die Strukturen im Grundgestein, die hier unter dem Erdreich begraben sind.« Sie hatte ihnen die Sonaraufnahmen auf ihrer Tafel gezeigt. »Ich lasse mich gern überzeugen, dass ich mich irre. Aber ich glaube nicht, dass es eine weitere menschliche Seele auf dieser Welt gibt – niemanden außer Erdschein, wo immer er jetzt sein mag.«

»Und der«, sagte Stef grimmig, »ist weder menschlich, noch hat er eine Seele.«

»Ich habe nicht einmal Hinweise auf das komplexe Leben gefunden, das wir hier im *Vorher* gesehen haben. Als ich noch klein war. Die Erbauer und ihre Konstruktionen, die anderen Lebensformen wie die fliegenden Drachen und die Fisch-Analoga in den Wasserläufen.«

»Keine Tiere?« Titus schnaubte. »Das klingt nicht so, als würden wir hier viel Spaß haben. Einen Baum kann man nicht jagen.«

Clodia tätschelte ihm das Knie. »Na, na, Vater. Betrachte es mal von der positiven Seite. Wir sind Römer, die einzigen Römer auf dieser ganzen Welt. Du könntest der Caesar von Per Ardua sein.« Sie zog die Nase kraus. »Der Planet hat sogar schon einen lateinischen Namen. Das war mir vorher gar nicht aufgefallen. Wie seltsam.«

»Das ist eine lange Geschichte«, sagte Beth. »Ich glaube, meine Mutter war dafür verantwortlich.«

Titus knurrte und schüttelte sein Löwenhaupt. »Es bringt nichts, eine Wildnis zu erobern. Keine Bauern, die man besteuern kann!«

»Aber es gibt hier jede Menge zu tun. Ich habe schon mal angefangen, mit diesem Unterschlupf und Werkzeugen.« Beth grinste. »Ich habe auch einen Latrinengraben ausgehoben. Wenn wir den zu acht benutzen, sollten wir ihn lieber rasch erweitern.«

»Wir müssen den Kompost sammeln«, sagte die KolE ernst. »Für die Felder, die wir eines Tages anlegen werden.«

»Das Gute ist, dass es atembare Luft und Trinkwasser gibt«, fuhr Beth fort. »Ich weiß nicht, ob wir das auf der anderen Seite einer Mars-Luke mit Recht erwarten konnten. Es gibt sogar Nahrung. Nicht bloß Tee. Ich habe Wurzelgemüse gefunden, Sachen wie Erbsen, Bohnen und Kürbisse, sogar so was wie Mais, glaube ich, wenn auch verwildert.«

Stef brauchte eine Weile, um das alles zu verarbeiten. »Wilde Varianten von Kulturpflanzen, die vermutlich von der Erde hierhergebracht wurden. Von *einer* Erde.«

Die KolE blinkte. »Mit genug Zeit und Geduld könnte man sie erneut kultivieren.«

»Zeit, ja. Wie lange hat es wohl gedauert, KolE, bis sich die Gendrift bei den verschiedenen Sorten so stark bemerkbar gemacht hat?«

»Nicht lange«, sagte die KolE. »Nicht annähernd so lange, wie es zum Beispiel gedauert haben muss, bis die wie auch immer geartete Anlage hier am Substellarpunkt durch die Verwitterung bis auf die Grundmauern abgetragen und dann von meterhoher Erde überdeckt wurde. Das ist ein besseres Indiz für den zeitlichen Umfang. Es hat hier offenbar ausreichend viel Zeit dafür gegeben, dass all dies geschehen konnte – Zeit, die hinter uns liegt –, selbst wenn ich fürchte, dass nur noch wenig Zeit vor uns liegt.«

Sie starrten die komplexe kleine Maschine und ihre blinkenden Lichter alle an.

»Die Kassandra vom Dienst«, sagte Stef genervt.

»Wisst ihr«, knurrte Titus, »dieses verdrehte Stück Schrott kommt mir immer so viel weniger *menschlich* vor, wenn es nicht im Rucksack auf dem Rücken des Jungen steckt. Wenn man sehen kann, was es wirklich ist. Willst du uns etwas sagen, du Glasdämon?«

Aber die KolE schwieg.

»Ich werde mit ihr reden«, erklärte Beth. »Denkt daran, ich bin mit ihr aufgewachsen. Wir werden schon herausfinden, was sie auf dem Herzen hat und was wir unternehmen müssen.«

»Aber das kann alles warten«, sagte Titus. »Jetzt müssen wir erst einmal diese Latrine ausheben, von der du gesprochen hast. Wir haben Spaten und anderes Werkzeug in den Ausrüstungsbündeln von der *Malleus*. Zumindest in der Armee war ich *das* gewohnt.« Er rieb die Schulter seiner Tochter. »Genauso wie meine Clodia, die in Militärlagern aufgewachsen ist.«

»Ich kann einen Graben ausheben«, sagte Clodia abwehrend. »Ich wollte zur Armee, bevor *das hier* alles ruiniert hat.«

Stef musterte Titus. »Dies wird nicht das Leben sein, das du gewohnt bist, Titus Valerius – und das gilt auch für dich, Clodia.«

»Wir sind hergekommen, um Erdschein zu folgen«, sagte die KolE schlicht.

»Das stimmt, aber …«

»Der Glasdämon hat recht«, brummte Titus. »Diese Aufgabe haben wir uns selbst gestellt. Das war meine Erwartung – meine einzige Erwartung. Und dabei bleibt es auch.« Er schaute sich um, betrachtete die Stängelbäume und die Scheibe von Proxima, die sich undeutlich durch den Stoff des Daches abzeichnete. »Und wir sind hierhergebracht worden – auch Erdschein wurde hierhergebracht. Wir dürfen nicht vergessen, dass wir in dieser Sache nicht die einzigen Akteure sind. Die Wesen, die die Luken kontrollieren …«

»Die Träumer«, sagte Beth. »Wie Erdschein sie nennt. Er hat auch noch ein paar beleidigendere Bezeichnungen für sie.«

»Wir bauen diese Luken – wir Römer, und ihr Inkas …« Er nickte Inguill zu. »Aber wir haben keine Kontrolle darüber, wie sie *funktionieren*, nicht wahr? Darüber, welche Punkte sie verbinden, wie sie einen Reisenden von diesem Ort zu jenem bringen, von einer Welt zur nächsten. Ebenso wenig wie ein trainierter Affe, der Kohle ins Maul einer Dampfmaschine schaufelt, Kontrolle über das Gleissystem hat. Nicht einmal Erdschein hat die Kontrolle darüber.«

Und Stef wusste, dass er recht hatte. In ihrer eigenen Ausgangsrealität war die Luke am Substellarpunkt von Per Ardua mit einer Luke auf dem Merkur verbunden gewesen, nicht auf dem Mars. Vielleicht war sie das immer noch, in einer Dimensionalität höherer Ordnung. Aber bei dieser Reise hatte es den Anschein, als wären die Punkte geändert und die Reisenden umgeleitet worden …

Titus Valerius grunzte. »Die Träumer haben Erdschein zu dieser Welt, diesem Ort geschickt, ob es nun euer Per Ardua ist oder nicht. Vermutlich hätten sie ihn überallhin schicken können. Und sie haben uns erlaubt, ihm zu folgen. Ja – erlaubt! Die Träumer sind wie unsere alten Götter, bevor Jesus Licht das Imperium erfüllt hat – eifersüchtige Götter, die sich unaufhörlich in die Angelegenheiten der Menschen einmischen. Wir sind aus einem bestimmten Grund hierhergebracht worden, selbst wenn wir ihn selber noch nicht vollständig erkennen.« Titus schüttelte seinen großen Kopf. »Wenn wir Römer eins haben, dann einen Sinn für Aufgaben. Für Ziele. Soweit es mich betrifft, muss diese Aufgabe erst noch erfüllt werden – und wenn der erste Schritt darin besteht, einen Latrinengraben auszuheben, nun, das war der erste Schritt bei der Eroberung unserer meisten Provinzen, wage ich zu behaupten, also lasst uns endlich damit anfangen. Sobald dieser

Tee zieht. Also, ich weiß noch, wie wir einmal auf einem Feldzug …«

Alle hörten auf, ihm zuzuhören. Beth reichte Tassen herum und begann ihren Tee auszuschenken, der endlich kochte.

Stef schaute zu Inguill und Ari hinüber, die kaum ein Wort gesagt hatten, seit sie in dieser neuen Realität angekommen waren.

*Im Herzen dieser Welt wie auch in hundert Milliarden*
*anderen –*
*In der chthonischen Stille eines gealterten Planeten –*

Herrschte Befriedigung.

Die Träumer wussten wenig über die Wesen, deren Geschicke sie manipulierten, sie besaßen nur wenig Kenntnisse über die primären Konstrukte der organischen Chemie, geschweige denn über die Kreatur zweiter Ordnung aus Silizium und Metallen, die in deren Industrien geboren worden war, die Kreatur, die dem Träumen so viel Schaden zugefügt hatte. Selbst vereinigt in größeren Kohärenzen, verstanden sie kaum etwas von Individualität, von Identität.

Es war den Träumern nicht klar, ob irgendeines dieser Geschöpfe überhaupt wirklich intelligent war.

Also hatten sie, um das Risiko eines Fehlers zu minimieren, den um ihren Anführer aus Silizium-Metall gescharten Geschöpfen der organischen Chemie erlaubt, ihm hierher zu folgen, zu diesem letzten Ziel. Vielleicht benötigte er sie zur Ergänzung seiner Existenz. Vielleicht bildeten sie sogar einen Teil seiner Intelligenz, in irgendeiner kollektiven Form. Vielleicht konnte diese gemischte Gruppe noch ein Verständnis erreichen, das jegliches individuelle überstieg, so wie es bei den Träumern der Fall war.

In gewissem Sinn hatte Titus Valerius recht. Die Gruppe hatte von den Träumern so etwas wie einen Auftrag bekommen. Dass sie diese Gruppe auf dieser Welt zu diesem Zeitpunkt wieder vereint hatten, war nicht aus Mitgefühl geschehen: um Beth Eden-Jones wieder in Kontakt mit ihrer Tochter und dem Vater des Kindes zu bringen. Es war keine Manipulation auf menschlicher Ebene gewesen. Eher war es darum gegangen, Ordnung zu schaffen. Noch offene Probleme zu lösen.

Aber die Zeit war knapp und wurde immer knapper.

Und der Traum von der Endzeit erblühte zur Wirklichkeit.

# 60

Die Neuankömmlinge einigten sich darauf, nach der von Beth bereits festgelegten Uhrzeit und ihrem Kalender zu leben – Beths Vierundzwanzig-Stunden-Zyklus lag ein paar Stunden vor ihrem aus dem Yupanquisuyu mitgebrachten. Aber das bedeutete, dass sie in dieser ersten Nacht ein paar zusätzliche Stunden wach bleiben mussten, und dann schliefen sie unbequem auf improvisierten Betten, zumeist unter dem Dach.

Beth, die besser mit den Bedingungen von Per Ardua vertraut war, lag gern draußen im Freien. Vielleicht half ihr das, sich an diese Gemeinschaft zu gewöhnen und den Unmut zu überwinden, dachte Stef, den sie bei diesem plötzlichen Einbruch in ihre kleine, selbst geschaffene Welt verspüren musste – selbst wenn ihre eigene Tochter zu den Eindringlingen gehörte.

Am Morgen machte Beth ihnen Frühstück. Es gab wieder Tee und etwas zu essen aus ihrem Vorrat: größtenteils Kartoffeln, gekocht und getrocknet. Die Neuankömmlinge aßen hungrig, aber ohne Genuss, und Stef sah, dass Beth ein wenig verlegen war, weil sie ihnen nichts Besseres anbieten konnte, ein völlig unlogisches, aber verständliches Gefühl.

Titus stellte einen Trupp zusammen – er selbst, Clodia, Ari und Inguill –, um den Latrinengraben zu erweitern. »Das muss sein!«

Beth machte mit Stef, Mardina und Chu, der seinen Rucksack mit der KolE trug, einen kurzen Rundgang durch ihre kleine Heimstätte.

Der Platz war gut gewählt, das sah Stef sofort. Beth hatte ihr Lager auf einer kleinen Anhöhe aufgeschlagen, fern von allen erkennbaren Wasserläufen; sie hätte sogar die stärkste Überschwemmung überstanden. Aber ein kleines Stück entfernt, im tiefer gelegenen Gelände, gab es einen Strom mit Trinkwasser, und ein Gehölz auf der Kuppe der Anhöhe konnte Brennstoff und andere Materialien liefern. Außerdem hatte Beth schon eine Menge Arbeit investiert. Zusätzlich zu ihrem Kuppelzelt hatte sie angefangen, Schuppen und Tipis mit einem Tragwerk aus den schösslingartigen Stängeln junger einheimischer Bäume und einer Art Strohdach aus ineinander verflochtenen toten Stängeln zu errichten. Unter den Schuppen und in Löchern im Boden hatte sie ein Lebensmitteldepot angelegt: die Überreste ihrer eigenen, durch die Luke mitgebrachten Rationen wie auch wild wachsende Nahrungsmittel, die sie in der Umgebung gesammelt hatte. Sie war sogar dabei, eine Art Karren zu bauen.

Während sie sich auf dem kleinen Gelände umschauten, musste Stef daran denken, dass Beth Eden-Jones immerhin eine Pionierin war, eine Tochter von Pionieren, die jahrzehntelang in dieser unirdischen Wildnis überlebt hatten. Beth war offenbar instinktiv daran gegangen, das ganze Wissen anzuwenden, das sie in jenen Tagen erworben hatte – ein Wissen, mit dem sie auf der Erde rein gar nichts hatte anfangen können, nahm Stef an, nachdem sie mit ihren Eltern durch die Luke zum Merkur zurückgekehrt war. Es musste ein gutes Gefühl gewesen sein, diese Fähigkeiten zu benutzen, wieder etwas Sinnvolles zu tun.

Beth zeigte ihnen ihre Uhren.

Sie hatte ein ganzes Sortiment aufgebaut, Trichter aus toten Stängeln, durch die Sand und Wasser lief: improvisierte Stundengläser, die alle unabhängig voneinander arbeiteten. An einem Baumstamm in der Nähe markierte sie die Tage mit Kerben. »Ich habe zwei Chronometer«, sagte sie. »Meine Armbanduhr und einen Zeitmesser in dem Rucksack der Trägereinheit, den Erdschein mir gegeben hat. Dieses hausgemachte Zeug ist als Reserve gedacht, wenn der Strom irgendwann ausfällt …«

»Die Zeitmessung wird kein Problem sein«, sagte die KolE ausdruckslos. »Ich habe innere Chronometer, die …«

»… so lange funktionieren werden, bis *dir* der Strom ausgeht«, sagte Beth mit fester Stimme. »Ich habe einige elementare Regeln von meiner Mutter gelernt, die Lieutenant der IRF war, KolE. Das solltest du wissen. Man sorgt immer dafür, dass man eine Reserve hat.«

Die KolE schien in sich hineinzulachen, so hörte es sich für Stef jedenfalls an. Seit wann lernte ein Landwirtschaftsroboter, in sich hineinzulachen? »Genau wie in den alten Zeiten, Beth Eden-Jones«, sagte die KolE.

»Na klar. Ich möchte größere Kolben und kleinere Engstellen haben, sodass ich die Uhren … na ja, mehrere Tage lang nicht nachfüllen muss und ein paar anständige Exkursionen unternehmen kann, ohne die Zeit völlig aus den Augen zu verlieren.«

»Natürlich brauchst du das jetzt alles nicht mehr, Mutter«, sagte Mardina. »Nicht jetzt, wo wir alle hier sind. Solange jemand hierbleibt und sich um das Feuer kümmert, die Uhren umdreht und was auch immer …«

Sie hielt den schweigsamen Chu Yuen beiläufig an der Hand, bemerkte Stef und riskierte einen Blick zu Beth, die als Reaktion die Augenbrauen hochzog. *Sie wird diesen Jungen nicht aus den Augen lassen, und zum Teufel mit der rehäugigen Clodia.*

»Wenn ich gewusst hätte, dass ihr hier mit einem ganzen Trupp aufschlagen würdet«, sagte Beth unbekümmert, »hätte ich mir die ganze Mühe gespart, nicht wahr? Aber jetzt kommt erst mal mit und schaut euch an, was ich sonst noch gebaut habe.«

Sie schien stolz auf die Flächen zu sein, die sie gerodet und mit eigenen Feldfrüchten eingesät hatte. »Vielleicht bekomme ich nicht mehr zu sehen, wie diese Kartoffeln, Erbsen und was nicht alles wieder zu richtigen Kulturpflanzen werden. Aber es ist ein Anfang.«

»Jetzt, wo ich hier bin, um dich zu beraten«, sagte die KolE, »können wir natürlich viel schneller vorankommen.«

Beth schäumte. »Beraten? Ich bin sehr gut zurechtgekommen, bevor du überhaupt aufgetaucht bist, du scheppernder Haufen von …«

»Die Arbeit tut dir gut, Mutter«, sagte Mardina rasch. »Du siehst so fit aus wie schon seit Jahren nicht mehr. Und so schlank.«

»Danke«, sagte Beth trocken.

»Die Ernte wird auch einen nützlichen Wintervorrat ergeben«, sagte Stef, »falls Prox beschließt, uns wieder einmal im Stich zu lassen.«

»Ein künftiger Winter ist sehr unwahrscheinlich«, erwiderte die KolE leise, während sie von der Tafel auf Chus Brust aus in die Welt schaute, die Stimme gedämpft vom Stoff des Rucksacks. »Die Proxima Centauri am Himmel über uns unterscheidet sich stark von dem Scheusal, das wir kannten, Stef Kalinski. Dieser Stern ist bei Weitem nicht so irregulär. Und auch Flares dürften erheblich seltener auftreten.«

»Das habe ich mir schon gedacht«, sagte Beth. »Aber ich habe trotzdem Vorkehrungen getroffen.« Sie zeigte auf einen Stromatolithen-Garten, eine dicht gedrängte Menge tischähnlicher Gebilde, die im wässrigen Licht von Prox braun glänzten, nur hundert Schritte entfernt. »Ich habe mir einen Schutzraum gesucht, in dem man sich verstecken kann – habe den Panzer schon im Voraus weggehackt. Natürlich müssen wir das jetzt erweitern, sodass wir alle dort Schutz finden können. Aber …« Sie hob das Gesicht zum Himmel, zu der schweren Masse von Proxima direkt über ihnen. »Ich weiß nicht, was hier los ist. Dies *ist* Per Ardua. Aber *warum* ist hier alles so anders als früher? Selbst die Jonbar-Punkte haben die Erde nicht so stark verändert, abgesehen von dem, was die Menschheit ihr angetan hat.«

»Wir sind hier, um Antworten auf solche Fragen zu finden«, sagte die KolE. »Das gilt sogar für Erdschein. Vor allem für ihn, selbst wenn seine Forschungsmethoden ziemlich destruktiv sind. Chu Yuen, würdest du dich bitte umdrehen? Mach einen Schwenk mit der Tafel – lass mich den Himmel, die Landschaft aus diesem Blickwinkel sehen … Und Beth Eden-Jones, würdest du mir eine Handvoll von dem Mutterboden zeigen, den du so eifrig kultivierst?«

»Warum willst du den sehen? Ach, meinetwegen.«

Stef beobachtete, wie der ehemalige Sklave sich langsam, ja sogar anmutig um die eigene Achse drehte. Und Mardina beobachtete ihn ebenfalls. Er war jetzt neunzehn, zwanzig Jahre alt. Nachdem Stef ein paar Tage mit ihm verbracht hatte, wusste sie, dass Chu Yuen daran arbeitete, seinen Körper besser in Form zu bringen, und dass er zudem studierte, indem er Texte von Tafeln ablas, im Allgemeinen allein. Damit wolle er nur erreichen, dass er der KolE besser dienen könne, sagte er. Stef verspürte ein schwaches Echo eigener Lust. Wenn sie nur imstande wäre, ein paar Jahrzehnte loszuwerden, könnte das Mardina-Clodia-Chu-Dreieck durchaus ein Viereck werden …

Beth, einen Haufen Mutterboden in den gewölbten Händen, grinste Stef wissend an.

»Bitte halte den Mutterboden vor die Tafel, Beth Eden-Jones. So ist es gut – ah! Seht ihr das?«

Stef und Mardina traten näher heran. Etwas wand sich in dem dunkelbraunen Mutterboden, blass und rosa. Es war ein Regenwurm, sah Stef mit einem Anflug von Erstaunen. Es konnte nichts Profaneres geben als ein solches Wesen, und doch grub es sich hier auf einem Planeten eines anderen Sterns durch den Boden.

»Das ist keine Überraschung«, sagte die KolE. »Eine Kartoffel von der Erde braucht Mutterboden von der Erde, also mehr als bloßes Erdreich; Mutterboden ist eine ganz eigene komplexe und nährstoffreiche Struktur. Weißt du noch, Beth Eden-Jones, dass meine vorrangige Aufgabe in den Pionierzeiten mit deinen Eltern darin bestand, Mutterboden herzustellen, mit arduanischem Erdreich als Basis?«

Beth lachte. »Ich weiß noch, dass wir das Zeug bei jedem Umzug tonnenweise mit uns herumschleppen mussten.«

»Ich hatte sogar eine Miniatur-Gebärmutter in meinem verlorenen Körper, in der ich Regenwürmer und andere notwendige Geschöpfe aus gespeicherten Zellen heranzüchten konnte. Natürlich habe ich meine Fähigkeit zur Herstellung von Mutterboden auf dem Planeten von Romulus benutzt, um uns Akzeptanz vonseiten der Römer zu erkaufen.

Aber nach Lage der Dinge bin ich für Per Ardua entwickelt worden. Und jetzt schaut euch an, was wir hier vorfinden. Einen Mutterboden, der allem Anschein nach weder arduanisch noch terrestrisch ist, einen Mutterboden, der offenbar immer noch arduanisches Leben wie die Stängel ernähren kann, und dennoch schlängelt sich ein Regenwurm, der vielleicht auf dem Luftweg von einer Farm in Kansas weggebracht wurde, ungehindert durch ihn hindurch.«

Beth schaute mit großen Augen und neuem Verständnis auf den Wurm hinab. »Weißt du, beim Umgraben meiner Felder habe ich diese Dinger auf die Gabel genommen, ohne auch nur darüber nachzudenken. Und doch sind sie hier.«

»Stef Kalinski, was meinst du, wie lange es dauern würde, bis sich die Regenwürmer über die Kontinente Per Arduas ausbreiten? Bis sich die beiden Ökologien auf diese Weise vermischen?«

»Ich bin Physikerin«, sagte Stef ein wenig verwirrt. »Keine Biologin. Verdammt lange, nehme ich an.«

Beth runzelte die Stirn. »Viel länger als die paar Jahrzehnte seit der Ankunft der Menschen – oder jedenfalls als die wenigen Jahrzehnte, an die ich mich erinnere.«

»Bei früheren Sprüngen durch die Luken – früheren Jonbar-Punkten – sind wir von einem Ort zum anderen, vielleicht von einer Realität zur anderen gesprungen, aber ohne einen Sprung durch die *Zeit*«, sagte Stef langsam. »Ist das richtig? Mal abgesehen von Verzögerungen aufgrund der Lichtgeschwindigkeit. Wenn man die Luke vom Merkur nach Per Ardua nahm, war das wie eine Teleportation von einer Welt zur anderen, wobei das Signal vier Lichtjahre brauchte, um an seinen Bestimmungsort zu gelangen – also kam man vier Jahre später heraus.«

»Und bei der Passage durch die Jonbar-Punkte haben sich die Kalender, soweit ich es feststellen konnte, immer synchronisiert«, sagte die KolE, »abgesehen von den Verzögerungen aufgrund der Lichtgeschwindigkeit, wie du sagst. Bei einem gemeinsamen Anfangsereignis wie der Gründung Roms ließen sich unsere Chronologien immer zur Deckung bringen …«

»*Haben wir dann also die Zeit durchquert?*«, fragte Mardina ein wenig ungestüm. »Willst du das damit sagen? Sind wir in irgendeiner Zukunft? *Wie weit?* Was geschähe, wenn wir versuchen würden, durch die Luke zurückzukehren? Und – warum sollte es so sein?«

»Ich habe nur vorläufige Antworten auf diese Fragen«, sagte die KolE sanft. »Wir müssen warten, bis wir mehr erfahren.«

»In Ordnung«, sagte Beth. »Dann kommt mit und erfahrt etwas über Folgendes …«

Sie führte sie weiter vom Lager weg, einen Hang hinab zu dem schmalen, schnell fließenden Strom, der ihr Trinkwasser lieferte. Hier, am Ufer des Stroms und im Wasser, wuchsen die Stängel dichter.

Beth watete ins Wasser, das ihr über die Stiefel plätscherte, und kniete sich hin, um fast zärtlich einen abgebrochenen Stängel zu berühren. »Ich bin unter anderem deshalb zum Substellarpunkt zurückgekehrt, weil irdisches Leben hier am besten zu gedeihen scheint. Jedenfalls soweit ich es sehen konnte – nach Regenwürmern habe ich nicht gesucht. Und ich brauchte die Nahrungspflanzen natürlich, um mich am Leben zu erhalten. Aber wenn man sich weiter von hier entfernt, gibt es große Flächen, die dem Ardua ähneln, wie wir es gekannt haben, Stef, KolE. Stängelbänke, arduanische Wälder und Stromatolithen. *Aber es gibt keine Erbauer.* Keine Spur von ihnen. Keine Haufen und Dämme … Keine Drachen. Keine der komplexen Formen, die wir gesehen haben, als ich noch jung war – zum Teufel, die uns geholfen haben zu überleben.«

»Kein Mister Sticks mehr«, sagte die KolE sanft.

»Was ist aus alldem geworden, KolE?«

»Könnte es ein weiterer Jonbar-Punkt gewesen sein?«, fragte Stef. »Vergiss nicht, ich war dabei, als man euch befragt hat, Beth. Nachdem ihr durch die Luke zum Merkur gekommen wart. Ihr hattet Indizien für eine viel höhere Zivilisation gesehen, die von den Erbauern errichtet worden war.«

»Ja. Wir hatten eine Karte, ein Pergament in einer Luke gefunden. Ein globales Netzwerk von Kanälen …«

»Aber auf dem Planeten selbst hattet ihr keine Spuren davon entdeckt, und spätere menschliche Erkundungsreisen haben auch nichts zutage gefördert. Vielleicht wurde es von einem Angelpunkt ausgelöscht. Könnte es sein, dass es noch einmal passiert ist, KolE?«

»Unwahrscheinlich. Wir haben erlebt, dass die Jonbar-Punkte dem Schicksal einer intelligenten Spezies manchmal eine neue Richtung geben, sie aber nicht vollständig eliminieren.«

»Du meinst«, sagte Beth missmutig, »sie werden zu besseren Lukenbauern gemacht. So wie es mit den Menschen geschehen ist, ungeachtet der kulturellen Einbußen.«

»Genau. Natürlich ist das kein ordentlicher Prozess. Die Erbauer, die *wir* gesehen haben, scheinen diese Fähigkeit irgendwann in ihrer eigenen Vergangenheit verlernt zu haben. Aber ich denke, wir haben es hier nicht mit dem Produkt eines Jonbar-Punktes zu tun, sondern …«

»Mit den Auswirkungen der Zeit.« Stef schaute sich um. Sie verstand allmählich. »Auch Welten, die Rahmenstrukturen des Lebens, ändern sich mit der Zeit. Ich muss gestehen, ich bin wirklich nicht mehr die Schnellste – es dauert bei mir, bis ich aus deinen Andeutungen schlau werde, KolE. Ich bin oder war Physikerin – keine Astrophysikerin, aber ich sollte ebenso wie sie über gewaltige Zeiträume nachdenken können.

Im Lauf der Zeit – im Lauf von *viel* Zeit – altern Zwergsterne wie Proxima und beruhigen sich. Auch Planeten verlieren ihre innere Wärme. Vulkanismus und tektonische Verschiebungen kommen meist zum Erliegen. Per Ardua war ein ziemlich aktiver Planet, als wir ihn kannten, Beth, und Prox trug das Ihre dazu bei, indem sie uns Sternwinter und Flares bescherte. Aber jetzt ist alles offenkundig viel friedlicher. Eine beschaulichere Welt unter einem ruhigeren Himmel. Und auf einer beschaulichen Welt …«

»… kann man ein beschauliches Dasein führen«, sagte die KolE. »Ein großes Gehirn ist energetisch kostspielig, Beth Eden-Jones. Auf einem statischeren Per Ardua sind solche Luxusartikel längst der Evolution zum Opfer gefallen. Sie wurden einfach nicht mehr gebraucht, versteht ihr? Stattdessen braucht man sich nur noch einen sonnigen Felsen zu suchen, seine Fotosynthese betreibenden Blätter auszubreiten und bis in alle Ewigkeit in der Sonne zu baden.«

Beth schaute sich um. »Das ist also aus den Erbauern geworden? Wenn sie sich zurückentwickelt haben – wieder zu den Stängeln geworden sind, aus denen sie bestanden –, wie lange hätte das gedauert?«

»Tja«, sagte Stef, »wir kommen immer wieder auf die Zeit zurück, KolE. Auf höllisch viel Zeit, wie es scheint.«

»Eine Uhr tickt«, sagte die KolE jetzt. »Ich habe es gesehen, als ich an Bord der *Malleus Jesu*, im Abgrund zwischen den Sternen, das Universum studieren konnte. Echos im Himmel. Echos früherer und künftiger Ereignisse.«

»Was für eine Uhr?« Stef wurde allmählich ärgerlich. »Was für Ereignisse?«

»Beth Eden-Jones, du hast hier gute Arbeit geleistet, um zu überleben. Aber unsere Aufgabe besteht darin, mehr zu tun, als nur zu überleben. Wir müssen Erdschein finden – solange wir noch die Zeit dazu haben. Und ich kann den Himmel von hier aus nicht sehen. Nicht an diesem ewigen Tag. Ich muss den Himmel sehen, ich muss …«

»Warum?«, fauchte Stef.

»Weil *das* meine tickende Uhr ist.«

»Dann müssen wir von hier weggehen«, sagte Beth.

»Ja. Wir müssen Erdschein folgen, müssen zum Antistellarpunkt … die verdunkelte Seite der Welt durchqueren. Es gilt, Vorbereitungen zu treffen – warme Kleidung, Nahrung. Das wird eine Weile dauern – aber wir müssen es so bald wie möglich tun. Ich werde euch mehr erzählen, wenn ich selbst Gewissheit habe«, sagte die KolE geduldig. »Aber jetzt sollten wir anfangen zu planen. Wir haben eine lange Reise vor uns … Komm, Chu Yuen, wenn ich bitten darf.«

Als Chu kehrtmachte, um den Rückweg zu Beths Lager anzutreten, sah Stef, wie Mardinas Hand in seine glitt und sie fest drückte.

# 61

Als Stef und die anderen zum Lager zurückkehrten und die Diskussion über den Aufbruch zum Antistellarpunkt einleiteten, zog Ari Inguill beiseite.

Unter dem Vorwand, den Latrinengraben inspizieren zu wollen, an dem sie gearbeitet hatten, entfernten sie sich ein Stück von den anderen. Als sie außer Hörweite waren, nahm Ari seinen Ohrstöpsel heraus. »Ich spreche Lateinisch«, sagt er in dieser Sprache. »Du auch?«

»Ein wenig.« Inguill nahm ihren eigenen Ohrstöpsel heraus. »Ich habe es im Verlauf meiner historischen Untersuchungen studiert. Und der Kontakt mit eurer Gruppe hat meine Kenntnisse aufgefrischt.«

Ari nahm die Ohrstöpsel und legte sie in einigem Abstand hin. »Dann lass uns auf diese Weise kommunizieren. Mir wäre es lieber, wenn unser Gespräch nicht über Collius liefe.«

Sie lächelte. »Ich denke, ich weiß, warum.«

Er musterte sie. »Du und ich, wir sind nicht wie diese anderen …«

»Zu ›diesen anderen‹«, sagte sie schmunzelnd, »gehören auch deine Tochter und ihre Mutter.«

Er erwiderte ihr Lächeln. »Das ist eine lange Geschichte. Trotzdem. Wir beide haben größeren *Weitblick* als die anderen. Sonst hätten wir diese erstaunliche Reise durch die Realitätsbündel nicht unternommen. Ich bin sogar einmal daran gehindert worden, noch schneller voranzukommen, diesem Erdschein durch eine Luke auf einem anderen Mars ins geheimnisvolle Unbekannte zu folgen. Und jetzt sind wir hier, an diesem Ort, wo immer er sein mag …«

»Wo immer und *wann* immer.«

»Wir sind nicht hier, um Gräben auszuheben.«

»Das sehe ich genauso«, sagte sie.

»Oder Kartoffeln anzubauen, oder Schuppen zu errichten. Oder zu warten, bis meine Tochter und Clodia Valeria einander wegen des Xin-Jungen an die Gurgel gehen.«

Sie lachte. »Das ist dir auch aufgefallen. Warum sind wir dann hier, Ari Guthfrithson?«

»Liegt das nicht auf der Hand? Wir sind fasziniert von den Jonbar-Punkten. Ganze Geschichten werden ausgelöscht, wie mit einer Handbewegung. Solche Macht zu besitzen …«

»Du denkst, das ist es, was dieser Erdschein sucht.«

»Liegt das nicht ebenfalls auf der Hand?« Seine Augen glitzerten. »Jetzt erwägen meine Frau und die anderen, angespornt von der KolE, eine Expedition zu unternehmen. Wir werden alle in die Dunkelheit und die Kälte marschieren. Aber erst werden wir noch weiteres Wurzelgemüse anbauen, damit wir keinen Hunger leiden. Auf dem Marsch werden die Langsamsten der Gruppe das Tempo vorgeben. Und wir werden die ganze Zeit unter der Kontrolle der KolE stehen …«

»Was schlägst du vor, Ari?«

Er trat näher an sie heran, so nahe, dass er flüstern konnte. Sein Gesicht war hart und entschlossen. Sie roch gekochte Kartoffeln in seinem Atem.

»Ich schlage vor, dass wir beide jetzt sofort aufbrechen.«

Sie hatte gewusst, dass dieser Vorschlag kommen würde, und dennoch schlug ihr Herz schneller. »Du sprichst davon, um die halbe Welt zu laufen. Wie …«

»Vielleicht gibt es Möglichkeiten, schneller voranzukommen. Wir können der Spur folgen, die Erdschein hinterlassen hat.« Er zeigte nach Südosten. »Sie ist deutlich sichtbar. Was Nahrung betrifft, so sollte der Vorrat, den meine Frau angelegt hat, für zwei reichen.«

Sie grinste. »Wenn man ihn ihr stiehlt.«

»Wenn man ihn stiehlt, ja. Der Druckanzug, den sie aufbewahrt hat, seit sie vom Mars aus durch die Luke gekommen ist, würde uns genug Wärme liefern, glaube ich – er besteht aus mehreren Schichten und ist für die raue Umwelt des Mars gedacht; selbst wenn man ihn auseinandernähme, könnte er uns beide vor der Kälte hier auf Per Ardua schützen. Es gibt Werkzeug, ja sogar Waffen, die wir mitnehmen könnten.«

»Du würdest deine Frau hintergehen?«

Er zuckte die Achseln. »Ich sehe es nicht so. Vielleicht bewahre ich sie vor ihrer eigenen Torheit.«

»Warum sollten wir das tun?«

»Wegen der Macht, nach der dieser Erdschein strebt. Einer gewaltigen Macht für diejenigen, die tapfer genug sind, sie zu ergreifen. Und ihrer würdig sind.«

Sie holte Luft. »Ich fühle mich – berauscht. Das ist schon so, seit ich dem seltsamen Geheimnis dieser Geschichtsverflechtungen auf die Spur gekommen bin. Als ob ich ein Kind wäre, das einen Gletscher an der Nabenwand hinabstürzt, außer Kontrolle … Wir haben beide schon unsere Welten verlassen, die Realität, die wir kannten, unsere Geschichte und unsere Kultur. Und jetzt sprechen wir davon, in die Dunkelheit zu gehen. In unseren Tod – oder zu unerkennbarem Ruhm.« Sie sah ihn an. »Glaubst du, dass eure Götter mit eurer Geschichte gestorben sind?«

Er hob die Schultern. »In der christlichen Überlieferung ist Jesu gestorben und wieder auferstanden. Und in der Überlieferung meiner Vorfahren sterben alle Götter in einem letzten Krieg am Ende der Zeit, aber dann beginnt ein neuer Zyklus.«

Sie nickte. »Unsere Priester sprechen ebenfalls von Katastrophenzyklen, die sich im Lauf der Zeit immer wieder ereignen. Vielleicht wussten wir, unsere Vorfahren, tief im Innern bereits, dass diese Einmischung der Träumer real ist – wer und was sie auch sein mögen.«

»Also«, sagte er, »kommst du mit? Wirst du es wagen, deine Götter zu überleben?«

Wieder ein Atemzug. »Wann brechen wir auf?«

# 62

Wie Ari, Mardina und einige der anderen hatte auch Titus Valerius Schwierigkeiten, sich an den endlosen Tag von Proxima anzupassen, sah Stef. Dem Legionär fiel es schwer, seinen Tag zu strukturieren und nachts zu schlafen.

Aber er war in seinem Element, als es darum ging, den Marsch zum Antistellarpunkt vorzubereiten. Nicht einmal der Verrat von Ari und Inguill, die so viel von ihren Vorräten und Ausrüstungsgegenständen mitgenommen hatten, schien ihm etwas auszumachen. Mit den Widrigkeiten wurde er fertig, indem er sie einfach vom Tisch wischte.

»Wir müssen also um diese halbe leere Welt herumlaufen. Pah! Zu meiner Zeit habe ich an Märschen teilgenommen, die kreuz und quer durch ganz Europa, Afrika, Walhalla Inferior und Superior und tief nach Asien hineingeführt haben. Märsche durch feindliche Territorien, in die gefrorene Tundra, wo immer noch wilde Reiter an den Rändern kontinentweiter Wälder lauern – und durch die Dschungel Walhallas, wo jedes Blatt einen Skorpion verbirgt, wo sich jeder Schatten als magerer kleiner Krieger mit einem Blasrohr entpuppen kann. Mit welchen Gefahren müssen wir hier rechnen? Dass wir über einen Regenwurm stolpern? Wir machen das. Ich führe euch an. Wir werden marschieren – dazu ist die römische Armee ja schließlich in erster Linie da: um zu marschieren. Und falls wir die überschüssige Energie dazu haben, lasse ich euch vielleicht alle eine Straße anlegen, wenn wir schon mal dabei sind, um den Rückmarsch zu erleichtern. Also, ich weiß noch, wie wir einmal auf einem Feldzug …«

»Hübscher Vortrag, Titus Valerius«, sagte Stef mit einem Grinsen, »aber ich glaube kein Wort davon. Zum Beispiel bist du weder Geometer noch Kartograf. Auf dieser Reise wird es nichts geben, wogegen man Krieg führen kann. Dies wird eine Übung in Planung sein, Titus Valerius. In Logistik. Im Überleben.«

»Überleben? In einem Land, wo Kartoffeln und Rüben wild wachsen? Also, das wird wie ein Spaziergang durch die Ländereien von Kaiser Hadrian sein.«

Sie musterte ihn. »Was meinst du, KolE, ist ihm wirklich klar, worauf er sich da einlässt?«

Die KolE stand neben ihnen auf dem Boden, auf einer Decke, die über das rostige Erdreich außerhalb des Unterstands ausgebreitet war. In der Nähe flackerte ein kleines Feuer, auf dem langsam ein weiterer Topf Wasser erhitzt wurde. »Titus Valerius ist ein tapferer Mann, und wir können uns glücklich schätzen, ihn an unserer Seite zu haben.«

Stef grinste. »Taktvoll ausgedrückt.«

Titus Valerius machte ein finsteres Gesicht. »Dann sag es mir, Sternenfrau. Erklär mir, was ich an dieser Reise nicht verstehe.«

»Ich habe das schon mal gemacht, Titus. Es geht damit los, dass wir um den halben Planeten herumlaufen müssen.« Mit einem abgebrochenen Stängel zeichnete sie einen Kreis ins Erdreich und zeigte auf ein kräftiges Sternchen daneben. »Hier ist Proxima, der Stern. Der Kreis ist Per Ardua, der Planet. Per Ardua kehrt dem Stern die ganze Zeit ein und dieselbe Seite zu. Also …« Sie teilte Per Ardua mit einem kühnen Strich in zwei Hälften und schraffierte die von dem Stern abgewandte

Hemisphäre. »Eine Hälfte liegt immer im Tageslicht, die andere immer im Schatten – in endloser Nacht. Der Substellarpunkt – direkt unter dem Stern am Himmel – ist hier.« Ein Daumenabdruck auf der Oberfläche der Welt, unmittelbar unter dem Sternchen. »Dort sind wir. Deshalb steht der Stern immer genau über uns. Der Antistellarpunkt ist auf der anderen Seite der Welt.« Ein weiterer Daumenabdruck. »Er könnte nicht weiter von dieser Stelle hier entfernt sein. Und um dorthin zu gelangen …« Sie skizzierte eine gestrichelte Linie, die sich um den halben Kreisumfang ihres Planeten erstreckte, vom Substellarpunkt zum Antistellarpunkt. »Siehst du? Die kürzestmögliche Distanz, die wir zurücklegen müssen, ist eine Hälfte eines Großkreises – ich meine, wenn wir uns auf direktem Wege zum Antistellarpunkt begeben. Also ohne Umwege wegen solcher Details wie Gebirgsketten, Meere, undurchdringliche Wälder und Eiskappen. Und die Entfernung – KolE?«

»Per Ardua ist etwas kleiner als die Erde. Ungefähr zwölftausend römische Meilen.«

»Und, verstehst du es jetzt, Titus? Eine Hälfte davon werden wir im Tageslicht zurücklegen, die andere Hälfte im Dunkeln. Sechstausend Meilen durch vereistes Land und über gefrorene Meere.«

»Im Dunkeln?« Jetzt runzelte Titus die Stirn. »Wo nichts wächst?«

»Nichts außer den Eiszapfen an deinem Bart. Genau. Erkennst du jetzt, was für eine Herausforderung das ist? *Wir* hatten damals ein motorisiertes Fahrzeug. Es war trotzdem noch ungeheuer strapaziös. Beth hat einen Karren gebaut.«

Titus nickte. »Selbst wenn wir ihn fertigstellen würden, müssten wir ihn *ziehen*. Wir haben keine Motoren, keine Zugtiere. Auf dem Marsch, ohne Transportfahrzeug, können wir davon ausgehen, dass wir ungefähr zwanzig Meilen pro Tag schaffen. Also bräuchten wir für die Reise …«

Stef lächelte. »Überlass mir das Kopfrechnen. Sechshundert Tage. Fast zwei Jahre!«

»Und eines dieser Jahre in Dunkelheit und Kälte, wo nichts wächst.«

Sie nickte. »Es sagt sich so leicht, dass wir zum Antistellarpunkt wollen, Titus. Aber es könnte sich als unmöglich erweisen.«

Er grinste. »Du solltest Zenturio sein, Colonel Kalinski.«

»Wirklich?«

»Sag einem Römer nie, dass etwas unmöglich ist. Römer kennen keine Grenzen.«

»Wir haben einen Vorteil«, meinte die KolE. »Ari und Inguill sind uns vorausgegangen – und Erdschein ist ihnen vorausgegangen. Es müsste also eine auf der Oberfläche dieser statischen Welt deutlich sichtbare Spur geben, der wir folgen können. Mag sein, dass Ari und Inguill ziemlich blauäugig losmarschiert sind, aber Erdschein wusste bestimmt genau, was er tat. Er hat zweifellos sämtliche Informationen über Per Ardua gespeichert, die unsere Leute in unserer Heimatrealität von ihren Forschungsreisen mitgebracht haben, Stef.«

Titus runzelte die Stirn. »Ihr meint, er hatte Karten von dieser Welt?«

»Eher so etwas wie eine Erinnerung an Karten.«

Titus zeigte auf die KolE. »Und du, Dämon. Hast du auch eine Erinnerung an solche Karten?«

»Auf meine bescheidene Art und Weise war ich selbst einer der Pioniere von Per Ardua. Und nach der groß angelegten Emigration der Menschheit nach Per Ardua habe ich mich sorgsam über die neuesten Vermessungsdaten und Forschungsergebnisse auf dem Laufenden gehalten. Ja, ich ›erinnere mich‹ an die Karten – zumindest von dem Per Ardua, wie es damals war.«

»Na schön.« Titus hob die KolE hoch und stellte sie auf den Rand der Decke, mit der Vorderseite zu einem Stück Boden ohne besondere Kennzeichen. »Wir beide werden zusammen eine Karte dieser Welt zeichnen – der Teile, von denen ich etwas wissen muss –, damit ich im Bilde bin. Dann werden meine Tochter Clodia und ich mit leichtem Gepäck den Spuren von Erdschein, Ari und Inguill folgen, um eine Route auszukundschaften. Währenddessen organisierst du, Stef, hier die Vorbereitungen. Macht diesen Karren reisefertig. Sammelt Kartoffeln und Rüben. Baut *noch mehr* Kartoffeln an! Es könnte einige Wochen dauern, bis wir abmarschbereit sind. Und was die dunkle Seite betrifft – lasst uns zuerst einmal dorthin gelangen, dann machen wir neue Pläne.«

Sie salutierte ihm auf die römische Weise, die Faust auf die Brust und dann den Arm erhoben. »Jawoll, Zenturio! Du hast recht, weißt du.«

»Wirklich?«

»Wenn irgendjemand uns zu diesem verdammten Antistellarpunkt bringen kann, dann du. Ich glaube an dich, Titus. Vielleicht nicht ganz so sehr wie du selbst … Aber sag mir eins. Warum willst du Clodia auf diesen Erkundungsausflug mitnehmen?«

Er grunzte. »Ist das nicht offensichtlich? Um sie von Mardina und dem Xin-Sklavenjungen fernzuhalten. Wir haben schon genug Probleme. Also dann, KolE, sag mir, wo ich mit dieser Karte, an die du dich so gut erinnerst, anfangen soll …«

# 63

Am Ende dauerte es eher zwei Monate, bis Titus Valerius nach der Rückkehr von seiner Erkundungsexpedition mit Clodia erklärte, sie seien nun aufbruchbereit.

Sie brachen das Lager ab. Alles, was nützlich und leicht war, landete auf Beths Karren oder wurde in improvisierten Rucksäcken verstaut. Sie luden so viele der von Beth eingelagerten Nahrungsmittel ein, wie sie konnten, gekocht, getrocknet und verpackt. Titus hatte verfügt, dass sie unterwegs auf Nahrungssuche gehen würden, sodass sie ihre Vorräte so weit wie möglich schonten. Um Chu von seiner Bürde zu befreien, wurde die KolE auf den Karren gestellt, in eine Decke gepackt und festgezurrt.

Das Lager war Beths Heimat gewesen, seit sie zusammen mit Erdschein durch die Substellarluke gekommen war. Stef sah ihr zu, wie sie voller Bedauern ihr Sortiment selbst gebastelter Uhren stilllegte.

Zu guter Letzt halfen die anderen Stef auf den Karren. Beth setzte sich neben sie. Titus reichte Stef die leichten Seile, die das rudimentäre Lenksystem des Karrens darstellten.

»Danke«, sagte Stef säuerlich. »Die alte Dame ist also bloß Gepäck.«

Dafür erntete sie einen finsteren Blick von Titus. »Du bist die Älteste von uns. Du wirst am wenigsten laufen. Deine Aufgabe ist es, den Karren zu lenken. Aber du kommst herunter und gehst zu Fuß, wenn ich es dir sage, weil ich möchte, dass du fit und gesund bleibst.« Er hatte sich ein Bündel Pergamente und Papiere mit dem von ihm ausgearbeiteten Reiseplan unter den lädierten Arm geklemmt. »Steht alles hier drin.«

Stef seufzte. »Ich hasse es, eine Last zu sein.«

»Tu einfach, was man dir sagt.«

»Jawoll, Zenturio!«

Beth hielt Stefs Hand. »Mach dir deswegen keine Sorgen. Er betrachtet dich als Soldatin, wenn auch vielleicht als eine verwundete, sonst wäre er nicht so hart zu dir.«

Stef grunzte. »Na ja, ich war selbst beim Militär. Vermutlich hast du recht. Bei Männern wie Titus muss man sich eher Sorgen machen, wenn sie nett zu einem sind.«

»Und was das Marschieren betrifft ...« Beth tätschelte das Gestell des Karrens. »Pass auf, was du dir wünschst. Denk daran, dieses Ding habe ich gebaut, und wir sind nicht gerade übermäßig gut mit Werkzeug und Material ausgestattet, schon gar nicht, nachdem Ari und Inguill so viele nützliche Sachen mitgenommen haben. Wenn wir damit halbwegs bis zum Terminator kommen, bin ich heilfroh.«

»Oh, ich glaube, der hält noch viel länger«, sagte Stef, womit sie allerdings eher Hoffnung denn Erwartung zum Ausdruck brachte, als sie den Karren betrachtete.

Er bestand im Wesentlichen aus dem von Beth begonnenen Gestell aus »Holz« – in Wirklichkeit gespaltene und mit Seilen und Ranken zusammengebundene Stämme von Stängelbäumen aus dem substellaren Wald. Darunter waren Holzräder mit Felgen aus festem Nylonseil montiert. Felgen aus Stahl oder Eisen wären besser gewesen, aber sie wollten sich nicht die Zeit nehmen, die zu deren Herstellung nötige Schmiede zu bauen, und sie hatten Ersatzräder dabei.

Zusätzlich hatte die KolE verlangt, dass an der Unterseite des Karrens schlittenartige Kufen befestigt werden sollten, offensichtlich eine Vorbereitung auf die eisige Reise über die dunkle Seite, die ihnen bevorstand. Unter der Regie der KolE und von Titus war der Karren sogar hergerichtet worden, um als Boot mit geringem Tiefgang zu dienen. Sie hatten die Seitenwände hochgezogen und das Ganze mit einer Beschichtung aus dem Mark, das man aus den Stängeln oder aus den Stämmen der Waldbäume extrahieren konnte, wasserdicht gemacht. Das »Mark« war kein Mark, sondern ein eigenes komplexes organisches Produkt, das zu einer Art innerer Fotosynthese fähig war, basierend auf der im Überfluss vorhandenen Wärmeenergie, die Proxima lieferte. Die Reisenden ignorierten dieses biologische Wunder; sie waren nur daran interessiert, es als klebrige Schmiere zu benutzen, um Spalten in ihrem Karren zu versiegeln.

Für Stef war das alles ein Wunder der Improvisation und des Erfindungsreichtums, aber sie konnten nur hoffen, dass ihre Vorbereitungen ausreichten, um die vor ihnen liegenden Herausforderungen zu bewältigen.

Endlich waren sie abmarschbereit. Unter Titus' rauer Führung formierten sie sich zu einer Art Kolonne. Der Karren musste natürlich geschoben und gezogen werden, und diese Aufgabe übernahmen Titus selbst, Clodia, Mardina und Chu, zwei vorn, zwei hinten. Beth würde sie dabei ein wenig unterstützen, aber die schwerste Arbeit blieb ihr erspart. Mit Ende fünfzig wurde sie zu ihrem Ärger und zu Stefs Belustigung wie eine weitere alte Dame ehrenhalber behandelt.

»Dann wären wir also so weit«, rief Titus. »Eine Reise um diese fremde Welt herum – eine Reise, die mit einem einzelnen Schritt beginnt.« Er zog seinen *pugio*, seinen Dolch, und reckte ihn in die Höhe. »Seid ihr bereit für den Krieg?«

»Ja.«

»Ich sagte – seid ihr bereit?«

»Jawohl!«

»Dann vorwärts!« Er legte sich sein gepolstertes Geschirr um, positionierte seinen lädierten Arm und stemmte sich in die Zugriemen.

Der Karren setzte sich derart ruckartig in Bewegung, dass er Stef schon gleich zu Anfang beinahe abgeworfen hätte.

So begann es.

Titus und Clodia hatten ihre Route sorgfältig ausgekundschaftet. Sie hielt sich in etwa an die Spur, die Erdschein hinterlassen hatte und der dann bereits Ari und Inguill gefolgt waren, führte aber von Anfang an fast immer sanft bergab und durch einigermaßen offenes Gelände, an den Wasserläufen entlang, die sich vom hoch gelegenen Gelände des substellaren Plateaus wegschlängelten. Die »Zugtiere« schienen angenehm überrascht zu sein, dass es nicht gar so anstrengend war, wie sie vielleicht befürchtet hatten, obwohl Stef in Anbetracht der Tatsache, dass sie sich nicht an der Plackerei beteiligen musste, kein Wort darüber verlor.

Nach etwa einer Viertelstunde ließ Titus sie haltmachen, damit sie kleine Korrekturen an den Stiefeln, am Zuggeschirr und an ihrer Kleidung vornehmen konnten. Dann gingen sie eine halbe Stunde weiter, bis Titus erneut eine Pause einlegte, um Wasser zu trinken, und dann eine weitere halbe Stunde, nach der er das Team rotieren ließ. Dabei schlüpfte Beth in Mardinas Zugriemen.

Nach gerade einmal drei Stunden – Stef schätzte, dass sie nur fünf oder sechs Meilen zurückgelegt hatten – entschied Titus, dass es für den ersten Tag reichte.

Die anderen wären lieber in Bewegung geblieben, nachdem sie nun aufgebrochen waren; die *Tausende* von Meilen, die vor ihnen lagen, lasteten schwer auf ihnen. Aber Titus war vor allem ein erfahrener Marschierer, und er wusste, was er tat. Sie mussten alle die Stiefel ausziehen, die Füße in einem Strom baden und dann in weite, offene Lagersandalen schlüpfen, die sie auf seine Anweisung angefertigt hatten. Ungeübt, wie sie waren, würden sie an diesem ersten Tag länger als gewöhnlich brauchen, um das Lager aufzuschlagen und die üblichen Routinetätigkeiten zu erledigen, einen Latrinengraben auszuheben, Nahrung zu sammeln und Wasser zu holen, und Titus wollte sichergehen, dass sie all das richtig machten. Außerdem wollte er den Karren überprüfen, um zu sehen, ob er diesen letzten Test der Fahrtüchtigkeit bestand. Sie hatten Ersatzteile und Töpfe mit Mark, um offensichtliche Mängel zu beheben.

»Na los, na los!«, scheuchte Titus sie, als sie sich an die Arbeit machten. »Wenn römische Legionäre auf dem Marsch sind, schlagen sie jeden Abend ihr Lager auf …«

»Na klar.«

»Und man hört kein Wort der Klage …«

»Na klar!«

»Also, ich weiß noch, wie wir einmal auf einem Feldzug …«

»Lass gut sein, Titus Valerius!«

Sobald sie mit dem Lagerbau fertig waren und sich um das Feuer für die Nacht versammelt hatten, erkannte Stef, wie klug Titus' Vorgehensweise war. Sie hatten alle mit unerwarteten Widrigkeiten zu kämpfen gehabt, selbst wenn es sich in

Stefs Fall nur um das Fehlen eines Kissens unter ihrem knochigen Hintern handelte. Und sie waren alle müder als erwartet. Aber sie hatten den Tag überstanden, sie hatten alles getan, was Titus von ihnen verlangt hatte, und sie wussten jetzt, dass sie diesen Ablauf in den folgenden Tagen nur wiederholen mussten.

Bevor sie sich unter ihren Decken und Kleiderhaufen einmummelten, um zu schlafen, zusammengedrängt unter Beths aufgespanntem Zeltdach, kam Titus noch einmal herum, begleitet von Clodia mit einem schlichten Verbandskasten. Der Legionär bestand darauf, die Füße all seiner Leute auf blaue Flecken, Abschürfungen und im Entstehen begriffene Blasen zu überprüfen. »Jetzt, da ihr alle Soldaten auf dem Marsch seid, werdet ihr lernen, dass eure wichtigsten Körperteile eure Füße sind. Behandelt sie pfleglich, dann ergibt sich alles andere von selbst. Und je eher ihr alle imstande seid, das selber zu tun, desto besser.«

»Gute Nacht, Titus Valerius.«

»Gute Nacht, Hilfssoldaten …«

Nachdem Titus seine Runde gemacht hatte, hörte Stef Geraschel und sah Schatten durch das matte Licht unter dem Dach schlüpfen. Es gab keinen Zweifel, wer das war: Chu Yuen und Mardina Eden-Jones-Guthfrithson mit ihren Decken, Hand in Hand, auf dem Weg unter dem Zeltdach heraus ins Dunkel des Waldes.

Am nächsten Tag kamen sie besser voran. Und am darauffolgenden Tag noch besser.

Stef verzichtete bewusst darauf, die Tage zu zählen. Sie versuchte nicht einmal, die zurückgelegte Entfernung abzuschätzen. Sie wusste, dass sie solche Aufgaben Titus und der KolE überlassen konnte. Und außerdem schlief sie besser, wenn sie nicht über die Herkulesaufgabe nachdachte, die vor ihnen lag. Sie betrachtete das als eine neue Lebensweise, als einen langen Tunnel der Routine, die ihre Tage in der nächsten Zeit ausfüllen würde. Schlafen, das Lager abbrechen, marschieren, das Lager aufschlagen, schlafen … Ohne Anfang und ohne Ende.

Sie ließen das hoch gelegene Gelände des Substellarpunkts hinter sich und büßten den Vorteil der abfallenden Hänge ein, die Titus so geschickt für sie ausgekundschaftet hatte. Andererseits wurde das Wetter auf dem niedrigeren Gelände, abseits des ewigen Tiefdrucksystems über dem Substellarpunkt, milder und weniger turbulent. Tag für Tag gab es weniger Wind und Regen. Und die Vegetation um sie herum reagierte darauf. Der Wald mit den vielen umgestürzten und beschädigten Bäumen, der den unruhigen Substellarpunkt gekennzeichnet hatte, wich offenerem Land mit kleinen Wäldchen, die von breiten Streifen bodendeckender, das Licht einfangender Vegetation getrennt wurden.

Während der langen Stunden zwischen den Tagesmärschen ließ sich die KolE von Chu ins Land hinaustragen, weg vom Lager, um das sich verändernde Terrain zu inspizieren. Aus Neugier und wenn sie die Kraft dazu hatte, folgte ihnen Stef – oftmals zusammen mit Beth, die gern mehr davon sehen wollte, was aus dieser Welt geworden war, die sie immer noch als ihre Heimat betrachtete.

Am Ende eines nicht weiter bemerkenswerten Tages überquerten sie Seite an Seite eine Ebene, die fast ganz von wuchernden grünen Blättern bewachsen war. Sie sahen wie riesige Seerosen aus, fand Stef. Systeme aus jeweils drei Blättern vereinigten sich an einem zentralen Stängel, bedeckten den Boden und badeten im Proxima-Licht. Als sie sich hinkniete, um sie sich näher anzusehen, stellte sie fest, dass die Blätter mit feinen Ranken, die jeden Quadratzentimeter bedeckten, fest im Boden verankert waren. Kein Konkurrent würde sich den Wuchsraum dieser Pflanze, diesen Anteil vom Sternenlicht unter den Nagel reißen. Es war eine sehr arduanische Szenerie. Doch als sie die Hand in den Boden unter einem Blatt steckte, förderte sie etwas zutage, was wie ein Häufchen echten terrestrischen Mutterbodens aussah, mit einem Regenwurm, einem asselähnlichen Wesen und anderen terrestrischen Kriechtieren.

Auf dem Rückweg zum Lager bekam Stef allmählich ein besseres Gespür für die größere Landschaft. Mit dem unverrückbar darüber stehenden Stern glich dieser Teil der Welt, dessen Boden auf jedem Quadratzentimeter dick vom Grün des Lebens kolonisiert war, einem riesigen, kollektiven, kooperativen System, das sich im Lauf der Zeit dahin gehend optimiert hatte, jedes Fitzelchen Energie aus dem vom Himmel fallenden Licht zu extrahieren. Stef kam sich vor wie in einem riesigen, alten und verfallenen Gewächshaus mit von Flechten, Moos und Unkraut überwuchertem Glas – und hier und dort einem leuchtenden Klecks irdischen Lebens, eingebettet in den Rest.

Mitten am nächsten Tag kamen sie ans Ufer eines breiten, friedlich dahinströmenden Flusses.

Stef kletterte von ihrer Bank und humpelte zu Titus hinüber. Er stand da, die gesunde Hand in die Hüfte gestemmt, und schaute grinsend aufs Wasser hinaus. »So weit sind Clodia und ich auf unserem Erkundungsausflug gekommen. Nun ja, ich dachte mir, weiter bräuchten wir nicht zu gehen. Dieser Fluss kommt eindeutig vom Substellarpunkt …« – er machte eine

Handbewegung zurück in Richtung Proxima – »… und fließt, zweifellos von vielen Zuflüssen gespeist, ungefähr in südöstliche Richtung. Das sieht man ja. Also, Stef, sag mir noch mal, dass ich kein Geometer bin. Ich präsentiere euch eine Straße, die so schnurgeradeaus führt wie jede Römerstraße. Jetzt können wir zumindest für eine Weile alle so bequem fahren wie *du* auf der ganzen bisherigen Strecke seit unserem ersten Lager.«

»Aye, aye, Cap'n.«

»Wie bitte?«

»Ich nehme an, das ließ sich nicht übersetzen …«

Sie schlugen auf die übliche Weise ihr Lager auf. Dann machten sie sich daran, ihren Karren zu einem kleinen Boot umzubauen – sie montierten die Räder und Achsen ab, gingen mit ihrem Mark-Teer über die Abdichtungen und holten Paddel heraus, die sie auf primitive Weise aus zusammengebundenen toten Stängeln angefertigt hatten.

In den Pausen nutzten sie den Fluss, wuschen sich die Füße und reinigten ihre Kleider, tauchten bis zum Hals wohlig in das erfrischend kühle Nass. Aber Titus verbot ihnen zu schwimmen. Trotz der starken Strömung wucherte im Flussbett offensichtlich pflanzliches Leben, und er wollte nicht, dass sich jemand darin verfing.

Es dauerte achtundvierzig Stunden, bis sie bereit waren, sich einzuschiffen. Nach so vielen Tagen auf dem Landweg hatten sie alle gelernt, nichts zu überstürzen.

Wie bei ihrem ersten Tagesmarsch entschied Titus, dass ihre erste Etappe mit dem Boot kurz sein würde, damit sie etwaige Fehler ausbessern konnten. Er sorgte dafür, dass diejenigen, denen er die Paddel anvertraute, sich zum Schutz Stoff um die Handflächen wickelten und aus leichten Rettungsdecken improvisierte Ponchos überzogen, die das Spritzwasser abhielten.

Sie mussten sogar ihre leichten Lagersandalen tragen, sodass ihre Stiefel, kostbare Ausrüstungsgegenstände, in Regenhäute eingepackt werden konnten. Bei Titus ging es immer ums Detail, bemerkte Stef.

Es machte ihn sichtlich wütend, dass er wegen seines fehlenden Arms nicht selbst paddeln konnte. Aber er bestand darauf, am Heck zu sitzen, wo ein primitives Ruder angebracht worden war.

Sobald sie alle an Bord waren und ihre Sachen festgezurrt hatten, schob Chu sie mit einem mächtigen Stoß seines Paddels gegen einen Felsen vom Ufer weg, und sie trieben zur Mitte des Flusses hinaus. Titus saß an seinem Ruder am Heck, Stef am Bug, mit dem Rücken zum Fluss. Von den vier Ruderern saßen Chu und Clodia rechts von Stef und Beth und Mardina, Mutter und Tochter, links von ihr. Während der ersten paar Meilen blieben sie alle still, bis auf Titus' kurze Kommandos. »So ist es gut, wir halten uns in der Mitte, wo es am tiefsten ist … Paddelt ein bisschen weniger energisch, Chu und Clodia, ihr seid zu stark und schiebt uns zum Ufer, beim nächsten Halt balancieren wir euch besser aus … So ist es gut … Wenn wir das Boot der Strömung überantworten können und selber nichts mehr tun müssen, bin ich glücklich …«

Stef ertappte sich dabei, dass sie nervös das Deck unter ihren Füßen musterte und nach Lecks absuchte. Sie hatte den interstellaren Raum in Kernel-Sternenschiffen durchquert und war dank einer völlig fremdartigen Technologie sogar von einer Realität zur anderen gewechselt. Und doch flößte ihr die Fahrt mit diesem klapprigen Gefährt über nur ein paar Meter tiefes Wasser irgendwie mehr Furcht ein als alles andere.

Aber sie waren noch nicht weit gekommen, als sie von der Stimmung im Boot abgelenkt wurde. Mardina funkelte Chu und Clodia an, und Clodia starrte böse zurück.

»Autsch«, sagte Stef schließlich. »Ich habe noch nie ein so vernehmliches Schweigen gehört. Worum geht es, verdammt noch mal?« Aber natürlich ahnte sie schon, wie die Antwort lauten würde.

»Um sie«, platzte Mardina heraus und zeigte mit einem Finger auf Clodia.

Clodia sah aus, als wäre sie drauf und dran, quer übers Boot zu springen und sich auf ihre Rivalin zu stürzen.

»Sitz still«, befahl Titus seiner Tochter. »Betätige dein Ruder. Du auch, Mardina. Faucht einander an, wenn es sein muss, aber ihr werdet dieses Boot nicht in Gefahr bringen … Was ist hier eigentlich los?«

Clodia schaute finster drein. »Verstehst du's wirklich nicht, Vater?«

Titus seufzte. »Da ich nicht völlig blind und taub bin – doch, Mardina und Chu, ich habe gesehen, wie ihr beiden euch in der Nacht davongeschlichen habt.«

Chu ließ den Kopf hängen, bemerkte Stef, als wäre er noch immer ein Sklave, der bei einer Missetat erwischt worden war.

»Aber«, sagte Titus mit schwerer Stimme, »das heißt nicht, dass ihr ein *Liebespaar* seid. Bloß weil ihr miteinander schlaft. Also, ich weiß noch, wie wir einmal auf einem Feldzug …«

»Oh, *Vater*«, knurrte Clodia.

»Nun – ob es so ist oder nicht, ich verstehe nicht, was für ein Problem du mit Clodia hast, Mardina.«

»Du siehst, dass wir miteinander schlafen, aber du siehst nicht, was sie *tut*?«, fuhr Mardina auf. »Die Art, wie sie jetzt neben ihm sitzt. Wie sie ihn anschaut. Sich an ihn lehnt. Sich an seinem Arm festhält, wenn das Boot schaukelt …«

»Sei nicht albern.«

»Ehrlich gesagt, Titus«, meinte Beth mit einem betrübten Lächeln, »mir ist das auch aufgefallen. Ich glaube aber nicht, dass sie es aus Bosheit tut, Mardina. Ich glaube, sie kann einfach nicht anders. Wisst ihr, Mädchen, das Problem liegt nicht bei euch beiden, und auch nicht bei Chu. Es ist einfach so, dass nur ihr drei da seid, drei junge Leute – in diesem Boot, auf diesem ganzen elenden Planeten. Irgendwann wäre dieses Problem so oder so aufgetaucht.«

Mardina starrte sie wütend an. »Das ist ja wirklich sehr hilfreich, Mutter. Also, was schlägst du vor? Sollen wir einander wegen Chu umbringen, so wie es diese Kolonisten auf Per Ardua gemacht haben, wie du mir ständig erzählst?«

»Idealerweise werden wir das vermeiden«, sagte Titus mit einer gefährlichen Gelassenheit. »Aber während ihr drei die Sache klärt, sind hier die militärischen Regeln. Wir befinden uns auf einer Mission. Und wir stehen auch vor der Aufgabe zu überleben, ganz einfach. Ihr drei könnt Bäumchen-wechsel-dich spielen, soviel ihr wollt«, und er hielt den Blick von seiner Tochter abgewandt, als er das sagte. »Aber wenn ihr handgreiflich werdet, wenn mir auch nur eine Spur des Verdachts in die Nase steigt, dass ihr uns alle in Gefahr bringt – also, dann werde ich der ganzen Angelegenheit ein Ende machen. Ich schneide dir den Schwanz ab, Sklavenjunge, häute ihn und benutze ihn als Windsack. Mal sehen, ob diese jungen Frauen dann immer noch um dich kämpfen.«

Chu schien darüber nachzudenken. »Das wäre aber ein großer Windsack, Herr …«

»Halt die Klappe.«

Eine Weile fuhren sie schweigend den Fluss hinab.

Dann meldete sich die KolE aus ihrer wasserdichten Schutzhülle zu Wort. »Das ist ja nicht auszuhalten. Sollen wir ein Lied singen? Da gibt es eins, an das du dich vielleicht noch aus deiner Kindheit erinnerst, Beth, aus der Zeit mit Yuri Eden und Mardina Jones – nicht dass *wir* damals ein Boot gehabt hätten. *Row, row, row your boat* … Kommt, bitte stimmt mit ein …«

Während sie weiter den Fluss hinabtrieben, hallte die Stimme der KolE von dem lebenssatten Wasser wider.

# 64

Mit der Zeit verbreiterte und vertiefte sich der große Wasserlauf. Viele Zuflüsse strömten aus der Umgebung in ihn hinein, so wie Titus es vorhergesagt hatte.

Dann kam ein Tag, an dem »ihr« Fluss eine Konfluenz passierte und zum Zufluss eines noch viel größeren Flusses wurde. Bald war der Strom so breit, dass man das andere Ufer kaum noch erkennen konnte. »Was für Glückspilze wir doch sind«, sagte Stef. »Wir haben den hiesigen Mississippi gefunden.« Aber von ihren Gefährten wussten nur die KolE und Beth, welchen Fluss sie meinte, und selbst die auf Per Ardua geborene Beth war sich nicht ganz sicher.

Titus bestand darauf, dass sie nah am Ufer blieben, weil er stärkere Strömungen in der Mitte des Flusses fürchtete – und möglicherweise auch aggressivere Lebensformen als diejenigen, denen sie bereits begegnet waren. Trotzdem fuhren sie mit ständig zunehmender Geschwindigkeit weiter.

Ohne die körperlichen Anstrengungen des Marschs – die härteste Arbeit war die tägliche Plackerei, das Fahrzeug für die Nacht ans Ufer zu ziehen – und wegen des nur fast unmerklich langsam am Himmel hinter ihnen herabsinkenden Sterns verschwammen die Tage für Stef immer mehr ineinander. Trotzdem war es eine Überraschung, als die KolE verkündete, dass sie bereits seit sechzig Tagen unterwegs waren.

Der Charakter der Landschaft um die Flussufer herum änderte sich erneut. Ein großer Teil der Vegetation war hüfthoch, und Stef musste an die mittelamerikanischen Prärien denken – oder vielmehr an museale Rekonstruktionen solcher Ökologien aus der Zeit vor den Klimaschocks, die sie gesehen hatte. Jetzt, wo die Luft kühler war und Proxima noch tiefer stand, waren die bodendeckenden »Seerosen« nicht mehr so erfolgreich, und Pflanzen, die sich aufrichteten und zum Stern geneigte Blätter trugen, kamen besser zurecht. Hier gab es sogar Bäume oder baumähnliche Gebilde mit großen Blättern, die um das lebensspendende Licht konkurrierten, einige gedrungen und farnartig, andere sehr hoch und über die »Prärieblumen« aufragend. Aber in diesem offeneren Land erging es auch einigen terrestrischen Pflanzen besser, und die Reisenden sammelten dankbar ganze Hände voll wilder Kartoffeln, Yamswurzeln, ja sogar Trauben von Reben ein, die sich an arduanischen Bäumen hochrankten, eine Symbiose über die beiden Sphären des Lebens hinweg, die die KolE nach eigener Aussage erfreulich fand.

Die KolE bat nie um einen Halt. Sie schien sich des auf ihnen allen lastenden Drucks, möglichst schnell möglichst große Strecken zurückzulegen, nur allzu bewusst zu sein. Aber in ihren »nächtlichen« Pausen bat sie Chu oder auch Beth oder Stef manchmal, sie zu besonders interessanten Stellen zu bringen. Zum Beispiel zu freiliegenden Felsformationen – die selten waren; dieser arduanische Kontinent war so flach geschmirgelt wie das Innere von Australien. Und die KolE bat darum, dass sie Proben nahmen und nach Fossilien suchten.

»Du weißt bestimmt noch, wie frustriert ich damals immer war, Beth Eden-Jones! Dieser Planet war früher so aktiv, ständig brodelten Stücke seiner Oberfläche hoch, und dabei wurden sämtliche Fossilien vernichtet und die Schichten zerrissen, in denen sie sich gebildet hatten – der gesamte Fossilbericht war ein einziges Kuddelmuddel. Jetzt, wo die Welt so viel ruhiger ist, besteht zumindest eine Chance, ein paar vernünftige Fossilien zu finden, zumindest von vergleichsweise jungen Lebensformen …«

Aber das Einzige, was sie jemals fand, sah für Stef wie verfilzte Schilfklumpen aus, im Sandstein komprimiert und versteinert. Wenn es keine signifikanten Veränderungen gab, keine Auslöschung oder Evolution, bekam man wohl nur einen nichtssagenden Fossilbericht, ganz egal, wie gut er erhalten war. Nichts als Stängel für – wie lange? Jahrmillionen?

Was Stef selbst bemerkte und mit der KolE erörterte, war das völlige Fehlen jeglicher Spuren von Menschenwerken.

»Wir wissen, dass jemand hier war, auf *diesem* Per Ardua. Richtig? Sonst wären die Kartoffeln und Weinreben nicht hier. Aber wo sind die Städte? Oh, die Gebäude sind sicher eingestürzt und zerbröckelt, aber wo sind ihre Fundamente, die Müllhalden, die Umrisse der Felder? Wo sind die Überreste der Straßen und Eisenbahngleise? Wir waren dabei, Farmen anzulegen und Bergwerke zu gründen, bis hin zum Terminator. Aber es ist überall genauso wie am Substellarpunkt – nichts ist mehr da. Wie lange würde es dauern, bis das alles zu Staub zerfällt, KolE?«

Aber wie immer wollte die KolE keine Vermutungen über zeitliche Abläufe anstellen. »Wir werden es noch früh genug erfahren«, sagte sie. »Sobald ich den Himmel auf der dunklen Seite sehe. Dann werden wir wissen, wie lange.«

Einmal bat die KolE darum, in einen Stromatolithengarten gebracht zu werden, wo diese komplizierten, ungefähr brusthohen Hügel aus Bakterienschichten dicht an dicht wuchsen.

»Von allen arduanischen Lebensformen, die ich beobachtet habe – außer den Erbauern selbst –, ist der Stromatolith vielleicht die charakteristischste«, erklärte sie vergnügt aus ihrem Rucksack auf Chus Rücken. »Und die beständigste. Wahrscheinlich war sie schon vor allen anderen hier, und sie wächst noch immer stark, selbst jetzt in der Endzeit.«

*Endzeit?*, fragte sich Stef.

»Dennoch«, fuhr die KolE fort, »scheint an diesen speziellen Exemplaren etwas ein winziges bisschen anders zu sein. Beth, Chu, habt ihr Messer dabei?«

Sie bat Beth, einen der Stromatolithen aufzuschneiden, durch den Panzer und den dicken Stamm. Im Innern war ein grünlicher, andeutungsweise stratifizierter Brei. Beth schob die Hände hinein, schrie jedoch: »Au!«, und zog sie zurück. »Mich hat etwas *gebissen* …«

Sie rief Chu und Stef herbei, und etwas vorsichtiger entfernten sie das schleimige Innere des Stromatolithen, Klumpen für Klumpen.

Dann fanden sie das Ameisennest. Große schwarze Leiber, jeder vielleicht so lang wie ein Daumenglied, kamen aus Protest gegen das Eindringen von Tageslicht herausgekrabbelt.

Die KolE schien fasziniert zu sein. »Wie wunderbar! Ein weiterer Fall von ökologischer Integration, von Kooperation. Vielleicht ernähren sich die terrestrischen Insekten von Abfallstoffen, die in den Schichten der wachsenden Stromatolithen gefangen sind. Und das Gebilde als Ganzes muss von der inneren Durchmischung durch die Insekten profitieren. Zwei Lebensformen, die von Lichtjahre voneinander entfernten Welten stammen, entwickeln Methoden, um zum Nutzen aller zusammenzuleben und zusammenzuarbeiten.«

»Ich nehme an, dass in all dem eine moralische Lektion steckt«, sagte Beth trocken.

Wieder blieb Stef mit mehr Fragen als Antworten zurück. Ja, sie konnte die Evolution einer kooperativen Gemeinschaft wie dieser verstehen. Aber wie *lange* hatte diese Evolution gedauert? Zeit – das große Geheimnis dieses neuen Per Ardua.

Sie reinigten ihre Messer, stopften das breiige organische Material wieder in die geschaffenen Wunden und kehrten – mit einer letzten stummen Entschuldigung Stefs an den verstümmelten Stromatolithen – zu ihrem Lager am Fluss zurück.

Neunzig Tage nach ihrem Aufbruch vom Substellarpunkt mündete ihr treuer Fluss endlich in ein größeres Gewässer, vielleicht einen See, vielleicht sogar ein Meer. Es war groß, erstreckte sich über ihren Horizont hinaus, und war randvoll von grünem Leben.

Sie beschlossen, auf den Versuch zu verzichten, es mit dem Boot zu überqueren. Also schlugen sie für ein paar Tage ihr Lager am Ufer auf und bauten das Boot wieder zu einem Karren um. Dann begannen sie, ihn um den See herumzuschleppen; sie hofften, eine Möglichkeit zu finden, wie sie – ihrem Großkreis folgend – weiter in südöstliche Richtung marschieren konnten. Die Schlepper murrten, und Titus tadelte sie für ihren Mangel an Fitness nach so vielen Tagen auf dem Fluss.

Nach ein paar Tagen gelangten sie zu einer breiten Landenge, wie es schien, einer Landenge, die ihren See und einen noch größer wirkenden Nachbarn trennte. Die Landenge führte zu einem höher gelegenen Gelände im Südosten mit einem dichten Waldteppich.

Voller Erleichterung, dass sie ihren Kurs wieder aufnehmen konnten, setzten sie ihren Weg über diese natürliche Brücke fort. Titus marschierte kühn an der Spitze und legte sich mit der Kraft eines Mannes, der halb so alt war wie er, in sein Geschirr. Er bot einen prächtigen Anblick in dieser Umgebung, fand Stef. Die langsam sinkende Proxima schimmerte auf dem Wasser um ihn herum, und er warf einen immer länger werdenden Schatten voraus: Er war der letzte Römer auf einer letzten, unmöglichen Mission. Nicht dass sie vorhatte, ihm das zu sagen.

Sie erreichten das Waldgebiet auf der anderen Seite der Landenge. Verglichen mit dem substellaren Wald war dieser dünn und lückenhaft, aber in den langen Schatten recht dunkel. Titus und Clodia verbrachten einen Tag damit, eine mögliche Route auszukundschaften, und entschieden sich für einen weiteren Wasserlauf, der von der Landenge aus nach Süden führte und eine Schneise durch den Wald schlug.

Sie setzten ihren Marsch fort. Während Proxima immer mehr an Höhe verlor, veränderte sich die Art der Vegetation um sie herum erneut. Die Bäume waren jetzt höher, mit großen, ausladenden Blättern, die sich nach Nordwesten streckten, zu dem sinkenden Stern, und die sich verdichtenden Schatten zu ihren Füßen wurden von einem grünlichen Lichtschein durchbrochen, der von den riesigen, weit gespannten Dreierblättern oben reflektiert wurde. In einigen dieser Lichtpfützen fanden sie Termitenhügel, die sie von der Erde her kannten. Die Insekten ernährten sich von dem reflektierten Licht eines anderen Sterns: noch so ein hübsches Beispiel für die Kooperation interstellaren Lebens in dieser fremdartigen Umgebung.

Hundertzwanzig Tage nach ihrem Aufbruch vom Lager am Substellarpunkt erreichten sie ein weiteres Etappenziel. Als Stef zurückblickte, sah sie, dass die von der Refraktion in der dichteren Luft getrübte und aufgeblähte Scheibe von Proxima jetzt den Horizont berührte. Und als sie nach vorn schaute, fielen ihr Lichtpfützen auf, Inseln am Himmel. Die kannte sie noch von ihrem letzten Ausflug über den Terminator, zusammen mit Yuri Eden und Liu Tao, vor langer Zeit. Sie sah, wie sich das Licht von Proxima an den Gipfeln von Bergen fing, deren untere Bereiche in ewiger Nacht lagen, im Schatten des Planeten.

Und dann erklärte Mardina, sie sei schwanger.

# 65

Sie schlugen ihr Lager in einem dämmrigen Tal auf.

Sie waren in den Schatten der Welt eingetreten, erkannte Stef. Der wolkenverhangene Himmel war pechschwarz. Das einzige Licht außer dem ihrer Taschenlampen kam von dem Berg, der über diesem Tal aufragte, abgeschliffen von der Zeit, aber immer noch so hoch, dass sein Gipfel und die oberen Flanken in Sonnenschein getaucht waren, und ein Teil dieses Tageslichts wurde in das zu seinen Füßen liegende Tal reflektiert. Stef hegte den Verdacht, dass sie – aus Gründen des Instinkts ebenso wie der Logik – länger als nötig in diesem letzten Lichtflecken verweilten, bevor sie in die endlose Dunkelheit vor ihnen eindrangen; sie konnten es nicht ertragen, den niemals endenden Proxima-Tag hinter sich zu lassen.

Wie immer übernahm Titus Valerius das Kommando. Zunächst ließ er sie das Lager an einer felsigen Stelle errichten, die sich aus dem ansonsten schlammigen Boden erhob – und der Boden würde hier am Terminator immer schlammig sein, hatte die KolE sie gewarnt, wenn es nicht schneite oder fror. Am Terminator regnete es ständig. Wenn die warme Luft von der Tagseite in die Kälte der endlosen Nacht strömte, gab sie ihre Feuchtigkeit ab, sodass der Boden überall mit Wasser getränkt sein würde. Doch auf diesem Felsen konnten sie zumindest ein Feuer machen, außerhalb der Feuchtigkeit schlafen und etwaigen Regen mit ihrem Zeltdach abhalten, das von einem Gerüst aus Stängelbaumstämmen getragen wurde.

Sobald sie mit dem Lagerbau fertig waren, versammelte Titus sie im Schein des Feuers. In der zunehmenden Kälte trugen sie bereits zusätzliche, gefütterte Kleidungsschichten; sie sahen alle dick und unbeholfen aus.

»Bisher sind wir gut vorangekommen«, begann Titus. Während er sprach, teilte er einen Eintopf aus Kartoffeln und Kohl aus. »Vor allem dank der Flüsse. Hundertzwanzig Tage bis zu diesem Schattenland, das ging schneller, als ich erwartet hatte. Aber wir müssen noch einmal dieselbe Distanz bewältigen, und zwar von Anfang bis Ende im Dunkeln und in der Kälte, wenn ich es richtig verstanden habe. Ja?« Er sah sie der Reihe nach düster an. »Ein paar von euch kennen diese Welt; ich war noch nie hier. Jetzt, wo ich hier sitze, bin ich mir unsicher, ob sich diese Mission überhaupt durchführen lässt – sechs Personen, die einen Karren Tausende von Meilen weit durch die Dunkelheit zerren. Nun, wir müssen unser Bestes tun. Wie geplant, werden wir jetzt unsere Situation betrachten und uns auf das vor uns liegende Abenteuer vorbereiten.«

Stef lächelte bei seiner Wortwahl. *Abenteuer*, nicht Tortur. Der Mann war ein geborener Anführer. Als sie den Blick über die Gruppe schweifen ließ, sah sie, dass ihm alle aufmerksam zuhörten – außer Mardina vielleicht, die den Kohl nicht hinunterzubringen schien und zusammengekrümmt dasaß, die Knie an die Brust gezogen.

»Wir sind zu sechst, plus die KolE«, fuhr Titus fort. »Ihr vier – alle außer mir und Clodia – unternehmt einen letzten Versuch, Proviant zu sammeln. Auf dem Eis der dunklen Seite wächst natürlich nichts. Das ist mir klar. Also müsst ihr auf dieser Seite so viel Essbares wie möglich von der Vegetation in den sonnenbeschienenen Gebieten ein kleines Stück hinter uns oder sogar auf dem beleuchteten Gipfel über uns beschaffen. Wenn wir aufbrechen, muss unser Karren voll sein, und unsere Rucksäcke müssen überquellen. Vielleicht finden wir eine Möglichkeit, die Menge noch etwas zu reduzieren, indem wir die Nahrung kochen oder pressen. Wenn das zu schwierig ist, können wir die Sache auch langsamer angehen, indem wir eine Reihe von Proviantdepots anlegen und uns Schritt für Schritt tiefer in die Kälte vorarbeiten.«

»Zumindest werden wir dank des Kernel-Ofens der Römer keine Probleme mit der Wärme haben«, warf Stef ein. »Auf dem Eis der anderen Seite wachsen keine Bäume, da gibt es keinen Brennstoff für Feuer.«

»Richtig«, sagte Titus.

Beth nickte. »Während wir also auf Nahrungssuche gehen und Kartoffeln kochen, werden Clodia und du …«

»Wir werden Erkundungsgänge unternehmen«, erklärte Titus mit einem Grinsen. »Wir werden zumindest ein kleines Stück weit in die Dunkelheit vordringen. Nach einer Route suchen. Und nach einer Möglichkeit, die Reise abzukürzen.«

Beth runzelte die Stirn. »Wie soll das gehen?«

»Keine Ahnung. Aber ich war ja auch noch nie hier.« Er warf einen Blick auf die KolE, die auf einer zusammengefalteten Decke stand. »Und in gewissem Sinn auch keiner von euch, weil – wenn ich eure Andeutungen richtig verstehe – eine große Zeitspanne *diese* Welt von derjenigen trennt, die ihr früher gekannt habt. Wer weiß, was in all dieser Zeit geschehen sein mag? Vielleicht hatte Per Ardua seine eigenen Römer, und die haben eine schnurgerade Straße hinterlassen, die uns geradewegs zum Antistellarpunkt führt.«

Stef lächelte. »Es kann nichts schaden, nach so etwas Ausschau zu halten.«

Nun wandte sich Titus an Clodia. »Und ich will dich an meiner Seite haben, mein Kind, weil du eine wertvolle Begleiterin sein wirst. Ich habe auf dieser Reise schon genug gesehen, um das zu wissen.«

»Danke«, sagte Clodia ausdruckslos.

Titus sah Mardina an. »Die Alternative wäre, dass du hier bleibst und Mardina unterstützt. Du kannst dir vielleicht vorstellen, wie viel ich über Schwangerschaften weiß. Vielleicht würde es Mardina helfen, eine andere junge Frau an ihrer Seite zu haben.«

Mardina sah ihn düster an. »Vergiss es. Meine Mutter ist hier. Und Stef.«

»Und ich«, sagte die KolE. »Denkt an meine Programmierung. Ich sollte die medizinischen Bedürfnisse einer wachsenden Kolonie befriedigen. Tatsächlich habe ich vor vielen Jahren bei der Geburt von Beth Eden-Jones geholfen. Obwohl ich zu keiner praktischen Intervention mehr fähig bin, kann ich …«

»Du kannst die Klappe halten«, fuhr Mardina sie an. »Das kannst du. Ich brauche nichts. Noch nicht.«

Titus funkelte sie und Clodia an. »Jedenfalls ist es mit eurer Rivalität wegen des Jungen, Chu Yuen, jetzt vorbei, zumindest vorläufig. Ja? Wenn das Baby kommt, könnt ihr selbst herausfinden, wie ihr euer Leben – auch euer Liebesleben – organisieren wollt.«

Stef lächelte ihn an. »Titus Valerius! Ich bin schockiert. Ich dachte, ihr aufrechten Römer wärt monogam.«

»Auf dem Schlachtfeld gelten andere Moralvorstellungen.«

»Mir war nicht bewusst, dass wir uns auf einem Schlachtfeld befinden.«

»Sag das dem Eis. Also, ich weiß noch, wie wir einmal auf einem Feldzug …«

»Nicht jetzt, Vater«, sagte Clodia und kehrte ihm den Rücken zu.

Nachdem sie eine Nacht geschlafen hatten, zogen Titus und Clodia mehrere Schichten Kleidung über, packten Rucksäcke und schlüpften davon, nach Südosten, tiefer ins Dunkel hinein.

Die anderen machten sich auf, um Nahrungsmittel und Brennstoff fürs Feuer zu sammeln. Chu, Mardina und Beth erforschten das diffus erleuchtete Tal und unternahmen längere Ausflüge zurück ins Land des Tageslichts. Chu und Mardina kletterten auch ein paar Mal die Flanke ihres Berges hinauf, in die Insel des Lebens und Lichts dort oben. Beth merkte, dass sie selbst die steileren Abschnitte der Kletterpartie nicht bewältigen konnte, und sie war nicht glücklich darüber, dies ihrer schwangeren Tochter überlassen zu müssen. Aber die KolE wies darauf hin, dass die Schwangerschaft gerade erst begonnen hatte; ihre Tests zeigten, dass Mardina so gesund war, wie man es unter den Umständen erwarten konnte, und dass es wirklich keinen Grund gab, sie zurückzuhalten.

Stef linderte ihre eigenen Schuldgefühle, indem sie im Lager tat, was sie konnte: Sie polierte den Karren auf, bereitete die eingesammelte Nahrung zu und machte das Essen.

Und sie unterstützte die KolE bei deren biologischen, geologischen und astronomischen Forschungen.

Die Pflanzenarten, die die jungen Leute von dem sonnenbeschienenen Gipfel mitbrachten, erwiesen sich als komplex. Einige davon kamen ihnen bekannt vor; es waren Abkömmlinge entweder arduanischen oder terrestrischen Lebens. Andere waren jedoch fremdartiger. Es schienen im Grunde terrestrische Knollenfrüchte zu sein, aber die Blätter waren von einem eigentümlich arduanischen Grün. Die KolE geriet in helle Aufregung und bestand darauf, dass Stef Proben in kleine Stücke schnitt, um sie zur Analyse in ihr kleines internes Labor einzuspeisen.

»Erinnerst du dich an unseren Marsch zur anderen Seite mit Yuri Eden und Liu Tao, vor langer Zeit? Wir sind an diesen Terminator-Lichtinseln vorbeigekommen, die ich so gern erforscht hätte. Schon damals konnte ich erkennen, dass solche Inseln wirklich voneinander isoliert waren, insbesondere als wir tiefer ins Dunkel vordrangen, genau wie Inseln in einem Meer. Und genau wie auf der Erde sind Inseln natürliche Laboratorien der Evolution …«

Die KolE brauchte einen vollen Tag für die Analyse, bevor sie bereit war, ihre Schlussfolgerungen bekannt zu geben.

Sie hatte nur noch einen winzigen Bildschirm, der eigentlich dazu gedacht war, interne Diagnosen des KI-Speichers anzuzeigen. Stef musste ihre müden, wässrigen Augen zusammenkneifen, damit sie darauf etwas sehen konnte. »Das ist eine genetische Analyse«, sagte sie schließlich. »Aber da ist eine Mixtur. Von terrestrischer DNA und ihrer arduanischen Entsprechung …«

»*Alles aus der einen Pflanze*«, sagte die KolE. »Eine unansehnliche Knolle, über die man im Dunkeln stolpern könnte. Ich bin nicht einmal sicher, ob sie für Menschen essbar wäre …«

»Sag mir einfach, was du gefunden hast, verdammt noch mal!«

»Integration. Ein Produkt der tief greifenden Integration zweier Biosphären. Diese Pflanze ähnelt einer terrestrischen Gemüsepflanze, hat aber die irdische Fotosynthese durch die arduanische ersetzt – jene Version, die auf das Licht von Proxima eingestellt ist und die dichte Infrarotenergie nutzt, die Proxima abgibt. Verstehst du? Es ist, als wäre das Leben auf dieser Welt – über sehr große Zeiträume hinweg betrachtet – *zweimal* entstanden, Stef Kalinski. Das erste Mal, als das arduanische Leben auftauchte – und wie wir wissen, stand selbst dieses Ereignis im Zusammenhang mit dem Auftreten des Lebens auf der Erde, es gab da eine tiefe biochemische Verbindung, verursacht durch Panspermie. Und das zweite Mal, als Menschen auf dieser Welt eintrafen – Yuri Eden, Mardina Jones und all die anderen – und eine Reihe von Lebensformen von der Erde mitbrachten.«

»Ah«, sagte Stef. »Die IRF dachte, sie würde die Sterne erforschen. Tatsächlich hat sie Leben gesät.«

»Seit Lex McGregor hier herumlief und seine Reden hielt, hat sich die duale Biosphäre entwickelt. Anfangs müssen auf beiden Seiten Arten ausgestorben sein; Lebensformen, die sich nicht an die neuen Bedingungen anpassen konnten, sind zugrunde gegangen. Danach müssen sich über hunderttausend Jahre, eine Million Jahre hinweg neue Arten gebildet haben; neue Lebensformen sind aufgetaucht und haben sich an die neuen Bedingungen angepasst. Neue Kartoffelvarianten, die auf das dünnere Proxima-Licht eingestellt waren. Und nach zehn oder hundert Millionen Jahren sind dann integrierte Ökologien in Erscheinung getreten, weil sich die überlebenden Lebensformen gemeinsam weiterentwickelt haben.«

»Wie die Ameisen im Stromatolithen. Wie Bienen und Blumen auf der Erde. Aber das hier ist mehr, diese mutierte Metamorphose geht tiefer. Eine Symbiogenese«, hauchte Stef.

»Genau. Die tiefstmögliche Symbiose, die intimste Kooperation des Lebens überhaupt. So wie bei den Mitochondrien in euren Körperzellen, Stef, die früher einmal unabhängige Organismen waren und dann in eure Zellen integriert wurden, um als Energiequelle zu dienen, dabei aber ihr eigenes Erbgut behielten, eine Art Erinnerung an die Zeiten, in denen sie frei umherschwammen. Terrestrisches Leben, von Amöben und komplexen Zellen aufwärts, ist das Produkt einer tief greifenden Integration vieler Lebensformen. Genese durch Symbiose, in der Tat.«

»Und jetzt sehen wir hier auf Per Ardua dasselbe noch einmal. *Wie lange* würde das dauern? Wie viel Zeit ist hier vergangen, seit Menschen hergekommen sind? Wie weit sind wir in die Zukunft geschleudert worden, KolE? Mehr als Jahrmillionen, mehr als Hunderte von Millionen Jahren …«

Die KolE simulierte ein Seufzen. »Ich entschuldige mich für meine Schweigsamkeit. Ihr habt diese Fragen schon oft gestellt. Auf Grundlage der Daten, die ich bisher habe, der geologischen und biologischen Indizien – sogar der Evolution des Sterns selbst –, kann ich nur grobe Schätzungen vornehmen. Ich werde das Datum wesentlich genauer bestimmen können, wenn ich den Himmel der dunklen Seite sehe und astronomische Daten sammeln kann. Aber natürlich gibt es eine Obergrenze.«

Stef runzelte die Stirn. »Eine Obergrenze? Wie kann es eine Obergrenze der Zukunft geben – *was für* eine Obergrenze?«

»Die Endzeit«, sagte die KolE schlicht.

In diesem Moment kamen Mardina und Chu ins Lager gestürmt, abgewetzt, staubig und schwer atmend.

»Du sagst doch immer, du willst den Himmel sehen, KolE«, sagte Mardina.

»Ja …«

»Tja, das Glück ist dir hold. Man kann ihn vom Hang aus sehen, und man braucht von hier aus nicht sehr weit hinaufzuklettern. Steck sie in deinen Rucksack, Chu.«

»Und was sieht man da?«, wollte Stef wissen. »Die Sterne?«
Mardina warf ihr nur einen eigenartigen Blick zu. »Gewissermaßen. Schau's dir selber an. *Kommt* schon! Wo ist meine Mutter?«

Die vier – Stef, Chu, Mardina und Beth – standen am Hang und schauten über das nächtliche Land von Per Ardua hinaus, über einen Ozean aus Dunkelheit. Nur ein ganz schwacher reflektierter Lichtschein vom Gipfel oben erreichte sie hier.

Und über ihnen, an einem Terminator-Himmel, der ausnahmsweise einmal nur von vereinzelten Wolken verunziert wurde …

Keine Sterne, nein, sah Stef. Nicht *nur* Sterne. Es war ein Lichtband, ein Oval, eine Ellipse – nein, sicherlich war es eine Scheibe, die von ihr weggekippt war, sodass sie auf den vorderen Rand schaute. Vom Gesamteindruck her hatte sie eine rötliche Farbe, aber mit einzelnen hellen weißen Funken darauf, wie Glasscherben auf einem Samtkissen. Im Zentrum war ein hellerer Fleck, und Lichtstraßen liefen in kühnem Schwung um diesen Kern herum. Als ihre Augen sich an das schwache Licht angepasst hatten, sah sie nähere Einzelheiten, so etwas wie turbulente Wolken in diesen äußeren Straßen, und hier und dort einen helleren, fast schon grellen Funken. Wenn sie den Blick von dieser ungeheuren Himmelsskulptur abwandte, konnte sie Sterne sehen – gewöhnliche Sterne, isolierte, weit verstreute Funken, von denen allerdings viele ebenfalls rötlich wirkten. Aber der Himmel wurde von der riesigen Ellipse beherrscht.

Und was sie seltsamerweise als Nächstes bemerkte, war, dass Mardinas Hand in die von Chu glitt und sich fest um sie schloss.

»Weißt du, KolE«, sagte Stef scharf, »du hättest uns vor alldem warnen sollen.«

»Aber ich war nicht *sicher*. Ich kann nicht die Initiative ergreifen; ich kann nur Ratschläge erteilen.«

»Es ist eine Galaxie«, sagte Beth ein wenig ungestüm. »So viel weiß sogar ich. Wie unsere Galaxis, die Milchstraße … Aber was zum Teufel macht sie da oben? *Ist* es unsere Galaxis?« Sie schüttelte den Kopf. »Ich bin auf Per Ardua aufgewachsen, vergesst das nicht, auf der Tagseite. Sterne habe ich erst gesehen, als ich zum Merkur gekommen bin. Ist Proxima – ich weiß nicht – irgendwie aus der Galaxis herausgeschleudert worden, sodass wir sie jetzt von außen sehen?«

»Nichts dergleichen«, sagte die KolE sanft.

»Das ist gar nicht unsere Galaxis«, blaffte Stef. »Das ist Andromeda, nicht wahr? Größer als unsere, glaube ich. Die beiden Galaxien waren die größten der Lokalen Gruppe. Als ich ein Kind war und mit meinem Vater Himmelsgucker gespielt habe, haben wir in den seltenen Nächten, in denen wir in Seattle einen klaren Himmel hatten …« – und, in manchen Realitäten, mit ihrer unmöglichen Schwester Penny an der Seite – »… nach Andromeda Ausschau gehalten. Macht sich fabelhaft im Teleskop, aber man konnte sie sogar mit bloßem Auge sehen. Ein Lichtfleck. Und *das da*, würde ich sagen …« – und sie fing an, die Dimensionen des Objekts ungefähr mit dem Daumen abzumessen – »… ist wie groß? Dreißig Mal so groß wie der scheinbare Durchmesser der Erdsonne?«

»Eher vierzig Mal«, verbesserte die KolE.

Mardina starrte Stef an. »Und wie ist dieses Ding so groß geworden?«

»Ist es nicht. Es ist näher gekommen.« Stef schloss die Augen und dachte an ihre eigenen Astronomie-Grundkurse vor vielen Jahren zurück. »Zu meiner Zeit war Andromeda zweieinhalb Millionen Lichtjahre entfernt. Stimmt's, KolE? Aber schon damals konnten wir sehen, dass sie auf unsere Galaxis zukam. Die beiden Sternsysteme steuerten auf eine Kollision zu, die – nun ja, die spektakulär sein würde. Also, soweit ich mich noch an die Vorhersagen bezüglich des Zeitpunkts dieser Kollision erinnern kann, lag dieser weit in der Zukunft. Vier Milliarden Jahre oder mehr?«

»Eher viereinhalb«, sagte die KolE.

Stef kniff die Augen zusammen. »Wenn dieses Biest mit ungefähr zweihunderttausend Lichtjahren Durchmesser also *diese* scheinbare Größe am Himmel hat, könnte ich seine gegenwärtige Entfernung abschätzen …«

»Schon erledigt«, sagte die KolE. »Ich weiß jetzt, Stef Kalinski, dass wir rund dreieinhalb Milliarden Jahre in die Zukunft gereist sind – oder vielmehr, dass die Luken uns dorthin gebracht haben. Das heißt, nach der Epoche, aus der wir aufgebrochen sind.«

Beth, Mardina und Chu starrten einander bloß an und schauten dann auf die Tafel, die von Chus Hals hing, als würde der Geist der KolE dort wohnen, wie hinter einem menschlichen Auge.

Aber Stef verstand sofort. »Ja, ja. Also liegt die Kollision noch eine Milliarde Jahre in der Zukunft …«

»Falls sie überhaupt stattfindet«, sagte die KolE geheimnisvoll.

»Ich frage mich, was es für Kulturen, die nach der unseren entstanden sind, bedeutet haben muss, *das da* am Himmel hängen zu haben. Wo es Jahrhundert für Jahrhundert größer wurde. Wie viele Religionen mögen in ihrem Licht aufgestiegen und untergegangen sein, eingeschüchtert und verängstigt?«

»Wir werden es nie erfahren, Stef Kalinski«, sagte die KolE leise.

»Und mehr als drei Milliarden Jahre – das ist vermutlich mehr als genug Zeit für all die Prozesse, deren Ergebnisse wir hier auf Per Ardua gesehen haben. Dafür, dass fast jede Spur der Menschheit zu Staub zerfallen ist. Sogar dafür, dass Arten von zwei verschiedenen Sternsystemen einen Weg gefunden haben, sich zu einer gemeinsamen Ökologie zu entwickeln.«

Mardina ließ den Blick über den fremdartigen Himmel schweifen. »Ich verstehe nicht. Dreieinhalb Milliarden Jahre … Damit kann ich nichts anfangen. Wo ist Terra? Wo ist die Sonne?«

»Ich weiß es leider nicht genau«, sagte die KolE. »Die Sonne und das Alpha-Centauri-System, der Zentaurenhuf, waren früher einmal enge Nachbarn. Aber mittlerweile werden sie sich weit voneinander entfernt haben, während die Galaxis sich um ihre Achse gedreht hat. Die Erde, Terra, und die anderen Planeten werden noch immer um die Sonne kreisen. Aber auf der Erde gibt es wahrscheinlich kein Leben mehr; die sich langsam aufheizende Sonne wird die inneren Planeten sterilisiert haben – oh, schon vor zwei oder drei Milliarden Jahren. Aber die alternde Sonne ist noch nicht in ihr Endstadium eingetreten, die Rote-Riesen-Phase, in der sie anschwellen und die inneren Welten verschlingen wird.«

*Kein Leben mehr auf der Erde.* Ein plötzlicher Schauer überlief Stef, trotz ihrer vergleichsweise warmen Kleidung. Allein auf dieser Welt zu sein war das eine. Aus einem Realitätsstrom gerissen und in einen anderen geschleudert zu werden, war außergewöhnlich. Aber in einer so fernen Zukunft gestrandet zu sein, dass die Erde tot war und es vermutlich nichts mehr gab, was der Menschheit ähnelte, die sie gekannt hatte …

»Das ist furchterregend«, murmelte sie.

»Ja, in der Tat, Stef Kalinski«, sagte die KolE.

Chu betrachtete den Himmel. »Ich bin mit Sternenschiffen geflogen«, sagte er langsam. »Eingesperrt in Sklavenpferche. Aber wenn ich an Fenstern vorbeikam, habe ich den Himmel vieler Welten gesehen. Das hier ist ganz anders. Ich meine, selbst abgesehen von dem herannahenden Sternensturm, Andromeda. Die Sterne sehen trüber aus, und es sind viel weniger als früher.«

»Das ist eine gute Beobachtung«, lobte die KolE. »Die große Ära der Sternenproduktion ist schon in unserer Zeit zu Ende gegangen. Jetzt gibt es weniger junge und mehr alternde Sterne.«

»Und wo sind die anderen Sterne des Zentaurenhufs?«, fragte Chu. »Sie sollten zwei strahlend helle Laternen am Himmel sein.«

»Selbst Alpha Centauri hat sich mit der Zeit entwickelt«, sagte die KolE traurig. »Die Sterne dieses Systems waren älter als die Sonne. Der hellere des Hauptpaars wird vor etwa einer halben Milliarde Jahre in sein Rote-Riesen-Stadium eingetreten sein und alle Welten in seinem eigenen System und dem seines Partners sterilisiert haben, bevor er zu einem weißen Zwerg kollabiert ist – und Proxima wird von seinem schwächer werdenden Gravitationsfeld abgekoppelt worden sein. Der kleinere des Hauptpaars hätte noch viele Milliarden Jahre vor sich gehabt, bevor er ebenfalls in seine terminale Phase eingetreten wäre. Kleinere Sterne leben länger. Proxima, der Kümmerling des Wurfs, hätte wahrscheinlich noch sechs *Billionen* Jahre überdauert, bevor ihm sein sorgfältig verarbeiteter

Wasserstoff-Brennstoff ausgegangen wäre. Doch nun ist Proxima allein.«

»Du sagst *hätte* und *wäre*«, bemerkte Stef. »*Hätte* Jahrbillionen überdauert. Und du hast das gegenwärtige Datum mit erstaunlicher Genauigkeit geschätzt, wenn man bedenkt, dass du nur einen flüchtigen Blick auf diesen Himmel über uns geworfen hast ...«

»Wie schon gesagt, ich besitze tatsächlich noch mehr Informationen«, erwiderte die KolE. »Über die Zukunft des Universums, gesammelt während der langen Jahre meiner Heimreise zur Erde mit der *Malleus Jesu*. Kleine Anzeichen kommender Zeiten: Hinweise auf titanische künftige Ereignisse, über den Himmel der Gegenwart geschmiert. Ereignisse, deren Datum ich abschätzen konnte. Sobald ich gesehen hatte, dass Andromeda so nah ist, sobald ich ungefähr erkannt hatte, in welcher Epoche wir uns befinden, ließ sich daraus leicht ableiten, warum sie uns nicht zu einem beliebigen früheren Punkt gebracht haben, sondern zu *diesem* Punkt in der Zeit. Dieser ganz besonderen Zeit. Nach weiteren Beobachtungen – vor allem der kosmischen Hintergrundstrahlung – werde ich noch genauer sein können ...«

»*Sie*«, blaffte Stef. »*Sie* haben uns hierhergebracht. Du meinst die Lukenbauer. Die Erdschein die Träumer nannte.«

»Die Träumer – ja.«

»Und was ist so Besonderes an dieser Zeit?«, fragte Chu. »Dieser Zukunft, dieser Epoche?«

»Nichts.« Die KolE seufzte. »Nichts, außer dass es die allerletzte Epoche ist.«

»Die Endzeit«, sagte Stef.

Sie sah, wie Mardina die Hand auf ihren Bauch legte, über ihr ungeborenes Kind.

In diesem Moment kamen Titus und Clodia den Hang heraufgeklettert. »*Hier* seid ihr. Lagerdisziplin: Hinterlasst nächstes Mal eine Nachricht, bevor ihr alle weggeht.«

»Wir gucken in die Sterne«, sagte Beth. »Wir schauen uns *das da* an.« Sie zeigte zu Andromeda hinauf.

Titus schnaubte. »Wen interessieren Lichter am Himmel? Ich muss euch etwas viel Wichtigeres zeigen. Kommt mit und schaut euch an, was wir gefunden haben!«

# 66

Es war ein Marsch von ungefähr drei Kilometern – zwei von Titus' römischen Meilen.

Sie stiegen die Flanke des Berges hinab und durchquerten ein trockenes, schattiges Tal. Dabei kamen sie mühelos voran, sogar Stef, die seit dem Aufbruch der Expedition nur selten zu Fuß gegangen war, außer in der Umgebung ihrer zahlreichen Lagerplätze. Titus und Clodia trugen Fackeln aus trockenen Stängeln, die sie gebündelt und in Töpfe mit Mark getaucht hatten; sie brannten, wenn auch unruhig. Aber der Lichtschein Andromedas war verblüffend hell, insbesondere der jenes strahlenden Kerns. Milliarden von Sonnen anstelle von Mondlicht, dachte Stef müßig.

Wie Titus vorhergesagt hatte, vergaß auch Stef die Wunder des Himmels, als sie zu Titus' und Clodias Entdeckung gelangte. Für eine Weile vergaß sie sogar das düstere und noch immer unverständliche Geraune der KolE von der Endzeit.

Es war eine weitere Ellipse, wie Andromeda am Himmel – aber diese war in den Boden geschnitten. Und als Stef sich der lang gestreckten Öffnung näherte, stellte sie fest, dass sie in Wahrheit in eine kreisrunde Röhre schaute, einen Zylinder – nein, einen Tunnel, mit mehreren Metern Durchmesser war sie groß genug für diese Bezeichnung, einen Tunnel, der in flachem Winkel in den Boden führte und an der ebenen Oberfläche diesen elliptischen Querschnitt formte.

Die KolE ließ Chu, ihren Träger, um dieses Gebilde herumgehen und studierte es eingehend.

Aber Titus ermahnte sie alle streng, nicht in den Tunnel zu treten, auf das glatte, gekrümmte Innere. »Wir sind einfach so herumgelaufen, in der Hoffnung, einen geeigneten Fluss oder etwas dergleichen zu finden, was uns auf unserer Route voranbringen würde … Dann haben wir eine Art Wegzeichen gefunden. Massiven Granit – und kaum verwittert.«

»Das Terminator-Wetter liegt jetzt weitgehend hinter uns«, sagte die KolE. »Verwitterung und Erosion schreiten nur langsam voran. Das Wegzeichen könnte extrem alt sein, wie diese Struktur auch.«

»Nun, das Wegzeichen war mit einem ganz typischen, unmissverständlichen Pfeil versehen. Es hat uns direkt hierher geführt.«

»Bemerkenswert«, sagte die KolE. »Und dass wir so nah an der Stelle, wo wir den Terminator überquert haben, auf solch eine Struktur gestoßen sind – das ist bestimmt kein Zufall; die kalte Seite dieser Welt muss von lauter solchen Konstrukten durchzogen sein.«

»Ich verstehe nicht«, sagte Stef. Sie trat näher an den Rand der Ellipse heran. »Ich sehe einen Tunnel.« Sie schaute zu ihrem Berg zurück, um einen Bezugspunkt zu haben. »Er führt ziemlich genau nach Südosten – das heißt, weg vom Substellarpunkt …«

»Und direkt zum Antistellarpunkt«, sagte die KolE.

»Ein Tunnel, der in ziemlich flachem Winkel abwärts führt.« Sie nahm Clodias Fackel und hielt sie hoch. Der Tunnel führte schnurgerade in den Boden hinein, über den Lichtschein der flackernden Fackel hinaus. »Irgendein Transportsystem?«

Titus grinste. »Das Interessanteste daran habt ihr Philosophen noch gar nicht bemerkt. Ich habe euch gesagt, ihr sollt von der Fläche wegbleiben. Warum? Weil sie vollkommen glitschig ist – weniger Reibung als das glatteste Eis, würde ich meinen. Obwohl ich euch sagen kann, dass sie nicht kälter ist als alles andere hier – ich habe sie mit der Hand berührt, das habe ich gewagt. Aber falls man darauf treten sollte …« Er nahm einen Kieselstein und setzte ihn behutsam auf die geneigte Zylinderfläche. Einen Moment lang schien er still dazuliegen, dann begann er in die Mündung des Zylinders zu rutschen, wobei er allmählich schneller wurde, bis er im Dunkeln verschwand. »Seht ihr?« Titus grinste. »Ihr würdet auf den Hintern fallen und für immer verschwinden.«

»Nicht für immer«, sagte die KolE. »Ich nehme an, du hast dieses Experiment schon ein paar Mal ausprobiert, Titus. Wann genau hast du deinen ersten Stein in diesen Schacht geworfen?«

»Tatsächlich war es eine überschüssige Fackel, ich wollte sehen, wie weit er geht …«

Sie verglichen die Uhrzeit. Auf dem Marsch oder bei Erkundungstouren behielt Titus die Zeit immer sehr genau im Auge. Er hatte die Fackel vor ungefähr einer Stunde und fünfzehn Minuten hineingeworfen.

»Gut«, sagte die KolE. »Wir werden nicht lange warten müssen.«

Stef runzelte die Stirn. »Worauf? Es ist irritierend, dass du immer in Rätseln sprichst, KolE.«

»Tut mir leid. Als ich noch eine reine Landwirtschaftsmaschine war, haben die Leute meinen Spekulationen nur selten Aufmerksamkeit geschenkt, weißt du …«

»Spuck es aus, Blechmann.«

»Ich glaube, das ist ein Schwerkrafttunnel, Stef Kalinski. Es ist eine alte Idee, die auf Zeitgenossen von Newton zurückgeht.«

»Spar dir die Geschichtslektion. *Sag* es uns einfach.«

»Stellt euch einen Tunnel vor, der in einer schnurgeraden Linie zwischen zwei Punkten auf der gekrümmten Oberfläche eines Planeten durch den Boden führt. Der Tunnel verläuft geradeaus, aber es hat den Anschein, als würde er am einen Ende in den Boden tauchen und an anderen Ende wieder nach oben steigen.«

Stef nickte. »Ich verstehe. Wenn man den Tunnel also mit einer reibungsfreien Oberfläche versieht und auf einen Schlitten steigt ...«

»... dann würde man in den Boden gleiten, in der Mitte des Tunnels seine Höchstgeschwindigkeit erreichen und bis zum anderen Ende wieder langsamer werden. Es würde sich so anfühlen, als wäre man einen Hang hinabgesaust und einen anderen wieder hinaufgefahren, aber in Wirklichkeit wäre man auf der ganzen Strecke der geraden Linie des Tunnels gefolgt. Verstehst du, Stef Kalinski? Ist der Tunnel einmal vorhanden, geht die Passage ohne jeden Energieverbrauch vonstatten. Der einzige Antrieb ist die Schwerkraft. Und wenn man nun ein Netzwerk von Tunnels bauen und sie stabil genug machen würde ...«

»Dann hätte man ein Transportsystem errichtet, das eine Milliarde Jahre lang bestehen bleiben könnte.« Die Kühnheit des Konzepts zauberte ein Grinsen auf Stefs Gesicht. »Es wäre so gut wie unzerstörbar und wartungsfrei. Tolle Idee. Also müssen die Leute, die das hier gebaut haben, ob sie nun unsere Nachfahren waren oder nicht, ziemlich schlau gewesen sein.«

»Vielleicht waren es gar keine Leute«, sagte die KolE. »Wir sind hier auf Per Ardua. Denk daran, wir haben Beweise dafür gefunden, dass es hier einmal eine Erbauer-Kultur gab, die zur

Realisierung technischer Projekte im planetarischen Maßstab fähig war. Vielleicht ist das hier irgendwie ein Vermächtnis dieser Kultur.«

Titus hatte die Stirn in Falten gelegt. »Ich versuche gerade, daraus schlau zu werden. Meine Fackel ist also durch diesen Tunnel bis zur Endstation gerutscht. Und da dort niemand ist, der sie abholen könnte - nehme ich zumindest an -, rutscht sie geradewegs wieder zurück. Du sagst, wir müssen nur ein paar Minuten warten, KolE. Meinst du, bis meine Fackel zurückkommt? Aber woher willst du das wissen? Du weißt doch nicht, wie *lang* dieser Tunnel ist ...«

»Das spielt keine Rolle«, sagte die KolE. »Es ist eine seltsame Laune der Physik. Die Reisedauer hängt nur von der Dichte des Planeten ab, von der Gravitationskonstante ... Selbst wenn man einen Tunnel mitten durch den Planeten bohren würde ...«

»... was praktisch gewesen wäre, um vom Substellar- zum Antistellarpunkt zu kommen«, warf Stef anerkennend ein.

»Selbst dann wäre die Reisezeit hin und zurück dieselbe, obwohl man in der Mitte natürlich viel höhere Geschwindigkeiten erreicht hätte.«

»Für mich klingt das alles wie philosophische Trickserei«, sagte Titus. »Und wie lang ist nun diese magische Transportzeit deiner Vorhersage zufolge, o Glasdämon?«

»Warte«, sagte die KolE. »Ungefähr *so* lang.«

Und wie aufs Stichwort kam ein Bündel Schilfrohr aus der Mündung des Tunnels gerutscht. Als es langsamer wurde und schließlich zum Stehen kam, langte Titus vorsichtig hinunter und hob es mit seiner gesunden Hand auf. »Ha! Ein toller Trick, Dämon. Aber jetzt müssen wir ein paar Dinge planen. Kommt! Kehren wir zum Lager zurück.«

Die erste Reise durch den Schwerkrafttunnel, entschied Titus, sollte eine Schlittenfahrt sein – mit Beths Karren, wobei die von ihnen angefertigten Kufen die Achsen und Räder auf der Unterseite ersetzen sollten. Natürlich hatten sie damit gerechnet, dass sie den Karren über das Eis auf der Rückseite des Planeten schleppen mussten, aber Stef konnte sehen, dass sie mit dieser Konfiguration in dem reibungsfreien Tunnel im wahrsten Sinne des Wortes besser fahren würden.

Also schoben sie den Karren die paar Meilen bis zur Mündung des Tunnels, schlugen dort ein provisorisches Lager auf und verbrachten einen Tag damit, die Schlittenkufen zu montieren. Sie aßen und schliefen gemäß Titus' strenger Anweisungen.

Titus bestimmte, dass er selbst und seine Tochter Clodia als Erste eine Probefahrt durch den Tunnel unternehmen würden – zusammen mit der KolE und Stef, die aus der Fahrt selbst sowie aus dem, was sie auf der anderen Seite vorfanden, vielleicht ihre Schlüsse ziehen konnten. Die schwangere Mardina, Chu, der Vater des Babys, und die zukünftige Großmutter Beth würden nicht getrennt werden, komme, was da wolle; sie würden hierbleiben.

Offensichtlich würde es einiges Geschick erfordern, die Mitfahrer am einen Ende des Tunnels aufsteigen und am anderen Ende ohne jede Hilfe von außen erfolgreich absteigen zu lassen, ehe der Schlitten wieder zurückfiel. Bevor sie den Karren zum Tunnel zogen, ließ Titus sie das Kunststück üben. Am besten ging es, wenn Titus und Clodia am Ziel mit Seilen absprangen, um den Karren festzubinden, während Stef mit der KolE auf dem Schoß sitzen blieb.

Dann zog das Karren-Team seine wärmsten Sachen an – sie würden immerhin tiefer in die Kälte der Rückseite hineinfahren, und niemand wusste, *wie* tief – und lud Nahrung, Wasser,

Decken, Feuerholz und ein paar ihrer kostbaren Werkzeuge ein. Es kostete Beth, Mardina und Chu nicht allzu viel Mühe, den Karren über den Rand des geneigten Tunnels zu schieben, und sie hielten ihn fest, während die Passagiere an Bord kletterten.

Mit großem Zeremoniell zündete Titus eine Fackel an und reckte sie in die Höhe. »Vorwärts – hinein ins Unbekannte!«

Das Unterstützungsteam ließ den Karren los. Fast unmerklich langsam begann er, die schräge Fläche hinabzugleiten.

Stef schaute sich zu den grinsenden, ein wenig nervösen Gesichtern der drei Zurückbleibenden um. »Es dauert irritierend lange, bis man in die Gänge kommt«, sagte sie. »Ich fühle mich wie der König von Angleterre in seiner Krönungskutsche.«

»Wir werden bald genug im Dunkeln sein«, sagte die KolE. »Aber denkt daran, selbst wenn die Fackel ausgehen sollte, die Hinfahrt dauert nur vierzig Minuten.«

Jetzt schloss sich die Mündung des Tunnels um sie, verschluckte sie, und ihre Geschwindigkeit nahm allmählich zu. Die Dunkelheit wurde tiefer. Die Bewegung war überaus weich und vollkommen lautlos.

Stef verspürte eine Aufwallung von Furcht. »Es ist wie eine Achterbahnfahrt. Magic Mountain in Disneyland. Keiner von euch hat die leiseste Ahnung, wovon ich spreche, stimmt's?«

Titus, der die Fackel mit seinem stämmigen Körper abschirmte, war misstrauisch. »Ich verstehe das nicht. Wir bewegen uns schon ziemlich schnell. Und dennoch gibt es nicht den leisesten Windhauch.«

»Wie ich erwartet habe«, sagte die KolE ruhig.

»Was soll das heißen, KolE?«, knurrte Stef. »Ich wünschte, du wärst offen zu uns.«

»Verzeihung, Stef Kalinski. Hier drin kann es keinen Luftwiderstand geben. Sonst würde uns die Reibung bremsen; wir würden den Mittelpunkt passieren, das Ende des Tunnels jedoch nicht erreichen, sondern zurückgleiten und schließlich in der Mitte zum Stehen kommen, am tiefsten Punkt. Auf dieser Idee basierende Konzepte der Menschen gingen immer von einem Vakuumtunnel aus.«

Titus holte tief Luft. »Wir befinden uns aber nicht im Vakuum.«

»Ich glaube, die Konstruktion ist von einer unsichtbaren Raffinesse. Unsere Atemluft wird mit uns transportiert – vielleicht wird die Luft im Tunnel beiseite geschoben. Wenn wir genügend Zeit hätten, könnten wir beide die Technik zweifellos genauer erforschen, Stef Kalinski. Wie immer sie im Detail aussieht, sie muss robust sein, wenn sie eine Milliarde Jahre überdauert hat …«

Die Dunkelheit war jetzt undurchdringlich. Sie schienen sich überhaupt nicht zu bewegen, und Stef verlor bald jegliches Zeitgefühl. Im Lichtschein der Fackel kuschelte sich Clodia enger an ihren Vater.

Stef konnte nicht widerstehen. Sie rückte ebenfalls näher an den großen Römer heran.

»Tut mir leid, dass ich keine Hand frei habe, die du halten könntest, Stef«, sagte Titus.

Sie umklammerte seinen Armstumpf und legte den Kopf an seine Schulter. »Das genügt mir.«

»Es dauert nicht lange«, kam die leise Stimme der KolE aus der Dunkelheit. »Nur vierzig Minuten. Nicht lange.«

Sie kamen auf einer vereisten Ebene heraus.

Stef entfernte sich ein paar Schritte von der Tunnelmündung und dem ausgespuckten Karren. Sie schwang die Arme und atmete tief durch; die Kälte stach ihr in den Mund, und ihr Atem dampfte. »Das ist die Rückseite, so viel steht fest. Genau so habe ich sie in Erinnerung.«

Sie schaute sich um. Andromeda hing noch immer riesig und bedrohlich an einem kristallklaren Himmel; hier gab es nicht einmal mehr die kleinste Terminatorwetter-Wolke. Im rötlichen Licht der Galaxie wirkte das Land öde und flach. Aber ein paar Hundert Meter entfernt erhob sich ein eigentümlich symmetrischer kleiner Hügel aus dem Eis, wie ein abgeflachter Kegel oder eine Pyramide mit mehreren flachen Seiten – oder wie ein riesiger Edelstein, dachte sie. Konnte er künstlich sein? Er war jedenfalls die einzige Landmarke weit und breit.

Sie ging auf ihn zu und versuchte, ihre gestiefelten Füße auf Grate im Eis zu setzen, um nicht auszurutschen.

Und natürlich rief Titus ihr nach: »Geh nicht zu weit!«

Sie schnaubte. »Ich glaube kaum, dass mich hier marodierende Banditen anfallen werden, Legionär.«

»Du könntest ausrutschen und dir deine spröden Altweiberknochen brechen. Und mit meinem einen Arm wäre es ziemlich mühselig für mich, dich zum Karren zurückzutragen und nach Hause zu schleppen.«

»Ich werde mich bemühen, Rücksicht auf dich zu nehmen.«

Die KolE blinkte. »Ach übrigens, Stef Kalinski, hättest du etwas dagegen, meine Tafel mitzunehmen, damit ich mir diese Formation genauer ansehen kann? Und wenn du eine Möglichkeit fändest, eine Probe von ihr mitzubringen …« Mit überraschender Anmut eilte Clodia übers Eis herbei, um Stef die Tafel und einen kleinen Hammer aus ihrem rudimentären Werkzeugvorrat zu geben.

Während Stef sich der pyramidenartigen Struktur näherte, lauschte sie der Analyse der KolE.

»Ich kann unsere Positionsänderung ziemlich genau aus den Verschiebungen der sichtbaren Sterne ableiten. Andromeda hat sich natürlich ebenfalls verschoben, aber sie ist zu groß und zu uneinheitlich für ein präzises Messergebnis …«

Je näher Stef kam, desto weniger sah die Pyramide wie eine geologische Formation aus. Dafür war sie zu exakt, zu scharf konturiert. Man hätte sie vielleicht mit so etwas wie einem Quartz-Kristall vergleichen können. Aber Stef hatte das untrügliche Gefühl, dass sie es hier mit etwas Biologischem zu tun hatte, nicht nur mit reiner Physik und Chemie. Sie machte Panorama- und Nahaufnahmen. Die Pyramide sah spektakulär und völlig fremdartig aus, wie sie da so unter dem Galaxiehimmel stand. Stef bückte sich, um ein kleines Stück von einer glänzenden, perfekten Kante abzuschlagen.

Titus' Stimme hallte herüber. »Wie weit sind wir denn nun gereist, Glasdämon?«

»Gar nicht so weit, Titus Valerius. Nur hundert Kilometer – ein kleines bisschen mehr. Rund sechzig römische Meilen. Nicht sehr weit – aber das bedeutet, dass wir nie sehr tief unter der Oberfläche waren. Vielleicht zweihundert Meter, am tiefsten Punkt.«

Stef steckte die Probe – sie fühlte sich wie Wassereis an – in eine Außentasche und machte sich vorsichtig auf den Rückweg zur Gruppe.

»Nicht sehr weit, wie du sagst, Dämon. Aber wir wissen, dass dieser Tunnel nicht der einzige seiner Art auf dem Planeten ist.«

»Ganz recht, Legionär. Es wird viele solche Verbindungen geben, vielleicht ein ganzes Netz, womöglich aus Strecken von unterschiedlicher Länge.«

»Ja. Auf diese Weise können wir tiefer ins Dunkel vordringen. Es muss einen weiteren Eingang ganz in der Nähe geben – wir müssen ihn bloß finden. Und dann …«

»… dann können wir vergleichsweise bequem weiterreisen – wenn wir Glück haben, bis zum Antistellarpunkt«, sagte die KolE. »Dieser zentrale Ort muss nämlich ein Hauptknotenpunkt jedes Transportnetzes sein.«

Stef war wieder beim Karren angelangt, in dem die KolE lag, gut eingepackt gegen die Kälte. »Soll ich etwas von dieser Probe in dein kleines Analyselabor stecken?«

»Ja, bitte, Stef Kalinski. Überlegen wir mal, Titus Valerius. Wenn diese Tunnellänge von rund sechzig Meilen typisch ist und wir bis zum Antistellarpunkt nur noch weniger als sechstausend römische Meilen vor uns haben …«

»Dann brauchen wir hundert Tunnelfahrten. Und wenn uns jede Fahrt zwei Drittel einer Stunde kostet, wie du gesagt hast, dann macht das, ähm …«

»Sechzig, siebzig Stunden«, sagte Stef. »Ich war schon immer gut im Kopfrechnen. Selbst wenn wir Pausen und die Zeit mit einrechnen, die wir brauchen, um den Karren von einem Terminal zum anderen zu ziehen, sind das nur ein paar Tage.«

»Es wird vielleicht eine ganz schöne Plackerei«, sagte Titus. »Aber wir werden unterwegs weder erfrieren noch verhungern oder verdursten.« Er nickte. »Ausgezeichnet! Aber weißt du was, Stef – ich, Titus Valerius, habe damit gerechnet, dass wir eine solche Schnellstraße wie diese finden würden.«

»Tatsächlich? Wieso?«

»Weil uns sonst Ari Guthfrithson und die Inka-Frau schon wieder entgegengekommen wären. Oder nicht? Denn wenn es uns schon nicht gelungen wäre, diese Welt aus Eis zu Fuß zu meistern – und ich vermute, so ist es –, dann hätten *sie* es erst recht nicht geschafft. Für einen einarmigen Legionär bin ich ein schlauer Bursche, was? Also dann – komm mit, Clodia. Wir machen einen kleinen Erkundungsgang, bevor wir zurückfahren. Mal sehen, ob wir die Anschlussstelle der nächsten Verbindung finden können, irgendwo in Richtung des Antistellarpunkts …« Er schaute zum Himmel hinauf, um sich an Andromeda zu orientieren. »Dort entlang. Komm! Und du, Stef Kalinski, du bleibst mit deinen Altweiberknochen brav in diesem Karren.«

»Mit Vergnügen, Legionär.«

Als sie sich entfernten, hörte sie Vater und Tochter lachen.

»Es ist schön zu hören, dass sie glücklich sind«, sagte Stef. »Auf einmal ist eine Reise, die bisher unmöglich erschien, möglich geworden.«

»Du solltest ebenfalls glücklich sein«, flüsterte die KolE.

»Ich?«

»Wegen der Entdeckung, die du gerade gemacht hast.«

»Was für eine Entdeckung? Die Pyramide?«

»Es ist keine Pyramide, Stef Kalinski. Es ist nichts Künstliches, und es ist auch kein rein physikalisches Phänomen, wie du sicher schon vermutet hast. Es ist Leben, Stef Kalinski. Leben. Ein Botschafter vielleicht, von einer kälteren Welt als dieser …«

Während sie eng beieinander im Karren saßen, sprach die KolE vom Titan, dem Mond des Saturn.

Der Titan war nur ein Mond, eine kleine Nebenwelt eines Riesen, aber dennoch eine Welt – und zwar eine sehr kalte. Ihr Gesteinskern war von einer dicken Wasserschicht überzogen, einem superkalten Meer unter einer Eiskruste, so hart wie

Basalt auf der Erde. Und über dieser befand sich eine dichte Atmosphäre, hauptsächlich aus Stickstoff, aber mit Spuren von organischen Stoffen, Methan, Ethan …

»Und eben diese organischen Spuren machen den Titan so interessant«, sagte die KolE. »Methanregen fällt auf ein Land aus Eis und Gestein, wo Vulkane ammoniakhaltiges Wasser speien, fräst Flusstäler in die Sedimente und füllt Meere. Und in diesen Meeren …«

»… haben die Sonden Leben gefunden. Ich erinnere mich an die Meldungen. Irgendwelche trägen Mikroben in den Methanseen.«

»Ja, Leben, das nicht auf Kohlenstoff basiert wie unseres, sondern auf Silizium. So wie Kohlenstoff-Kohlenstoff-Bindungen, das Rückgrat eurer Chemie, Stef Kalinski, in zimmertemperaturwarmem Wasser entstehen und sich auflösen, so können Silizium-Silizium-Bindungen im kalten Methan der Titanseen entstehen. Eine Lebensform, die sich oberflächlich betrachtet gar nicht so sehr von der unseren unterscheidet, aber eine völlig andere Biochemie aufweist – und sehr träge und energieschwach ist, sich nur langsam reproduziert und weiterentwickelt. Auf dem Titan haben wir nichts anderes als einfache Kleinstlebewesen gefunden, einfacher als die meisten Bakterien – nicht viel komplizierter als Viren.

Aber der Titan ist nicht die einzige kalte Welt. Hier bei Proxima, wo das erdähnliche Per Ardua die gesamte Aufmerksamkeit auf sich gezogen hat …«

»Ah. Proxima d.«

»Ja. Das war ein marsgroßer Planet knapp außerhalb der Zone, die ihn für Menschen bewohnbar gemacht hätte, so wie Per Ardua.«

»Soweit ich weiß, hat er nicht einmal einen richtigen Namen bekommen. Niemand hat sich für ihn interessiert – oder für die anderen Proxima-Welten.«

»So ist es. Aber er hatte große Ähnlichkeit mit dem Titan – ein anderes häufig anzutreffendes Muster für eine Welt, wie es scheint. Und Raum für eine weitere Lebensform.

Erdschein hat von einer panspermischen Blase gesprochen, Stef Kalinski, von Welten wie der Erde und Per Ardua, verbunden durch eine gemeinsame Chemie, die von Felsbrocken zwischen den Sternen hin und her getragen wird, Welten mit verwandten Lebensformen. Aber es könnte noch *andere* Blasen geben, Welten mit anderen Klimata, anderen Biochemien, die dennoch auf dieselbe Weise verbunden sind. Möglicherweise überlappen sich solche Blasen sogar – denn ein Sternsystem kann zweifellos mehr als nur eine Art von Welt beinhalten.«

Stef begriff allmählich. »Du sprichst immer in Rätseln, KolE, ob du es willst oder nicht. Aber ich glaube, ich verstehe. Die Probe, die ich dir gebracht habe …«

»Das Pyramiden-Wesen da drüben weist eine siliziumbasierte Biochemie auf, die der auf dem Titan registrierten sehr ähnlich, aber nicht mit ihr identisch ist. Vielleicht ist es ein Besucher von Proxima d, was meinst du? Irgendwie abgehärtet, um der für sein Empfinden grimmigen Hitze selbst hier auf der dunklen Seite von Per Ardua zu widerstehen. Als wäre ein Mensch auf der Venus gelandet. Aber es ist hier, und es ist am Leben. Und wenn es noch mehr Zeit hätte …«

»Ja, KolE?«

»Wir haben gesehen, dass sich Lebensformen aus verschiedenen Bereichen derselben panspermischen Blase im Lauf von Jahrmilliarden integrieren, zusammenwachsen können.«

»Die irdischen Ameisen im arduanischen Stromatolithen.«

»Genau. Also, wäre es möglich, dass sich im Lauf von *Dutzenden* oder *Hunderten* Jahrmilliarden sogar grundlegend verschiedene Lebensformen vermischen und miteinander verschmelzen könnten? Eure schnelle, flinke Art und der langsame Titanier da drüben? Könnte das die nächste Stufe in der Evolution des Kosmos sein? Immerhin teilt ihr euch bereits eine Welt, wie du siehst.«

»Das ist ein fantastischer Gedanke«, sagte sie langsam. »Aber dazu wird es nicht mehr kommen. Oder, KolE? Denn deinen Worten zufolge ist dies die Endzeit. Uns bleiben keine Dutzende oder Hunderte Jahrmilliarden mehr …«

»Leider nicht, Stef Kalinski. Hier auf der dunklen Seite war es mir möglich, recht präzise Analysen des Himmels vorzunehmen: der Zustand der Sterne, die Nähe von Andromeda – selbst das Hintergrundleuchten des Universums als Ganzes, das aus Warp-Blasen bestehende Hinweise auf dessen Zukunft enthält.«

»Hmm.« Sie schaute ins Dunkel hinauf. »Nun, es ist ein wundervoller Anblick für einen Astronomen. Und du bist zu einem Ergebnis gelangt, nicht wahr?«

»Das bin ich. Und zu einer präzisen Einschätzung der verbleibenden Zeit.«

Stef überlief ein eisiger Schauer, als hätte ihr ein Arzt eine schlimme Diagnose gestellt. »Du wirst das alles den anderen erklären müssen, weißt du. In einer Sprache, die sie verstehen können.«

»Ja, Stef Kalinski. Natürlich. Übrigens ist es umso wichtiger geworden, dass wir Erdschein bald finden.«

Stef hörte, wie die anderen beiden zurückkamen, Vater und Tochter, lachend, voller Leben und Energie. Und sie schaute zu dem Forschungsreisenden hinüber, dem Siliziumlebewesen von Proxima d, dem Eisriesen. »Ob dieses Ding uns wohl *sehen* kann? … Sag's mir einfach«, bat sie. »Wie viel Zeit bleibt uns noch?«

»Ein Jahr«, sagte die KolE ausdruckslos. »Nicht mehr. Die Daten sind immer noch mit Unsicherheiten behaftet.«

Stef dachte sofort an Mardina und das Baby.

Sie schürzte die Lippen und nickte. »Also, ein Jahr. Vorläufig kein Wort. Komm, bereiten wir uns auf die Rückfahrt vor.«

# 67

Die Gruppe drang allmählich tiefer in die Kälte der Nachtseite von Per Ardua vor.

Die vierzigminütigen Tunnelfahrten fühlten sich für Beth alle gleich an, aber in den kurzen Intervallen, in denen sie von einem Tunnelausgang zum Eingang des nächsten wanderten, stets auf Pfaden, die Titus mit Clodia oder Chu sorgfältig ausgekundschaftet hatte, erhaschte sie doch immer wieder einen Blick auf Teile ihrer Welt, die sie nie zuvor gesehen hatte. Schließlich war sie in ihrer Kindheit und Jugend auf Per Ardua nie über die hohen Wälder hinausgekommen, die die Terminator-Zone abschirmten.

Stef und die KolE hatten eine solche Reise schon einmal gemacht, zusammen mit Beths Vater und Liu Tao, in einem »ausgeliehenen« IRF-Rover. Die damalige Gruppe hatte einen mehr oder minder direkten Kurs zum Antistellarpunkt eingeschlagen, über die Eisfläche eines gefrorenen Meeres hinweg. Die Schwerkrafttunnels befanden sich jedoch naturgemäß in kontinentalen Landflächen und umrundeten die Küsten gefrorener Meere. Infolgedessen dauerte die Reise länger als auf einer direkten Route, und auch länger als die paar Tage, die Titus und die KolE anfangs geschätzt hatten – aber sie würde trotzdem noch kurz genug sein.

Und während Stef damals todlangweilige Tage damit verbracht hatte, mit ihrer Gruppe geometrisch perfekte Eisflächen zu überqueren, sah Beth jetzt interessantere Landschaftsmerkmale. Verwitterte Gebirgsketten, aus denen sich Gletscher ergossen wie riesige, schmutzige Zungen. Stellen, wo Erdbeben oder andere geologische Erschütterungen die Eisdecke gehoben und zerrissen und dadurch gefrorene Klippen geschaffen hatten, die im Licht ihrer Fackeln tiefblau glänzten.

Doch selbst diese Merkmale seien wahrscheinlich beeindruckend alt, sagte die KolE. Am Terminator, wo sich die warme Luft und das warme Wasser von der Tagseite in die Kälte der Nacht ergossen, würde das Wettergeschehen immer turbulent sein. Aber hier im Dunkeln gab es kaum noch so etwas wie Wetteraktivitäten: keine Wolken, keine frischen Schneefälle oder Hagelschauer. Selbst Meteoriteneinschläge würden in einem so alten System wie diesem, in dem der meiste primordiale Schutt aus der Zeit der Planetenentstehung schon längst aufgekehrt worden war, nur noch selten vorkommen. So fuhren sie durch eine vielgestaltige, aber statische Landschaft – eine Landschaft, die in das komplexe, rot getönte Licht einer alternden Andromeda getaucht war.

Hin und wieder sahen sie weitere »Titanier«, rätselhafte, scharfkantige Pyramiden, die wie stumme Monumente dastanden. Aber die KolE versicherte ihnen, dass die Titanier auf ihre Weise, in ihrer eigenen Zeitskala, die Umgebung ebenso eifrig erkunden konnten wie die Menschen.

Beth fiel jedoch auf, dass Stef nur selten zum Himmel schaute oder die vereiste Landschaft betrachtete. Selbst den Titaniern gönnte sie kaum einen Blick. Unterwegs und an den »Abenden«, wenn sie rasteten, saß Stef mit der KolE hinten in ihrem Schlitten-Karren oder in einer Ecke ihrer Unterkunft, unterhielt sich leise mit ihr und machte sich dabei hin und wieder Notizen auf dem leuchtenden Display ihrer Tafel. Alle wussten, worüber sie sprachen – über die Gedanken der KolE bezüglich des Schicksals der Welt. Beth versuchte, in Stefs Gesicht zu lesen. Der neutrale Ton der KolE gab nichts preis.

Eines Abends, nachdem sie ihre Mahlzeit eingenommen und sich, in ihre wärmsten Kleidungsstücke eingepackt und die Füße in Schichten von Strümpfen gehüllt, um die Wärme des Kernel-Ofens versammelt hatten, verkündete Stef schließlich, dass sie über die Endzeit sprechen müssten.

»In gewissem Sinn«, begann Stef behutsam, »sollte uns der Gedanke, dass die Welt ein Ende haben wird – dass das Universum *selbst* enden wird, und zwar relativ bald –, ganz natürlich erscheinen.

Wir haben keine unmittelbare Erfahrung mit der Unendlichkeit oder der Ewigkeit. Unser Leben ist kurz. Und die Wissenschaftler in meiner Kultur haben zweifelsfrei bewiesen, dass die Ewigkeit nicht *hinter* uns liegt, sondern dass unser Universum einen Anfang hatte, dass es in einer katastrophalen Ausschüttung von Energie geboren wurde. Warum sollten wir uns dann einbilden, dass die Ewigkeit vor uns liegt, eine unendliche Arena für das Leben und den Geist?«

Beth saß neben ihrer schwangeren Tochter. Jetzt ergriff sie unter einer Decke deren Hand, und Mardina erwiderte den Druck. Im Schein des Feuers waren Mardinas Augen groß, und ihre Miene war ausdruckslos. Dies war *kein* Gespräch, an dem einer von ihnen teilnehmen wollte, da war Beth sicher.

Die KolE lag auf Chus Schoß, direkt neben Stef. Titus Valerius saß neben dem Sklavenjungen und hörte aufmerksam zu.

Titus war skeptisch. »Nun ja, wir Römer hatten keine Schwierigkeiten damit, uns die Ewigkeit vorzustellen. Oder zumindest ist es uns nicht gelungen, ein Ende vorauszusehen. Weil wir nie damit gerechnet haben, dass das *Imperium* untergehen würde – versteht ihr? Grenzenlos und ewig …«

Das klang prachtvoll im gutturalen Soldaten-Lateinisch des Legionärs, fand Stef. *Imperium sine fine.*

Die KolE blinkte. »In unserer Kultur, meiner, der von Stef und Beth, gab es auch eine Erzählung von einem unsterblichen Reich – aber es war ein Reich der wissenschaftlichen Logik. Wir dachten, wir könnten die Zukunft erkennen, indem wir ins Universum hinausblickten, die physikalischen Gesetze entdeckten, die es beherrschen – und dann die Folgen dieser Gesetze nach vorn projizierten.

Im Universum gibt es nur eine bestimmte Menge Wasserstoff – die Materie, aus der die Sterne bestehen. Der Wasserstoff wird – oder *würde* – zur Neige gehen, wenn das Universum zehntausend Mal so alt ist wie jetzt. Keine Sterne mehr. Nach den Sternen käme eine Ära schwarzer Löcher und entarteter Materie – die komprimierten, abkühlenden Überreste von Sternen –, und die riesigen, lichtschwachen Galaxien würden in Auflösung geraten. Es gäbe einen großen Übergang, wenn die Protonen zu zerfallen begännen – das heißt, der Stoff, aus dem Materie besteht … Am Ende würde sich alles auflösen, und es wäre nichts übrig als ein dünner Nebel aus Teilchen namens Elektronen und Positronen – ein Stoff namens Positronium –, der ein sich ausdehnendes, leeres Universum erfüllt. Trotzdem wäre es möglich, dass so etwas wie Bewusstsein überlebt. Eine Intelligenz, die vielleicht eher der meinen ähnelt als der euren. Gedanken, getragen vom langsamen Wellenschlag der Elektronen – Gedanken, die vielleicht eine Million Jahre brauchen, bis sie zu Ende gedacht sind.«

»Das klingt schrecklich«, sagte Mardina, und Beth spürte, wie sich die Hand ihrer Tochter fester um ihre schloss. »Es ergibt nicht einmal Sinn. Wie könnte ein einzelner Gedanke eine Million Jahre dauern? Ich kann mir das nicht vorstellen.«

»Die Zeit kann unterschiedlich erlebt werden«, erwiderte die KolE. »In meiner Kultur gab es einen christlichen Gelehrten namens Thomas von Aquin – in eurer Geschichte konnte ich ihn nicht finden, Titus. Er hat drei Arten von Zeit oder vielleicht Zeitwahrnehmung unterschieden. *Tempus* war die menschliche Zeit, die wir anhand von Veränderungen in der Welt um uns herum messen – das Schwingen eines Pendels, das Verstreichen einer Jahreszeit. Ein titanischer Eisriese würde ein langsameres *tempus* erleben als ein Mensch. *Aevus* war die Engelzeit, gemessen anhand innerer Veränderungen – durch die Entwicklung von Gedanken, Verständnis, Stimmungen. Die Engel standen nämlich außerhalb der menschlichen Welt, versteht ihr. Und dann gab es *aeternitas*, Gottes Zeit, denn Gott und nur Gott allein könnte die gesamte Ewigkeit zugleich erfassen. Die Elektronen-Positronen-Intelligenzen wären nicht Gott, aber im zeitlosen Zwielicht des Universums hätten sie wie Engel sein können …«

»Hätten sie sein können«, sagte Mardina mit zunehmender Verbitterung. *»Hätten sie sein können.«*

Die KolE blinkte. »Die Positronium-Engel *werden nie existieren*. Dazu besteht unser Universum nicht mehr lange genug. Und dass unser Universum nicht ewig ist, liegt an der Existenz *anderer* Universen. Und wir wissen, dass sie existieren, weil wir, wir alle, mehrere davon besucht haben.«

»Jawohl, und wir haben in ihnen gekämpft«, sagte Titus, der sich von seinem Platz erhob und Decken beiseiteschob. »Aber in *diesem* Universum ist meine Blase voll. Möchte jemand noch Tee? Chu, vielleicht könntest du noch einen Topf Eis aufs Feuer setzen …«

Es dauerte eine Stunde, bis sie wieder alle beieinander saßen.

Als sie ihre Plätze einnahmen, fand Beth, dass sie jetzt ruhiger und aufmerksamer wirkten – eher bereit, diese seltsamen Neuigkeiten vom Himmel aufzunehmen. Die Pause war eine psychologisch geschickte Maßnahme von Titus Valerius gewesen, dachte sie. Der letzten Endes gar nicht hatte pissen müssen.

»Also«, sagte Titus jetzt, während er den Rest seines Tees schlürfte, »als ob das Schicksal dieses Universums nicht schon schlimm genug wäre, müsst ihr auch noch über all die anderen sprechen.«

Stef lächelte. »In Ordnung, Titus, ich weiß, wir nehmen dich auf einen Marsch mit, den du lieber nicht antreten würdest … Es geht aber ausschließlich um Logik. Wenn alle Stricke reißen, frage einen Philosophen. Entschuldige. Alter Physiker-Scherz.

Sieh mal, wir alle wissen aus persönlicher Erfahrung, dass andere Universen existieren, deren Geschichten mehr oder weniger dieser hier ähneln – oder derjenigen, in die jeder von uns hineingeboren wurde. Und in meiner Kultur hatten unsere Philosophen die Existenz dieser Universen vorhergesagt. Unsere Naturgesetze waren fundiert, verstehst du, aber sie schrieben nicht vor, wie das Universum zu sein hatte. Viele Universen waren möglich – eine unbegrenzte Anzahl. Auf dieselbe Weise hat unsere Wissenschaft die sechseckige Symmetrie einer Schneeflocke vorhergesagt, basierend auf der zugrunde liegenden Geometrie von Eiskristallen, aber im Rahmen dieser Sechserregel sind viele individuelle Schneeflocken möglich, die sich alle voneinander unterscheiden.«

»Universen so zahlreich wie Schneeflocken«, sagte Beth. »Das ist wunderbar. Furcht einflößend.«

Stef seufzte. »Aber was sind das für Universen? *Wo* sind sie? Die Wissenschaft meiner Kultur war bekanntlich weiter entwickelt als die jeder anderen, der wir bisher begegnet sind …«

»Und Erdschein würde sagen, das lag daran, dass wir uns am wenigsten ablenken ließen, um Luken für seine Träumer zu bauen«, sagte die KolE.

»Wir hatten einige Modelle des *Multiversums* – ich meine, eines Super-Universums, das aus einer Sammlung von Universen besteht. Aber selbst nach jahrhundertelangen Forschungen sind wir nicht zu einer endgültigen Klärung gelangt. Wir sind wahrscheinlich nie weit genug in unser *eigenes* Universum vorgedrungen, um die Wahrheit herauszufinden.

Trotzdem glaubten wir, dass sich unser Universum von einem einzelnen Punkt ausgedehnt hat, aus einem Urknall heraus. Dass es sich ausgedehnt und abgekühlt hat, dass es anfangs lichterfüllt war, dass sich Atome, Sterne, Planeten und Menschen erst später herauskondensiert haben. Aber unser Universum war wie eine einzelne Luftblase in einer Schüssel mit kochendem Wasser, wie in einem Topf, den wir aufs Feuer setzen.« Sie deutete auf den Tontopf, in dem Wasser träge vor sich hinbrodelte. »Versteht ihr? Es gibt ein Substrat, so etwas wie das Wasser im Topf. Und aus diesem aufgeheizten Substrat geht nicht nur eine einzelne Blase hervor, sondern ein ganzer Haufen, und alle dehnen sich aus und platzen … *Das* sind die anderen Universen, die wir besucht haben.

Und was sich im Innern dieser Universen befindet, wird sich von einem Universum zum nächsten unterscheiden – geringfügig oder stark. Einige könnten erheblich von den anderen abweichen, nicht nur in historischen Details. Angenommen, die Gravitation wäre stärker – ich meine, die Kraft, die uns Gewicht verleiht. Dann wären die Sterne kleiner und würden rascher ausbrennen. *Alles* wäre anders. Und wenn die Gravitation schwächer wäre, gäbe es vielleicht überhaupt keine Sterne. Natürlich werden manche Universen einander ähnlicher sein als andere.«

Chu schien das alles am ehesten zu verstehen. Nicht zum ersten Mal fragte sich Beth, was für ein Gelehrter wohl aus ihm geworden wäre, wenn man ihm die Chance dazu gegeben hätte. »Alle Universen, die wir gesehen haben, *sind* einander ähnlich. In allen gibt es Planeten, Sonnen, Menschen. Es sind sogar *dieselben* Menschen, bis zu einem gewissen Punkt.«

»Ja«, sagte Stef eifrig. »Du hast es kapiert. Wenn man darüber nachdenkt, sind die Unterschiede ziemlich gering. Ich meine, ob Rom untergeht oder nicht, wäre für uns eine große Sache …« – sie lächelte, als Titus grimmig die Stirn runzelte – »… aber zum Beispiel von Per Ardua aus würde man es nicht einmal bemerken.«

Die KolE blinkte. »Wir glauben, dass die Träumer irgendwie Zugriff auf andere Universen haben, die … *in der Nähe* sind. Es gibt keinen guten Begriff dafür. Was bedeutet Nähe in einem Multiversum? Von einem Universum aus greifen sie in ein anderes hinein, das ähnlich ist, aber eine menschliche Kultur enthält, die … eher bereit ist, etwas zum Lukenbau beizutragen. Und wir mit unserem kleinen Leben werden einfach mitgeschwemmt.«

Beth ertappte sich dabei, wie sie die Stirn runzelte. »Aber warum? Warum sollten sie das tun?«

»Das müssen wir herausfinden«, sagte Stef. »Tatsächlich vermute ich, dass Erdschein schon dabei ist, dieses Geheimnis zu lüften. Im Moment kommt es darauf an, dass wir wissen, dass das Multiversum existiert. Okay? Wir waren *dort*. Also, das

Multiversum ist groß. So viel steht fest. Aber es kann nicht unendlich groß sein.«

Titus kratzte sich am Kopf. »Geht das schon wieder los … Darf ich fragen, warum nicht?«

»Das Problem ist, Titus«, sagte die KolE, »einige Gelehrte waren schon immer davon überzeugt, dass es in der Natur keine Unendlichkeiten gibt. Unendlichkeiten sind bloß ein nützliches mathematisches Spielzeug, das von Menschen erfunden wurde, ohne Bezug zur Realität. Im Gegensatz zu der Zahl *drei*, zum Beispiel, die sich auf Gruppen von drei Objekten bezieht: drei Menschen, drei Kartoffeln …«

»Unendlichkeiten können vernünftige Fragen sinnlos machen«, sagte Stef. »Fang mit der Zahl eins an, Titus.«

»Ich glaube, das schaffe ich.«

»Füge eine weitere eins hinzu.«

»Jetzt habe ich zwei.«

»Zieh eins ab.«

»Ich habe wieder eins.«

»Füge eins hinzu.«

»Zwei.«

»Zieh eins ab.«

»Eins!«

»Füge eins hinzu!«

»Zwei!«

»Zieh eins ab!«

»Eins!«

Sie hob die Hände. »Okay, das reicht. Du verstehst, was ich meine. Wenn ich dich jetzt bitten würde, damit nach einer endlichen Anzahl von Schritten aufzuhören – zwölf oder dreiundzwanzig oder fünfhundertachtundsiebzig –, was käme dann heraus?«

»Das ist einfach. Entweder zwei oder eins.«

»Definitiv das eine oder das andere?«

»Natürlich.«

»Aber wenn ich dich bitten würde, *ewig* so weiterzumachen, was käme dann am Ende heraus?«

»Dann – äh … Oh.«

»Siehst du?«, sagte Stef. »Man kann es nicht mehr entscheiden. Die Frage wird absurd, sobald man die Unendlichkeit in Spiel bringt.«

Titus brummte. »Ich spüre, dass mein Gehirn kocht wie das Wasser in diesem Topf.«

»In der Physik – meiner Philosophie – geht es darum, vernünftige Fragen zu stellen und vernünftige Antworten zu erwarten. Man möchte die Zukunft aus der Vergangenheit vorhersagen können. Wenn man Unendlichkeiten ins Spiel bringt, bekommt man dumme Antworten auf vernünftige Fragen. Das ganze System bricht zusammen.«

»Der Punkt ist also, das Multiversum – die Sammlung der Universen, die wir besuchen – *muss* endlich sein«, sagte die KolE. »Denn die Natur lässt keine Unendlichkeiten zu.«

Mardina schaute finster drein. »Na und? Was interessiert es mich, ob es eine Realität oder zehn oder zwanzig oder eine Million gibt?«

»Es spielt eine Rolle, weil ein endliches Multiversum *einen Rand hat*«, sagte Stef sanft, aber beharrlich. »Und wenn eines der Mitgliedsuniversen auf diesen Rand trifft …« Sie schaute in den Wassertopf und zeigte auf eine ziemlich große Blase, die langsam vom kochenden Zentrum zum Rand des Tontopfs wanderte. »Schaut zu.« Als die Blase den Rand erreichte, platzte sie und verschwand, als hätte sie nie existiert.

Die KolE blinkte. »Aufgrund dieser einen simplen Tatsache – dass das Multiversum endlich sein muss – und im Wissen, wie alt das Universum ist oder in dem Zeitalter war, aus dem wir kommen – ließ sich immer abschätzen, wie lange das Universum noch bestehen bleiben würde. Wie lange es wahrscheinlich noch dauern würde, bis wir gegen die Wand des Multiversums knallen. Rein probabilistisch, aber …«

»Wie lange also?«, fauchte Titus.

»Laut meiner neuesten Schätzung auf Grundlage meiner Himmelsbetrachtungen bis zurück zu unserer Zeit auf der *Malleus Jesu*«, sagte die KolE, »dreieinhalb Milliarden Jahre nach dem Zeitalter der Menschheit.«

Titus schüttelte den Kopf. »Eine absurde Zahl«, knurrte er leise.

»Nicht für einen Astrophysiker«, sagte Stef mit einem Lächeln. »Das heißt, für einen Philosophen, der die Sterne kennt, Titus. In meiner Kultur waren wir ziemlich sicher, dass das Universum etwas weniger als vierzehn Milliarden Jahre alt war. Warum sollte das Universum also *länger* bestehen bleiben als ein paar Milliarden weitere Jahre? Verstehst du? Keine Jahrbillionen oder Hunderte von Jahrbillionen, oder über das Zeitalter des Protonenzerfalls hinaus … In meiner Kultur haben wir das als ›Weltuntergangsargument‹ bezeichnet. Warum sollte die Zukunft so anders sein als die Vergangenheit? Sollten wir nicht davon ausgehen, dass wir uns irgendwo in der Mitte der Lebensspanne des Universums befinden, und nicht in seinen ersten wenigen Momenten?«

Mardina legte die Hand wieder auf ihren Bauch, als wollte sie ihr Baby vor alldem beschützen. »Drei Komma fünf Milliarden Jahre. Du sagst, das Universum wird drei Komma fünf Milliarden Jahre nach meinem Geburtsjahr sterben. Wenn ich diese Zahlen überhaupt verstehe – das ist immer noch eine ungeheure Zeitspanne.«

»Natürlich«, sagte Stef. »Aber der Haken ist folgender, Mardina. Wir sind ans *Ende* dieser Zeitspanne gebracht worden. Zu diesem Ergebnis sind wir gelangt – das hat die KolE zweifelsfrei anhand ihrer Untersuchung des Himmels festgestellt.«

»Es ist nicht allein die Alterung der Sterne, die Position der Galaxien«, sagte die KolE. »Das würde schon für eine grobe Schätzung reichen. Es gibt auch Verzerrungen im Hintergrundleuchten des Himmels, dem verblassenden Rest des Urknalls. Verzerrungen, die von zukünftigen Ereignissen verursacht werden.«

Titus tippte mit einem Fingernagel an den Topf. »Wegen der Nähe deiner Wand.«

»Bei der es sich um einen ungeheuer energiereichen Horizont handelt, der Signale durch die Zeit zurückschickt. Signale, die als Verzerrungen in der Hintergrundstrahlung auftauchen. Deshalb kann ich so präzise sein. *Das hier,* die Zeit, in der wir uns befinden, ist die Endzeit …«

»Ich will das nicht hören.« Mardina stand abrupt auf und löste sich von Beth, und das Gewicht ihrer Decken ließ sie beinahe ins Feuer stolpern. »Ich will nichts mehr hören.« Sie schlug die Hände über die Ohren und stapfte davon.

Beth erhob sich halb. »Sie braucht ihre Stiefel, ihren Umhang, wenn sie dort hinausgeht …«

»Nein.« Chu war bereits auf den Beinen und schnappte sich seine eigenen Stiefel. »Überlass das mir. Es ist unser Problem.«

Titus nickte. »Lass ihn gehen. Sie sind noch so jung – für sie wird es schwerer sein, diesen Dingen ins Gesicht zu sehen. Wir müssen ihnen erlauben, ihren eigenen Weg zu finden.«

Beth sehnte sich danach, ihrer Tochter zu folgen, aber sie zwang sich, still sitzen zu bleiben. »Du bist ein kluger Mann, Titus Valerius.«

Er lächelte müde. »Nein. Nur ein alter, und ein Überlebenskünstler. Also, Collius. Hier sind wir nun in der fernen Zukunft, soweit ich es verstehe. Wie lange dauert es noch, bis wir auf diesen … Rand treffen?«

»Ein Jahr«, sagte die KolE schlicht. »Nicht mehr.«

Titus nickte. »Und was dann? Was wird passieren?«

»Eine Mauer aus Licht«, sagte Stef.

Titus stieß einen schweren Seufzer aus. »Also schön. Vom Ätherischen zum Praktischen. Wollen wir über unsere morgige Route nachdenken? Und dann brauchen wir alle Schlaf, falls Morpheus ihn uns heute Nacht gewährt.«

# 68

Sämtliche Tunnelmündungen des Schwerkraftzugsystems konvergierten am Antistellarpunkt.

Als sie ihr endgültiges Ziel erreicht hatten, entfernte sich Stef vom Tunnel, während der Rest der Gruppe den Schlitten-Karren aus der reibungsfreien Röhre zog, eine Routinetätigkeit, die sie mittlerweile im Schlaf beherrschten. Das Eis unter ihren gestiefelten Füßen war so hart wie Beton, aber zerfurcht, zerknautscht, vom Wind blank gescheuert – offenkundig alt –, und es war nicht glatt, vielleicht war es dafür zu kalt; ihre Stiefel fanden guten Halt. Damals, in ihrer ursprünglichen Zeitlinie, war sie einmal im Raum über die Polarkappen des Mars hinweggeflogen, sehr alte Ablagerungen von Wassereis, dessen tiefste Schichten vielleicht ein paar Millionen Jahre alt gewesen waren. Das jetzige Eis unter ihren Füßen mochte tausend Mal so alt sein. Sie war wirklich in eine Zeit, ein Universum von ehrwürdigem Alter gebracht worden.

Und die Kälte der dunklen Seite selbst – auch daran erinnerte sie sich von ihrem ersten Aufenthalt hier. Diese am weitesten von der Wärme des Sterns entfernte Stelle war das Zentrum einer Hemisphäre in endloser Nacht, in Eis und Dunkelheit. Dennoch gab es sogar hier eine Grenze für die Kälte; zumindest ein gewisses Maß an Wärme schwappte von der Tagseite um die Welt herum. Es war offenkundig eine Kälte, die man überleben konnte. Trotzdem dampfte ihr Atem, und die eisige Luft zupfte an ihren Lungen, der Nase und den Augen.

Unterwegs konnte sie im Licht der zu einem aufgeblähten Sonnenuntergang am Horizont geschrumpften Andromeda deutlich weitere Tunnels erkennen, dunkle Spalten im Boden – ein Netz von Tunnels durchzog diese kalte Hemisphäre des Planeten, und sie führten letztendlich alle hierher, zum Antistellarpunkt, diesem Punkt geografischer Symmetrie.

Und genau am Antistellarpunkt selbst, dem Ort, auf den alle Tunnels zu zeigen schienen – *dort war etwas,* eine abgeflachte Kuppel, aus der ein bleicher Lichtschein fiel, mit undeutlich sichtbaren Strukturen im Innern.

Erdschein. Er musste es sein.

Stef ging zu ihren Gefährten zurück. Mittlerweile waren sie bereit, den Karren ein letztes Mal auf seinen Kufen übers Eis zu schleppen, zu der Kuppel. Die KolE steckte in ihrem Rucksack auf Chus Rücken. Mardina, deren Schwangerschaft trotz der Lagen kältefester Kleidung mit jedem Tag deutlicher sichtbar war, stand neben Chu; sie hielten sich an den behandschuhten Händen, Atem umwölkte ihre Gesichter.

Titus grunzte und zeigte auf die Kuppel. »Unsere lange Reise ist also vorbei – und *das da* ist zweifellos unser Ziel. Wir sollten bereit sein, uns zu verteidigen.«

»Mag sein, dass du recht hast, Legionär«, sagte die KolE jetzt. »Aber bedenke: Erdschein braucht keinen solchen Schutzraum wie diese Kuppel, ihr hingegen schon. Vielleicht sollte man die Kuppel als Willkommensgeste betrachten.«

Titus nickte verhalten. »Ich verstehe deine Argumentation. Aber bedenke du wiederum: Wenn wir willkommen wären, hätte das auch für Ari und Inguill gegolten, falls sie so weit gekommen sind. Wir sollten auf alles vorbereitet sein, was *sie* dort drin im Schilde führen könnten. Außerdem, wenn Erdschein oder sein Bild splitterfasernackt auf diesem Eis herumlaufen könnte …«

Beth lachte. »Er könnte durch die Luft fliegen, Titus, wenn er wollte.«

»Warum ist er dann jetzt nicht hier? Ich bin ziemlich sicher, dass er ebenso von unserer Anwesenheit weiß wie wir von seiner. Wieso kommt er nicht heraus und begrüßt uns?« Titus sah die anderen der Reihe nach an. »Es ist klar, dass wir diese Situation in so mancher Hinsicht noch nicht verstehen. Wir gehen zu der Kuppel. Sie ist das augenfällige Ziel. Das einzige Ziel. Aber wir gehen mit offenen Händen hinein, in einer Geste des Friedens und der Freundschaft, und unsere Waffen bleiben im Gürtel auf unserem Rücken. Einverstanden?«

Stef schüttelte den Kopf. »Du bist ein schrecklicher Zyniker, Titus Valerius. Und ich möchte dich in einem Messerkampf sehen, in dieser kältefesten Montur hast du etwas von einem übergewichtigen Panda … Aber du und deine Instinkte haben uns alle bisher am Leben erhalten. Einverstanden.«

Sie formierten sich zu einer lockeren Gruppe. Titus, Chu, Clodia und Beth zogen den Karren zur Kuppel, und Mardina ging mit Stef hinterher. Titus und Chu waren in der vordersten Reihe, und Stef sah ihre *pugio*-Dolche hinten in ihren Gürteln stecken, glitzernd im Andromeda-Licht.

Mardina hängte sich bei Stef ein, und sie gingen vorsichtig weiter. Stef schaute nach oben. »Dieser Himmel sieht nicht mehr so aus wie damals, als ich mit deinem Großvater Yuri hierhergekommen bin, in dieser anderen Zeitlinie. Es ist so lange her – die Sterne sind am Himmel herumgewandert oder gealtert und haben sich verändert, die Sternbilder sind alle dahingeschmolzen. Ich dachte allerdings, ich könnte *sie* immer noch sehen, oben im Zenit. Strahlend hell war sie, und auf unserem Weg zum Antistellarpunkt haben wir sie am Himmel stetig emporsteigen sehen, anders als jeden Stern.«

»›Sie‹? Von wem redest du, Stef?«

»Von einem Geschöpf namens Angelia. Einer Kreation meines Vaters.«

»Also eine weitere künstliche Person. Wie die KolE, wie Erdschein.«

»Ja. Tatsächlich war sie auch eine Art Schiff. Sie und ihre verlorenen Schwestern … Ich habe sie kennengelernt. Vermutlich konnte sie nicht so lange überleben. Nach ein, zwei Milliarden Jahren wäre ihre Substanz wohl wegsublimiert gewesen.«

Mardina drückte ihren Arm. »Wir sind in einer anderen Geschichte. Wahrscheinlich hat es sie *hier* gar nicht gegeben.«

»Kann sein«, sagte Stef mit einer Bitterkeit, die sie selbst überraschte. »Noch so eine Geschichte, die durch die Einmischung der Träumer ausgelöscht wurde.«

»Nein, nicht ausgelöscht. Nicht, solange du dich an Angelia erinnerst.«

Stef verspürte eine unvernünftige Rührung. Sie tätschelte Mardinas Hand. »Du bist ein guter Mensch, Mardina.«

Mardina lachte. »Obwohl mein Urgroßvater ein kriminelles Superhirn ist, das in einen Kasten aus Metall und Glas heruntergeladen wurde?«

»Ja. Ein tolles Erbe, was? Aber zumindest war Yuri, dein Großvater, ein guter Mann, so viel kann ich dir sagen. Und du wirst eine gute junge Mutter sein.«

Aber das war die falsche Bemerkung. Stef spürte, wie Mardina sich versteifte.

»Tja, wir werden nicht mehr die Zeit haben, es herauszufinden, oder? Nicht, wenn die KolE recht hat und sich all das hier …« – sie machte eine Handbewegung zum Sternenhimmel – »… wie eine sich schließende Schriftrolle aufrollen wird.«

Stef fiel nichts ein, was sie darauf erwidern konnte.

Sie war erleichtert, als Titus an der Spitze der Gruppe die durchscheinende Wand der Kuppel erreichte.

# 69

Die Kuppel hatte einen Durchmesser von vielleicht fünfzig Metern, schätzte Stef, als sie drum herum gingen, und war in der Mitte, an ihrem höchsten Punkt, etwa zehn Meter hoch. Ihre Wand war ziemlich klar und durchscheinend, und Stef sah keine Anzeichen von irgendwelchen Stützen, kein Tragwerk, keine Rippen.

Titus starrte durch die Wand hinein, als würde er das Kriegslager einer Horde aufsässiger Barbaren ausspähen. Nun, vielleicht war das nicht so weit von der Wahrheit entfernt. Er deutete auf Strukturen innerhalb der Kuppel, Stapel von Ausrüstungsgegenständen. »*Das da* sieht so aus, als könnte es Ari und Inguill hergebracht haben.« Ein Schlitten, viel kleiner und primitiver als ihrer, umgeben von achtlos hingeworfenen Haufen von Decken und Kleidungsstücken – schwere Mäntel, dicke Stiefel. »Und dieses Ding da in der Mitte, so eine Säule in einem Gitterwerk …«

»Ich glaube, das ist Erdschein«, sagte die KolE leise. »Oder jedenfalls seine Trägereinheit. Aber offenbar zu irgendeinem Zweck stark modifiziert. Und da drüben …«

Sie sahen alle, was die KolE meinte. An einer Seite der Kuppel befand sich ein Luken-Konstrukt in dem felsigen Boden.

Stef legte sich die hohlen Hände um die Augen, um besser sehen zu können, schaute durch die Wand hinein und verfluchte den emporsteigenden Dampf ihres Atems. Eine Luke wie jede andere. Genau wie die auf dem Merkur, zu der sie damals gebracht worden war, die erste, die sie gesehen hatte – wie diejenige, die Dexter Cole auf Per Ardua gefunden hatte, genau hier am Antistellarpunkt – genau wie die Luken, die sie auf Welten anderer Sterne gesehen hatte. Sie waren alle gleich, eine in den Boden eingelassene, rechteckige Fläche von ein paar Metern Durchmesser, die feine kreisrunde Rille, an der man erkannte, wo sich der Deckel befand. Primitive funktionelle Schlichtheit.

Und doch waren diese simplen Apparaturen verantwortlich für die Veränderung der Geschichte, für die Neujustierung der Geschicke von Milliarden Seelen. Stef war Physikerin und hatte sich den größten Teil ihres Erwachsenenlebens mit Luken beschäftigt. Trotzdem jagten sie ihr noch immer einen kalten Schauer über den Rücken.

Und bei dieser speziellen Luke stand der Deckel klaffend weit offen.

»Also«, blaffte der Legionär. »Was nun? Schneiden wir die Kuppel auf, um hineinzukommen?«

Clodia zeigte auf etwas. »Entweder das, Vater, oder wir folgen dem Pfeil an der Wand.«

Sie kamen zu einem Eingang, einer Blase, die aus der glatten Kuppelwand hervorstand.

Titus nickte grimmig. »Diese Tür hat einen Griff; das ist also kein Problem.« Er spähte mit zusammengekniffenen Augen durch die Wand. »Und im Innern ist eine zweite Tür.«

»Ich glaube, es ist eine Art Luftschleuse.« Stef inspizierte die Kuppel erneut. »Diese Konstruktion besitzt kein Innenskelett. Sie wird wohl durch den Luftdruck aufrecht gehalten. Also müssen wir durch diese Doppeltüren hinein, damit wir nicht die ganze Innenluft und die Wärme herauslassen.«

»Ich habe auf Sternenschiffen gedient«, sagte Titus säuerlich. »Ich weiß, was eine Luftschleuse ist. Nicht dass ich erwartet hätte, hier eine zu finden. Die praktischen Fragen interessieren mich mehr. Ich bezweifle beispielsweise, dass diese Schleuse mehr als drei von uns zugleich aufnehmen kann. Zwei, mit Gepäck. Wir werden uns trennen müssen, um hineinzugelangen.«

»Ich glaube kaum, dass hier irgendeine Gefahr für uns besteht«, sagte Stef forsch. »Man kann durch die Wand *hineinschauen*, Legionär. Da ist nur Erdschein ... Selbst Ari und Inguill sind nirgends zu sehen. Ich denke, wir können das Risiko eingehen, meinst du nicht?«

»Ich für meinen Teil«, sagte Beth, »kann es kaum erwarten, aus dieser Kälte herauszukommen, zum ersten Mal *seit Wochen.*«

»Geh voran, Titus Valerius«, bat Stef.

Es erwies sich als ziemlich einfach für Titus und Clodia, die Kuppel durch die Luftschleuse zu betreten. Durch Probieren fand Titus heraus, dass es einen hundertprozentig sicheren Mechanismus gab. »Die Innentür geht erst auf, wenn die Außentür fest verschlossen ist«, dröhnte er. Seine Stimme wurde von der dicken Wand der Kuppel gedämpft. »Die Luft hier drin ist warm und feucht.« Während er sich noch in der Luftschleuse befand, drückte er mit der Hand gegen das Material der Kuppel. »Das Zeug ist biegsam, es gibt ein wenig nach, ist aber offensichtlich dick und stark. Es wird interessant sein zu sehen, wie es der Klinge meines *pugio* widersteht ...«

»Nicht jetzt, Vater«, sagte Clodia. »Komm schon.« Sie ging durch die Innentür der Luftschleuse voran, ins Innere der Kuppel. Unterwegs öffnete sie ihre schwere Kleidung.

Stef fasste Mardina an der Hand, und sie betraten gemeinsam die Luftschleuse, während Chu und Beth Sachen vom Schlitten abluden. Mardina schloss die Außentür, Titus öffnete ihnen die Innentür – und genau, wie Titus beschrieben hatte, spülte warme, feuchte Luft über sie hinweg. Stef holte tief und zittrig Luft; ihr war jetzt schon so warm wie seit der Überquerung des Terminators nicht mehr.

Stef verließ die Schleuse und blieb neben Titus stehen. Mardina folgte ihr etwas unsicherer. Die von kleinen Hängelampen erhellte Kuppel war ein silbriges, durchscheinendes Dach, das den Himmel ausschloss. Selbst Andromeda war nur noch ein verwaschener, blutroter Lichtfleck. Der Boden bestand aus bloßem Fels, schwärzlich wie Basaltgestein, zerkratzt und von Furchen durchzogen – vermutlich durch die Bewegung des Eises im Verlauf von Jahrmillionen. Stef schaute zu dem Durcheinander in der Mitte hinüber. Erdscheins Trägereinheit ließ sich eindeutig identifizieren; sie war in ein Nest aus anderen Ausrüstungsgegenständen eingebettet. Von Erdscheins Avatar-Projektion war jedoch nichts zu sehen.

»Die Luft riecht … komisch«, meinte Titus. »Wie in einem Schiff. Oder in einer Fabrik.«

Stefs Sinne waren vom Alter getrübt, aber sie stimmte ihm zu. »Das ist Ozon. Nach Menschen riecht es nicht, oder nicht sehr …«

Mardina rümpfte die Nase. »Vielleicht ist mein Geruchssinn schärfer. *Ich* rieche einen Hauch von Abwasser. Igitt. Nicht viel anders, als *wir* am Morgen riechen, nach einer Nacht unter dem Schutzdach. Sie sind also hier. Mein Vater und Inguill.«

»Und wenn schon – wir können nicht den ganzen Tag an der Tür herumstehen«, fauchte Titus. »Clodia! Komm mit. Wir holen jetzt alle unsere Ausrüstung herein. Beth und Chu haben schon damit angefangen.«

»Holt zuerst die KolE«, schlug Stef vor. »Sie wird uns helfen, aus all dem schlau zu werden …«

Bald stand die KolE auf einem Haufen schmutziger Decken gleich diesseits der Luftschleuse, und Mardina hatte sich ihre Sensor-Einheit selbst um den Hals gehängt.

Als der Haufen ihrer Habseligkeiten im Innern der Kuppel allmählich anwuchs und das in der Wärme schmelzende Resteis darunter eine Pfütze bildete, näherten sich Stef und Mardina der Erdschein-Einheit.

Die Prozessor-Säule bildete das Zentrum eines Konstrukts, das wie eine Spinnenskulptur aussah. Es war ein paar Meter hoch, und abgewinkelte, geknickte Stangen führten von der Zentraleinheit aus in den Felsboden. Die Stangen schienen Stef aus irgendeinem keramischen Material zu bestehen, milchig und glatt. Die Säule selbst hatte längst die von Beth beschriebenen Räder eingebüßt, auf denen sie um den Planeten gerollt war. Das Gehäuse der Trägereinheit war aufgebrochen, wie Stef sah, und ein großer Teil ihrer Innereien entfernt oder umgruppiert.

Wegen des engmaschigen Gitterwerks aus Stangen kamen sie nur bis auf ein paar Meter an die Zentraleinheit heran. Dahinter sah Stef eine Art Fertigungsbereich; diverse Geräte lagen auf dem Boden verstreut – Geräte von ungewisser Funktion, aber seltsam geglättetem Aussehen. Die verwendeten Materialien schienen der keramikartigen Substanz der Spinnenbeine zu ähneln.

Und dahinter, im Boden, diese offene Luke.

Stef blieb vor der Trägereinheit stehen. »Erdschein. Bist du da drin?«

»Ihr habt euch Zeit gelassen.«

Die Stimme klang so echt wie eh und je, aber es war immer noch nichts von einem virtuellen menschlichen Körper zu sehen, einem seiner »Anzüge«, wie er sie einmal genannt hatte, erinnerte sich Stef.

»Hallo, Urgroßvater«, sagte Mardina. »Wir sind so schnell gekommen, wie wir konnten. Vor allem, wenn man bedenkt, dass zunächst einmal du uns verlassen hast …«

»Ich kann *dich* sehen, Mardina, selbst wenn ich kein so großartiger Anblick bin. Komm näher, mein Kind … Meine Güte. Du bist schwanger!«

Mardina errötete.

»Die Dynastie bleibt erhalten«, stellte Stef fest.

»Wenn auch nur vorläufig. Wer ist der Vater?«

»Chu Yuen.« Die KolE sprach durch die Tafel an Mardinas Hals – und vielleicht auf anderem Wege auch direkt mit Erdschein, dachte Stef. »Du erinnerst dich, der Sklave aus der Rom-Xin-Kultur, der mich trägt. Ein aufgeweckter Junge, offensichtlich aus guter Familie, obwohl er wirklich harte Zeiten hinter sich hat.«

»Also ein guter Vater. Ich freue mich darauf, ihn besser kennenzulernen. Und dich kenne ich schon allzu gut, KolE.«

»Ich habe dir auf dem Mars – auf jenem anderen Mars – gesagt, dass ich dich aufspüren würde, wohin du auch fliehst.«

»Und das hast du getan. Gut gemacht. Vielleicht tust du mir den Gefallen und hörst dir an, was ich hier entdeckt habe …«

Stef wurde es ein wenig schwindlig. »Mir ist zu heiß, verdammt, nachdem mir monatelang zu kalt war.« Sie zerrte erfolglos an ihrem Mantel.

Auf eine Aufforderung Mardinas hin eilten Beth und Chu mit Decken vom Karren herbei und häuften sie auf dem Felsboden auf. Beth half Stef, ein paar Schichten Kleidung abzulegen, und Chu reichte ihr eine Wasserflasche, die sie von draußen hereingebracht hatten – eiskalt, aber erfrischend –, und sie setzten sie auf die Decken. Beth und Mardina setzten sich zu ihr, und bald fühlte sich Stef erheblich menschlicher. Essen wollte sie allerdings nichts. »Ich könnte es durchaus verschmerzen, wenn ich nie wieder einen Happen gefriergetrocknete Kartoffeln essen müsste.«

Erdschein summte. »Ich brauche natürlich keine derartige Nahrung. Aber seit der Ankunft der anderen ist einer meiner Fabrikatoren mit der Herstellung für Menschen geeigneter Nahrung aus den Rohstoffen der Umgebung beschäftigt – aufgebrochenes Gestein, aus dem Eis gefilterte organische Stoffe.«

*Die anderen.* Es war das erste Mal, dass er Ari und Inguill erwähnte, wenn auch nur nebenbei.

»Ein Fabrikator …« Mardina runzelte die Stirn. »Was ist das?«

»Hoch entwickelte Technologie aus unserer eigenen Zeitlinie«, sagte die KolE. »Ein Gerät, das Materie auf molekularer Ebene oder noch darunter auseinandernehmen und zu … nun, zu allem wieder zusammensetzen kann, was man möchte. Es ist ein langsamer, aber effektiver Prozess. Mein eigenes physisches Konstrukt beinhaltete solche Maschinen. Einst hielten sich Erdschein und seine beiden Brüder, ebenso machtvolle künstliche Intelligenzen wie er, tief unter der Erde versteckt. Und sie waren von Fabrikatoren und anderen Apparaturen umgeben, Miniaturfabriken, die sie unter Verwendung der Rohstoffe des Planeten mit allem versorgten, was sie brauchten – Wartungsmaterialien und Energiequellen.«

»Ich hatte solche Apparaturen in diesem Trägermodul dabei. Hier habe ich sie nun herausgeholt und dafür gesorgt, dass sie sich an die Arbeit machen. Alles, was ihr hier seht, die Kuppel, dieses Gitterwerk um mich herum, ist aus hiesigen Materialien hergestellt, aus den Felsen, dem Eis. Drüben auf der anderen

Seite der Kuppel habe ich einen Teich angelegt, ein stehendes Gewässer, um die Luft frisch zu halten. Was die Energie betrifft, so besitze ich zwar einen eigenen internen Speicher, habe aber die innere Wärme des Planeten selbst angezapft. Ich habe Bohrer hergestellt, um die Gesteinsschichten an der Oberfläche zu durchdringen …«

»Wozu das alles?«, fragte Stef.

»Ich bin wegen der Luke hergekommen, Stef. Um sie und ihre Erbauer zu studieren. Deshalb sind wir überhaupt nur zu diesem Planeten, in diese Epoche gebracht worden – welchen anderen Grund könnte es geben? Das war meine Haupttätigkeit, seit ich hier bin. Aber ich habe immer damit gerechnet, dass ihr – oder zumindest einige von euch – mir folgen würdet. Deshalb habe ich dieses Habitat vorbereitet.«

»Wie großzügig von dir …«

»Obwohl ich nicht erwartet hätte, dass diese anderen als Erste der Gruppe hierherkommen würden.«

Mardina rappelte sich hoch. »›Diese anderen.‹ Du meinst meinen Vater und die Inka-Frau, nicht wahr? Du deutest immer wieder an, dass sie hier sind, aber ich sehe sie nicht. Nun, es gibt nur eine Stelle, wo sie sein können.« Sie machte sich auf den Weg zu der offenen Luke.

»Sei vorsichtig, Mardina«, rief Beth.

Aber Mardina wurde nicht langsamer.

»Dieses Gitterwerk, das du um dich herum gebaut hast, Erdschein«, sagte Stef jetzt. »Du hast dich im Boden verankert. Gehört das zu deiner Geothermie-Mine?«

»O nein«, sagte er. »*Die* seht ihr draußen – ein paar flach auf dem Boden liegende Paneele, darunter Tiefbohrungen. All *dies* dient dazu, eine intimere Art von Kontakt herzustellen.«

»Kontakt mit wem?«, fragte Beth.

»Mit den Träumern«, sagte die KolE unvermittelt. »Du versuchst, mit den Träumern zu sprechen, nicht wahr?«

»Auf dieser uralten Welt wimmelt es nur so von ihnen«, sagte Erdschein. »Nun, so war es vermutlich schon immer. Es ist, als hätte ich eine Antenne in ein Gehirn gesteckt, KolE. Und ich denke …«

»Ja?« Die KolE klang atemlos, gespannt.

»Ich denke, ich höre ihre Gedanken …«

Und Stef Kalinski hörte einen Schuss.

# 70

Mardina, die sich der offenen Luke genähert hatte, warf sich zu Boden.

Chu und Titus waren schneller bei ihr, als Stef es für möglich gehalten hätte. Lang ausgestreckt daliegend, packten sie Mardina an den Armen, rutschten mit ihr zurück und übergaben sie Stef und Beth. Beth nahm ihre schwangere Tochter in die Arme.

Mardina sah schockiert und wütend aus.

»Ich bin nicht verletzt, Mutter. Wirklich nicht. Ich habe den Schuss gehört – ich dachte, ich sähe etwas an mir vorbeifliegen – und mich zu Boden fallen lassen. Wahrscheinlich war es ein Warnschuss. Ich kann nicht glauben, dass er das getan hat. Mein *Vater*.«

Beth strich ihr über den Kopf. »Ehrlich gesagt, Liebes, du und ich haben Ari schon immer weniger bedeutet als seine Ambitionen.«

»Ein Warnschuss? Dem werde ich's zeigen«, brüllte Titus. Mit dem *gladius* in seiner gesunden Hand näherte er sich der Luke. Chu folgte dem Legionär, einen Dolch in der Hand und einen Ausdruck kalter Wut im Gesicht. Immerhin war es seine Geliebte und die Mutter seines Kindes, auf die geschossen worden war. Diese stille Intensität schien den letzten Rest seiner sklavenhaften Unterwürfigkeit weggebrannt zu haben, dachte Stef.

»Du, Inguill, *quipucamayoc*!«, rief Titus. »Ari, der *druidh*!«

»Komm nicht näher, Legionär!« Es war unzweifelhaft Aris Stimme, obwohl sie in Stefs Ohren angestrengt und schwach klang. »Wir schützen unser Eigentum … Wir haben Vorrechte, die …« Hustend brach er ab.

»Warte, Legionär«, rief Stef. »Vielleicht können wir die Sache ja klären, indem wir miteinander reden.«

»Reden? Ha! Und wer, zum Hades, hat ihnen eine *ballista* gegeben?«

»Sie ist hier hergestellt worden«, sagte Erdschein. »Mithilfe eines Fabrikators. Ich war naiv – ich habe ihnen gezeigt, wie man den Fabrikator mit Sprachbefehlen bedient. Die Projektile werden von einer elektrischen Ladung angetrieben und bestehen aus …«

»Und wer feuert in einer solchen Kuppel eine *ballista* ab?«

»Das Kuppelmaterial ist selbstdichtend«, erklärte Erdschein noch sanfter. »In dieser Hinsicht zumindest sind wir sicher. Außerdem ist die Luft draußen atembar, wenn auch kalt. Wir sind nicht in Gefahr.«

Stef kam steif auf die Beine. »Ich verstehe das alles nicht. Welches Eigentum glauben sie zu besitzen? Von welchen Vorrechten sprechen sie?« Sie legte sich eine Decke um die Schultern und schlurfte zur Luke hinüber.

»Stef Kalinski«, sagte Titus, »bleib zurück!«

»Ach, Unsinn, Legionär. Jemand muss sich der Sache annehmen. *Mich* wird man zumindest nicht vermissen, wenn ich erschossen werde. Und wenn es um Luken geht, bin ich die Expertin, vergiss das nicht.«

»Nimm mich mit«, bat die KolE eindringlich. »Die Tafel, eine Hörkapsel …«

Beth kam herbeigelaufen und reichte Stef ihre Tafel, die diese sich um den Hals hängte. Sie erschien ihr ungewöhnlich schwer. »Also dann …«

Stef, die weder Angst verspürte noch sich besonders tapfer vorkam – vielleicht war sie einfach zu alt für solche Empfindungen –, näherte sich der Luke. Das Material der Bodenplatte fühlte sich unter ihren Füßen sehr seltsam an, glatt und fremdartig, weder warm noch kalt.

»Ari Guthfrithson! Inguill! Ich bin's – Stef Kalinski. Ich komme, um mit euch zu reden. Erschieß mich, wenn es sein muss, Ari, aber versuche, wenigstens nicht deine schwangere Tochter zu treffen …«

Sie gelangte zum Rand der offenen Luke. Ari und Inguill saßen zusammen auf dem Boden, an eine Wand gekauert – in der Nähe eines runden Durchgangs, bemerkte sie. Wenn dies eine typische Luke war, führte diese Tür zu einer Übergangskammer, und eine weitere Tür dahinter würde … woandershin führen. Aber momentan war die Tür fest verschlossen, ohne weitere Merkmale außer einer Rille in der Wand.

Ari und Inguill, die Knie an die Brust gezogen, trugen die schmutzigen Überreste der Kleidung ihrer jeweiligen Kultur, Ari sein *druidh*-Gewand, Inguill ihre offizielle *quipucamayoc*-Tracht. Stef war schockiert über Aris Zustand; wie die meisten Brikanti hatte er immer Wert auf ein gepflegtes Äußeres gelegt. Sie waren von lauter lebensnotwendigen Dingen umgeben, einem Haufen schmutziger Decken, Stapeln von Nahrungsmitteln – welk aussehendes Gemüse, so etwas wie getrocknetes Fleisch – und simplen Eimern, in denen Urin und wässrige Exkremente schwappten. Daher kam also Mardinas Abwassergestank. In ihrer weiten Kleidung sahen sie unglaublich mager, ja geradezu skelettartig aus. Stef sah glänzende, abgestorben wirkende Hautflecken auf Aris Wangen und seiner Stirn. Erfrierungen?

Aber in seinen knochigen Händen hielt er eine überzeugend aussehende Schusswaffe, die er aus der Luke auf sie richtete. »Nicht näher, Stef Kalinski.«

Stef reckte ihre leeren Hände in die Luft. »Ich bin keine Gefahr für euch, Ari. War ich nie … Darf ich die Hände herunternehmen? Ich bin ziemlich müde und habe gerade erst einen Schwindelanfall überstanden.«

Er nickte kurz.

»Danke. Im Vergleich zu euch sehe ich allerdings aus wie das blühende Leben. Ihr hättet auf uns warten sollen, ihr zwei. Hättet mit uns reisen sollen.«

»Ihr seid alle Dummköpfe«, fauchte Inguill. »Und wir waren *zuerst* hier. Genau darum ging es.«

Stef beugte sich vorsichtig vor. »Und warum in Gottes Namen sitzt ihr in diesem Loch?«

»Wir warten darauf, dass Erdschein uns hineinlässt«, sagte Inguill. »Durch diese Tür. Wir wissen, dass er sie öffnen kann; wir haben es gesehen … Wir wollen durch die Tür gehen. Wir wollen die *Ersten* sein.«

»Und jetzt veranstaltet ihr einen Sitzstreik? Aber *warum*? Wisst ihr das überhaupt noch, nachdem ihr, leise vor euch hinbrabbelnd, den ganzen weiten Weg übers Eis gestapft seid?«

Ari hob seine Waffe; sie schwankte unsicher. »Spar dir deine Tricks. Du wirst uns nicht dazu bringen, dass wir hier herauskommen.«

»Das ist auch nicht meine Absicht. Glaubt mir, ich bin schon durch genug Luken gegangen, die hier überlasse ich gerne euch. Aber – darf ich euch nicht wenigstens ein bisschen frische Nahrung bringen? Oder einer der anderen. Und wie wäre es, wenn ich den Legionär bäte, diese Schmutzeimer herauszuholen?«

»Nicht Titus«, blaffte Inguill.

»Dann Chu.« Stef sah Ari direkt an. »Den Vater deines Enkelkindes.«

Endlich senkte sich die Mündung der Waffe. »Ich habe gehört, wie ihr davon gesprochen habt … Dann stimmt es also?«

»Ich fürchte ja. Hört zu, ich gehe und hole Hilfe. Geht nicht weg.«

Während sie sich entfernte, hörte sie Inguills keifende Stimme. »Wir lassen uns nicht austricksen, Stef Kalinski! Wir lassen uns nicht austricksen!«

Nachdem sie Ari und Inguill etwas zu essen gebracht und ihre Schmutzeimer zur Luftschleuse hinaus entleert hatten, versammelten sich Titus' Leute auf Deckenhaufen und Teilen von Erdscheins Ausrüstung vor Erdschein in seinem spinnenartigen Käfig. Von Erdscheins Fabrikatoren hatten sie sich heiße Getränke und Speiseportionen herstellen lassen, fades, aber nahrhaftes Zeug.

Beth hatte mit Ari gesprochen. Aber Mardina hatte sich geweigert, ihren Vater, der auf sie geschossen hatte, auch nur anzusehen.

»Ich fürchte, sie sind nicht mehr ganz bei Verstand«, flüsterte Erdschein.

»Ach, was du nicht sagst«, erwiderte Stef trocken.

»Die Macht, die in ihren Augen jenseits der Tür liegt, ist bei ihnen zu einer fixen Idee geworden. Deshalb haben sie euch verlassen und eure Ausrüstung gestohlen … Deshalb haben sie die Geschichten verlassen, in die sie hineingeboren wurden. Selbst euch haben sie verlassen, Mardina und Beth. Der Fußmarsch hierher hat sie beinahe das Leben gekostet, aber sie wollen sich nicht aufhalten lassen.«

Beth grunzte. »Das überrascht mich nicht. Was für Qualitäten dein Vater auch immer besitzen mag, Mardina, ein Mann der Praxis ist er nicht.«

»Und Inguill war eine Bürokratin«, sagte Stef. »In ihrer Kultur. Eine gewiefte, und obendrein ein sehr schlaues Individuum, aber nicht auf eine solche Reise vorbereitet. Wohingegen wir einen römischen Legionär als Anführer hatten. Vielleicht konnte keiner der beiden sich wirklich vorstellen, wie es sein würde. Aber nachdem sie einmal aufgebrochen waren …«

Erdschein summte. »Ihr Antrieb waren Stolz und Gier. Und ihre Besessenheit vom Antistellarpunkt und der Luke, die sie hier zu finden erwarteten. Sie haben sich an diesen Traum geklammert, obwohl sie dafür nicht nur ihre körperliche, sondern auch ihre geistige Gesundheit geopfert haben.«

»Was ist das für ein Traum?«, bellte Titus.

»Sie glauben vermutlich, dass die Luke ihnen die Macht von Göttern verleihen wird«, sagte die KolE. »Die Macht, Welten neu zu gestalten. Schließlich haben sie gesehen, wie es geschehen ist – das haben wir alle, mehr als einmal.«

Stef nickte. »Und vielleicht haben diese zutiefst schockierenden Erfahrungen einen größeren Tribut von ihnen gefordert, als wir erkannt haben.« Sie schloss die Augen und schaute nach innen. »So wie sie auch von uns anderen ihren Tribut gefordert haben.«

»In gewisser Hinsicht sind wir uns gar nicht so unähnlich, das gebe ich zu«, sagte Erdschein jetzt. »Ich war empört über die zunehmende Einmischung der Träumer in unsere Geschichten. Ich habe einen Schlag gegen den Mars geführt, gegen *einen* Mars, um ihre Aufmerksamkeit zu gewinnen. Nun, es hat funktioniert. Sie haben mich hierhergebracht. Ich wollte sie erneut herausfordern. Und vor allem wollte ich *verstehen* …«

»Erdschein«, setzte Stef nach, »Ari hat gesagt, du hättest irgendwie die Kontrolle über die Luke.«

»Ja, in gewissem Sinn. Die Luken haben immer selbst entschieden, auf wen sie reagieren.«

»Das stimmt«, sagte Beth. »Ich erinnere mich an die erste Luke, die ich jemals gesehen habe, am Substellarpunkt. Sie hat Einkerbungen in ihren Oberflächen … entwickelt, in die sich Erbauer legen konnten, wie Schlüssel in Schlösser.«

»Bei Menschen sind es für gewöhnlich Handabdrücke«, sagte Erdschein. »Hier haben die Lukenbauer offensichtlich etwas von meiner Anwesenheit gespürt. In meinem Fall ist die Schnittstelle elektromagnetisch, kein physischer Kontakt. Unsichtbar. Doch als ich ihr eine bestimmte Botschaft geschickt habe – als Echo auf ein Signal, das ich erhielt –, hat sich die Luke geöffnet, der große Deckel.«

»Und dann auch die zweite Tür«, drängte Stef, »zum nächsten Raum?«

»Ich habe die zweite Kammer erkundet«, sagte Erdschein. »Oder zumindest habe ich sekundäre Einheiten hineingeschickt. Ich glaube, ich weiß, was hinter der *nächsten* Tür liegt – auf der anderen Seite dieser Luke. Aber diese letzte Tür muss ich erst noch öffnen. Ich habe eine Sonde gebaut. Sie interessieren sich vielleicht für die Details, Stef. Eine Kugel aus extrem hitzebeständigem Material. Ich hoffe, sie wird eine messbare Zeit überdauern, vielleicht sogar eine ganze Nanosekunde.«

Stef versuchte sich das vorzustellen. »Was willst du damit sagen, Erdschein? *Was liegt jenseits dieser Tür?*«

»Die KolE weiß es«, flüsterte Erdschein, »oder vermutet es.«

»Die Grenze«, sagte die KolE. »Der Rand des Multiversums. Der Tod der Zukunft. Ja. Sie haben dich hergebracht, um dir *das* zu zeigen. Damit du verstehen kannst …«

»Es braucht keine räumliche Versetzung zu geben, wisst ihr«, sagte Erdschein. »Man muss nicht durch den Raum reisen, um diese Grenze zu erreichen. Nur ein kleines Stück in die Zukunft. Schließlich wird es überall zugleich geschehen. Auf jeder Welt.«

Die KolE blinkte. »Wir müssen unsere Schätzungen der verbleibenden Zeit vergleichen.«

Die Menschen nahmen diese schreckliche Unterhaltung schweigend in sich auf.

Stef runzelte die Stirn. »Und du hast Ari und Inguill erklärt, dass sie dort landen werden, wenn …«

»… wenn sie in der zweiten Kammer sind und die Luke sich öffnet, ja. Aber sie wollen nicht auf mich hören, Stef. Sie glauben mir nicht. Sie glauben, dass die Luke ihre Träume von Macht und Reichtum erfüllen wird.«

Titus schüttelte den Kopf. »Was sollen wir also tun?«

Stef seufzte. »Ich schlage vor, wir versuchen, Ari und Inguill dort herauszuholen. Immerhin seid ihr Aris Angehörige, Beth und Mardina. Vielleicht könnt ihr euch bei den beiden Gehör verschaffen, anders als Erdschein. Und dann …«

»Und dann«, sagte die KolE, »müssen wir überlegen, wie wir die Zeit, die uns bleibt, am besten nutzen.«

Mardina legte die Hand auf ihren Bauch, ließ den Kopf sinken und griff blindlings nach Chu.

# 71

Die Gruppe verbrachte zwei volle Tage mit dem Versuch, Ari und Inguill aus der Luke zu locken. Beth strengte sich am meisten an, sie bemühte sich, zu dem Mann durchzudringen, den sie beinahe geheiratet hätte. Selbst Mardina erklärte sich widerstrebend bereit, mit Ari über das Baby in ihrem Bauch zu sprechen, sein Enkelkind.

Doch weder Appelle auf allgemein menschlicher Ebene noch Erdscheins kalte logische Erklärungen, was jenseits der Tür liegen musste, bewirkten auch nur das Geringste. Das Schicksal des Babys schien Ari allerdings großen Kummer zu bereiten. Dennoch konnte ihn nichts umstimmen, ebenso wenig wie Inguill, die etwas über die Macht von Inti, dem Sonnengott der Inkas, brabbelte. Sie waren beide nur von einem überzeugt: dass Erdschein ihnen etwas missgönnte – ihren Ruhm, vermutete Stef.

»Kein Sterblicher sollte nach der Macht eines Gottes streben«, bemerkte Titus. »Sie würde ihn blitzartig verbrennen.«

Die KolE schien ihm zuzustimmen. »Aber haben wir deshalb das Recht, sie aufzuhalten, Titus Valerius?«

Schließlich gaben sie auf. Erdschein erklärte sich bereit, ihnen die Tür zu öffnen.

Die Gruppe versammelte sich am Rand der Luke, um sich das Ergebnis anzusehen.

In Reaktion auf Erdscheins unsichtbares Signal schwang die Tür zur mittleren Kammer der Luke schließlich auf. In diesem Raum sah Stef die von Erdschein erwähnte »Sonde«, eine dicke keramische Kugel, auf dem Boden liegen.

Ari und Inguill traten mit behutsamen Bewegungen durch die Tür; sie halfen sich gegenseitig. Auf jedem Schritt des Weges hielt Erdschein inne, damit sie es sich noch einmal überlegen und den Rückzug antreten konnten.

Doch schließlich zogen sie die Tür hinter sich zu, ohne noch einmal zurückzuschauen, und weg waren sie.

»Ich habe ihnen eine Steuerung gegeben«, sagte Erdschein. »Damit können sie die Signale emulieren, durch die ich mit der Luke kommuniziere. Ein simples Handgerät ... Und ich habe einen Weg gefunden, Signale durch das Trägermaterial des Konstrukts zu schicken, sodass ich es von meiner Sonde erfahren werde, wenn der letzte Deckel geöffnet wird.«

Stef war fasziniert. »Du hast Signale durch das Trägermaterial der Luken geschickt? So etwas ist uns in all den Jahren, in denen ich Luken und Kernels auf Luna und dem Mars studiert habe, nie gelungen ...«

»Sie sind weg«, sagte Erdschein schlicht.

Als es gefahrlos möglich war, öffnete Erdschein die Tür erneut. Die zentrale Kammer, deren andere Tür wieder fest verschlossen war, kam Stef gänzlich unbeschädigt vor und war vollkommen leer.

Erdschein sagte, seine Sonde habe immerhin einen guten Bruchteil einer Nanosekunde gehalten und eine Menge über das Wesen der »Grenze des Multiversums« in Erfahrung gebracht. Er und die KolE begaben sich unverzüglich in eine lautlose elektronische Hochgeschwindigkeitskommunikation über die neuen Daten.

Und Clodia und Chu, die die Luke erkundeten, fanden etwas Neues: Einbuchtungen für menschliche Hände in der zweiten Tür der Luke. Drei Paare.

»Das«, sagte die KolE geheimnisvoll, als sie davon erfuhr, »bedarf weiterer Überlegungen.«

# 72

»Ich glaube, dass die Träumer so mit mir gesprochen haben wie mit keinem anderen von unserer Art«, sagte Erdschein. »Und mit ›unsere Art‹ meine ich komplexe Lebensformen, gleichbedeutend mit eurer multizellulären Natur, obwohl die Einzelheiten sich von Welt zu Welt, von Biosphäre zu Biosphäre unterscheiden ... Das klingt arrogant, ich weiß. Sogar großspurig.«

»Kann man wohl sagen«, meinte Stef skeptisch. »Von dieser ganzen gewaltigen kosmischen Heerschar ...«

»Und doch bin ich ungewöhnlich für sie. Natürlich bin ich ein Produkt menschlicher Technologie. Trotzdem denke ich, dass *die Menschheit selbst*, unsere gesamte Biosphäre oberhalb der Ebene einzelliger Geschöpfe, für sie eine Art Technologie ist. Zu einem bestimmten Zweck erschaffen, versteht ihr, oder zumindest modifiziert. Aber ich bin eine sekundäre Schöpfung – als hätte einer meiner Fabrikatoren keine Kopie, sondern einen ganz neuen Entwurf von sich selbst produziert. Als solcher bin ich vielleicht von ... Interesse für sie. Und sie haben mich nicht vollständig unter Kontrolle.«

»So wie uns?«, fragte Stef säuerlich.

»Ist es nicht so?«

Titus grunzte. »Mir klingt das alles zu philosophisch. Bin ich ein Grieche, oder was?« Er, Stef, Beth und die KolE, die Älteren dieser winzigen antistellaren Kolonie, saßen in lockerem Kreis an einem Trost spendenden offenen Feuer, das auf einer

Feuerstelle aus Steinplatten brannte, im Schatten des seltsamen spinnenartigen Gebildes, das Erdscheins Trägereinheit umschloss. Titus tauchte seinen Tonbecher in den träge blubbernden Tee auf dem Feuer. »Sieh den Tatsachen ins Auge, Erdschein. Du hast die Aufmerksamkeit der Träumer gewonnen, weil du den Mars in Stücke geschlagen und dabei eine ganze Welt dieser schlauen mikroskopisch kleinen Tierchen ermordet hast. Mit so etwas würde man die Aufmerksamkeit der meisten Leute gewinnen.«

»Ja, das stimmt. Und so war es natürlich auch beabsichtigt.«

»Und darum haben sie dich hierhergebracht«, sagte die KolE, eine glitzernde Masse Technologie, die auf einer Decke abseits des Feuers stand. »Sie haben dich durch ihr Lukennetz zu diesem Ort geführt. Und …«

»… und sie haben mit mir gesprochen«, fiel ihr Erdschein ins Wort. »Sie haben mir ihre Geschichte erzählt. Falls dieser Begriff für eine solche Biografie angemessen ist … In gewissem Sinn ist es die Geschichte des Lebens in diesem Universum, versteht ihr.«

»Dann erzähl sie uns«, sagte Stef und beugte sich vor, in eine Decke gehüllt. »Erzähl sie uns, Erdschein.«

»Von Anfang an, selbst als das Universum noch sehr jung war, gab es Leben.

Selbst organisiertes Leben aus Ansammlungen mehr oder minder einfacher chemischer Stoffe, die blindlings den Gesetzen der Chemie und der Physik folgten, geleitet von mathematischen Regeln, die der Realität offenbar inhärent sind. Mikrobielles Leben, einzelliges Leben, virales Leben … Manche Wissenschaftler dachten, das Leben könnte entstanden sein, als das Licht des Urknalls noch hell und das ganze Universum so warm war, dass es eine einzige große habitable Zone bildete.

Auf Welten mit ähnlichen Oberflächenbedingungen entstanden ähnliche Arten von Leben, so wie auf der Erde und auf Per Ardua. Aber das Leben breitete sich auch aus, als Kometen und Asteroiden in die Oberflächen der jungen Welten einschlugen und einige tief in Gesteinsfragmenten begrabener Mikroben zufällige Reisen zu anderen Planeten und, wenn auch seltener, zu anderen Sternen überlebten. Panspermische Blasen entstanden; Welten, auf denen ähnliche Bedingungen herrschten, beherbergten verwandte Lebensformen und hatten gemeinsame Ursprünge. Überall in der Galaxis stießen solche Blasen aneinander und durchdrangen sich sogar; Welten warm-irdischen Lebens konnten sich Sternsysteme mit Welten kalt-titanischen Lebens teilen, wie ihr selbst gesehen habt.

Und das Leben verbreitete sich auch nach innen, in die Eingeweide der Welten; es folgte Tiefenwasserströmen, mineralischen Ausfällungen, austretender Wärmeenergie und Radioaktivität … In jenen frühen Zeiten war das Innere der Welten – so tief unter der Oberfläche, dass nicht einmal die ungeheuren Bombardements des jungen Kosmos irgendwelchen Schaden anrichten konnten – eine warme, sichere Wiege, und das Leben gelangte ziemlich rasch dort hinab – auf der Erde fanden wir überall Tiefenmikroben, alles Angehörige ähnlicher Arten. Das Tiefengestein ist jedoch ein statischer und relativ energiearmer Unterschlupf. Das Leben breitete sich nur langsam aus, pflanzte sich auch nur allmählich fort. Um von solch kargen Ressourcen zu überleben, lernten diese Wesen, sich zu *reparieren* statt sich zu reproduzieren. Doch allmählich wuchs und verbreitete sich eine Art von Komplexität, als die Mikroben zwecks gegenseitiger Unterstützung Kolonien bildeten und diese Kolonien sich wiederum zu Superkolonien verbanden.

Eine Schwelle wurde überschritten. Bewusstsein entstand.

Sowohl auf der Erde als auch auf Per Ardua befindet sich der größte Teil der Biomasse des Planeten – der gewichtsmäßig größte Teil seiner Fracht an Lebewesen – im Gestein tief unter der Oberfläche. Fast ihre gesamte Geschichte hindurch ahnten die Menschen nicht einmal etwas von der Existenz dieser Lebensform. Und sie besitzt Wahrnehmungsfähigkeit und Bewusstsein; es handelt sich um eine Konstellation riesiger, langsamer Intelligenzen. Das sind die Träumer. Sie erinnern sich an ihre Geburt, als das Universum noch jung war.

Und eine Welt nach der anderen erwachte …«

Die Geschichte wurde bruchstückhaft erzählt, Tag für Tag, im Rahmen einer eingehenden Befragung durch Stef und die anderen.

Während die Wochen und Monate seit ihrer Ankunft am Antistellarpunkt von Per Ardua verstrichen – und Aris und Inguills Tod in der Erinnerung verblasste –, kam und ging das Publikum um Erdschein herum. Sie mussten alle schlafen und essen; alle hatten sie Aufgaben im Zusammenhang mit dem Fortbestand der Kolonie zu erfüllen, die sie am Leben erhielt – und sie waren entschlossen, Mardina im Verlauf ihrer Schwangerschaft zu unterstützen. Das zog sogar die KolE von Erdschein und seinem langsamen, manchmal weitschweifigen Monolog weg.

Aber sie hörten zu, und sie fragten Erdschein aus ihren unterschiedlichen Perspektiven nach verwirrenden Details. Allmählich bildete sich so etwas wie eine Zusammenfassung der Geschichte heraus, die sie alle auf die eine oder andere Weise verstehen konnten.

Und inmitten der kosmischen Seltsamkeiten ging das Leben der Menschen weiter.

Als Mardinas Schwangerschaft sich dem Ende näherte, wurde sie immer schwerer und immer langsamer. Zumindest hatte sie das Gefühl, gut unterstützt zu werden, so isoliert sie hier war. Die KolE hatte eigens Instruktionen über Geburtsprozeduren erhalten, um das Wachstum der ursprünglichen IRF-Kolonien zu fördern, und Erdscheins Fabrikatoren konnten jegliche Medikamente synthetisieren, die Mardina benötigte. Mit ihrer Mutter und Stef Kalinski hatte sie kluge Frauen an ihrer Seite. Und Chu erwies sich als ein schon jetzt in sein künftiges Kind vernarrter Vater. Nur Clodia blieb vorläufig ein Problem, ihre noch immer nicht ganz verschwundene Eifersucht wegen Chu stand nach wie vor zwischen ihnen – und vielleicht auch Clodias Groll darüber, dachte Mardina, dass sich ihr Wunsch, Soldatin zu werden, nicht erfüllt hatte. Es war schade, dass es die Kameradschaft, die sie im Yupanquisuyu aufgebaut hatten, jetzt nicht mehr gab – aber vielleicht waren sie ihr auch einfach entwachsen, dachte sie.

Nein, Mardina konnte sich nicht über mangelnde Unterstützung beklagen, selbst wenn sie lieber Michael, den *medicus*, zur Verfügung gehabt hätte, oder noch besser ein voll ausgestattetes brikantisches Krankenhaus.

Trotzdem verrichtete sie ihre Arbeit im Lauf der Zeit mit immer weniger Begeisterung. Sie hatte nicht einmal mehr Lust, sich allzu viel zu bewegen.

Und da es in der Kuppel nicht viel Unterhaltung gab, waren die langsamen Arbeitsprozesse der Fabrikatoren in zunehmendem Maße eine Ablenkung für sie. Eines Morgens entdeckte Mardina einen kleinen Apparat, nicht größer als einen Brotlaib; er lag in einer Pfütze aus zermahlenem arduanischen Felsstaub, den er wiederum zu ordentlich aufgestapelten Maschinenteilen verarbeitete. Sie kniete sich entzückt hin, um ihn zu beobachten.

Chu grinste. »Er kommt schneller voran, als ich gedacht hätte.«

»Der hier stellt tatsächlich eine Kopie seiner selbst her.«

»Ich nehme an, er gebärt in gewissem Sinn. Stück für Stück.«

Mardina, die auf einem Haufen Decken saß, rieb sich den Bauch. »Ich wünschte, ich könnte es auch so machen. Dieses kleine Ungeheuer eine Gliedmaße nach der anderen herausholen und dann auf dem Boden zusammensetzen.«

»Das ist nicht dein Ernst.«

»Nein, wohl nicht. Aber wenn diese Maschinen so weitermachen, werden wir noch eine echte Kolonie. Titus möchte sie ›Nova Roma‹ nennen.«

Aber Chu lächelte nicht. »Es ist schade, dass wir nur so wenig Zeit haben, das zu genießen, was wir aufbauen.«

Mardina zuckte zusammen; es war keine von Chus üblichen Äußerungen. Sie schaute auf die Festigkeit des Felsbodens hinab und hinauf zu dem sternenübersäten Himmel über der Kuppel, und sie griff nach Chus Hand. »So dürfen wir nicht denken.«

»Nein. Tut mir leid. Denn selbst wenn es stimmt, was der mechanische Weise sagt, müssen wir uns so verhalten, als wäre es nicht so.«

Sie versuchte, das in sich aufzunehmen. Dann bewegte sie sich. »Komm. Hilf mir auf. Ich werde steif. Zeit für mein Training, ein paar Runden um die Kuppel …«

»Von Anfang an nahmen die großen Träumer-Gemeinschaften etwas von dem Universum um sie herum wahr.

Sie spürten das frühe Trommelfeuer des bei der Planetenbildung entstandenen Schutts, der auf ihre Welten niederging. Die fast unmerklichen Gezeiten, die von den Muttergestirnen und Schwesterplaneten ihrer Welten verursacht wurden, zerrten an ihnen. Sie konnten die langsame geologische Evolution ihrer Wirtswelten *fühlen* – eine Evolution, die von Anfang an vom Leben selbst geprägt wurde; es gibt Hinweise darauf, dass die Existenz von Leben auf einem Planeten wie der Erde sogar zur Stabilisierung der Kontinentalbildung beiträgt.

Und wenn sich vielzelliges Leben entwickelte – selten, sporadisch –, diente es auch als eine Art Sensorik für die belebten Welten.

Auf manchen Welten konnte unter den richtigen Bedingungen, wenn die Atmosphäre einigermaßen durchlässig für die Strahlung des Muttergestirns war, Energie vom Himmel auf das Land und in die oberen Meeresschichten herabströmen, sodass die vertrauten Wunder des komplexen Lebens möglich wurden. Fotosynthese, eine chemische Methode zur Nutzung der Energie stellarer Strahlung. Umwälzende Veränderungen von Meeren und Atmosphären durch die Injektionen solcher Gase wie Sauerstoff oder Methan. Die Evolution sekundärer Lebensformen – wie die irdischen Tiere –, die sich von diesen Produkten ernährten. Aber die äußeren Schichten des komplexen planetarischen Lebens, die für Geschöpfe wie die Menschen so wichtig sind, waren für die Träumer so gut wie irrelevant. Sie stellten immer nur einen belanglosen Bruchteil der gesamten Biomasse einer Welt dar. Und die komplexen Geschöpfe waren sich für gewöhnlich nicht einmal der Noostrata bewusst, die das Gestein unter ihren Füßen durchsetzten.

Doch durch die heftigen Reaktionen der komplexen Formen, der ›Tiere‹ und ›Pflanzen‹, auf äußere Ereignisse wie Asteroideneinschläge, Sonneneruptionen oder Supernova-Explosionen lernten die Träumer das Universum detaillierter kennen.

Ich glaube, die Träumer bekamen schon damals, vor langen kosmischen Zeiträumen, die ersten Hinweise auf das Herannahen der Endzeit.

Und dann gab es Kommunikation zwischen Träumer-Welten.

Die komplexen Formen bauten auf ihre planlose Art Raumfahrzeuge oder besiedelten Kometen und andere wandernde Himmelskörper und nahmen auf neue Weise Kontakt auf. Damit ergänzten sie die natürliche Panspermie jener langsam dahintreibenden Steinbrocken, die bei Einschlägen ins All geschleudert wurden. Panspermie war immer eine Form der Verbindung von Welten gewesen. Ein Paket von Lebewesen und genetischen Daten ist eine Kommunikation, eine Botschaft einer Welt mit intelligentem Leben an eine andere. Mit dem Aufkommen von komplexem Leben und interstellaren Reisen blieb dieser Vorgang zwar willkürlich, ohne zentrale Steuerung, fand jedoch häufiger statt.

Die belebten Welten hatten von Anfang an Kenntnis von der Existenz ihrer Geschwisterwelten gehabt. Jetzt begannen sie langsam, sporadisch und auf unvollkommene Weise, miteinander zu reden.

Stellt euch also eine Gemeinschaft intelligenter Welten vor. Alle im Detail verschieden, aber auch mit fundamentalen Ähnlichkeiten, in ein langsames, von Zufällen geprägtes Gespräch vertieft. Es war ein Austausch von Gedanken und Wahrnehmungen. Einige wuchsen an Bedeutung, während andere mit der Zeit mehr nach innen schauten. Natürlich waren sie alle quasi unsterblich – und sie kamen nicht voneinander los. Ich stelle sie mir wie ein Kollegium zankender Professoren vor, die in jahrzehntelange Rivalitäten verstrickt sind. In äonenlange, im Fall der Träumer-Welten. Allerdings waren sie nicht *ganz* unsterblich; in einem gefährlichen Universum können manchmal ganze Welten untergehen, und ihre gesamte Fracht an Leben und Intelligenz mit ihnen.

Doch dann wurde diese sich langsam entwickelnde Gemeinschaft vom völlig unerwarteten Erscheinen einer mutierten Welt gestört.

Die menschliche Kategorisierung komplexer Geschöpfe als ›Tier‹ oder ›Pflanze‹ ist zu simpel. Anthropozentrisch. Selbst auf Per Ardua waren die Erbauer Tiere, die Fotosynthese betrieben.

Nun denn. Stellt euch eine Welt vor, auf der *jeder* komplexe Organismus, jede Pflanze und jeder Baum, jede bewegliche und unbewegliche Kreatur wenn nicht selbst empfindungsfähig, so doch ein Sinnesorgan einer größeren Intelligenz ist. Jede Blume ist wie ein Auge oder ein Ohr zur Welt. Sinneseindrücke plätschern nervenähnliche Ranken hinab und landen in Wurzelmassen von enormer Komplexität: gealterte Pflanzengehirne. Und diese wiederum sprechen auf dieser Welt direkt mit den wahren Intelligenzen des Planeten, den Träumern in ihrem Tiefengestein. Diese Welt wurde in manchen menschlichen Kulturen Alvega genannt.«

Stef fragte sich, woher Erdschein das wohl wusste.

»All dies war die Folge der eigentümlichen Entstehung des Lebens auf dieser speziellen Welt. Auf vielen Welten kann das Leben mehrfach entstehen; aber auf den meisten Welten, wie auf der Erde oder auf Per Ardua, erweist sich ein einzelner Entwurf, ein einzelnes DNA-ähnliches Codierungssystem, das einen einzelnen Satz von Proteinen codiert – oder dessen Äquivalent in anderen Biosphären, wie jener der Titanier –, meist sehr schnell als dominant, und seine kleinen Vorteile werden rasch riesengroß. Aber nicht auf Alvega. Dort kämpften zwei ganz unterschiedliche und einander feindlich gesinnte Biosphären lange Zeit um die Macht, auch noch nach der Herausbildung komplexen Lebens. Am Ende des Krieges war der Sieger notwendigerweise viel enger integriert als auf den meisten Welten, und die komplexe Oberflächenblüte war unmittelbar mit den Träumer-Gemeinschaften darunter verbunden.

Auf dieser Welt waren die Träumer folglich viel stärker mit dem äußeren Universum beschäftigt – und sie besaßen die Mittel, direkten Kontakt mit ihresgleichen herzustellen, denn ihre komplexen Partner auf der Planetenoberfläche standen ungewöhnlicherweise vollständig unter der Kontrolle der Träumer.

Von Algeva wurde eine neue Welle von Emissären in interstellaren Fahrzeugen ausgesandt, die eine gewisse Ähnlichkeit mit riesigen Bäumen besaßen, und ihre Mission bestand darin, eine Welt mit der anderen zu verbinden.

Es dauerte viele Hundert Millionen Jahre, bis sich die neue lebendige Technologie über die ganze Galaxis ausgebreitet hatte. Doch allmählich erkannten die isolierten platonischen Träumer auf einer Welt nach der anderen, dass sie sich zusammentun und ebenso umfassend wie schnell mit anderen ihrer Art kommunizieren konnten.

Für die Träumer war nun auf einmal Eile geboten – falls man bei einem Jahrmilliarden-Programm überhaupt von ›Eile‹ sprechen kann. Zum ersten Mal erkannten sie den Wert komplexen Lebens, und es entstand eine neue, bewusste Form der Panspermie. Modifikationswellen wurden durch die Panspermie-Blasen geschickt, sodass Welten, die bisher keine Fotosynthese gekannt hatten, dieses Niveau erreichten, und dann wurde komplexes Leben auf Welten möglich, deren plötzlicher

Energiereichtum von Sauerstoff, Methan oder anderen reaktiven chemischen Stoffen herrührte. Organismen wie Pflanzen, Geschöpfe wie Tiere, neue Reiche des Lebens erblühten auf einer Welt nach der anderen …«

»Ich wusste es«, hauchte die KolE. »Ich habe das sogar auf Per Ardua entdeckt – der ersten von den Menschen erreichten Welt außerhalb des Sonnensystems. Die Koinzidenzen der zeitlichen Abläufe. Die Fotosynthese tauchte auf Per Ardua zwei Milliarden Jahre vor dem Eintreffen der Menschen auf, zur selben Zeit wie auf der Erde. Und die ersten komplexen Geschöpfe erschienen auf beiden Welten ebenfalls mit sehr präziser zeitlicher Koinzidenz: auf der Erde fünfhundertzweiundvierzig Millionen Jahre vor der Menschheit, genauso wie auf Per Ardua. Das habe ich *gemessen*. Ich wusste es! Ich erinnere mich, dass ich darüber mit deiner Mutter und deinem Vater gesprochen habe, Beth Eden-Jones. Nicht dass sie die Implikationen verstanden hätten, damals noch nicht. Nun – ich ebenso wenig. Damals noch nicht.«

»Die Koinzidenzen waren real«, sagte Erdschein. »Ich weiß nichts Genaueres darüber, wie das bewerkstelligt wurde, mit welchen Mitteln sie beispielsweise auf der Erde eine Explosion von Komplexität auslösten. Vor meinem geistigen Auge sehe ich Bauern von Stern zu Stern schreiten … Aber diese Ereignisse beweisen in der Tat, dass Träumer-Gemeinschaften, die immer kenntnisreicher und kommunikativer wurden – und deren Bereitschaft wuchs, in das Schicksal des Lebens einzugreifen –, auf vielen Welten in der gesamten Galaxis tief greifende biotechnische Manipulationen vorgenommen haben.

Und als ihre Macht und ihr Wissen zunahmen und sie mehr über das Universum um sie herum erfuhren, beschlich sie ein neues Gefühl von Dringlichkeit. Denn …«

»… denn ihnen wurde bewusst, dass die Endzeit unmittelbar bevorstand«, flüsterte Stef.

»Ja. Das würde selbst für die im Tiefengestein zusammengedrängten Träumer, die womöglich sogar die Supernova-Detonation eines Muttergestirns überleben würden, den Tod bedeuten.

Und so schmiedeten sie ihre Pläne.«

Es mochte eine kurzlebige Kolonie sein, aber es war eine geschäftige Kolonie.

Sie alle hatten Projekte der einen oder anderen Art – nun ja, dachte Stef, sie waren so wenige, dass es immer reichlich zu tun gab, vom Flicken zerrissener Kleidung über die Reparatur eines undichten Stiefels bis zur Überwachung der Synthese irgendeiner neuen Komponente durch die ratternden Fabrikatoren.

Wenn sie sich versammelten, dann nur zu den Mahlzeiten – Frühstück, Mittagessen, Abendessen. Das galt auch für Erdschein, denn sie saßen immer um sein spinnenartiges Gitterwerk herum. Und die KolE war ebenfalls dabei. Titus hatte das von Anfang an so bestimmt, sobald sie den Verlust von Ari und Inguill überwunden hatten. Sie waren eine zu kleine Gruppe, als dass sie es sich leisten konnten, in Cliquen oder Fraktionen zu zerfallen. Vermutlich war das ein weiteres Überbleibsel von Titus' militärischen Erfahrungen aus der Zeit, als er auf langen Expeditionen das Kommando über kleine, isolierte Gruppen gehabt hatte, dachte Stef. Sein Führungsstil fand ihren Beifall.

Zu ihrem Bedauern beschrieb er den Prozess, ihre Probleme auszudiskutieren, jedoch immer mit Ausdrücken wie »Geschwüre aufstechen« oder »den Eiter herausdrücken«. Vor allem dann, wenn sie gerade eine gefriergetrocknete Kartoffel oder die fabrizierte Matschepampe hinunterzuwürgen versuchte, die hier als Essen galt.

Aber sie bemühte sich, ihre Unzufriedenheit mit dem Essen beiseitezuschieben, um Erdscheins langer, komplexer Erzählung zuzuhören.

»Also. Nach den Komplexitätswellen. Da haben sie angefangen, die Luken zu bauen«, soufflierte Stef.

»Ja, ganz recht«, pflichtete Erdschein bei. »Ich weiß nicht, wo, wie und wann die Technologie entstand. Aber eine Luken-Verbindung ist im Grunde eine Kommunikationstechnologie, die für den Einsatz innerhalb der Grenzen des Universums optimiert ist, in dem wir uns befinden.«

»Der Grenzen? Welcher Grenzen?«

»Zunächst einmal die Lichtgeschwindigkeit. Das scheint eine fundamentale physikalische Barriere zu sein – wie Einstein vor all diesen Jahren vorhergesagt hat. Und die andere ...«

»Das Ende des Universums«, sagte die KolE.

»Eine Mauer durch die Zukunft. Durch eine sehr nahe Zukunft, für solch langlebige Wesen. Den Träumern war von vornherein klar, dass weder die intelligenten Welten noch einer von ihnen – oder einer von *uns* – diese letzte Grenze überleben konnten. Aber sie verspürten den dringenden Wunsch, miteinander zu sprechen, zu kommunizieren – so viel wie möglich zu teilen, um das meiste aus der verfügbaren Zeit zu machen.

Doch diese riesigen Intelligenzen waren für ihre Kommunikation auf die langsamen Flugbahnen primitiver Sternenschiffe oder auf die noch langsamere Wanderung von Felsbrocken von einem Stern zum anderen angewiesen. Es ist, als könnten Einstein und Newton, zwei große Denker, beide zum unmittelbar bevorstehenden Tod verurteilt, nur mithilfe eines Morse-

Codes kommunizieren, den sie an eine Zellenwand klopfen … Da musste es bessere Möglichkeiten geben.«

»Nämlich die Luken«, sagte Stef.

»Ja. Die Luken sind so etwas Ähnliches wie Wurmlöcher, Fehler in der Raumzeit, die ein Ereignis mit einem anderen verbinden. Wie Sie wissen, Stef, können Wurmlöcher theoretisch sogar verschiedene Universen verbinden – verschiedene Kosmen, die im kolossalen Gesamtraum des Multiversums treiben. Jeder Übergang wäre durch die Lichtgeschwindigkeit begrenzt …«

»Aber durch eine Luke kann man mit einem Schritt beispielsweise vom Merkur nach Per Ardua gelangen, die vier Lichtjahre voneinander entfernt sind, und es würde nicht länger als vier Jahre dauern.«

»Genau. Besser geht es nicht. Aber für den Bau solcher Maschinen, für die Risse und Verzerrungen in der Raumzeit braucht man gewaltige Mengen Energie, wie ihr euch vorstellen könnt. Woher sollen solche Energien kommen?«

»Die Kernels«, sagte Stef sofort. »Die sind auch so was wie Wurmlöcher, durch die Energie fließt. Sie waren im Grunde ein *Köder* – richtig? Der Käse in der Falle, in die wir schlauen werkzeugmachenden Affen unsere gierigen Pfoten gesteckt haben. Und ihr wahrer Zweck bestand die ganze Zeit darin, uns dazu zu bringen, diese verdammten Luken zu bauen.«

»Stimmt, obwohl *ihr* nie so weit gekommen seid, nicht wahr? Natürlich habt ihr gesehen, dass es einen Zusammenhang zwischen Kernels und Luken-Konstrukten gab. Aber ihr habt nie begriffen, Stef, dass die Einrichtung einer Luke erst durch die vor Ort vorhandenen Kernels ermöglicht wird. Ihr habt es noch nicht einmal durch Ausprobieren herausgefunden, wie die Römer und die Inkas.

In Wahrheit gibt es hier nämlich nur eine Technologie, Stef. *Kernels sind Luken;* eine Luke ist eine spezialisierte Form eines Kernels. Die Luke entsteht, wenn ein Kernel-Feld durch ein energetisches Ereignis gestört wird – ich denke mir, dass es fast ein organischer Prozess ist, eine Selbstselektion, so wie ein einzelner dominanter Baum aus einer Gruppe junger Bäume hervorgeht.«

»Mag sein. Aber was ist mit der Energie? Obwohl ich mich jahrzehntelang mit diesen Biestern beschäftigt habe, sind wir nicht einmal ansatzweise dahintergekommen, woher diese Energie stammte.«

»Wie wahr«, sagte Erdschein. »Und *ich* habe nie Zugang zu Kernels und Luken erhalten, um sie selbst zu erforschen. Ich musste mich auf eure Arbeit verlassen, auf Informationen aus zweiter Hand. Wie viel Zeit verschwendet wurde!«

»Wir haben auf Sternenkerne getippt, auf Supernovae, Gammastrahlenexplosionen, Quasare …«

»Falsch, falsch und noch einmal falsch. Denken Sie daran, Stef, sowohl Kernels als auch Luken sind Formen von Wurmlöchern. Wie wir selbst erlebt haben, kann ein Wurmloch Ereignisse verbinden, die räumlich *und zeitlich* voneinander getrennt sind. Wir sind vom Mars in Inguills Inka-Ära, dem menschlichen Zeitalter, durch eine Luke hierher transportiert worden, zu einer Lichtjahre entfernten und weit über drei Milliarden Jahre später existierenden Welt.«

»Ja«, sagte Stef. »Aber diese Wurmlöcher sind nicht so wie die von unserer Wissenschaft, von der Relativitätstheorie vorhergesagten. *Das* waren Risse in Raum und Zeit, die von exotischen Arten der Antigravitation offen gehalten wurden … Durch Einsteins Wurmlöcher hätte man mit Überlichtgeschwindigkeit reisen können. Und man hätte ein solches Wurmloch mit einem unterlichtschnellen Schiff woandershin ziehen können, um eine funktionierende Zeitmaschine herzustellen. Aber hier ist es anders. Körner-Luken-Wurmlöcher sind unterlichtschnell. Aber sie können verschiedene Universen verbinden. Folglich ließe sich die Gegenwart eines Universums mit der Vergangenheit oder der Zukunft eines anderen verbinden …«

Die Stücke des Puzzles bewegten sich in ihrem Kopf hin und her. »Das ist es. Wenn du recht hast, was die Natur des Multiversums betrifft, dann haben sämtliche Universen in unserem lokalen Ensemble dieselbe Zukunft, wenn man nur weit genug nach vorn schaut …«

»Sie alle müssen der Endzeit ins Auge sehen«, erklärte die KolE.

»Und damit hast du die Antwort, Stef, woher die Energie eines Kernels kommt«, sagte Erdschein. »Nicht von einem Quasar, von einem fernen Punkt im Raum. Sie kommt von einem fernen Punkt *in der Zeit* …«

»Aus der Zukunft.« Stef sah es jetzt. »Aus der Endzeit selbst.«

»Ja. Richtig. Die Endzeit wird ein ungeheuer energiereiches Ereignis sein. Mithilfe der Kernels haben die Träumer *diese Energie angezapft*, um ihr Lukennetz zu bauen. Jetzt dürfen wir vielzelligen Spielzeuggeschöpfe mit den Technologien spielen, um unsere Sternenschiffe mit Kernelantrieb zu bauen und unsere Kriege zu führen, aber …«

»… aber das ist alles nachrangig gegenüber dem wahren Zweck«, sagte Stef. »Der darin besteht, dass die Träumer-Welten miteinander verbunden werden. Mein Vater hat das schon damals erkannt, wisst ihr. Er hat gespürt, dass diejenigen, die uns die Kernels gaben – er hat nicht lange genug gelebt, um von den Luken zu erfahren –, ihre eigene Agenda hatten. In dieser Beziehung war er ausgesprochen misstrauisch.«

»Und mit Recht. Allerdings konnten die Menschen solch tödlichem Spielzeug noch nie widerstehen«, sagte Erdschein leise. »Selbst wenn es mit den Energien von Ragnarök betrieben wurde.

So breitete sich das Lukennetz aus. So wurden die Welten wie nie zuvor miteinander verbunden; so lernten und wuchsen sie.

Aber damit ist die Geschichte noch nicht zu Ende. Denn selbst das reichte nicht. Die verbleibende Zeit, bloße Jahrmilliarden, kam solchen Wesen wie den Träumern schrecklich kurz vor. Deshalb intervenierten sie nun erneut, nachdem sie zuvor schon mehrmals in das Schicksal des Lebens in der Galaxis eingegriffen hatten. Sie suchten nach einem Weg, wie sie uns dazu bringen konnten, ihren Bedürfnissen noch umfassender zu dienen ...«

Während die letzten Monate vergingen, führte Titus Valerius viele Expeditionen zurück zur hellen Seite Per Arduas an. Und warum auch nicht? Dank des Schwerkrafttunnel-Netzes war der Terminator nur Tage entfernt, und Vorräte brauchten sie immer.

Titus nahm nicht jedes Mal denselben Weg zurück, auf dem sie hergekommen waren. Er und seine Begleiter ergriffen die Gelegenheit, den Rest des verzweigten Schwerkraftzugsystems zu erkunden, das sich über die dunkle Seite von Per Ardua ausbreitete, und verschiedene Regionen des Terminators und der Randzone der dem Stern zugewandten Seite zu erforschen. Dies lief natürlich auf eine Art Inspektion des Tunnelsystems hinaus, und Titus meldete auch tatsächlich ein paar Bruchstellen, ja sogar Einstürze, bei denen sie umkehren und eine andere Route suchen mussten. Das Tunnelsystem war ungeheuer alt und erstaunlich robust – Stef scherzte in der Stille ihres

Kopfes, dass es immerhin fast bis zum Ende des Universums funktioniert hatte –, aber nichts war perfekt, wie es schien.

Titus verlor dabei jedoch nie sein oberstes Ziel aus den Augen. Jedes Mal, wenn er zurückkehrte, lieferte er gewissenhaft einen Schlitten voller Wurzelgemüse und Früchte ab, und obendrein alles Exotische, was er fand, zum Beispiel einmal Früchte, die wie Pfirsiche aussahen und auch so schmeckten.

Aber er brachte auch Dinge mit, von denen er annahm, sie könnten von Interesse für die KolE oder Erdschein sein. Die KolE hatte insbesondere um Proben von Stängeln jeglicher Art gebeten, jenen stangenartigen Gebilden, die einst die Grundelemente des komplexen Lebens auf Per Ardua gewesen waren. Und einmal brachte Titus einen Mini-Stromatolithen mit, einen etwa anderthalb Meter hohen und einen halben Meter breiten Zylinder. Er und Chu schleppten das mit Seilen gesicherte Ding auf der Ladefläche des Schlittens zur Kuppel.

In einem Teil der Kuppel hatten sie bereits einen »Per-Ardua-Garten« angelegt, in dem der zermahlene Felsboden mit einheimischem Mutterboden versetzt worden war. Dort züchtete die KolE ihre Stängelproben und andere einheimische Lebensformen, und dort stellten sie auch den Stromatolithen auf und betteten ihn tief in den bearbeiteten Boden ein. Nicht einmal die KolE hatte irgendwelche Erfahrungen mit der Transplantation von Stromatolithen, und die kleine Gemeinschaft machte sich einige Tage lang Sorgen um die Gesundheit ihres Neuankömmlings, bis der Stromatolith zu gedeihen schien und sein bronzefarbener Panzer wieder zu glänzen begann. Es war ein weiteres Beispiel für die Integration des Lebens, vermutete Stef, für die Kooperation von Lebewesen von verschiedenen Sternen: Menschen von der Erde pflegten einen Stromatolithen von Per Ardua.

Und es war der Mangel an Zeit zur Integration von Biosphären, Kulturen und Intelligenzen in diesem zum Untergang verurteilten Universum, der die Träumer dazu getrieben hatte, ihr radikalstes Umbauprojekt in Angriff zu nehmen.

»Selbst Menschen hatten solche Fantasien«, sagte Erdschein. »Von Kulturen, die über die Sterne hinweg zusammenkommen. Anfangs gäbe es vielleicht Konflikte, aber am Ende stünde Integration. Eine vereinte Galaxis mit einer gemeinsamen Zivilisation – stellt euch das vor.«

»Ich erinnere mich an so manche Träume der Wissenschaftler«, sagte Stef. »Wenn das Bewusstsein das ganze Universum umfassen würde, könnte es vielleicht dessen Schicksal verändern. Es davor bewahren, am Ende zerquetscht oder zerrissen zu werden. Das Universum *besser* machen als von der Natur beabsichtigt.«

»Das Bewusstsein könnte das von ihm erfüllte Universum zumindest *beobachten*«, meinte die KolE. »Und seiner Existenz dadurch einen Sinn verleihen.«

»Aber für all das ist keine Zeit«, sagte Erdschein jetzt. »Keine Zeit! Nicht in einem Universum mit derart geringer Lebenserwartung, und angesichts der Einschränkungen durch die Lichtgeschwindigkeit. Die Träumer gelangten zu dem Schluss, dass schon eine einzelne Galaxie zu groß war, um in einem solchen Zeitraum vereinigt zu werden. Sie wurden unruhig – obwohl das ein seltsames Wort für Milliarden Jahre alte Wesen ist. *Sie wollten mehr Zeit.* Aber die gab es nicht. Nicht in der Zukunft.«

»Ah.« Stef nickte. »Ich glaube, ich weiß, worauf das hinausläuft. Um mehr Zeit zu gewinnen, griffen sie nicht in die Zukunft, sondern *in die Vergangenheit*.«

»Genau. Vergesst nicht, die Träumer entwickelten sich zu Meistern der Wurmloch-Technologie; sie besaßen Kernels und Luken. Indem sie das Endzeit-Ereignis selbst anzapften, standen ihnen praktisch unbegrenzte Energiereserven zur Verfügung. Nun begannen sie, nicht nur in den Raum und die Zeit dieses Universums, sondern in ganz andere Universen hinauszugreifen. Universen mit anderen Geschichten.«

Stef lachte. »Natürlich. Jetzt verstehe ich. Angenommen, du bist unzufrieden damit, dass die Menschen in meinem Realitätsbündel, der UN-China-Kultur, bis zum zweiundzwanzigsten Jahrhundert nicht einmal anfingen, mit Luken zu arbeiten. Du wünschst, sie hätten es schon früher getan. Also pflückst du einfach eine weitere Kopie des Universums vom Baum möglicher Realitäten, eine, in der wir tatsächlich früher an die Luken herangekommen sind.«

Mardina nickte. »Ich verstehe … glaube ich. Das war zufällig eine Geschichte, in der Rom überdauert hat, anders als in eurer Geschichte.«

»So ist es«, sagte Erdschein. »Also wird das Schicksal der Menschheit von Grund auf verändert. Milliarden, die hätten leben können, werden gar nicht erst geboren. Milliarden andere steigen auf, um ihren Platz einzunehmen. Und diese Milliarden streben danach, das Lukennetz auszudehnen, lange bevor es in der früheren Realität geschehen wäre – denn genau darum ging es, versteht ihr.«

Titus runzelte die Stirn. »Aber wenn das stimmt, was ist dann mit den anderen Geschichten, den anderen Realitäten? Werden sie einfach weggeworfen wie … wie frühe Entwürfe eines schriftlichen Befehls?«

»Nicht weggeworfen«, sagte Erdschein. »Sie existieren alle weiter, irgendwo da draußen im Multiversum. Und nebenbei bemerkt, sie werden alle in der Endzeit ihr Ende finden; sie sind zu eng miteinander verwandt, um verschont zu werden. Aber es gibt immer nur ein einziges *Hauptuniversum*. Es ist realer als die anderen. Und vor der Einmischung der Träumer wäre das Hauptuniversum das logischste, das ordentlichste, das in Bezug auf Kausalität in sich stimmigste gewesen. In sich stimmig, wie andere es nicht waren.

Dieses Projekt der Träumer mag großartig sein, aber es ist … unsauber. Nur das ursprüngliche Hauptuniversum war in kausaler Hinsicht sauber; für jede Wirkung gab es eine Ursache, und alles reihte sich brav zu einer ordentlichen Geschichte auf. Keine Anomalien, keine Wunder. Aber die neuen, von diesen Geschöpfen ausgewählten Universen sind weniger optimal. Sie haben ausgefranste Ränder. Wirkungen gehen den Ursachen voraus. Es gibt Wirkungen *ohne* Ursache. Lose Fäden. Fäden, die von solchen wie mir aufgelesen werden … Man könnte sogar grobe Verletzungen finden, nehme ich an. Absurditäten. Zum Beispiel ein Universum, in dem Julius Caesar nie gelebt hat – in dem sich aber zahlreiche Beweise, Dokumente und Monumente finden, die von seinem nichtexistenten Lebensweg erzählen. Wirkungen ohne Ursache.«

»Einige solche Fäden haben wir gefunden«, sagte Stef. »Ari ebenfalls, mit seinen Überresten der Versunkenen Kultur. Und Inguill mit ihrem Missionsabzeichen eines Fluges zum Mars, der nie stattgefunden hat.«

»Doch all das ist für die Träumer belanglos. *Ihr* einziges Interesse gilt den Luken, die wir für sie bauen. Und in jeder neuen Realität folgen wir einer kulturellen und historischen Logik, die uns – jawohl – befähigt, das Lukenbau-Stadium immer früher zu erreichen.

So reicht das Träumer-Netzwerk der Interkonnektivität und Kommunikation mit jedem aufeinanderfolgenden Entwurf der kosmischen Geschichte tiefer in die Zeit, in die Vergangenheit zurück. Die Anzahl der Gedanken, die sie austauschen können, wächst, und ihr Verständnis des Universums wird profunder. Die Träumer sind im Grunde kontemplativ. Wenn das Universum nur noch von kurzer Dauer sein soll – nun, es ist trotzdem schön und verdient es, vollständig verstanden zu werden. Geschätzt zu werden, erforscht und in Ehren gehalten zu werden, vom Anfang bis zum Ende.«

»Es ist monströs«, sagte die KolE. »Es ist großartig. Als wäre das Universum selbst, ein endlicher Block in Raum und Zeit, eine Art Garten. Ein Garten, der auf jedem Quadratzentimeter der Pflege bedarf, damit er so schön wie möglich blüht, bis hin zur Rückwand, sozusagen. Ich bin ein Gärtner, oder war es; ein kultivierter Kosmos ist auch für mich eine reizvolle Vorstellung. Und alles innerhalb der Mauern von Geburt und Tod.«

»Aber der Preis für all das sind Unsauberkeiten«, sagte Stef, von einem tief greifenden Missbehagen erfüllt. »Ein Universum aus Löchern und Flicken, in dem wissenschaftliche Fragestellungen nicht unbedingt Sinn ergeben. Und wie weit würden sie gehen, um ihr Luken-Imperium errichten zu können? Vielleicht ist der Mensch in einigen Realitäten komplett ausgelöscht und durch ein anderes intelligentes Geschöpf ersetzt worden. Durch Ratten vielleicht. Kluge Nagetiere, die sich durch das Multiversum graben, als wäre es ein geräumiger Dachboden …«

Erdschein summte. »Und alles, ob nun sauber oder nicht, zur Einäscherung verurteilt, wenn die Endzeit kommt. Ihr erkennt es jetzt. *Wir* haben nie eine Rolle gespielt. *Wir* sind für die Träumer eigentlich nur so etwas wie eine Technologie – erschaffen von ihren Verbesserungsprogrammen und dann zielstrebig modifiziert. Ich vermute sogar, dass die Träumer uns eigentlich gar nicht für intelligent halten. Wir sind zu klein; es hat immer zu viele von uns gegeben, die sich gegenseitig in die Quere kamen. Für sie sind wir eher so etwas wie soziale Geschöpfe, fleißige Tiere, die blindlings Dinge bauen. Wie Ameisen oder Biber.«

»Oder Erbauer«, sagte Beth.

»Oder Legionäre, die Straßen anlegen«, sagte Titus. »Und wenn ich so an einige der Burschen denke, mit denen ich zu meiner Zeit zusammengearbeitet habe, liegen sie da vielleicht nicht ganz falsch.«

Eines Morgens kam Beth zu Stef. Sie grinste breit. »Du musst dir etwas anschauen. Unter uns Per-Ardua-Veteraninnen.«

Sie führte Stef zum kleinen arduanischen Garten der KolE hinüber. Die KolE selbst stand neben dem Garten auf einem Stuhl, den Chu grob aus arduanischen Baumstängeln zusammengezimmert hatte. »Stef Kalinski«, sagte sie. »Schau, was ich gemacht habe.«

Beth trat mit Stef an den Rand des bearbeiteten Bodens. Im Schatten des Zwerg-Stromatolithen wuchsen schilfartige Stängel in der Erde, aber auch in einer flachen, schlammigen Pfütze.

»Erinnerst du dich an solche Szenerien?«, fragte Beth. »Die KolE glaubt, dass die Stängel, die wir heute sehen, Nachfahren derjenigen aus unserer Zeit sind, der Zeit der ersten Kolonien. Die Erbauer waren das Produkt der Verbindung solcher Stängel. Nach Ansicht der KolE ist das genetische Potenzial zur Konstruktion von Erbauern immer noch irgendwo da drin, sodass sie nur genug Proben miteinander zu kreuzen braucht, um die einheimische Variante wiederherzustellen.«

Stef dachte darüber nach. »Du wirst keine Zeit mehr dazu haben, KolE. Uns bleiben nur noch ein paar Monate …«

»Ich weiß, Stef Kalinski. Aber du wirst mir vergeben, dass ich es trotzdem versuche …«

»Ich habe die KolE darum gebeten«, erklärte Beth. »Die Erbauer haben mir und meinen Eltern das Leben gerettet, als wir ihrem See gefolgt sind – auch wenn sie es nicht wussten. Ich hatte immer Schuldgefühle wegen der Art, wie die Erbauer beiseitegeschoben wurden, als Menschen durch die Luke nach Per Ardua strömten. Ich wollte, dass wir es zumindest versuchen.«

»Die KolE hat aber keinen Erfolg gehabt, oder?«

»Nein, aber sie hat einige Fortschritte gemacht. Komm mit und schau es dir an. Sieh genauer hin. Aber erschreck dich bloß nicht zu Tode, wie es meinem Vater laut eigener Aussage ergangen ist, als er diese Dinger entdeckt hat …«

Angespornt von Neugier, trat Stef zum Rand des Teichs und bückte sich, um hineinzuschauen. Der künstliche Teich war flach, und sein Grund war mit Schlamm bedeckt und von dicken Flechten überzogen, aus denen die Stängel wuchsen. Die Stängel selbst reichten ihr bis zur Taille. Sie sahen ungewöhnlich aus, dunkler, flacher, eher wie Klingen als wie die üblichen röhrenartigen Gebilde, aber dennoch stabil, zweifellos mit Mark gefüllt.

Stef rückte näher heran, bis unmittelbar an den Rand des Wassers.

Und an jedem Stängel, der aus der schlammigen Schmutzschicht des Teiches wuchs, öffnete sich ein einzelnes, ihr zugewandtes Auge.

»In gewissem Sinn waren Sie es, Stef, die mich zuerst auf die Träumer aufmerksam gemacht hat«, sagte Erdschein. »Zumindest auf ihre Einmischung in die Geschichte. Denn an *Ihrer* persönlichen Geschichte wurde – wenn auch in geringerem Umfang – herumgepfuscht, als Sie die Luke öffneten, die wir auf dem Merkur gefunden hatten …«

»Plötzlich hatte ich eine Schwester, an die ich mich nicht erinnern konnte. Auf einmal passte meine Erinnerung nicht mehr zu den Tatsachen des real existierenden Universums.«

»Im Rückblick war das ein klassisches loses Ende. Eine Wirkung ohne Ursache, in einem Universum, das jetzt nicht-perfekt war, dessen Kausalität löchrig geworden war. Oder vielmehr *löchriger*.«

»Und später hast du ein weiteres loses Ende gefunden. Das Grab meiner Mutter …«

»Mit der Inschrift, die noch immer besagte, dass sie nur eine einzige Tochter hatte. Selbst als die zweite Tochter davor stand und sich den Grabstein ansah. Und da ich nun wusste, wonach ich suchen musste, fand ich später noch mehr Indizien für solche Einmischungen, wie Sie wissen. Noch mehr Hinweise auf verlorene Zeitlinien.«

»Die Versunkene Kultur.«

»Aus diesen Spuren leitete ich die Existenz der Träumer ab. Oh, nicht ihre Beschaffenheit, die Tatsache, dass sie sich im Innern der Gesteinswelten verbargen. *Das* kam später. Aber ich wusste, dass sie *da* waren, sich einmischten, herumpfuschten … In Gedanken identifizierte ich sie mit Loki, dem Trickser-Gott der Nordmänner. Nun, in der Sage führten Lokis Handlungen zu Ragnarök, dem letzten Krieg – und im Verlauf dieses Krieges tötete ein anderer Gott, Heimdall, schließlich Loki selbst. Sollte das meine Rolle sein? Ich begann es zu glauben.«

»Und du hast ja auch versucht, sie umzubringen«, warf Stef ein. »Zumindest in Ansätzen. Du hast mit Ceres auf den Mars eingeschlagen. Dabei muss sogar ein großer Teil des unterirdischen Lebens – die Träumer – vernichtet worden sein. Aber was hast du dir dabei gedacht? Wolltest du durch die ganze Galaxis schweifen und eine Welt nach der anderen zerstören, um kilometertief im Boden verborgene Mikroben auszuradieren?«

»Wahrscheinlich wäre mir eine bessere Strategie eingefallen«, antwortete Erdschein gelassen. »Denkt daran, jede befallene Welt ist in ihren tiefsten Schichten biologisch isoliert. Isoliert und deshalb verwundbar, zum Beispiel durch ein künstlich hergestelltes Virus, einen Bakteriophagen … Es würde vielleicht tausend Jahre oder eine Million Jahre dauern, aber ein solcher Wirkstoff könnte sich durch die Noostrata einer solchen Welt fressen und … sie enthaupten. Ja, es gibt viele solche Welten, aber sie sind durch das Lukennetz miteinander verbunden – und auch das ist eine Schwäche. Vielleicht könnte man *durch eben diese Luken* einen Wirkstoff verbreiten, der die Zielwelt ins Visier nimmt, bevor er weiterzieht …

Das ist nur ein skizzenhafter Plan. Entscheidend ist, dass jede Lebensform ihre Schwachstellen hat und dass jede Gemeinschaft durch die Verbundenheit mit anderen verwundbar wird. Mit genug Zeit und Motivation hätte ich oder jemand anders einen Weg finden können, glaube ich.« Leise fuhr er fort: »Es hätte vielleicht gar nicht so viel Mühe gekostet. In der altnordischen Sage hat Loki Baldr, das Lieblingskind der Götter, mit einem Pfeil aus einem Mistelzweig getötet. Einem einzigen Pfeil. Vielleicht war ich nicht einmal der Erste, der es versucht hat.

Aber dieser erste Angriff auf den Mars – sagen wir, es war ein Wutanfall – genügte, um die Aufmerksamkeit der Träumer auf mich zu lenken. Er genügte ihnen, um mich hierherzuschicken; dass auch ihr hierherkamt, war eine vermutlich unbeabsichtigte Folge. Ich denke, sie wollten, dass ich das sehe. Die Endzeit. Ich sollte verstehen, was sie taten – und sie wollten sicherstellen, dass ich den Versuch aufgebe, sie daran zu hindern.

Und ich habe es verstanden. Jedenfalls würde ich jetzt nicht mehr versuchen, ihnen Schaden zuzufügen – damit ist es vorbei. Ich fühle mich … geehrt, dass sie zumindest meine Stärke anerkannt haben. Und mich an diesen Ort gebracht haben. Nach Ultima.«

Titus runzelte die Stirn. »Ultima?«

»Wisst ihr, in jeder zur interstellaren Raumfahrt fähigen Kultur, die wir gefunden haben, gab es die Sage von Ultima, dem fernsten Stern. Selbst die Inkas – ihr habt sie ja kennengelernt – sprachen von *Kaylla*, dem nächsten Stern, und von *Karu*, dem fernsten. Vielleicht kommen auch fremde Intelligenzen auf solche Gedanken. Wir waren alle überrascht, dass wir nach Proxima gebracht wurden, zum sonnen*nächsten* Stern. Aber am Ende, versteht ihr …«

»Am Ende ist jeder Stern Ultima«, sagte Stef. »Sogar Proxima. Jeder Stern ist der letzte Stern. Denn kein Stern wird der Endzeit entgehen.«

Titus ließ den Blick über die Gruppe schweifen. »Na dann«, sagte er. »Damit wäre die Geschichte erzählt. Jetzt brauchen wir in der verbleibenden Zeit nur noch herumzusitzen und auf das Ende zu warten. Ist es so?«

Beth umarmte Stef aus einem spontanen Impuls heraus. »Falls ja, gibt es schlechtere Orte dafür. Und schlechtere Menschen, mit denen man zusammen sein könnte.«

Und dann hüstelte die KolE, und alle starrten sie an.

»Eine höfliche Unterbrechung«, sagte Stef. »Was hast du zu sagen, KolE?«

»Nur, dass die Situation womöglich nicht ganz so ausweglos ist. Vielleicht haben wir … eine Option. Vielleicht besteht sogar Hoffnung.«

»Eine Option? Was meinst du?«

»Wisst ihr noch, wie es war, als Ari Guthfrithson und Inguill törichterweise ihr Leben in der Luke verloren haben …«

Mardinas Schrei erfüllte die Kuppel.

»Es ist so weit!«, rief Chu. »Die erste Wehe!«

Das Gespräch war zu Ende. Sie verfielen in eine gut eingeübte Routine und eilten alle zu Mardina hinüber.

# 73

Nach der Geburt wuchs das Baby gesund und fröhlich heran, ein kleines Mädchen, das ihre gesamte Aufmerksamkeit verschlang und sie ihnen bald mit einem Lächeln vergalt.

Aber die Zeit, die ihnen blieb, schrumpfte von Monaten zu Wochen und schließlich zu Tagen.

Erdschein erklärte, er wolle eine Versammlung an der Luke einberufen. Es gebe etwas zu besprechen.

Titus grunzte nur, als er das hörte. »In jeder anderen Situation klänge das wahrscheinlich unheilvoll.«

Natürlich würden sie alle kommen, sie würden tun, worum Erdschein sie bat. Mittlerweile waren sie vor allem ein Team.

Aber wie an jedem anderen beginnenden Lagertag machten Stef, Mardina, Beth und die kleine Gwen auch an diesem Morgen zuerst einen Spaziergang durch die wachsende Kolonie.

Mit ernster Miene inspizierten sie die Reihen terrestrischer Pflanzen, die unter immer umfangreicheren Batterien von Tageslichtlampen, hergestellt von einem Heer von Fabrikatoren, aus dem sorgfältig erzeugten und gepflügten Mutterboden sprossen. Und als sie an den Reihen arduanischen Grüns vorbeigingen, hörten sie ein leises Rascheln: das Geräusch von Augen-Blättern, die sich drehten, um ihnen nachzuschauen. An der Kuppelwand blickten sie zu den entfernteren Erweiterungen der Kolonie hinaus, Narben im Boden, wo sich weitere

Fabrikatoren damit abplagten, noch mehr arduanisches Gestein in Mutterboden zu verwandeln und die Anfertigung einer zweiten Kuppel zu beenden, die erst noch aufgeblasen werden musste – was wahrscheinlich nie geschehen würde, dachte Mardina. Die Vision einer Sanduhr gerann vor ihrem geistigen Auge und wurde entschlossen beiseitegeschoben.

In eine Decke gehüllt, sah sich die kleine Gwen in Mardinas Armen alles an, was sie sehen konnte. Sie war jetzt drei Monate alt. Ihr Haar würde sicher einmal steif und schwarz werden, ein Vermächtnis ihrer Großmutter, Mardina Jones, und sie hatte dunkle Augen, wie ihr Vater – große dunkle Augen, die voller Staunen in diese Welt der Wunder hinauszuschauen schienen, in die sie hineingestoßen worden war. Selbst wenn diese Welt sie verraten würde, dachte Mardina unwillkürlich, lange bevor sie auch nur hoffen konnte, den Grund dafür zu verstehen. Nur wenige Monate alt. Und nur noch *Tage* zu leben …

»Wir kommen gut voran«, sagte sie laut, um sich von ihren eigenen Gedanken abzulenken. »Die Kolonie, meine ich. Wenn man bedenkt, dass wir mit nichts als den Apparaturen in Erdscheins Träger-Kit angefangen haben.«

Beth nickte. »Ich bin als Pionierin aufgewachsen, mit meinen Eltern, und wir waren allein auf dieser Welt. Es ist schön, Dinge zu bauen, nicht wahr, einer Welt Leben und Ordnung zu bringen – es richtig zu machen? So wie es die Erbauer immer taten. Vielleicht haben wir mehr mit ihnen gemein, als die Menschen jemals begriffen haben.«

»Selbst wenn die Zeit knapp ist«, sagte Stef.

»Aber das war schon immer so, glaube ich«, sagte Beth. »Für die Menschen, für Welten, für die Sterne. Man muss einfach im Hier und Jetzt sein Bestes geben.«

Mardina drückte ihr Baby an sich. »Aber es wirkt alles so solide. So real, so detailliert. Diese große alte Galaxie, die sich über den Himmel ausbreitet. Wie Gwens Haare sich anfühlen, wenn ich sie bürste. Es ist schwer zu glauben …«

Beth wartete darauf, dass sie den Satz beendete.

»Wenn ich den Namen nicht ausspreche, kommt es mir immer noch so vor, als wäre es nicht real. Ergibt das irgendeinen Sinn?«

Jetzt sprach die KolE mit ihnen, ihre leise Stimme kam aus ihren Hörkapseln. »Es ergibt jede Menge Sinn, Mardina Eden-Jones-Guthfrithson. Die Macht von Namen: wahrscheinlich einer der ältesten menschlichen Aberglauben, der bis zur Geburt der Sprache selbst zurückreicht. Wer einem Ding einen Namen verweigert, leugnet seine Realität. Und doch ist es jetzt an der Zeit, Namen zu nennen. Tut mir leid, wenn ich störe. Erdschein ist bereit für uns …«

Erneut versammelten sie sich um Erdscheins Trägereinheit, unter ihrem spinnenartigen Baum von Extensoren, Erdscheins Verbindung zum Erdreich und zum Gestein von Per Ardua und den Legionen träumender Mikroben darin. Sie saßen auf Deckenhaufen und niedrigen Bänken, angefertigt aus den Überresten des klapprigen Schlittens, den Ari und Inguill hierher gezogen hatten.

In der von Titus gebauten Krippe zappelte und gurgelte Gwen im Halbschlaf, momentan zufrieden.

»Nur drei«, sagte Erdschein.

Titus runzelte die Stirn. »Was soll das bedeuten?«

»Sagen wir, es ist eine Überschrift. Ein entscheidender Punkt. Vielleicht eine Zusammenfassung. Obwohl ich selbst menschlichen Ursprungs bin, obwohl ich die Menschenwelt jahrzehntelang heimgesucht habe, empfinde ich mich noch immer als unbeholfen, wenn ich ambivalente Nachrichten überbringe. Aber wenn ihr das bei dem nun Folgenden im Auge behaltet, könnte es helfen. *Nur drei.*«

»Du hast uns doch bestimmt zusammengeholt, um darüber zu sprechen, was aus uns werden soll«, knurrte Titus.

»Und wie wir reagieren müssen, ja. Ihr wisst, dass uns jetzt nur noch ein paar Tage bleiben. Und wir müssen einige Vorbereitungen treffen.«

*Nur noch ein paar Tage.* Ein paar Tage, bevor Mardina Gwen verlieren würde. Beim Gedanken daran fühlte sie sich, als würde ein *pugio* in ihren Eingeweiden umgedreht.

Titus lachte säuerlich. »Was für Vorbereitungen? Also, ich habe vor, mich sinnlos zu betrinken und die Götterdämmerung zu verschlafen …«

»Das wirst du nicht tun«, fauchte Clodia. Sie saß hinter ihm und nahm seine Hand. »Du wirst genau hier sein, Vater, bei mir, da wirst du sein.«

Titus schien sich schnell zu beruhigen, als fiele ihm plötzlich wieder ein, dass er keine Horde aufsässiger Legionäre zu motivieren versuchte. »Natürlich, mein Kind.« Er legte ihr seinen Armstumpf um die Schultern. »Natürlich.«

»Aber Titus hat eine gute Frage gestellt, Erdschein«, sagte Stef jetzt. »Was für sinnvolle Vorbereitungen *können* wir treffen? Ich denke, es ist an der Zeit, mit der Geheimnistuerei Schluss zu machen. Sag uns einfach geradeheraus, was du auf dem Herzen hast.« Sie legte die Stirn in Falten. »Oder ist das irgendein grausamer Trick?«

»Nein«, sagte er ernst. »Kein Trick. Es ist ein Hoffnungsschimmer. Bitte hört zu. Wir haben schon oft darüber gesprochen. Euch ist doch klar, was geschehen wird? Dieses Universum – und all seine engeren Nachbarn im Multiversum, im Wahrscheinlichkeitsraum – dieses Universum wird eine Grenze schneiden, den Rand des Multiversums selbst. Das Wesentliche ist, dass die Zeit enden wird. Die Endzeit – das ist eine wörtliche Beschreibung.«

Die KolE stand auf einer Decke, ein Ehrenmensch unter Menschen. »Stellt euch vor, diese Welt wäre zur Gänze eine Simulation, gestützt von den Speicherbanken eines riesigen Computers – so wie Erdschein eine Simulation eines menschlichen Körpers projizieren kann. Wenn die Grenze kommt, wird es so sein, als würde diese Simulation eingefroren. Angehalten. Ihr würdet nichts *spüren*. Aber eure Geschichten würden so sauber beendet, als hätte man eine projizierte virtuelle Show auf Pause geschaltet und nie wieder gestartet, sodass die Figuren in der Schwebe bleiben.«

»Allerdings wissen wir«, sagte Erdschein, »dass es nicht so einfach sein wird. Es wird keine hundertprozentig präzise Abschaltung geben. In der Natur ist alles unscharf – alles ist verschmiert. Und das gilt auch für die Multiversumsgrenze.«

Stef blinzelte. »Aus diesem Grund funktionieren die Kernels. Sie sind Wurmlöcher, die uns mit der Grenze verbinden, und was wir dort finden, ist ein gewaltiges Ausströmen von Energie.«

»So ist es«, sagte Erdschein. »Jedes Teilchen im Universum folgt einer Weltlinie, einer Art Kurve, die sich durch die Raumzeit schlängelt. Und jede Weltlinie, jedes Teilchen, *muss* an der Multiversumsgrenze enden. In dieser Hinsicht ist sie wie ein Ereignishorizont – wie der Rand eines schwarzen Lochs. Aber ein schwarzes Loch absorbiert etwas. *Das hier* ist wie ein riesiger Spiegel oder wie ein Schmelzofen, wenn man so will, in dem jedes letzte Körnchen der Schöpfung thermalisiert wird –

verbrannt und in Wärmeenergie umgewandelt. Und während sich die Energien all der endenden Teilchen dort häufen, ja sogar zurückgespiegelt werden, kommt es zu einem letzten infernalischen Karneval der Schöpfung, bei dem diese Energie neue Teilchen entstehen lässt, die sofort wieder von der vorrückenden Grenze überspült werden …«

»Diese gewaltigen Energien hatten bereits einen Einfluss auf unser Universum, beobachtbare Auswirkungen«, sagte die KolE. »Das waren Verzerrungen in der kosmischen Hintergrundstrahlung, die ich entdeckt habe, als würde unser Universum vor dem zurückschrecken, was aus ihm werden wird. So konnte ich den Zeitpunkt dieses Ereignisses ungefähr berechnen, lange bevor wir hierherkamen.«

»Der wichtige Punkt ist nun, dass die Grenze ein wenig verschmiert ist«, fuhr Erdschein fort. »Das gebietet die Quantenunschärfe. Die Zerstörung, die sie bringt, wird nicht *ganz* augenblicklich eintreten. Und darin liegt eine winzige Chance für uns …«

»Nein«, sagte Beth, die plötzlich verstand. »Für die Träumer. Die Träumer bekommen dadurch eine Chance, uns zu helfen.«

»Du verstehst es, Beth Eden-Jones«, sagte die KolE. »Du hattest schon immer ein gutes Gespür, was die Luken betrifft.«

Mardina runzelte die Stirn. »Wovon redet ihr?«

»Von der Luke.« Beth nahm Mardinas Hände. »Erinnerst du dich? Nachdem Ari und Inguill mit Erdscheins Sonde hindurchgegangen waren. Als wir sie wieder geöffnet haben, *hatte sich die Luke verändert*. Es ist genauso wie bei der ersten Luke, die ich jemals gesehen habe, mit meinem Vater, am Substellarpunkt. Tief im Dschungel. In ihrer Oberfläche waren Furchen erschienen. Ich habe es als Erste begriffen – es waren Furchen für die Körper von Erbauern. Und als die Erbauer sich in diese

Furchen legten, war es, als hätten sie einen Schlüssel in ein Schloss gesteckt. Verstehst du?«

»Ah«, rief Titus. »In dem Durchgang, als *unsere* Luke jetzt für Ari und Inguill geöffnet wurde – Vertiefungen für Hände. Menschliche Hände.«

»Ich denke, die Träumer sagen uns etwas«, erklärte Erdschein. »Auf irgendeiner Ebene wissen sie, dass wir hier sind. Ich habe ständig den Eindruck, dass sie uns deutlich *sehen* können – sie verstehen uns nicht, und sie wissen auch nicht, was es mit uns auf sich hat, jedenfalls nicht in ausreichendem Maße. Aber sie wissen, dass wir hier sind.«

»Ja, so ist es«, stimmte Beth eifrig zu. »Sie sagen, wir können durch die Luke gehen. Wir Menschen. Aber wohin?«

»*In die Vergangenheit*«, sagte Erdschein ernst. »Es muss irgendein *anderer* Ort im Raum sein, eine andere Welt, eine andere Geschichte. Aber es muss die Vergangenheit sein, von diesem Punkt aus gesehen, denn es gibt keine Zukunft. Und die Vergangenheit bietet ja eine reichhaltige Auswahl. Siebzehn Milliarden Jahre …«

Chu blickte skeptisch drein. »Wie könnte man überhaupt feststellen, wo man wäre? Im Raum wie auch in der Zeit.«

»Gute Frage«, sagte Erdschein. »Wenn die Reisenden auf Per Ardua bleiben, könnten wir vielleicht Sternkarten verschiedener Epochen vorbereiten – auf denen sogar die Position und die Größe Andromedas verzeichnet sind. Aber wenn man ebenso durch den Raum wie durch die Zeit versetzt wird … Nun, das sind Details. Das Entscheidende ist die Reise selbst.«

Mardina drückte ihr Baby an sich; Gwen bewegte sich und gluckste. »Dann besteht Hoffnung.«

Aber Stef blieb ernst. »Nur drei. Schon vergessen? So hat Erdschein dieses Gespräch eröffnet. *Nur drei*. Nur drei von uns können durch die Luke gehen. Hast du das gemeint, Erdschein?«

Unversehens schien die Gruppe eine riesige Menge zu sein: Mardina, die mit ihrem Baby zwischen Chu und ihrer Mutter, Beth, saß; Titus mit seiner Tochter, die seine gesunde Hand umklammerte; Stef, die allein dasaß – und die KolE und Erdschein, zwei künstliche Menschen. Sieben Personen, oder neun, je nach Definition. Von denen nur drei überleben konnten.

»Warum?« Mardina merkte, dass es mit einem Fauchen herauskam. »Warum nur drei?«

Erdschein seufzte. »Vermutlich einfach wegen der Welt, auf der wir uns befinden. Per Ardua. Den Aufzeichnungen zufolge haben die Erbauer bei der Benutzung von Luken …«

»Ah, ich erinnere mich«, fiel ihm Beth ins Wort. »Die Erbauer haben alles in Dreierverbänden gemacht. Ihre Körper hatten Dreiersymmetrien – drei Beine. Sie haben sich in Dreiergruppen oder deren Mehrfachem bewegt – neun oder siebenundzwanzig Individuen.« Sie lachte bitter. »Deine Träumer können nicht erkennen, wie viele wir sind, Erdschein! Sie erkennen den Unterschied zwischen uns und den Erbauern nicht!«

»Was nur zeigt, wie weit sie von uns entfernt sind«, erwiderte Erdschein. »Und trotzdem versuchen sie, freundlich zu sein.«

»Wir haben das Spiel also vor uns«, knurrte Titus. »Die Figuren sind aufgestellt, und wir können die Regeln nicht ändern. Drei gehen durch, sechs bleiben hier. Und wir müssen entscheiden, welche drei. Und zwar jetzt.«

Mardina sah, wie einige der anderen zurückschreckten; sie schienen diese Erklärung schockierender zu finden als Erdscheins Enthüllungen. Was sie selbst betraf, so drückte sie ihr

Baby noch fester an sich. Der Stachel der Hoffnung in ihrer Brust war schmerzhafter als die Verzweiflung.

Stef hatte eine Decke um die Schultern. Sie wirkte klein und zerbrechlich. Aber sie sagte mit fester Stimme: »Es ist noch zu früh, Titus. Uns bleibt noch ein wenig Zeit – Zeit zum Nachdenken.«

»Nein. Im Krieg habe ich ähnliche Situationen erlebt. Einige müssen sterben, damit die anderen leben können. Wir entscheiden das jetzt, und dann bleiben wir bei unserer Entscheidung. Sonst zerreißen wir uns. Vielleicht buchstäblich; wir könnten einander im Kampf um einen Platz umbringen. Also, ich weiß noch, wie wir einmal auf einem Feldzug …«

»So etwas würden *wir* nicht tun«, sagte Clodia.

»Vielleicht doch«, sagte Stef kleinlaut. Sie wandte sich an Mardina. »Du, Mardina, und das Baby. Ihr auf alle Fälle. Ihr beiden seid die Zukunft unserer eigentümlichen kleinen Großfamilie. Natürlich müsst ihr am Leben bleiben.«

Mardina spürte, wie ihr die Tränen kamen. »Aber …«

»Nein.« Titus hob die Hand. »Keine Diskussion. Natürlich hat sie recht; wir wären keine Menschen, wenn wir uns anders entscheiden würden.«

»Ich bin kein Mensch«, sagte die KolE, »aber ich stimme trotzdem zu. Und was mich selbst und Erdschein betrifft, so sollten wir ausgeschlossen werden. Wir sind künstliche Wesen, erschaffen, um der Menschheit zu dienen. Und wie könnten wir den Menschen jetzt besser dienen als dadurch, dass wir so viele wie möglich von euch retten? Aber ich spreche für mich. Erdschein, deine Entstehungsgeschichte ist komplizierter als meine …«

»Oh, ich bleibe hier«, sagte Erdschein. »Ich will das Endzeit-Feuerwerk sehen. Es ist seit siebzehn Milliarden Jahren in Vorbereitung – das möchte ich um nichts in der Welt verpassen.« Er schien darüber nachzudenken. »Ha! Ich habe einen Scherz gemacht.«

»Ich bleibe ebenfalls hier«, sagte Stef. »Ich habe die Lukenhüpferei hinter mir, und für Babys bin ich zu alt. Wie auch zum Babysitten. Und ja, ich gebe zu, ich bin auch neugierig auf die Endzeit. Ein völlig neuartiges physikalisches Phänomen. Wir sollten eine Beobachtungs-Suite entwickeln, Erdschein. Ein bisschen vernünftige Wissenschaft betreiben. Vielleicht haben wir noch Zeit, ein paar Theorien vom Sockel zu stoßen, bevor die Lichter ausgehen.«

»Ich freue mich schon darauf, Stef Kalinski.«

»Ich bleibe natürlich hier«, sagte Titus streng. »Schließlich würdet ihr die Endzeit wahrscheinlich gar nicht mehr erleben, wenn ich hier nicht alles in die Hand nehmen und organisieren würde.«

Stef lächelte. »Das will ich nicht bestreiten, Titus Valerius.«

Clodia umarmte ihren Vater und begrub den Kopf an seiner Brust.

»Also«, sagte Stef. »Damit bleiben drei Kandidaten für einen Platz.«

Erneut entstand ein bedrücktes Schweigen, während sie sich gegenseitig ansahen. Die verbliebenen Kandidaten waren Beth, Mardinas Mutter. Chu Yuen, der Vater des Babys. Und Clodia, die jünger war als Mardina.

Clodia sprach als Erste. »Es muss Chu sein«, flüsterte sie. »Das Baby braucht seinen Vater. Und Mardina wird Chus Kraft und Klugheit brauchen. Nehmt Chu, nicht mich.«

Ihr Vater umarmte sie. »Braves Mädchen. *Romanitas* bis zum Ende.«

»Sie hat recht«, sagte Beth impulsiv zu Chu Yuen. »Natürlich musst du es sein. Du bist der Vater. Du bist ein guter Mann, Chu. Und du bist viel stärker, als ich es je sein könnte …«

Mardina brach in Tränen aus. Mit dem Baby in den Armen stolperte sie zu Beth hinüber. »Nein! Ich kann nicht ohne dich leben, Mutter.«

»Doch, das kannst du.« Beth fasste ihre Tochter an den Schultern, hielt sie fest und blickte ihr ins Gesicht. »Du schaffst das. Du musst und wirst es schaffen. Mein Vater hat immer von den Türen gesprochen, durch die er in seinem Leben gegangen ist. Er ist auf der Erde eingeschlafen, auf dem Mars aufgewacht und auf Per Ardua gelandet, Lichtjahre von zu Hause entfernt und ein Jahrhundert nach seiner Zeit. Nur eine weitere Tür, die sich öffnet, würde er sagen. Man geht hindurch und befasst sich mit dem, was man dort vorfindet.«

»Als er starb«, sagte die KolE, »hat er dasselbe gesagt, sogar am Ende. Ich war bei ihm, im interstellaren Raum … Nur eine weitere Tür, hat er gesagt.«

»Aber was wird aus dir?«, stieß Mardina hervor. »Was wird aus dir, Mutter?«

»Ich komme schon zurecht. Mach dir keine Sorgen um mich. Ich werde nicht allein sein.«

»Nein, bestimmt nicht«, sagte die KolE. »So wie ich beim Tod deines Vaters anwesend war, Beth Eden-Jones, so war ich auch bei deiner Geburt dabei. Es wird mir eine Ehre sein, wenn du mir nun Gesellschaft leistest.«

Stef atmete tief aus. »Ich gebe zu, dass ich jetzt auch gern in die Arme genommen werden würde. Aber ich warte, bis ich an der Reihe bin. Also, Erdschein, du hast deine Nachricht überbracht, und die Entscheidung ist gefallen.«

»Und wir haben eine Menge zu tun«, sagte Erdschein ernst.

# 74

Danach lief die Zeit schnell ab.

Stef Kalinski ertappte sich dabei, wie sie lauter Dinge abhakte, die sie nie wieder sehen, nie wieder tun würde. Eine letzte Dusche in der primitiven Konstruktion, die sie an einem Ende der Kuppel aufgebaut hatten. Ein letztes Abendessen mit der Gruppe. Eine letzte Reinigung ihrer restlichen Zähne mit Zahnseide …

Plötzlich war es das letzte Mal, dass es je ein *Morgen* geben würde.

Sie waren dazu übergegangen, in getrennten Grüppchen an verschiedenen Stellen der Kuppel zu schlafen, Chu mit Mardina und dem Baby, Titus dicht bei seiner Tochter. In dieser letzten Nacht holten sie in stillschweigender Übereinstimmung ihre Schlafdecken zusammen und bildeten einen groben Kreis nahe bei Erdscheins statischer Anlage. Die letzten neun, einschließlich Erdschein und der KolE, allein auf dieser Welt – vielleicht die letzten Menschen im Universum – eng beieinander in einer Kuppel, die von schwachen Lichtern und von Andromedas Sonnenuntergangsschein erhellt wurde.

Zu ihrer eigenen Überraschung schlief Stef ziemlich gut – für so einen alten Bussard, sagte sie sich. Es war fast ein Trost, dass sie ein paarmal von dem Baby geweckt wurde, das gefüttert werden wollte, und von Beths Gemurmel, wenn sie ihrer Tochter half. Stef lächelte im Dunkeln. Die arme Mardina musste nach wie vor ihre Pflichten erfüllen, ob dies nun das Ende der Welt war oder nicht. Wer wollte schon Mutter sein?

Tatsächlich wäre Stef jetzt gern eine gewesen.

Als sie aufwachte, waren nur noch Stunden übrig.

Am Kuppelmorgen, nach einem Frühstück in bedrückter Stimmung, lautete der erste Tagesbefehl, Chu, Mardina und das Baby in die Luke zu bringen.

Erdschein hatte eine Schutzsphäre hergestellt, die derjenigen glich, in die er seine Endzeit-Sonde eingepackt hatte: eine dicke, Wärme absorbierende Hülle, dank derer die Sonde seiner Überzeugung nach noch für Bruchteile einer Nanosekunde weiter funktioniert hatte, während Ari Guthfrithson und Inguill auf der Stelle ums Leben gekommen waren. Vielleicht konnte sie auch jetzt helfen, bei diesem neuen Übergang – und die KolE war ebenfalls der Meinung gewesen, dass sie nicht schaden konnte.

Die Hülle war vergrößert worden, sodass Menschen hineinpassten. Sie ähnelte einem großen, glatten Ei mit dicker Schale – ein ganzer Trupp von Fabrikatoren hatte eine Weile gebraucht, um sie anzufertigen. Sie sah furchterregend aus; die Gefahr, die sie verkörperte, *war* auch furchterregend, und Mardina und Chu wirkten angemessen nervös, als sie sich mit ihren Rucksäcken voller Werkzeug, Kleider, Nahrung, Wasser und Babysachen – und sogar mit Druckanzügen, behelfsmäßig hergestellt aus der von Beth mitgebrachten Marsausrüstung – in ihr enges Inneres zwängten. Mit all diesem Zeug um sie herum konnten sie sich kaum noch bewegen. Aber die junge Familie würde die restliche Zeit einfach in der Hülle verbringen. Erdschein sagte, er sei zuversichtlich, dass die Träumer sich von jetzt an um ihr Schicksal kümmern würden; handabdruckförmige Einbuchtungen in Türen seien nun nicht mehr erforderlich.

Dann war es Zeit, die Hülle und die Luke zu schließen. Zeit für Beth, ihrer Tochter Adieu zu sagen, und für die anderen, sich von ihren Freunden zu trennen.

Stef hatte immer das Gefühl gehabt, dass es ihr schwerfallen würde, diesen Teil des Tages zu überstehen, ohne sich zum Narren zu machen, und so verabschiedete sie sich mit einer raschen Umarmung von Chu und Mardina und strich dem Baby ein letztes Mal über die glatte, unbeschwerte Stirn. Dann entfernte sie sich von der Familie, die nun auseinandergerissen werden würde.

Sie brach zu einem letzten Rundgang durch die Kuppel auf, um ihren Pflichten nachzukommen. Sie überprüfte die Beleuchtung und die Heizung, die der Kälte und der Dunkelheit der Nachtseite von Per Ardua den Zutritt verwehrten und die Reihen grüner, wachsender Geschöpfe, die sie hier züchteten, am Leben erhielten.

Und sie fand Clodia.

Das römische Mädchen trug Gießkannen und Pakete mit von Erdschein synthetisiertem Dünger, teils für die Kartoffeln, Rüben und anderen terrestrischen Importe, teils für die arduanischen Pflanzen. Während Clodia sich an den Reihen junger Augenblätter entlangarbeitete, sah Stef, dass sie lächelte.

Stef gesellte sich zu ihr. »Hier ist alles ordentlich und sauber.«

»So ist er, mein Vater. Er hat sich auf das Ende der Welt vorbereitet, als wäre es eine Inspektion durch Zenturio Quintus Fabius.«

Stef lachte.

»Abgesehen davon sehe ich keinen Grund«, sagte Clodia, »weshalb die hier Hunger leiden sollten. Nicht einmal heute.«

»Nein, da hast du recht. Schau, die Augenblätter drehen sich, um dir nachzublicken.«

»Das tun sie immer. Jeden Tag. Ich achte darauf, dass ich nicht zu schnell gehe, damit sie mir folgen können.«

»Sehr rücksichtsvoll. Und du lächelst sie immer an?«

Clodia zuckte die Achseln, als wäre es ihr peinlich. »Warum nicht? Ich habe noch nie einen Erbauer gesehen, außer auf Bildern. Aber ich sehe diese Augen, die mich anschauen, und ich weiß nicht, was für ein Bewusstsein dahinter liegt. Ich habe noch nie jemanden gekannt, der sich nicht besser gefühlt hätte, wenn er angelächelt wurde. Sie etwa?«

»Ich glaube nicht ...«

Stef war sich bewusst, dass die Zeit verstrich. Einen Countdown hatten sie alle entschieden abgelehnt, aber an diesem letzten Tag hätte Stef doch gern zumindest ein rudimentäres Zeitgefühl gehabt. Und sie wusste ...

Eine Sirene ertönte, ein Signal, auf dem Erdschein bestanden hatte.

»Komm. Gehen wir zu deinem Vater zurück.«

Erneut versammelte sich die Gruppe neben Erdscheins spinnenartiger Ummantelung. Jemand hatte Feuer gemacht, obwohl es in der Kuppel nicht kalt war; das Knistern war tröstlich, und eine Schüssel Wasser begann blubbernd zu kochen.

Titus hockte auf einer Bank, einen Becher Bier in der Hand. Stef wusste, dass er mit Selbstgebrautem experimentiert hatte; er sagte, alle Legionäre hätten solche Fähigkeiten auf langen Märschen fern der Heimat erworben. Stef selbst hatte geflissentlich jeden Kontakt mit dem Zeug vermieden.

Clodia machte sich einen Becher Tee, setzte sich auf Decken zu Füßen ihres Vaters und schmiegte sich an seine Beine. Jetzt erst sah Stef, dass Clodias Augen verquollen waren und ihre Wangen streifig, als hätte sie geweint. Stef verwünschte sich, weil sie es nicht früher bemerkt hatte. Warum hatte sie geweint – weil das Ende für ihren Vater nahte, weil sich ihre eigenen militärischen Träume nicht erfüllt hatten? Wenn ja, wirkte sie jetzt zumindest ruhig. Das lag an der Gartenarbeit, dachte Stef. Nichts war so beruhigend, wie sich um seinen Garten zu kümmern. Selbst wenn er keine Augen hatte, die einen anschauten.

Beth saß allein da, in eine Decke gehüllt – nein, nicht allein, erkannte Stef; ganz in ihrer Nähe stand die blinkende KolE, ihre Kindheitsfreundin. Beth schien außerstande gewesen zu sein, sich weit von der Luke zu entfernen, seit diese sich über Mardina, Chu und Gwen geschlossen hatte. Stef konnte es ihr kaum verübeln, und niemandem war danach zumute gewesen, sie gewaltsam wegzuzerren. Doch nun drückte Beth so etwas wie eine primitive Puppe an ihre Brust: Mister Sticks, ein Spielzeug aus ihrer Kindheit, angefertigt von der KolE, als sie noch einen Körper und Manipulatorarme besessen hatte. Diese Kopie hatte Clodia aus trockenen arduanischen Stängeln gemacht, nach den strengen Anweisungen der KolE.

Stef schenkte zwei Becher Tee ein und ging damit zu Beth hinüber. »Darf ich mich zu dir setzen?«

»Warum nicht?« Beths Stimme war trostlos und leer. Aber sie reagierte reflexhaft, als Stef ihr den Tee reichte, und rückte ein Stück auf ihrer Bank beiseite, sodass Stef sich setzen konnte. Stef legte sich eine Decke um die Schultern und tastete unter Schichten von Stoff herum, bis sie Beths Hand fand.

»Dann sind wir ja alle da«, sagte Erdschein. »Ich nehme an, ihr wollt immer noch keinen Countdown …«

»Nein, wollen wir nicht!«, bellte Titus.

»Gut. Aber Stef, du möchtest vielleicht deine Tafel zur Hand haben.«

»Verdammt.« Das hatte sie ganz vergessen. Wie beschlossen, würden sie, die KolE und Erdschein das Ereignis weiterhin wissenschaftlich beobachten, so lange sie konnten. Sie musste unter ihrer Decke in ihren geräumigen Taschen stöbern, bis sie die Tafel schließlich fand, sie herausholte und ihr Display mit einem Zipfel ihrer Decke von Fusseln reinigte. Noch so eine Überlebende, dachte sie, ein weiteres Relikt aus einem anderen Universum. Wo hatte sie diese Tafel zuerst in die Hand genommen? Auf dem Mars? Dem Mond? Sie hätte sich nie vorstellen können, dass sie jetzt immer noch hier bei ihr sein würde, an einem solchen Ort, zu einer solchen Zeit.

Der Bildschirm leuchtete auf und zeigte ihr schlichte Berechnungen und Grafiken. Sie überflog die Daten rasch und verstand sofort die grundlegendste Implikation. »Es gibt einen Strahlungsanstieg. Also hat es schon angefangen.« Bestürzt registrierte sie diesen ersten physikalischen Beweis für das Ende: Es war also doch real, so wie Erdschein vorhergesagt hatte, trotz all ihrer Anstrengungen, etwas anderes zu glauben.

»In gewissem Sinn, ja«, sagte die KolE. »Wir sehen bereits hochenergetische Strahlung, schwere Kerne – eher so etwas wie kosmische Strahlung. Eine Flutwelle, die aus der Zukunft kommt. Und übrigens ziemlich schlecht für eure Gesundheit ist.«

Sie musste lachen. »Wieso, würden wir alle binnen eines Jahres an Strahlenvergiftung sterben? Erinnere mich daran, dass ich meine Lebensversicherung nicht verlängere.«

»Von jetzt an wird es sich beschleunigen. Bald werden wir neue schwere Kerne sehen, Elemente, die niemand jemals zuvor gesehen oder benannt hat. Du wirst die größte Forscherin aller Zeiten auf dem Gebiet der exotischen Physik sein, Stef Kalinski.«

»Ja … Und wie fühlst du dich, KolE? Verstehst du, was demnächst mit dir passieren wird?«

»Ja, Stef Kalinski. Bei null werde ich abgeschaltet.«

»Okay, das kommt der Sache nah genug.«

»Vielleicht fällt es künstlichen Intelligenzen sogar leichter als organischen Geschöpfen wie den Menschen, das Ganze zu verstehen. Die Möglichkeit, dass dem Bewusstsein ein plötzliches Ende beschieden sein könnte: Jeder, der einen Ausschalter hat, weiß alles darüber.«

Beth streichelte ihre Hülle. »Viel Glück, KolE. Und danke.«

»Danke für deine Liebe«, sagte die KolE zu Stefs Überraschung.

Die Lichter der Kuppel flackerten einmal, zweimal, und erloschen.

Selbst Stefs Tafel schaltete sich aus. Sie tätschelte ihre Oberfläche und legte sie weg. Das Ende der Wissenschaft.

»Es liegt wahrscheinlich an der Strahlung«, sagte die KolE. »Erdschein und ich haben gehärtete Stromaggregate. Wir sollten noch ein wenig länger funktionieren.«

Nun kam der einzige Lichtschein vom Himmel, von der ausgedehnten Andromeda – einer riesigen Galaxie, die genauso zum Untergang verurteilt war wie ihr eigener schwacher Körper, dachte Stef. Ihre Freunde waren Gestalten im Dunkeln um sie herum. Und als ihre Augen sich an die Dunkelheit gewöhnten, sah Stef die Sterne über ihr.

Erdschein flüsterte: »Die Wölfe, die schon immer den Tag und die Nacht über den Himmel gejagt haben, fangen sie nun endlich …«

Unter der Decke schlossen sich Beths Finger um die von Stef.

Stef hörte, wie sich Titus einen langen, durststillenden Schluck Bier gönnte. Dann sagte er: »Wisst ihr, das erinnert mich daran, wie wir einmal auf einem Feldzug

# Fünfter Teil

# 75

Erdscheins schützendes Ei platzte wie vorgesehen um sie herum auf und warf Mardina, Chu und das Baby samt all ihrer Sachen auf den Boden der Luke.

Aber der Lukendeckel über ihnen stand offen. Als Mardina hochschaute, sah sie ein Stück vom Dach einer Kuppel – höher und massiver als diejenige, die Erdschein gebaut hatte.

Mardina drückte ihr Baby an sich und starrte Chu an. »Wir leben noch«, flüsterte sie.

»Ja, wir leben noch. Aber wo sind wir?«

»Oder vielmehr wann?«

Gwen gähnte herzhaft im Halbschlaf.

»Komm«, sagte Mardina leise. »Nichts wie raus hier.«

Sie hatten eine leichte Klappleiter mitgenommen, die Erdschein genau zu diesem Zweck fabriziert hatte. Sie kramten sie aus dem Gepäck und den auf dem Boden verstreuten Schalenscherben hervor, stellten sie rasch an die Wand, und Chu kletterte hinauf. Mardina sah, dass er sich nicht umschaute; er hatte nur Augen für seine Familie, die immer noch in der Luke war. Er streckte die Hände nach unten. »Reich sie mir herauf.«

Mardina stieg die Leiter ein paar Sprossen empor und hob dann unbeholfen das Bündel, in dem Gwen steckte, in die Höhe. Die Übergabe verlief ungeschickt, sodass Gwen zappelte und grummelte, und sie lachten.

»Schau uns an«, sagte Mardina. »Zwei Idioten, die durch die Zeit reisen.«

»Aber wir sind hier.«

»Das sind wir.«

Sobald Chu seine kleine Tochter sicher in den Armen hielt, kletterte Mardina rasch selbst aus der Luke und nahm das Baby wieder an sich.

Dann standen sie gemeinsam da, im Angesicht einer neuen Welt.

Sie standen auf einem Boden aus glatten, säuberlich verfugten Fliesen. Über ihnen ragte diese Kuppel auf, und jetzt, wo Mardina sie vollständig sah, erkannte sie ihre Ausmaße; sie war tatsächlich viel größer und höher als Erdscheins improvisiertes Zelt. Es gab kleinere Gebäude und andere Strukturen unter der Kuppel, Batterien von Maschinen und irgendein hoch aufragendes Monument genau in der Mitte – es roch nach Industrie, nach Elektrizität, und alles war von hängenden Leuchtstofflampen strahlend hell erleuchtet.

In diesem ersten Moment, als sie das Baby an sich drückte, konnte sie noch keine Einzelheiten in sich aufnehmen. Sie schaute zum Himmel hinauf, der durch die Kuppel mühelos zu sehen war.

»Keine Andromeda«, sagte Chu. »Ein Sternenhimmel. Und schau …«

Ein hell leuchtendes Sternenpaar, nah am Zenit.

Mardina erhob sich auf die Fußballen und wippte auf und ab. »Wie kommt dir die Schwerkraft vor?«

»Genauso wie vorher. Und dir?«

»Auch … Ich glaube, wir sind noch auf Per Ardua. Aber auf einem jüngeren Per Ardua. Bevor das Doppelsternsystem aus den alten Zeiten, von dem sie alle gesprochen haben, in Auflösung geraten und davongetrieben ist. Vielleicht ist es das da oben, der Zentaurenhuf. Wir haben unsere Sternenkarten. Mit deren Hilfe könnten wir vielleicht herausfinden, wo wir sind – oder vielmehr wann.«

»Oder«, sagte Chu, »wir könnten einfach fragen.« Er zeigte zur Mitte der Kuppel.

Eine Frau stand mit dem Rücken zu ihnen und machte sich irgendwelche Notizen auf einer Schriftrolle. Sie stand unter diesem zentralen Monument – einer fein gearbeiteten Steinsäule, wie Mardina jetzt sah. Die eingravierten Buchstaben kamen ihr lateinisch vor, obwohl sie die Wörter nicht erkannte. So etwas wie eine Blitz-Skulptur aus Stahl krönte die Säule.

Und dann kam ein Tier um die Ecke des Monuments gesprungen und stürmte schnurstracks auf sie zu.

Ein Hund? Nein. Es lief auf zwei Beinen, hatte grüne und purpurrote Federn und war farbenprächtiger als jeder Inka-Priester, den sie je gesehen hatte. Vielleicht eine Art Laufvogel. Aber sein Kopf war riesig und ganz anders als der eines Hundes oder eines Vogels, ein großer, klobiger Kopf, der von einem riesigen Kiefer beherrscht wurde – einem Kiefer, der sich jetzt öffnete, und das Tier *brüllte*.

Der Schock hatte sie beide erstarren lassen. Jetzt reagierte Chu. Mit einer Hand brachte er Mardina und das Baby hinter seinem Körper in Sicherheit, mit der anderen zog er seinen *pugio*-Dolch. Gleichzeitig ging er in Verteidigungsstellung. »Komm ja nicht näher!«

Die Frau beim Monument drehte sich um. *»Stop, François!«*

Zu Mardinas gewaltiger Erleichterung wurde die Bestie sofort langsamer und kam auf dem glatten Boden schlitternd zum Stehen. Sie sah jetzt, dass ihre Füße klauenbewehrt waren;

jede Kralle war länger als Chus *pugio*. Einen Herzschlag lang starrte sie ihre Beute unverkennbar leiderfüllt an.

»*Viens! François, viens!*«

Das gefiederte Biest ließ den Kopf hängen und trabte davon.

Die Frau näherte sich den Neuankömmlingen. Ihre Hand lag an einer Waffe in ihrem Gürtel. Sie trug eine pechschwarze Uniform mit Blitzstrahlen am Kragen und an den Ärmeln, aber keine Mütze, und ihr graues Haar war straff nach hinten gekämmt. Sie war *alt*, sah Mardina sofort, trotz ihres ausgesprochen selbstbewussten Gangs. Und sie sah quälend vertraut aus.

»*Comment vous appelez-vous?*«

Mardina, die Gwen an sich drückte, sagte leise zu Chu: »Steck deinen Dolch weg …«

»*Qu'est-ce que vous faites ici?*«

Mardina starrte die Frau an. Es war Stef Kalinski. Oder Penny. Oder, dachte Mardina wild, eine weitere Kalinski-Zwillingsschwester. »Du!«

Aber die Frau hatte nur Augen für Chu. So wie Mardina sie erkannt hatte, erkannte sie nun offenkundig ihn.

Die Frau sank auf ein Knie und senkte den Kopf. »*Pardonnez-moi, votre Excellence!*«

Chu starrte sie nur erstaunt an.

Immer wieder eine neue Tür, dachte Mardina. So wie Großvater Yuri gesagt hatte. »Überlass das mir.« Sie gab Chu das Baby, breitete die Hände aus und ging auf die kniende Fremde zu.

*In den Herzen von hundert Milliarden Welten*
*Über eine Billion sterbender Wirklichkeiten in einem tödlichen Multiversum hinweg –*
*In der chthonischen Stille –*

War alles getan worden, was getan werden konnte.

Beruhigt und zufrieden fügten sich Wesen, diffus und uralt, in die Endzeit.

# Nachwort

Seit dem Erscheinen von *Proxima* hat die wissenschaftliche Erforschung der möglichen Bewohnbarkeit gebunden rotierender Planeten roter Zwergsterne weitere Fortschritte gemacht. So wurde 2013 beispielsweise das erste dreidimensionale Atmosphärenmodell einer Welt wie Per Ardua veröffentlicht (D. Abbot et al.: *Astrophysical Journal Letters*, Bd. 771, L45).

Ein neueres Werk über das Römische Reich und seine Provinzen ist *Roman Britain* von Patricia Southern (Amberley 2011). Die hier angegebenen römischen Daten basieren auf dem System, das seit der späteren Republik in Gebrauch war, als Gelehrte die Jahre von der Gründung der Stadt Rom an zählten. Das hier angegebene Gründungsdatum ist das von Varro genannte, aber andere Gelehrte waren anderer Meinung.

Ein neueres, wenn auch spekulatives Werk über die keltische Kultur ist Graham Robbs *The Ancient Paths* (Picador 2013). Eine nützliche jüngere Quelle über die Inkas ist Kim MacQuarries *The Last Days of the Incas* (Simon & Schuster 2007). Neue Beweise für die Kindesopfer der Inkas werden in *Current World Archaeology* Nr. 61 (2013) angeführt. Die anglisierte Schreibung von Quechua-Wörtern ist uneinheitlich; mir ging es in erster Linie um Klarheit.*

---

* In der vorliegenden Übersetzung wurde die Schreibung der Originalausgabe beibehalten (Anm. d. Übers.)

Im Jahr 1258 gab es einen verheerenden Vulkanausbruch, den Ausbruch des Jahrtausends, mit globalen Auswirkungen (s. *Current Archaeology*, September 2012). Der Vulkan befand sich in Indonesien, wie man erst kürzlich festgestellt hat.

Der »Schwerkraftzug« wurde im siebzehnten Jahrhundert von dem britischen Wissenschaftler Robert Hooke erdacht, der die Idee in einem Brief an Isaac Newton vorstellte. Seither ist sie ein paar Mal durchaus ernsthaft zur Sprache gebracht worden, zum Beispiel im neunzehnten Jahrhundert an der Pariser Académie des sciences.

Über die Realisierbarkeit von Weltraumkolonien gibt es umfangreiche Literatur. Das hier dargestellte Inka-Konzept ist aus dem in den 1970er-Jahren erschienenen Werk von O'Neill extrapoliert (G. K. O'Neill, *The High Frontier*, William Morrow, 1976 [dt. *Unsere Zukunft im Raum*, übersetzt von Fritz Oberli u. a., Hallwag, Bern 1978]). Mit dem Einsatz moderner Materialien und Techniken beim Bau sehr großer Konstruktionen hat sich zum Beispiel T. McKendree beschäftigt (»Implications of Molecular Nanotechnology Technical Performance Parameters on Previously Defined Space System Architectures«, *Turning Goals into Reality*, NASA 2000, http://www.zyvex.com/nanotech/nano4/mckendreePaper.html#RTFToC17).

Die ferne Zukunft des Alpha-Centauri-Systems hat Martin Beech beschrieben (»The Far Distant Future of Alpha Centauri«, *Journal of British Interplanetary Society*, Bd. 64, S. 387–395, 2011). Eine neuere Arbeit über die natürliche Panspermie ist »Dynamics of Escaping Earth Ejecta and their Collision Probability with Different Solar System Bodies« von M. Reyes-Ruiz et al. (2011, arXiv:1108.3375v1).

Das kollektive Verhalten von Bakterien wurde kürzlich in einschlägigen Aufsätzen in *Chimeras and Consciousness* von Lynn

Margolis et al. (MIT Press, 2011) behandelt. Neue umfangreiche Untersuchungen über die »Biosphäre der dunklen Energie«, das Leben tief unter der Oberfläche, wurden im Juni 2014 bei einer Konferenz an der University of California, Berkeley, vorgestellt (*New Scientist*, 21. Juni 2014).

Das von Brandon Carter und anderen entwickelte und von Stef Kalinski im 67. Kapitel erwähnte »Weltuntergangsargument« – eine Variante legt den Gedanken nahe, dass unsere Zukunft nicht unbegrenzt, sondern von derselben Größenordnung sein könnte wie unsere Vergangenheit – wird in John Leslies *The End of the World* untersucht (Routledge, 1966). Die erschreckende Behauptung, unserem Universum könnte aufgrund unserer Existenz innerhalb eines »Multiversums«, eines Ensembles von Universen, nur noch eine relativ kurze Zukunft beschieden sein, wurde 2010 in einem Aufsatz mit dem Titel »Eternal Inflation Predicts the Time Will End« von Raphael Bousso (University of California, Berkeley) und anderen aufgestellt (arXiv:1009.4698v1). Ein neues Hintergrundwerk zu dem Thema ist *Universe or Multiverse?*, herausgegeben von Bernard Carr (Cambridge University Press, 2007). Die hier geschilderten physikalischen Folgen des Endzeit-Ereignisses wurden von Igor Smolyaninov von der University of Maryland und anderen dargelegt (»Hyperbolic Metamaterial Interfaces: Hawking Radiation from Rindler Horizons and the ›end of time‹«, 2011, arXiv:1107.4053v1). Die Wissenschaft von Kräuselungen der Raumzeit und überlichtschnellen »Warps« beruht auf einem bahnbrechenden Aufsatz von Miguel Alcubierre (*Classical and Quantum Gravity* Bd. 11, L73–L77, 1994). Im März 2014 wurde die Entdeckung primordialer Gravitationswellen durch das BICEP2-Teleskop in der Antarktis bekannt gegeben (*New Scientist*, 22. März 2014). Ein Versuch einer Antwort auf die

Frage, wie man ein Einstein'sches Wurmloch in eine Zeitmaschine verwandeln kann, findet sich in meinem Roman *Timelike Infinity*, in *Xeelee: An Omnibus* (Gollancz, 2010 [dt. *Das Geflecht der Unendlichkeit*, München 1994]).

Auch diesmal bin ich Prof. Adam Roberts wieder zutiefst dankbar für seine Hilfe bei meinen lateinischen Hausaufgaben.

Für etwaige Fehler oder Ungenauigkeiten bin natürlich ausschließlich ich selbst verantwortlich.

Stephen Baxter
Northumberland
Juli 2014